창조적 파괴의 힘

이 책은 방일영문화재단의 지원을 받아 저술 · 출판되었습니다

창조적 **파괴**의 **힘**

미디어 글쓰기와 인문학적 사고

김용범 지음

개미

| 책머리에 |

'왕거미 거미줄은 하얘'에서 시작하여 '바다는 깊다, 깊은 건 엄마 마음'으로 끝나는 제주도 어린이들의 꼬리말잇기 동요 놀이 「시리동동 거미동동」에서 나는 많은 것을 배웠다. 거미줄이 하얗다 라는 발상법도 퍽 흥미로웠거니와 그보다도 감동을 받은 것은 '엄마 마음은 깊다' 라는 끝맺음이다. 단순한 의미연관에 의한 낱말들끼리의 결합이 이처럼 아름다운 동요를 만들어내다니. 이건 놀라운 창작이 아닌가!

언젠가 TV방송에서 방영된, 길거리에서 구걸하는 걸인과 연관된 짧은 한 장면도 퍽 인상적이었다. '저는 눈먼 사람입니다' 라는 구걸판. 지나가던 어느 여성이 이를 보고 '화창한 날씨군요. 전 그걸 볼 수가 없답니다.' 라고 고쳐 써 넣었다. 그러자 금방 거의 비었던 구걸상자에 돈이 수북이 쌓였다는 한 도막 에피소드였다(제15강에 소개됨). 평범하기 짝이 없는 간단한 서술 문장 하나를 화창한 날씨와 그걸 못 보는 사람의 심정을 결합시켜 문맥을 멋지게 살린 두 문장으로 고치자 구걸판의 의미가 확 달라졌다. 이는 우리의 글쓰기에서 무엇을 가르쳐주는가. 한마디로 글쓰기의 기법과 요령은 두 사례에서 웬 만큼은 학습할 수 있다. 하지만 더 좋은 긴 글을 쓰려면 이것만으로는 모자라다. 「그 이상의 무엇」(something more)이 요구된다.

글쓰기의 기본은 낱말의 선택(選擇)과 결합(結合)을 통해 의미생산을 하는 데 있다. 이 기본원리를 알고 그것을 좇아서 자신의 생각을 글자로 옮기는 일이 생각처럼 쉽다면 이런 글쓰기 책은 필요 없으리라. 글쓰기는 작법의 요령과 기교를 웬만큼 익힌다면 그런대로 의미가 통하는 글이 생산되기는 한다. 한데 그런 글을 곰곰이 뜯어보면 만족스럽지 못하다는 것을 우리는 경험으로 안다. 왜 그럴까? 그 답은 「그 이상의 무엇」이 부족한 데 있다. 나는 오랜 취재보도 기자 생활과 대학 강의경험에서 실제로 그런 불만족의 문제점과 해결법이 무엇인지를 체득할 수 있었다. 「그 이상의 무엇」이 충족되지 않았기에 학생들의 글이 알찬 내용으로 채워지지 않은 것이다.

이 책은 나의 현장 취재보도 · 교단강의라는 이중경험을 살려 해결의 길을 독자들에게 제공하려고 집필되었다. '좋은 글을 어떻게 쓸 것인가? +(플러스)'에 대한 답은 기본적으로는 독자들이 스스로 얻도록 해야 할 것이다. 플러스가 붙은 까닭은 요컨대 이 책이 조언자 역할을 하기 위해서다. 달리 말하면 작문의 기법과 요령만으로는 모자라는 '그 이상의 무엇'에 방점(傍點)을 찍고 싶었기 때문이다. 그렇다고 작문 기법과 요령을 소홀히 다루었다는 뜻은 결코 아니다. 최소한의 요령과 기법은 글쓰기에서 마땅히 필요하다. 그러기에 나로서는 이 정도면 됐다 싶을 만큼 다루었다. 다만 기법과 요령은 언어의 속성에 대한 이해를 익힘으로써 든든한 토대의 뒷받침을 받는다. 이 점을 배려하여 PART 01의 본문과 그 안의 「강의 노트」들은 기호론적(記號論的)인 글쓰기에 요구되는 기초 개념들에 대한 설명을 담았다.

하지만 언어의 속성을 잘 이해하여 기교를 잘 부릴 줄 안다고 해서 절로 좋은 글이 태어나지는 않는다. 격조 높고 풍요로운 내용의 글이 나오려면 창의적 상상력을 파격적으로 발동할 수 있는 능력을 키우는 일과 아울러 인문학적 사색의 깊은 샘물을 퍼 올리는 일이 요구된다. 창의적 상상력과 사색의 샘물은 문학, 예술, 철학, 역사 등의 인문학적(人文學的) 앎을 자양분으로 삼아 넘실댄다. 그런 앎은 인문분야의 소양을 숙지할뿐더러 그 쪽의 좋은 글들을 많이 읽어 체화(體化)해야만 가능하다. 이 책은 이 점을 고려하여 자상한 설명과 많은 예문을 통해 인문학적 자양을 좀 더 많이 공급토록 애를 썼다. 아울러 언론 · 홍보 분야에서 일하려는 젊은이들을 위해서도 뉴스보도의 실제 예문들을 충분히 소개하며 설명했다. 「그 이상의 무엇」은 이와 같은 배려에 다름 아니다. 그런 의도에서 구체적으로는 구조언어학자이자 유럽기호학의 창시자인 소쉬르의 기호이론에서 출발하여 창조적 파괴의 미술계 선봉들인 세잔과 피카소, 독일 표현주의파, 시인 · 소설가들의 작품들에 대한 소개와 설명을 거쳐 라캉과 데리다의 언어 이해와 탈구축(脫構築=解體)적 방법론, 비판적 문화연구학자들의 텍스트 분석 방법과 연구성과 그리고 마지막으로 비유의 수사법, 지젝의 모순어법 및 동양의 대대(對待)사상에 대한 설명이 뒤따랐다.

책의 마지막 강의에서 집중 소개한 동양 대대(對待)사상은 다른 글쓰기 텍스트들에서는 좀처럼 찾아보기 어렵지 않겠나 싶어 내 나름으로는 아주 의욕적이며 새로운 구상의 발로로서 책 전체를 관류(貫流)하며 소개했다. 주역에서 노장(老莊) 사상과 불교의 상대(相待)=연기 사상에 이르는 대대사상은 제대로 쓰자면 책 한 권의 분량으로도 모자랄 지경이다. 그러므로 이 책에서는 입문 수준의 소개에서 멈췄다. 그것만으로도 '폭력적 계층질서'를 내포한 이항대립(二項對立)과 서구의 변증법적 사고에 익숙한 독자들이 구태의연한 관습적, 타성적 사고의 틀을 깨고 창의적 사고의 새로운 지평을 여는 데에는 상당히 기여할 수 있으리라고 기대한다.

책의 원고는 원래 강의노트용으로 작성되었기에 주된 대상은 대학생들이었으며 글의 형식과 전개도 당초부터 그들을 겨냥한 것이었다. 따라서 단행본 출간 계획을 세우면서 노트 원고의 많은 부분을 수정 보완하느라 애를 썼다. 그럼에도 곳곳에 중복 서술 등의 강의 흔적들이 꽤 남아 있음을 솔직히 시인해야 하겠다. 이 점 깊은 이해가 있기를 바란다. 단행본 출간에 따라 이 책을 필요로 하는 독자들의 범위도 아울러 넓혔다. 교양으로서의 글쓰기를 희망하는 사람, 문학수련을 원하는 젊은이들 그리고 무엇보다도 언론 · 홍보 · 광고기획에 종사하려는 지망생들을 잠재적 독자층에 포함시켰다. 다양한 범위의 독자층을 대상으로 삼았다면 특정분야의 전문성에서 취약점이 노출될 것이라는, 능히 있음직한 기우는 일단 이 책을 읽어본 다음에 사실인지 아닌지를 확인했으면 한다.

마지막으로 이 책 출간을 흔쾌히 수락해준 개미출판의 최대순 사장과 원고의 편집 · 교정에 애를 많이 쓴 편집자에게 감사의 뜻을 표하고 싶다. 더불어 이 책의 저술 출간을 지원해준 방일영문화재단의 배려에 대해서도 고마움을 전하고자 한다.

2013년 가을
삼각산 동쪽 자락 우거에서
김용범

CONTENTS

책머리에 · 4

PART 01 _ 창의적 상상력을 위하여

제1강 선택과 결합 · 14
1. 낱말들의 간택과 짝짓기 그리고 의미생산
〔강의 노트①〕 범렬 선택과 연사 결합
〔강의 노트②〕 코드
2. 주제의 생동감을 살리는 리듬
3. 글쓰기는 아름다운 패션
〔강의 노트③〕 언어기호, 그 구성요소 및 의미의 종류
〔강의 노트④〕 패러다임
〔강의 노트⑤〕 담론

제2강 글쓰기의 사고를 닦기 위한 다섯 가지 가르침 · 47
1. 극과 극의 융합, 물극필반의 절대이치
2. 다른 관점과 시야, 보이는 현실도 다르다
3. 창조는 먼저 파괴하는 행위
4. 글의 품격
5. 주의 깊은 관찰에 창의적 상상력을 키워라
〔강의 노트⑥〕 박완서의 양구 방문기

제3강 글의 설계도, 어떻게 만들 것인가? · 85
1. 스토리텔링의 기승전결
2. 예문과 분석 「대학로의 '별' 책방」

PART 02_ 글 꾸미기와 사례 분석

제4강 문체와 수사 양식 · 96

1. 이지적인 글과 감성적인 글

[강의 노트⑦] 사고의 형식논리적 원칙

2. 글을 꾸미는 네 가지 수사 양식

제5강 서술 양식의 다양한 기법들 · 117

제6강 논증 양식과 묘사 양식의 글쓰기 · 121

1. 논증 양식의 예문과 분석
2. 묘사 양식의 예문과 분석

제7강 서사 양식의 글쓰기와 그 구조 · 135

1. 우리 삶에 널린 이야기 더미들
2. 서사 양식의 전형적 구조
3. 전래동화의 전형적인 내러티브 구조
4. 황순원 「학」의 서사 구조
5. 신경숙 「부석사」와 그 서사 구조

제8강 글머리의 매력 · 161

1. 관심 끄는 글머리
2. 간결하고 짧은 문장

[강의 노트⑧] 일본의 하이쿠(俳句)

3. 세계는 앤더슨의 목소리를 알고 있다
4. 평범한 리드의 은근한 글맛
5. 당대 문사 이어령의 수사기법
6. 학술 · 연구 논문의 리드

PART 03_ 뉴스 보도문의 스토리텔링 구조와 기사 쓰기

제9강 스토리텔링으로서의 뉴스 보도 · 180

1. 언어로 표출되는 뉴스
2. 뉴스는 스토리로 엮여 말한다
3. 뉴스 보도의 서사 구조
4. 서사 양식으로 쓰인 신문 · 방송 보도의 사례

제10강 보도문의 종류와 기사 쓰기 · 209

1. 보도문의 종류
2. 보도문의 기본구조와 작성 요령
   (강의 노트⑨) 인혁당 사건
3. 기사 쓰기의 FAC(S)T 원칙과 문단 나누기
   (강의 노트⑩) 천안함 폭침에 대한 유엔안보리 의장성명

제11강 뉴스 리드의 종류와 작성 요령 · 231

1. 네 가지 형의 기사 리드
2. 역피라미드형 리드
3. 테마제시형 리드
4. 유보 · 기대형 리드
5. 피라미드형 리드

제12강 스트레이트와 해설 · 분석 기사 · 250

1. 먼저 주제를, 다음에 리드의 형식을
2. 뉴스의 문맥을 살피며 스토리텔링 구성하기
3. 동일 사건에 대한 미디어들의 다른 의미 생산
   (강의 노트⑪) 한명회는 '사팔뜨기' '칠삭동이' 인가?

제13강 사설 · 논평 쓰기와 르포 · 기행문 · 인터뷰 쓰기 · 284

1. 사설과 고정칼럼의 예문과 분석
2. 논평 · 칼럼(시평 등)의 예문과 분석
3. 르포 · 기행문 · 인터뷰의 예문과 분석

PART 04_ 글쓰기의 인문학적 사고를 위하여

제14강 비유가 빚는 의미들의 향연 · 318
1. 비유의 여러 가지
2. 은유와 환유란 무엇인가?
3. 기업이 권력과 너무 가까우면 타죽는다
4. 환유적 효과의 강력한 힘
5. 이름이 말하는 세상
6. 은유와 환유의 동거

제15강 Text, Intertextuality 그리고 Context · 348
1. 텍스트란?
2. 상호텍스트성
[강의 노트⑫] Intertextuality
3. 문맥이 의미를 만든다

제16강 지젝의 모순어법과 동양의 대대사상 · 371
1. 인수봉, 오르지 않고 오른다
2. 일상생활에 흔한 모순어법들
[강의 노트⑬] 명칭, 판단, 명제
3. 지젝의 헤겔읽기: 모순되므로 거기에 진리가 있다
4. 모순은 모든 동일성의 조건
5. 모순 · 대립을 수용하는 동양의 대대사상
6. 불교의 연기=공=중도=상대사상

인용 · 참고문헌 · 410

PART 01
창의적 상상력을 위하여

제1강

선택과 결합

— 글쓰기의 기본 원칙

1. 낱말들의 간택과 짝짓기 그리고 의미생산

'참사람의 향기는 바람을 타고 번진다'

꽃향기는 바람을 거슬러 가지 못해도
참사람의 향기는 바람을 타고 번진다.

(花香不逆風 德香逆風薰 화향불역풍 덕향역풍훈 [법구경 54「꽃의 품」에서])

해마다 5월 중순 늦봄이 되면 제주도 귤림(橘林)은 꽃향기로 가득 찬다. 하얀 감귤꽃 향기는 취할 만큼 아주 짙다. 감귤농원을 찾아간 우리는 감귤 향내를 즐길 줄은 알지만 그것이 어디서 날려 오는지에 대해서는 별로 관심을 두지 않는다. 앞바람인지 뒷바람인지, 풍향에 대해서는 대체로 무관심하다.

『법구경法句經』의 아포리즘(aphorism)은 우리의 그런 허점을 찌른다. 그냥 찌름에서 끝나지 않는다. 앞바람을 맞고도 아무런 걸림 없이 거슬러 가는 또 다른 향기가 있다는 사실을 그 원시경전은 우리에게 일깨워준다. '참사람의 향기' 즉 덕향(德香)이란 향내의 의미가 꽃향기보다 수승(殊勝; 특별히 뛰어남)하다는 진실을!

향기와 앞바람(逆風역풍)과의 결합관계, 그것은 사람의 호감을 끌기 위해 선택된 꽃향기의 자부심을 무참히 꺾어버린다. 더욱이 덕향과 만나 대비되면 꽃향기는 초라한 처지로 전락하고 만다. 뒷바람(順風순풍)을 만나야만 제구실을 하는 꽃향기는 앞바람을 거슬러가는 덕향의 당당한 힘 앞에서는 참으로 무력하다. 착한 일을 하며 사람다운 인품을 유지하며 사는 사람이 풍기는 은은한 덕망의 향내, 참사람 노릇을 하는 사람의 훈향(薰香)이다.

이런 덕향이 꽃향기와 만나 관계를 맺어야 그 진가를 발휘하는 까닭은 무엇일까? 이 물음은 꽃향기와 결부시켜 선택된 덕향이 내뿜는 의미가 어떻게 생산되는가를 묻는 것과도 같다.

글쓰기 공부, 여기서부터 시작된다

'진리의 말씀'으로도 옮겨진 『법구경』의 구절들에는 여덟 가지 단어들이 선택(選擇 selection)되어 있다. **꽃향기, 덕향, 바람, 역풍, 거스르다, 거스르지 않는다,** (바람을) **타다, 번지다** 등. 어떤 것은 명사이고 어떤 것은 동사이다. 이 단어들은 참사람의 우월한 힘, 덕향의 찬란한 광채를 돋보이게 하기 위해서 간택(揀擇)되었다. 간택된 단어들은 각기 다른 단어들과 짝짓기=결합(結合 combination)하여 문장을 낳는다. '참사람의 향기는 바람을 타고 번진다'처럼, 짝짓기는 제멋대로 이뤄지지 않는다. 거기에는 낱말들이 선택되는 범렬*(範列 paradigm)이라는 언어기호들의 무리(記號群)가 있고 거기서 먼저 낱말들이 선택된다. 선택된 낱말들은 서로 결합하여 연사*(連辭 syntagm)라는 문장을 생산한다. 언어기호 시스템에서 문장을 생산할 때는 문법(文法)이라는 규칙(規則 rules)이 작용한다. 이런 문장 작성의 규칙을 기호론(semiotic 또는 semiology)에서는 코드*(code)라 부른다. 이를 정리하면 글은 일정한 코드에 맞춰 단어들이 범렬에서 선택되고 서로 결합하여 연사관계를 맺음으로써 만들어진다. 이렇게 탄생한 글은 의미생산과 정보 전달을 하게 된다.

문법에 맞게 단어들끼리 배열되기만 하면 아름다운 의미, 맛깔스런 글 내용이 저절로 생산되지는 않는다. 소금에 절인 배추를 갖은 양념에 버무려서 김치를 만들 듯 글도 또한 문채(文彩), 수사(修辭) 및 비유(比喩)의 양념을 적당히 쳐야 맛깔스럽다.

글머리에 내세운 향기의 아포리즘에서는 수사기법 외에 덕향과 꽃향기가 서로 대조(對照 contrast) · 대비(對比 comparison)되는 기법도 사용되었다. 문채와 수사와 비유에 대한 설명은 책의 뒤로 미루고 지금 강의의 장절(章節)에서는 단어끼리의 선택과 결합 그리고 거기서 이뤄지는 의미생산과 이를 돕는 문맥(文脈 context)에 대해서만 간단히 설명하고자 한다. 문맥에 대한 상세한 설명은 책 뒷부분의 별도 강의에서 깊이 있게 다뤄질 것이다.

단어들의 선택 방식과 결합 순서에 대해서 먼저 고찰하자. 이것들이 달라지면 글의 의미는 어떻게 달라질까? 이를 알아보기 위해 우리는 앞 예문을 다음과 같이 고쳐 보자.

꽃향기는 바람에 실려 날리고
참사람의 향기도 바람에 실려 날린다.

의미가 아니 통하지는 않지만 앞 예문과 달리 문맥과 의미가 사뭇 헝클어져 버렸다. 마치 궁합이 맞지 않은 음식을 먹는 것과 같다. 이런 따위의 글은 작자가 독자들에게 전달하고자 하는 정보의 주제(主題 subject)가 무엇인지도 분명히 나타나지 않는다. 주제가 꽃향기에 있는지 아니면 참 사람의 향기에 있는지 알 수가 없다는 뜻이다. 주제는 글의 생명이므로 그것이 불투명하고 어정쩡하면 그런 글은 활력을 잃어 실패작으로 낙인 찍힌다. 작자(作者 writer)가 글의 첫머리에서부터 반드시 명심해야 할 일은 무엇보다도 주제를 명확히 세워 밝히는 일이다.

앞의 첫 예문은 '앞바람을 거스르지 못하는 꽃향기'와 '앞바람을 타고 번지는 덕향'이 대척점(對蹠点)에서 대구(對句)를 이뤄 선명하게 대비되는 과정에서 문맥이 형성되었다. 그래서 덕향을 돋보이게 하려는 주제가 명확히 드러났다. 이로 인해 덕향과 역풍과의 관계(關係 relations)가 빚어내는 의미도 뚜렷이 발현(發現)했다. 의미생산이 명백히 이뤄졌다는 뜻이다. 그러나 우리가 일부러 고친 나중 예문은 두 향기가 '같은 바람에 실려 날린다'라는 동일한 풍향에 함께 묶여버렸기 때문에, 다시 말해서 글의 상황 즉 문맥이 흐려졌기 때문에 예리한 대조도 이뤄지지 못하고 선명한 주제의 제시도, 강렬한 의미의 생산 · 전달 효과도 창출하지 못했다. 이런 상황에서 덕향의 의미가 멀리 넓게 풍기기를 기대하는 일은 마치 한라산 내(川)에서 사금(砂金)을 건지려는 시도와 같다(화산암의 내〔川〕에서는 금이 전혀 나지 않으니까).

향기와 바람이 엮어내는 다이내믹한 관계의 연사구조(syntagmatic structure)가 글의 향내를 멀리 실려 보내 우리에게까지 도달되려면 잘 선택된 단어와 단어들이 적절한 짝을 만나 다른 짝들과 대비되는 멋진 결합관계를 과시하며 신바람 나게 노는 말놀이가 흥겹게 전개되지 않으면 안 된다.

이것이 글쓰기의 제일 원칙이자 원리다.

강의 노트①

범렬 선택(範列 選擇 paradigmatic choice)**과 연사 결합**(連辭 結合syntagmatic combination)

문자로 구성된 텍스트건 그림이나 다른 비언어기호(non-verbal sign)로 엮어진 텍스트건 간에 텍스트에 있어서 언어기호(단어 · 낱말)는 고립된 상태로는 출현하지 않는다. 반드시 다른 단어들—또는 기호들—과 결합된 상태로 나타난다.

여기서는 낱말들의 x, y축 즉 수직의 범렬축과 수평의 연사축이 서로 접결(接結)한다는 관점에서 낱말들의 선택과 결합을 살펴보기로 하겠다. 다음 도표를 보면 언어기호의 체계는 세로=수직의 범렬축(範列軸)=y축과 가로=수평의 연사축(連辭軸)=x축의 교차접결로 이뤄진다. 다시 말하면 개, 말, 돼지, 고양이, 닭, 소라는 가축 부류의 동물들이 열거된 y축 범렬(가)와 동물들의 동작을 표현하는 동사들이 모인 범렬(나)와 가축들이 행하는 어떤 동작의 대상이나 방향을 지시하는 낱말들이 나열되어 있는 범렬(다)—이들 세 범렬축들은 우리가 말을 하거나 글을 쓸 때 거기서 골라내 서로 이어줄 낱말들의 집합체이다. 이 낱말들의 집합체인 범렬축에서 낱말들이 선택되어 다른 낱말들과 결합하여, 즉 연사(連辭)하여 수평의 x축에서 '돼지가 우리에서 뛰어나온다'와 같은 하나의 문장이 성립된다. 이 두 축에서의 단어 선택과 결합은 아무렇게나 이뤄지지 않는다. 거기에는 말이나 문장을 실현하기 위한 규칙의 체계(code)가 작용한다. 즉 코드에 따라 각 범렬에서 선택된 낱말들은 서로 결합관계(結合關係)를 맺음으로써 연사구조(連辭構造)를 만드는 것이다.

paradigm(가) ↓	범렬(나) ↓	paradigm(다) ↓	←→
개(가)	짖는다	지붕 위로	syntagm
말(이)	내달린다	다른 나무로	연사(連辭
돼지(가)	먹는다	먹이를(에게)	=결합체)
고양이(가)	날아간다	우리에서	
닭(이)	뛰어나온다	들판을(으로)	
소(가)	덤비다	달 보고(한테)	

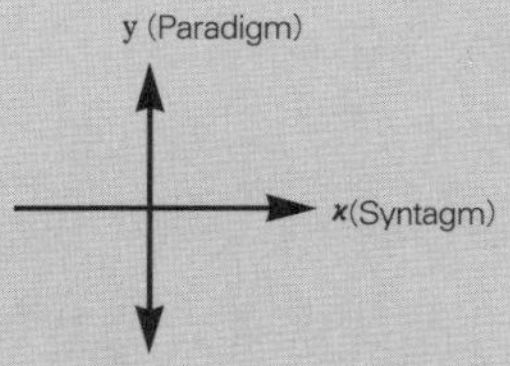

y (Paradigm)

x(Syntagm)

낯선 한자 용어이어서 뜻을 이해하기에 어려움이 있을지 모르겠는데 범렬은 본보기(範)들이 나열(列)된 낱말들의 모음이다. 연사는 '이을 련(連)', '말씀 사(辭)'의 뜻을 가지므로 '말을 잇는 것' 즉 문장의 성립을 의미한다. 연사구조란 이렇게 낱말들이 선택과 결합을 거듭함으로써 성립되는 코드에 의거한 결합작용의 효과라고 말할 수 있다.

구체적인 연습을 해보자. '말이 우리에서 뛰어나와 들판으로 내달린다.'라는 문장은 범렬(가)에서 '말이', 범렬(나)에서 '뛰어나와'와 '내달린다'가. 범렬(다)에서 '우리에서'와 '들판으로'가 선택되고 결합되어 만들어진 연사구조의 문장이다. 여기서 세 범렬항들을 주목해 보면 각기 공통항(共通項)에 속해 있음을 알 수 있다. (가)항은 주어이며 (나)항은 동사들이며 (다)항은 동사의 목적어 또는 보어로서 공통점을 지닌다. 각 낱말들이 공통항에 속한다는 것은 서로 바꿔 사용할 수도 있음을 의미한다. 요약하면 범렬(가) 안에서의 낱말=언어기호들은 주어라는 공통항에 속하므로 상호교체 가능한(interchangeable) 것이다. 앞의 예문에서 말(馬)은 소(牛) 또는 닭(鷄)으로 바꿀 수 있다는 뜻이다. 다른 범렬항들도 마찬가지다.

이번에는 도표 밖으로 나와서 다른 문장의 예를 만들어 보자. '꿀벌이 꽃에 사뿐히 내려앉는다' 대신에 우리는 '보슬비방울들이 꽃에 사뿐히 내려앉는다'로 바꿀 수 있다. 또한 '초여름 김포들판에 벼들이 잘 자란다'를 함민복의 시처럼 '초여름 김포들판에 아파트들이 잘 자란다'로 뜻밖의 바꿔치기를 할 수도 있다. 개성미가 돋보이는 글은 이런 방식으로 탄생한다. 이 점을 독자들이 명심한다면 여러분은 선택과 결합의 원칙을 깨침과 동시에 좋은 글쓰기의 응용능력을 기르는 첫 단계에 이미 들어선 셈이다.

범렬선택과 관련하여, 우리가 중시해야 할 것은 연사축이 언어기호—이 경우 기호일반이라고 상정하자—를 통제하는 규칙으로서 작용하면서 (언어)기호를 실현한다는 점이다. (언어)기호의 실현이라 함은 기호가 처음에는 시간도 장소도 갖지 않은 잠재적 시스템으로서 존재하는 상태에 있다가 비로소 시간과 공간 속으로 들어와서 존재하는 상태로 이행함을 의미한다(石田英敬〔이시다 히데다카〕 著『記號の知/メディヤの知』 2003 pp.47~48 참조).

언어학적인 복잡한 설명은 이 자리에서 생략하고, 이와 직접 연관된 소쉬르의 이론을 간단히 응용, 소개하면 '기호는 범렬축과 연사축의 두 축에 의해서 실현한다.' 식사 메뉴의 결합구조를 예로 들면, 레스토랑에서 내오는 서양요리와 같은 식사법은 「전채(전식)+수프+주요리+커피 등의 음료(후식)」라는 연사구조를 갖는다. 손님은 각 단계의 공통항에 있는 범렬 기호 품목 즉 요리 종목들 중에서 자기가 좋아하는 종목을 선택할 수가 있다. 수프로서 송이수프나 게맛살 수프를 선택할 수도 있고 주요리로서 비프 스테이크나 연어구이를 고를 수도 있다. 이와 마찬가지로 의복의 예를 보면, 「모자+속셔츠+상의(재킷)+넥타이(스카프와 브로치)+바지(스커트)+양말(스타킹)+구두(하이힐)」와 같은 연사구조가 이뤄지는데, 여러분은 의복의 각 범렬 공통항에서 자기 취향에 맞는 색상과 디자인의 것을 드레싱 코드(파티 참석용 옷이냐, 장례식장의 문상복이냐 또는 결혼식 참례용 옷이냐)에 맞춰 선택하여 결합함으로써 한 벌의 정장 스타일을 만들어낼 수 있다.

소쉬르가 지적한 기호결합의 예들을 보면, 기호의 범렬축과 연사축에 의거한 연사구조의 생성은 상당히 넓은 범위의 기호 시스템에서 이뤄진다는 것을 확인할 수 있다.

좋은 글쓰기는 기호 시스템의 작동 원리를 알아 응용함으로써 달성할 수 있다. 그 요체는 말(馬)의 조련사가 야생마를 길들이듯 범렬 계열 쪽에 잠재되어 있는 다시 말해서 아직 사용되지 않은 언어기호들을 얼마나 솜씨 있게 잘 골라내어 다뤄서 말(言語)놀이의 뛰어난 조련사가 되느냐에 달려 있다.

'깊은 엄마 마음'에 이르는 '시리동동'

다음 과제는 단어들이 구체적으로 어떻게 선택되고 그것들이 어떻게 연결되어 의미를 생산하는지를 지금까지와는 다른 방식으로 고찰하는 일이다. 가장 좋은 사례는 제주도 어린이들이 부르는 「시리동동 거미동동」이란 꼬리말 잇기 동요놀이다.

왕거미 거미줄은 하얘, 하얀 것은 토끼
토끼는 난다, 나는 것은 까마귀
까마귀는 검다, 검은 것은 바위
바위는 높다, 높은 것은 하늘
하늘은 푸르다, 푸른 것은 바다
바다는 깊다, 깊은 것은 엄마 마음

이 노래는 육지부(陸地部)의 구전동요 '원숭이 똥구멍은 빨개'로 시작하는 꽁지말 따기 놀이와 형식은 같다. 육지부 어린이들의 꽁지말 따기는 '빨간 원숭이 똥구멍'이 '빨간 사과'로 이어져서 나중에는 '비행긴 높아, 높은 건 백두산'으로 일단 끝난다.

그런 다음 '백두산 뻗어내려 반도 삼천리…….'란 노래의 합창으로 아이들의 고무줄 건너뛰기 놀이가 즐겁게 진행된다.

「시리동동 거미동동」은 거미의 검은 색깔보다는 거미줄의 흰 빛깔에 시선을 집중시킨 착상이 참 특이하다. 거미줄의 여러 속성들 중에서 유독 하얀색 하나만을 고르고 그 하얀색을 토끼의 일부 속성인 다른 하얀색과 연결하는 데서 시작되는 꼬리말 잇기의 첫 단계. 여기서 나는 어린이들이 선택한 아름다운 발상에 탄성이 절로 나온다. '거미?' 하면 으레 검정색을 연상하기 쉽다. 함에도 아이들은 어른들의 통상적 발상을 뒤집고 거미줄의 하양을 골랐다. 그것은 이미지와 의미의 놀라운 반전(反轉)이다. 그렇게 반전되어 선택된 하양이 이번에는 토끼 몸의 흰 색깔과 결합되는 과정도 퍽 흥미롭다. 아이들의 눈에 빤히 비칠 법한 긴 귀와 빨간 눈동자는 젖혀져 있다. 그렇게 해서 이 놀이는 하얀 빛이 나는(飛) 것으로 이어졌다가 마지막 단계에서 '깊은 건 엄마 마음'이라고 끝맺는다. 얼마나 아름다운 맺음인가! 또한 얼마나 고운 의미의 생성인가! 글짓기는 이처럼 곱고 맑은 의미를 창출하는 데 그 핵심이 있다. 그래야 남을 감동시키며 설득할 수 있다. 설득적 커뮤니케이션의 진수를 나는 이 놀이 동요에서 본다.

'사월은 잔인하다', 왜?

꼬리말 잇기는 한 단어가 '간직한'—정확히 말하면 가능성의 것으로 '간직한'이다—다양한 여러 의미들 중 하나의 의미만이 다른 단어의 동일한 의미로 이어지는 데 그 특징이 있다. 그것은 아주 단순한 의미연관(意味聯關)이 펼쳐지는 말놀이다. 글쓰기가 이런 식의 단순한 의미연관만으로 쉽게 성공할 수 있다면 얼마나 좋으랴. 독자들이 이제부터 익히려는 글쓰기는 꼬리말 잇기처럼 단순하지가 않다. 때문에 글쓰기의 요령과 이치(준칙)를 배워야 하는 것이다. 갖가지 의미의 싹을 잠재적으로 내장(內臟)한 단어들이 끼리끼리 서로 만나 일궈내는 글쓰기의 새로운 의미생산 과정. 다시 말해서 여러 단어들이 여러 갈래의 결합관계를 거쳐 의미와 이미지를 생성 · 확장해 가는 과정을 터득한다면 글쓰기 공부는 이미 반쯤 달성한 셈이다. 어떤 의미에서 글이란 단어의 뜻과 이미지가 확장 · 발전하는 의미연관의 전개 과정이라고도 말할 수 있다. 물론 의미와 이미지만이 생산되는 것은 아니다. 정보와 메시지도 아울러 전달된다.

강의 노트②

코드

가장 알기 쉬운 코드(code)는 군부대의 야간경계 보초와 부대원들이 사용하는 암호다. 암호는 둘 이상의 사람들 사이에 약속된 비밀기호의 규범이다. 군대의 비밀 암호 외에도 항해 중 조난한 선박의 SOS 구난신호, 뱃길을 알리는 등대의 불빛 신호 등도 코드에 해당한다.

커뮤니케이션 과학에서의 코드는 커뮤니케이션 시스템에서 인정된 요소들(모르스 부호(Morse code), 전류 · 빛 · 소리의 장/단, 끊김/이음, 컴퓨터의 1/0같은 것들)을 결합시키는 기본적 규칙들의 체계를 가리킨다. 이 시스템의 규칙들은 오늘날 언어기호(〈강의 노트③〉을 참조할 것)의 코드에서 컴퓨터 코드에 이르기까지 매우 폭넓게 사용된다. 바이오텍의 유전자 코드도 그중 하나다.

미국 정보과학이론가들의 연구에 따르면 커뮤니케이션은 원래 메시지의 기계적 전이(transfer) 과정으로 이해되었다. 커뮤니케이션의 기본 모델로서 사용되던 모르스 전신(telegraph) 부호와 음성을 전기 신호로 바꾼 전화통화에서의 송수신 부호들은 20세기 초 이래 언어학, 기호학, 미디어 연구에서 채택되어 사용되었다. 이 분야의 개척자가 스위스의 기호학의 창시자인 소쉬르(Ferdinand de Saussure, 1857~1913)이다.

소쉬르는 일상 대화에서 사람마다 특이한 악센트, 억양, 속도, 어투 등이 거의 무한대라 할 정도로 다양하고 가지각색으로 사용되는 말(發話 speech)들이 어떤 일관성을 갖춰 체계적인 형식 내에서 생산되도록—또는 읽히도록—하는 그 무엇 다시 말해서 규칙의 체계가 있는지를 찾으려 했다. 그 결과 위와 같은 발화의 다양함에도 불구하고 거기에는 일정한 룰(rule)이 있음을 발견했다. 그 룰의 체계가 바로 코드이다.

소쉬르는 이를 간단히 이렇게 정리했다. 코드는 '지금까지 입 밖에 내본 적이 없는 새로운 말(speech)을 생산하기 위해 요소들(단어와 같은 사전의 표제어들)을 선택하고 결합하고 이용할 수 있도록 하는 총체적인 결합규칙의 체계(문법)' 라고.

대화나 글쓰기에서는 문법의 코드가 사용된다. 다른 비언어기호(NVS)들이 결합될 경우에는 각기 고유한 다른 이름의 코드가 사용된다. 예컨대 여러 가지 식재(食材)들을 골라 결합할 때에는 조리법(recipe) 코드가, 여러 가지 천을 선택하여 옷을 만들 때는 의복(衣服) 코드(code of dress)가, 결혼식장이나 장례식장 또는 사무실에서의 활동이나 휴일 놀이에 나설 때 골라 입을 의복의 경우에는 옷입기 코드(dressing code)가, 유전자 배열에 의해 장 아무개, 박 아무개를 판별해내는 경우에는 유전자 코드(genetic code)가 그리고 카드놀이나 축구 경기를 할 때는 경기 코드(rule of game)가 사용된다.(T. Twaites, L. Davis & W. Mules *Introducing Cultural and Media Studies: a Semiotic Approach* Palgrave 2002)

이제부터는 단어들의 의미연관이 어떻게 전개되는지. 그 과정을 다음 사례에서 좀 더 자세히 고찰해보자.

(가) 나는 4월을 좋아하지 않는다. '잔인한 달'이기 때문이다.

캘린더의 질서를 어긴 변덕 날씨, 그것은 막 피어나려는 벚꽃망울을 움츠리게 하고, 갓 피어난 꽃잎들을 짓눌러 망가뜨린다. 언 땅을 힘들게 부숴 헤집고 나온 생명의 싹을 짓밟는 달, 그래서 4월은 '잔인한 달'이다.

(나) 4월은 또한 나 개인에게도 몹시 '잔인한 달'이다.

충분한 준비를 하여 입사시험에 응했지만 결과는 번번이 낙방. 벌써 다섯 번째다. 서류심사와 필기시험에는 합격점을 받지만 면접 단계에 가면 어김없이 퇴짜다. 이유를 모르겠다. 출신학교가 명문이 아니어선가? 인물이 못생겨서인가? 못생긴 얼굴, 한 번 성형 수술이라도 해볼까? 이렇게 성실하고 착한 젊은이를 세상의 어른들은 왜 몰라줄까.

4월은 내 뜻의 싹을 무참하게 밟아버리는 '잔인한 달'이다.

'잔인한 4월'은 떠오르는 생각을 두서없이 적은 글이다. 문법적 질서를 갖추기는 했지만 반드시 논리적 정연성을 치밀하게 구비하지는 않았다. 단어의 의미가 적당히 연결되어 있을 따름이다. 그 의미연관의 전개과정에서 전단(가)의 '잔인한 4월'은 자연의 '변덕 날씨'와 맞닿아 있다. 이와 대조적으로 후단(나)의 그것은 글쓴이의 개인적 취업 사정과 연관되어 '잔인함'을 읊는다.

'잔인한 4월'의 사연은 다시 더 있을 수 있다. '떠나야 할 사람과의 이별, 울어야 할 사람의 가슴 아픔'이란 의미가 그것이다. 이렇게 보면 '잔인한 4월'은 꽤 넓은 의미의 외연(外延)을 그 안에 잠재적으로 품고 있음을 알게 된다. 생각의 방향과 전개 방식에 따라서는 4월은 얼마든지 다른 의미를 생산할 수 있다는 뜻이다.

여기서 주목할 일은 캘린더의 4월과 자연, 그리고 '나의 개인적이고 사밀한(私密=private) 일' 사이에는 '잔인함'의 논리적 필연성도 없고 불가피한 의미연관도 없다는 점이다. 다만 캘린더의 4월과 자연, 그리고 '나 개인'과의 사이에는 '사밀하고 주관적인 생각과 이미지'가 타인과 상이한 방식으로 4월의 '잔인함'이란 의미를 생산하고 있을 따름이다. 자연 자체는 잔인함의 속성도 다정함의 속성도 지니지 않는다. 보는 이(viewer)의 관점이 그런 의미를 생산할 뿐이다. 때문에 '잔인한 4월'의 의미는 주관적이며 자의적(恣意的 arbitrary)이다. 그것이 공공적(公共的 public) 의미로 전환되려면 사회 성원들 간에 의미의 공유와 합의(合意 consensus)가 성립되어야 한다.

요컨대 (가)와 (나) 문단은 서로 논리적 필연성이나 논리적 연관성 또는 '잔인함'에 대한 공공적 의미의 공유를 결하고 있다. 함에도 두 문단의 내용에 독자들은 비슷한 취지의 의미를 감득(感得)할지도 모른다. 두 문단은 각기 독자들이 공감할 수 있는 감성적 의미를 생성하기 때문이다. 이런 감정적인 의미작용(signification)은 왜 가능할까? (가)와 (나)의 글귀들이 '잔인한 4월'의 의미나 이미지를 낳게 하는 문맥(文脈 context)이 글귀의 갈피마다에 이미 존재하기 때문이다. 문맥과 의미작용에는 물론 다른 요인들도 작동한다. 자세한 설명은 뒤로 미루기로 한다.

2. 주제의 생동감을 살리는 리듬

간결한 문체를 낳는 짧은 박동

단어들의 선택과 결합 그리고 의미생산과 문맥에 이어 우리가 간과하지 말아야 할 일은 글의 리듬이다. 리듬은 독자가 글의 주제의 생동감을 살리는 문장의 파문이며 울림이다. 리듬은 또한 독자가 글의 내용을 즐겁게 읽으며 달리도록 하는 보행조절자(pace-setter)의 구실도 겸한다. 아울러 리듬은 짧은 박자로 작동하면 간결(簡潔)한 문체(文體)의 효과도 낼 수 있다. 그것이 리듬의 이점이다. 그래서 간결한 글을 쓰기 위해 작자는 거기에 경쾌한 리듬을 실어 주제를 살리려고 애쓰는 것이다. 글의 힘과 흥을 북돋우는 활력소이자 가슴속에 일렁이는 잔물결 같은 박동(搏動), 그러한 리듬이 없는 문장은 기맥(氣脈)을 잃은 글이 되고 만다. 힘과 흥의 기력이 쇠잔해진 글, 리듬이 퇴색한 글은 밋밋하기 짝이 없다.

리듬은 시 · 시조와 같은 운문(韻文)에서만 활동하지 않는다. 소설 · 논평 · 수필 · 보도문 · 연설문 등 모든 장르의 산문에서도 리듬은 효과를 발휘한다. 글에서 리듬이 생생하게 살아 움직이느냐 아니냐에 대해서는 우리가 체험을 통해 너무나 잘 알고 있다. 소리 내어 낭독하거나 마음속으로 묵독(默讀)해보면 금방 알아차린다.

김영랑의 시 「모란이 피기까지는」이나 정지용의 「향수」를 읽어보라. 되도록이면 목소리를 높여 낭송해 보라. 읽는이는 가슴속에 잔잔하게 일어나는 파문(波紋)의 울림을 감득할 것이다.

> 모란이 피기까지는/나는 아직 나의 봄을 기다리고 있을 테요/모란이 뚝뚝 떨어져 버린 날/나는 비로소 봄을 여읜 슬픔에 잠길 테요. (후략) (김영랑 「모란이 피기까지는」)

> 넓은 벌 동쪽 끝으로/옛이야기 지즐대는 실개천이 휘돌아 나가고/얼룩배기 황소가/해설피 금빛 게으른 울음을 우는 곳/그곳이 차마 꿈엔들 잊힐리야. (후략) (정지용 「향수」)

지용의 「향수」에 비하면 영랑의 「모란이 피기까지는」은 리듬이 덜 드러나는 듯하다. 하지만 낭송해 보면 시 안에 내재(內在)한 율동의 아름다움이 행간을 헤집고 모습을 드러내는 것을 여실히 느낄 수 있다. 이러한 리듬의 감득은 이치를 따지어 머리로 아는 지득(知得)과 다르다. 물론 시와 같은 감성적(感性的 sensible)인 운문에만 리듬이 작동하는 것은 아니다. 논증 양식으로 쓰인 이지적(理智的 intelligible)인 글에서도 리듬은 요구된다.

율동(律動)은 리듬(rhythm)의 역어. 시문이나 음악에서 음성적인 셈 · 여림 박자나 글귀의 잔잔한 파문 같은 움직임이 규칙적으로 되풀이 나타나는 울림 즉 운율(韻律)이 곧 리듬이다. 김덕수 '사물놀이패'가 관중들 앞에서 연주하는 우리네 전통 타악기들의 규칙적인 두들김 소리, 멜로디 없이도 얼마든지 어깨를 들썩이게 하며 흥을 돋우는 박동의 울림, 그것이 다름 아닌 리듬이다. 글의 리듬은 부드러우면서도 힘차며 힘차면서도 고운 소리의 타악(樂)이다.

현대시에 비하면 옛날의 시조와 가사(歌辭)는 리듬의 정형성(定型性)이 더욱 뚜렷하게 드러났다. 조선시대 남구만(南九萬)의 시조 "동창이 밝았느냐 노고지리 우짖는다/소치는 아해 놈은 상기 아니 일었느냐/재 너머 사래 긴 밭을 언제 갈려하느뇨." 라든가 송강 정철(松江 鄭澈)의 저 유명한 속미인곡(續美人曲) 첫 머리 "제 가는 저 각시 본 듯도 하오구려/천상백옥경을 어찌하여 이별하고/해 다 져 저문 날에 누를 보러 가시는고."(시조와 가사의 고어체 말은 인용자가 현대어로 고쳤음)를 낭송해보라. 거기에는 둘 다 3.4조, 4.4조의 운율이 있다. 이것이 정형시가 지닌 리듬의 가장 현저한 특징이다.

글에서 리듬이 살아 있느냐 없느냐를 판가름하는 방법 중 하나는 글쓴이가 자기 글을 직접 읽어 보는 것이다. 읽어서 규칙적으로 되풀이 울리는 박동과 잔물결이 일어나는 파문을 가슴으로 느낄 수 있으면 그 문장에는 리듬이 작동하고 있다.

리듬을 그렇듯 강조한다면 글의 주제(主題)는 어떻게 되느냐? 이렇게 묻고 싶은 독자가 혹시 있을지 모르겠다. 글의 모두에서 밝혔듯이 리듬은 어디까지나 주제와 연관되어서 작동하는 보조수단이다. 리듬이 주(主)가 되고 주제가 종(從)이 되는 법은 있을 수 없다. 주제 없는 글은 곡조 없는 노래와 같다. 주제가 없는 글은 머리가 없는 글이나 마찬가지이니까. "우리는 이에 우리 조선이 독립국임과 우리 조선인이 자주민임을 선언하노라"로 시작되는 1919년(기미己未) 「3 · 1독립선언서」를 보라. 주제가 글 첫 머리에 당당히 제시되고 힘찬 리듬을 타면서 역동감 있게 전개되어 나간 점에 유의하기 바란다. 과연 작성자 최남선의 문장 솜씨가 약여하게 드러났다.

주제의 제시와 함께 우리가 간과하지 말아야 할 일이 하나 더 있다. 리듬에 지나치게 집착하다가 글의 품격을 떨어뜨려 경박하게 만들어서는 안 된다는 점이다. 리듬(律動)에만 너무 경도(傾倒)하게 되면 자칫 글의 운치(韻致)를 상실할 우려가 있다. 운치란 글의 고상 · 우아한 품격을 가리킨다. 한 마디로 격조 높은 글의 아름다움이다. 운치를 살리는 일은 곧 작자의 품위 높은 인격을 드러내는 것에 다름 아니다.

이 점을 염두에 두고 다음 예문들을 읽기 바란다. 그러면 리듬의 중요성이 어느 정도인지를 감득하리라.

은현리에서 보내는 가을 편지

은현리(銀峴里)에 가을이 왔다는 것은 들판에 서 있는 키 큰 미루나무가 제일 먼저 압니다. 여름 내내 푸른 들판에 푸른 !(느낌표)로 서 있던 미루나무는 지금 황금빛 !로 변해가고 있습니다. 그래서 벼가 다 익어 가을걷이를 준비하는 지금, 은현리 들판도 황금들판입니다. 황금들판이란 은유가 낡은 것이라는 걸 저도 알고 있습니다. 그러나 저 농사의 처음부터 끝까지를 지켜보았다면 낡은 것일지라도 제 은유에 동감하실 것입니다.

가을들판의 황금색은 은현리 농부가 땀으로 빚어낸 또 다른 예술작품입니다. 그건 땅속에 묻힌 황금을 캐는 횡재가 아니라 모심기를 시작으로 쉴 틈 없이 농사일과 싸우며, 유난히 무더웠던 지난여름과 결실을 앞두고 찾아왔던 태풍 '산산'을 견디며 은현리 농부가 완성한 색깔입니다. (후략) (2006년 10월 3일 시인 정일근, 「은현리에서 보내는 가을편지」)

서간체로 쓰인 「은현리에서 보내는 가을 편지」는 황금들판의 벼 이삭들처럼 일렁이는 잔물결이 참으로 곱다. "은현리에 가을이 왔다는 소식은 들판에 서 있는 키 큰 미루나무가 제일 먼저 압니다. 여름 내내 푸른 들판에 푸른 !(느낌표)로 서 있던 미루나무는 지금 황금빛 !로 변해가고 있습니다." "가을들판의 황금색은 은현리 농부가 땀으로 빚어낸 또 다른 예술작품입니다." 이런 글귀들을 낭독해 보라. 분명 우리 귀에 친숙한 율조(律調)의 리듬이 낱말마다에서, 글귀의 갈피갈피에서 움직이며 글 뜻의 박동을 울려줄 것이다.

우리 민족의 정신적 고향, 신화를 말한다

한 민족의 본적지(本籍地)는, 말하자면 그 정신의 고향은 그 민족이 만들어낸 신화(神話) 속에 있다. 그것은 현실을 꿈으로 옮기고, 또한 꿈을 현실로 옮겨놓은 한 민족의 영원한 마음이기 때문이다.

신화는 어제의 이야기도 아니며, 그렇다고 내일의 이야기도 아니다. 오늘의 이야기는 더군다나 아닌 것이다.

신화의 언어는 어제와 오늘과 내일이 혼류(混流)하여 흐르는 텐스(時制) 없는 언어이다.

그러나 불행하게도 우리에게는 그와 같은 신화의 유산(遺産)들이 풍부하지가 않다. 엄격한 의미에서 우리나라에는 신화라는 게 없었고, 또 신화라는 말조차 옛날에는 없었다. 저 다양하고 현란한 올림퍼스 산록의 희랍신화들과, 그리고 그 산재(散在)해 있는 신화의 언어들을 명주실 같은 체계로 엮어 놓은 헤시오도스의 『신통기神統記』—과연 그러한 것들에 비한다면 우리에게 신화가 없다는 불평도 거짓은 아니다.

그러나 『삼국유사』의 좀먹고 퇴색하여 먼지 속에 사그라져 가는 그 책갈피를 좀 더 조심스럽게 펼쳐 본 일이 있는가? 만약 우리가 좀 더 맑은 눈과 밝은 귀로 『삼국유사』에 씌어 진 그 언어들을 다시 읽는다면, 우리가 지금껏 판독(判讀)할 수 없었던 망각(忘却)의 언어를 되찾을 수 있을 것이다.

『삼국유사』야말로 한국인의 정신적 고향인 신화의 결정체라고 볼 수 있기 때문이다. 그것은 단순한 역사책이 아니다. (후략) (李御寧, 『전집 韓國과 韓國人 (1)』, 三省出版社, 1968, 머리글 「이 책을 읽는 분에게」에서)

한 민족의 정신적의 고향은 "그 민족이 만들어낸 신화 속에 있다" 라는 단정을 보라. 저자는 그런 신화는 "현실을 꿈으로 옮기고, 또한 꿈을 현실로 옮겨 놓은 한 민족의 영원한 마음"이라고 강조한다. 이 대목에 이르면 리듬의 박동이 고조에 이르는 것을 어렵지 않게 터득하리라. 더더구나 "신화의 언어는 어제와 오늘과 내일이 혼류하여 흐르는 텐스 없는 언어"와 만난다는 글귀. 여기서 독자는 신화의 뜻을 쉽게 풀이해준 저자의 배려에 저절로 고개를 끄덕일 것이다.

정목 스님의 「행복 노트」

(전략) 한번은 은사스님의 심부름으로 초와 향을 사러 조계사 앞에 갔다가 종로 2가에 있던 '르네쌍스'라는 음악 감상실에 승복 차림으로 들어간 적이 있다. 은사스님께 들키는 날이면 거의 초죽음이 될 것을 뻔히 알면서도 나는 심부름 나온 그 짧은 틈을 참지 못했다. 그렇게 라흐마니노프의 피아노 협주곡이나 차이콥스키의 음악을 도둑질하듯 듣고 부리나케 돌아오면 절 문 앞에서부터 심장이 뛰곤 했다. 지금 돌이켜보면 그때의 그 심장 소리가 행복의 소리였던 것 같다.

노래 외에 나만의 사소한 행복 비결을 손꼽자면 청소하기다. 그것 또한 힘든 사미니(여성 예비 승려) 시절부터 길들어진 버릇. 그 시절 절집에서는 유일하게 청소하는 시간이 나만의 자유 시간이었다. 법당과 요사채와 공양소, 화장실, 마당 뒤뜰 등 청소를 할 곳은 많기도 했다. 이곳저곳을 부지런히 쓸고 닦다 보면 망상은 사라지고 마음은 단정해지며 행복해졌다. 청소하면서 슬금슬금 혼자 노래까지 부를 수 있어 행복을 위한 비결 두 가지를 한꺼번에 이뤘으니 얼마나 좋았겠는가?

혼자서 부르는 노래는 내가 나에게 들려주는 선물이기도 하다. 잘 불러야 할 이유도 없고, 누구에게 검열받아야 할 이유도 없는 위치에 있는 지금 여전히 노래와 청소는 법회니 강의니 하며 전국을 좇아다녀야 하는 내게 작은 공양이며 기쁨이다. 요즘은 한 번씩 들르는 유나방송의 작은 홀에서 피아노로 동요를 치며 어린시절 추억에 잠기기도 한다. 며칠 전엔 휴대전화에 노래 가사 몇 개를 담아 놓았다. 쉬고 싶을 때 혼자 흥얼흥얼 부르는 노래는 꽃씨같이 조그만 행복이며, 마음을 편하게 바꿔주는 부처님 손길 같다.(조선일보, 2013년1월 5일)

비구든 비구니든 스님의 행복은 구도 정진의 수행 생활에서 회득(會得)하는 깨달음의 대자유인이 되는 데 있는 것으로 알고 있던 나에게 정목 스님의 글은 뜻밖이다. 내용도 내용이려니와 이 글에서 주목할 점은 요란한 꾸밈이 없이 담백하고 리드미컬하게 써내려간 글 스타일에 있다. 스님이 치는 피아노 소리에 맞춰 흥얼흥얼 부르는 노랫가락이 '꽃씨 같이 자그만 행복'을 가져다 주는 '부처님 손길 같다'는 글의 맺음이 인상적이다.

3. 글쓰기는 아름다운 패션

경쾌하여 속도감 있는 글

글쓰기는 아름다운 패션이다. 옛날에도 그랬고 지금도 그러하다. 옷의 유행처럼 글쓰기도 유행을 탄다. 30년 전 디자인된 옷을 입고 오늘날의 거리에 나선다면 어색함을 느끼지 않을까. 옷 잘 입는 멋쟁이의 애호를 여전히 받는 '예스런 모시저고리'가 이제는 더 이상 필요하지 않다는 뜻이 아니다. 그 '예스런 모시저고리' 마저도 실은 얼마쯤은 개량된 디자인과 색깔로 새 단장을 한 사실에 주목하기 바란다. 패션은 이처럼 부단한 개량을 통해 늘 새롭게 태어난다. 유행에 둔감한 노년의 눈에는 새로 태어나는 패션이 잘 띄지 않겠지만. 하지만 그들마저도 발랄하게 생기를 뿜는 젊은이가 유행 옷을 입고 가수 싸이의 '강남스타일' 말춤(馬舞)을 추는 경쾌한 모습을 보면 싫지는 않으리라.

글쓰기도 유행과 마찬가지로 소비자(독자)의 마음을 사로잡지 못하면 아웃 옵 패션(out of fashion)이 된다. 출퇴근 시간에 2~3분 간격으로 전철이 오가는 쾌속 지하철 시대에는, 인터넷이 시공을 초월하여 우리의 생활과 사고를 거대한 정보그물망 안에 얽어놓는 지금의 디지털 네트워크 시대에는 그에 걸맞은 사고가 요구된다.

글도 경쾌하게 달릴 줄 알아야 한다. TV 드라마든 영화든 느린 진행은 우리를 답답하게 만들고 마침내 시선을 돌리게 한다. 느리게 사는 법의 효험을 강조하며 '느림의 미학'을 가르치는 사람들의 선량한 의도를 모르는 바 아니나, 글의 경우는 어쨌든 경쾌한 속도감이 느껴져야 좋다. 그런 글을 읽는 독자도 덩달아 흥겹다.

젊은 소설가 천운영의 다음 글은 탁구대에서 핑퐁 공이 콩콩 왔다 갔다 하듯 지면(紙面)에서 톡톡 튄다. 요즘 글은 이처럼 핑퐁 공 같이 튀는 패션이 인기를 끈다.

> 먼발치에서 바라본 그녀. 경쾌하면서도 가볍지 않은 옷차림. 단호한 눈매와 야무진 입술. 내가 상상했던 그대로의 은희경이었다.
>
> 그녀는 핑퐁을 치는 소녀 같았다. 누군가 핑, 대화를 시작하면 퐁, 하고 가

볍게 받아치는 핑퐁소녀. 목소리는 크지 않았지만 좌중의 시선을 모을 만큼 강력했고 그녀가 구사하는 기술은 포핸드 속공에 블록까지 다양하고 정확했다. 그녀가 받아치지 못할 대화는 없어 보였다. 젊은 애건 늙은이건, 진중하건 가볍건, 호의적이건 적대적이건, 그녀에겐 문제되지 않았다. 그녀가 드라이브를 넣을 때마다 좌중에선 웃음꽃이 부서진다.(조선일보, 2007년 9월 29일)

'2007 동인문학상'의 수상작 선정을 앞두고 후보작을 낸 5명의 작가들과 그들의 작품에 대해 문단 동료들과 선 · 후배 작가들이 직접 소개하는 신문의 연재특집 중 제2회 분의 첫 대문이다. 요즘 잘 나가는 인기작가 천운영이 이쯤 묘사했으면 은희경이란 또 하나의 인기작가가 어떤 인물인지는 대충 짐작이 가리라. 은희경 자신도 경쾌한 작가이지만 천운영 역시 그에 못지않다. 음표 하나하나가 스타카토로 분절되는 아주 가볍고 리드미컬한 글 솜씨를 그는 자산으로 지녔다. 은희경은 동료작가 천운영에 의해 경쾌한 '핑퐁소녀'로서 재창조되었다.

백 년 전 옛 글에서 오늘을 배운다

이번에는 2백 년쯤 전의 옛글을 들여다보자. 이에 비하면 지금의 우리의 글 패션은 상상을 초월할 정도로 엄청나게 달라졌음을 실감한다. 그래서 일부러 『장화홍련전』의 일부를 여기에다 옮겨 놓은 것이다.

이때, 좌수 비록 망처(죽은 아내)의 유언을 생각하나 후사(가문의 대를 잇는 후계자)를 아니 돌아볼 수 없는지라 이에 두루 혼처를 구하되 원하는 자 없으매 부득이하여 허씨를 취하매 그 용모를 의논할진대 양협(두 볼)은 한 자이 넘고 눈은 퉁방울 같고 코는 질병 같고 입은 미여기(메기) 같고 머리털은 돗대솔(돼지털) 같고 키는 장승만 하고 소리는 시랑(승냥이)의 소리 같고 허리는 두 아름 되고 그중에 곰배팔이며 수중다리에 쌍언챙이를 겸하였고 그 주둥이는 써을면

(썰면) 열 사발이나 되고 얽기는 멍석 같으니 그 형용을 차마 견대어 보기 어려운 중, 그 용심(마음씀씀이)이 더욱 불측하여……(『장화홍련전』의 일부. 이태준, 『문장강화』, 창작과비평사, 1988, p.18. 괄호안의 현대어는 인용자가 붙인 것임)

작자미상의 『장화홍련전』은 19세기 초엽의 작품. 한글 세대의 젊은이들이 이를 이해하려면 한글사전을 들고 많은 단어들의 뜻을 알아봐야 할 만큼 전혀 낯선 용어들이 등장한다. 좌수, 망처, 양협, '한 자이'의 ~이, 질병, 미여기, 돗대솔, 시랑, 곰배팔, 수중다리, 써을면, 용심 등. 맞춤법의 표기를 인용자가 현대식으로 고쳤음에도 이만큼이나 많은 생소한 말들이 눈을 어지럽힌다.

사용된 단어만이 우리에게 생소한 게 아니다. 문장의 길이도 낯설다. 작은 시냇물의 디딤돌들을 가볍게 건너뛰듯 읽히는 현대 문장에 비하면 『장화홍련전』의 그것은 너무 길다. 끊긴 데 없는 하나의 긴 문장으로 되어 있다. 읽다 보면 숨을 쉴 데가 어디쯤인지를 분간하기 어렵다. 온통 한 문장으로 씌어졌기 때문이다.

장지연의 시일야방성대곡

'오늘에 이르러 목놓아 통곡하노라'란 뜻의 '시일야방성대곡은 1905년 11월 20일자 『황성신문(皇城新聞)』에 게재된 장지연(張志淵)의 논설이다. 이 신문의 주필 장지연은 그해에 을사조약이 강제로 체결되자 이 논설을 써서 조약의 강제성과 굴욕적인 내용을 폭로하고, 일본의 침략적 흉계를 통렬히 공박하여 그 사실을 온 국민에게 널리 알렸다. 이로 인해 그 신문은 사전검열을 받지 않고 신문을 배포했다는 이유로 3개월간 정간처분을 받았으며 장지연은 일본 관헌에게 붙잡혀서 90여 일간 투옥되었다가 석방되었다.

이 논설은 국한문혼용체로 씌어졌기 때문에 오늘의 한글 세대가 읽기에는 쉽지 않다. 그래서 이해하기 쉽도록 될 수 있는 한 한문투의 용어를 한글 문체로 고쳐 써 보았지만 한문성어의 맛을 살릴 몇몇 글귀는 그대로 살렸다. 오늘날의 신문 사설 문장의 문체와 얼마나 다른가를 비교해 보기 바란다.

지난번 이등후(伊藤候: 이토 히로부미 侯爵 伊藤博文에 대한 경칭)가 한국에 오자 우리 인민(愚我人民: 愚는 우리 인민의 겸양어)들은 웬 일인고 하며 서로 이르되 候는 '평소 동양 3국의 정족안녕(鼎足安寧)을 자담주선(自擔周旋: 스스로 맡아 주선함)하던 사람이라, 오늘의 내한(來韓)이 필경 우리나라의 독립을 공고히 부식(扶植:심어 뒷받침함)하는 방략(方略)을 권고하리라' 하여 (인천) 항구에서 서울에 이르기까지 관민상하가 환영하여 마지않았더니 천하의 일에는 예측하기 어려운 일도 많도다. 천만 뜻밖에도 5조약은 어찌하여 제출되었는고? 이 조약은 비단 우리 한국뿐 아니라 동양 3국의 분열을 빚어낼 조짐이니 이등후의 본의는 과연 무엇인고?

그건 그렇다 할지라도 우리의 대황제(大皇帝) 폐하의 강경하신 성의(聖意)로 이미 거부되었으니 이 조약이 성립되지 아니 함은 (분명하므로) 상상컨대 이등후도 자지자파(自知自破: 스스로 알아서 파기함)할 바이거늘, (하물며) 저 개돼지만도 못한 소위 우리 정부의 대신이라는 자는 각자의 영리만을 생각하고, 위협에 머뭇거리고 벌벌 떨며 매국(賣國)의 도적이 되어, 사천 년 역사의 강토와 오백 년 종사(宗社)를 타인에게 바치고, 이천만의 생령(生靈)을 모두 타인의 노예되게 하니, 저 개돼지만도 못한 외무대신 박제순(朴齊純)과 각 대신은 족히 엄하게 문책할 가치도 없거니와, 명색이 참정(參政)대신이라는 자는 정부의 우두머리임에도 불구하고, 다만 '부(否)' 자로써 책임을 면하며 이름만 팔려고 도모하였더란 말이냐! 김청음(金淸陰)처럼 통곡하며 문서를 찢지도 못했고, 정동계(鄭桐溪)처럼 배를 가르지도 못해 그저 살아남고자 했으니 그 무슨 면목으로 강경하신 황제 폐하를 뵈올 것이며 그 무슨 면목으로 2천만 동포와 얼굴을 맞댈 것인가. 아! 분한지고! 이제 노예된 이천만 동포여! 살았느냐 죽었느냐! 단군 기자이래 사천 년 국민정신이 하룻밤 사이 졸지에 멸망하고 마는가. 원통하도다! 원통하도다(痛哉痛哉)! 동포여! 동포여(皇城新聞, 1905년 11월 20일, 張志淵의 「是日也放聲大哭〔오늘에 이르러 목놓아 통곡하노라〕」)

우리나라의 근현대 명논설 중의 한 편으로 꼽히는 장지연의 이 글은 비록 국한문(國漢文; 한국과 한문) 혼용의 옛 문체로 비분강개조로 씌어지기는 했지만 예와 격조를 잃지 않고 있어 높이 평가할 만하다. 논설은 먼저 이토 히로부미의 본뜻이 한반도 침략과 대한국민의 노예화, 동양 3국의 분열에 있다는 사실을 적시하고 아울러 일본 침략자들의 겁박에 벌벌 떨며 굴종하여 조약을 받아들인 을사오적(五賊)의 용렬한 매국행위를 통렬히 질타했다. 이런 문체의 비분강개조는 북받치는 감정을 억제하지 못해 자칫 본지이탈(本旨離脫)의 함정을 피하기 어려운 법인데 저자는 이를 슬기롭게 뛰어넘은 동시에 과유불급(過猶不及; 지나침은 모자람과 같다는 뜻으로 중용의 길을 강조함)의 대도에 당당히 서서 본래 취지를 조밀(稠密)하게 전개했다. 중용의 도와 상대방에 대한 예와 격조를 지켰음은 이토 히로부미에게 성(姓) 자 밑에 후작의 칭호를 붙여 '伊藤候'라 불렀으며 '우리 인민' 앞에도 '어리석을 愚' 자를 겸양어(謙讓語)로 첨부한 데서 여실히 드러나고 있다. '伊藤候'나 '愚我國人民'은 결코 이토에게 굴종하는 자세를 보인 것이 아니다.

그러한 예의 표시 뒤에서 이토의 흉계를 드러내 날카롭게 비판한 기개는 반면 한국인민의 독립의지를 불태우는 설득적 효과를 발휘했다는 점에서 이 글은 매우 뛰어난 항일 논설문으로 꼽는 데 아무런 손색과 주저함이 없다. 옛말투의 논설이어서 오늘날 젊은이들이 읽기에는 거북스러움과 난해함이 있겠지만 우리는 이런 문체의 글에서도 문장 작법의 새로운 가치와 가르침을 배우는 지혜를 잃지 말아야 할 것이다. 대한제국의 독립을 실질적으로 강탈한 을사늑약(乙巳勒約)의 체결 당시 인민의 분노를 대변한 논설 '오늘에 이르러 목놓아 통곡하노라'의 웅혼(雄渾)한 항일 필치에 새삼 머리가 숙연해지지 않을 수 없다.

새 패션 언어의 감성적인 글

시대가 바뀌면 글쓰기의 패션도 바꿔야 하는 법. 그 시대 사람들이 요구하는 감성과 지성에 부응하는 글쓰기 스타일이 요구되기 때문이다. 지금의 문화가 감성의 문화라 불리듯 글도 웬만큼 감성적이어야 한다. 시각적으로나 청각적으로나 감성적이어야 한다. 그렇다고 감성의 강조가 논리마저 마구 무시해도 좋다는 얘기는 물론 아니다. 논리를 제대로 살리면서 읽는 사람의 정감(情感 affect, emotion)에 호소하는 글, 그래서 그 사람의 마음을 사로잡는 글, 그런 글이 새로운 패션 감각을 살린 글이 된다는 뜻이다.

글의 패션은 잠깐 선풍을 일으켰다 금방 사라지고 마는 일과성 유행열풍(fad)이 아님을 먼저 분명히 해야겠다. 패션은 그 자체가 새로운 것의 창조이다. 영어 fashion이 유행(mode)이란 의미에 덧붙여 '만들다, 형성하다' 라는 의미를 함유함을 참조하면 그러하다. 그러므로 글쓰기의 패션은 때의 흐름(時流)을 타는 유행(流行)일뿐더러 한 걸음 더 나아가서 새로운 멋, 새로운 스타일의 글을 다시 창조한다 라는 의미를 담고 있다. 새 패션의 글쓰기는 곧 창조적 새 스타일의 글쓰기이다.

'언어의 발견'에 대한 이해

새 패션의 글쓰기란 구체적으로 어떤 것을 일컫는 말일까? 이 물음에 대한 일차적인 답은 먼저 언어에 대한 올바른 이해에서 찾기 시작해야 옳을 듯싶다.

양명문의 시를 변훈이 작곡하고 굵직한 바리톤 음성의 오현명이 불러

유명해진 우리 가요 「명태」를 예로 들자. 이 노래에서 명태는 '몸빛이 등 쪽은 청갈색, 배 쪽은 은백색인 대구과(科)의 한류성 바닷물고기'라는 생물학상의 분류 개념을 훌쩍 벗어난다. 시인의 명태는 '이집트의 왕처럼 미이라가 된 명태' '어떤 가난하고 외로운 시인의 쐬주 안주가 되는 명태' '그 시인이 밤늦게 쓴 시가 되는 명태' '짝짝 찢어지어 내 몸도 없어질지라도 내 이름만은 남아 있으리라'고 기대하는 명태로 둔갑한다.

또한 그 한류성 물고기는 '명태'라는 단 하나의 이름으로서만 존재하지도 않는다. 강원도에서 잡히면 강태(江太), 추위에 언 동태(凍太)가 인제 용대리 고원의 덕장에서 찬 칼바람과 눈발을 맞으며 얼고 풀리며 마르기를 되풀이한 끝에 탄생하는 바짝 마른 황태(黃太), 아침 밥상에 올린 해장국의 주요 식재(食材)가 되어 간 밤 마신 '쐬주'의 독을 푸는 술꾼의 북어로 변신한다. 명태는 이처럼 갓 잡아올린 생태(生太)에서부터 강태, 동태, 황태, 북어로 이름이 잇따라 바뀔뿐더러 그때마다 그 의미도 변한다. '한류성 바닷물고기'의 거듭되는 변신에서 우리는 언어기호*(verbal sign)의 속성—의미의 다양성과 개념의 불투명성—을 배운다.

두 번째로, 우리는 단어와 그 지시대상(referent or, object)과의 관계를 알아야 한다. 단어는 구체적인 실물대상을 항상 있는 그대로 가리키지 않는다. '평화' '통합'과 같은 관념어의 경우에는 구체적 대상에서 으레 벗어나 있기 마련이다. 단어는 일단 단어로서의 이름을 얻으면 구상적(具象的)인 대상이 아니라 관념화되고 추상화(抽象化)된 대상을 가리킬 따름이다. '미이라가 된 명태' '시가 된 명태'가 그러하다. 이는 실생활이 영위(營爲)되는 구체적인 삶의 터전인 섬(島)이 '고독' '고립'이라는 관념화된 표상(表象)으로 바뀌어 시와 소설 등 문학작품의 소재가 되는 것과도 같다.

'명태'란 단어는 대구과에 속하는 실물 한류성 바닷물고기를 단지 대신하는(standing for) 이름표에 불과하다. 그 이름이 어느 바다에서 잡혔느냐(강원도와 원산 앞바다), 날 것이냐 얼었느냐, 어느 곳의 어떤 기상 조건 아래서 어떻게 말렸느냐에 따라 각기 다른 이름으로 바뀌게 된다. 이것은 명태란 이름에 불변의 고유성도 없고 '대구과에 속하는 한류성 바닷물고기'를 반드시 '명태'라고 부를 것을 고집해야 할 불가피한 까닭도 없음을 뜻한다.

강의 노트③

언어기호, 그 구성요소 및 의미의 종류

기호론 또는 기호학을 창시한 학자는 둘이다. 스위스의 언어학자 페르디낭 드 소쉬르(Ferdinand de Saussure, 1857~1913)와 미국 프래그머티스트 철학자인 찰스 S. 퍼스(Charles Sanders Peirce, 1839~1914). 이들에 따르면 기호(sign)는 언어기호와 비언어기호(non-verbal sign= NVS)로 나뉜다. NVS에는 손짓, 몸짓, 교통신호등의 빛깔, 도로교통표지판, 화장실의 남녀 표지, 적십자, 국기와 국가, 군인 · 경찰 등의 제복(制服), 등댓불, 뱃고동 소리 등이 포함된다. 모든 기호들 중에서 언어기호는 가장 대표적인 기호다. 퍼스에 따르면 기호란 우리가 실물대상인 '굵은 줄기에 키가 크고 잎이 무성한 다년생 식물(木)'을 'namu'라 발음하며 '나무'라 표기하듯 어떤 외적 지시대상(referent 또는 external object)을 대신하여(standing for) 어떤 사람에게 나타내어 지시해주는 이름이나 물리적 형상을 가리킨다(something which stands to somebody for something in some respect or capacity). 물론 자유, 평화, 믿음, 위세, 권위, 권력과 같은 관념적 대상을 지시하는 언어기호도 있다.

두 학자의 기호 정의는 서로 약간 다르지만 그 기본은 같다. 우리가 여기서 주로 논의하는 기호는 소쉬르의 것을 따른 것이다. 그는 언어 자체를 '기호들의 체계'(a system of signs)로 보았다. 따라서 '기호의 활동'(a life of a sign)에 대한 연구가 곧 언어학의 연구영역으로 간주되었다. 무엇보다도 소쉬르는 기호는 그것이 지시하는 외적 대상의 의미를 구축(생성)하는(signifying) 표지(標識)라는 입장을 취했다. 또한 그는 기호와 대상 간에는 필연적 관계가 아니라 자의적(恣意的 arbitrary) 관계만이 있을 뿐이라고 보았다. 이는 실물대상인 나무를 꼭 '나무'라 부를 아무런 필연적인 이유가 전혀 없음을 뜻한다. 표준어인 '나무'가 지방에 따라 낭구, 낭긔, 낭(제주도 방언)이라 부르는 까닭은 언어기호의 이런 자의적 성격 때문이다. 우리가 개(犬)라고 부르는 집짐승도 일본인은 이누(いぬ), 중국인은 췐(犬), 영국인은 dog, 독일인은 Hund라고 각기 달리 지칭하며 표기하는 것도 기호와 대상 간의 자의적 관계에 기인하는 것이다. 이와 같은 자의적 관계의 성립은 순전히 각 사회의 문화적 여건에 따른 것일 뿐이다. 그러므로 언어기호의 차이는 문화특정적이다. 외적 지시대상을 지칭하는 기호는 다만 관습적 문화적 편의의 산물일 뿐 언제든지 다시 변할 수 있는 「임시로 설정된 가명(假名)」에 지나지 않는다는 뜻이다.

소쉬르에 따르면 기호는 **시니피앙**(signifiant)과 **시니피에**(signifie)라는 두 가지 요소들로 구성된다. 시니피앙은 대상을 지시하는 기호의 물리적 겉모양이며 시니피에는 기호의 개념과 의미이다. 영어로는 signifier와 signified이다, 우리말 역어로는 기표(記表=기호의 표시)와 기의(記義=기호의 뜻)라 한다. 일본에서는 능기(能記: 대상을 지칭하는 기호)와 소기(所記=기호 속에 들어 있는 개념)를 사용한다.
앞에서 언어기호와 대상 간에는 자의적 관계만이 있을 뿐이라고 말했는데 시니피앙과 시니피에 사이에도 자의적 관계가 존재한다. 예컨대 '고프다' 란 낱말은 '배가 고프다' 에서는 사전적인 지시적 의미(denotative meaning)를 갖지만 '말이 고프다, 사람이 고프다' 등에서는 사전적 지시적 의미가 슬그머니 미끄러져 내려가고(sliding down), 대신 '말을 하고 싶다, 사람이 그립다, 마음이 허허롭다' 라는 내포적 함축적 의미(connotative meaning)를 지니게 된다. 이는 '고프다' 의 경우처럼 시니피앙이 다른 시니피앙과 만나 짝짓기를 함으로써 종전의 것과 다른 시니피에(의미와 개념)를 잉태하기 때문이다.

요컨대 언어기호와 지시대상과의 사이에는 필연적인 관계가 아니라 다만 자의적(恣意的 arbitrary) 관계만이 존재할 뿐이다(강의 노트③ 참조). 이것이 소쉬르에 의한 '언어의 발견' 이다. 이 '자의적 관계' 라는 구절은 매우 중요하므로 글을 쓸 때마다 유념해야 한다. 언어기호와 지시대상 사이에 자의적 관계만이 있다 라는 말은 한 단어(언어기호)가 다른 단어와 결합할 때에도 그 단어의 의미는 자의적이 된다는 뜻이다. 여기서 우리는 '자의적' 이란 말의 뜻을 약간 제한적으로 해석할 필요를 느낀다. '자의적' 이라 해서 오랜만에 만난 사람에게 쌍말의 욕을 하면서 뺨을 갈기는 인사법은 있을 수 없기 때문이다. 그것은 관습적으로 용납되지 않는다. 언어의 자의적 관계도 이처럼 관습의 테두리를 완전히 벗어나지는 않는다. 이 점을 명심하기 바란다.

한 단어가 지시대상과 자의적 관계를 갖는다는 사실은 한 단어의 개념이 상이한 다른 단어와 결합할 때 얼마든지 변할 수 있음을 뜻한다. 제1강—1의 첫 머리에 인용한 꽃향기(花香)와 참사람의 향기(德香)를 비교한 글에서 우리는 이미 향기의 의미가 상이한 다른 단어와 결합하면서 변하는 것을 보았다. '향기'라는 동일한 단어가 꽃과 합쳐 만들어지는 화향과, 참사람과 합쳐 생기는 덕향은 그 자체만으로서도 각기 다른 의미를 발산한다. 뿐만 아니라 역풍과 만날 때에는 향기의 번짐이 전혀 달라진다. 이는 마치 '배가 고프다'의 '고프다'란 단어의 사전적 지시적 의미*(denotative meaning; 위가 비어서 뭘 먹고 싶은 욕구가 생기는 상태. [강의 노트③] 참조)가 '사람이 고프다'에서는 '그립다'와 동일한 의미로 바뀌는 것과도 같다. 이처럼 단어는 상이한 단어와 만날 때마다 상이한 의미를 생성한다는 점을 유념하지 않으면 안 된다. 이것이 언어기호의 특징이다.

이처럼 단어의 뜻이 다른 단어와 짝지을 때 그 뜻이 변하는 경우 다시 말해서 본디 뜻을 잠깐 떠나는 경우가 있음에 주목한다면 우리는 언어기호에 두 가지 구성요소가 있는 것으로 미뤄 짐작할 수 있으리라. 그 뜻이 잠깐 '미끄러져 내려가는'(sliding down; Michel Lacan의 말) 사태가 설사 발생한다 하더라도 꿋꿋이 제 이름은 지키는 단어에 대해 우리는 시니피앙과 시니피에의 분류를 가지고 경의를 표해야 할 것이다. 소쉬르에 따르면 기호(signe=sign 記號)는 시니피앙과 시니피에의 두 요소로 구성된다. 시니피앙은 그 뜻이 '미끄러져 내려가도' 여전히 남는 겉껍질의 이름이다. 그것은 기호의 물리적 형상이다. 시니피에는 시니피앙의 속알맹이 즉 뜻과 개념을 가리킨다. '고프다'란 시니피앙이 '배'와 결합했을 경우와 '마음'과 결합했을 경우에는 각기 '고프다'의 시니피에(뜻)가 다르다. 후자의 경우 '고프다'의 본디 시니피에가 슬그머니 뒷전으로 물러나버리고 '그립다'란 새로운 시니피에로 탄생한다.

글쓰기에서 시니피앙과 시니피에를 잘 이해해 두면 시니피앙끼리 짝짓기를 하면서 얼마든지 새로운 시니피에를 창조할 수 있게 된다. 시인 함민복은 1990년대의 아파트 건축 붐을 타서 요란하게 개발되는 「김포평야」를 보고 '김포평야에서 아파트가 잘 자라고 있다' 라고 읊었다. '김포평야에서 잘 자라는 아파트', 이 시구(詩句)는 무논의 본래 시니피에(벼가

자라는 물 담긴 땅)가 '슬그머니 미끄러져 내려가고' 대신 아파트들이 무리 지어 김포평야 논에서 우뚝우뚝 건립되는 모습을 '자란다'로 은유하고 있다. '아파트가 자란다' 라면 그 '자라다'의 본디 시니피에도 벌써 변해 버린 것이다.

앎의 폭이 넓은 새 패션의 글

세 번째로, 새 패션의 글쓰기에서 성공하려면 글의 내용을 채울 앎의 폭이 넓고 깊이가 있어야 한다. 전문분야가 아닌 일반적인 분야에서의 앎은 인문적 소양의 뒷받침을 받아야 할 것이다. 그러려면 이미 정평이 나 있는 고전 몇 권쯤은 반드시 읽는 게 바람직하다. 많은 양과 좋은 질의 정보와 지식을 작자가 갖추지 않으면 좋은 글은 생겨나기 어렵다. 앎의 폭과 깊이는 일반적인 의미의 인문적 소양에 덧붙여 시대의 패러다임(paradigm)*과 담론(discourse)*에 대한 앎과도 연결되어 있다.

하지만 그것들에만 국한하지는 않는다. '시대적인 것'에만 국한하지 않는다 라는 말은 역사와 철학 그리고 문학에 대한 앎과 소양도 함께 구비해야 바람직하다는 뜻이다. 역사는 오늘의 '나'의 삶을 있게 한 내력을 뒤돌아보는 성찰의 계기를 마련해 주며 철학은 창조적 삶을 가르쳐주며 문학은 정감을 즐기는 미적 소양을 키우는 구실을 한다. 이른바 문사철(文史哲)의 인문적 소양을 키우려면 장르별로 몇 편의 동서양 고전적 저작들은 읽어두는 게 도움이 된다. 걸작 회화와 조각품도 예외는 아니다. '시대적인 것'을 알려고 인터넷 포털사이트에 올린 '지식' 정도를 익히는 것만으로는 결코 알찬 내용이 담긴, 좋은 품격의 글을 생산하지 못한다.

강의 노트④

패러다임

앞에서 언급했듯이 기호학에서 사용되는 Paradigm이란 단어는 본보기 요소들이 나열된 범렬(範列) 또는 범례(範例)를 가리킨다.

그런데 오늘날 일반인이나 학자들 사이에서 유행어가 된 패러다임의 의미는 이와는 다르다. 그 배경에는 과학사가 토마스 쿤(Thomas Kuhn, 1922~1996)의 유명한 저서 *the Structure of Scientific Revolution*(과학혁명의 구조, 1962)가 있다. 이 책은 어떤 시대의 중심이론을 신봉 · 추종하는 일단의 과학자 집단이 사용하던 이론체계가 다른 새 이론에 의해 대체되어 새로운 중심이론이 성립하는 과정을 밝혀 학계의 주목을 끌었다. 낡은 중심이론의 체계가 새 중심이론의 것으로 전환하는 것을 'paradigm shift' 라 부른다.

과학사에서 패러다임이란 용어는 쿤의 설명에 의하면 다양한 과학분야들의 영역에서 학자들을 추종케 하면서 그들의 연구 활동을 안내, 촉진하는 이론체계나 작업 모델 또는 '세계관' 을 지칭한다. 학자들은 이러한 이론체계나 세계관의 안내 또는 지도를 받아 자신의 연구 방향을 설정하고 그 방향으로 지향하면서 연구 활동을 진행한다. 그래서 쿤의 경우 패러다임은 특정 과학분야에 있어서 장래 연구를 위한 「지도원칙들」(the guiding principles)을 설정하는 개념적 '성과' (conceptual achievement)를 가리킨다. 예컨대 뉴턴(Isaac Newton, 1642~1727)의 『물리학 원리 *Principia*』나 릴(Charles Lyell, 1797~1875)의 『지리학 원리*Principle of Geology*』와 같은 과학사의 귀중한 저술들이 제시하는 「개념적 성과」가 곧 패러다임에 해당한다.

이러한 과학사의 용어인 패러다임이 인문학 분야에 도입되어 '시대의 주도적인 사고체계' 란 의미로 사용되고 있긴 하지만 학자들 중에는 쿤의 설명이 사회과학에는 해당되지 않는다고 보는 견해도 있다.

시대적인 패러다임과 담론이라면 우리가 모르는 사이에 우리 자신이 이미 그 속에 잠겨 있기 때문에 의식의 표면으로 끌어내기가 쉽지는 않겠지만 글쓰는이라면 그런 것들에 대해 알려는 노력은 적어도 해야 바람직하다. 앎의 토대로서 이성의 절대적 우월성이 이미 상실되어 버린 지금 세상에서 이성(理性 logos)중심의 계몽주의 사상을 여전히 선양하면서 감성을 천박한 것쯤으로 여긴다든지, 레게와 랩 음악과 비보이들이 판치는 젊은이들의 놀이마당에서 바하, 모차르트, 베토벤의 고전음악의 우월성을 고고하게 강조한다든지 하는 행위는 글쓰기의 요즘 패션 감각에는 어울리지 않는다. 고전음악을 즐길지라도 그것들이 현대의 재즈나 팝보다 절대적으로 우월하다는 주장은 성립되지 않는다는 점을 새삼 강조하고 싶다. 요컨대 사회적 통념에 기초하는 상식의 틀에 갇혀 구태(舊態)의 사고를 하는 일은 피해야 할 것이다. 재즈 가수 한영애가 6 · 25전쟁의 산물인 현인의 뽕짝 「굳세어라 금순아」를, 팝 가수인 말로가 배호의 히트곡 「안개 낀 장충단공원」을 편곡하여 구성지게 부른 크로스오버(crossover)의 묘미, 경계 넘나들기의 슬기를 우리는 배워야 하리라.

강의 노트⑤

담론(discourse)

담론의 이해는 텍스트 분석에서뿐 아니라 글쓰기와 사고의 정리를 위해서도 매우 중요하다. 그러므로 확실하게 체득하는 게 바람직하다. 담론은 여러 학문 분야에서 특정한 목적을 위해 다양하게 정의되어 사용된다. 때문에 어느 분야에나 두루 통용되는 간단한 정의를 얻기란 쉽지 않다.

가장 기본적인 개념은 언어학의 의미론에서 사용하는 개념이다. 이 경우의 담론은 사람들 사이의 대화(dialogue), 언술(言述 speech) 등 하나 또는 그 이상의 언어론적 단위(문장)들이 서로 결합하여 '부분들—단위 요소들 즉 단어들—의 총화(總和)보다 더 큰 의미의 구조'를 형성하는 것을 가리킨다. 여기서 언어론적 개념이 문화연구(Cultural Studies)의 중요한 화두 안으로 도입된다. 간단히 말해서 담론이란 단어들로 엮인 의미 있는 문장들의 언설(言說) 체계이되 우리의 삶과 사고방식에 큰 영향을 미치는 사회적 힘(권력)마저 지닌, 제도화된(institutionalized) 또는 제도적인(institutional) 언설을 지칭한다.

담론연구는 소쉬르의 기호론에 입각하여 문화연구의 비판이론가들에 의해 진행되었다. 그들 중에서 가장 중요한 역할을 수행한 사람은 푸코(Michel Foucault, 1926~1984)와 료타르(Jean-François Lyotar, 1924~1998)였다. 언어가 담론을 구현하기 때문에 언어에 대한 이해는 담론연구에서 빼놓을 수 없는 핵심 사항이 된다. 푸코에 따르면 담론은 '사회적 세계에 대한 인간의 경험을 언어로 체계적으로 조직화하는 의미구축 방식(a signifying way)'으로 간주된다. 즉 담론은 '사회적 문맥 안에서 언어에 의해 생산 · 조직되는 의미의 체계'라는 뜻이다. 조직화된 의미체계가 형성되려면 무엇보다 먼저 글쓰기(writing) 방식 · 말하기(speaking) 방식 · 생각하기(thinking) 방식 · 영상화하기(visualizing; 이 경우에는 비언어기호(NVS) 사용됨) 방식이 고정관념(stereotype)과 같은 사고 유형을 통해 어느 정도 체계적으로 확립되어 사회적으로 통용되고 있어야 한다. 예컨대 가부장제적인 사고방식이나 가장의 권위를 존중한다는 사회적 관념이 법률, 교육 면에서 제도화되거나 제도적인 단계에까지 이르러야 한다는 말이다.

그러면 의미는 어디서 나오는 것일까? 초기 구조주의자들의 관점에서는 언어기호(단어)의 의미는 '저기 저 바깥 세계'(the world out there)의 대상들로부터 나오거나 인간 내면의 본질과 감성에서 생기는 것으로 여겨졌다. 이 견해는 포스트구조주의자에 의해 거부되었다. 의미는 '저기 저 바깥 세계' 로부터 오는 것도 아니며 인간 개인들에 의해 생성되는 것도 아니다. 의미는 언어기호들 간의 의미작용(signification)의 효과이며 그 의미작용은 '저기 저 바깥 세계' 의 소유물도, 개인들의 그것도 아니다. 의미는 언어의 소산이다. 소쉬르 기호론의 입장에서는 의미작용은 정확하게 말해서 '의미를 구축하는(생성하는) 작용' 은 바깥세계와의 작용이 아니라 단지 언어기호들—특히 시니피앙들—간의 차이적 관계(differential relations)에 의거하는 작용일 따름이다. 여기서 도출되는 결론은 '저기 저 바깥세계' 와 개인의 의식 자체는 언어기호의 생산물에 지나지 않는다는 점이다. 즉 그 둘은 시니피앙(記表)들 간의 의미작용의 원천(sources)이 아니라 생산물(products)로서만 이해될 뿐이다(John Hartley, *Communication, Cultural and Media Studies; the Key Concepts* 3rd ed. Routledge 2002).

이러한 의미작용이 일상생활에서 실제로 실행될 때 우리는 이를 '의미를 구축하는 실천'(signifying practise)이라 명명한다. '의미구축의 실천' 이 제도화된 것 또는 제도적인 것이 될 때 그것이 담론으로 된다(Andrew Tolson, *Mediations* Arnold 1996 Chapt.7).

제도적인 의미구축의 실천은 교육 · 정치 · 종교 · 법률의 제도 등에서 구현된다. 구체적인 예를 들면, 우리 사회에서 '진보적 가치' 가 '보수' 보다 우월하다는 인식 아래 편가르기를 서슴지않는 진보주의자의 사상과 이념, '섬사람은 배타적이다' 라는 stereotype적 편견, 여성의 능력을 남성에 못지않게 여기며 여성의 평등한 사회참여를 주창하는 페미니스트의 이념을 들 수 있다. 이러한 의미구축의 실천들은 모두 사회적 효과를 낳는 의의를 지닐뿐더러 무엇보다도 중요한 것은 사회적 권력마저 행사한다는 점에 담론의 현저한 특징이 있다.

이상의 설명을 요약하면, 담론은 의미를 만들고 재생산하는 사회적 과정이다(Hartley의 앞의 책 p.73). 사회과학에서의 담론은 학교교육, 성문화된 법률, 정치제도, 종교의 교리와 경전, 전통적 관습이 되어버린 언행(言行) 등과 같은 제도들에 의해서 그 틀과 경계가 정해지는 '언어를 통해 표출되는 제도화된 사고체계' 를 가리킨다. 담론의 경계 문제를 포함한 담론의 개념에 대해서는 앞에 인용된 톨슨과 하틀리의 저작 외에 푸코와 료타르의 저술들을 참조하기 바란다. 초보적이고 자상한 입문서로는 톨슨의 *Mediations*(1996)을 추천하고 싶다.

고유성, '남과의 차이에서 찾는다'

마지막으로 모든 패션이 그러하듯 새 패션은 개성을 지녀야 한다. 개성은 남의 특성과 구별되는 자기의 개체적 특성을 가리킨다. 나만의 옷으로 몸을 치장하듯 글은 자기만의 개성적 스타일로 꾸며져야 독자의 매력을 끈다.

자기만의 개성적인 글을 쓰는 일은 말하기처럼 그렇게 쉽지는 않다. 패션의 시대라고 불리는 오늘날의 대중문화(popular culture) 시대에 거리에 넘쳐나는 젊은이들은 온통 '신선한 감성'을 느끼게 하는 개성적 스타일로 자신의 몸을 꾸민다. 하지만 겉보이기의 몸치장에만 열을 올렸지 몸 안의 마음까지 '신선한 감성'으로 채우지는 못한 듯하다. 겉만 개성이요 고유성이지 속내는 남 흉내내기의 겉꾸밈일 따름이다.

패션의 차별성과 고유성을 창조하려면 남과의 차이성(다름)을 찾아라. 이 격언은 "(자신의) 고유성을 발견하려면 먼저 (남과의) 차이성을 관찰해야 한다." 라는 장 자크 루소의 맥심(maxim 金言)과 연관지어 유념하는 게 좋다. 프랑스 구조주의의 창시자인 레비-스트로스(Claude Levy-Strauss, 1908~2009)의 구조인류학은 같음(同一 the same)과 다름(差異 the different)의 이항대립(二項對立 binary opposition)에서 인간 사유의 구조적 특성과 의미를 찾아내려 했다. 그의 관점을 취한다면, 개성 즉 자기 동일성(self-identity)은 남과의 차이성(the otherness)을 전제로 한다. 자신에게만 고유한 개성을 표현하려면 남과 대비하여 자기의 뭔가를 달리 보이겠끔 하라는 뜻이다. 말하자면 자기와 남과의 차이가 무엇인가를 먼저 파악하여 내보이는 일이 선행해야 한다. 이 과제를 선결하지 않으면 자기의 개성은 창조할 수 없으리라. 인간은 이 점을 잘 알고 행위로 옮겼다.

남과의 차이를 찾는 일은 남의 글을 제대로 모방하는 데서 시작한다. 정확한 표현으로는 임모(臨摸)다. 임모란 본래 남의 글을 '본떠 베껴 쓰는 일'을 가리키는데 단지 흉내 내기에만 머물지는 않는다라는 뜻을 나중에 함유하게 되었다. 임모를 하는 동안 자기 고유의 것을 저절로 체득하여 창작하게 됨을 지시하는 단어가 임모이다. 유명한 소설가 중에는 저명한 선배작가의 작품을 몇 번이나 착실히 '베껴 써 본 경험'을 아니 해본 사람이 드물 터이다. 그들은 임모를 하는 사이 마침내 청출어람(青出於藍)의 존재가 된 것이다. 생래적 소질을 무시하기는 어렵겠지만 그럼에도 임모

등의 습작(習作)을 꾸준히 되풀이하는 후천적 노력이 뒤따르지 않으면 좋은 글은 탄생하기 어렵다.

새 패션의 글쓰기에 대한 강조가 묵은 패션의 것을 깡그리 폐기처분해야 함을 뜻하는 것은 아니다. 묵은 패션은 재고정리 창고세일처럼 몽땅 처분해야 할 대상이 아니다. 글의 묵은 패션 가운데는 문화적 사금이 잠복해 있는 수가 있다. 이 사금은 버려서는 안 되는 보물이자 자산이다.

묵은 패션에는 어떤 문화적 사금이 간직되어 있을까?

옛것에서 새것을 배운다는 의미의 온고지신(溫故知新)이란 격언이 가르치듯 오래된 고전을 읽으면 거기서 새로운 것을 분명히 발견하게 된다. 그것이 바로 잠복된 사금이다. 훌륭한 작자는 단어라는 온갖 천(옷감) 조각들 중에서 자기가 선호하는 것을 골라 글쓰기의 디자인 코드에 따라 섬세 · 정교하게 재단 · 봉제(裁斷縫製 tailoring)함으로써 새로운 의미를 지닌 멋진 문장의 패션 옷을 생산하는 창조자다. 낡은 패션의 글이라고 해서 배척하거나 버려서는 안 되는 이치는 이런 사례에서 배울 수 있다. 버려진 옷감, 잊힌 옷감으로 치부되었던 제주 섬사람들의 감물(柹汁) 먹인 갈색 노동복(통칭 갈옷)의 새로운 변신, 새로운 재탄생이 좋은 한 본보기이다. 어느 아이디어 우먼의 창의적 발상이 도시인들이 애호하는 새로운 갈색 패션 옷으로 갈옷을 재탄생시킨 것은 글쓰기에서도 충분히 참고할 가치가 있다.

이 장(章)에서는 글쓰기의 세 가지 기본 준칙만을 언급했는데 꼭 셋으로만 한정할 부득이한 까닭은 없다. 준칙은 필요하다면 더 늘려 잡을 수도 있다. 다만 적어도 이것들만이라도 우선적으로 꼭 유념하면 좋은 글쓰기에 보탬이 되리라는 고려에서 세 가지만을 다뤘을 뿐이다.

제2강
글쓰기의 사고를 닦기 위한 다섯 가지 가르침

1. 극과 극의 융합, 물극필반(物極必反)의 절대이치

정치에서도 융합적 사고가 필요하다

서울대 융합과학기술대학원의 안철수 원장이 2012년 12월의 대통령 선거에 출마하겠다고 그해 9월 19일 공식 선언하자 '융합'이란 용어가 갑자기 유행을 탔다. 다른 것들끼리의 융합, 극과 극의 융합에 대한 언설이 한국 사회의 화두(話頭)로 부상한 것이다. 그가 줄기차게 표방한 '새 정치'가 여당과 야당, 보수 진영과 진보 진영을 편가르는 이른바 '진영 논리'의 청산을 의미한다면 그의 융합과학은 마침내 우리나라의 현실 정치에까지 발을 들여 놓은 셈이다. 전해(2011)에 작고한 세계적인 IT기업 애플사(Apple)의 창업자 스티브 잡스(Steve Jobs)에 이어 우리나라에서는 두 번째 '융합 파문'이다. 이런 파문이 일어서 나쁠 것은 없다. 다만 시류에 영합한 나머지 잠깐 반짝 경기를 누리다 슬며시 사라지는 '냄비근성'

이 흠일 따름이다.

의사, IT전문가, 교육자로서의 남달리 좀 다채로운 경험을 쌓기는 했지만, 선출직이든 임명직이든 국회의원 · 장관 같은 국가공직에는 앉아 본 적이 전혀 없는 안 원장이 과연 자신의 장담대로 국가 위기관리나 국민적 리더십의 능력을 발휘할 수 있을지는 의문이 아닐 수 없다. 바로 이 점이 그에 대한 주요 비판이자 우려이지만 정작 본인은 자신만만했다.

그는 대선 출마를 선언하는 기자회견에서 이런 우려를 담은 질문에 우리 한국 사회에 현존하는 여러 가지 위기들과 중첩된 문제들을 푸는 열쇠는 '융합적 사고'에 있다고 말했다. 이 말은 '융합적 사고'를 실천할 사람은 바로 자기 자신이라는 공언에 다름 아니다. "그런 문제들의 공통점"은 "한 분야의 전문가, 정부 혼자, 한 사람의 결정만으로는 풀 수 없는 복합적인 (성격의) 문제"라는 것이 그의 판단이다. 그는 "이럴 때 필요한 게 일종의 융합적 사고"라며 거기에다 국가 지도자는 "디지털 마인드와 수평적 리더십"을 갖출 필요가 있다고까지 강조했다. 안 원장은 대선 예비후보로 선거관리위원회에 등록을 하고 캠페인까지 벌였다. 하지만 야당인 민주통합당(나중에 민주당으로 개명)의 문재인 후보와의 야권후보 단일화 협상 과정에서 돌연 사퇴하고 말았다. 결과적으로 '야권단일후보'가 탄생하기는 했지만 정치판의 용어로 '아름다운 단일화'는 아니었다. 이른바 '안철수 현상'이라 불린 새로운 정치 신드롬이 그 해의 선거판을 끝까지 뒤흔들다시피 하며 단일화의 빛깔을 흐려놓았다. 양 진영의 '융합'은 온 데 간 데 없이 사라지고 다만 진영끼리의 집결로 결속과 연대를 다지며 보수(박근혜 후보측) 대 진보(문재인 후보측)의 첨예한 대결이 선거국면을 지배했다. 이는 융합과학의 원리를 정치에 적용하는 일이 시기상조임을 입증해준 것이라고 보면 성급한 결론일까? 아니다. 양당 후보들이 '대통합'과 '통합'을 한결같이 외쳤기에 적어도 정치 현장에서의 '융합'이 구호로서는 어느 정도 주목을 끌었다.

어쨌든 그의 융합에 대한 견해는 스티브 잡스의 생각과 닮은꼴이다. 안철수가 잡스를 배웠는지 아닌지는 여기서 따질 일이 아니다. 문제의 요점은 둘의 사고가 같다 라는 데 있다.

소프트웨어 전문가인 정태명 성균관대학교 교수(소프트웨어학과)에 따르면 "잡스의 업적은 공학과 인문학, 예술이라는 극과 극의 완전히 다른 분야를 하나로 절묘하게 융합했다는 것"이라 한다. "그 덕분에 애플 제품은 철저히 소비자의 눈에 맞춰 설계될 수 있었다"고 정 교수는 지적했다.

잡스가 사망했을 때 우리나라의 한 주요 일간신문도 그의 융합적 사고에 대해 이런 보도를 내놓았다.

> 융·복합화(融複合化)는 이미 글로벌 IT업계에서는 미래의 흥망을 가르는 핵심 요소로 부상했다. 기술 기업의 대표 주자격인 구글(Google)은 올해 신규채용 대상 인원 6000명 중 5000명을 인문학 전공자로 채용하며 연구 개발의 융·복합화를 추진하고 있고, 삼성전자 등 국내 기업들도 각종 제품 디자인과 제품 개발 때 인문학의 상상력을 접목하는 방안을 찾기 위해 안간힘을 쓰고 있다. 황창규 지식경제부 R&D기획단장은 "융·복합 산업은 미래 먹을거리 창출의 최대 보고"라며 "더 이상 단일 제품의 경쟁력만으로는 살아남기 힘들며 융·복합 산업에 경제와 국운(國運)을 걸어야 한다"고 말했다.(조선일보, 2011년 10월 8일)

서로 갈마드는 음양

극과 극은 서로 등을 돌린 채 마냥 모르는 척 하는 소통불능의 원수는 아니라는 생각. 극과 극이 서로 상통·융합하여 새로운 것을 창조한다는 생각은 일찍이 동양의 음양사상에서도 핵심적 위치를 차지하고 있었다. 음양사상은 한 시대의 유물 창고에 보관해야 마땅한 골동품처럼 취급받는 경우가 흔하지만 사실은 그와 다르다. 그것은 지금도 우리의 사고를 지배하는 원리로서 기운찬 활동을 계속하고 있다.

사람들은 사물을 보는 데 있어 일단 대립하는 2개항으로 분류하여 사고하는 방법에 익숙해 있다. 그런 이분법을 즐겨 사용하는 경향마저 강하다. 이 점에 관한 한 동 · 서양인의 사고방식에는 차이가 없는 듯도 하다. 선과 악(善惡), 높음과 낮음(高低), 나아감과 물러남(進退), 좋음과 싫음(好惡), 사랑과 미움(愛憎), 같음과 다름(同異) 등. 동양인과 서양인은 대립하는 이항(對立二項 binary opposition)을 사고의 뼈대로 세우는 점에 있어서는 서로 같다. 하지만 이항의 작용을 보는 관점에서는 큰 차이를 보여준다. 이 차이는 동 · 서양 문화의 기본적 차이를 설명하는 것이기도 하다.

이러한 문화적 차이를 이해하려면 다음 물음들에 대한 답을 찾아야 할 것이다. 대립이항들은 언제까지나 대립, 항쟁하기만 하는 상태에 계속 머무는 성질의 것일까? 다시 말해서 같음(同一)은 언제까지나 같음으로써 굳세게 시종일관하며 다름은 언제까지나 일관되게 다름으로서만 완강하게 존재하는 것일까?

아니쉬 카푸어의 설치미술작품 「동굴(洞窟)」(2012년 제작, 작가 소장, 크기 516×800×805cm)

대립하는 두 사물이 상호의존 관계에 있으며 서로를 필요로 하고 있음을 이해하기 쉽게 형상으로 보여준 사람은 설치 미술작가 아니쉬 카푸어(Anish Kapoor, 1954~)다. 2012년 10월 25일~2013년 2월 8일까지 서울 리움(Leeum) 삼성미술관에서 열린 아니쉬 카푸어 작품전에서 그의 「동굴〔洞窟〕」(위 사진)을 관람한 덕택에 나는 경이로운 발견을 체득한 셈이다. 「동굴」은 코르-텐 스틸(Cor-Ten steel)로 제작된 무게 13톤의 거대한 타원형 철제구조물이다. 사진에서 보듯 마룻바닥에 놓인 쇠막대 위에서 균형을 찾아 서 있는 「동굴」은 둥근 아가리를 한껏 벌린 입구로 들어섰을 때 비로소 그 작품의 가치를 어림할 수 있다. 그 아가리 위를 쳐다보면 아무것도 보이지 않은, 끝을 전혀 볼 수 없는 깜깜한 어둠이다. 갤러리 안을 아주 환하게 밝힌 조명이 내리 덮는 바람에 그 아가리는 온통 새까만 공간이 되었다. 아슬아슬하게 가까스로 균형을 잡은 저 육중한 철구조물이 금방 내려앉을 듯싶은 기세로 관람자를 압도한다. 어둠은 불안(不安)과 공포(恐怖)다. 밖의 밝음은 안전(安全)과 안도(安堵)다. 악어의 잎처럼 잔뜩 벌린 검은 아가리 앞을 빠져나와 잠시 뒤로 물러서서 다시 「동굴」의 입구를 보았을 때 나는 저 어둠이야말로 빛의 밝음에 의존하지 않고서는 존재할 수 없는 공간임을 새삼스레 깨달았다. 저 거대한 타원형 철구조물의 아가리 공간은 텅 비어 있는(empty) 게 아니라 밝음의 차단에 의해 어둠으로 가득 채워진(full) 게 아닌가. 빛의 없음(不在)으로 말미암아, 어둠으로 가득 채워진 공간으로 새로 탄생하여 존재(存在)하게 된 것이리라. 이때가 바로 별개의 것들인 밝음과 어둠이 하나로 융합하는 찰나다.

인도 뭄바이(Mumbai)에서 1954년에 태어난 카푸어는 19세 때 영국으로 건너가 거기서 미술 공부를 했으며 지금까지 유럽과 미국을 무대로 창작 활동을 계속하고 있다. 인도 문화와 영국 문화, 힌두-불교 문화와 크리스천 문화 더 넓게는 동양 문화와 서양 문화를 섞바꿔 경험한 카푸어의 설치작품들에서는 상이한 듯이 보이는 두 문화가 실제로는 하나의 원천에서 갈라져 나온 둘임을 읽을 수 있다. 말하자면 카푸어는 다른 두 문화를 자신의 작품 안에서 하나로 용해하여 재창조한 셈이다. 전시작품 소개책자가 지적한 것처럼 "특유의 근원적이고 명상적인 작업으로 시작된 카푸어의 예술에는 존재와 부재, 안과 밖, 비움을 통한 채움, 육체를 통한 정신성의 고양 등 이질적이거나 상반된 요소들이 대비를 이루면서도 서로 공존하고 소통한다."

이 대목에 이르러 나는 연전에 입적한 법정 스님의 말씀이 새삼 의미 깊게 내 뇌리에 새겨져 있음을 알아차렸다.

> (불필요한 것들을 과감하게 모조리 버리고 나니) 이제 내 귀는 대숲을 스쳐오는 바람소리 속에서, 맑게 흐르는 산골 시냇물에서, 혹은 숲에서 우짖는 새소리에서, 비발디나 바하의 가락보다 더 그윽한 음악을 들을 수 있다. 빈 방에 홀로 앉아 있으면 모든 것이 넉넉하고 충만하다. 텅 비어 있기 때문에 오히려 가득 찼을 때보다도 더 충만한 것이다.(법정, 『텅 빈 충만』, 샘터, 1989, pp.73~74)

'텅 비어 있으므로 더 충만하다'는 산골 선승의 이 말씀. 이에 대해 나는 '골짜기에 사람 없어 비었으니 얼마든지 소리를 낼 수 있다'(谷中無人能作音聲)로 답할까 한다. 무슨 소릴까? 사람의 마음으로 통하는 자연의 온갖 소리이리라.

동양인들이 사물을 보는 사고방식은 대체로 아니쉬 카푸어의 작품세계와 같다. 서양인들처럼 대립이항들이 언제까지나 서로 대립 · 배척 · 항쟁하는 것으로서만 보지 않는다. 대립이항들은 단지 상대적으로 다르게 보일 뿐 실은 서로 소통하며 교통한다고 동양인들은 파악해 왔다.

동양에서는 전통적으로 대립(對立)이란 용어를 쓰지 않고 대대(對待), 또는 쌍대(雙對)란 용어를 써왔다. 대립이라고 하면 서로 눈을 부릅뜨고 맞서는 적대감을 보이는 인상이 강하게 풍기지만 대대나 쌍대란 말은 서로 웃으며 마주보며 기다리는 것, 서로 마주하며 함께 앉아 있는 다정한 커플(couple)이란 느낌을 강하게 받는다. 대대사상에 대해서는 이 책의 마지막 제16강에서 상세히 설명할 것이다.

대대의 대표격으로서는 무엇보다도 음양의 개념을 들 수 있다. 음(陰)과 양(陽), 얼핏 서로 배척하는 듯이 보이는 이 대대어—앞으로는 쌍대어보다는 이 용어를 주로 쓰겠다—가 실은 플러스(+) 전기와 마이너스(-) 전기처럼 서로 번갈아 내왕하며 소통한다는 사실을 우리는 알지 않으면 안 된다. 음기(陰氣)는 언제까지나 음기로서만 머물지 않으며 양기(陽氣) 또한 언제까지나 양기로서만 자기 존재를 과시하지 않는다는 뜻이다. 음과 양은 합치는 성질이 있다. 여성은 남성에 대해 음기로서 간주되지만 어머니는 자식들에게는 양기로 의식된다. 남편에게 고분고분하던 엄마의 음기적 성질과 맹렬엄마의 양기적 성질은 전혀 딴판이 아닌가.

과학 세계의 위대한 발견

음양합일(陰陽合一)의 원리는 과학 세계에서도 발견된다. 양전기(+)와 음전기(-)는 서로 끌어당기는 작용을 함으로써 새로운 화합 물질을 만들어낸다. 바꿔 말하자면 새로운 것의 창조에는 서로 반대되는 것들끼리의 합일(合一)이 필요하다는 것이다. 정반대의 성질을 가진 플러스 전기와 마이너스 전기의 신묘한 화합작용을 발견한 것은 영국 과학자였다. 그를 높이 평가한 사람은 바로 1965년의 노벨물리학상 수상자인 리처드 P. 파인만 박사(Richard P. Feynman, 1918~1988)였다. 일본의 도모나가 신이치로(朝永振一郎) 교수와 함께 노벨물리학상을 공동수상한 파인만 박사는 말했다. '얼른 보기에는 상이한 것처럼 보이는 두 개의 것이 실은 하나의 것의 다른 측면'으로 판명되는 일이 과학 세계의 현상이라고. 그는 철과 산소를 화합시켜 산화철을 만드는 과정에서 화학적 변화를 일으키는 데 결정적 역할을 하는 것은 양전기(+)와 음전기(-)의 작용

이라는 영국 과학자 파라데이(Michael Faraday, 1791~1867)의 위대한 발견에 감탄하면서 이 발견이야말로 "과학사상 드문 일인 동시에 가장 극적인 순간"이라고 표현했다.(Feynman, 大貫昌子 역, 『科學は不確かだ!』, 岩波現代文庫, 2007, p.19)

그에 따르면 물질 속의 원자로부터 방출되는 마이너스 전기와 플러스 전기는 일정한 비율로 서로 끌어당김으로써 산소와 철의 화합작용을 일으키게 한다. 이 사실은 화학적 변화가 결과적으로 전기의 힘으로 일어나는 것임을 말해준다. 이는 음양으로 표상되는 마이너스 전기와 플러스 전기가 산소와 철에 작용함으로써 화학적 변화를 통해 서로 대립하는 것들을 하나로 만든 것이라는 설명이다.(김용범, 『꽃은 스스로 아름답다고 말하지 않는다』, 개미, 2008, p.277)

2. 다른 관점(觀點)과 시야(視野), 보이는 현실도 다르다

포구와 철로를 보는 상이한 관점과 시야

자본주의 사회가 개발한 도시용 공산품 언어를 사용하면서도 결코 어설프지 않게 그것을 자연과 적절히 배합하면서 시골 농촌과 시골 사람들의 정감(情感 affect)을 놓치지 않고 읽어내는 시인 함민복. 찌들이게 가난한 생활을 겪었기에 2011년 3월 나이 쉰 살에야 겨우 늦장가를 갈 수밖에 없었던 시인은 최소한의 생활비로 간신히 연명하기에 적당하다고 여긴 곳을 고르고 골라서, 서울의 어느 달동네에서 15년 전(35살쯤에) 강화도 동막골로 이사를 갔다. 거기서 그는 뱃사람이 되어 바다와 포구를 번갈아 들락거리는 신세가 되었다. 머리를 써야 하는 시인이 팔과 다리를 쉴 새 없이 움직이며 고기잡이를 해야 하는 어민이 되다니! 이건 아름다운 변신이 아니라 고육지책일 터이다.

시인이 아닌 어부 함민복이 날마다 목격하는 포구는 우리의 상식을 뒤

없는 것이었다. 그는 포구를 뭍에서도 내다보고 바다에서도 바라보는 양면적 관찰의 드문 기회를 충분히 활용할 수 있는 혜택을 어민 생활에서 누렸다. 덕택에 시인이 날마다 출입하는 포구는 동일한 몸이면서 두 개의 다른 얼굴을 갖고 있음을 알게 되었다. 그것을 뭍에서 보느냐 바다에서 보느냐에 따라 포구의 얼굴과 그 의미는 싹 달라지는 묘한 변모 과정을 시인은 이렇게 그리고 있다.

> 포구는 평소에도 시끄럽습니다. 딱딱한 길을 버리고 출렁거리는 길로 넘어가는 곳이라 그런가봅니다. 고체의 길이나 액체의 길 중 한 길을 택해야 하는 곳이라 그런가봅니다. 포구는 섬의 문입니다. 섬의 끝이며 바다의 시작이고 바다의 끝이며 섬의 시작입니다. 뭍에서 포구로 가는 길은 이 길 저 길이 부챗살처럼 모여들고 바다에서 포구로 돌아오는 뱃길은 깔때기처럼 모여집니다.(함민복, 『말랑말랑한 힘』의 「섬이 하나면 섬은 섬이 될 수 없다」)

우리의 판박힌 도시 생활과는 영 딴판세계인 뱃사람 생활을 체험한 사람이 아니고는 어찌 이런 관찰이 가능하랴! 이것이 바로 관점(觀點)의 차이가 일궈내는 의미의 달라짐이다. '포구는 섬의 문. 섬의 끝이며, 바다의 시작이고 바다의 끝이며 섬의 시작'이라는 것. 함민복의 관점에서 도출된 포구의 의미는 시작과 끝이 마침내 하나로 통일되는 결론에 도달한다.

뒤로 달아나는 과거인가 앞으로 다가오는 미래인가

그런가 하면, '뒤로 달리며 멀어지는 철길'이 뜻밖에도 '앞으로 다가오는 미래로 열리는 길'로 변신하는 경우도 있다. 어느 40대 부부가 20대 젊음을 뒤돌아본 철길 회상에서 새삼스레 발견한 관점의 성과다. 2007년 12월 31일로 완전 폐쇄된 군산선(전주-군산. 1912년 개통) 통근열차의 마지막 모습이 아쉬워서 열차에 탔다는 이 40대 가장. 그는 부인과 딸을 앞자리에 둔 채 KBS 카메라 앞에서 연애하던 시절 군산선 열차 후미 칸에서의 데이트 추억을 이렇게 더듬었다.

돈이 없었기에 데이트할 마땅한 곳을 얻지 못했어요. 우리는 자판기에서 커피를 뽑아들고는 열차의 맨 뒤 칸에 탔습니다. 이유가 있었지요. 그 때의 열차 뒤 칸은 창이 없어 훤히 뚫려 있었으니까 바깥 경치를 바라보며 둘이서 얘기하기에 좋았습니다. 열차 끝머리에서 바라보는 철길은 뒤로 달아나버리는 듯이 보이지만 우리에게는 그렇지 않았습니다. 철길은 뒤로 남겨져 멀어지는 것이 아니라 앞에서 우리한테로 달려오는 거예요. 우리는 그 철길에서 미래를 보았지요. 그래서 우리한테로 달려오는 우리의 미래를 구상했습니다. 행복하게 잘 사는 미래 말입니다.(KBS-1 TV, 2008. 1. 10 밤 11시 반 방영 「3일」)

철길 자체는 뒤로 물러나지도 않으며 앞으로 달려오지도 않는다. 그냥 거기에 놓여 있을 따름이다. 뒤로 물러나느냐, 앞으로 달려오느냐 하는 철길의 의미는 보는이(viewer)의 관점이 만들어낸 철길 광경의 의미이자 현실(現實 reality)이다. 철길의 현실은 보는이가 거기에 의미를 부여함으로써 또는 거기서 의미를 얻음으로써 비로소 경관(景觀 view)으로 탄생하는 것이다. 한 마디로 보는이가 어떤 관점에서 어떤 의미를 지각하고 인식하느냐에 따라 철길의 의미와 이미지는 달라진다. 의미의 차이는 보는이의 관점과 느낌(知覺)의 차이일 뿐이다. 철길이란 존재 자체와 위치 그리고 방향은 20년 전이나 지금이나 변함이 없다. 열차 손님의 시선이 어디로 향하는지 그리고 그가 철길의 의미를 어떻게 해독하는지? 그것에 따라 철길의 현실에는 차이가 날 뿐이다.

등산인들은 등고선의 차이에 따라 시야가 달라지고 관점이 바뀌는 것을 온몸으로 체득(體得)한다. 직접 그것을 거체적(擧體的)으로 경험하기 때문이다. 몸으로 안다는 것은 머리로 아는 것과 사뭇 다르다. 몸으로 아는 것은 나의 직접 참여를 통해 얻어지는 생생한 체득의 소산이지만 머리로 아는 것은 이치를 통해 간접적으로 지적(知的 intellectual) 사고를 통해 주어지는 앎이다. 앞의 것은 몸의 묘용(妙用)에 기초하여 회득(會得)하는 따뜻한 존재의 앎이지만 뒤의 것은 사물을 분류하고 갈라놓고 보는 분별적 논리에 기초하여 획득하는 차가운 이성의 앎이다.

산은 높이 오를수록 더 멀리 그리고 더 넓게 보인다. 더 멀리 더 넓게 볼 수 있는 것은 시야(視野 perspective)와 관점이 그만큼 높은 단계에 있는 덕분이다. 산 아래서 위를 올려다보는 사람과 산 위에서 아래를 내려다보는 사람의 시야와 관점의 차이가 정반대인 것은 빤한 이치가 아닌가. 여객기를 타고 제주공항에 내려 본 사람이라면 하얀 운해(雲海)를 뚫고 얼굴을 내민 한라산의 모습이 잠시 보이다가 꾸불꾸불한 해안선과 드넓은 산자락을 데리고 한 눈 가득 들어오는 한라산의 넉넉한 품을 보았을 것이다. 자동차로 해안도로를 달리는 관광객으로서는 도저히 경험할 수 없는 경관이다. 그런 직접적인 산 체험을 모르는 사람은 제주섬의 경이로운 풍광의 의미를 제대로 터득할 리가 없다.

관점과 시야를 설정해 주는 준거점(準據点)

직업, 성별, 종교, 지역, 취미, 이념 그리고 교육 정도와 앎의 깊이 등에 따라 글쓰는이의 관점과 시야는 달라진다. 관점과 시야를 갖지 않으면 질서정연하고 일관성 있는 글을 쓰기 어렵다. 그런 글은 산만하고 작자가 무엇을 쓰려고 했는지, 의문을 갖게 한다. 심해지면 읽는이가 금방 싫증을 느끼고 읽기를 중단할 수도 있다. 그런 글은 읽기 어려운 글이 되고 만다.

넓은 들판에 선 사람은 어떤 언덕이나 큰 나무를 자기 시야의 표준점이나 기준점으로 삼아 주위 경관을 살핀다. 이와 마찬가지로 글쓰는 사람도 자기의 생각과 고찰의 표준을 미리 정해놓고 글을 쓰게 마련이다. 그렇게 함으로써 질서정연한 논리와 생각의 흐름을 전개할 수 있다. 자유민주주의나 사회주의적 관점에서 사고를 한다거나, 도시 중산층의 입장이나 시골 목축업자의 견지에서 견해를 밝힌다든가 또는 20~30대 청년이나 40~50대 중장년층의 관점에서 취업문제과 같은 사회적 쟁점에 대해 의견을 진술한다든가 할 때 자유민주주의나 사회주의적 관점, 청년이나 중장년층의 입장 등이 곧 사고의 준거점 또는 준거틀이 된다.

글쓰는 사람은 자기가 쓰고자 하는 글의 요점을 정리하기 전에 대체로 어떤 준거점(準據点 a point of reference)과 준거틀(a frame of reference)을 갖게 마련이다. 글의 작자는 이 준거점과 준거틀을 좌표로 설정하여 자기 밖의 사물을 조망하면서 자신의 논지를 펴나간다. 준거점과 준거틀을 갖지 않으면 그 작자의 글은 방향의 갈피를 잡지 못한 채 헤맬 가능성이 크다. 그렇게 되면 읽는 사람도 작자가 무슨 뜻을 말하려 했는지 종잡을 수 없게 된다.

준거점(틀)이란 개념은 원래 미국 사회심리학자들과 사회학자들에 의해 개발된 용어다. 그들은 이 용어를 집단에 적용하여 준거집단(準據集團 reference group) 이론을 발전시켰다(사회학자 Robert K. Merton의 경우). 나는 글쓰기에다 준거점(틀)의 개념을 적용하여 글쓰기의 요령을 일러주고 싶어서 이 용어를 차용한다.

아주 간단한 설명을 덧붙인다면, 준거점(틀)이란 무엇을 생각하면서 말하거나 글로 쓰려고 할 때 자기가 참조할 만한 어떤 지점을 가리킨다. 예컨대 마을 입구에 서 있는 키 큰 참나무 밑으로 모이라고 말했을 때 '키 큰 참나무'가 준거점이 된다. 또한 친구와의 저녁 식사 약속 장소를 찾아가는 사람을 위해 그 친구가 회식 장소의 위치를 설명하면서 '지하철 2호선 교대역 10번 출구 밖 서쪽의 서초역 방향으로 50m쯤에 서 있는 ○○빌딩'이라고 말했을 때 '교대역 10번 출구 밖' + '서쪽 50m' + '○○빌딩'이 준거틀이 되며 '○○빌딩'은 준거점의 구실을 한다. 그는 우선 지하철 2호선이나 3호선을 타고 교대역에서 내릴 것이며 그다음에는 10번 출구로 나와 서쪽을 향해 얼마쯤 걸어갈 것이다. 이처럼 그가 찾아가는 건물의 위치를 알리는 좌표가 바로 준거점이다. 준거틀은 준거점을 중심으로 형성되는 틀을 가리킨다. 준거틀은 하나의 준거점을 중심으로 형성되는 틀(frame)이다. 준거점은 궁사(弓士)가 노리는 과녁과 화살촉 사이를 일치시키려 할 때 그가 참조하는 조준점(照準点), 그것의 다른 말이기도 하다. 원래 미국 사회심리학에서 창안된 a point of reference를 우리말로 옮길 때 처음에는 조준점이란 용어로도 썼음을 안다면 글쓰기에 있어서의 준거점의 의미를 좀 더 쉽게 이해할 수 있으리라고 본다.

다음의 인용문에서는 저자가 자신의 관점과 준거점의 문제를 어떻게 풀이하고 있는지? 주의 깊게 관찰하고 분석해보기 바란다.

두 사람의 논쟁에 대한 소회

최근 김진 논설위원과 김근식 경남대 교수의 솔직담백한 논쟁에 박수를 보낸다. 30여 년간 대북 정보업무에 종사해 왔던 북한 연구자로서 소감을 피력한다.

첫째, 김 위원은 "안철수 교수에 대한 김 교수의 북한 수업은 우려되며 정통파 전문가에게서 들어야 한다"고 비판했다. 김 교수는 학계에서 인정받는 '정통파' 북한전문가의 한 사람이다. 혹시 진보적 시각을 가진 북한전문가는 정통파가 아니라는 색안경을 끼고 있는 것은 아닌지 우려된다. 김 교수처럼 많은 북한연구 실적과 현실적 경험을 갖춘 학자도 흔치 않다.

둘째, 김 위원은 여러 역사적 사례를 들어 북한의 천안함, 연평도 도발에 대한 김 교수의 공소권 무효론을 비판했다. 김 교수는 MB정부가 도발 책임자로 지목한 김정일이 사망했으니 공소권 무효라고 강조했다. 그리고 '공소권 없음 주장'은 북한의 책임을 눈감자는 게 아니라 책임 규명을 위해 보다 현명한 대북 접근을 하자는 발상의 전환이라고 하여 책임 추궁 여지를 남겨두고 대화를 통해 해결하자는 견해를 밝혔다. 북한 지도부가 사과할 가능성이 없다는 현실적 판단에 기초한 접근이다.

물론 김 위원의 북한 지도부 집단 책임론도 설득력이 없는 것은 아니다. 상황을 판단하는 관점의 차이다. 김 교수가 미래지향적 관점에서 숲을 보았다면, 김 위원은 과거의존적 관점에서 나무를 본 것이다. 그러다 보니 김 위원은 안철수 교수와 김 교수의 대화 내용 중 다른 것은 제쳐두고 공소권 문제에만 초점을 맞춘 것 같다.

셋째, 김 교수는 천안함 문제의 매듭을 풀고 북한의 책임을 묻기 위해서라도 북한과 대화하고 협상하라고 주문했다. 관계단절 하의 선언적 압력보다는 관계유지 하의 실질적 압력이 효과적이라는 판단이다. 이와 관련, 김 위원은 2002년 북 · 일 정상회담에서 김정일로부터 일본인 납치 시인을 받아낸 사례에서 교훈을 찾아야 한다는 김 교수의 주장에 대해 회담 자체보다는 '납치문제 해결 없이는 북 · 일 수교도 없다'는 일본의 엄중한 요구가 통했기 때문이라는 반론을 제시했다. 이러한 일본의 선언적 압력은 당시 새로운 것이 아니라 90년대 초반부터 줄기차게 요구해 왔던 것이다. 중요한 것은 북 · 일 정상회담이라는 대화의 끈을 만들어 실질적 압력을 행사할 수 있는 단초를 마련한 것이다.

박정희 대통령은 1 · 21사태에도 불구하고 "적어도 한 손이라도 서로 붙잡고 있으면 적이 공격해 올 것인지 알 수 있다"며 불확실성 속 대화의 중요성을 웅변했다. 전두환 대통령은 아웅산 사태에도 불구하고 대화의 문을 닫지 않아 결국 북한이 이를 시인했다.

이중성 · 양면성을 가진 북한정권을 상대할 때 외눈박이가 아닌 건전한 두 눈으로 똑바로 직시하는 혜안이 요구된다는 사실을 방증하는 좋은 예다.(중앙일보, 2012년 1월 21일, 최준택 건국대 행정대학원 초빙교수)

이 기고문은 지난 2012년 1월 16일자 중앙일보 「김진 논설위원의 시시각각」에 대한 김근식 경남대 교수(북한학 전공)의 1월 18일 반박기고를 읽은 또 한 사람의 북한전문가인 최준택 교수가 둘의 견해를 비교·비판한 글이다. 김진 위원은 자신의 고정칼럼「시시각각」에 실린「북한을 잘 못 배우는 안철수」란 글에서 진보학자인 김근식 교수에게 북한의 실상과 대책에 관해 학습하는 것은 적절치 않다는 견해를 밝혔다. 이에 대해 이틀 뒤 당사자인 김 교수는 "안철수, 잘 못 배우고 있지 않다"란 제하의 기고에서 김진 위원의 주장을 반박했다. 두 사람의 논전에 대해 최준택 교수는 두 사람의 견해는 관점의 차이에서 비롯된 것임을 지적하고 있다. 그럼에도 그는 둘의 "솔직담백한 논쟁에 박수를 보냈다."

3. 창조는 먼저 파괴하는 행위

글의 설계도를 짜는 작업은 창조적 구상이 선행되어 그것을 토대로 실행되는 것이다. 그 결과 훌륭한 열매가 맺힌다.

공문서와 같은 엄격한 격식과 틀에 박힌 전적으로 형식적인 글을 제외하고는 거의 모든 글쓰기는 창조적 생산이며 또한 그래야만 한다. 형식적인 글 중에서도 대통령의 연설문은 때로는 창의적 상상력이 발휘되며 역사적으로도 대통령의 명연설이 적지 않음을 간과해서는 안 된다. '여러분이 국가를 위해서 먼저 무엇을 할 것인가'를 국민에게 당당히 요청한 것으로 유명한 존 F. 케네디 미국 대통령의 취임사, 링컨의 게티스버그 연설 등은 내용과 형식 양면에서 정해진 틀을 벗어난 역사적 명연설이다.

창조는 먼저 파괴에서 시작된다.

아주 오랜 예전부터 지속되어온 관행, 유서 깊은 전통이나 성스런 종교적 전례(典禮) 또는 예법(禮法)이란 이름 아래 전승되어온 제례(祭禮)와 가례(家禮) 같은 격식은 단시일 안에 변경이 불가능한 정형(定型 pattern)을 갖는다. 그래서 전통은 정형 즉 패턴의 유지를 완고하게 고집한다. 오래 전부터 전승되어온 패턴을 그대로 따르며 준봉(遵奉)하는 것은 창조가 아니다. 많은 사람이 따라가는 기성의 사고방식과 유행양식, 이미 확립되어 안정된 체계(system)의 행위유형을 그대로 답습하는 사람은 의례(儀禮)에 충실한 모범적 우등생, 의식(儀式 ritual)의 온순한 준봉자(遵奉者 conformist)는 될 수 있을지언정 훌륭한 창조자로서 우뚝 설 수는 없다.

엄격한 의미에서 전통은 일정한 패턴을 갖춘 격식과 내용이 정해지는 순간 이미 그리고 언제나 변하기 시작한다. 아주 오랜 세월의 풍상을 겪으면 전통은 본래의 패턴과 내용이 상당히 변질된 채 기본 골격의 형해만을 남기게 된다. 전통의 복원은 본래의 것으로의 백 퍼센트 회귀가 아니라 본래 의미의 상당한 회복에 지나지 않는다. 그래서 전통의 복원은 대체로 전통의 새로운 창조에 다름 아니다. 전통은 파괴의 터전 위에서 새로 탄생하는 것이다.

내가 이런 말을 한다고 해서 전통의 파괴를 선동하는 것은 결코 아니다. 전통은 존중해야 하는 것이라고 우직하게 고집하는 견해에 대해서 전통의 준수만이 능사가 아님을 지적하는 것일 뿐이다. 전통 중에는 변천된 시대 상황에 적합하지 않아 개선해야 하는 것들도 얼마든지 있다. 전통은 시간이 흐르면 변하게 마련이다. 영구불변하는 전통은 존재하기 어렵다. 걸핏하면 '오래된 우리의 전통'이라고 말하는 사람들의 그 '전통'은 자세히 살펴보면 실은 원래의 전통을 개량했거나 전혀 새로운 옷을 입혀 탄생한 것에 지나지 않는다.

'창조적 파괴'를 선도한 화가들

세계사 특히 서양 세계사에 있어서 사상의 새로운 조류는 예술가 특히 미술가에 의해 창조되었다. 그들은 세상의 변화를 이성적인 논리적 추리에 의해서가 아니라 직감적이고 직관적인 통찰(洞察)에 의해서 세계 사조를 바꾼 선구자들이다. 19세기 말의 사실주의 · 로맨티시즘 · 인상파와 20세기 초두의 큐비즘(cubism) · 표현주의 운동은 모두 화가들이 주동한 새로운 사상의 흐름이었다.

'창조적 파괴'는 20세기 초 서유럽의 미술계에서 먼저 일어났다. 그 구호를 처음 외친 사람들은 일단의 예술가들이었다. 프랑스와 스페인에서는 큐비스트(cubist 입체파立體派)로 불린 화가들이 그리고 독일에서는 '다리파'(Die Brücke=the bridge)라 불린 표현주의파(expressionist)가 새로운 예술창작 운동의 전위를 맡았다.

대표적 큐비스트인 피카소(Pablo Picasso, 1881~1973)는 말했다.

> 창조하는 행위는 먼저 파괴하는 행위이다. 고상한 취향이란 얼마나 불쾌한 것인가. 그 취향이란 창조력의 적(敵)이다.(Every act of creating is first an act of destruction. Ah, good taste! What a dreadful thing! Good taste is the enemy of creativity.)(2011. 2.4~3.1 덕수궁미술관에서 열린 「피카소와 모던 아트展」)

그렇다. 모든 살아 있는 것들은 태어나는 순간부터 이미 죽어가고 있듯이 무엇인가가 새롭게 만들어 지는 찰나에 묵은 것은 이미 파괴되기 시작한 셈이다. 피카소의 통찰은 태어남과 죽어감이 하나로 연속되어 있듯 창조와 파괴도 또한 동시적임을 강조한 예술적 명언이다.

표현주의 운동은 독일에서 일어났다. 그 선봉에는 행동강령을 만든 키르히너(Ernst Ludwig Kirchner, 1880~1938) 등의 젊은이들이 있다. 운동의 주체들은 '묵은 것에서 새것으로 건너는 다리' 역할을 맡는다는 뜻에서 그들이 결성한 모임에 '다리'(橋)라는 이름을 붙였다. '다리' 위에 모인 화가들은 목판에 판각한 「다리파 선언」(Die Brücke Manifesto)을 1906년에 발표했다. 선언은 기성 예술계를 놀라게 했다.

우리는 창조적이고 현명한 새로운 세대가 자라나기를 믿고 있다. 모든 젊은 이들에게 호소하노니, 정녕 그대들이 미래를 짊어지는 젊은이라면 기성세력으로부터의 해방과 삶과 작품 활동에서의 자유를 원하는 바이다. 우리는 거침없이 창조하려는 사람이라면 어느 누구라도 환영한다.(덕수궁미술관의 같은 전시회)

큐비스트가 추구하고자 한 것은 대상물의 분해, 분석, 추상적 형식을 통한 대상물의 재결합이었다. 또한 그들은 서구미술의 5백 년 전통으로 신봉되며 굳건한 위치를 지켜온 일점투시법(一點透視法 one viewpoint perspective)에 의한 원근법적 대상 묘사를 거부했다. 대신 그들은 좀 더 넓은 문맥(文脈 context)에서 사물을 관찰하려는 다시점투시법(多視點透視法)을 채택했다. 일점투시법이란 초기 인상주의 화가들의 그림에서 보는 바와 같이 어떤 풍경을 하나의 시점에서 관찰하면서 그것을 원근법적으로 묘사하는 표현기법을 가리킨다. 이 기법은 대상과 관찰자 간의 거리감은 잘 나타내지만 대상을 한 쪽 면에서 그것도 하나의 시점이란 고정된 위치에서 대상을 보기 때문에 다른 시점에서의 관찰 효과를 표현할 수 없는 결함을 지니게 마련이다.

초기 인상파 화가들에게까지 전승되어온 일점투시법적 대상 묘사는 후기 인상파의 한 사람인 폴 세잔(Paul Cézanne, 1839~1906)에 의해 배척되었다. 세잔은 저 유명한 그의 유화 작품「상트 빅토아르 산(山)」에서 보이듯 다시점에서 대상물을 투시하여 묘사하는 새로운 기법을 도입한 개척적인 화가였다. 알기 쉽게 말해서 '다시점투시법(多視点透視法)'은 삼각산의 백운대와 인수봉을 우이동이나 의정부 쪽 한곳에서만 보는 것이 아니라 송추나 구파발 쪽 등에서도 바라보는 묘사기법을 가리킨다. 세잔의 '다시점투시법적 묘사'는 나중에 큐비즘으로 이어지는 교량 역할을 했다.

세잔의 '다시점투시법'의 다리를 건너온 큐비스트들은 더 넓은 문맥에서 그리고 여러 가지로 변경된 위치 또는 관점에서 대상세계를 주시하며 표현하려 했다. 그 결과 그들이 그린 그림 속 대상들은 우리의 눈으로 보는 것과는 전혀 달리 온통 왜곡되어 있는 것으로 그려졌다. 동시에 한 대상과 다른 대상 사이에는 '관계의 그물'이 펼쳐져 있으며 그 그물 안의 대상물들은 자기의 위치를 점유하는 형상을 보여준다. 예컨대 남녀의 키스 장면은 두 얼굴이 기하학적 도형으로 겹쳐진 가운데 두 입술마저도 서로 묘하게 포개져 있다. 또한 그림의 대상들은 거의가 삼각형, 사각형, 원형이나 타원형의 형태로 묘사된다. 그러면서 그 도형들은 서로 연결되어 '관계의 그물'로 화폭을 가득 채운다. 거기에 전통적인 원근법이란 없다.

독일 표현주의의 전형적 기법은 극단적이라 할 정도로 대상세계를 주관적 관점에서 대폭 왜곡하여 묘사하는 표현법이었다. 그렇게 함으로써 그들은 관객 쪽에서의 정서적 효과를 노렸다. 표현주의파 화가의 그림 앞에 서서 보면 그것은 마치 뭉크의 「외침」을 볼 때의 그것처럼 관객을 묘한 분위기 속으로 끌어들여 미묘한 감정의 파동을 일으키게 한다. 표현주의자들은 무엇보다도 대상세계의 물리적 현실(또는 실재성 reality)보다는 '살아 있는 것들의 의미'와 정서적 경험을 표출하고자 애썼다.

이렇듯 20세기 초엽에 전위적 예술운동으로서 출현한 큐비즘과 표현주의는 운동 자체로서는 10~15년 안팎의 비교적 짧은 기간 동안에 사람들의 주목을 끌었지만 그 여파는 나중에 시와 소설 등의 문학, 연극, 영화와 음악 그리고 심지어는 건축에 이르기까지 광범위한 예술 분야에 걸쳐 사실상 혁명적 영향을 끼쳤다. 그 심대한 영향의 자취는 오늘날까지도 모든 예술 장르에서 뚜렷이 남아 우리들의 깊은 성찰을 요구한다. 그러한 새로운 현대 예술 사조 가운데 하나가 포스트모던(postmodern)이라 불리는 예술운동이다. 포스트모던은 장-프랑스와 료타르(Jean-Francois Lyotard, 1924~1998)에 따르면 '포스트모던한 조건'(the postmodern condition)이다. 이 조건은 "고도로 발전한 선진사회에 있어서 앎(知)의 현재 상황"을 가리킨다(Lyotard, *The Postmodern Condition* 1984〔1979〕 p. xxiii). 료타르에 따르면 포스트모던한 앎은 "단순히 권위 있는 것의 도구가 아니다. 그것은 다름(差異 differences)에 대한 우리의 감수성을 좀 더 섬세하면서 좀 더 날카롭게 세련시키며 공약불가능한 것(共約不可能 the incommensurable=차이가 현저한 것)을 용납할 수 있는 우리의 능력을 강화시킨다."(Lyotard의 앞의 책 p.xxv).

우리가 글쓰기에 있어서 큐비즘과 표현주의의 혁명적 영향을 고려하지 않으면 안 되는 필연적 이유는 바로 여기에 있다. 그 예술운동은 단지 한 차례의 회오리를 일으킨 뒤 금방 휘익 지나가버리는 일과적(一過的) 선풍이거나 일회적 유행의 조류로서 반짝 인기를 누렸다가 사라지지 않았다. 그 운동은 근 백 년이라는 긴 시간에 걸쳐 예술 표현기법의 변주곡들을 여러 장르들에서 만들어내면서 거의 전 세계적으로 '창조적 파괴'를 통한 숱한 창작품을 생산했다. 때문에 우리는 그 예술운동을 주목하지 않으면 안 된다.

물론 창작품의 생산에 일정한 공식이 있는 건 아니다. 창조 작업의 성공에 있어서도 일정한 공식은 없다. 어려운 수학 문제를 푸는 것과 같은 공식이 없다는 뜻이다. 그렇기는 하지만 창조적 작업 아니 '창조적 파괴 작업'에 몸소 참여했거나 그런 운동을 주도한 위대한 예술가와 창조적 생산자들의 경험을 주의 깊게 관찰하며 배우는 일은 필요하다. 글쓰기에도 그것은 그대로 적용된다.

여기서 우리가 특히 주목하려는 것은 대상에 대한 묘사기법 자체에 있지 않다. 그것보다는 새로운 기법을 창출한 혁명적 정신 자체를 눈여겨보아야 한다. 그 혁명적 정신은 '창조하려면 먼저 파괴하라'는 아포리즘(aphorism)으로 요약된다.

그 정신이 문학에서 구체적 명문(銘文)으로 나타난 것이 독일 소설가 헤르만 헤세의 『데미안』의 한 대목이다. 우리는 이 대목을 읽으면서 글쓰기의 혁신적 자세를 새롭게 가다듬을 필요가 있다.

알에서 태어나오려고 투쟁하는 새끼

알에서 태어나려는 새는 껍질을 깨야만 한다. 껍질을 깨지 않으면 새는 알에서 나올 수가 없다. 알껍질 깨기는 새로운 탄생, 새로운 세계로의 진입이 시작됨을 의미한다. 시작은 언제나 어려운 법. 껍질을 깬다 함은 한편으로는 기성의 관습과 전통, 낡은 인습의 파괴를 뜻하며 다른 한편으로는 새로운 사유방식의 창조를 지시한다. 태어남은 그처럼 창조와 파괴를 동시에 내장(內藏)하고 있는 것이다. 파괴 속에 이미 그리고 언제나 창조가 전제되어 있다는 뜻이다. 그래서 창조와 파괴처럼 서로 모순되는 두 대립항들을 극복하여 정리하는 일에는 언제나 힘든 고비가 따르게 마련이다.

알껍질 깨기의 파괴와 마찬가지로 새로운 창조의 탄생은 그것을 성공시킬 힘을 요구한다. 하지만 일은 일단 착수하기만 하면 힘든 고비를 얼마든지 넘어갈 수 있다. 도정(道程)의 반은 이미 걸어간 셈이다. 하지만 백 리를 가는 자는 구십 리를 절반으로 간주함으로써 나머지 십 리마저도 절반으로 여기는 신중함을 잃지 말아야 한다(行百里者 半九十里). 옛사람들의 슬기로운 말씀이 글쓰기에도 그대로 적용한다는 점을 우리는 깊이 명심해야 하리라. 스스로가 먼저 지레짐작으로 '창조적'이라고 여기고 뻐긴 일이 나중에 알고 보면 실패를 처음서부터 이미 자초한 오만한 만행(蠻行)임을 깨닫게 되기 때문이다.

'낡은 껍질의 파괴'와 '새로운 것의 창조' 그리고 창의적 글쓰기는 서로 어떤 의미연관을 갖는가?

옛 세계를 벗어나 새 세계로 진입하려는 생명의 잇따른 탈바꿈. 창의적 글쓰기의 파괴적 창조성은 그런 변신을 요구하며 지시한다. 헤세(Herman Hesse, 1877~1962)는 새 세계로 들어가기 위한 한 젊은이의 투쟁과정을 이런 비유로서 설명했다.

> 새는 알에서 나오려고 투쟁한다(Der Vogel kampft sich aus dem Ei*). 알은 세계다. 태어나려는 자는 하나의 세계를 깨뜨려야 한다. 새는 신에게로 날아간다. 신의 이름은 알락사스.(헤르만 헤세, 전영애 옮김, 『데미안』, 민음사, 1997)
>
> *대부분의 다른 번역본에서는 '새는 알을 깨고 나온다' 라고 부드럽게 표현했다. 하지만 위 인용문은 태어남의 치열한 몸짓을 '알에서 태어나려고 투쟁한다' 라고 묘사했다. 번역자는 독일어 원문의 뜻을 아니 손상하기 위해 직역을 했다고 해명했지만 나의 의견으로는 '태어나기 위한 투쟁' 이 헤세의 의도를 더 잘 살려 적절하게 옮긴 것이라고 본다.

『데미안』은 자아의 삶의 의미를 치열하게 추구하는 한 젊은이의 성장 통과의례를 기록한 소설이다. 소설은 '내 속에서 솟아나오려는 것, 바로 그것을 나는 살아보려고 했다. 왜 그것이 그토록 어려웠을까.' 라는 모토를 세운 주인공 에밀 싱클레어의 짧은 철학적 성찰에서 시작된다. 주인공은 자기 자신에게 이르는 길에서 부딪치는 낡은 규범과 전통적 제도들—아버지, 집, 종교, 도덕—의 속박에 괴로워하면서도 그것들을 점검한다.

고향을 떠나 낯선 도시에서 유랑 생활을 하던 학창시절, 자기를 지탱해 주는 정신적 기둥에 대한 갈망이 고조(高潮)에 달했을 때 싱클레어는 책갈피에서 쪽지 하나를 발견한다. 소설에 친구로서 등장하는 정신적 구원자 데미안이 보낸 쪽지라고 그는 믿는다. 새 세계로 나온 싱클레어의 새가 찾는 알락사스 신은 누구일까? 알락사스란, 신적인 것과 악마적인 것을 결합하는 상징적 과제를 지닌 신성을 가리킨다. 싱클레어는 마침내 데미안과 어머니 에바 부인 속에서 알락사스의 모습을 보았다고 생각한다. 어머니이자 영원한 애인이며 구원의 여인인 에바 부인은 싱클레어를 끌어당기면서 동시에 물리친다.

나는 이 책에서 글쓰기의 얄팍한 요령과 기교만을 가르치려 하지 않는다. 글쓰기에 있어서 최소한의 요령과 기교는 마땅히 필요하다. 그렇기는 하지만 그것들은 글쓰기의 기본 매뉴얼(manual)을 익히는 수준이면 충분하다. 글쓰기에서 요령과 기교가 필요 이상으로 넘쳐나면 그것은 탄력성 있는 맑은 피부의 상큼한 아름다움을 손상시키는 짙은 화장이 되고 만다. 때문에 나는 요령과 기교 대신에 창의적 상상력을 기르고 발휘할 수 있는 글쓰기, 성찰적 사색의 깊은 샘물을 퍼 올리는 데 도움을 주는, 인문적 소양을 갖춘 글쓰기에 대해서 특별히 강조하려 한다. 세잔과 피카소 그리고 독일 표현주의파 화가들에 대해 간단히 언급한 나의 의도도 그러한 창의적 상상력을 키워주는 성찰의 맑은 샘물을 마음의 우물에서 퍼올려 글쓰기의 종이를 적셔 보라는 뜻이 담겨 있다.

이제부터 우리는 좋은 글, 참신한 글, 창의적 상상력이 발휘된 글을 쓰기 위해 알 껍질을 깨고 태어나는 어린 새 새끼처럼 자신의 체질에 익숙해진 구태의연한 스타일과 사고방식을 과감히 부수고 버리자. 새로운 패션 언어의 감각이 펄펄 살아 있는 생동감을 느끼게 하는 글을, 그러면서도 글의 품격(書格)을 잃지 않는 글을 창조하는 저 넓은 벌판으로 나아가자.

4. 글의 품격

말과 글은 엄연히 다르다

머리에 떠오르는 대로 말을 글자로 옮겨놓기만 할 때 언제든지 좋은 글이 생산되어 나온다면 오죽이나 좋겠는가. 불행하게도 글은 말처럼 뜻대로 되어 나오지 않는다. 뿐만 아니라 쌍말, 욕설, 은어와 같은 일상적인 입말들을 그대로 문자로 옮겨 쓸 수 없는 것도 글의 제약인 동시에 지켜야 할 규범이기 때문이다. 그래서 말과 글은 엄연히 다르다. 글에는 지켜야 하는 서격(書格)이 있기 때문이다.

그냥 쌍소리만 하지 말고 적절한 단어들을 골라 쓰면 될 일이지 무슨 서격 따위가 필요하냐. 이렇게 물을 사람이 혹시 있을지 모르겠다. 그런 의문을 가진 사람들을 위해서 이 자리에서 입바른 소리 몇 마디를 해야겠다.

사람에게 인격이 있듯 글에도 엄연히 그 품격이 있는 법이다. 그것을 서격이라 한다. 나무 중에도 멋있게 잘 자란 나무가 있고 동물 중에도 잘 생긴 놈들이 분명히 있다. 하물며 그것들보다 잘 낫다고 자부하는 인간에게 있어서 인격이랴! 결코 억지로 지어낸 말이 아님을 명심하기 바란다.

거듭 강조하거니와 글의 품격은 쓰는 이를 닮는다. 이상하리만큼 글에는 쓰는 이의 마음씨가 그대로 그려져 나온다. 불교 스님의 글은 그것대로 선수행자의 구도(求道) 모습을 드러내는 품격이 있다. 독실한 가톨릭 신자의 글은 그것대로 믿음의 향내를 풍긴다. 향을 싼 종이에서는 향내가 나고 생선을 싼 종이에서는 비린내가 나듯이 말이다.

글에 서격이 있느냐 없느냐는 실제로 글을 읽어 보면 쉽게 풀리는 물음이다. 아래 그 예문들을 제시했으므로 그것들을 읽어서 독자들 스스로 의문을 풀기 바란다. 다만 이왕 서격 얘기를 끄집어냈기에 글의 품격에 대해 잠깐 군소리 같은 설명을 덧붙여야 옳을 듯싶다.

남을 대하는 어떤 이가 늘 상대방에게 함부로 굴지 않고 겸손한 자세로 좋은 말을 쓰며 상대방을 외경(畏敬)하는 마음을 갖는 다면 그이는 우선 좋은 인격을 가진 사람이라고 불러도 좋으리라. 그런 이의 말은 우선 듣기에 좋고 아름답다. 글에서도 마찬가지다. 거친 말, 험한 쌍말을 쓰지 않고 곱게 잘 다듬어진 언어, 잘 정리된 아름다운 글을 쓴다면 그 글은 저자의 좋은 인품이 반영된 글이라고 말할 수 있다.

공맹(孔孟) 사상에서는 높은 인격의 소유자, 언제나 올바른 가운데 길(中正의 道)을 걷는 사람을 군자라 부른다. 달리 말하면 우리 범인(凡人;보통

사람)들이 지향하는 이상적인 인간형이다. 좀 더 구체적으로 설명하자면 '대기(大器)의 군자'라 할 때의 군자가 곧 '이상적인 품격'을 구비한 사람이다. 군자란 '큰 그릇'과 같다고 한다. '모든 것을 두루 담는 넓은 도량을 갖춘 사람'이란 뜻이다. 그런 사람은 구체적으로 어떤 인간인가? '군자란 어느 한 쪽에 치우침이 없이 아무런 편견이 없으며 뿐만 아니라 모든 관점에서 다시 말해서 보편적 입장에서 사물을 보는 사람'이다. 이에 반대되는 소인의 뜻을 알면 군자의 개념은 더욱 명백해질 것이다. '소인은 한 쪽으로 치우쳐서 편견을 가지며 한 가지 관점에서만 사물을 보는 협량한 사람'을 가리킨다.

그렇다면 글에서도 '대기의 군자'와 같은 품격을 지켜야 하는 까닭은 무엇인가? 입 밖으로 튀어나오는 거친 말을 함부로 쓰지 말고 잘 다듬어진 좋은 말, 고운 말을 써서 질서 있게 글을 꾸미면 될 일이지, 그밖에 더 무엇이 필요하다는 말인가? 이렇게 따질 사람이 혹시 있다면 그 사람에게 나는 이렇게 말하고 싶다. "그 말씀 열 번 옳습니다. 다만 거기에다 한 가지 덧붙일 게 있지요." 라고. 그것은 '대기의 군자'와 같이 보편적 관점에서, 중정(中正)의 길에 서서 사물을 관찰하라는 것이다.

그러려면 입 밖으로 쏟아져 나오는 대로 글을 써서는 안 된다. 스마트폰으로 문자 메시지를 보낼 때처럼 머리에 떠오르는 대로 자판(字板)을 눌러서는 품격 있는 글이 나오지 않는다. 멋대로 튀어나오는 사고를 잘 정리하고 다듬어진 정제(精製)된 고운 언어를 써야만 좋은 서격의 글이 태어난다.

서격(書格)이 다른 네 글들

서격이 어떠냐를 판정하는 문제는 생각처럼 간단하지는 않다. 수치상의 판정기준이 없기 때문이다. 그럼에도 우리는 글을 읽고 잘 쓴 글과 그렇지 않은 글을 대번에 가려낼 수 있는 판단능력을 갖추고 있다. 처음 만나 몇 마디 말을 건네 본 다음에 호감이 가는 사람의 인품을 우리가 직감할 수 있듯이 글의 서격도 그런 방식으로 감지할 수가 있다. 한마디로 말해서 처음 읽어서 좋은 글이면 그것은 잘 쓴 글이라고 볼 수 있다.

여러분의 판단을 돕기 위해 나는 서격이 다르다고 보는 세 종류의 예문들을 아래에 소개하고자 한다. 먼저 2010년 2월에 입적한 법정 스님의 유명한 수상문 「텅 빈 충만」을 골랐다. 스님의 유언에 따라 그분의 모든 저서들이 절판되었기 때문에 이제는 구해서 읽어 볼래야 볼 수 없는 글이 되어버렸다. 아쉬운 마음이 있으나 다행히도 내게는 스님의 저서들이 거의 구비되어 있어서 좋은 대목을 펼쳐보고 싶으면 언제든지 찾아볼 수 있는 행운이 함께 하고 있다. 「텅 빈 충만」 다음에는 수년 동안 암과의 투병 생활을 해온 소설가 최인호의 신앙고백이 이어진다. 그리고 마지막으로 두 철학자의 글을 인용하고자 한다.

예문1; 「텅 빈 충만」

오늘 오후 큰절에 우편물을 챙기러 내려갔다가 황선 스님이 거처하는 다향산방(茶香山房)에 들렀었다. 내가 이 방에 가끔 들르는 것은, 방 주인의 깔끔하고 정갈한 성품과 아무 장식도 없는 빈 방이 좋아서다.

이 방에는 어떤 방에나 걸려 있음직한 달력도 없고 휴지통도 없으며, 책상도 없이 한 장의 방석이 화로 곁에 놓여 있을 뿐이다. 방 한 쪽 구석에는 항시 화병에 한두 송이의 꽃이 조촐하게 꽂혀 있고, 꽃이 없을 때는 까지밥 같은 빨간 나무 열매가 까맣게 칠한 받침대 위에 놓여 있곤 했었다.

물론 방 이름이 다향산방이므로 차가 있고 차도구가 있게 마련이지만, 그것들 또한 눈에 띄지 않는 벽장 속에 갈무리되어 있다. (중략)

그런데 오늘 이 방에 이변이 생겼다. 방안에 화로도 꽃병도 출입문 위에 걸려 있던 이 방의 편액도 보이지 않았다. 빈 방에 덩그러니 방석 한 장과 조그마한 탁상시계가 놓여 있을 뿐이다.

웬 일인가 싶어 방 주인의 얼굴을 쳐다보았더니, 새로운 각오로 정진하고 싶은 그런 심경임을 말 없는 가운데서도 능히 읽을 수 있었다.(중략. 중국의 유명한 재가불자인 방거사(龐居士가 생전에 자기의 전 재산을 남에게 주어버리고는 자기는 대조리를 만들어 장에 내다팔아 딸과 함께 생계를 이었다는 이야기와 법정 당신이 친한 불자에게서 선물로 받은 오디오 세트를 1년만 쓰고 준 사람에게 돌려줬다는 얘기는 생략했다.)

이제 내 귀는 대숲을 스쳐오는 바람소리 속에서, 맑게 흐르는 산골의 시냇물에서, 혹은 숲에서 우짖는 새소리에서 비발디나 바하의 가락보다 더 그윽한 음악을 들을 수 있다. 빈 방에 홀로 앉아 있으면 모든 것이 넉넉하고 충만하다. 텅 비어 있기 때문에 오히려 가득 찼을 때보다도 더 충만한 것이다.(법정 스님, 『텅 빈 충만』 중 서명의 글, 샘터, 1989, P.74)

예문2; 「엿가락의 기도」

병세가 심각한 상황에 이르렀을 때 문득 제 머릿속에 떠오른 성경 구절은 다음과 같은 것이었습니다.

"구하라. 받을 것이다. 찾으라 얻을 것이다. 문을 두드리라 열릴 것이다. 누구든지 구하면 받고, 찾으면 얻고, 문을 두드리면 열릴 것이다."(마태 7.7. 공동번역 성서)

이것은 무기력한 제가 선택할 수 있는 유일한 희망이었습니다. 문을 두드리는 길은 기도뿐이었으며, 제가 찾고 구할 수 있는 대상은 오직 기도를 통한 주님뿐이었습니다.

저는 미친 듯이 기도에 매달렸습니다. 그러나 기도에 열중하여도 좀처럼 제 가슴에는 평화가 깃들지 않았습니다. (중략)

그러던 어느 날 제 기도가 틀렸다는 사실을 깨달았습니다. 제 기도는 '주님, 제 병을 고쳐주십시오.' '주님, 기적을 베풀어 주십시오.' '주님, 제 병을 고쳐주시면 주님을 위한 글을 쓰겠습니다.' 라는 식의 주님과 벌리는 흥정이었으며, 조건부 협상이자 벼랑 끝 전술임을 깨달았던 것입니다. (중략)

불경에는 '무엇이든 구하는 것이 있으면 모든 것이 고통이며, 구하는 것이 없으면 모든 것이 즐거움이다.' 라는 명구가 있습니다. 당나라의 선승 마조(馬祖)는 말하였습니다.

"진정으로 법을 구하는 사람은 구하는 것이 없어야 한다."(夫求法者 無所求)……. (중략)

요즘 저의 기도는 엿가락 기도로 바뀌었습니다.

"주님, 이 몸은 목판 속에 놓인 엿가락입니다. 그러하오니 저를 가위로 자르시든 엿치기를 하시든 엿장수이신 주님의 뜻대로 하십시오. 주님께 완전히 저를 맡기겠습니다……." (후략) (천주교『서울주보』칼럼, '말씀의 이삭' 2012년 1월 22일 최인호, 「엿가락의 기도」에서〉)

예문3;『노장 사상』의「책머리에」

한문학자도 아니며, 동양철학자도 아님은 물론 어떤 의미로 보나 제대로 돼먹은 철학자도 아닌 내가 이 에세이를 썼다는 것은 철없이 저지른 당돌한 짓이며, 터무니없는 엉터리 생각인 줄을 나는 잘 의식하고 있다. 그러면서도 내가 이러한 일을 감히 저질러놓고 이것을 세상에 발표하는 이유는 첫째, 무엇보다도 내가 노장 사상에 늦게나마 매혹을 느꼈으며, 둘째, 노장 사상이 순수한 철학적 입장에서나 이데올로기 즉 이념적인 관점에서 극히 현대적 의미를 갖고 있다고 믿었기 때문이다.

이 에세이는 학술적인 연구의 결과로서 씌어진 것이 아니다. 그러한 것은 한문에 능하지 못한 나의 능력 밖에 있다. 내가 여기서 뜻하는 것은 나 나름대로 현대적인 안목에서 언뜻 보기에 깊이는 있지만 무슨 소리인지 분명치 않은 노장 사상을 하나의 일관성 있는 체계를 갖춘 사상으로 파악해보자는 데 그친다. 그러므로 이 에세이는 좁은 의미에서 학술적 연구라고는 할 수는 없다. 오로지 하나의 사색의 작은 결실에 불과하다. 그러나 이 에세이가 노장 사상을 보는 하나의 관점일 수 있다는 것이 독자에게 납득이 되고, 그럼으로써 노장을 애호하는 많은 독자에게 다소나마 노장을 읽는 서투른 안내의 역할을 할 수 있다면 나로서는 그 이상 더 큰 만족을 바랄 수 없다.(박이문, 『노장 사상』〔개정판〕, 문학과지성사, 2004년〔1980〕, 「책머리에서」)

예문4; 『노자와 21세기(1)』의 「21세기의 3대 과제」

한번 생각해보자! 일제시대 때 일본 사람들이 그 얼마나 한국 사람들 입에서 마늘 냄새가 난다고 쵸오센진을 경멸했는가? 일제시대 때 케이조오(京城 서울)에서 전차를 타면, 저 뒷문에서 한국 사람이 한 명 올라와도 앞문에 있던 일본 사람이 "닌니쿠 니오이"(마늘 냄새)하면서 오만상을 찌푸렸던 것입니다……. (중략)

그런데 지금 일본인들은 거의 마늘 처먹느라고 환장한 사람들처럼 되어버렸다. 이제 한국의 '김치'가 세계인의 '킴치'(Kimchi)가 되어 버렸고, 일본은 이제 키무치의 대국이 되어가고 있는 것이다……. (중략)

엊그제까지만 해도 날 생선을 먹는다 하면 귀신살코기라도 뜯어 먹는 것인양 질겁을 하던 양키 아저씨들이 이제는 스시바에 가서 사시미를 먹을 줄 모르면 맨해튼 한복판에서도 문화인 행세를 할 수가 없다. 기독교 성찬식에 포도주를 쓰는 것은 단순히 예수시대의 유대인들에게 통용되던 술이 포도주였기 때문에 생겨난 관습에 불과한 것이다. 그것은 성찬의 본질적 의미와는 하등의 연관이 없다. 그렇다면 신부 · 수녀가 삥 둘러앉아 걸쭉한 막걸리를 바가지로 퍼잡수면서 성찬제식을 행할 수도 있는 것이다……. (후략) (김용옥, 『노자와 21세기(1)』, 통나무, 1999, pp.53~54. 밑줄은 인용자의 것)

「텅 빈 충만」이 구도자의 수행 자세를 엿볼 수 있는 솔직담백한 수상이라면 「엿가락의 기도」는 여러 해 동안 암 투병을 벌여온 한 소설가의 절절한 신앙고백이다. 「기도」는 죽음으로 이어질 수도 있는 병고에 직면했을 때 인간은 어떤 믿음에 의지해야 하는가에 대해 우리에게 좋은 가르침을 일러준다.

「책머리에」는 동양철학 중 난해한 것으로 이름난 노장 사상을 지적 수준이 높은 한 서양 철학자가 자기 전공분야의 안목에서 살펴본, 아주 겸손한 자세로 쓴 에세이이다. 이 경우 에세이(essay)란 단어는 겸허하게 말해서 학술논문에 미달한다고 했지만 실제로 그 내용은 학술적 수준에 이른 글이란 뜻을 갖는다. 그 점에서 에세이를 요즘 우리가 흔히 접하는 수필로 번역하는 것은 잘못이다. 우리나라의 수필가들이 쓰는 글 중에는 신변잡기 같은 넋두리를 늘어놓은 것들이 꽤 눈에 띈다.

평생에 무소유의 의미를 강조한 법정 큰스님은 '텅 빈 방'으로 변한 다향산방에 들른 소감을 꾸밈없이 아주 담담(淡淡)한 필치로 엮어냄으로써 읽는 사람의 마음에 감동의 충만을 선물하고 있다. '텅 빈 충만'이란 말은 '소리 없는 아우성' '군중 속의 고독'과 같은 모순어법이다. 모순어법으로 쓰인 말들의 대개가 그렇듯 어찌 보면 스님의 '텅 빈 충만'도 처음엔 무슨 소리를 하려는 것인지 얼른 짐작이 가지 않는다. 그러나 아주 평이하게 쓰인 글머리를 따라 찬찬히 읽어 내려가다 끝대목에 이르면 의문이 확 뚫린다. 애를 먹이던 체증이 말끔히 풀리듯이 말이다.

> 이제 내 귀는 대숲을 스쳐오는 바람소리 속에서, 맑게 흐르는 산골의 시냇물에서, 혹은 숲에서 우짖는 새소리에서 비발디나 바하의 가락보다 더 그윽한 음악을 들을 수 있다. 빈 방에 홀로 앉아 있으면 모든 것이 넉넉하고 충만하다. 텅 비어 있기 때문에 오히려 가득 찼을 때보다도 더 충만한 것이다.(밑줄은 인용자)

그렇다. 방안이 시끄러우면 방 밖의 자연이 빚어내는 온갖 소리들을 들을 수 없다. 시끄럽다는 것은 방안이 무엇인가로 가득 찼다는 뜻. 그러므로 자연의 소리들이 그 시끄러운 충만의 틈을 비집고 들어갈 여유가 생기지 않는다. 고요한 텅 빈 방에 홀로 앉아 있어야 수행자에게는 '모든 것이 넉넉하고 충만하다.' 채워지려면 비어 있어야 한다는 스님의 경구는 한 바탕의 봄꿈과 같은 삶의 덧없음을 일깨워 주는 경책이다. 종교적 신앙의 냄새를 풍기지 않으면서 자기 자신을 뒤돌아보며 성찰케 하는 글의 높은 품격을 느끼게 한다.

최인호의 「엿가락의 기도」는 기도가 하느님과의 흥정이 아니며 믿음은 흥정과 협상의 결과로서 갖게 되는 신앙이 아님을 새삼 일러준다. '평상심이 곧 불도(平常心是佛道)'임을 주창한 마조 선사의 선어까지 인용한 최인호의 글은 편협하지 말고 이익을 따지지 말아야 하는 믿음의 본뜻을 우리에게 일깨워준다. '무엇을 얻으려고 일부러 기도하지 말고, 무엇을 얻기 위해 일부러 구하지 말라'는 대목에 이르러서는 자기를 온몸째 주님 품 안에 내던지는 거체적(擧體的) 신앙인 최인호를 목격한다.

박이문 교수의 글은 비록 책머리에 쓰인 집필과 발행의 연유를 밝힌 단문임에도 쓴 분의 겸손한 인품을 충분히 느낄 수 있다. 문체의 느린 박자는 연륜에서 나오는 리듬이므로 어쩔 수 없이 받아들여야 하리라.

세 분의 글을 읽노라면 잘 쓴 글의 서격이 무엇인가를 군더더기의 구차한 설명이 없이도 능히 알 수 있다. 그들의 글에서는 고귀한 인품이 배어난다. 이런 글들에서는 좋은 향내가 풍겨나 우리의 마음을 온통 훈습(薰習)한다.

마지막으로 우리는 도올 김용옥의 글에 대해 촌평할 차례다.

도올의 '마늘 · 사시미 · 막걸리'에 관련된 내용의 글은 「21세기의 3대 과제」와 연관지어 노자(老子)의 『도덕경』 강의를 펴는 과정에서 나온 것이다. EBS TV에서의 방송강의(1999.11~2000.2)이기 때문에 구어체로 되어 있어 마치 옆에서 도올의 열성적인 강의를 직접 듣는 듯한 효과를 내는 것은 사실이다. 또한 그가 서문에서 밝혔듯이 시청자들을 즐겁게 하기 위한 '엔터테인먼트의 강의술-예술'을 창작하느라고 이런 정제(精

製)되지 않은 막말을 강의록의 단행본 지면에 그대로 옮겨놓았는지도 모른다. 그런 저간(這間)의 사정을 감안하더라도 도올의 글은 자기 자신의 모습을 너무도 적나라하게 드러내는 것이어서 나 개인적으로는 약간 고개를 갸우뚱하지 않을 수 없다. 밑줄 친 부분만을 찬찬히 뜯어보더라도 굳이 이렇게까지 거친 말을 쓰지 않아도 될 것을 문자 그대로 여과 없이 토해놓았다.

어쨌든 EBS의 노자 강의를 계기로 도올은 일약 '동양철학 엔터테이너'로서 스타덤에 등극했다. 남의 추종을 허락지 않을 정도의 박학다식(博學多識)과 듣고 있노라면 절로 고개를 끄덕일 만큼 재미있는 재담(才談)으로 엮어진 그의 TV강의가 많은 지식과 정보를 우리에게 주는 것은 사실이다. 하지만 실제의 구술강의에서는 물론이고 문자로 집필된 단행본의 글머리 부분과 중간 중간에 끼워놓은, 본문과는 별 관련이 없는 듯한 자화자찬(自畵自讚)은 아무리 좋게 보려 해도 도를 넘어 글의 품격을 저감(低減)하지 않았나 싶다. 조리되지 않은 '날 것인 채'의 언어를 도올 특유의 솜씨로 버무려 놓은 인포테인먼트(infotainment)를 오히려 스스로 즐기는 그를 '개그 선비' '탤런트 학자'라 부르면 결례가 될까? 아무튼 그의 글이 재미는 있다.

5. 주의 깊은 관찰에 창의적 상상력을 키워라

박수근의 「귀로(歸路)」와 박완서의 『나목(裸木)』

박수근(朴壽根 1914~1965)의 유채 작품으로 「귀로」라 불리는 그림은 우리의 생각보다 좀 많다. 그만큼 그가 즐겨 그린 소재란 뜻이기도 하다. 한데 「귀로」는 한결같이 벌거벗은 나무와 그 아래로 아낙네가 물건을 머리에 이고 가는 모습을 보여준다. 대개는 아낙네 한 사람이 아이를 데리고 있지만 때로는 두 아낙네가 등장하기도 한다. 그때는 벌거벗은 나목도 두 그루로 나타난다. 박수근은 귀로의 의미를 왜 그렇게 표현했을까? 그리고 귀로의 벌거벗은 나무와 어린 자식을 데리고 귀가하는 아낙네는 박완서의 『나목』과 어떤 관계에 있을까? 박수근과 박완서의 사이에는 어떤 인연의 끈이 있을까? 사물을 주의 깊게 관찰하라는 주문은 이런 의문들을 풀어가면서 창의적 상상력을 키워보라는 뜻이다.

1960년대의 작품으로 보이는 아래 「귀로」는 머리에 물건을 인 엄마가 아이를 데리고 집으로 가는 모습으로 묘사되어 있다. 줄기에서 뻗어나간 큰 가지 하나는 뚝 잘리고 가는 가지들은 모두 잎을 떨군 채 앙상한 모습을 드러내고 있다. 황량하고 쓸쓸하기 그지없는 광경이다. 「귀로」라는 화제(畵題)의 작품은 이것 말고도 여러 개가 더 있다. 다른 작품 중에는 줄기 중간쯤이 동강 잘려나가고 잎은 모두 떨어져 가지만 앙상하게 붙은 벌거숭이 나무 밑으로 물건을 머리에 인 엄마가 어린 아이를 앞세우고 집으로 돌아가는 장면의 작품도 있다.

박완서(朴婉緖 1931~2011)는 6 · 25 전쟁 중 미군부대에서 박수근과 함께 일하면서 어렵고 고달픈 밥벌이 생활을 한 경험이 있다. 그것이 계기가 되어 훗날 나이 40을 넘겨서 그는 박수근을 모델로 그의 데뷔작 『나목』을 탄생시켰다. 박완서의 『나목』은 박수근의 「귀로」와 아주 밀접한 관계를 갖고 있다. 미술평론가인 이은주 성신여대 교수에 따르면 "그냥 가난뱅이 간판 화가인줄로만 알았던 박수근의 진짜 그림을 보게 되던 날,

박완서는 훗날 책 속에서 그 느낌을 이렇게 적어 놓았다 한다."

나는 캔버스 위에서 하나의 나무를 보았다. 거의 무채색의 불투명한 뿌연 화면에 꽃도 잎도 열매도 없는 참담한 모습의 고독이 서 있었다. 땅도 없는 뿌연 혼동 속에 고목이 괴물처럼 부유하고 있었다.(조선일보, 2011년 2월 18일, 이은주 성신여대 교수의 글에서 재인용)

'하나의 고목'이란 박수근의 걸작 「귀로」에 나오는 유명한 나목을 가리킨다. 이 교수는 이런 풀이를 한다.

가운데 커다란 나무가 한 그루 있습니다. 잎사귀 하나 없는 나목이에요. 그런데 가만히 보니 폭격을 맞기라도 한듯 몸통이 뚝 부러져 있네요. 예전에 이 커다란 나무는 마을 사람들의 멋진 친구였을 거예요. 봄이면 향긋한 꽃을 피워 연인들이 사랑을 속삭이게 해 주었고, 여름에는 시원한 그늘을 만들어 농부들이 땀을 식히고 가도록 초대했지요. 가을에는 탐스런 과일을 주렁주렁 맺어 달맞이를 나온 가족들에게 선물로 몇 개씩 떨어뜨려 주기도 했답니다. 하지만 혹독한 추위가 들이닥쳐 나무는 이렇게 아무것도 해줄 수 없는 나목이 되고 말았습니다.

광주리를 머리에 인 아낙네와 아들이 그 밑을 지나가네요. 그런데 아버지는 어디로 가셨는지 보이지 않습니다. 혹시 이 나목이 이 아버지의 마음을 대신하고 있는 것 아닐까요? 가족에게 큰 팔을 뻗어 그 아래 아늑한 보금자리를 만들어 주고 싶지만 마른 나뭇가지밖에 가진 게 없는 아버지는 그저 안타까워서 미안한 마음으로 바라보고 서 있을 따름입니다.(이은주 교수의 앞의 글)

비평가의 분석 · 논평은 남보다 눈이 매우 날카롭다. 뿐만 아니라 사물을 보는 안목과 관점도 또한 넓고 특이하다. 이 교수는 「귀로」에서 집으로 가는 모자의 모습보다는 벌거벗은 채 서 있는 커다란 고목(枯木)에 더 세심한 눈길을 준다. 그리고 묻는다. "아버지는 어디로 가셨는지 보이지 않습니다. 혹시 이 나목이 이 아버지의 마음을 대신하고 있는 건 아닐까요?" 마른 나뭇가지밖에 가진 게 없어 가족을 위해 아늑한 보금자리를 만들어 보살펴 주지 못하는 아버지의 마음은 그저 안쓰럽기만 하다. 비평가의 시선은 여기서 멈췄다. 하지만 그 여운은 우리에게 더 많은 얘기를 들려준다.

비록 그림을 보는 눈만이 아니다. 글쓰는 이의 시선도 이 비평가처럼 날카롭고 넓은 시야를 갖춰야 하리라. 그래야만 남들이 보지 못하는 곳을, 남들이 보았더라도 피상적으로밖에 알지 못한 곳의 특이한 의미를 발굴해낼 수 있다.

이은주 교수는 박수근의 그림 「귀로」와 박완서의 소설 『나목』과의 관계를 사전에 알고 이 그림을 보았을지 모른다. 두 사람의 관계를 모르는 여러분의 관점은 이 교수의 그것과 다를 수도 있다. 다르더라도 틀리지는 않다. 왜냐 하면 작품에서 찾는 의미와 그에 대한 감상은 보는 이(viewer)의 몫이니까. 그 관찰자는 어렸을 적에 자기가 살던 고향 마을 어귀에 서 있던 다른 의미의 거대한 고목 다시 말해서 다른 광경(view)을 상기할지도 모른다. 그에게는 「귀로」가 전혀 다른 의미를 지니고 가슴에 다가올 것이다. 읍내 시장에 어머니와 함께 다녀오는 자기 자신의 귀갓길의 어느 순간에 막 지나친 벌거벗은 거목의 모습이 마을의 또래들과 그 밑에서 놀던 어린시절 추억의 한 장면으로서 자기 앞에 나타날지도 모른다.

강의 노트⑥

박완서의 양구 방문기

박완서는 2002년 「5월의 문화인물」로 박수근이 선정되어 기념행사가 치러지게 되자 그 일환으로 박 화백의 고향 양구를 다녀와서 글을 썼다. 이 방문기는 『나목』의 작가가 「귀로」의 거목을 어떻게 생각하는지를 짐작케 한다.

양구를 꼭 한 번 가보고 싶었다. 아마 6 · 25전쟁 때 가장 힘든 전투를 치렀던 험난한 산악지대라는 것과 박수근처럼 착한 사람이 태어난 순후한 시골이라는 두 개의 상이한 이미지 때문일 것이다. 서울 북방에서 치열한 전투가 계속되고 있던 1952년 나는 박수근과 같이 미군 PX초상화부에서 일한 적이 있다. 그는 거기서 초상화가였고, 나는 그림 주문도 받고 화가들 뒤치닥거리도 하는 점원이었다.

일선에서 후방으로 휴가 나오자마자 PX로 달려온 미군들은 온몸에 전진(戰塵)을 뒤집어쓰고 있어 후방에서 편히 근무하는 군인과 금세 구별이 되었다. 초연(硝烟) 냄새까지 맡아질 것 같은 미군한테 어느 전선에서 왔냐고 물어보면 당시의 격전지 이름을 들을 수 있었는데 유난히 양구에서 온 군인은 그냥 '양구'라고 하지 않고, 얼굴에 강한 혐오감을 나타내면서 '갓 뎀(God Damn) 양구'라고 말하곤 했다. 빌어먹을, 또는 우라질 양구쯤 될 것이다.

나는 그들이 온몸으로 표현한 진저리를 통해 그 쪽 전투가 참 힘든가 보다 짐작하면서 저절로 무안한 표정을 짓곤 했지만 그런 소리를 들으며 묵묵히 그림을 그리는 화가 중에는 양구 출신의 박수근도 있었다. 박수근이 양구에서 태어나 그곳에서 보통학교를 졸업하고 청소년기를 보냈다는 건 나중에 알았지만 그걸 알고부터 양구는 이 나라의 어떤 고장보다도 착하고 순한 땅이 되었다. (중략)

지난 5월 6일, 그의 기일날, 그를 기려 그의 고향 양구를 방문하는 일행에 끼게 되었다. 양구는 지금 박수근기념관을 건립 중이고, 금년 중에 그의 묘소도 그리로 이장할 예정이라고 했고, 박수근이 즐겨 그린 나무를 닮은 나무도 잘 기르고 있었다. 군인들이 많아 군사분계선이 가깝다는 걸 느끼게 해줄 뿐인 첩첩산중이 바야흐로 박수근이라는 최고의 관광상품을 가진 문화도시로 거듭날 희망에 부풀어 있었다.

박완서

내 안에서도 비로소 '갓뎀 양구'와 착하고 순한 땅이 화해를 하려 하고 있었다.

예정된 코스엔 그가 졸업한 초등학교 방문도 들어 있었는데 학교 앞에서 버스를 내릴 때였다. 누군가가 놀란 듯이 말했다. 어머 요기 밖에 못 나왔어? 그건 그 학교가 그의 최종학력이라는 데 대한 놀라움의 표현이었다. 초등학교 밖에 못나온, 순사만 보고도 까닭 없이 겁부터 내는, 간이 아주 작은, 툭하면 꿔 먹고 연명한, 덩치만 큰 그가 만일 저승에서 매일 같이 최고가를 경신하는 그의 그림 값을 내려다본다면 어떤 기분일까. 담담히 선하고 무심하게 웃으며 그림 값보다는 우리가 그의 그림을 보고 느끼는 기쁨과 평화에 대해서만 말할 것 같다. 그것도 아주 겸손하게, 당신들은 꿔준 것을 받고 있을 뿐이라고. 그가 창출한 그의 그림의 독특한 재질감을 나는 그가 살아낸 어렵고 쓸쓸하고 고달픈 시대를 표현하는 데 가장 적절한, 그 아니면 안 되는 놀라운 발상이라고 생각했었다.
그러나 돌아오는 차중에서 그는 번득이는 천재가 아니라 깊은 이해와 사랑으로 보잘 것 없는 사람들의 삶을 면밀히 관찰함으로써 자기 예술을 성공시킨 화가라는 유홍준 교수의 설명을 들으면서 그의 도록을 넘기다가 퍼뜩 이런 생각이 들었다. 뭔가를 기다리는 것처럼 우두커니 앉아있는 사람들, 짐을 이거나 아이를 업고 어디론지 총총히 가는 아낙들, 젖 먹이는 엄마, 이런 사람들의 극도로 단순화됐으면서도 속마음까지 비칠 것 같은 섬세한 선이 마치 어느 무욕한 마음이 화강암에 정성껏 경건하게 새겨놓은 부처님 같다는 생각이 드는 거였다.(조선일보, 2002년 5월 10일, 소설가 박완서)

'보잘 것 없는 사람에 대한 면밀한 관찰'은 화가에게만 요구되지 않는다. 글쓰는이들에게도 필요하다. 그래야만 평범 속에서 비범을, 낯익은 것들 속에서 낯선 것을, 상식 속에서 파격(破格)의 새로운 앎(知)을 터득할 수가 있으리라.

일본이 고도성장을 구가하던 1960년대~70년대 초엽 시절 아프리카에서 시장을 개척하라는 임무를 부여받은 종합상사 이토추(伊藤忠) 현지 파견원 오키(大木保男)의 경험은 면밀한 관찰이 어떤 성과를 가져오는지를 생생하게 보여주는 사례가 아닐 수 없다. 당시의 종합상사란 팔릴 만한 것이라면 깡통 먹거리서부터 값싼 의류, 자전거, 오토바이, 각종 가전제품에 이르기까지 온갖 물건들을 외국에 내다파는 백화점식 무역회사를 지칭한다. 오늘의 삼성물산, 현대상사 등은 일본의 종합상사 시스템을 본떠 성공한 대기업군의 모회사다. 이토추의 오키는 그 시절의 시장 개척 일을 다음과 같이 회고했다.

나는 쇼와(昭和) 30년대(1955~1965) 전반에 아프리카를 이곳저곳 돌아다녔다. 처음엔 도대체 뭘 팔면 좋을지 모르겠더군요. 한데 초조해 하고만 있을 수도 없고 해서 우선 마을 시장에 나가 하루종일 앉아 있었지요. 현지인들의 강렬한 채취를 맡으면서 그들 틈에 끼어 있으면 그들이 무얼 먹고 있는지 차츰차츰 엉킨 실타래가 풀리는 듯한 생각이 들더군요.(深田祐介, 『日本商人事情』, 新潮社, 1979)

그렇다. 주의 깊게 주변을 둘러보면 찾는 게 보인다. 1960년대 일본종합상사의 아프리카 시장 개척 일꾼들처럼 말이다.

제3강

글의 설계도, 어떻게 만들 것인가?

1. 스토리텔링의 기승전결(起承轉結)

단문이든 장문이든, 수필이든 논설이든, 교양적 에세이(essay)든 학술 논문이든 간에 모든 글은 얼개를 갖는다. 글의 얼개는 글 체계의 구조(structure)를 일컫는다.

글이 얼개를 가진다 함은 그 글이 아무렇게나 씌어 지지 않고 질서와 체계를 갖추고 있음을 의미한다. 2분이 채 안 되는 트로트 유행가 곡조도 노래의 도입부와 그 노래가 펼쳐지는 전개부 그리고 끝을 맺는 결말부가 있는데 하물며 글에서랴.

글의 얼개 즉 글 내용이 엮인 체계적 구조는 서두(序頭), 본문(本文), 결어(結語)로 짜여 있다. 논문 형식의 글에서는 이 구조를 서론, 본론, 결론이라 부른다. 기사문에서는 리드(lead), 몸(본문 body), 끝맺음(closing)이라 지칭한다.

매스 미디어가 채택하는 보도기사는 어떤 논쟁이나 사건·사태에 대해 기자나 보도자(writer 또는 reporter)가 될 수 있는 한 발생한 그대로 사실적으로(a fact as it really is) 묘사 또는 기술하고(describe) 재현하기(represent) 때문에 다른 장르의 글쓰기와 상이한 구성요소들의 이름들—리드, 몸(본문), 끝맺음—이 사용된다. 말하자면 보도문은 글의 말미에서 결론을 내리는 게 아니라 이쯤에서 끝내서 글을 닫는다는 뜻으로 끝맺음이란 용어를 사용한다.

얼개가 갖춰진다고 해서 글이 저절로 되어 나오지는 않는다. 얼개는 살이 붙어야 하며 그 위에 옷이 입혀져야 한다. 구체적으로 말하면 ①자기가 쓰고자 하는 주제=테마가 우선 먼저 정해지고 그것을 글에서 분명히 나타내야 한다. 이 점은 글쓰기에서 대단히 중요한 포인트이다. ②주제가 정해지면 그것을 담아 옮기는 도입부(리드=글머리)·전개부를 어떻게 짜서 채울 것인지를 구상해야 한다. 그다음에는 ③글 전체의 얼개에 어떤 문체(style)의 옷을 입힐 것인지 ④어떤 수사(修辭 rhetoric) 양식으로 글을 꾸며야 할 것인지를 결정해야 한다. 이상으로써 글의 얼개와 옷은 대충 정해지지만 마지막으로 간과해서는 안될 수칙들이 더 있다. 이미 앞에서 설명한 바와 같이 ⑤글의 리듬(律動)을 살리고 ⑥패셔너블한 문장으로 ⑦간결하게 문장을 꾸려가야 독자들은 즐겁고 쉽게 글을 읽게 된다.

이 책에서는 앞으로 글의 얼개를 대부분의 경우 리드 또는 글머리, 본문, 결어 또는 끝맺음으로 구분하여 설명하고자 한다. 다만 논증방식의 글은 이와 다른 얼개를 갖는다.

우리의 전통적인 문장강화(文章講話)에서는 이런 얼개를 기승전결(起承轉結)이라고 부른다. 기승전결은 본래 한문시(漢文詩)의 작법에서 준수되던 정형화한 구조를 지칭하는 말이다. 오늘날의 글쓰기에 적용하더라도 아무런 어긋남이 없기에 좀 자세한 설명을 덧붙일까 한다. 다만 승전의 부분이 때로는 근거제시 · 논증으로 대체되는 경우를 염두에 두기 바란다. 요즘의 포스트모던 작가들이 즐겨 쓰는 내러티브(narrative) 구조—어떤 사건사태(事件事態=벌어진 일과 일의 상태)를 시간의 연속적 경과에 따라 이해하기 쉽게 풀어서 펼쳐나가는 서사(敍事) 구조 또는 이야기하기식 품새(文體. storytelling style)의 구조—와도 비슷한 데가 있다고 보기 때문에 나는 앞으로 때때로 경우에 따라 이 용어도 병용하려 한다.

실무 방문에 비유되는 기승전결

구미문화의 유입과 한글 전용의 압력에 눌린 탓인지 기승전결이란 말은 어느새 우리의 문장작법에서 슬그머니 꼬리를 뺀 듯한 느낌이지만 글쓰기에 있어 이 네 글자는 대단히 중요한 문장 구성요소들을 대변한다.

기승전결을 우리의 오늘날 글쓰기에 적용해보자. 起는 글을 처음 시작하는 글머리 즉 본문을 이끌어 가기 위한 처음 한 문장이나 두세 문장들로 구성된 첫 문단(文段 paragraph)을 가리킨다. 起는 보도문에서 리드에 상당한다. 承轉은 어의의 엄격한 해석을 따진다면 본문과는 다르다고 볼 수도 있겠지만 글의 구조상으로는 본문에 해당한다. 말하자면 리드에서 글의 실마리를 끌어낸 작자가 그 실마리를 이어받아(承) 펼쳐가면서(轉) 글의 본문 내용을 이리 굴리고 저리 옮기며 글의 몸을 만들어가기 때문에 承轉은 본문에 해당한다고 보아 무방하다. 結은 긴 설명을 할 것 없이 글의 끝맺음 즉 결어이다.

기승전결을 좀 더 가시적인 사례에 견주어 살펴보면 얼른 이해가 갈 것이다. 여러분은 친한 벗이든, 예의와 격식을 갖춰야 하는 지인이든 그 사람을 방문하려 할 때 당연히 지키는 규범이 있음을 잘 안다. 이는 물론 어린시절부터 사회적 학습을 통해 익힌 결과이다. 여러분은 지인이나 처음 만나는 사람을 방문할 때 만나자 마자 인사말도 없이 용건부터 먼저 꺼내지는 않을 것이다. 그것은 예의에 어긋난다. 상대방 쪽에서 할애할

시간이 부족하기 때문에 먼저 찾아오신 용건을 말해달라고 주문하지 않는 한 방문자는 본건용무에 들어가기 전에 덕담 비슷한 인사말을 하는 게 예의이다. 그러고 난 다음에 용건을 밝히고 마지막으로 "잘 부탁한다"는 당부의 말은 남김과 동시에 작별 인사를 하고는 사무실을 나설 것이다.

글쓰기의 얼개도 이와 같다고 보면 된다. 방문자의 인사말은 글머리 즉 리드에 상당하며 본건용무는 본문이 되며 마지막 인사말은 결어에 해당한다. 다만 이런 비유가 빚어낼 오류에 대해 유념해야 될 한 가지 점이 있다. 본건용무에 들어가기 전의 인사말은 대화 분위기를 부드럽게 하여 원만한 대화를 이끌어 가는 데 목적이 있지만 보도기사의 글머리는 본건용무와 직결되어 있을뿐더러 대개의 경우 본건용무의 주제를 압축하여 전한다는 데 그 두드러진 특징이 있다.

기 · 송 · 수(起 送 收)의 운필법

용어는 좀 다르지만 우리의 선조들은 한문서예의 운필법(運筆法)에 있어서도 이와 비슷한 기승전결의 구조를 갖추고 그것을 지켜왔다. 이를 보면 모든 일의 실행은 시작과 전개와 맺음이 있음을 알게 된다. 그것이 글쓰기와 서예 그리고 인간의 사회적 행위 모두에 공통되는 규범이자 규칙이 아닌가 생각한다.

한자 쓰기의 기승전결은 기봉(起鋒), 송봉(送鋒), 수봉(收鋒)이라 지칭한다. 다른 용어로는 낙필(落筆), 송필(送筆), 종필(終筆) 또는 지필(止筆)이라고도 부른다. 들어갈 入(입) 자를 예로 들면, 入은 ノ+ ㇏의 두 획(劃)으로 이뤄져 있는데 획 하나하나를 쓸 때 붓끝(鋒)을 처음 지면에 갖다 대는 것을 기봉 또는 낙필이라 하고 붓끝을 왼편 아래로 그은 다음 꼭지에서 오른쪽 아래로 내려 긋는 것을 송봉 또는 송필이라 한다. 그리고 마지막으로 ㇏의 끝부분에서 붓을 멈추어(止) 끝내면서(終) 붓을 거두어들이는 것

(收)을 수필 또는 종필=지필이라 부른다.

맨 먼저 붓끝을 지면에 갖다 대기 시작하면서 붓을 움직이는 기봉을 잘 못하게 되면 시작을 그르친다. 그에 따라 글자의 모양도 또한 제대로 갖추기 어려워진다. 말하자면 리드를 잘못 잡아 글을 쓰다가는 글의 내용 전개를 망칠 수 있는 것과 같은 이치이다. 곁에서 보는 달필가의 운필은 붓 가는 대로 글자 모양이 만들어 지는 과정이 퍽 쉬어 보인다. 그러나 실은 붓끝 하나를 놀림에 있어서도 운필자는 붓을 잡아 움직이는 격식, 붓을 움직이는 지속(遲速) · 완급(緩急)의 속도조절, 붓을 누르는 힘의 강약(强弱) 그리고 자획의 굵기, 획과 획 사이의 공간 배치 등에 대해 세심한 배려를 하면서 미적 완성품을 창작해 내는 것이다. 이런 절차와 격식을 잘 지키고, 붓의 적절한 운동리듬을 타고 만들어 지는 글씨는 마침내 송봉에 실려 수봉에서 붓을 단정히 거둬들임으로써 완성된다.

음악의 작곡에 있어서도 기승전결(起承轉結), 기송수봉(起送收鋒)의 구조가 작용하는 것으로 나는 알고 있다. 갖가지 음계들의 선택과 결합이 곡의 시작에서 전개를 거쳐 맺음에 이르기까지 적절히 조화를 이뤄야 아름다운 곡조가 생겨나는 것이다.

이처럼 글쓰기, 서예의 운필, 작곡에서의 음계배열과 리듬의 속도 등 모든 창작 행위에는 시작과 전개와 맺음이 있음을 우리는 명심해서 익혀두어야 할 것이다. 시작=글머리(리드), 전개=본문, 맺음=끝맺기*는 기승전결과 기송수봉의 현대적 표현일 뿐이다.

*다른 분류법으로서는 ①도입부(導入部), ②제시부(提示部) 또는 전개부(展開部), ③논증부(論證部), ④결론부(結論部)로 나눌 수도 있다. 각 부분별의 의미는 위 분류법과 다소 다르기는 하지만 기본적인 취지는 대동소이하므로 비슷한 분류법이라고 봐도 무방할 것이다. 도입부는 리드 또는 글머리에 해당한다. 제시부는 글의 주제 가운데 무엇에 관해 논의할 것인가를 드러내 일러주는 부분

이다. 상대방의 견해를 논박하는 글이라면 그 논박대상의 내용을 간추려 소개하게 된다. 논증부는 문자 그대로 증거와 논리를 가지고 글의 내용을 이로정연(理路整然)하게 전개하는 부분을 가리킨다. 그리고 마지막으로 결론부는 앞에서의 맺음말과 같다.

구체적으로 기승전결이라는 글쓰기의 구조가 실제로 어떻게 짜여지는가를 우리는 다음의 예에서 찾아보기로 하자. 다음 글은 필자가 격월간 『아름다운 인연』 편집자의 청탁을 받고 쓴 짧은 졸문(拙文)이다. 이 글은 그 잡지의 타이틀 기획연재 「아름다운 인연」의 일부이므로 미리 주어진 주제 아래 한정된 분량으로 씌어졌다. 썩 잘 짜여 진 수필이라고 자부하고 싶은 생각은 없지만 독자들의 이해를 돕는 데에는 그런대로 약간의 도움이 될까 해서 여기에 소개한다.

2. 예문과 분석 「대학로의 '별' 책방」

서울대학병원 후문에서 혜화동 쪽으로 대학로를 걷다보면 어디쯤엔가에 그 책방이 있었다. 지금은 복개된, 대학정문 바로 앞의 작은 시냇물을 '세느 강'이라고 부르고 마로니에를 사랑했던 당시 서울대 문리과 대학생들의 로맨티시즘에 걸맞게 그 책방은 '에또알'이라는 아름다운 프랑스어 이름을 갖고 있었다. '별'이란 뜻의 이름이다.㉮

44년 전 초여름 무렵 나는 일주에 한 번 정도는 문리대 캠퍼스에 가야 했다. 취직하기가 하늘의 별따기만큼이나 어려웠던 그 시절에 동양(東洋)통신사(지금의 연합뉴스 전신) 합격이라는 행운을 그것도 졸업 전에 붙잡은 나는 8월의 후기 졸업을 앞두고 필수과목인 체육학점을 따기 위해 학교에 가야 했다. 딱

3년간만 기자 생활을 하고나서 소망하던 대학원 진학을 단행하리라 마음먹고 있던 참이라 캠퍼스 드나들기는 나로서는 오히려 즐거운 일과였다.

캠퍼스에 들르면, 재학 중 군 복무를 마친 같은 과(科)의 '늦깎이' 복학생들이 몇 명 있던 터이어서 강의시간 짬짬이 그들을 만나 즐거운 얘기를 나눌 수 있었다. '늦깎이'들에게 값싼 점심을 대접하는 작은 선심의 대가로 직장 생활의 기쁨을 은근히 과시하고 싶은 나의 욕망도 얼마쯤 채울 수 있었으니 얼마나 좋은 나들이인가.㉯-1

그러던 어느 날 '백 마담이 캠퍼스 건너편에 책 가게를 냈다'는 소문이 들렸다. '백 마담'이란 우리와 동기생급인 이화여대 사회학과 졸업생을 가리킨다. 요즘 대학생들 사이에서 유행하는 그룹미팅이 그때도 있었는데 우리는 주로 여자대학의 같은 과 동급생들과 만나 다방에서 차를 마시며 담소하거나 마로니에 그늘 아래서 '세미나'를 열어 인생의 '잠재적 동반자들'에게 자기 과시를 하곤 했다. 당시의 다방마담처럼 몸집이 비교적 뚱뚱한 편에다 약간 굵고 큰 목소리로 대구 사투리를 거침없이 써대며 미팅 자리를 좌지우지했기에 우리는 그에게 '백 마담'이란 별명을 붙여주어 말하자면 그를 '특별대우'했다.

'백 마담'이 책 가게를 냈다면 축하하러 안 가볼 수가 없지.

에또알로 들어서자 '백 마담'은 얼굴 가득 환한 웃음을 띠며 우리를 반갑게 맞았다. 에또알은 당시 혜화동 언덕배기에 있던 한국교회사연구소의 초대 소장을 맡아 『한국가톨릭대사전』 12권을 편찬하는 데 큰 공을 세운 최석우 신부가 일종의 부대사업으로서 문을 연 책 가게였다. 말하자면 '학림'(學林) 다방의 책 가게 버전이라고 할까. 최 신부를 돕던 수하의 젊은 남녀 세 명이 그 책 가게를 운영하고 있었다. 그 세 명 중 한 사람이 바로 '백 마담'이다. 우리를 맞고 나서 '백 마담'은 다른 또 하나의 대학동기생 '여점원'을 우리에게 소개했다. 에또알과의 첫 만남은 그렇게 시작되었고 떠들썩한 덕담나누기로 끝났다.㉯-2

그 뒤 어느 날 나는 혼자서 에또알을 다시 찾았다. 이번에는 또 하나의 그 '여점원'도 반색하는 듯 나를 맞았다. '여점원'과 '백 마담'은 가톨릭대학생회를 통해 지면을 두텁게 한 동기생 단짝 친구다. 진열된 책들을 일별하는 나에게 '여점원'은 가게 안에 LP레코드가 있으니 듣고 싶은 곡을 신청하면 틀어주겠다고 했다. 어느 누구에게 못지않게 클래식 곡을 좋아했던 터라 나는 주저하지 않고 멘델스존의 바이올린 협주곡을 청했다. 그리고는 오케스트라의 바이올린 주자가 저 유명한 첫 소절의 로맨틱한 선율을 현에 실어내기 직전에 나는 먼저 그 멜로디를 휘파람으로 연주했다. 아주 신바람 나게. '여점원'은 바이올린 연주보다도 자기 앞에서 신이 난 신출내기 기자의 휘파람 소리에 뜻밖의 관심을 보였다. 그것이 그녀의 표정과 목소리에 고스란히 담겨 있었다.

'백 마담'과 대학로 '별' 책방과의 인연을 매개로 또다시 느닷없이 돌출한 멘델스존의 바이올린 협주곡. 그것들이 엮어낸 중중연기(重重緣起)에 끌리어 나는 그 뒤로 자주 '별'을 찾았다. 그 인연들의 긴 고리가 몇 해 동안 물리고 물리는 묘용(妙用)을 거듭한 끝에 나는 마침내 '별'에서의 꿈을 실현했다.㉯-3

지난주 수요일 이른 아침 분당의 보바스기념병원으로 차를 몰고 가는 도중이었다. 청담대교를 건너 분당고속도로를 한참 달리고 있을 때 KBS-FM1 라디오방송에서 멘델스존의 바이올린 협주곡이 흘러나왔다. 치료가 힘든 난치병 탓에 고생하는 옛날 에또알의 그 '여점원'에게 나는 슬며시 의중을 떠보았다.

'곡 어때? 속았지?'

'정말 내가 속았어. 휘파람곡을 부르던 그 사내에게 완전히 속아 얼을 뺏겼어.'

나 역시 '별'과 바이올린 협주곡이 맺어준 환상적 연기(緣起)의 연기(演技)에 얼을 뺏겨 '속았다.' 하지만 '속게 된 연기', 상대에게 흠뻑 반하여 자기를 잃어버린 '속음'은 속음이 아니잖은가.㉰ (『아름다운 인연』, 2008년 7 · 8월호 게재)

이 글의 키워드는 '별' 책방, 체육시간, 백 마담, 여점원, 멘델스존의 바이올린 협주곡, FM라디오 음악방송 등이다. 이 키워드들은 중중연기라는 인연과 인연의 겹침을 축으로 삼아 서로 얽히고설킨 끝에 마침내 '나'와 '여점원'의 사랑과 결혼으로 결실한다. 잡지 편집자의 주문에 맞춰 내 인생의 역정 중 아름답다고 여길 만한 한 대목을 골라 한정된 분량으로 썼기 때문에 글의 내용은 상당히 압축된 것이 두드러진 특징으로 되어 있다. 게다가 읽는이가 얼른 보고 궁금해 할 수 있는 것은 사랑과 데이트 그리고 결혼이란 낱말이 단 한 번도 나오지 않는다는 점이다. 이 글은 그런 낱말들이 모두 제외되고 상징적 표현으로 대신했기 때문에 오히려 은근히 매력을 느낀다 라는 어느 소설가의 평을 듣기도 했다.

㉮는 글머리 즉 리드이다. 사실대로 말하자면 특이하다거나 매력적인 리드라고는 결코 말할 수 없다. 평범하다기보다는 오히려 진부하기 짝이 없다. 그런 리드를 왜 뽑았느냐고 묻는다면 나는 중중연기(重重緣起)의 실마리가 풀리는 중요한 한 사이트가 '별' 책방이었기 때문이라고 답할 수밖에 없다. 이 글을 읽은 한 독자의 말을 따른다면 40여 년 전 나의 일대사(一大事)를 회상하면서 그 '사건'이 발단(發端)한 공간을 리드에 내세웠기 때문에 이 글을 처음 대한 독자는 오히려 은근히 호기심이 발동했다 한다.

㉯는 본문의 전개부분에 해당한다. 편의상 세 갈래로 세분했는데 '백 마담과의 만남'에 무게가 실렸던 글의 중심축이 '여점원'쪽으로 급회전하는 대목을 강조하기 위해 그렇게 구분해 보았다.

글의 맺음부분은 ㉰이다. 그 '여점원'과 맺어진 인연을 FM 음악방송을 타고 흐르는 멘델스존의 바이올린 협주곡과 다시 연결지어 '속았지?' '속았어.' 라는 문답으로 끝내고 있다.

㉮ ㉯ ㉰의 3분류는 기승전결의 4분류로도 대신할 수 있다. 이점을 참작하여 독자 여러분들은 이 글의 구성과 전개에 대해 어떻게 생각하는

지. 글쓰기를 연습한다는 뜻에서 한 번 독자적으로 세밀하게 분석해 보기 바란다.

다음은 1970년대 초반 한때 전국을 풍미했던 우리의 인기가곡 「보리밭」과 당시의 걸작 중 하나로 꼽히는 이태백(李太白)의 유명한 「산중문답」에서 기승전결의 예을 찾기로 했다. 시구의 행(行) 뒤에 기승전결을 구분만 했을 뿐 설명은 생략했으므로 독자들이 스스로 분석해 보기 바란다.

노래의 예; 보리밭(박화목 작사 윤용하 작곡)

보리밭 사잇길로 걸어가면(起)
뉘 부르는 소리 있어(承)
나를 멈춘다.
옛생각이 외로워(轉)
휘파람 불면
고운 노래 귓가에 들려온다
돌아보면 아무도 뵈이지 않고(結)
저녁놀 빈 하늘만 눈에 차누나.

한시(漢詩)의 예; 이백(李白)의 산중문답(山中問答)

問余何事栖碧山(문여하사서벽산) 왜 산에 사느냐 묻길래(起)
笑而不答心自閑(소이부답심자한) 다만 웃을 뿐 마음 절로 한가하누나.(承)
桃花流水杳然去(도화유수묘연거) 복사꽃 흘러 아득히 멀어지니(轉)
別有天地非人間(별유천지비인간) 거기에 딴 세상이 있구나.(結)

PART 02
글 꾸미기와 사례 분석

제4강

문체와 수사(修辭) 양식

1. 이지적인 글과 감성적인 글

문체는 작자가 글을 짓는 품새이다. 달리 설명하자면 글을 짓는 스타일(style)이기도 하다. 글짓는 품새는 문장의 몸짓 즉 글의 몸이 움직이는 특색 있는 모습이다. 그 품새는 구어체(口語體), 문어체(文語體), 서간체(書簡體), 논문체(論文體)와 같은 몸짓인 것이다.

나는 방금 열거한 글짓는 품새들을 일단 제쳐두고 새로 두 가지를 택하려 한다. 나름대로 고심한 끝에 고안해낸 이 분류법은 작자가 쓰는 글의 특색 있는 몸짓에 비중을 두는 방식이다. 즉 논리적 추리와 분석에 무게를 두고 글의 몸을 움직였느냐 아니면 읽는이의 감성을 자극하는 쪽에서 글의 몸짓 방향을 찾았느냐를 기준으로 삼았다는 뜻이다. 전자는 논증양식에 그리고 후자는 정서적 서술이나 묘사 양식에 비중이 실려 있는 품새이다. 그 결과 우리는 이지적(理知的)인 글을 짓는 품새(an intelligible style of writing)와 감성적(感性的)인 글을 짓는 품새(a sensible style of writing)라는 두 갈래의 문체를 얻었다.

경우에 따라서는 문어체와 구어체, 서간체와 논문체로 나누는 것도 쓸모 있는 분류법이 될 수 있다. 한데 사람의 사유행위를 크게 나눠보면, 사건사태(事件事態)를 따지고 분석하는 경향이 강한 측면과 사물이 풍기는 멋과 풍취(風趣)에 심정적으로 더 이끌리는 것을 좋아하는 측면이 있음을 알게 된다. 이러한 분류법은 글을 구성하는 문장들의 연결이 논리적이냐 아니냐, 문장에 쓰이는 낱말들이 관념적인 것이냐 구체적인 형상을 드러내는 것이냐를 가려내어 응용하는 데 도움이 된다. 뿐만 아니라 둘 중 어느 쪽이 읽는이의 이해와 감응을 이끌어내는 데 효과적이냐를 가려내는 데에도 유익하다.

두 갈래의 글짓기 품새가 실제로 어떤 것이며 어떤 효과를 내느냐에 대해서는 나중에 제시하는 예문을 보면 쉽게 알 수 있을 것이다. 그에 앞서 약간의 간략한 설명을 해둘 필요가 있다.

이지적인 글은 대체로 머리로 쓰며, 머리로 읽고 이해하는 글이다. 따라서 글의 성질이 딱딱하여 읽는 데에도 머리를 좀 굴리게 마련이다. 말하자면 문장들이 눈에 띄는 대로 술술 읽히기보다는 앞뒤 문장들이 왜 그렇게 연결되어 전개되었는지를 따지는 분석과정을 가능하면 글쓴이와 공유하면서 읽어가게 된다. 그래서 이지적인 글은 딱딱하고 분석적이라고 일컫는 것이다. 이에 비해 감성적인 글은 가슴으로 쓰며, 가슴으로 읽고 느끼는 글이다. 글에 나타나는 글쓴이의 감정을 대개의 경우 그대로 받아들이면서 함께 기뻐하고 분개하고 슬퍼하고 즐거워 하는 글이 감성적인 글이다. 따라서 글이 부드럽고 말랑말랑하며 우리의 오감(五感)을 살짝 건드려주기 때문에 수월하게 읽힌다. 이지적인 글은 과학적 · 학문적 근거가 제시되면서 그 토대 위에서 전개되는 경우가 많다. 특히 관념적 내용의 글에서는 기본적으로 논리적 추리(推理 logical reasoning)의 기초

위에서 글의 뜻과 의미가 질서정연하게 엮어진다. 감성적인 글에서도 과학적 근거의 제기나 논리적인 의미연결이 없는 것은 아니다. 그러나 감성적인 글은 주로 대상물에 대한 그림 같은 묘사에 의존하거나 문맥상의 의미연관에 따라 앞뒤 문장들이 서로 이어지는 것이 두드러진 특징으로 되어 있다. 이론적 논거와 논리적 추리에 의거한 의미연결이 이지적인 글의 특징이라면 생생한 대상묘사와 문맥에 따른 감각적 지각(知覺 perception)에 의거한 의미연관은 감성적 글의 특징이다.

다른 관점에서 보면, 이지적인 글에서는 머릿속에서의 논리적 사고가 주축을 이뤄 읽는이를 납득시키는 노력이 행해진다. 반면 감성적인 글에서는 가슴속에서 작용하는 정서적 감응(感應 affect)이 주된 역할을 수행하면서 읽는이의 공감을 이끌어내려고 애를 쓴다. 정서적 감응이란 말은 반드시 앞뒤 문장의 논리적 일치나 일관성을 요구하지 않는다. 다만 글을 읽는이가 문맥에 비춰 행간(行間)의 뜻을 자연스럽게 가슴으로 느끼며 머리로 파악하는 지각작용을 가리킨다. 이런 글은 때로는 '소리 없는 아우성', '사는 게 사는 게 아니다'와 같은 모순어법이 쓰이는가 하면 '번갯불에 콩 볶아 먹는다', '우물가에 가서 숭늉 달랜다'와 같은 속담이 비유적으로 동원되기도 한다. 단 모순어법과 비유의 사용은 반드시 감성적 글에만 고유한 것은 아니다. 논리적 사고의 전개에 있어서도 그런 것들은 사용된다. 헤겔의 '미네르바의 부엉이는 밤에 난다'나 마르크스의 '돈이란 누구나 상대하는 창기(娼妓 universal whore)'와 같은 구절은 모두 유명한 비유들이다.

이렇게 글의 기본 특성을 둘로 나눠 보았지만 이 둘은 완전히 분리 · 독립되어 있는 것은 아니다. 때로는 이지적인 글에 감성적인 문장들이 끼는 수가 있으며 때로는 감성적인 글에 학문적 이론에 근거한 논리적 사고가 삽입되는 수도 있다 둘은 서로 보완관계의 위치에 있으면서 작자가 전달하고자 하는 정보와 메시지 그리고 이미지와 의미를 더욱 분명히 그리고 효과적으로 독자들에게 전달, 이해하게 하는 역할을 한다.

논리적 정연성(整然性)과 일관성을 갖춘 글

거듭 말하거니와 이지적 품새의 글은 권위 있는 고전(예컨대 논어, 도덕경, 플라톤의 저작 등)이나 최신의 학문적 연구성과를 차용하여 전개되거나 논리적 추리에 따라 씌어 진다. 가장 대표적인 글이 학술 논문이다. 하지만 신문의 칼럼이나 시평들에서도 그런 성격의 논리적인 글은 산견(散見)된다.

논리적 정연성(整然性)이란 글의 의미가 논리적 이치에 맞게 그리고 질서 있게 쓰인 글의 성격을 말한다. 글 중의 한 문장이나 구절이 다음 문장(구)으로 이어질 때 왜 그렇게 연결되느냐에 관한 논리적 필연성이 요구된다는 뜻이다. 그래야만 앞뒤 문장(구)들 사이에는 독자가 이해할 수 있는 의미연관이 성립된다. '논리적 필연성'이라고 말했다고 해서 'A는 B이고 B는 C이므로 A는 곧 C이다(A=B=C→A=C)'라는 로직(logic)의 동일률*(同一律 a principle of identity)만을 가리키는 것은 아님을 명심하기 바란다.

강의 노트⑦

사고의 형식논리적 원칙

동일률(同一律 principle of identity)은 사고의 세 가지 형식논리적 원칙 가운데 하나다. 다른 둘은 모순율(矛盾律 principle of contradiction)과 배중률(排中律 principle of excluded middle)이다. 사고의 원칙이란 사람이 올바른 사고를 펼침에 있어서 지켜야 하는 기본규칙을 말한다. 통상적으로 형식논리학의 원칙을 총칭하는데 앞의 세 가지 원칙이 여기에 속한다. 동일률은 「A는 A이다」라는 형식으로 표시된다. 토론이나 논술을 전개할 때 우리는 여러 가지 개념이나 의미들을 사용한다. 이때 하나의 개념과 의미는 토론이나 논술 내내 동일하게 사용되어야 한다는 원칙이 곧 동일률이다. 모순율은 '이 사과는 빨간 사과이면서 동시에 빨간 사과가 아니다'라고 말할 수는 없다는 원칙이다. 모순율을 자세히 살펴보면 동일률의 반대측면임을 알 수 있다. '빨간 사과'라고 말했으면 어디까지나 '빨간 사과'라고 말해서 동일성을 유지해야지 '빨간 사과라고 말하면서 동시에 빨간 사과가 아니다' 라고 말하는 것' 은 모순되는 언명(言明 statement)이 된다.

배중률은 모순율을 다른 관점에서 본 원칙이다. '이 종이는 백색(白色)도 비백색(非白色)도 아니다' 라는 언명은 성립될 수 없다. '백색도 비백색도 아니다' 라고 말한다면 중간의 색이 있음을 내비치는 셈인데 그러한 중간 색은 형식논리상으로는 존재하지 않는다는 형식적 원칙이 배중률이다. 이 원칙에서는 비백색이란 말은 백색이 아닌 모든 것을 지칭하는 점에 유의하지 않으면 안 된다. 그러므로 백색과 백색 아닌 모든 것 사이에 중간이란 존재할 수 없다는 원칙이 성립되는 것이다.

이상과 같은 사고의 세 가지 원칙 또는 원리는 순전히 형식논리에 해당한다는 점을 유념해야 한다. 동일율의 경우 '이것은 빨간 색종이다' 라는 판단이나 언명은 어느 한 시점에서의 종이 색깔에 대한 판단이지 실제로는 시간의 지남에 따라 종이 색깔이 달라질 수도 있으므로 언제까지나 불변의 종이 색깔이라고 단언할 수는 없다. 모순율도 마찬가지이다. 우리가 사유의 대상으로 삼는 모든 사물은 엄밀히 말하자면 시시각각으로 변하기 때문에 '이 종이는 희다' 라는 판단은 실은 어느 한 시점과 상황에서의 견해일 뿐이다. 다른 시점에서 보면 '이 종이는 누렇다' 라고 말해야 할지 모른다.

다음에 제시하는 예문을 읽으면서 논리적 추리를 중시하는 이지적인 글이 어떤 글인지를 세밀하게 살펴보기로 하자. 예문1은 과학적 근거와 연구성과를 가지고 생태계 파괴와 유해물질에 노출된 인간이 위험상태로 빠져들고 있음을 경고한다.

예문1; '침묵의 봄' 경고는 계속된다

미국의 생물학자 레이철 카슨의 책 『침묵의 봄』이 발간된 지 꼭 50년이 됐다. 무분별하게 뿌린 제초제와 살충제가 자연 생태계를 파괴해 결국 봄이 되어도 새들의 노랫소리를 들을 수 없게 된 상황을 묘사한 책이다. 카슨의 경고는 전 세계적으로 환경운동을 불러일으킨 계기가 됐다.

50년이 지난 지금 상황은 어떤가. 새들을 죽음으로 몰고 간 살충제 DDT는 사용금지 품목에 올랐다. 우리나라에서도 1976년부터 생산이 중단되었고, 79년에는 사용이 금지됐다. 농약과 해충방제에 쓰이는 유해물질들도 많이 줄어들었다. 하지만 새로운 화학물질은 끊임없이 생겨났다. 유엔환경계획

(UNEP)이 최근 발간한 『국제 화학물질 전망』에는 유럽연합이 관리하는 화학물질 수가 14만 종이 넘는다고 한다. 2010년 전 세계의 화학물질 생산량을 금액으로 환산하면 4조 달러에 이른다. 어마어마한 규모다.

유해성이 입증된, 또는 아직 확인되지 않는 화학물질들이 우리 삶 깊숙이 침투해 있다. 2012년 10월 26일 발표된 국민환경보건 기초조사에 따르면 우리 국민의 상당수가 다양한 화학물질에 일상적으로 노출돼 있다. 카슨이 『침묵의 봄』을 집필한 때와 비교하면, 화학물질들이 자연 생태계와 인간에게 영향을 미칠 확률이 훨씬 높아졌다.

환경호르몬으로 널리 알려진 비스페놀A를 보자. 비스페놀A는 플라스틱 제품류, 통조림 캔, 심지어 영수증에도 포함돼 있다. 미국인 10명 중 9명의 소변에서 검출될 정도로 널리 퍼져 있는 물질이다. 체중 60㎏인 성인의 비스페놀A 하루 섭취 허용량은 3㎎이다. 하지만 서울대 의대의 연구결과에 따르면 허용량 이하라도 간 기능 저하를 비롯하여 각종 장기와 생식기관의 부작용을 일으킨다. 그런데도 아직 심각하게 받아들이지 않는 것 같다.

카슨이 책에서 말했듯이 환경을 오염시키고 건강을 위협하는 것은 살충제의 대량 살포만은 아니다. 소규모일지라도 매일 혹은 매년 지속적으로 화학물질에 노출되는 것이 중요한 문제다. 카슨은 모든 생물이 환경에 적응하며 생존하는 데 반해 유일하게 인간만이 생존을 위해 환경을 변화시킨다고 했다. 이 변화는 부메랑이 되어 인간의 생존을 위협하고 있다.(중앙일보, 2012년 10월 6일, 윤승준 한국환경산업기술원 원장의 기고)

과학적 연구성과의 자료를 인용하여 인체에 유해한 환경오염 물질의 위험성에 우리가 얼마나 많이 노출되었는가에 관해 이로정연하게 설명하고 있기 때문에 우리는 이 글을 읽고 이대로 놔둬면 결국 우리 인간은 자기도 모르는 사이에 서서히 죽음으로 빠져들고 있다는 경고를 받는다. 생각할수록 끔찍한 애기이다.

예문2는 일본 다인들이 세계적으로 자랑하는 다도(茶道)의 이른바 '와비차'(詫び茶)를 비판적 안목에서 고찰한 글이다. '와비차'란 좁은 다실에 두셋 또는 서너 사람이 모여 앉아 방안의 한적하고 고아(高雅)한 풍취를 완상(玩賞)하며 말차(抹茶; 짙은 녹색의 가루차)를 풀어 마시는 음차의례(飮茶儀禮)를 가리킨다. 그 와비차의 완성자로 전해지는 사람이 센노 리큐(千利休)다. 그는 근세 일본에서 오타 노부나가(織田信長)의 통일과제를 이어받아 국토통일을 완성한 도요토미 히데요시(豊臣秀吉) 시대에 주로 활동하다 자결한 상인계급 출신의 다인이다.

리큐의 아주 작은 초암(草庵) 다실에는 낮고 좁은 출입구가 딸려 있다. 이 출입구를 니지리구치(躙り口; 사람이 문지방을 밟고 들어가는 입구란 뜻의 일본어)라 부른다. 많은 일본 다인들은 이 니지리구치를 리큐가 창안한 '평등사상의 상징'이라고 주장하며 칭송한다. 과연 그럴까? 작자는 그들의 주장에 의문을 제기하면서 논리적 분석과 추리로서 반론을 펴고 있다. 니지리구치는 평등사상의 구현이 아니라 차별적인 '닫힌 공간'의 경계(境界)의 벽이라고 작자는 결론짓는다.

예문2: 초암(草庵) 다실의 니지리구치, 사회적 불평등의 경계벽

좁고 낮은 니지리구치를 통해 다실로 들어가는 손님들은 누구나 모두 반드시 허리와 머리를 숙여 입실하도록 되어 있다. 그들은 다회(茶會)의 초청자인 데이슈(亭主; 차모임의 주최자)에게 먼저 머리 숙여 겸손하게 감사를 표시해야 한다. 작은 니지리구치는 바로 그러한 자기 낮춤의 겸손을 자연스럽게—실제로는 강제로—표시하도록 만들어진 구조라는 게 일본 다도전문가들의 견해다. 여기서 일본 다인들에 의해 도출되는, 니지리구치가 지닌 또 하나의 중요한 의미는 이른바 '평등사상'이다. 무사라 할지라도 반드시 허리에 찬 칼을 밖에다 풀어서 걸어놓은 뒤 들어가야만 하는 니지리구치의 강제성이야 말로 바로 다회 참석자들이 신분의 높·낮음에 상관없이 누구나 똑같다는 '평등사상'을 의미한다는 주장이다.

넓어야 고작 두세 평 정도의 좁은 다실에 누구나 차별 없이 다 같이 묵묵히 무릎을 꿇고 앉아 데이슈가 달여주는 말차를 마시는 손님들이 형식상으로는 평등하게 보일지 모른다. 하지만 리큐 자신이 인간의 평등을 구현하기 위해 그런 니지리구치를 의도적으로 고안했다고 보기는 어렵다. 리큐는 무엇보다도 권력자의 편에서 권력 유지를 도우면서 다회를 주관한 다장(茶匠)이었다. 뿐만 아니라 그에게는 천하제일의 히데요시 다두(茶頭: 다장의 우두머리)라는 자부심에 자연히 부수되는 권력도 주어져 있었다. 말하자면 그 자신이 권력자의 측근으로서 행세했으며 자기 자신도 권력의 행사자였다. 그러므로 그의 와비차에 평등사상이 담겨 있다는 주장은 후대 사람들이 부여한 뒷받침 없는 의미일 뿐이다.

좁고 낮은 니지리구치를 통해 방으로 들어가는 사람들이 형식적으로는 평등하게 보일지라도 다실 안의 사람들과 밖의 사람들과의 사이에는 엄연한 불평등과 차별의 벽이 세워져 있다. 니지리구치는 안의 비일상적 조작(造作)영역과 밖의 일상적 현실 세계를 확연히 가르는 장벽임에 틀림없다. 그 장벽은 리큐 시대의 옛날에도 있었고 오늘날에도 엄연히 존재한다. 니지리구치는 원하는 사람이라면 누구나 자유롭게 드나드는 개방된 문이 아니라 초청받은 한정된 몇몇 손님들에게만, 데이슈의 의도에 따라 선택된 권력자들—무장과 다이묘들—과 그들과 제휴한 상류사회 부호들에게만 허용된 닫힌 문이다. 바꿔 말해서 니지리구치는 그 안을 드나드는 사람과 드나들지 못하는 사람들을 확연히 갈라놓는 사회적 불평등의 경계벽이다.

그러므로 무라이(村井康彦) 교수가 지적한 이른바 '비일상적 생활예술'이 창작되는 다실 공간은 그 공간 안으로의 출입이 허용된 한정된 수의 선택된 상류계급인들만을 위한 차별적인 「닫힌 공간」이다.(김용범, 『김용범의 간차록看茶錄』, 개미, 2011, p.49. *독자의 이해를 돕기 위해 원래 문장들을 약간 수정했음)

독자들은 센노 리큐라는 다인이 어떤 인물이냐는 점, 좁고 낮은 니지리구치가 안과 밖을 철저히 구별하는 나아가서는 차별하기까지 하는 '경계의 벽'이라는 점, 그 니지리구치를 드나드는 선택된(초청된) 다인들과 선택되지 못한 다른 일반 백성들 사이에는 이 '차별의 벽'이 존재함으로써 불평등 관계가 성립된다는 점에 주목하기 바란다.

이미지와 의미연관으로 이어지는 감성적인 글

감성적 품새의 글에서는 정서적인 호소력이 작동한다. 특히 이런 부류의 시나 산문에서는 논리적 일관성을 반드시 요구하지 않는다. 문장들 사이에 의미가 연관되어 있으면 된다. 미당 서정주의 시「국화 옆에서」를 보라. 한 송이 국화꽃을 피우기 위하여 '봄부터 소쩍새는 그렇게 울었고 먹구름 속에서 천둥은 그렇게 울었나 보다' 라는 대목이 나온다. 여기서 시인은 국화꽃을 피우는 직접적인 인과관계가 아니라 넓은 의미에서 연기(緣起)의 이치를 제시했을 뿐이다. 이 대목은 논리적 일관성이나 정연성과는 별로 상관이 없다. '봄의 소쩍새 울음'과 '여름날 먹구름 사이에서 우는 천둥소리'는 '한 송이 국화꽃의 개화'를 위한 필연적인 논리적 조건이 아니라 불교의 가르침에서 말하는 연기(緣起; 이것과 저것이 서로 뗄 수 없는 관계를 맺고 그 관계에 서로 의존하면서 사물이 생성 · 소멸하는 이치)의 이치를 지시했을 따름이다. 과학적 논리와 인과법칙만을 따지지 않고 불교적 연기의 이법을 염두에 넣은 독자라면 '세상의 모든 것들은 이와 같이 인연(因緣)의 그물 안에, 상의상관(相依相關) 관계의 그물 안에 존재하면서 살고 있구나.' 라고 생각하며 깊은 의미연관을 상기할 수 있으리라.

서정적이며 감성적인 품새의 글에서 연기는 한 예에 지나지 않는다. 다음 예문처럼 한적한 시골 풍경 속에서 눈에 보이는 것들의 의미를 적시할 수도 있다.

예문1; 풍경 뒤에 있는 것

그것은 지도에도 없는 시골길이었다. 국도에서 조금만 들어가면 한국의 어느 시골에서나 볼 수 있는 그런 길이었다. 황토와 자갈과 그리고 이따금 하얀 질경이 꽃들이 피어 있었다.

붉은 산모롱이를 끼고 굽어 돌아가는 그 길목은 인적도 없이 그렇게 슬픈 곡선을 그리며 뻗어 있었다. 시골 사람들은 보통 그러한 길을 '馬車(마차)길'이라고 부른다.

그때 나는 그 길을 지프로 달리고 있었다. 두 뼘 남짓한 운전대의 유리창 너머로 내다본 나의 조국은 그리고 그 고향은 한결같이 평범하고 좁고 쓸쓸하고 가난한 것이었다.

많은 해를 망각의 여백 속에 그냥 묻어두었던 풍경들이다.

이지러진 초가의 지붕, 돌담과 깨어진 비석, 미루나무가 서 있는 냇가, 서낭당, 버려진 무덤들, 그리고 잔디, 아카시아, 말풀, 보리밭……靜寂(정적)하고 단조한 풍경이다.

거기에는 백로의 날개짓과도 같고 시든 나뭇잎이 떨어지는 것과도 같고 그 늘진 골짜기와도 같은 그런 고요함이 있었다. 그러나 그것은 폐허의 고요에 가까운 것이다. 鄕愁(향수)만으로는 깊이 이해할 수도 또 설명될 수도 없는 靜寂함이다.

아름답다기보다는 어떤 고통이, 나태한 슬픔이, 졸리는 停滯(정체)가 크낙한 상처처럼 空洞(공동)처럼 열려져 있다. 그 상처와 공동을 들여다보지 않고서는 거기 그렇게 펼쳐져 있는 어떤 색채의 風景(풍경)을 진정으로 이해할 수가 없을 것이다.

위 확장에 걸린 시골 아이들의 불룩한 그 배를 보지 않고서는, 광대뼈가 나온 시골 여편네들의 땀내를 맡아보지 않고서는 그리고 그들이 부르는 노래와 무심히 지껄이는 말솜씨를 듣지 않고서는 그것을 알지 못할 것이다.

지프가 사태진 언덕길을 꺾어 내리받이길로 접어들었을 때 나는 그러한 모든 것을 보았던 것이다. (후략) (이어령, 『흙 속에 저 바람 속에—이것이 韓國이다』, 현암사, 1967년 8월 서문. 한자 음은 인용자가 붙였음)

저자는 "황토와 자갈과 그리고 이따금 하얀 질경이 꽃들이 피어" 있는 시골길을 달리면서 정적 속에 묻힌 한국의 가난하고 정체된 풍경을 보고 그것을 그의 특유의 서정적 묘사기법으로 그려냈다. 1960대 중반의 어느 해 그는 지프를 타고 그런 시골길을 달렸다. "붉은 산모롱이를 끼고 굽어 돌아가는 그 길목"을 지나 어느 마을에 이르자 저자는 "이지러진 초가의 지붕, 돌담과 깨어진 비석, 미루나무가 서 있는 냇가, 서낭당, 버려진 무덤들, 그리고 잔디, 아카시아, 말풀, 보리밭……." 등이 펼쳐진 가난한 마을의 풍경화를 보았다. 가난에 찌든 사람들의 모습에는 표정이 없었다. 1인당 국민소득이 1백 달러가 채 될까 말까한 1966~67년의 어느 시기에 작자가 목격한 "나의 조국, 나의 고향, 나의 시골 마을"은 문명의 번잡과 소음이 전혀 없는 정적과 단조로움으로 가득 채워진 변화 없는 '멈춘' 땅이었다. 이것이 작자 이어령이 본 그 시기의 한국 시골의 풍경화였다.

풍경 뒤에는 아무것도 없었을까? 아니다. 있었다. 그때까지 단편적으로 언급되던 한국의 다양한 문화가 있었다. 젊은 문학비평가 이어령은 풍경 뒤에 숨겨진 한국의 문화를 말하기 위해 이처럼 어쩌면 슬픈 듯 아름다운 한국의 시골 풍경을 애잔하게 그린 글을 쓴 것이다.

글에는 얼마나 현란한 수사법이 구사되어 있는가? 단순한 시골 여행기 같이 보이면서도, 실은 누런 황토의 색깔을 입히고 질경이꽃으로 수를 놓았으며 도시문명의 이기(利器)인 달리는 지프 바퀴가 일으킨 뽀얀 신작로 먼지와 그 먼지를 뒤집어쓰고 그냥 나지막하게 엎드려 있는 초가들의 대조를 통해 저자는 "한결같이 평범하고 좁고 쓸쓸하고 가난한 고향" "많은 해를 망각의 여백 속에 그냥 묻어두었던 풍경들"을 보았던 것이다.

과연 당대 제일의 문사답게 전혀 막힘없이 술술 읽히는, 그러면서도 우리네 감성의 우편 배달함에 슬픈 메시지를 꽂아놓는 저자의 돋보이는 글솜씨를 우리는 여기서 생생하게 목격한다.

다음 예문은 고 이윤기 추도문이다. 여기서도 우리는 가슴을 저미는 감동을 읽는다. 이 글에도 이어령 글과 마찬가지로 논리가 아니라 상호감응이 있을 따름이다.

예문2; 떠난 이윤기, 제대로 보내는 법

미처 몰랐다. 옛 가요 '봄날은 간다'가 이렇게 가슴을 후비다니……. 지난달(2010년 8월) 28일 오후 7시 서울삼성의료원, 소설가 고(故) 이윤기 영결식에서 가수 장사익이 그 노래를 불렀다. 생전 고인의 애창곡이기도 했다. "……꽃이 피면 같이 웃고/꽃이 지면 같이 울던/알뜰한 그 맹세에/봄날은 간다." 노래 3절 내내 한 추모객이 삼키는 속울음이 장내를 감쌌다. 저쪽에 '이윤기, 강을 건너다'라고 된 현수막도 보였다. 화가 임옥상 등 지인(知人) 100여 명에 싸여 그는 갔다. 하지만 서운함은 여전하다. 이렇게 덜렁 보내고 말 것인가?

이게 당대의 문사(文士)에 대한 사회적 기억의 전부인가? 그의 사망 소식은 영결식 전날 포털의 검색어 1위를 지켰다지만, 고인에 대한 자리매김이 충분한 것 같진 않다. 그가 쓴 신화 책을 읽었다는 이는 꽤 많아도 소설이, 그의 문학작품이 새로웠다고 말하는 눈 밝은 이는 의외로 드물다. 이렇게 숭숭 구멍 뚫린 풍토에선 이름값이 곧 업적의 전부로 통한다. 소설 · 신화 · 번역 세 부문 중 어떤 성취가 이윤기의 몫이고, 한국문화에 대한 진정한 기여인가? 냉정하게 말해 그가 불 지핀 신화 붐의 경우 절반의 성공이라고 봐야 한다. 초등생까지 신화 책을 읽게 한 건 일단 그의 공이 맞다.

하지만 그는 제우스 · 헤라클레스 이름을 외는 차원을 넘어 우리 신화에 대한 천착으로 이어지길 원했다. 당장 표준으로 통하는 그리스 신화를 넘어 동북아신화 재발견까지 원했는데, 본인은 그 목표까지 이루진 못했음을 지적해야 한다. 어쨌거나 신화 붐에 치인 게 이윤기의 본령인 문학인데 신화가 꼬리라면, 문학은 몸통이다. 그에 대한 고인의 자부심도 컸다. 내가 아는 한 단편집 『나비넥타이』, 장편소설 『하늘의 문』은 우리말로 된 가장 세련된 문장이다. 근현대문학을 통틀어 그렇다. 유감이지만 대중적 저변을 확보하진 못했다. 지식인 소설을 지향한 탓도 있지만, 때를 못 만났다.

문학이 죽은 1990년대 이후 주로 작품 활동을 했던 것이다. 하지만 작품의 질만으로는 염상섭 · 김동리 · 이효석으로 이어지는 현대 산문의 장인(匠人) 반열에 속한다. 말만 요란했던 신세대문학의 와중에 정통소설의 바통을 이은 것이다. 그래도 천만다행이고, 조금 위안이 되는 건 빛나는 번역문학의 유산인데, 니코스 카잔차키스의 『그리스인 조르바』, 움베르토 에코 『장미의 이름』 등을 맛깔스런 우리말로 빚어낸 공로라니! 누구 말대로 해방 이후 번역은 이윤기 이전과 이윤기 이후로 확연히 갈릴 정도다.

그날 빈소에서 눈에 띈 것은 많은 조화 중 '카잔차키스를 사랑하는 사람들의 모임'이란 이름의 조촐한 꼬리표였다. 대표 이름도 없었지만 그래서 값졌다. 어쨌거나 이윤기의 세 유산 중 신화와 번역은 상대적으로 높은 평가와 인지도를 갖지만 '작가 이윤기' 진면목에 대한 평가는 소홀하다. 이런 상황에서 그를 서둘러 보내는 게 유감이다. 곱새기지만 그는 우리말과 언어를 한 차원 높인 진정한 마에스트로였다. 더구나 문자와 언어 유산을 소홀히 하는, 황량한 디지털 사막문화의 한복판에서 이룬 성취다. 그 촘촘한 유산 점검이 우리 몫이다. 가버린 봄날은 다시 오기 때문이다.(중앙일보, 2010년 9월 3일, 조우석 문화평론가 겸 기자)

이 글은 글머리가 일품이다. "미처 몰랐다. 옛 가요 '봄날은 간다'가 이렇게 가슴을 후비다니……."란 글머리가 없었더라면 아마도 우리의 가슴은 처음부터 울렁거리지 않았으리라. '미처 몰랐다'란 단순하기 짝이 없는 아주 짧은 이 두 마디는 곧바로 이어지는 장사익의 「봄날은 간다」가 뒷받침함으로써 생기를 얻는다. 그리고 우리 가슴에 회한과 그리움의 정을, 작가 이윤기에 대해서 평소에 몰랐던 미안한 마음을 후벼파게 한다.

여태까지 기회 있을 때마다 되풀이해온 말이지만 좋은 글, 맛깔스런 글은 아름다운 낱말, 슬픈 낱말 몇 마디를 적당히 배열한다고 해서 생기지 않는다. "미처 몰랐다. 옛 가요 '봄날은 간다'가 이렇게 가슴을 후비다니……."와 같이 낱말과 낱말, 문장과 문장이 어떻게 결합하느냐에 따라 맛깔스런 의미의 생산효과는 달라진다. 위 글에서 우리 시대의 소리꾼 장사익의 「봄날은 간다」가 여기에 등장하지 않았다면 이윤기에 대한 작자의 추모는 그처럼 가슴저미는 슬픔을 안겨 주지 않았으리라.

2. 글을 꾸미는 네 가지 수사 양식

글은 쓰는이가 선택한 단어들의 결합, 시니피앙과 시니피에*의 결합에 의해 생산된다는 것은 이미 누차 설명한 바 있다. 문제는 글이 태어날 때 시니피앙들과 문장들을 어떻게 꾸며서 독자들 앞에 내놓느냐에 있다. 어떻게 꾸미느냐는 글의 수사 양식과 관련된 물음이다. *시니피앙의 개념은 〔강의 노트②〕를 참조할 것.

글을 꾸미는 양식(rhetorical modes of discourse 言說의 修辭樣式)은 작자가 어떤 종류의 글을 쓰느냐에 따라 달라진다. 소설이냐 수필이냐, 회사의 상사에게 제출할 해외시장 조사보고서냐 신사업추진계획서냐, 취직용 자기소개서냐, 애인에게 보내는 사랑의 편지냐, 고향에 계신 부모에게 올리는 편지냐, 학술연구의 성과를 기술한 논문이냐, 일반대중을 위해 월간 잡지나 일간 신문에 쓰는 전문분야의 시평이나 정치논평 또는 사건사고와 사회적 정치적 스캔들 등에 관한 기자의 보도문과 해설 · 칼럼 · 논평 · 사설이냐 등에 따라 수사 양식은 달라진다. 물론 글을 쓰는 품새

즉 문체도 글의 종류에 따라 좌우된다.

이처럼 쓰는이가 염두에 두는 글의 용도와 목적 그리고 성격이 무엇이냐에 따라 글을 꾸미는 양식은 거기에 알맞게 정해지게 된다. 이런 글쓰기의 양식을 수사 양식이라 부르기로 하자.

수사 즉 영어로 rhetoric이라는 용어를 썼다고 해서 수사의 의미를 과장된 말하기나 글쓰기의 특수한 미사여구식 기법으로 여기지는 말자. 예컨대 광장에 모인 많은 청중을 상대로 그들을 설득하려는 현란한 정치적 웅변술(雄辯術), 억울하게 누명을 쓰고 법정에서 재판을 받게 된 피고를 옹호하여 구조하려는 변호사의 정의로운 사법적 변론술(司法的 辯論術), 국회 회의장과 같은 토론마당에서 자신의 주장과 견해가 옳음을 당당하게 밝힘으로써 상대방을 논란의 여지없이 논파(論破)하여 굴복시켜버리는 토론적 논쟁술(論爭術)로만 간주하지는 말라는 뜻이다.

수사에 그런 취지가 전혀 없지는 않으나 그것이 이 책에서 강의하려는 수사법의 뜻은 아니다. 또한 수사는 말이나 글의 알차고 성실한 속살로 채워지지 않고 겉만 번지르르하게 분장한, 부정적인 모습을 지닌 문장의 꾸밈 · 화장(메이크업)기법을 가리키는 말도 아니다. 말쟁이나 글쟁이의 그럴 듯하면서도 실은 이치에 닿지 않은 앞뒤 내용으로 채워진 궤변(詭辯) 같은 말솜씨나 글솜씨를 가리키는 용어도 물론 아니다. 수사란 말 자체에는 나중에 소개하는 비유법처럼 정교한 솜씨로 글을 다듬어 꾸미고 미려하게 장식하는 기법이란 뜻이 있기는 하다. 하지만 장식적이고 어딘가 부정적 뉘앙스가 풍기는 의미만이 수사의 전부는 아니다.

修辭란 단어의 뜻대로 말(辭)을 엮어 꾸며(修) 글을 작성한다는 뜻으로 해석하는 것이 바람직하다. 이에 덧붙여서 수사는 작자가 제 뜻을 효과적으로 독자들에게 전달하기 위해 글을 적당히 아름답게 맛깔스럽게 꾸미며 그 내용을 납득할 수 있게 효율적으로 전개하는 언설 양식(言說 樣式 modes of discourse)이란 취지도 가미되어 있다. 이렇게 보면 수사 양식은 효과적인 커뮤니케이션 수단이자 설득력 있는 언설의 전개방식을 가리키기도 한다.

언설의 영어 discourse가 우리나라에서는 대체로 담론(談論)으로 옮겨지는데 그렇다고 담론 또는 언설이란 낱말들을 너무 어렵게 여기지는 말자. 글과 말로 엮어진 거창한 논의—여성주의 담론, 종가(宗家)집의 전통적인 손님접대 담론, 민주담론, 통일담론 같은 것—를 전개한 글 같은 것으로 여길 수도 있다. 하지만 그렇게 어렵게 생각하지 말자. 문자 그대로 밖으로 표현하고 싶은 내용을 체계적으로 엮어낸 글이라고 간주하면 된다. 그래서 言說인 것이다.

글의 내용을 엮어 꾸미는 양식은 크게 다음의 네 종류로 나뉠 수 있다.

(1) 서술 양식(expository writing)
(2) 논증 양식(argumentation)
(3) 묘사 양식(descriptive writing)
(4) 서사 양식(narrative writing)

이들 네 가지 양식은 서로 독립적이고 배타적 영역으로서 존재하지 않는다. 실제의 글쓰기에서는 서로 중첩되어 사용된다. 예문들을 보면 납득하겠지만 (1)의 서술 양식의 글이 (3)의 묘사 양식과 (4)의 서사 양식을 혼합하여 작성되는 경우가 있다. (2)의 논증 양식의 글도 때로는 (1)과 (3)의 양식을 병용한다. 그러므로 위 네 가지 양식들은 자기가 쓴 글이 주로 어떤 성격의 것인가를 판가름하는 데만 유효하게 적용될 수 있음을 유념하기 바란다.

(1) **서술 양식**은 사건 · 사태나 또는 어떤 쟁점사안에 대한 자기의 생각과 관련증거, 적절한 논의 등을 작자가 제시하면서 그것들의 정보와

지식을 설명 · 해설하는 양식의 글을 가리킨다. 구체적인 예로는 매스 미디어(이하 미디어로 약함)에 쓰이는 보도기사, 기업이나 정부 및 공공기관의 홍보문 등이 이 양식에 속한다. 미디어의 스트레이트 기사에서는 자기의 의견이 개진되지 않는 것이 일종의 철칙으로 준수된다. 이에 반해 기업과 정부의 홍보문은 발표자 측의 주장이나 견해가 두드러지게 반영된다. 이렇게 보면 서술 양식의 글이라 해서 반드시 작자나 발표자의 의견이 완전히 배제되지는 않는다. 요컨대 서술 양식은 우리의 일상생활에서 흔히 접하는 대부분의 글들이 채택하는 양식이다. 몇 가지 예를 들면,

뉴스미디어의 스트레이트 · 해설 기사, 기업체와 정부기관에서 발표하는 신문방송용 보도자료(press release), 정부 및 대통령이 국민에게 알리는 담화문, 개인적인 서한, 업무용 서신, 기업체의 시장조사 보고서 및 신규사업프로젝트, 공개적으로 알리는 정부와 공공기관의 고지문(告知文), 교과서의 글, 영수증의 글귀, 유언장, 백과사전의 각 항목을 풀이하는 글 등.

예문; 김정일 사망(1942~2011)

북한 "17일 08시 30분 열차서 심근경색 · 심장쇼크"……중국, 김정은 후계자 지지

북한 김정일 국방위원장이 (2011년 12월) 17일 오전 8시 30분 사망했다고 북한 매체들이 19일 보도했다. 69세.

조선중앙통신은 이와 별도로 김 위원장이 "17일 달리는 야전열차 안에서 중증급성 심근경색이 발생하고 심한 심장성 쇼크가 합병되었다"며 "발병 즉시 모든 구급치료 대책을 세웠으나 서거했으며, 18일의 병리해부 검사에서 질병의 진단이 확정되었다"고 전했다.

이로써 김일성 주석 사망 3년만인 1997년 노동당 총비서로 김정일 시대를 연 지 14년 만에, 1974년 후계자로 내정된 지 37년 만에 김 위원장의 통치가

막을 내렸다.

북한 매체는 김 위원장의 후계자가 셋째 아들인 김정은(27) 노동당 중앙군사위원회 부위원장임을 분명히 했다. (매체를 통해 공개된 당의) 발표문은 "우리 혁명의 진두에는 우리 당과 군대와 인민의 탁월한 영도자이신 김정은 동지께서 서 계신다"고 밝혔다. (공식 발표문에서) 김정은을 '영도자'로 언급한 것은 처음이다.

중국 지도부는 이날 조전을 통해 김정은 후계 체제 지지 입장을 밝혔다.

북한은 김정은을 서열 1번으로 하는 232명의 장의위원회를 구성했으며, 김 위원장의 시신을 금수산기념궁전에 안치하고 28일 평양에서 영결식을 개최키로 했다. 외국의 조문단은 받지 않기로 했다.(중앙일보, 2011년 12월 20일, 제1면 톱기사)

김정일의 급서에 관한 이 톱기사는 대표적인 스트레이트 뉴스 기사다. 한데 이 기사는 독자들의 궁금증을 충분히 해소하지 못하는 내용들이 몇 가지 있다. 그 점에서 서술 양식을 충족시킨 기사라고 보기는 어렵다. 그럼에도 예문으로 든 것은 김정일의 급서와 연관된 기본적인 주요 요건들이 대체로 기술되어 있어 서술 양식의 예로서 이해하기에는 그런대로 적절하다고 보기 때문이다.

독자들의 궁금증을 풀지 못한 사항들은 ①김정일은 '달리는 야전열차 안'에서 사망했다고 보도한 그 지역은 어딘인지? 한국 국가정보원 원장은 국회 보고에서 '달리는 열차'가 아니라 '용성역 구내에 머문 열차' 안에서 사망했다는 정보가 있다고 밝힌 바 있다. ②임종에 참여한 인물들은? ③사망한 지 사흘째인 19일 정오에야 TV방송을 통해 사망 사실이 늦게 발표된 이유는? ④외국 조문객을 받지 않는 이유는? 등이 우선 첫 보도에는 들어가야 할 사항들이지만 기사에는 빠져 있다. 물론 그 책임은 중앙일보에 있지 않고 북한 당국과 매체에 있다.

(2) **논증 양식**의 글이 달성하고자 하는 목적은 글을 읽는이를 납득시켜 글쓴이의 의견에 동의하게 하는 효과를 얻는 데 있다. 직장에서 자기가 창안하여 제시한 어떤 계획안이나 신규사업 프로젝트의 시장타당성을 증명하는 글, 어떤 사안에 대한 자기의 견해가 정당함을 입증하는 글, 누가 보더라도 객관적으로 타당하다고 여길만한 추론과 논증을 통해 논의를 차분히 전개함으로써 찬반 대립의 논쟁점에 대해 상대방을 확실하게 제압하는 글 등이 논증 양식에 해당한다. 대표적인 것은 학술논문. 상대방을 납득시켜서 자기 글의 논지(論旨)에 공감토록 한다는 점에서 논증 양식의 글은 설득 양식의 글이 되는 것이다. 다음에 몇 가지 항목들의 예를 들고 난 뒤 구체적인 예문은 별도의 장절에서 소개하고자 한다.

광고카피와 각종 선전홍보물(광고 상품에 대해 믿을 수 있는 정보를 담아야 함)

문학비평과 시사평론, 탐사보도(investigative reporting), 신문의 사설이나 오피니언 페이지에 게재된 독자 기고문, 취업용 자기소개서(자기는 이러이러한 자격증과 경력을 소유하고 있음을 증명한다는 점에서 논증양식에 넣을 수 있다. 하지만 자기의 이력을 질서정연하고 설득력 있게 소개한다는 점에서는 서술 양식에 포함시킬 수 있음.), 작업평가서, 시장조사 보고서 및 신규사업 프로젝트 보고서, 인사추천서(추천대상자에 대한 정보와 증빙자료를 제시하야 한다는 점에서), 긴 논문이나 학술서적의 글 등.

(3) **묘사 양식**의 글은 세상에 숨겨진 인물의 선행이나 역사 유적의 가치처럼 사람들에게 널리 알리고자 하는 인물의 생애나 일화 및 사실, 지진 · 홍수 · 태풍과 같은 천재지변이 초래한 대재앙, 사회에서 발생한 큰 사건과 사고, 뜻밖에 일어난 갖가지 일 등을 생생하게 그림 그리듯이 묘사(描寫)하거나 재현하는 데 그 목적이 있다. 잡지의 특집 · 기획기사나 르포, 서사시(敍事詩) 등이 여기에 포함된다. 이런 양식의 글은 경우에 따

라서는 (1)의 서술 양식, (4)의 서사 양식과 글의 스타일이 겹치는 부분이 있긴 하지만 편의상 따로 분류했음을 밝혀둔다. 묘사 양식의 예문과 분석에 대해서는 따로 장을 설정하여 설명하려 한다.

신문 · 잡지의 특집기사, 기획기사와 르포, 서사시(敍事詩), 소설의 스토리 전개 · 등장인물들과 연관된 상황 묘사, 수필, 수상에 있어서 주제와 관계된 상황 묘사(대개의 경우 계절에 대한 묘사가 많음).

(4) **서사 양식**은 내러티브(narrative) 양식이라고도 부른다. 한 사건의 연속된 흐름이나 진행경과를 이야기체의 구성형식에 따라 연대기적으로(chronologically; 모든 이야기를 반드시 발생 시간의 순서에 맞춰 차례로 쓴다는 뜻은 아님) 풀어서 서술하여 독자로 하여금 흥미를 느끼도록 창작된 글의 스토리 전개를 서사 양식이라 한다. 서사 기법은 소설과 같은 픽션에 흔히 쓰인다. 그러나 서사 기법은 픽션에만 한정되지는 않는다. 논픽션에도 이런 기법이 동원되어 효과를 거두는 경우가 많다. 자서전이나 유명인의 일화 같은 것이 여기에 속한다. TV프로 중 어떤 다큐멘터리(KBS의 환경스페셜과 역사스페셜 · 대하기획 특집 「차마고도」 「누들로드」, MBC의 PD수첩 등)는 내레이터까지 활용하는 서사 기법을 씀으로써 드라마틱한 효과를 낸다.

서사 기법에는 흔히 (3)의 묘사 수법도 동원되므로 부분적으로 서로 혼동될 우려가 없지 않다. 서사 양식의 요체는 글의 내용이 어떤 사건의 시간적 진행과 그 결말을 알리는 스토리를 지니고 있다는 점에서 비교적 간단한 묘사와는 다르다. 시간의 흐름이라는 측면에서 보면 서사 양식은 시간의 변화와 더불어 사건의 변화를 보여준다. 사건의 묘사에서는 등장인물(characters)도 얽혀들고, 이야기의 전개 과정 중간에서는 눈에 보이지 않는 내레이션(narration)도 끼어든다.

일화(逸話 에피소드), 자서전(autography)과 전기(biography), 장편 · 단편소설 · 콩트, 구술되는 역사이야기(KBS의 환경스페셜, 역사스페셜 등) 등.

이상 네 가지 언설 양식은 (1)서술(敍述) 양식, (2)논증 양식, (3)묘사 양식 및 (4)서사(敍事) 양식으로 나눠 별도의 장에서 자세히 언급하고자 한다.

다만 논증 양식의 구체적인 예문은 한두 건의 소개로 그치고 별도의 논설 · 시사칼럼 쓰기의 장(章)에서 적합한 예문들을 아울러 예시하고자 한다. 묘사 양식은 예문과 좀 더 상세한 분석을 제시하여 독자에게 이해의 편의를 드리고자 한다.

제5강
서술 양식의 다양한 기법들

서술 양식의 글은 우리의 일상생활에서 가장 흔하게 그리고 널리 쓰이는 글쓰기 양식이다. 네 가지 수사 양식 중에서는 가장 기본적인 것이다. 따라서 이에 대한 기본 지식을 익혀두면 다른 어떠한 양식의 글을 쓸 경우에도 당황함이 없이 무난하게 글을 엮어낼 수 있다.

서술 양식에는 다음의 여러 가지 기법들이 사용된다; ①시간의 경과를 따르는 연속기법(sequence) ②기술 · 묘사기법(descriptive essays) ③분류기법(classification) ④비교기법(comparison) ⑤인과분석기법(cause & effect). 이 기법들만을 보더라도 서술 양식이 다른 양식 특히 서사 양식 및 묘사 양식과 겹치는 부분이 있음을 알 것이다.

①시간의 경과를 따르는 연속법: 시간의 연속적 흐름에 따라 사건 · 사태를 연대기적으로(chronologically) 차례대로 쓰는 글이 여기에 속한다. 연대기적이라 해서 사건의 발생 시점에서 종결까지를 순서대로 기술한다는 뜻은 아

니다. 미디어 보도의 스트레이트 기사는 대체로 연대기적 서술법을 채용하지만 다른 기사들 예컨대 르포, 논평 또는 다큐멘터리, 소설 같은 픽션물에서는 이미 발생한 사건의 중간 고비를 출발점으로 떼어내서 글머리를 시작하는 게 통상(通常)이다. 앞에 예문으로 제시한 김정일의 사망에 관한 보도를 보면 서술 양식의 시간 연속기법이 어떻게 적용되었는지를 알아차릴 수 있을 것이다.

뒤에 나오는 묘사 양식이나 서사 양식의 예들을 주의 깊게 보면, 시간의 연속 기법에 의한 서술 방식이 반드시 서술 양식에 고유한 전유물이 아님을 알 수 있다.

②기술 · 묘사기법: 이 기법은 시각, 청각, 후각, 미각, 촉각을 동원하여 사건사태의 생생한 묘사와 재현을 함으로써 독자로 하여금 주제에 대한 느낌이나 지워지지 않을 이미지와 감동을 심어주는 효과를 낳는다. 서술 양식의 다양한 기법들에 묘사 양식의 기법이 낀 것은 앞에서도 말했듯 하나의 양식은 다른 수사양식의 글에 대해 배타적, 독립적이 아니므로 얼마든지 원용할 수 있기 때문이다. 거듭 말하거니와 네 가지 수사 양식은 서로 배타적이 아니다. 나중에 서사(narrative) 양식의 하나로 인용되는 단편소설의 첫 머리의 묘사기법을 보면 서술 양식의 묘사기법이 이렇게도 사용되는구나 하고 실감할 것이다.

③분류기법: 여러 집단들이나 사건사태 · 사고들 또는 어떤 관념이나 이념들을 그것들의 공통적 특징을 뽑아 몇 묶음씩 갈래지어 나눠진 부류들을 다시 서로 비교 또는 대조하면서 쓰는 글의 기법이 분류기법이다. 분류기법에는 대체로 이항대립(binary opposition)이 동원되는 경우가 많다. 말하자면 이분법의 논리가 사용된다는 뜻이다. 이 경우 중간자(中間者: 흑과 백 사이에 있는 회색을 가리킴)가 배제되는 오류를 범하기 쉬우므로 주의가

요망된다.

밤과 낮, 바다와 육지라는 이항대립 다시 말해서 이분법에는 여명 · 새벽과 저녁놀 그리고 갯벌과 모래사장이 무시되는 오류가 숨어 있음을 명심해야 한다. 이분법이 빠질 오류를 피하기 위해서는 3분법이 의도적으로 사용되기도 한다. 예컨대 신앙(belief) · 무신앙(無信仰 unbelief) · 비신앙(非信仰 disbelief). 상식(常識) · 몰상식(沒常識=無常識) · 비상식(非常識), 승리 · 패배 · 무승부(非승리). 가능 · 불가능 · 가능도 불가능도 아닌 것(something which is nor possible neither impossible) 등이 3분법에 속한다.

④비교 · 대조법: 둘 또는 그 이상의 항목들 간의 차이와 유사성을 부각함으로써 독자로 하여금 객관적 입장에서 글쓴이의 견해에 동의하도록 유도하는 효과를 노리는 기법이 바로 비교 · 대조법이다. 흔히 말하는 이 '이분법적 논리' 이항대립*에 의거한 대비(對比)라는 것도 여기에 속한다. 우리나라 정계의 여 · 야 정당이나 사회단체를 좌파진보(종북좌파) · 우파보수(보수골통)로 진영을 가르는 일도 이항대립의 비교 · 대조기법이란 토대위에서 행해진다.

*이항대립에 대해서는 제16강 동양 대대사상과의 비교에서 상세히 논의할 것이다.

⑤인과분석기법: 사건사태나 어떤 상황이 발생한 원인과 결과를 분석 · 제시하는 글쓰기의 기법이 인과분석기법이다. 이 기법을 채용한 글은 상당히 분석적이고 논증적이다. 다음에 예시하는 논증 양식의 글을 읽고 어떻게 엮어져 있는가를 곰곰이 따져보기 바란다.

'수소를 태우면 물이 된다'는 기술은 수소에 산소가 공급되어 불을 붙이는 행위가 원인이 되어서 물이라는 결과를 얻는다 라는 뜻이다. 이런 식의 인과분석법은 논증양식의 글에 많이 쓰이는데 서술 양식에서도 어떤 사건의 전말을 보도할 때 원인과 결과를 분석하는 기법을 많이 활용된다. 지난 2012년 4월 11일 국회의원 총선거에서 야당은 '이명박 정부 심판'이라는 정치적 과거 비판에만 매달린 나머지 나라의 미래를 내다보는 정책 비전을 제시하는 데 실패함으로써 패했다는 정치평론가들의 분석이 나왔었다. 여기서 과거 비판에의 지나친 집착은 원인이 되며 패배는 결과가 된다.

제6강
논증 양식과 묘사 양식의 글쓰기

1. 논증 양식의 예문과 분석

다음에 예시한 중앙일보 보도는 2010년 6월 서울시 교육감 선거 때 진보진영의 후보단일화란 명분 아래 상대 후보를 매수한 혐의로 구속수감 중인 곽노현 서울시 교육감에 대한 서울지방법원의 1심 판결에 대한 후속보도이다. 이 기사는 2012년 2월 19일의 1심 판결에 대한 20일 자 스트레이트 기사가 충분하게 다루지 못한 의문점들에 관해 중앙일보가 판결문 내용을 분석하여 독자들에게 알려준 보도이다. 이런 보도를 심층보도(In-depth report) 또는 해설식 보도(Interpretative report)라고 부른다. 시간의 여유가 있었다면 이런 종류의 보도는 스트레이트 뉴스가 보도된 당일(20일; 중앙은 조간이므로 선고공판 다음날 아침에 재판결과가 보도되었음)에 나왔어야 마땅한데 보도가 늦었다. 그러나 늦었다고 해서 보도가치가 없는 것은 아니므로 중앙은 과감하게 1면 톱기사로서 이를 처리하여 재판관의 절충식 판결을 비판했다.

여러분은 서울지법 부장판사의 곽노현 재판에 대해 어떤 논증법으로 판결을 내렸는지를 주의 깊게 관찰하기 바란다. 만일 여러분의 목전에 판결문이 있다면 그것과 중앙일보 보도를 비교하면서 고찰할 수 있었을 터인데 그런 비교는 할 수 없게 된 것은 유감이다.

예문1; 중앙일보의 '곽노현 1심 재판' 후속 심층보도

곽노현 벌금 선고한 김형두 부장판사 판결문 보니

대가성 돈거래 인정해 놓고, "박명기 뜯고 곽노현 뜯겼다"

2010년 6월 서울시 교육감 선거에서 상대 후보를 매수한 혐의로 기소된 곽노현(58) 서울시 교육감. 그에게 벌금 3000만 원을 선고한 지난 19일 법원 판결을 놓고 논란이 일고 있다. 재판부가 곽 교육감과 박명기(54) 서울교대 교수, 강경선(59) 한국방송통신대 교수에 대해 모두 유죄판결을 하면서도 형량에서는 큰 차이를 보였기 때문이다.

◆곽 교육감이 피해자라는 인식=본지는 20일 서울중앙지법 형사27부(부장 김형두)가 선고한 판결문을 입수해 분석했다. 그 결과 이번 판결엔 "곽 교육감이 돈을 뜯긴 것이고, 박 교수가 돈을 뜯은 것"이라는 김 부장판사의 기본 인식이 깔려 있었다. 김 부장판사가 곽 교육감을 피해자로 봤음을 엿볼 수 있다. 판결문이 "곽 교육감과 박 교수가 후보 단일화 대가로 돈을 주고받았다"고 결론 내린 것과는 배치된다.

재판부는 2010년 5월 19일 발표된 후보 단일화 당시 돈 지급 약속이 있었는지에 대해선 "선거대책본부장인 최갑수(서울대 교수) 씨, 회계 책임자인 이보훈 씨와 박 교수 측 양재원 씨 사이에 약속이 있었다"고 판단했다. 그러나 곽 교육감은 이 사실을 보고받지 않아 초기 단계에 알지 못했다는 점을 강조했다. 이런 논리라면 금품 제공 약속을 통해 후보 단일화가 이뤄지고 실제로 돈이 오갔더라도 후보자 본인만 "몰랐다"고 버티면 정치적 면죄부를 받을 수 있다는 결론이 나온다. 이는 억대의 돈이 오가는 일을 후보에게 알리지 않고 선거 캠프 관계자들끼리 결정할 수 있다는 것으로 현실세계의 경험칙과 동떨어진 것이다.

판결문은 "곽 교육감이 금품 제공 합의를 알고 있었음을 입증할 책임이 검찰에 있는데, 직접 증거가 전혀 제시되지 않았다. 그가 뒤늦게 합의 사실을 알고 나서 화를 냈다는 등의 정황이 있다"는 점을 근거로 들었다. 2억 원을 준 동기에 대해서도 '선의' 혹은 '긴급부조'라는 용어를 써가며 자신을 변호한 곽 교육감의 주장을 대체로 받아들였다.

판결문은 결론 부분에서 곽 교육감이 박 교수에게 준 2억 원의 대가성을 인정했다. 판결문은 "후보를 사퇴한 박 교수와 곽 교육감의 관계, 금품의 액수, 돈 지급 경위 등 객관적 요소를 종합하면 법률적 의미에서 대가성이 인정된다"고 했다. 박 교수의 사퇴로 곽 교육감은 단일후보가 되는 이익을 얻었다고 본 것이다. 2억 원의 동기 부분에서는 곽 교육감 주장을, 대가성 부분에서는 검찰의 입장을 받아들인 셈이다. 이를 두고 재판부가 법정에서 제시된 증거를 중심으로 판단한다는 '공판중심주의'를 강조하는 과정에서 양측 입장을 중간선에서 절충한 것 아니냐는 지적이 나온다.

양형(형량 결정)에서 박 교수에게는 징역 3년의 실형을, 곽 교육감에게는 벌금 3000만 원을 선고한 것 역시 절충이라는 시각도 있다. 박 교수는 인신 구속, 곽 교육감은 당선 무효형으로 각각 처벌했다는 것이다.

김 부장판사는 "유죄선고를 받은 곽 교육감이 업무에 복귀하면 교육행정에 대한 불신이 생기지 않겠느냐"는 문제 제기에 "그건 제도의 문제이지 판사가 해결할 수 있는 부분은 아니다. 일단 당선 무효형을 선고했고, 이른 시일 내에 판결이 확정될 것으로 본다"는 입장을 나타냈다.

◆유권자 매수는 실형, 후보 매수는 벌금형＝유권자 매수 행위에도 통상 실

형이 선고되는 상황에서 지지율을 통째로 사버린 후보자 매수행위에 대해 벌금형을 선고한 것은 납득하기가 어렵다. 2007년 4월 거창군 기초의회의원 선거 때 이모 후보는 상대 후보에게 사퇴 대가로 5000만 원을 주겠다는 의사 표시를 한 것만으로 징역 6개월을 선고받았다.

"깨끗한 선거 정착을 위해 엄벌이 필요하다"는 원칙이 곽 교육감 판결에선 평가절하됐다. 판결문은 "(선거 참모들인) 최씨 등의 금전 지급 약속이 곽 교육감이 단일후보가 되는 과정에 영향을 미쳤다 해도 곽 교육감의 책임이 아니므로 양형 요소로 고려할 수 없다"고 선을 그었다. "선거문화를 타락시켰으므로 엄벌해야 한다"며 공정선거의 중요성을 강조하면서도 곽 교육감 책임의 정도를 낮게 본 것이다.(중앙일보, 2012년 2월 21일, 조강수 · 채윤경 기자)

예문2; 박정희 대통령의 최장수 비서실장 김정렴

박정희 대통령의 9년 2개월 비서실장 김정렴은 세계에서 손꼽히는 최장수 비서실장일 것이다. 비서실장(1969년 10월~78년 12월)으로 한국의 권력사(史)에 이름을 올린 이후 지금까지 42년 동안 김정렴은 한 번도 비리(非理) 구설에 오른 적이 없다. 절대권력자의 최측근이 절대적으로 청렴했던 것이다. 그는 이런 이야기를 들려주었다.

"청와대 비서실장이 되자 상공장관 시절 국회 상임위에서 나를 도와주었던 국회의원 몇 사람이 축하 술자리를 마련해 주었어요. 별 생각 없이 흔쾌히 응했지요. 그런데 그후 어떻게 알았는지 이곳저곳에서 '축하해 주겠다'는 제의가 들어오더라고요. 순간 '아차' 싶었습니다. 한두 번 더 응했다가는 내내 빠져나오지 못할 것 같았어요. 전부 사양했습니다. 얼마 동안 '섭섭하다' '높은 데 가더니 사람 변했다'는 얘기가 들렸어요. 그런데 시간이 지나자 다 이해하더군요."

이때부터 김정렴의 탈속(脫俗)이 시작되었다. 저녁 6시쯤 별다른 일정이 없어 박 대통령이 관저 2층으로 퇴근하면 김 실장도 집으로 향했다. 다른 고관들은 호텔이나 요정에서 술자리를 즐겼지만 그는 저녁상에서 아내의 반주(飯酒)로 달래야 했다. 그는 낮에도 대개 청와대 본관에서 보좌관과 함께 칼국수로 점심을 때웠다. 그는 "각하가 칼국수를 드시는데 우리가 다른 것을 먹을 수는 없다"고 했다고 한다.

수많은 감투 중에서 대통령의 비서실장이나 수석비서관은 '특별한 공직자'라고 해야 할 것이다. 그들은 말 그대로 대통령의 뇌와 심장 · 다리를 나눠 갖는 분신(分身)이기 때문이다. 그들의 언행이 대통령의 언행이 되고 정권의 그림이 된다. 특별한 공직이기 때문에 대통령 참모가 되는 순간 '특별한 인생'을 살겠다는 각오가 필요할 것이다. 그런 각오와 실행이 없으면 정권은 대개 무너지고 만다.

김영삼 대통령의 최측근 홍인길 총무수석은 한보그룹 로비라는 덫에 걸려들었다. 그는 자신이 몸통이 아니라 깃털이라고 했으나 깃털만으로도 정권에 준 충격은 엄청났다. 김대중 정권에서는 한광옥 비서실장이 2000년 공관에서 나라종합금융 회장으로부터 3000만 원을 받아 나중에 유죄판결을 받았다. 퇴출 위기에 몰린 금융회사의 청탁을 받은 것이다. 노무현 대통령의 박정규 민정수석은 현직에 있을 때 박연차 태광실업 회장으로부터 1억 원어치 상품권을 받았다. 그는 다음 정권 때 감옥에 갔다.

미국에서는 신랑 · 신부가 특정 백화점이나 상점에 원하는 결혼선물의 목록을 등록해 놓는다. 그러면 친지들이 이를 검색해 선물을 산다. 2002년 6월 조지 부시 대통령의 애리 플라이셔 대변인은 41세 노총각을 면하는 결혼식을 앞두고 선물을 등록했다. 접시와 테니스 공 그리고 오드리 헵번의 '사브리나' DVD, 야외용 쿨러…… 그가 서민 백화점에 등록한 목록은 대개 10~20달러면 살 수 있는 것이었다. 플라이셔의 재산은 20만 달러(2억4000만 원)였다.

자본주의 사회에서 대통령 참모가 가난해야 한다는 법은 없다. 그러나 일단 대통령의 비서실장이나 수석비서관이 되면 부자라도 '가난하게' 살아야 한다. 그래야 살기가 팍팍한 서민에게 정권이 할 말이 있는 것이다. 그리고 청와대에 들어가면 사람이 달라져야 한다. 친척 · 고향친구 · 선후배라는 세속의 인연을 '대기 모드(mode)'로 돌리는 것이다. 그러고는 외롭고 독하게 '권력의 산사(山寺)'로 들어가야 한다. 사람을 만나도 정권을 위해서만 만나야 한다. 그게 청와대다.

김영삼 · 김대중 · 노무현에 이어 이명박 청와대에서도 대통령 측근들이 무너지고 있다. 그들이 검찰에 소환되는 모습에서 역사의 악마 같은 반복을 본다. 지금 많은 이가 1년 5개월 뒤에 청와대에 들어가려고 작심하고 있을 것이다. 그들은 이번 겨울에 산사에 들어가 동안거(冬安居)라도 해보면 어떨까. 정권의 성공에 매진하려면 '지난날의 나'와 어떻게 절연할 것인가…… 죽비를 맞으며 이 어려운 화두와 씨름해 보면 어떨까.(중앙일보, 2011년 9월 26일, 김진 논설위원 · 정치전문기자)

예문3; 〔경제 view &〕 "It's the men, stupid"

잘나가는 애플, 추락하는 소니, 인재관리 시스템서 승부 갈려

전관예우, 관료와 금융기관 유착은 시스템운용당사자의 자질 · 역량서 비롯

빌 클린턴 전 미국 대통령은 후보 시절 "문제는 경제야, 바보야(It's the economy, stupid)"라는 캠페인 문구를 사용해 큰 호응을 얻었다. 다양한 사회 정치적 이슈에 앞서 먹고사는 문제가 우선임을 간파한 슬로건이었다. 등 따스하고 배불러야 다른 일에도 관심을 갖게 되는 게 인지상정이다. 기업도 마찬가지다. 매출과 이익이 늘어야 직원들 주머니가 두둑해지고 자연스럽게 애사심과 근무의욕이 높아진다.

기업, 국가할 것 없이 모든 조직이 혁신 시스템을 도입해 운영 성과를 높이려고 노력하는 것은 이 때문이다. 그런데 지향점은 같아도 성취 결과에는 차이가 있다. 그 이면에는 사람의 문제가 있다. 지도자의 리더십, 핵심 경영진의 자질과 능력, 구성원의 조직 몰입도와 조직문화 등이 결국 조직의 성과를 좌우한다.

글로벌 기업들의 성적표에도 이런 현상은 반영돼 있다. 잘나가는 애플 · 구글과 날개 없이 추락하고 있는 소니 · 도요타를 가르는 핵심적 차이는 인재관리 시스템에 있다. 경영시스템이 다를 수 있어도 이를 가동하는 역량은 사람에게로 귀착된다. 지난 수년간 많은 다국적기업이 인사시스템과 프로세스 개선에 거액을 투자한 것은 인재 발굴과 육성을 위해서였다.

그러나 효과는 신통치 못했다. 전략적 측면에서보다는 단기적이고 전술적인 시각에서 인재관리를 다뤄왔기 때문이다. 말로는 '인사가 만사'임을 외치면서도 그에 부합할 만큼의 시간과 노력을 쏟지 않는 것이 현실이다. 인재관리에 대한 책임을 매출목표 달성 실패만큼 명확하게 묻지도 않는다.

이는 국가 운영에서도 마찬가지다. 야심 차게 출범한 이 정부 초대 장관과 청와대 비서진의 성과는 기대에 미치지 못했다. '고소영, 회전문, 낙하산'으로 통칭되는 고위 공직자 인사패턴은 최고지도자에 대한 국민적 신뢰에 금이 가게 했다.

최근 화두로 떠오른 공정사회나 전관예우, 관료와 금융기관의 유착 등 문제도 시스템 자체에 있다기보다는 그 운용을 담당하는 사람의 자질과 역량에서 기인하는 바가 크다.

1997년 외환위기 이후 우리는 경제 · 사회 시스템 전반에 걸쳐 글로벌 스탠더드에 부합하는 개혁을 단행했다. 2008년 금융위기 후에는 이른바 '베스트 프랙티스(best practice)'를 도입해 기업지배구조 시스템에 장착했다. 이처럼 그간 시스템의 도입은 비교적 제때 했지만 실제 운영은 만족스럽지 못했다. 이것도 결국 사람의 문제다.

해법은 교육에서 찾아야 한다. 단기적으로는 최고위층의 역량과 리더십에서 해결의 실마리를 모색해야 하지만, 궁극적으로는 교육 전반의 문제다. 학교교육 혁신을 근간으로 기업이나 지자체에서 실시하는 평생교육을 보강해야 한다. 세부적으로는 글로벌 시민으로서의 핵심 가치와 직업, 노동윤리 교육을 집중적으로 진행할 필요가 있다.

지난달 초등학교 경제윤리 교육 교사로 봉사활동을 하면서 선진국의 아동 경제교육 교재를 살펴봤다. 빚의 개념에서부터 빚을 갚지 못할 경우 발생하는 사회 경제적 파장에 대한 구체적 실례 등이 현실감 있게 제시돼 있었다. (중략)

주말에 장 · 차관들이 모여 워크숍을 한다고 공정사회가 실현되지는 않는다. 그보다는 국가 인재시스템을 점검하고 원활한 작동을 저해하는 근본 원인을 찾아 제거하는 것이 먼저다. 청와대와 행정안전부가 관리하는 인재 데이터베이스도 지속적으로 갱신해야 한다. 사고의 전환도 필요하다. 지식기반 경제에서는 열심히 하는 것만이 능사가 아니다. 스마트하게 일해 성과를 내는 게 중요하다.

일찍이 맹자는 항산항심(恒産恒心), 즉 먹을 것이 있어야 윤리도덕이 나온다고 갈파했다. 먹을 파이를 키우고 경제를 우선 살려 인재를 잘 등용한다면 공정사회는 우리 곁에 가까이 와 있을 것이다.(중앙일보, 2011년 6월 24일, 이재술 딜로이트안진 대표이사)

이 경제시사 칼럼은 기업운영이나 국가운영에 있어서 핵심적 문제는 인재등용과 관리에 있음을 강조한 글이다. 한 조직체의 성패는 시스템 자체에 있지 않고 그 시스템을 운영하면서 효율성과 성과를 올리는 책임자 특히 유능한 리더십을 가진 최고 경영인(CEO)에게 있음을 여러 가지 예를 들어 입증하고 있다. '경제가 문제야. 이 바보야!'란 미국 대통령 클린턴의 유명한 슬로건을 작자는 '등 따스하고 배불러야 다른 일에도 관심을 갖는다'와 맹자의 항산상심으로 해석한 다음 클린턴의 비유 언어를 기업의 매출 · 이익 증대에로 적용했다. 유명인의 말씀과 옛 현인의 지혜를 차용함과 동시에 은유기법까지를 구사한 작자는 글의 설득력을 높이기 위해 어떠한 논증 방식을 전개했는가? 이를 유심히 살펴보기 바란다.

2. 묘사 양식의 예문과 분석

묘사 양식의 글은 예문을 제시하는 것만으로도 이런 양식의 글이 어떤 특징을 지녔으며 그것이 다른 양식과 어떻게 다른지가 웬만큼 소개되리라고 본다. 그럼에도 다양하게 네 가지 예문을 들어 독자의 이해를 돕고자 했다.

예문1; 현대 소설에서 쓰인 묘사 양식

소설가 김예나의 단편소설 「강물은 어디서나 흐른다」의 첫 대목은 여름 대낮 소나기가 한바탕 퍼붓고 난 뒤에 찾아오는 어느 동네 안골목의 적요함을 그리고 있다. "그 흔한 고양이 한 마리도 눈에 띄지 않는" 적막한 분위기가 마치 펜 화가의 세밀화(細密畵)처럼 아주 섬세하게 묘사되어 있다. 소설과 픽션에서는 이런 묘사법이 흔히 활용됨으로써 앞으로 전개될 스토리의 배경을 암시한다. '빗방울 듣는 소리'가 똑똑히 들리는 듯한 동네 골목에서는 금방 무슨 일이라도 벌어질 듯한 분위기마저 느끼게 한다.

양동이로 물을 쏟아 붓듯 퍼부어대던 비가 거짓말 같이 말짱히 갰다. 쏟아지기 시작했을 때 갑작스러웠던 것처럼 그칠 때도 한순간에 빗소리가 멎었다.

대나무 이파리로 비 듣는 소리가 소란스럽던 아까와 달리 온 동네가 고즈넉하다. 창문을 열어젖혔다. 젖은 앞집 지붕 위로 투명한 햇살이 그새 소복이 내려앉았다. 물매에서 방울짓는 빗물이 눈부시게 햇빛을 되쏘아 내며 떨어질 때마다 구술치는 소리가 들린다.

인기척이라곤 도무지 없는 골목길은 바지직거리면서 빗물 증발하는 소리라도 들릴 것만 같다. 그 흔한 고양이도 한 마리 눈에 띄지 않는다. 창가에 걸터앉은 내 시야로 멀리 골목 어귀에 삐딱하게 선 '차량통제' 푯말이 허수아비 모양으로 들어온다.(김예나 소설집, 『어둠아 바람아』, 문학사상 1999, 「강물은 어디서나 흐른다」에서)

예문2; 또 하나의 아름다운 자연 묘사

이지러는 졌으나 보름을 갓 지난 달은 부드러운 빛을 흐뭇이 흘리고 있다. 대화까지는 팔십 리의 밤길. 고개를 둘이나 넘고 개울을 하나 건너고 벌판과 산길을 건너야 된다. 길은 지금 긴 산허리에 걸려 있다. 밤중을 지난 무렵인지 죽은 듯이 고요한 속에서 짐승 같은 달의 숨소리가 손에 잡힐 듯이 들리어 콩 포기과 옥수수 잎새가 한층 달에 푸르게 젖었다. 산허리는 온통 메밀밭이어서 피기 시작한 꽃이 소금을 뿌린 듯이 흐뭇한 달빛에 숨이 막힐 지경이다. 붉은 대궁이 향기같이 애잔하고 나귀들의 걸음도 시원하다. 길이 좁은 까닭에 세 사람은 나귀를 타고 외줄로 늘어섰다. 방울소리가 시원스럽게 딸랑딸랑 메밀밭께로 흘러간다.(이효석, 단편 「메밀꽃 필 무렵」, 1933년, 범우사, 사르비아 총서, 321 1986년 2판)

예문3; 신문의 르포기사

거대한 인공호수 대청댐은 1975년 3월에 시작된 거대한 토목공사 끝에 1981년 6월에 탄생했다. 소설가 박태순은 댐 완성 25년 만에 '문명화된 자연' '인공화된 자연'을 보고 '문명과 자연의 혼성이중창'을 환청처럼 들으며 문명과 자연의 소리를 다음과 같이 옮겨놓았다.

호반이 되어버린 강물은 반짝거리며 빛을 뿌리지만 잔물결조차 일지 않는다. 노랫소리가 들려오는 것 같은 환청이 나에게 일어난다. 그 노래는 문명과 자연의 혼성이중창이다. '소중한 물을 알뜰히 모아 호반이 되게 한 기술 능력이라니, 참으로 대단한 거야.' 하고 문명이 노래한다. 자연이 받는다. '흘러야 하는 금강을 대청호에 매이게 하다니, 사람이 그러하듯 물도 움직여야 해요.' (경향신문, 2006년 7월 10일, 소설가 박태순의 국토기행, 「우리 산하를 다시 걷다. 3부 대청호의 치산치수와 산업문명」에서)

예문4; 뉴욕필 북한 연주, 심금을 울리다

세계 4대 교향악단 중 하나로 꼽히는 뉴욕필하모닉 오케스트라가 2008년 2월 26~28일 사흘간의 일정으로 평양 연주여행을 가졌다. 놀랍고도 이례적인 일이었다. 혹시 경색된 북 · 미관계가 해빙기를 맞아 정식 외교관계로 발전할지도 모른다는 성급한 관측에 비춰 뉴욕필의 평양 방문은 닉슨 대통령 시절 중국과의 '핑퐁외교'를 연상케 하는 '오케스트라외교'라는 전망까지도 낳았었다. 그러나 백악관 공보비서 미즈 데이너 페리노(Dana Perino)는 '오케스트라외교'를 전면 부인했다. "콘서트는 어디까지나 콘서트일 뿐, 그것은 아시다시피 외교 쿠데타가 아니다." 라고 그는 말했다. 이 논평은 뉴욕필의 평양 방문 의의를 평가절하 하는 것이었다. 핵무기 프로그램을 폐기하겠다는 북한의 약속 이행을 둘러싸고 북 · 미간 외교 실랑이가 계속되고 있고 그에 따라 휴전협정을 북 · 미 · 중 간의 평화협정으로 대체하는 문제도 전혀 진척을 보이지 않는 상황이 논평의 배경에는 깔려 있었다.

뉴욕필의 평양 방문은 바로 이런 상황의 미묘한 시점에서 이뤄진 것이어서 수행기자들도 기사의 중심과 방향을 어떻게 잡을 것인지에 대해 고민하지 않으면 안 되었다. 뉴욕타임즈(NYT)의 대니얼 워킨(Daniel J. Wakin)은 이러한 외교적 정치적 분위기를 잘 간파하여 연주회장의 정서적 분위기에 초점을 맞춰 조심스런 연주회 스케치 기사를 송고했다.(*이 책의 출간 순간까지도 북 · 미회담은 성사되지 않았으며 언제 열릴지에 대한 전망도 전혀 나오지 않았음)

다음은 리드를 포함한 처음 다섯 패러그래프(paragraph)를 우리말로 축자역이나 다름없이 옮긴 것이다. 부분만을 취사선택한 기사이므로 글의 맺음이 어떻게 되어 있는지는 알 수 없게 되어버렸으나 콘서트의 분위기는 잘 묘사되어 있다고 본다. 이 기사는 지면의 배치 공간 사정과 편집자의 재량에 따라 어느 대목(문단)에서라도 자를 수 있도록 작성되었으므로 여기에 인용된 분량만으로도 우리의 글쓰기 교재로서는 부족함이 없으리라고 여긴다.

(북한 평양 2월 27일 발=대니얼 J. 워킨 특파원) 뉴욕필하모닉이 '아리랑'의 첫 음절 가락을 연주하기 시작하자 관람석에서는 웅성거리는 소리가 들렸다. 이 곡은 북한 사람이 사랑하는 민요이다. 많은 청중들이 좌석 앞으로 허리를 끌어당겨 앉는 모습이 보였다.

피콜로가 구슬픈 가락을 길게 뽑고 심벌이 마주치며 울렸다. 하프가 처음으로 은은하게 곡의 흐름을 이어가는가 싶더니 그 저음의 바탕 위에서 바이올린의 고음이 솟아올랐다. 차분한 자세를 흩트리지 않던 평양 사람들의 눈에서 눈물이 맺히기 시작했다. 검정 계통의 짙은색 정장 양복을 입은 남성들과 저고리 아랫단이 허리 위로 올라올 정도의 한복을 곱게 차려 입은 여성들이 정연하게 줄을 지어 앉았다. 그들은 모두 이 나라의 창건자인 김일성의 배지를 가슴에 달고 있었다.

바로 그때 뉴욕필은 그들을 사로잡았다. 남북을 가릴 것 없이 듣기만 하면 금방 목이 메는 아리랑 곡의 연주가 끝나자 이 고립된 나라에서 가진 뉴욕필의 역사적 연주도 2월 27일 성공적으로 막을 내렸다.

관중들은 5분 이상이나 뜨거운 박수갈채를 보냈다. 오케스트라 단원들은 손을 흔들어 답례를 보냈다. 단원 중에는 우는 사람도 있었다. 객석의 관객들은 환성을 지르며 답례의 손을 흔들었다. 모처럼 평양을 찾아온 미국인들이 떠나가는 것을 아쉬워하듯이.

콘서트가 끝난 뒤 무대 뒤쪽에 있던 배스 연주자 존 디크는 말했다. "이런 게 감동적인 경험이야! 이건 말할 수 없는 기쁨과 슬픔이에요. 내가 일찍이 본 적이 없는 감정의 소통입니다. 그 사람들 진짜로 우리에게 가슴을 열어 놓았습니다.(Online NYT 2008. 2. 27에서 다운로드한 영문기사를 번역한 것임)

담당데스크에 의한 약간의 문장 정리와 편집데스크의 프루프리딩(proof

reading)을 거쳤음직한 기사이므로 흠 잡을 데가 없다. 영문 기사로 읽을 때보다 한글 번역문이 감동을 덜 줄지 모르겠지만 어쨌든 이 기사는 우리 민족의 정서가 흠뻑 밴 아리랑 곡 하나가 감정표시를 자제하던 북한 관객의 가슴을 활짝 열어젖혔다고 전했다.

워킨 특파원은 그 감동적인 광경을 콘서트 현장에서 똑똑히 목격했고 그래서 거기에 초점을 맞춰 기사를 작성, 송고한 것이다.

NYT 평양발 기사는 이어 한국계 단원 8명의 이야기며, 아리랑이 연주 곡목으로 선정된 경위, 콘서트의 실현과 관련된 정치적 외교적 문제점들, 그 문제들에 미칠지도 모르는 '오케스트라외교'의 파장과 영향 등에 관해 비교적 상세히 언급했다.

또한 특기할 일은 지휘자 로린 마젤이 연주곡으로 미국 작곡가인 조지 거슈인의 「파리의 아메리카인」을 소개하면서 언젠가는 「평양의 아메리카인」이 작곡, 연주될 날이 있지 않겠느냐면서 '즐기세요' 라고 서툰 억양의 우리말로 말하자 그때까지 굳어 있던 평양 사람들의 얼굴이 약간 풀리기 시작했다 한다. 이 기사에는 이와 동시에 평양의 봄, 평양의 해빙이 과연 찾아올 것인지 등에 대해서도 길게 씌어져 있다.

기사의 총 길이는 스물세 패러그래프로서 상당히 길다. 이것이 인터넷 온라인 NYT에 올려진 대로 전문이 독자들에게 직접 배달되는 종이 신문에도 게재되었는지는 서울에서는 알 길이 없었다. 그러나 워킨의 기사 자체는 북한 사람들도 감정을 표시할 줄 아는 우리와 똑같은 코리언이라는 사실에 조명의 각도를 맞춰 썼음을 짐작할 수 있다.

뉴욕필의 평양 방문에 대해서는 국교 정상화를 위한 북한 · 미국 간 정치적 대화를 성사시켜 보려는 문화적 접근에 의거한 북한 측의 치밀한 계산이 작용했다는 뒷얘기가 나온다. 그 점을 완전히 배제하기는 어렵겠지만 지금 이 자리에서는 그런 정치적 배경에 대한 풀이는 일단 젖혀두고 기사 자체만을 읽었으면 한다.

이 기사를 읽는 독자들은 워킨 특파원이 아리랑 곡을 들려주기 시작하자 북한 관객들이 웅성거리면서 마음의 동요를 일으키기 시작했다는 대목을 왜 기사의 리드로 선정했는지에 대해 곰곰이 생각하기 바란다. 이 기사는 벽돌쌓듯이 한 패러그래프(문단 文段)씩 차곡차곡 쌓아올리는 전형적인 기사작성 방식을 채용하고 있는데 본문의 전개부분이 어떻게 기술되었는지, 그리고 마지막 다섯 번째 패러그래프 '콘서트가 끝난 뒤…… 가슴을 열어놓았습니다'가 이 기사의 훌륭한 맺음말 구실을 하는 이유에 대해서도 한 번 음미해 보기 바란다.

NYT의 뉴욕필 평양 연주 기사는 우리가 미디어에서 흔히 만나는 전형적인 스트레이트 기사도 아니고 해설 기사도 물론 아니다. 말하자면 남한 사람과 외국인이 좀처럼 입국하기 힘든 아주 낯선 곳으로 찾아간 일종의 여행 스케치와 비슷한 기사이다. 뉴욕필 콘서트에 참석한 평양 관객들의 활짝 열린 감정적 반응을 묘사한 스케치 기사란 뜻이다. 이런 종류의 기사는 스트레이트와 상이한 형식(form)으로 짜여져 있지만 기본 구조는 다 같이 서두-본문-맺음의 구조를 이루고 있다. 이런 구조의 틀은 다음에 설명하는 내러티브 구조(narrative structure 敍事構造)에서도 발견된다. 이 점에서 구조에 관한 한 묘사 양식과 서사 양식은 서로 비슷하다고도 말할 수 있다.

제7강
서사 양식의 글쓰기와 그 구조

1. 우리 삶에 널린 이야기 더미들

한 쪽지 그림에도 사연과 이야기가 있다

한 장의 그림에도 사연이 있고 스토리가 있다. 6 · 25 전시 중의 불우한 화가 이중섭이 그림의 재미있는 소재로 삼아 많이 그린 「게와 두 아이들」은 피란지 서귀포 생활의 한 편린을 담았다. 이중섭이 제주도와 인연을 맺게 된 것은 1950년 북한군의 남침으로 터진 전쟁 때문이었다.

게와 두 이이들

전쟁이 일어나자 고향 원산에서 남한으로 내려온 중섭은 서울, 부산을 거쳐 1951년 1월 마침내 제주도에 닿았다. 그와 가족이 서귀포에 머문 기간은 그해 12월까지

고작 1년뿐이었다. 전쟁의 무자비한 포화가 온 나라에 파괴와 혼란, 정신적 황폐와 굶주림과 고통을 초래한 판국에, 절해고도 제주도는 비교적 안전한 삶의 터전이었다. 중섭은 그런 제주섬, 거기서도 가장 남쪽인 서귀포를 찾아 정착지를 얻고 잠시나마 삶의 고달픔을 잊고 빈한한 작가활동을 간신히 이어갈 수가 있었다. 중섭에게는 가족이 곁에 있었으니까 그나마 행복한 삶이었다. 그 시기에 생산된 작품들 중 유명 한 것이 바로 「게와 두 아이들」류의 작품들이다

이 작품 자체는 서귀포 바닷가에서 게와 노는 두 아이들의 천진난만한 모습이 그려져 있지만 작품 뒤에는 하나의 스토리가 깃들어 있다. 굶을 정도는 아니었지만 넉넉하지 못한 서귀포 생활에서 중섭은 걸핏하면 바닷가로 나가 게를 잡아 아이들에게 삶아 먹이곤 했다. 하도 게를 많이 잡아먹었기에 중섭은 게에게 아주 미안한 생각이 들었다. 아픈 마음을 달래는 심정에서 중섭은 은박지나 종이 위에 닥치는 대로 게 그림들을 그렸다. 곁에는 으레 애들이 있었다. 중섭의 게 그림은 게의 죽음을 애도하는 진혼곡이었다.

이야기는 시에서도

이야기는 그림에만 있지 않다. 시에도 물론 이야기가 있다.

가난한 문사인 함민복의 시 「긍정적인 밥」은 궁핍 속에서도 세상살이를 긍정적으로 보려고 애쓴 흔적이 역연하면서도 내면에는 한 줄기의 서글픈 사연이 애잔한 가락을 노래한다.

> 詩 한 편에 삼만 원이면/너무 박하다 싶다가도
> 쌀이 두 말인데 생각하면/금방 마음이 따뜻한 밥이 되네
> 시집 한 권에 삼천 원이면/든 공에 비해 헐하다 싶다가도
> 국밥이 한 그릇인데/내 시집이 국밥 한 그릇만큼
> 사람들 가슴을 따뜻하게 덮혀 줄 수 있을까/생각하면 아직 멀기만 하네

시집이 한 권 팔리면/내게 삼백 원이 돌아온다
박하다 싶다가도/굵은 소금이 한 됫박인데 생각하면
푸른 바다처럼 상할 마음 하나 없네.
(함민복, 「긍정적인 밥」, 시집 『모든 경계에는 꽃이 핀다』, 창비, 1996)

1996년에 두 말에 삼만 원하던 쌀값이 지금은 중품 한 말 8kg에 1만 8천 원이므로 두 말이면 3만 6천원. 거의 오르지 않은 셈이다. 하나 시집은 현재 한 권에 보통 칠팔천 원이고 국밥도 한 그릇에 오륙천 원 하므로 많이 올랐다. 쌀을 제외하곤 대부분의 물가가 16년 전에 비해 대충 갑절가까이 또는 그 이상씩이나 올랐다. 그렇다면 가난한 시인의 처지는 쌀을 빼면 예나 제나 달라진 게 별로 없다는 뜻이리라. 집값 상승을 감안하면 옛날보다 훨씬 못한 형편이다. 이 사실만을 놓고 보더라도 「긍정적인 밥」에는 세태를 알리는 많은 이야기가 담겼다.

요즘 시인이 이 시를 읽는다면 어떤 생각이 떠오를까? 함민복처럼 '긍정적인 밥'을 생각할까? 아니면 '자본주의의 약속'을 어긴 저 시장경제의 폭리에 눈을 부릅뜨고 분노의 주먹을 불끈 쥘까? 나는 함민복의 「긍정적인 밥」을 보고 눈물이 핑 돈다. 긍정 속에 시인의 고달픈 삶이 상채기를 입고 말없이 고단한 얼굴을 내밀기 때문이다. 그 얼굴에는 웃음의 표면 뒤에 숨은 우수의 잔물결이 일렁인다. 마치 모차르트의 피아노 협주곡들이 즐거운 멜로디 뒤에서 우수의 가락을 울리듯 말이다.

「긍정적인 밥」을 읽다보면 시인을 동정하기보다 차라리 가슴속에서 치밀어 오르는 울화 같은 것도 느껴진다. 그만큼 그 시에는 어느 열띤 웅변보다도, 어느 힘찬 산문보다도 가슴을 세게 치는 강렬한 메시지가 있기 때문이리라. 시 나름이긴 하겠지만 시에도 역시 스토리텔링이 있다는 생생한 증거가 바로 여기에 있다. 이 스토리텔링이 다름 아닌 내러티브이다.

비단 시뿐이랴. 그림에도 스토리가 있다. 세잔의 「상트 빅토아르 산」, 피카소의 「게르니카」, 고흐의 「농민의 구두」, 앤디 와홀의 팝아트 「다이아몬드 더스트 슈즈」는 모두 이야기를 담고 있어 현대문명의 특징을 제각기 말한다. 다만 그림의 이야기는 언어로 구성되지 않았다는 차이만이 있을 뿐이다. 언어가 아니더라도 거기에는 비언어적 기호들(non-verbal signs NVS)이 내러티브를 엮어서 읊는다.

스토리텔링, '우리의 삶 자체처럼 거기에 그냥 있는 것'

유심히 살펴보면 우리 주변에는 이야기가 지천(至賤)으로 굴러다닌다. 늦가을 은행나무 가로수 길에 떨어진 낙엽처럼 널려 있다. 천년고도 경주에 가면 천년고도의 유적 이야기와 김동리 · 박목월의 이야기가 있다. 전북 고창에 가면 미당 서정주와 선원사의 이야기가, 전남 강진에 가면 김영랑의 모란꽃 이야기가 있다. 제주도에는 유네스코 자연유산 지정에 관련된 자랑거리 이야기가 있고 서울의 북촌(北村) 계동에 가면 서울내기들의 애환 섞인 삶의 이야기가 골목 어귀마다에서 고개를 삐쭉이 내민다. 내방객은 그걸 보고 들으면서 기억의 시간 속으로 들어가 즐긴다.

이미 잠깐 언급했듯이 스토리텔링은 문화비평계에서는 내러티브(narrative)로 불린다. 약간 다르긴 하지만 어떤 사건의 자초지종(自初至終)을 설명하듯 풀어놓은 이야기란 뜻이다.

서사든 스토리텔링이든 내러티브는 우리 생활에서 텍스트가 있는 곳에는 어김없이 펼쳐진다. 문화가 상이한 이방(異邦) 도시와 마을들의 골목들에도 아주 흔하게 널려 있다. 이처럼 흔한 내러티브의 모습을 롤랑 바르트는 이렇게 묘사했다.

명확한 언어(구술언어 또는 문자언어), 정지된 이미지와 움직이는 이미지, 제스처 그리고 이들 모든 내용물(substance)들의 질서 있는 혼합물에 의해 운반될 수 있는 내러티브는 신화, 전설, 우화, 옛이야기, 소설, 서사시, 역사, 비극, 드라마, 코미디와 개그, 마임(무언극), 회화(Carpaccio의 'Saint Ursula를 생각할 것), (가톨릭 성당의) 스테인드글라스 창(窓), 영화, 만화, 뉴스, 대화에 두루 존재한다. 게다가 거의 무한대의 형식 아래서 내러티브는 모든 시대, 모든 장소, 모든 사회에 존재한다. 내러티브는 인류 역사와 함께 시작되어 그것 없이 인간이 존재하는 곳이란 이 세상 어디에도 없다. 모든 계급, 모든 인간집단이 그들의 내러티브를 갖고 있으며 상이한 문화배경 심지어는 대립적인 문화배경을 가진 사람들조차도 아주 흔하게 내러티브를 공유하며 즐긴다. 좋고 나쁜 문학의 구분에 전혀 개의치 않는 내러티브는 국제적이며, 역사횡단적(trans-historical)이며, 문화횡단적(trans-cultural)이다. 내러티브는 우리의 삶 그 자체로 그냥 거기에 있는 것이다.(Fiske, *Television Culture* Chapter 8 Narrative에서 재인용)

이렇듯 한 폭의 그림에서부터 발길 닿는 도시 골목마다 그리고 우리의 생활 구석구석에 흔하게 이야기가 널려 있는데 하물며 산문으로 쓰인 뉴스에 있어서랴! 주로 서술 양식을 띠는 뉴스 스토리의 형식 때문에 따로 논의하기는 했지만 자세히 들여다보면 뉴스 스토리에도 서사 구조가 자리 잡고 있다. 네 가지 수사 양식을 별도의 독립체로 따로 보지 말고 서로 교차하는 양식으로 이해하라고 내가 주문한 까닭은 여기에 있다.

이제부터 우리는 내러티브 다시 말해서 스토리텔링이 어떻게 구성되는지? 그 구조를 구체적으로 알아보기로 하자.

2. 서사 양식의 전형적 구조

내러티브란?

앞에서 살펴보았듯 내러티브는 여러 종류의 상이한 장르와 사회적 문맥들에서 두루 나타난다. 때문에 내러티브는 구조와 주제들이 유사한 어떤 부류(部類)의 장르라기보다는 텍스트가 엮어지는 양식(textual mode) 또는 텍스트 자체라고 생각하는 편이 나을지도 모른다.

주목할 점은 우리 앞에 펼쳐지는 텍스트는 어떤 것이건 간에 시간의 흐름이라는 요인을 필연적으로 갖고 있다는 사실이다. 곧 예로 들 전래동화와 소설은 말할 것도 없거니와 TV다큐멘터리나 영화 텍스트에도 시간의 연속적 흐름이 주요 요인으로서 작동한다. 우리의 문화와 사회에서 창조되는 텍스트들은 그 점에서 시간의 요인에 따라 변한다 라는 일반적 특성을 지닌다. 텍스트와 시간은 분리될 수 없다.

이 점을 고려하여 내러티브를 정의해보자. 시간의 경과와 함께 흐르는 이야기의 이동 또는 전개를 우리의 눈앞에 내보여 사건과 그에 따른 관념이나 생각들을 묘사하는 것. 그것이 곧 내러티브다. 간단히 말하면 내러티브란 시간의 연속적 흐름에 따라 일정한 얼개 아래 만들어진 텍스트다(Tony Thwaites, Lloyd Davis and Warwick Mules, *Introducing Cultural and Media Studies; a Semiotic Approach* Palgrave 2002).

내러티브가 어떤 사건사태를 풀어나가는 이야기의 내용 자체라면 그 이야기가 전개되는 시간의 연속적 흐름의 효과와 과정은 내레이션(narration)이 된다. 내레이션은 내러티브의 전개에 편승하기도 하며 KBS-TV의 「환경스페셜」이나 특별기획 다큐물인 「차마고도」(茶馬高道) 「누들로드」(Noodle Road) 그리고 2012~13년 방영된 목요특집 「한국인의 밥상」에서처럼 내레이터가 낭독하는 형식을 취하기도 한다. 이는 내레이션의 기법이 소설과 같은 픽션 장르에서와 마찬가지로 논픽션 장르(보도기사 및 다큐물 등)에서도 중요한 특징을 이룬다는 것을 의미한다. 다음에 소개하는 신경숙의 단편소설 「부석사」에서 내레이션은 내러티브 속에서 용해되어 흐른다. 이것이 소설에서 어떻게 구현되는지를 유심히 살펴보면 두 용어의 차이를 쉽게 알 수 있을 것이다.

내러티브의 구조

토도로프(T. Todorov)에 의하면 내러티브로 기술되는 일련의 사건들의 연속적 흐름은 3단계로 진행한다. ①제1단계; 평형(안정) 상태라는 시발단계에서 시작하여 ②제2단계; 평형의 와해(안정의 붕괴) 상태라는 이행단계를 거쳐 ③제3단계; 평형(안정) 회복상태로 되돌아가서 종결단계에 이른다. 토도로프가 지적한 이러한 구조의 형식은 우리의 옛날이야기나 동화에서 주로 발견되는 하나의 정형인데 현대 소설의 장르나 TV다큐물 및 신문 기사(주로 르포나 기획탐방 기사)에서도 산견된다. 다시 말해서 전쟁과 천재지변으로 무참히 파괴된 현장 르포가 전해진 다음 뉴스특보로 전하는 인간애에 관한 스토리, 올림픽 경기(또는 국제적인 스포츠 제전)의 폐막에 즈음하여 '경쟁보다 다시 만남의 우정'을 강조하며 벌이는 성대한 폐막행사에서도 발견된다는 뜻이다. 질서 있게 각국 선수단들이 관중의 환호를 받으며 사이좋게 메인 스타디움에 입장한 다음 곧 이어 벌어지는 선수들끼리의 치열한 경쟁은 토도로프가 말하는 우정을 표시하는 평형단계에서 치열한 싸움=경쟁이 벌어지는 평형와해의 단계에 해당한다. 그리고 '4년 뒤에 다시 아무 데서 만나자!', '우애(友愛)와 사랑은 영원하리!' 라는 구호는 바로 평형회복을 가리키는 것이다.

토도로프가 제시한 내러티브의 3단계 구조는 다음 도식으로 요약된다.

Equilibrium(평형) → Disruption(평형와해) → Equilibrium(평형회복)

(시발) (이행) (종결)

이 서사 구조를 가지고 우리의 전래동화 '호랑이와 해님 달님'을 분석하면,

제1단계는 '옛날 옛적에 어느 마을에 마음씨 착한 오누이가 엄마를 도우며 함께 오순도순 행복하게 살고 있었다'로 시작한다.

제2단계에서는 갑자기 나타난 호랑이로 말미암아 엄마는 죽고 오누이

에게는 삶과 죽음의 위기가 닥친다.

마지막의 제3단계에서 오누이는 하느님이 내려준 튼튼한 동앗줄을 붙잡고 하늘나라로 가서 엄마를 만나 모두 행복하게 잘 살았다로 끝난다.

우리의 「춘향전」「심청전」을 비롯하여 20세기 전후의 영국 소설들, 1940~50년대에 제작된 헐리웃 '서부활극' 영화들의 권선징악(勸善懲惡)적 내러티브도 이를 요약하면 한결같이, 갖가지 생사의 고비를 넘나드는 우여곡절을 겪은 끝에 남자 주인공(히어로)과 여자 주인공(히로인)이 마침내 서로 만나 결혼으로 골인하여 아들딸의 생산과 행복한 생활을 누리며 잘 살게 된다 라는 줄거리를 갖고 있다.

3단계의 내러티브 구조는 세 가지 요소들로 구성된다. 이는 세 가지 요소들이 있음으로써 해서 비로소 내러티브 구조가 완성된다는 뜻이다.

①발생한 사건 · 사태의 의미 차원 특히 내포적 의미(a connotative meanjng)와 신화적 의미에 시간적 차원이 도입된다.

②사건 · 사태는 등장인물들(characters)의 행동으로 전환하여 사회적 의미의 네트워크를 강화한다.

③이야기가 진행하면서 읽는이들에게 즐거움(plesure)을 증대시킨다.

이제부터는 내러티브 구조와 구성요소들이 구체적인 스토리에서 어떻게 구현되는지를 살펴보기로 하자.

3. 전래동화의 전형적인 내러티브 구조

「호랑이와 해님 달님」

①평형의 유지—起; 옛날 옛날 아주 먼 옛날에 어느 시골 마을에 아버지를 일찍 여읜 오누이가 엄마와 함께 오순도순 행복하게 살고 있었다. 가난하기는 했지만 부지런한 엄마의 떡장사 덕택에 끼니 걱정만은 안 해

도 되었다. 엄마는 날마다 고개를 여러 개 넘어 장터까지 나가서 떡을 팔고는 저녁 늦게 집으로 돌아온다. 밤이 늦으면 고갯길에는 호랑이가 나타난다는 얘기가 들릴 만큼 무서운 산길 고개다.

②평형의 와해-위기1—承; 어느 날 엄마는 팔다 남은 떡을 갖고 혼자서 집으로 오던 중 산길 고갯마루에서 호랑이를 만났다. 호랑이는 떡을 하나 주면 잡아먹지 않겠다며 떡을 달라고 엄마를 위협했다. 엄마는 자기가 죽으면 오누이가 어떻게 사나 걱정하며 호랑이에게 떡을 주었다. 떡을 주면 무사히 고개를 다 넘을 수 있으려니 엄마는 생각했다. 그러나 다음 고개에 이르자 그 호랑이가 또 나타나서 떡을 하나 더 달라고 강요했다. 엄마는 할 수 없이 호랑이에게 떡 하나를 또 주었다. 그렇게 해서 엄마는 팔다 남은 떡을 호랑이에게 다 빼겼다.

엄마가 다음 고개에 이르자 이번에도 호랑이가 어김없이 나타났다. 이제는 줄 떡이 없다고 하자 호랑이는 엄마의 왼팔을 달라고 했다. 어린 오누이의 삶을 걱정하며 엄마는 왼팔을 주었다. 다음 고개에서도 호랑이가 나타나 이번에는 오른팔마저 주면 엄마를 살려주겠다고 했다. 엄마는 호랑이 요구를 들어줄 수밖에 없었다. 결국 엄마는 팔다리도 호랑이에게 모두 빼기고 몸뚱이까지 먹히고 말았다.

③평형의 와해-위기2—承; 호랑이는 죽은 엄마의 옷을 입고 오누이 집으로 찾아갔다. “얘들아. 얘들아. 엄마가 왔다” 호랑이는 엄마 흉내를 내며 오누이를 불렀다. 오누이는 엄마 목소리가 평소와 달리 이상하다고 여겼다. 그래서 손을 내밀어 보라고 했다. 내민 손은 엄마 손과는 다르게 털이 나 있었다. 오누이는 호랑이임에 틀림없다고 생각했다. ‘꼼짝없이 호랑이에게 잡아먹히게 되었구나.’ 오누이는 겁을 먹고 벌벌 떨었다.

④위기의 전환—轉; 이때 오빠는 누이동생더러 하느님에게 살려달라고 빌자고 했다. 오누이는 빌었다. “하느님, 하느님. 우리를 살려 주십시오. 우릴 살려주시려거든 튼튼한 동앗줄을 내려주시고 죽이시려거든 썩

은 새끼줄을 내려주십시오" 하느님은 홀어머니를 도우며 착하게 살아온 오누이의 갸륵한 마음을 어여삐 여겨 두 줄의 튼튼한 동앗줄을 차례로 내려주었다. 오빠가 먼저, 누이가 나중에 동앗줄을 잡고 하늘로 올라가기 시작했다.

바로 그때 호랑이가 으르렁거리며 문을 열고 집안으로 들이닥쳤다. 오누이는 지붕을 넘어 하늘로 오르고 있었다. 호랑이는 오누이가 하느님이 내려준 동앗줄을 잡고 하늘로 올라간 것을 알아차리고 하느님에게 빌었다. 호랑이의 기도는 거꾸로 이뤄졌다. '하늘로 올라가려 하니 썩을 동앗줄을 주십시오' 라고 빌었기 때문이다. 하느님은 호랑이의 요구대로 썩은 새끼줄을 내려보낸 것이다.

⑤평형의 회복-평화—結; 먼저 하늘로 올라간 오빠는 해님이 되었다. 나중에 올라간 누이는 달님이 되었다. 호랑이는 썩은 새끼줄을 잡고 올라가다 수수밭에 떨어져 뾰족한 수숫대에 항문이 찔렸다. 호랑이는 죽었다. 하늘나라에서 오누이는 엄마와 아빠를 만났다. 다시 함께 만난 한 가족은 하늘나라에서 행복한 삶을 살았다.

4. 황순원 「학」의 서사 구조

줄거리

단편소설이나 장편소설의 줄거리 쓰기는 또 하나의 텍스트를 쓰는 일과 같다. 다만 긴 내용을 짧게 줄인 것 뿐이다. 이 점에 유의하여 황순원의 단편 「학」의 줄거리를 작성해 보기로 하자.

①삼팔 접경의 어느 수복지구 마을. 치안대원이 된 청년 성삼이는 어릴 적에 밤을 따던 옛 생각이 나서 혹부리영감네 밤나무에 올라가 푸른

가을 하늘을 쳐다본다. 잔인한 6 · 25 전쟁을 치른 탓에 마을은 즐겁거나 반가운 기색이 하나도 없다. 사람들의 마음에 남은 깊은 상처 탓에 그들은 서로가 서로를 기피하며 두려워하는 모습이 역연하다. 소설의 첫 머리에서부터 마을은 아주 고즈넉하고 쓸쓸하며 무섭기까지 한 분위기가 짙게 드리운다.

> 삼팔 접경의 이 북쪽 마을은 드높이 개인 가을 하늘 아래 한껏 고즈넉했다.
>
> 주인 없는 집 봉당에 흰 박통만이 흰 박통을 의지하고 굴러 있었다.
>
> 어쩌다 만나는 늙은이는 담뱃대부터 뒤로 돌렸다. 아이들은 또 아이들대로 멀찌감치에서 미리 길을 비켰다. 모두 겁에 질린 얼굴들이었다.
>
> 동네 전체로는 이번 동란에 깨어진 자국이라곤 별로 없었다. 그러나 어쩐지 자기가 어려서 자란 옛 마을은 아닌 성싶었다.
>
> 뒷산 밤나무 기슭에서 성삼이는 발걸음을 멈추었다. 거기 한 나무에 기어올랐다. 귓속 멀리서 요놈의 자식들이 또 남의 밤나무에 올라가는구나, 하는 혹부리할아버지 고함소리가 들려왔다. 그 혹부리할아버지도 그새 세상을 떠났는가. 몇 사람 만난 동네 늙은이들 가운데 보이지 않았다.(황순원, 「학」의 글머리)

②성삼이가 집으로 왔을 때 웬 청년 하나가 포승에 묶여 있었다. 성삼이네 집은 임시치안대사무소로 쓰고 있었다. 다른 마을인 천태에서 청년을 데리고 온 치안대원은, 그곳서 농민동맹 부위원장을 지낸 놈인데 집에 잠복해 있다가 잡혀 온 것이라고 했다. 성삼이는 포승에 묶인 청년을 보고 놀랐다. 어릴 때 같이 놀던 친구 덕재였다. 성삼이는 자기가 덕재를 청년단까지 직접 데리고 가겠다고 나선다.

③-1. 함께 가면서 성삼이는 담배를 연신 태웠다. 덕재도 담배 생각이 나겠지 여기면서. 혹부리영감네 밤나무에 올라 밤을 따다가 혼났던 과거

의 기억도 생각났다. 고갯길에 다다랐다. 이 고개는 해방 전전해 성삼이가 삼팔이남 천태 부근으로 이사가기까지 덕재와 늘 꼴 베러 넘나들던 고개다. 성삼이는 별안간 화가 치밀어 올라 덕재에게 고함을 질렀다. 그동안 사람 몇이나 죽였냐? 두어 번 물어도 묵묵부답이던 덕재가 이번에는 반격을 가했다. 그래, 너는 그렇게 사람을 죽여 봤니? 덕재는 제가 하고 싶어서 마을 농민동맹 부위원장이 된 것이 아니었다고 했다. 소작농의 자식이란 것이 감투 쓴 이유였다. 그것으로 덕재가 휴전 후에도 천태 마을에 머물게 된 까닭마저 해명되지는 않았다. 허리에 권총을 차서 당당한 모습의 성삼이의 '바른대로 대라'는 다그침에 덕재는 아버지가 벌써 반년째 병들어 누어있다고 대답했다. 변명하지 말라는 성삼이의 윽박지름에 덕재는 찬찬이 말을 이어갔다.

이번에는 남쪽에서 쳐들어오면 자기도 온전치 못할 것이란 소문 때문에 피난을 가려고 했단다. 그러나 홀아버지가 한사코 말렸다.

"농사꾼이 다 지어놓은 농살 버리구 어딜 간단 말이냐구. 그래 나만 믿구 농사일로 늙으신 아버지의 마지막 눈이나 내 손으로 감겨 드려야겠구, 사실 우리같이 땅이나 파먹는 것이 피난 갔댔자 별수 있는 것두 아니구……."

③-2. 지난 유월 달에는 성삼이 편에서 피난을 갔었다. 성삼이 아버지도 같은 말을 했다. 그래서 혼자 피난을 가서 남쪽의 어느 낯선 거리와 촌락을 헤매다가 돌아온 것이다. 그때 언제나 머리에서 떠나지 않은 건 늙은 부모와 어린 처자에게 맡기고 나온 농사일이었다.

④고갯마루를 다 넘었다. 어느새 이번에는 성삼이 편에서 외면을 하고 걷고 있었다. 가을 햇볕이 자꾸 이마에 다가왔다. 참 오늘 같은 날은 타작하기에 꼭 알맞은 날씨라고 생각했다.

고개를 다 내려온 곳에서 성삼이는 주춤 걸음을 멈추었다.

저쪽 벌 한가운데에 흰 옷을 입은 사람들이 허리를 굽히고 있는 것 같은 것은 틀림없는 학 떼였다. 소위 삼팔선 완충지대가 되었던 이곳. 사람이 살고 있지 않은 그동안에도 이들 학들만은 전대로 살고 있은 것이었다.

문득 지난날 아직 열두어 살쯤 된 어릴 적에 성삼이가 덕재와 함께 단정학 한 마리를 산채로 잡아 끈으로 매어 놓고 놀던 기억이 떠올랐다. 서울서 총독부의 사냥허가까지 받아왔다는 사냥꾼이 이곳에 와서 학을 향해 총질을 해댔다. 무슨 표본인가를 만들기 위해서란다.

그 길로 둘이는 벌로 내달렸다. 이제는 어들들한테 들켜 꾸지람을 듣는 것 같은 건 문제가 아니었다. 그저 자기네의 학이 죽어서는 안 된다는 생각뿐이었다. 숨 돌릴 겨를도 없이 잡풀 새를 기어 학 발목의 올가미를 풀고 날개의 새끼를 끌렀다. 그런데 학은 잘 걷지도 못하는 것이다. 그동안 얽매여 시달린 탓이리라. 둘이서 학을 마주 안아 공중에 투쳤다. 별안간 총소리가 들렸다. 학이 두서너 번 날개짓을 하다가 그대로 내려왔다. 맞았구나. 그러나 다음 순간, 바로 옆 풀숲에서 펄럭 단정학 한 마리가 날개를 펴자 땅에 내려앉았던 자기네 학도 긴 목을 뽑아 한 번 울더니 그대로 공중으로 날아올랐다. 두 소년의 머리 위에 둥그러미를 그리며 저쪽 멀리 날아가 버리는 것이었다. 두 소년은 언제까지나 자기네 학이 사라진 푸른 하늘에서 눈을 뗄 줄을 몰랐다…….

"애, 우리 학 사냥이나 한번 하구 가자."

성삼이가 불쑥 이런 말을 했다.

덕재는 무슨 영문인지 몰라 어리둥절해 있는데,

"내 이걸루 올가밀 만들어 놀께. 너 학을 몰아오너라."

포승줄까지 풀어주며 성삼이는 어서 학을 몰라고 재촉한다. 좀 전까지만 해도 너는 총살감이라며 을러대더니, 어느새 성삼이는 잡풀 새로 기는 걸음을 했다. 대번 덕재의 얼굴에서 핏기가 걷혔다. 좀 전에 너는 총살감이라던 말이 퍼뜩 머리를 스치고 지나갔다. 이제 성삼이가 기어가는 쪽 어디서 총알이 날아오리라.

저만치서 성삼이가 홱 고개를 돌렸다.

"어이, 멍추 같이 게 섰는 게야? 어서 학이나 몰아 오너라."

그제서야 덕재도 무엇인가를 깨달은 듯 잡풀 새를 기기 시작했다.

때마침 단정학(丹頂鶴) 두세 마리가 높푸른 가을 하늘에 곧 날개를 펴고 유유히 날고 있었다.(황순원, 「학」의 마지막 대목)

서사 구조

①휴전 후 마을에 다시 찾아온 평화와 평형→②사람들 사이에 아직도 남아 있는 증오감(잠재적 와해 요소)→③과거 어린시절에 대한 기억과 회상→④증오감의 발현(평형의 와해)→⑤이데올로기의 포로가 아니고 '농사꾼의 아들'이라는 같은 처지의 이해와 공감대→⑥어린시절 평화로운 놀이로의 회전(두세 마리의 단정학이 가을 하늘 높이 날아오름)

글머리에 대한 고찰

글머리는 줄거리에 이미 소개되어 있다. 한 문장씩 나눠져 씌어 있다. 첫 문장부터 넷째 문장까지는 한 문단으로 만들어도 좋을 성싶은데 작가는 일부러 하나씩 띄어놓았다. 황순원은 일본 와세다(早稻田)대학에 다니던(1936~1939년 22~25세) 20대 청년시절까지만 해도 주로 시를 썼으며 시인으로 문단에 데뷔했다. 때문에 혹시 그런 습성이 그의 몸에 밴 것일까. 아니면 글머리의 문장 하나하나에 종전 직후의 마을 분위기를 생생히 또박또박 전하기 위해서 음울한 전주곡을 연주한 것일까. 소설 전체의 분위기를 살리는 데는 이런 식의 글머리가 한몫을 한 것으로도 보인다.

키워드로 주제 찾기

삼팔선, 밤나무, 혹부리할아버지, 학, 임시치안대사무소와 치안대원, 농민연맹 부위원장, 가난한 농사꾼, 가을 하늘 높이 날아오르는 두세 마리 단정학들.

5. 신경숙 「부석사浮石寺」와 그 서사 구조

줄거리

'그녀'와 '그 남자'는 정월 초하루 인사동의 한 카페에서 만나 오전 늦게 영주의 부석사로 향한다. 둘은 다 그리로 가는 길을 잘 모른다. 그 흔한 GPS도 없이 오로지 지도에만 의지한 채 자동차로 달린다.

그녀와 그 남자는 끝까지 이름이 밝혀지지 않는다. 과거의 연인이었던 그녀의 P도 그 남자의 K도 이름이 나오지 않는다. 그들은 모두 고유명사가 아니라 보통명사로서 존재한다. 둘은 아침 산길을 산책하며 오가는 사이 서로 지면(知面)을 익혔을 뿐 연인관계는 아니다. 오피스텔에 사는 그녀는 같은 동(棟)에 사는 그 남자에게 느닷없이 인터폰으로 전화를 걸어 부석사까지의 동행을 제의하고는 함께 떠났다.

내러티브의 첫 파트는 자동차가 달리는 동안 중간 중간에 자기의 과거사가 회상 형식으로 교차적으로 삽입되며 꾸며진다. 과거 회상의 이러한 교차배치는 소설의 끝까지 이어진다. 첫 화제는 차 뒷자리 배낭 속에 넣어 실은 개에게로 쏠린다. 이 대목의 묘사는 아주 자세하고 길다. 뜻밖에도 그 남자를 반기는 그 개는 둘이 자주 다니던 등산길 옆에 있는 양로원 돌울타리를 여자가 뛰어넘어가 화단을 살피다 발견한 병든 유기견(遺棄犬)이었다. "그대로 뒀다간 작약 밑에서 죽을 것만 같은" 개를 보고 그 여자는 병원에까지 데려가 치료를 받게 하여 살려냈다. "별로 개를 좋아하지 않는 그 여자의" 동거견(同居犬)은 그렇게 우연한 계기로 탄생한 것이다. 이 개의 정체는 소설의 거의 끝 대목에서 밝혀진다.

그녀가 예전에 사귀던 P는 돌연 일방적으로 다른 여자와 약혼을 하고서 7개월 만에 결혼식까지 올리는 바람에 그녀는 냉정하게 관계를 끊었다. P는 그동안 한 번도 자기를 찾지 않은 그녀를 매우 독한 여자라고 생각한다. 그럼에도 그녀를 못 잊은 나머지 남녀가 부석사로 떠나던 그날 오후 3시에 오피스텔로 만나러 오겠다는 편지를 담은 생일축하 꽃바구니를 나흘 전에 배달시켰다. 편지는 태워져 싱크대 개수구 속으로 재로서 흘려갔다. 꽃바구니는 누가 사는지도 모르는 아파트 현관 앞에다 그녀가 그냥 놓고 와버렸다.

제2파트는 그 남자의 회상이 차지한다. 그는 고향 잃은 사내다. 가능하면 옛집으로 다시 갈 수 있는 날이 있지 않을까를 꿈꾼다. 개를 살려낸 동물에 대한 온정적 사랑이 그녀에게 있다면 그 남자에게는 수리부엉이이라는 새(鳥)에 대한 따뜻한 사랑과 정이 짙게 배어난다. 밤중에 도로에서 차에 부딪쳐 다친 수리부엉이는 사설조류협회장이 인계받아 여덟 달 동안 정성을 다해 살려냈다. 그 남자는 이 과정을 낱낱이 필름에 담아 TV에 방영케 하여 화제를 끌었다. 그러나 박 PD의 입에서 조작극이라는 헛소리가 흘러나오는 바람에 그 남자는 난처한 지경에 몰렸다. 박 PD는 둘이 부석사로 떠나던 날 저녁 5시에 만나 술이나 한 잔 하자고 그 남자에게 제의했지만 그는 그 제의를 뿌리치고 그녀와의 동행을 택했다.

그 남자에게도 그녀와 마찬가지로 아픈 사랑의 상처가 있었다. 군에 입대하여 동해안 근무를 하는 동안 여자 친구는 소식을 뚝 끊고 다른 직장인 남자와 교제를 하며 그를 버린 것이다. "사랑이 아니라 연민으로서라도 K를 되찾아 K에게 따뜻한 위로의 말을 (그 남자는) 듣고 싶었다. 그렇게라도 K와 연결되고 싶었다…….(그러나) 자신에게 했던 사랑의 행동과 똑같은 행동을 다른 남자에게 조금도 다름없이 반복하는 K를 보는 순간

그는 K와의 모든 끈이 툭, 끊어지는 소리를 들었다."

제3파트는 방향을 잃어버린 소백산 산길에서 그들의 차가 진창에 빠진 내용으로 엮어진다. 산길로 잘못 들어 길을 잃은 차는 전 · 후진을 되풀이하다 길가 진창에 두 바퀴를 모두 처박고 말았다. 자동차 헤드라이트에 비친 좁은 산길 끝은 낭떠러지. 그녀는 부석사행을 결심하기까지 자신이 P라는 '낭떠러지 앞에 서 있는 것 같다'고 여기며 그 '낭떠러지'를 피해 달아났다. 그런데 다시 마주치다니. 이는 무슨 낭떠러진가. 낭떠러지 앞에서 그녀는 그 남자로부터 배낭 속의 개가 실은 자기가 양로원 뜰에다 버린 것이라는 말을 듣는다. 그 개는 둘을 이어준 매개자인 셈이다. 하지만 "그녀는 문득 잠든 그와 그 자신이 부석(浮石)처럼 느껴진다"고 생각한다. 인연을 맺어준 개는 어디까지나 매개자로서 그칠 뿐 둘의 관계를 밀착시켜 주지는 못한다. 매개자는 틈을 벌린 채 둘을 다만 마주하게 할 따름이다.

"산길 낭떠러지 앞의 흰 자동차 유리창에 희끗희끗 눈이 쌓이기 시작한다. 또 얼마나 지났을까. 그녀가 뒷자리에 개켜져 있는 담요를 끌어와 그의 무릎을 덮어 준다. 그녀의 기척에 가느스름하게 눈을 뜬 그는 이 순간만은 반복되지 않을지도 모른다고 생각한다. 혹시, 저 여자와 함께 나무뿌리가 무성해 버린 옛집에 가 볼 수 있을는지. 이제 차창은 눈에 덮여 바깥이 내다보이지도 않는다."

두 남녀가 갇힌 밀폐된 공간의 차 안으로 멀리서 부석사의 범종 소리가 들린다.

글머리와 구조

글머리

남자는 허리까지 내려오는 검은 가죽 잠바 안에 회색 폴라티를 받쳐 입고 잠바 바깥으로 폴라티와 같은 색상의 순모 머플러를 둘렀다. 이발을 한 것일까. 머리가 유독 짧아 두 귀가 오롯이 눈에 띈다. 단정한 입매와 창백한 피부로 인해 남자는 언뜻 차가운 인상이다. 짙은 눈썹과 각이 없는 턱 탓인지도. 그녀는 남자의 쌍꺼풀 없이 가느스름한 오른쪽 눈 밑에 깨알만하게 돋아 있는 점 때문에 남자의 차가운 인상이 지워진다. 청바지 밑에 갈색 랜드로버 끈. 청바지가 말려 올라간 탓인지 양말을 신었는데도 바지 안에 입은 크림색 내의가 살짝 엿보인다. 그걸 보고 나서야 그녀는 약속 장소에 늦게 도착한 긴장이 얼마간 누그러진다. 카페 바깥 찬바람 속에 서 있던 남자의 얼굴도 풀려 있다. 남자가 끼고 있던 장갑을 한 짝씩 벗어 차례로 탁자 한쪽에 놓는다. 두툼한 검은 장갑이다.

글의 구조: 큰 두 갈래 얘기의 새끼꼬기식 교차배열

소설 「부석사」는 시작에서 끝까지 사건의 주류(主流)와 방류(傍流)—두 등장인물에 얽힌 과거 이성(異性)관계에 대한 회상들과 동물 이야기—가 교차배열(交叉配列)을 이루면서 엮어지는 새끼꼬기식 내러티브 구조를 형성하고 있다. 주류란 약속된 인사동 카페에서 만나 여자의 자동차로 행선지인 부석사(浮石寺)로 이동하는 도정에서 발생하는 남녀 간의 대화와 행동을 가리킨다. 주류는 현재진행형으로 전개된다. 두 사람의 언행의 갈피에서마다 그리고 행선지로의 도정 하나하나에서 각자의 과거관계에 대한 기억들이 도막도막 삽입되며 하나의 전체적 내러티브를 구성한다. 형상화해서 말하자면 두 주요 등장인물인 '그 여자'와 '그 남자'의 현재라는 새끼의 두 가닥들이 만나 꼬이면서 서로 마주치는 틈새에 각자 과거의 일들이 아주 리드미컬하게 끼어듦으로써 하나의 내러티브 전체를 완성한다.

두 사람의 만남과 부석사 동행의 계기는 각자가 P와 K와의 관계에서 받은 사랑의 상처에서 연유한다. 두 가닥 새끼꼬기의 사이사이에 끼는 동물의 에피소드에는 개와 수리부엉이를 살린 이야기 그리고 로드킬의

끔직한 광경, 애틋한 정이 풍기는 시골 풍경의 묘사 등이 아름다운 돗자리 무늬 같은 삽화로서 그려진다. 마치 교차배열된 새끼꼬임의 가닥 사이에 색깔 좋은 끈처럼 끼는 구조를 이루고 있다.

교차꼬임의 주인공 남녀 두 갈래는 동행이므로 같은 방향으로 진행하지만 마지막 순간까지 합일(合一)의 끝매듭을 짓지 못한다. 말하자면 피부가 닿을 듯한 친화를 보이다가도 뜬돌(浮石)처럼 아주 가느다란 사이가 벌어지며, 매듭짓지 못한 새끼 가닥처럼 갈라져 있다. 부석처럼 닿지 않은 두 남녀의 단절적 관계는 인간관계의 본질적 측면을 보여주는 게 아닐까. 그나마 남자는 잃어버린 옛 고향을 그 여자와 함께 찾아가는 꿈을 꾸지만 그것은 어디까지나 '친화적인 단절인 동시에 단절적인 친화'(문학평론가 이재선 서강대 교수의 말. 수상작품집의 작품 평에서)에 지나지 않는다.

동물 이야기 중 개 부분은 앞의 줄거리 소개에서 언급했듯 두 남녀의 관계를 이어주는 매개역할을 한다. 하지만 둘을 밀착시키지는 못한다. 매개는 부석(浮石)처럼 관계의 틈새를 여전히 남겨 놓기 때문이다. 소설의 구성에서 유기견의 존재를 다친 수리부엉이 이야기보다 더 의미 있게 부각시킨 작자의 의도는 두 사람 사이에서 개가 담당하는 친밀성의 역할을 상징적으로 보여주지만 그것은 다만 '친화적 단절'로서 끝난다.

사건이 진행하는 시간의 흐름은 현재에서 과거로, 과거에서 현재로 왔다갔다 하다가 결국에는 다시 현재로 돌아와 "차창이 완전히 눈에 덮여 바깥이 전혀 보이지 않는" 차 안에 갇히고 만다. 크로놀로지컬(chronological)한 시간의 연속(sequence)면에 보면 글머리는 주인공과 연관된 사건의 중간 부분에 해당하는데 이는 내러티브 구조의 형식에 있어서 전형적인 출발점이다. 현재(사건진행의 시작)→과거 회상→다시 현재로 되돌아오기→결말의 구조란 뜻이다. 전형적인 내러티브 구조는 등장인물, 시간의 연속, 재미의 세 요소로 짜여 지는데 「부석사」도 이를 갖추기는 했다. 하지만 사건의 진행에는 드라마틱한 순간도 반전도 없다. 어찌 보면 밋밋하기 짝이 없는, 주변의 어디서나 들을 수 있는 흔하디흔한 남녀관계 이야기이지만 글이 재미를 돋우는 것은 글을 다듬으며 부리는 작가의 탁월한 솜씨에 있다. 말하자면 선택된 낱말들을 서로 결합시키는 간결한 힘과 문단과 문단—때로는 문장들 사이—을 어색하지 않게 살짝살짝 건너뛰어 과거로 갔다가 다시 현재로 회귀하는 문장작법의 기교가 번득이기 때문이다.

「부석사」의 내러티브 구조를 도형화하면 다음과 같다.

<table>
<tr><td rowspan="3">그 여자는 그 남자와 만나 부석사로 떠난다.</td><td colspan="3">그 여자의 P와의 관계, 그 남자의 K와의 관계 회상</td><td rowspan="3">인간관계의 친화와 메우지 못하는 틈새</td></tr>
<tr><td>휴게소서 운전 교대</td><td>어두어 길 잃고 산길 옆 진창에 차바퀴 빠짐</td><td>부석사에 가지 못하고 결말/浮石과 낭떠러지의 상징, 이미지</td></tr>
<tr><td colspan="3">개 · 수리부엉이 · 로드킬, 동물에 대한 사랑, 온정</td></tr>
</table>

작품의 매력

줄거리에 있다기보다는 줄거리의 탄탄한 구조에 매력이 있다. 게다가 사이사이에 삽입되어 전체를 구성하는 현재—과거 잇기의 능숙한 서사(敍事)테크닉과 간결한 언어구사력이 독자들을 잡아끈다. 또 한 가지는 부석사라는 절 이름이 주는 상징성이다. 평자들도 지적했듯이 부석(浮石)은 '뜬돌'이란 뜻. 절을 창건한 신라 화엄종의 개조 의상국사(義相國師)가 당에 유학하러 가던 중 항구의 숙소에서 만난 선묘(善妙)낭자와의 설화가 배경이 깔려 있는데 부석은 의상대사를 흠모한 낭자가 이루지 못한 꿈을 대신한다. 다시 말해서 커다란 부석을 흔들어 삿된 무리—일설로는 도적떼—를 물리침으로써 의상의 절 창건을 도왔다는 부석의 설화와 소설은 간접적으로 맞물려 있다. 부석 설화와 신경숙의 허구적 내러티브「부석사」는 좋아하는 사람끼리 영원히 합일(合一)하지 못한다는 면에서 공통점이 있기 때문이다. 절로 가는 길을 잃어버린 남녀 두 사람, 가깝게 만나면서도 하나로 밀착하지 못하는 새끼꼬기 가닥의 갈라짐이 산길 미로의 진창에 두 사람을 가둬놓고 멀리서 부석사의 범종 소리만 듣게 할 따름이다.

문단과 문단을 절묘하게 이으면서 현재와 과거 사이를 유쾌하게 왔다갔다 하는 능란한 솜씨는 마치 영화의 한 장면이 다른 장면으로 얼른 바뀌는 속도감 있는 국면 전환의 기교를 보는 것과도 같다. 빠른 장면 전환은 현재와 과거를 번갈아 연결하면서 의미연관을 잇따라 상기시킨다. 이 과정에서 '그녀'와 '그 남자'는 이러이러한 성격을 지닌 인물이구나 하는 판단을 가능케 한다. 문단과 문단 사이의 시간 차이를 교묘하게 뛰어넘으면서 어색하지 않게 이야기를 펼쳐가는 스토리텔링의 구사력에 대한 예를 우리는 다음에서 본다. 인용문은 여러 예들 가운데 단 두 가지에 불과할 뿐이다.

(가) 자동차가 장호원을 완전히 빠져나가 제천 쪽으로 접어들었을 때 그녀는 또 시계를 본다. 3시다. 약속을 지켰다면 지금쯤 P는 오피스텔에 와 있을 것이다.

국도는 곧 단조로워진다.

드문드문 눈에 띄던 식당들과 슬레이트 집들도 보이지 않는다. 구불거리지 않고 직선으로 뻗어 있는 국도 양변에 드문드문 송신탑들이 서 있다. 송신탑 뒤로는 황량한 논이다. 그녀는 찬바람이 일렁이는 겨울 국도를 눈을 가느스름하게 뜨고 내다본다……. 조용한 겨울 하늘처럼 전신주에 별 기척 없이 조용히 앉아 있던 새들이 전신주를 탁 차고 허공으로 포르르 날아오른다. 말똥가리도 섞여 있다. P는 정말 왔을까.(『제25회 이상문학상 수상작품집 신경숙 부석사』, 문학사상사, 2001)

(나) 오늘 아침에도 마찬가지였다. 다시 드러누우려다가 여자와 함께 부석

사에 가기로 했던 일이 생각났다. 따분하고 귀찮다는 생각이 들었다. 부석사는 무슨……싶어 없던 일로 하려고 인터폰을 넣었는데 여자가 방금 세수라도 마친 목소리로 여보세요? 하는 통에 할 말을 못하고 잠시 침묵을 지켰다. 여자가 여보세요? 다시 그를 호출했을 때 그는 조용히 수화기를 내려놓았다. 여자의 밝은 목소리를 듣자 엉뚱하게 오늘 방문하겠다던 박 PD가 떠올랐다.(인용자: 술 한 잔 하자는 약속은 저녁 5시임)

1월 1일의 국도에 군인들의 행렬이 이어진다.

소총을 매고 군화를 신고 완전군장을 한 군인들이 발을 맞춰 걷고 있다. 눈 쌓인 길을 걸어왔는지 군화에 희끗희끗 눈이 묻어 있다. 그는 속도를 높여 행렬의 선두를 따라잡는다.

여자에게서 느닷없이 부석사에 가지 않겠느냐는 전화가 걸려 오기 직전에 그는 박 PD의 전화를 받았다. 지금 이후 그는 회사를 쉬고 있는 참이었다. 겨울 초입의 회사 회식 자리에서 최근 자신을 난처하게 만들었던 사람이 다름 아닌 박 PD라는 걸 감지한 뒤였다.(후략. 인용자: 박 PD는 깊은 밤중에 도로 한가운데서 차에 부딪쳐 다친 수리부엉이를 '그 남자'가 사설조류협회장에게 부탁하여 살려내게 했다는 TV기록물이 실은 수리부엉이를 잡아다 살린 것처럼 만들었다는 헛소문을 내서 '그 남자'를 난처하게 만든 인물이다. 생략된 부분은 수리부엉이를 살린 얘기로 이어진다).(『제25회 이상문학상 수상작품집 신경숙 부석사』, 문학사상사, 2001)

(가)와 (나)의 인용문을 찬찬히 읽어 보라. 장면 전환이 어쩌면 저렇게도 빠른지 놀라울 정도다. (가)에는 '그녀'를 일방적으로 배신한 과거 연인 P에 관한 회상이 주로 그려져 있다. 차가 장호원을 빠져나가 제천 쪽으로 접어들었을 때 P를 회상하는 것은 나무랄 일이 아니다. 그럴 수도 있으니까. 그래서 "그녀는 또 시계를 본다. 3시다. 약속을 지켰다면 지금쯤 P는 오피스텔에 와 있을 것이다." 통상적인 우리의 문장잇기, 문단잇기라는 관점에서 보면 그다음에 오는 문장은 당연히 P에 대한 얘기로 채

워지는 게 글쓰기의 상식일 것이다. 그러나 신경숙에게는 그런 상식이 깨어진다.

"국도는 곧 단조로워진다. 드문드문 눈에 띄던 식당들과 슬레이트 집들도 보이지 않는다."

로 이어진 문장을 읽으면서 독자는 짜증을 낼만도 하지만 오히려 궁금증을 일으킨다. 그 P가 어떻게 됐지? 이렇게 말이다. 신경숙은 그런 독자의 심경을 알아차리기라도 한듯 천연덕스럽게 단조로운 국도변 묘사로 곧 얘기를 끌고 가버린다. "조용한 겨울 하늘처럼 전신주에 별 기척 없이 조용히 앉아 있던 새들이 전신주를 탁 차고 허공으로 포르르 날아오른다. 말뚝가리도 섞여 있다" 라며 한참 뜸을 들인 뒤 아주 간단히 "P는 정말 왔을까" 라고 묻는다.

비슷한 장면 전환의 솜씨는 '그 남자'가 박 PD를 회상하는 대목에서도 약여하게 드러난다. 부석사 동행을 채근하는 '그녀'의 인터폰 전화를 통해 들려오는 '밝은 목소리'를 듣고는 "엉뚱하게 오늘 방문하겠다던 박 PD가 떠올랐다"는 것은 어느 면에서 정상적인 연상이다. 박 PD가 사과하는 뜻으로 술 한 잔 대접하려고 정월 초하룻날 저녁 5시에 '그 남자' 집에 찾아오겠다고 말했기 때문이다. 문제는 그다음 문장이다. "1월 1일의 국도에 군인들의 행렬이 이어진다" 이 무슨 뚱딴지같은 얘기인가. 박 PD 얘기를 하다말고 곧바로 군인행렬로 묘사를 옮겨버리다니. 헌데 오히려 얘기가 재미있다. 1월 1일 국도에서 군인들이 행군훈련을 하는 모습을 그린 것은 설마 애국심의 발로는 아니겠지만 장면의 신선함이 느껴지니까.

이처럼 빠른 속도의 장면 전환은 신경숙의 「부석사」 여러 군데에서 자주 나타난다. 연인 사이도 아닌 남녀 한 쌍이 느닷없이 새해 첫날에 시골 사찰 여행에 나섰다가 길을 잃고 오도가도 못해 진퇴양난에 빠진다는 아주 심플한 하룻동안의 드라이빙과 그 어간에 삽입되는 각자의 과거사 삽화가 독자를 끌어잡는 것은 단조로운 스토리가 빠른 리듬의 박자를 타고 전개하는 장면 전환과 화제바꾸기에 의한 변화무쌍한 애깃거리를 제공하기 때문이다.

'뜬돌'(浮石) 같은 인간관계

이 작품을 이상문학상으로 선정한 심사위원들 중 한 사람은 "「부석사」는 음악적이고 회화적인 두 요소를 구사하여 서사 예술의 차원을 높여준 수작"(이어령 이화여대 석좌교수. 위 같은 책 p.10)이라고 평가했다. 이 말은 장면 전환의 시점바꾸기(shifting a view-point)에 리드미컬한 음악성이 간직되어 있음을 간파했음을 의미한다. 작품의 음악성은 무엇보다도 「부석사」를 읽어 보면 금방 알 수 있을 것이다.

회화적인 요소는 무엇을 일컫는 말일까? 이어령 교수 자신은 "'떠 있는 돌'이라는 당착어적(撞着語的)인 인간관계의 내면을 시각화한 주제의 설정"을 두고 회화적이라고 말했다고 해명했다. '당착어적인 인간관계의 내면'이란 설명은 이해하기에 좀 어렵다. 다른 심사위원의 평을 보면 이 교수의 비평이 이런 뜻임을 짐작케 한다. "인간관계의 심리 속에 깊숙이 자리 잡고 있는 친화적 단절(和的 斷絶) 내지 단절적 친화의 실체를 선명하게 형상화하고 있다."(이재선 서강대 교수, 위의 같은 책 p.12)

'친화적 단절' '단절적 친화'란 구절의 의미는 '뜬돌'의 모습에 비유한 인간관계의 모순어법적 표현이라 이해하면 될 터이다. 두 돌이 서로 마주 보면서도 맞붙어 있지 않는 상태와 두 돌 사이에 틈새가 생긴 관계. 다시 말해서 두 사람이 표면상으로는 친밀하고 온정적인 관계(intimate relations)를 보이면서도 내면적으로는 두 당사자 사이에 극복하지 못하는 냉랭한 기운의 바람이 흐르는 틈새가 벌어져 있는 관계를 가리킨다고 보면 어떨까. 쉽게 말해서 사실상 밀폐된 공간 속에 어깨를 나란히 하여 함께 앉아 있으면서도 덥석 상대를 자기 품에 껴안지 못하는 인간관계가 아닌가 싶다. 이런 인간관계가 인간의 '본성적' 심리상태라고 단정하기는 어렵다. '깊숙이 자리 잡고 있는 친화적 단절'이란 표현 자체는 마치 그런 '본질성 심리'의 실체를 가리키는 듯하여 나는 일부러 '뜬돌 같은 인간관계'를 인간의 '본성'이라고는 보지 않는다는 점을 강조하고 싶다. 그것은 아마도 포스트모던 시대의 문화적 사회적 풍토 안에서 배양된 인간관계를 보여주는 한 단면일 것이리라. 둘 사이의 인간적 소통이 가까운 듯, 친밀한 듯하면서도 그 속내에는 아직 벌어진 관계, 이쪽과 저쪽 사이에 틈과 경계를 그어놓은 관계, 자신의 가슴을 상대방에게 활짝 열어 보이지 않고 다만 겉만 열어 보이는 척하며 속은 닫아놓은 채 서로 대면하는 '뜬돌' 같은 인간관계가 포스트모던 시대를 지배하고 있다고 봐야 할 것이다.

여기서 우리는 '낭떨어지'와 '뜬돌'이라는 키워드들이 무엇을 지시하는 시니피앙이며 그 시니피앙이 어떤 시니피에를 품고 있는지를 곱새겨 보면서 두 사람 각각의 파탄난 남녀관계에 대한 회상 그리고 인간과 동물 간의 친밀한 온정적 관계 등을 다시 비교하며 성찰해 볼 것을 독자에게 권고하고 싶다. 우선 다음 인용문부터 읽고 생각하기 바란다.

> 그녀는 웃음이 그치지 않는다. P라는 낭떠러지를 피해 온 이 낯선 지방의 산길에서 마주친 것은 또 다른 낭떠러지가 아닌가.
>
> 어떻게 한담.
>
> 그는 자동차 서비스센터를 생각해 보지만 첩첩산중의 이곳에서 어떻게 연락을 한단 말인가. 그녀도, 그도 그 흔한 핸드폰 하나 소지하고 있지 않다니. 근처에 마을이 있는지 알려면 우선 이 낭떠러지 위가 어딘지나 알아야 할 것 같은데도 대체 감이 잡히질 않는다. (중략)…….
>
> 반달인데도 그 빛에 의해 칠흑 같던 소백산 골짜기가 그들의 눈앞에 수려한 자태를 드러낸다. 그녀가 손을 내밀어 헤드라이트를 끈다. 헤드라이트 불빛이

사라지자 교교한 달빛 아래의 먼 산자락이 윤곽을 드러낸다. 야릇한 일이다. 낯선 지방의 낯선 골짜기에 유폐되어 과일을 먹고 있자니 피크닉을 온 기분이 든다. 도시에서의 자신의 모습이 투명하게 보이기까지 한다. P와 헤어진 후 그녀는 5년 동안 다니던 잡지사를 그만두고 손에 닿는 대로 일에 뛰어들었다. 같은 시기에 완전히 성향이 다른 프로그램의 리포터를 하기도 했고, 새벽까지 번역에 매달리다가 오후엔 인터뷰 원고를 쓰기 위해 취재를 나가기도 했다. 졸음이 밀려오면 얼음통을 곁에 두고 번갈아가며 손을 담그면서 일했다. 소리를 지르거나 욕을 퍼부으며 고속도로를 질주하는 여자, 어디서나 무엇인가를 흐트러뜨리는 여자, 책을 읽든 개를 거두어 기르든 어느 한순간도 자신을 내버려두지 않고 들들 볶고 있는 여자, 그녀는 지금 그 여자가 가엾기조차 하다.

"눈이 내리네요."

그녀의 목소리가 귓결에 머무는데도 그는 눈을 뜨지 못했다. 박 PD는 돌아갔을까. 희미한 범종 소리가 눈을 뜨지 못하는 그의 귀에 머문다. 그들이 찾지 못한 부석사가 바로 근처에 있는 겐가. 그녀도 범종 소리를 들었는지 손을 뻗어 첼로 소리를 줄인다. 종소리가 눈발 속의 골까지를 거쳐 그들을 에워싼다. 여기에서 빠져나갈 방법을 찾아야 한다고 생각하는 건 마음뿐이다. 어깨가 내려앉는 듯한 피로에 점령되어 그는 점점 잠 속으로 빠져들어 간다. 그녀는 보온통을 기울여 종이컵에 커피를 따른다. 부석사의 포개져 있는 두 개의 돌은 닿지 않고 떠 있는 것일까. 커피를 들지 않은 한 손으로 자꾸만 자신의 얼굴을 쓸어내리고 있다. 그녀는 문득 잠든 그와 그 자신이 부석처럼 느껴진다. 지도에도 없는 산길 낭떠러지 앞의 흰 자동차 앞유리창에 희끗희끗 눈이 쌓이기 시작한다. 또 얼마나 지났을까. 그녀가 뒷자리에 개켜져 있는 담요를 끌어와 그의 무릎을 덮어준다. 그녀의 기척에 가느스름하게 눈을 뜬 그는 이 순간만은 반복되지 않을지도 모른다고 생각한다. 혹시, 저 여자와 함께 나무뿌리가 점령해 버린 옛집에 가볼 수 있을는지. 이제 차창은 눈에 덮여 내다보이지도 않는다.(끝; 밑줄은 인용자)

제8강
글머리의 매력
— 출발이 좋아야 종착도 좋다

1. 관심 끄는 글머리

오십 년 무대 생활 중 상당기간 작곡가 길옥윤(吉屋潤)과 짝을 이뤄 많은 히트곡을 낸 대중가수 패티 김, 그녀는 가요의 히트 여부는 전주(前奏)의 좋고 나쁨에 달렸다고 말했다. 곡의 첫 도입 단계가 듣는이의 마음을 확 끌어 잡느냐 마느냐를 결정짓는 중요한 계기가 된다는 것을 패티 김은 강조했다.

히트한 곡들을 보세요. 모두 전주가 좋아요. 전주가 좋아야 곡이 히트하는 겁니다. 좋은 전주가 나오면 그걸 듣는 사람을 확 끌어안아 버리거든요.(2008년 9월 15일, KBS-1 TV 추석연휴의 마지막 날 「아침마당」 프로에서)

TV 드라마의 히트도 얼마만큼은 전주곡에 달렸다고 한다. 드라마의 전주곡은 시그널 뮤직 · 드라마의 타이틀과 함께 시청자들에게 처음 선

보이는 첫 회분의 맨 첫 부분이다. 내용을 압축해서 암시하는 전주곡이 흘러나오는 첫 회분. 그 시작의 신호음은 드라마 전체의 흐름을 넌지시 알리며 그 속으로 시청자를 흡입하도록 기획된, 마치 처음 보는 사람의 첫 인상을 드러내는 얼굴빛, 옷차림과 같은 것이다. 그래서 대하역사드라마의 시그널 뮤직은 산과 강과 대지가 모두 그 드라마를 위해서 존재하는 것처럼 장중하고 유유하게 흐르는 느낌을 준다. 코믹하고 경쾌한 줄거리를 담은 일일드라마의 그것은 밝고 명랑한 멜로디가 울린다. 오페라 「라 트라비아타」의 유명한 전주곡(overture)을 한 번 들어보라. 오페라 감상에 익숙하지 않은 사람일지라도 여주인공의 비극적 최후를 미리 암시하는 듯 우리의 가슴속을 저며드는 애잔한 곡조에 마음이 아리다. 영화는 어떠한가. 상업적 흥행에 성공한 영화나 또는 작품의 미적 가치와 구성의 완성도가 뛰어난 명작은 틀림없다 싶을 만큼 딴 것 다 제쳐놓고 우선 음악의 첫 울림이 좋고 영화의 시작이 매력적이다.

글도 마찬가지다. 글의 리드(lead) 즉 글머리는 스토리의 실타래를 풀어가는 실마리(端緖)와 같다. 글머리는 풍부한 먹잇감을 찾아 무리지어 하늘을 날아 이동하는 기러기 떼의 선두이다. 잘 쓰인 글은 서두(序頭)의 첫 문장에서부터 대번에 독자의 마음을 빨아들인다. 겨울철 빵가게 앞 길가 솥에서 하얀 김을 내뿜는 찐빵의 유혹처럼 우리의 구미를 당긴다. 뿐만 아니라 곧 이어지는 다음 단계의 내용을 순조롭게 이끌어가는 길라잡이의 역할도 한다. 그런 글은 독자가 읽기에도 편하다.

좋은 리드는 무엇보다도 독자에게 감동을 주며 독자의 심금을 울리는 것이어야 한다. 그래서 글의 멋진 리드는 글 전체의 인상을 결정짓는다. 물론 리드가 잘 쓰였다고 해서 반드시 전체로서의 좋은 글, 아름다운 글, 읽는이의 마음에 쏙 드는 글이 탄생하지는 않는다. 리드 외의 다른 조건들이 충족되어야 하지만 여하간 리드부터 우선 잘 쓰고 볼 일이다.

너무도 유명한 박경리의 대하장편소설 『토지』의 글머리를 보자.

1897년의 한가위.

「제1편 어둠의 발소리 서(序)」라는 작은 제목이 위에 붙지 않았다면 두 단어의 너무도 짧은 글머리는 무슨 뜻인지 얼른 머리에 들어오지 않는다. 글머리의 두 단어는 캘린더의 연도와 사계의 한 철이 주는 보통 의미와는 사뭇 다르고 깊은 뜻을 던진다. 1897년은 동학농민혁명이 일어난 지 3년째 되는 해. 지방 관리(官吏)에 의한 농민 수탈의 깊은 한(恨)을 드리워져 있고, 관군에 의한 잔혹한 혁명진압이 농민들에게 남긴 상처가 아직 아물지 않은 시기였다. 게다가 그해는 조선왕조를 허울 좋게 도운답시고 청(淸)국군과 일본(日本)군이 우리 강토에서 서로 맞붙어 싸운 지(청일전쟁) 3년이 되는 해이기도 하다.

한가위는 무엇보다도 한 해 농사의 수확을 축하하는 가을 명절로서 땅과 긴밀한 관계를 갖고 있다. 이쯤의 풀이를 들으면 『토지』는 첫 머리에서 대충 무엇을 말하려 하는지를 암시하는 셈이다. 바로 땅의 소유에 얽힌 인간의 삶과 애환이 서린 이야기를 하려는 것이다. 그 한은 '어둠의 발소리' 라는 구절과 합쳐져서 소설의 암울한 전개를 미리 내비친다. 그래서 풍년을 축하하는 즐거운 농악놀이의 질펀한 가락이 타작마당을 넘어 저 넓은 논바닥으로 퍼져나간 즈음에도 주인공들의 거처인 최 참판(參判) 댁 사랑(舍廊)은 '고즈넉했다' 라고 작가는 쓰고 있다.

자기 자신의 짧은 생명의 불꽃을 아낌없이 태우며 쓴 것으로 알려진 최명희의 『혼불』의 글머리도 함축적 의미를 담고 있다.

그다지 쾌청한 날씨는 아니었다.

이 한 문장은 『혼불』이라는 책 제목 밖으로 따로 덜렁 빠져나와 있다면 어느 등산가나 휴일 산책자가 출발을 앞두고 아침 기상 상태를 쓴 것쯤으로 짐작될 만한 문장이다. 한데 그 앞에 「1. 청사초롱」이란 제목이 붙어 있기에 읽는이는 혼례식날의 날씨에 대해 언급하고 있겠거니 하고 얼른 아는 체를 하게 된다. 혼례가 치러지는 날의 날씨는 무엇보다도 밝은 해가 솟아서 맑아야 한다. 그래야 경사의 미래도 아울러 밝고 좋은 것으로 간주하는 사고관행이 우리에게는 거의 굳어져 있다. 그런데 '그다지 쾌청한 날씨는 아니었다' 라니. 반쯤 좋고 반쯤 나쁘다는 뜻일까? 글머리가 예고하듯 주인공 남녀의 결혼 생활은 첫날의 합방(合房)부터 어그러져 비정상이었고 소설이 끝날 때까지 부부가 따로 행동한다.

버스가 산모퉁이를 돌아갈 때 나는 '무진 Mujin 10km' 라는 이정표를 보았다.

로 시작되는 김승옥의 『무진기행』이나,

서울을 버려야 서울로 돌아올 수 있다는 말은 그럴듯하게 들렸다.

로 장편 『남한산성』의 시작을 알린 김훈의 병자호란(丙子胡亂) 이야기도 모두 다 스토리텔링의 매력을 유감없이 발산하고 있다.

'무진 Mujin 10km' 라면 안개 자욱한 갯가 마을(霧津)의 이미지를 던져주며 앞으로 10킬로만 더 가면 그리던 이상향이 나올듯한 예감을 갖게 한다. 글머리의 그런 기대 부푼 예감은 속물화한 고향 사람들이 사는 폐색(閉塞)된 공간과 그곳에서 탈출하려는 한 여교사의 안간힘으로 산산이 부서지고 말지만 말이다.

'서울을 버려야 서울로 돌아올 수 있다는 말은 그럴듯하게 들렸다.'의 '그럴듯하게' 들린 이 말은 참으로 아이러니이다. 1636년 12월 중순~1637년 1월 30일의 병자호란 때 남한산성으로 몽진(蒙塵)한 인조(仁祖)

가 성안에서 두 달을 채 버티지 못하고 이듬해 1월 30일 삼전도(三田渡; 지금의 송파구 송파동 한강나루)로 빠져나와 청군에게 항복하며 굴욕적인 화친을 맺음으로써 귀경했으니까. 그렇다. 역설어법을 사용하면 버려야 얻으며, 떠나가야 다시 돌아오는 법이다. 작자는 이 역설의 의미를 잘 알고 있기에 위와 같은 글머리로 『남한산성』의 첫머리를 꾸민 게 아닐까 싶다.

2. 간결하고 짧은 문장

다윗과 골리앗의 이야기

불과 약 3백 개의 영어 단어밖에 쓰여 지지 않은 구약성경의 창세기 일부가 얼마나 많은 의미를 함축하는지를 알고 나면 글의 간결성이 지닌 중요성이 또한 얼마나 큰가를 충분히 납득하리라. 다윗과 골리앗에 관한 이야기는 작은 다윗이 거인 골리앗을 제압하는 장면을 아주 간결한 문체로 극명하게 그려냈다. 진리를 알리는 글은 언제나 이처럼 간단명료하다. 뿐더러 겉으로 드러나지 않는 풍부한 의미를 함축한다. 진실(진리)은 언제 어디서나 단순소박하고도 명쾌한 법이다.

> 불레셋 장수(골리앗)가 한 걸음 한 걸음 다가왔다. 그러자 다윗은 대열에서 벗어나 뛰쳐나가다가 주머니에서 돌 하나를 꺼내 힘껏 팔매질을 했다. 돌은 골리앗의 이마에 명중했다. 돌이 이마에 박히자 골리앗은 얼굴을 땅에 박으며 쓸어졌다. 이리하여 다윗은 칼도 없이 팔매돌 하나로 골리앗을 눌러 쳐죽였다.(구약성경 사무엘 상 17:48~51. 인용자가 약간 윤색했음)

다윗은 기원전(BC) 11~10세기 고대 헤브라이(이스라엘) 왕국의 왕이자 위대한 민족영웅으로 추앙받는 전설적 인물이다. 어린 다윗은 적대관계에 있던 팔레스타인의 거인 골리앗의 도전을 받았다. 성경의 이야기는 골리앗의 도전에 응전하는 용감한 다윗의 모습을 그린 대목이다. 이러한 문맥을 염두에 두고 인용문을 읽으면 글맛이 더 좋아지리라.

'너무 울어 텅 비어버렸는가. 이 매미의 허물은'

다윗 이야기에 대해 더 이상 설명을 붙이는 것은 사족이다. 나는 이 글의 간결성을 존중하면서 긴 여운을 독자들이 감상할 수 있도록 말을 아끼려 한다. 대신 시인 류시화의 말만을 덧붙이려 한다. 그는 일본의 전통적 정형시 하이쿠*(俳句)의 촌철살인(寸鐵殺人)하는 고운 매력이 그 짧음 안에 많은 것을 품고 있음을 간파했다. '한 줄도 너무 길다.' 이 경구는 그래서 나온 책 제목이다. 그의 책에는 하이쿠 명인 바쇼(芭蕉)의 이런 구절이 나온다.

너무 울어 텅 비어버렸는가, 이 매미 허물은.

일본 근대문학의 거장 나츠메 소세키(夏目漱石)의 다음 한 수는 어떨까.

너의 본래 면목은 무엇이니? 눈사람아!

우리가 쓰려는 모든 글을 하이쿠화할 필요는 전혀 없다. 하이쿠처럼 간단히 쓴다고 반드시 좋은 내용의 글이 되는 것도 아님을 명심해야 한다. 꼭 써야 할 내용은 다 써서 지면을 채워야 하리라. 다만 군더더기 말만은 제발 삼가자. 군말을 많이 붙이면 글이 너덜너덜할뿐더러 깔끔하지도 않고, 품위도 함께 떨어지고 만다. 버나드 쇼가 생전에 스스로 써뒀다는 묘비명 "우물쭈물하다 내 이럴 줄 알았어." 꼴이 되기에 하는 말이다. 군말에 미련과 집착을 두지 말고 과감하게 자를 건 잘라 버려라. 잔가지들을 시원하게 처치해야 굵은 줄기가 주욱주욱 뻗어 높이 자랄 수 있다.

강의 노트⑧

일본의 하이쿠(俳句)

일본에서는 하이카이(俳諧)로 불렸다. 원래는 중국의 골계(滑稽) 즉 우스개 얘기를 의미하는 말이었다. 이것이 중세일본에 이르러 상류층 사람들의 좌흥을 돋우며 오락삼아 노래를 지어 부르는 놀이문화인 하이카이렌가(俳諧連歌)로 발전하여 널리 유행했었다. 하이쿠(俳句)는 그 하이카이렌가의 일부인 제1구(句)가 나중에 독립하여 한 수의 짧은 정형시로 발전한 것이다. 익살과 우스개를 생명으로 삼는 하이카이렌가는 렌가모임(連歌會)의 여흥으로서 노래를 곁들여 읊었었다. 하이쿠는 에도(江戶) 시대(1604~1868) 초기에 이르러 서민문학으로 발전했다. 이후 하이쿠는 한두 단계의 변모를 거듭한 끝에 마츠오 바쇼(松尾芭蕉, 1644~1694)에 의해 마침내 바쇼풍(芭蕉風)이라는 오늘날의 정통 하이쿠로 확립되었다. 바쇼하이쿠는 상공업 항구도시인 오사카(大坂)에서 발흥한 신흥 상공인계급의 애환을 표현하는—때로는 향락적이기도 한—초닌(町人;도시상공인) 사회의 하이카이(俳諧)를 자연시로까지 승화시켜 마침내 일본의 '국민시'로서의 위치를 확보했다. 하이쿠는 5 · 7 · 5의 3구(句) 17음절을 정형으로 삼는다. 하지만 글자의 다소 남고 모자람은 허용된다. 세계적으로 널리 알려진 저 유명한 바쇼의 하이쿠 한 수를 직접 읽어 보면 그 정체를 확연히 알 수 있을 것이다.

고요한 연못
개구리 뛰어드는
물소리 '퐁당'
古池(ふるいけ)や蛙飛(かわずと)びこむ水(み)ずのおと.
(유옥희 옮김 『마츠 바쇼의 하이쿠』 민음사 1998)

일본어 17음절에 한글 17음절을 맞춰 옮기느라 애쓴 역자의 노력이 돋보인다. 이 하이쿠에 대해 긴 설명은 필요 없다. 낭송하며 느끼기만 하면 된다. 오래된 연못의 고요함을 깨는 개구리 뛰어드는 물소리의 파격을 여러분은 느낄 수 있는지? 이것이 바로 하이쿠의 전형(典型)이다.

3. 세계는 앤더슨의 목소리를 알고 있다

20세기의 위대한 지휘자들 중 한 사람인 마에스트로 토스카니니(Arturo Toscanini, 1867~1957)는 '백 년에 한 번 나오는 목소리'를 가진 가수를 지목한 적이 있다. 그가 극찬을 아끼지 않았던 음악인은 콘트랄토 가수 마리안 앤더슨(Marian Anderson, 1902~1993). 그녀의 목소리가 흑인 영가(Spiritual) '깊은 강'(Deep River)을 흘려보내면 우리의 가슴을 적시는 영가의 강물줄기 아래로 우리는 숙연히 고개를 숙인다. 목소리 하나만으로 인간과 자연의 하나됨이 그처럼 성스러운 일임을 일깨워준 그녀에게 우리는 경건한 마음으로 감사의 추모 기도를 올려야 하리라.

1950년대 후반 극동 순방길에 우리나라도 방문한 적이 있는 앤더슨은 5천 명이 넘는 주한미군 장병들에게 콘트랄토의 아름다운 울림을 귀한 선물로 선사한 뒤 이화여대에서 명예박사 학위를 받았다. 평생을 독신으로 지냈기에 미스 앤더슨이라는 별명을 얻은 그녀는 미국에서만도 이름 앞에 첫 번째라는 관형구가 붙은 몇 가지 영예를 간직하고 있다. 그것들은 영원히 '살아 있는 망자' 미스 앤더슨에 대한 찬양의 표징들이다. 메트로폴리탄 오페라 극장의 첫 번째 흑인 상임위원(1955), 백악관으로 초대받아 루즈벨트 대통령 부처 앞에서 노래를 부른 첫 번째 흑인가수(1936년), 유엔주재 미국 교체대표로 임명된 최초의 흑인 등. 생각나는 대로 손쉽게 열거한 타이틀만으로도 가수로서의 그리고 인간으로서의 그녀의 품격을 어림하기에는 전혀 모자람이 없다. 앤더슨은 타고난 위엄과 간소함 그리고 고결한 성품을 지닌 참 음악인이었다.

미국 정부의 공식 유엔대표로 임명되던 때 그녀는 선전가가 되지 말아달라는 충언을 주위 사람들로부터 들었다. 그래서 '지금의 당신 그대로 있으십시오.'(Just be yourself) 라는 말은 그녀에 대한 금언으로 아직도 남아 있다. 가수로서의 뛰어난 기량과 인간으로서의 존경스런 인품을 지닌 앤더슨의 얼굴 모습을 찍는 일에 열과 성을 다했던 사진작가 카쉬(Karsh)의 다음 말은 그래서 더욱 우리의 심금을 울린다. CD해설자는 카쉬의 글에서 깊은 인상을 받았기에 그의 글을 인용하여 자신의 악곡 해설의 리드로 삼은 듯하다.

"세계는 마리안 앤더슨의 목소리를 압니다. 그녀의 목소리는 우리의 음악을 살찌게 했고 니그로(흑인을 멸시하는 卑)의 오랜 비극을 웅변으로 대변했습니다……. 음악의 어울림은 그녀의 존재가 지닌 어울림, 바로 거기서 나옵니다……. 그녀는 우리에게 말합니다. 인종 간의 충돌을 넘어서, 인간미가 가득 찬 언어로 말하라고."(Pavilion Records사의 1988년판 *Marian Anderson* CD에 동봉된 해설서 서두)

LP판의 재킷이나 CD판의 소형 팸플릿 해설은 거기에 담긴 음악의 매력과 장점을 애호가들에게 간략하게 소개함으로써 홍보 효과를 극대화하는 구실을 한다. 나와 같은 세대라면 앤더슨의 노래에 심취했던 경험을 간직하고 있을 터이므로 그녀의 목소리를 알고 있다. 하나 이제는 전설의 가수로서 이름만을 겨우 아는, 혹은 이름조차도 아예 모르는 요즘 젊은이들에게는 해설문의 서두에서 인용된 카쉬의 인물평이 얼마나 도움이 되겠는가. 펄(Pearl)이라는 마이너 레이블 음반 해설문의 표지로 사용된 앤더슨의 초상을 직접 찍은 카쉬의 앤더슨 평은 그녀의 음악과 인간성을 압축되고 절제된 언어로서 매우 적절하게 소개하고 있다. 그러기에 CD해설자도 '모든 사람에게 두루 이해되었고 널리 사랑을 받았던 이 특이한 콘트랄토 가수의 예술을 카쉬가 아주 적절하게 잘 요약하고 있다' 라는 코멘트를 잊지 않았다. '미스 앤더슨'은 또한 음악적 의의에 못지않은 사회적 의의를 지닌 콘트랄토였다. 그는 자기가 지닌 훌륭한 목소리의 예술성만으로 인종차별과 흑인천대가 심했던 당시 사회 상황 속에서 동료 음악인들로부터 도리 없이 인정받을 수밖에 없는 인정을 획득했으며 그렇게 함으로써 재능 많은 다음 세대의 후배 흑인 음악인들이 활동할 수 있는 길을 터주었다.

작은 팸플릿의 간략한 리드의 글, 몇백 마디 말들을 생략한 채 우리에게 일러주는 단문은 이처럼 CD 상품 전체의 가치를 극대화하는 효과를 낳는다.

4. 평범한 리드의 은근한 글맛

잘 쓰인 글의 모든 리드가 스토리 전개를 위해 멋있는 전주곡을 연주하는 것은 아니다. 때로는 평범하며 담백한 맛을 주는 리드도 독자의 시선을 붙잡는다. 낮은 목소리로 상대방에게 얘기하듯 말을 잔잔히 풀어가는 리드가 그러하다. 화장발이 전혀 없어 남의 이목을 끌기에는 너무 소박하지만 그 소박한 모습 뒤에 오히려 독자의 눈길을 잡는다는 매력이 숨어 있다.

남의 이목을 끄는 리드 중에는 코디에 맞춰 좋은 옷을 입고 외출하는 사람의 인상과 비견되는 리드가 꽤 있다. 하지만 의도적으로 SF영화처럼 암시적 효과를 내도록 일부러 매력적인 리드를 써야 하겠다는 강박관념에 사로잡히는 것은 바람직하지 않다. 그러다가 오히려 역효과를 내서 글을 그르치는 수가 있기 때문이다. 앞에서 말한 것처럼 평소에 친구에게 말하듯 또는 이메일 글에서 지난날의 희미한 기억을 더듬어내듯 평범하게 글머리를 잡아도 얼마든지 좋고 알찬 글을 쓸 수 있다.

그런 작자들 중에서 나는 두 사람을 들고 싶다. 법정 스님(2010년 3월 圓寂)과 피천득 선생이다. 두 분의 리드는 참 평범하다. 사철이 바뀌는 이야기, 물 흐르고 꽃이 피는(水流花開) 이야기, 누가 찾아와서 무슨 말을 나눴다거나 누구를 만나러 어딜 다녀왔다는 이야기 등 일상사의 시시껄렁한, 어찌 보면 평범하기 짝이 없는 소재가 두 분 글머리의 주류를 이룬다. 그처럼 평범한 리드를 썼다고 해서 뒤에 따라붙는 본문의 내용도 평범일변도의 신변잡기로 채워지는 것은 아니다. 바로 그 점에 두 분 글의 특징이 있지 않나 싶다.

우선 30여 년 동안 꾸준히 스테디셀러를 써 냈던 우리 당대의 고고(孤高)한 대덕 선승이자 선지식(善知識)인 법정 대종사(大宗師:입적 후 추서됨)의 글을 보기로 하자.

'나는 가난한 탁발승이오. 내가 가진 거라고는 물레와 교도소에서 쓰던 밥그릇과 염소 젖 한 깡통, 허름한 요포(腰布) 여섯 장, 수건 그리고 대단치도 않는 평판(評判), 이것뿐이오.'

마하트마 간디가 1931년 9월 런던에서 열린 제2차 원탁회의에 참석하기 위해 가던 도중 마르세이유 공항 세관원에게 소지품을 펼쳐 보이면서 한 말이다.(법정, 「무소유」, 『무소유』, 범우사, 1976)

글의 형식은 마리안 앤더슨의 CD 해설문 리드처럼 인용문으로 되어 있다. 문장의 간결함도 그것과 같다. 글이 풍기는 「무소유」의 요체도 이 리드에서는 너무도 잘 드러나 있다. 짜깁기한 눈요기감 영화 예고편이 아니라 글의 진수를 단번에 꿰뚫어 보여주는 그런 인용문형 리드이다. 화려한 수사기법을 쓰지 않고 간결한 문체의 담백한 글쓰기로 너무도 유명한 법정 스님의 잠언이기에 리드만을 읽고도 스님이 무슨 말을 하고 싶은지를 넉넉히 헤아릴 수 있다. 그렇다고 리드만 읽고 책장을 덮어버릴 일은 아니다. 글의 본문이 무엇을 말하는지를 알아 보아야 하리라. 「무소유」의 말미는 이렇게 꾸며져 있다.

인간의 역사는 어떻게 보면 소유사(所有史)처럼 느껴진다. 보다 많은 자기네 몫을 위해 끊임없이 싸우고 있는 것 같다. 소유욕에는 한정도 없고 휴일도 없다. 그저 하나라도 더 많이 갖고자 하는 일념으로 출렁거리고 있는 것이다……. (중략)

우리의 소유관념이 때로는 우리들의 눈을 멀게 한다. 그래서 자기 분수까지도 돌볼 새 없이 들뜨게 되는 것이다. 그러나 우리는 언젠가 한 번은 빈손으로 돌아갈 것이다. 내 이 육신마저 버리고 훌훌히 떠나갈 것이다. 하고많은 물량일지라도 우리를 어떻게 하지 못할 것이다.

크게 버리는 사람만이 크게 얻을 수 있다는 말이 있다. 물건으로 인해 마음을 상하고 있는 사람들에게는 한 번쯤 생각해볼 말씀이다. 아무것도 갖지 않을 때 비로소 온 세상을 갖게 된다는 것은 무소유의 역리(逆理)이니까.(법정 앞의 책 타이틀 수필 「무소유」. 현대문학. 1971년 3월호 게재)

스님은 1932년생이므로 39살 때의 글이다. 평론가 김병익에게서 "전통신앙으로부터 거의 절연된 현대의 사상 시장에 새로 옷입힌 불교의 정신을 (써)내놓는 포교사"라는 평을 들은 법정 스님, 생의 만년에는 빈번하게 찾아드는 방문객들을 일부러 피해 강원도 평창군 진부면의 어느 산골에 버려진 화전민 가옥을 수리하여 전기선도 끌어들이지 않고 홀로 수행승으로서의 삶을 살다 갔다. 2010년 열반(涅槃)의 원적(圓寂)세계로 가면서 법정 스님은 이런 유언을 남겼다.

그동안 많이 풀어놓은 말빚을 다음 생으로 가져가지 않으려 하니 부디 내 이름으로 출판한 모든 출판물을 더 이상 출간하지 말아주십시오.(원적 후에 공개된 유언장의 일부)

무소유의 삶을 입으로만이 아니라 거체적(擧體的)으로 실천한 참으로 선승다운 '아름다운 마무리'이다. 그는 첫 수상집 『무소유』에 실린 「미리 쓰는 유서」에서도 이미 비슷한 말은 남긴 바 있다.

내가 죽을 때에는 가진 것이 없을 것이므로 무엇을 누구에게 전한다는 번거로운 일도 없을 것이다. 본래무일물(本來無一物)은 우리들 사문(沙門)의 소유관념이니까. 그리고 혹시 평생에 즐겨 읽던 동화책이 내 머리맡에 몇 권 남는다면, 아침저녁으로 '신문이오' 하고 나를 찾아주는 그 꼬마에게 주고 싶다…….

(중략)

육신을 버린 후에는 훨훨 날아서 가고 싶은 곳이 꼭 한 군데 있다. '어린 왕자' 가 사는 별나라. 의자의 위치만 옮겨놓으면 하루에도 해지는 광경을 몇 번이고 볼 수 있다는 아주 조그만 그 별나라. 가장 중요한 것은 마음으로 보아야 한다는 것을 안 왕자는 지금쯤 장미와 사이좋게 지내고 있을까.(법정의 「미리 쓰는 유언」)

나는 남몰래 스님에게 묻고 싶다. '그렇게 그리던 별나라에서 어린 왕자를 만나 함께 장미와 사이좋게 지내고 계십니까?'

피천득의 「인연」

지난 사월 춘천에 가려고 하다가 못 가고 말았다. 나는 성심여자대학에 가 보고 싶었다. 그 학교에는 어느 가을 학기, 매주 한 번씩 출강한 적이 있다. 힘드는 출강을 한 학기 하게 된 것은 주 수녀님과 김 수녀님이 내 집에 오신 것에 대한 예의도 있었지만 나에게는 사연이 있었다.

수십 년 전 내가 열일곱 되던 봄, 나는 처음 동경에 간 일이 있다. 어떤 분의 소개로 사회교육가 미우라(三浦) 선생 댁에 유숙하게 되었다……. 그 집에는 주인 내외와 어린 딸 세 식구가 살고 있었다. 하녀도 서생도 없었다. 눈이 예쁘고 웃는 얼굴을 하는 아사코(朝子)는 처음부터 나를 오빠처럼 따랐다. 아침에 낳았다고 아사코라는 이름을 지어주었다고 하였다.

성심(聖心)여학원 소학교 일학년인 아사코는 어느 토요일 오후 나와 같이 저희 학교까지 산보를 갔었다……. (중략)

(마지막에서 두 번째 문단에서) 아사코와 나는 세 번 만났다. 세 번째는 아니 만났어야 좋았을 것이다.

오는 주말에는 춘천에 갔다 오려 한다. 소양강 가을 경치가 아름다울 것이다.(피천득의 「인연」, 수필집 『수필』에 실림)

네 문장으로 엮어진 글머리 문단, 그중에서도 첫 두 문장 "지난 사월 춘천에 가려고 하다가 못 가고 말았다. 나는 성심여자대학에 가보고 싶었다."는 정말로 평범하기 짝이 없다. 피천득의 「인연」을 읽어보면 알겠지만 글 내용은 춘천과 아무 '인연'이 없다. '성심여자대학'도 '성심'이란 이름만이 글 속의 주인공과 간접적 연관이 있을 뿐. 고심한 흔적이 별로 보이지 않는 이런 리드가 전후 문맥의 조명을 받게 되자 비로소 생생하게 그 의미가 살아나는 것은 순전히 작자의 글 솜씨 덕택이다. 아무나 흉내낼 수 있는 솜씨가 아니다. 이런 식의 글머리로 수필 한 편을 써서 우리나라 수필문학계의 거봉이 되는 것은 피천득 그가 아니고서는 불가능하다. 절제된 문장으로 꼭 써야 할 말만을 간추려서 쓸데없는 군더더기를 과감하게 삭제하고 아주 간결하게 문장을 꾸몄기 때문에 글을 찬찬히 살펴 읽지 않으면 작자가 무엇을 말하려 했는지 금방 독자의 머리에 와 닿지 않는다.

「인연」을 읽어 본 독자라면, 우리나라 수필문학에 관한 얘기 중에 왜 하필이면 피천득이란 이름 석 자가 언급되고 또한 피천득 하면 어김없이 「인연」이 꼽히는지 그 이유를 짐작할 수 있으리라. 일본 아가씨 아사코와의 이뤄지지 못한 사랑 이야기를 쓴 이 글이 마치 수필의 대명사처럼 인정받는 것은 성사된 '인연'이 아니라 깨진 '인연'을 참 아름답게 다뤘기 때문이다. 마치 사랑 이야기가 담긴 오래된 흑백영화 필름의 릴을 서서히 돌리며 다시 보는 느낌이다. 보고나서 우리는 '춘천의 성심여대'로 찾아가면서 눈자위에 맺힌 한두 방울의 눈물을 훔칠지 모른다. 나는 아픈 가슴을 달래기 위해 쇼팽의 야상곡(夜想曲 Nocturne) 20번을 듣고 싶다. 중국 출신의 망명 피아니스트 푸총(Fou Ts'ong)의 피아노 연주로도 좋고 정경화의 바이올린 편곡 연주로도 좋다.

5. 당대 문사(文士) 이어령의 수사기법

우리는 한국인이 태어난 고향을 모른다. 누구나 어머니의 태내에 있으면서 도 그곳이 어떠한 곳인지를 모르고 있는 것과 같다. 그러나 은밀하게 속삭이는 하나의 신화가 있어 잊어버린 옛날의 아득한 그 기억을 일깨워 주고 있다.(이어령, 『韓國과 韓國人(1)』, 三省출판, 1968, 「잃어버린 고향을 찾아서」)

그것은 지도에도 없는 시골길이었다. 국도에서 조금만 들어가면 한국의 어느 시골에서나 볼 수 있는 그런 길이었다. 황토와 자갈과 그리고 이따금 하얀 질경이 꽃들이 피어 있었다.(이어령, 『흙속에 저 바람 속에—이것이 한국이다』, 현암사, 1967, 「序 · 풍경 뒤에 있는 것」)

이어령의 글은 한 편의 산문시이다. 어려운 낱말로 엮어져서 읽다가 막히곤 하는 난해시(難解詩)가 아니라 술술 읽히는 평이시(平易詩)다. 번득이는 지성의 예리한 칼날을 놀리며 재기발랄한 수사법으로 수많은 독자들의 마음을 휘어잡고 베스트셀러를 양산했던 삼십대 초반의 재치 있는 문사 이어령. 그의 글은 읽으면서 느끼는 감정을 그대로 잘 정리하여 염두에 새겨뒀다가 독자들이 글쓰기에 참고로 삼으면 좋으리라고 본다.

그가 글의 리드에서 선택한 몇 개의 단어들 예컨대 첫 번째 인용문 중 한국인, 고향, 어머니의 태내, 신화, 기억 등은 생각의 수면에 떠오르는 대로 제멋대로 나열되지 않고 사고의 치밀한 설계에 의거하여 선택되어 적절하게 결합되어 있다. 그의 태생적 자질이랄까 아니면 노력의 산물이랄까. 단어들의 선택과 결합이 적절하게 이뤄져 직조(織造)된 멋진 에세이 카펫(carpet)의 리드라고 나는 지적하고 싶다. 그가 한국인의 성격을 이야기하고 싶어서 '잃어버린 고향'을 한국인의 신화 속에서 찾아가면서 쓴 이 글의 내용에 대해서는 여기서 더 이상 왈가왈부하고 싶지 않다.

"우리는 한국인이 태어난 고향을 모른다"라는 모두(冒頭) 문장에 이어지는 은유(隱喩 metaphor)의 대목을 보라. "어머니의 태내에서 태어났으면서도 그곳이 어떠한 곳인지를 모르고 있는 것"처럼 제 고향을 잘 모르는 우리들. 이어령은 자신의 고향을 잘 몰라 이미 부끄러워하는 우리를 향해 이렇게 질타하듯 말하며 넌지시 타이른다. '내가 한국인의 신화를 일러줄 터이니 그걸 읽어보시오. 당신의 잃어버린 고향은 거기서 찾을 수 있을 것이오.'라고.

그의 문장은 결코 길지 않다. 길지 않지만 할 말은 모두 담고 있다. 그래서 그를 당대 제일의 문사라고 불러도 손색이 없는 것이다. 그러기에 서울의 주요 일간지들은 지난 40년 동안 그의 글을 시리즈로 연재하기 위해 서로 경쟁을 벌였고 출판사들은 펴냈다 하면 베스트셀러의 반열에 오르는 그의 책을 출간하기 위해 힘든 섭외를 벌여야 했다.

『흙속에 저 바람 속에—이것이 한국이다』는 가난하고 못살던 1960년대의 한국의 시골 모습을 그리고 있다. 지금 이 글을 읽노라면 저렇게 못살았던 시절의 우리나라 땅의 황량한 모습이 아니라 아련히 떠오르는 따스한 향수를 느끼게 하지만 그때는 그런 황톳길이 몹시 고달픈 삶의 길이었다. 거의 전 국토가 포장된 지금의 이 나라에서 '황토와 자갈'이 깔리고 하얀 질경이 꽃들이 피어 있는 '지도에도 없는 그런 길'이란 좀처럼 보기 어렵다. 유홍준이 『나의 문화유산 답사기(1)』중 남도에서 보았다는 '누런 황토가 아닌 시뻘건 황토', 피빛을 실감케 하는 '남도의 붉은 황토'는 이어령의 황톳길보다 30년 뒤에 본, 그러므로 고속도로나 포장국도 저편에 펼쳐진 농촌의 밭과 언덕들의 흙 색깔이다. 그건 도로의 빛깔은 아니다. 그러기에 이어령과 유홍준이 말하는 황톳빛의 이미지와 의미는 시대의 차 만큼이나 확연히 달라진다.

나는 이어령의 글을 소개하면서 독자들에게 긴히 당부하고 싶은 말이 있다. 그의 글 솜씨 특히 그의 현란한 레토릭(rhetoric)은 아무나 모방하기에는 너무도 개성적이다. 섣부른 모방을 했다가는 낭패를 보기 십상이므로 그의 글 흉내를 내는 데는 각별한 조심이 요구된다. 그의 글을 본받기에 앞서 먼저 언어의 특성에 대한 깊은 이해와 고찰 그리고 자기가 쓸 글의 내용을 구성하는 폭넓은 앎의 축적이 선행되지 않으면 안 된다.

6. 학술 · 연구 논문의 리드

반드시 학술적 연구 논문이 아니더라도 요즘은 독자가 편하게 읽도록 쓰인 연구 서적들이 많이 출판된다. 그런 책들은 때로는 베스트셀러가 되기도 한다. 다음에 소개하는 뉴욕타임즈 모스크바 주재 특파원 출신의 헤드릭 스미드(Hedrick Smith)가 지은 *Who Stole the American Dream?* (누가 미국인의 꿈을 훔쳤는가?)은 그런 부류에 속한다. 한 권의 단행본으로 엮어진 일종의 탐사보도(探査報道=Investigative Reporting)라고도 할 수 있는 글이다.

영국 사학자 아놀드 토인비(Arnold J. Toynbee)는 그의 거작 『역사의 연구』에서 문명의 성쇄흥망이 도전과 응전(Challenge and Response)의 역동작용을 통해 어떻게 일어나는가에 대해 이야기한다. 토인비는 6천 년에 걸쳐 21개 문명들을 연구한 끝에 각 문명의 운명이 도전에 대한 응전에 의해 결정되었음을 발견했다. 토인비의 연구 보고에 따르면 고대 이집트는 정교한 농업 시스템을 개발하여 인간에게 적대적인 기후를 극복함으로써 위대한 국가를 건설했다. 남미의 마야 문명과 안데스 문명은 환경이 준 비슷한 난관을 극복하기는 했지만 더 힘센 침입자들의 도전 앞에 멸망하고 말았다. 다른 문명들은 내부로부터 허물어졌다. 고대 그리스의 도시국가들은 교역을 둘러싸고 저희들끼리 치열한 경쟁을 벌이다 동족상잔의 전쟁으로 쇠락의 길로 빠졌다. 토인비는 이런 현상을 "사회적 몸속의 균열"(schism in the body social) "혼(魂)의 균열"이라고 불렀다. 통일된 로마제국을 저해(沮害)한 것도 중핵에서의 내부 분열이었다……. 오늘날 미국은 매우 복잡하고 잠재적으로 매우 위험한 도전에 직면해 있다. 내부로부터의 도전이다. 로마제국과 마찬가지로 우리는 우리 자신의 몰락을 야기하고 거기에 기여하는 위험에 처해 있다. 우리의 쇠락은 토인비가 언급한 내부분열—정치적 몸속의 균열과 우리 사회의 혼의 균열을 양성함으로써 일어나려 하고 있다.(Hedrick Smith, *Who Stole the American Dream?* Random House, 2012, Prologue에서)

미국인의 '꿈의 상실'이라는 거창한 주제를 다루는 만큼 프롤로그의 문체와 내용도 장대하다. 마치 인류 역사 6천 년의 거대한 강물 줄기가 유장하게 흐르듯이 프롤로그도 힘차게 뻗어 흐른다. 그리고 또 간명하고 잘 읽힌다. 토인비의 역사 이론이 도전과 응전의 과정으로 설명되는 것은 주지하는 바이어서 이런 종류의 글은 자칫 만연체(蔓衍體)로 흐를 우려가 있다. 함에도 스미드는 기자 출신답게 저널리스틱한 글쓰기 스타일로 토인비의 내러티브를 깔끔하게 다듬어내는 데 성공하고 있다. 그리고서 묻는다. '미국인의 꿈은 누가 훔쳤는가?' 라고. 훔친자는 다름 아닌 '내부로부터의 분열'(division from within)이다. 한 사회의 토대를 허무는 것은 외부의 적이 아니라 내부의 적(an enemy inside)이란 뜻이다. 2012년 12월의 대통령선거를 전후하여 격론이 벌어진 우리 사회의 양극화 현상—빈부 격차, 지역 갈등, 세대 간 분열, 보수 세력 대 진보 세력의 이념 대립—을 통합하는 지혜를 얻기 위해서라도 우리는 스미드의 역작을 한 번쯤 읽어볼 가치가 있으리라.

PART 03
뉴스 보도문의 스토리텔링 구조와 기사 쓰기

제9강
스토리텔링으로서의 뉴스 보도

1. 언어로 표출되는 뉴스

뉴스거리는 우리 생활에 지천으로 널려 있다. 그러나 그 '거리'들이 그대로 날 것인 채로는 뉴스가 되지 않는다. 그 '거리'가 뉴스로 태어나려면 적합한 수단과 적절한 '가공처리' 절차가 필요하다. 뉴스의 '거리'는 뉴스의 재료인 사고 · 사건 · 사태 등 우리 주변에서 발생하는 온갖 일들을 가리킨다. '필요한 수단'은 언어 · 영상 · 소리를 그리고 '가공처리' 과정은 기자에 의한 취재 · 뉴스거리의 취사선택과 기사화 · 보도 과정 일체를 말한다. 필요한 것은 또 있다. 매스 미디어다.

뉴스의 영어 표기 NEWS를 구성하는 알파벳 북(North), 동(East), 서(West), 남(South)을 보라. 이 알파벳 두 문자들이 지시하듯 뉴스는 우리 주변의 사방팔방에서 일어나는 소식을 의미한다. 사고(事故 accidents) · 사건(事件 events) · 사태(事態 state of affairs) 및 온갖 발생사들이 매스 미디어를 통해 사람들에게 공개적으로 전달되는 정보나 소식이 곧 뉴스다.

뉴스의 뜻이 사전에는 어떻게 정의되어 있을까?

①아직 일반에게 잘 알려지지 아니한 새로운 일이나 진기한 사건의 보도. 주로 신문이나 방송에 의해 보도되는, 많은 사람이 관심을 갖는 사건.

②최근에 발생한 개인적인 진기한 사건 등으로 남에게 알릴 가치가 있는 소식.(이희승 편저, 『국어대사』, 수정증보판 민중서림, 1982)

뉴스의 정의에서 중요한 부분은 사고나 사건이 '미디어에 보도'되거나 '남에게 알릴 가치가 있는 정보 전달'이란 구절이다. 이러한 새 소식은 글자로 적히거나 말로 알린다는 것을 의미한다. 요컨대 '미디어를 통해 글이나 말로써 전달되는 소식', 그것이 뉴스다. 이를 정리하면, 어떤 사고 사건이 뉴스로 탄생하기 위해서는 그것이 언어로써 표현되어야 하며 그 언어에 의한 표현은 미디어를 통해 전달되어야 한다는 것이다. 말이나 글로 표현되는 매체 즉 미디어는 신문 · 라디오 · TV 등의 재래식 미디어를 비롯하여 정보기술의 발달로 생겨난 인터넷, 스마트폰을 포함하는 SNS(사회적 네트워킹서비스)의 뉴미디어까지를 포괄한다. 어느 것이든 중요한 것은 미디어에 언어를 통해 사고 사건이 서술 · 묘사되지 않으면 안 된다는 점이다.

방송매체와 인터넷 · 스마트폰 등에서는 언어보다는 그림과 소리가 더 중시되지 않으냐? 라고 반문하고 싶은 독자가 있을지도 모르겠다. 좋은 의문이다. 한데 그와 같은 비언어기호*(non-verbal sign NVS)들에 얹혀 뉴스가 전달될지라도 그 뉴스는 궁극적으로는 언어기호*(verbal sign)에 의존하지 않으면 안 된다는 점을 명심해야 한다. 물론 언어기호가 사용되지 않더라도 의미전달이 전혀 불가능하지는 않지만 힘들다는 뜻이다. 비언어기호가 그렇게 중요하다고 여기는 사람이 있다면 왜 TV방송 매체가 꼬박꼬박 자막을 넣어서 글자에 의한 화면 설명을 하고 있는 이유가 무엇인지를 한 번쯤 곰곰이 생각해보기 바란다.

*언어기호 · 비언어기호에 대해서는 〔강의 노트③ 언어기호 · 비언어기호〕를 참조할 것.

2. 뉴스는 스토리로 엮여 말한다

사고 · 사건 · 사태가 우리 주변의 어디선가에서 일단 발생하면 뉴스의 단초는 생긴다. 그러나 이미 말했듯이 사고 · 사건 · 사태의 발생 자체만으로는 뉴스가 생겨나지 못한다. 사건 · 사태가 뉴스로서 태어나 우리 앞에 제시되려면 무엇보다도 그것을 둘러싸고 있는 정치적 경제적 사회적 문화적 문맥 안에서 기자들—넓은 의미에서 뉴스미디어 또는 언론기관—의 눈과 귀와 머리를 거쳐 그 사고 · 사건 · 사태가 해석되고 의미를 부여받아야 한다. 다시 말해서 어떤 사건이 언어기호들에 의해 언표(言表)되지 않으면 뉴스는 성립되지 않는다. 언어기호로 언표되어야만 사건 · 사태는 비로소 '미디어를 통해 널리 보도될 만한 가치가 있는 뉴스'로서의 자격을 얻는다는 말이다. 이는 사건 · 사태가 '보도될 만한 가치를 지닌' 뉴스로서 탄생하려면 그 내용이 언어기호로 엮어진 이야기로 구성 또는 구축되어야(construct) 함을 뜻한다. 영상과 소리만으로도 어떤 사건 · 사태가 발생했다는 정도의 뉴스 스토리가 만들어질 수는 있다. 검은 스크린 화면에 번쩍거리는 서너 줄기의 번개와 천둥소리는 한여름 철 한바탕 쏟아져 내린 소나기의 정도가 어떠했음을 우리에게 알려준다. 탱크 행렬과 무장군인들이 시가지를 무리지어 가는 영상 장면은 어느 나라에서 쿠데타가 발생했다는 신호일 수도 있으며 3군 합동기동훈련이 벌어지고 있다는 표시일 수도 있다. 광장에 운집한 군중의 모습과 그들이 외치는 구호는 반정부 시위가 격렬함을 가리킨다. 그러나 사건이 언어로써 서술 또는 묘사되지 않으면 그 의미는 다른 사람들에게 제대로 전달되지 않는다.

사회에서 발생한 사고 · 사건 · 사태는 기자들에 의해 언어로써 구축되어 스토리를 지닐 때 비로소 의미 있는 뉴스로서 탄생하는 것이다. 사건은 발생 자체로서는 사회적으로 의의 있는 의미(a socially significant meaning)를 갖는 뉴스가 되지 않는다. 그 점에서 뉴스는 사건 자체 속에 내재되어 기다리고 있다가 우리 앞에 튀어나오는 것이 아니다. 기자의 눈과 손을 거쳐 사건이 해석되고 이야기로서 구성 또는 구축될 때에야 비로소 뉴스로서 탄생한다. 이는 곧 뉴스가 기자들에 의해 만들어진다는 것(News are made by reporters or writers)을 뜻한다.

때문에 우리는 '스토리텔링(storytelling)'으로서 '만들어지는 뉴스'를 논의할 필요가 있다.

스토리텔링으로서의 뉴스

뉴스를 스토리텔링 또는 내러티브라고 말한다고 해서 소설과 같은 허구(fiction)의 내용으로 구성된 것이라고 오해하지는 말자. 어떤 사고 · 사건 · 사태가 뉴스로서 기사화되어 독자(뉴스 소비자)에게 전달되는 보도문은 소설처럼 치밀한 스토리 얼개와 체계를 갖추지는 않지만 남과 대화를 하는 과정에서 얘깃거리가 될 만한 스토리로서의 특징과 내용은 웬만큼 지니고 있다. 그래서 미디어에 보도되는 뉴스를 우리는 스토리텔링이라 부르는 것이다.

스토리텔링으로서의 뉴스의 성격에 대해서는 존 하틀리(John Hartley)의 다음 풀이가 적절할 듯싶다.

> 뉴스는 문자 그대로 단어들과 그림들로 만들어지며 그래서 언어체계 안에서 사회적으로 분화된(차이화된 differentiated) 하위체계를 구성한다. (중략)

우리는 집단적으로 살아가면서 현실(reality=實在)을 구축하며 그 현실을 의미 있는 것으로 지각한다. 의미 있게 보는 정도는 질서정연한 뉴스 언어체계로부터 초래되는 기대감과 유사할 정도이다.(John Hartley, *Understanding News*, 1982, p.5)

"우리는 집단적으로 살아가면서 현실(실재)을 구축하며 그 현실을 의미 있는 것으로 지각한다" 라는 문장은 그 뜻이 얼른 머리에 와 닿지 않을지 모르겠다. 얼른 이해되지 않는 독자는 비근한 사례를 생각해 보면 어떨까. 미디어 보도에 비판적인 사람들이 흔히 입에 올리는 불평 중에 이런 말이 있다. "신문 방송 보도 하나 때문에 멀쩡한 사람이 나쁜 사람이 되기도 하고 좋은 사람이 되기도 한다" 이 말은 미디어의 대단한 사회적 영향력을 가리킬 뿐더러 미디어가 그 사람의 현실(現實 reality)을 드러내 구성(構成 construct)한다는 뜻이기도 하다. 물론 그 현실이 실은 사실에 입각한 것이 아닐 수도 있다. 뉴스에 의한 사회적 현실의 구축(a reality socially constructed by news reporting)도 이와 같은 맥락에서 이해되어야 한다. 요약하자면 뉴스는 현실 속에서 생산되는 동시에 다시 현실을 만든다. 이는 사람이 기성의 사회에서 태어나는 동시에 그 사회에 살면서 다시 바꿔가는 이치와도 같다.

이 대목에서 우리는 현상학적 사회학자인 피터 버거가 제시한 ① '현실은 사회적으로 구축되며' ②또한 '현실은 언어를 통해 구축된다'(Peter Berger & Thomas Luckman, *The Social Construction of Reality* 1967 Chap.1) 라는 명제를 상기할 필요가 있다. 이는 그의 '현실의 사회적 구축 이론'에 깃들인 핵심 명제이다. 하틀리는 이 명제를 뉴스 보도에 적용하여 위와 같이 설명한 것에 지나지 않는다. 두 사람의 명제 정리를 다시 요약하면 우리는 다음과 같은 결론을 얻는다.

①사회적으로 구축된 현실은 구체적으로는 언어기호로써 언표되는 뉴스에

의해 구축되며

②뉴스는 사회구조와의 관계에 있어서 일반적 기호체계에 의해 생성된 담론이다.(News is a discourse generated by a general sign-system in relation to a social structure.)(Hartley의 앞의 책 p.7)

②의 '뉴스는 일반적 기호체계에 의해 생성된 담론'이라는 구절은 말 · 글자와 그림 · 소리(비언어기호=NVS)들에 의해서 만들어지는 언설(言說 discourse) 다시 말해서 언어기호와 다른 기호들로 엮어진 이야기라는 뜻으로 이해하면 될 것이다. 언어로 엮어진 언설 즉 담론*(談論 discourse)의 예로서는 사회적 제도나 사회적 관행으로 굳어진 채 아직도 잔존하는 가부장제적 질서체계, 부계(父系) 중심 가족제도의 사고방식에 따른 자식들의 부계 성씨(姓氏) 계승, 대학 졸업자를 고교 졸업자보다 우대하는 학력(學歷) 우위의 관습적 사고, 지연(地緣) · 학연(學緣)에 기초한 연고(緣故)주의, 귀화하더라도 이방인을 차별하는 동족순혈(同族純血)주의 등을 들 수 있다.

*언설과 담론의 영어가 다 같이 discourse로 표기된 점에 대해서 의문을 갖는 독자는 우리말의 두 용어가 영어 discourse의 역어란 점에 주목하기 바란다. 초기불경의 영역자들은 고따마 붓다(석가모니 부처)의 설법이 담겨 있다는 뜻에서 무슨무슨 경(經)을 Discourses로 옮긴다는 점을 참고로 유념하면 좋겠다. 담론의 개념에 대해서는 앞의 〔강의 노트⑤ 담론〕을 참조하기 바란다.

3. 뉴스 보도의 서사(敍事) 구조

뉴스로 구축된 자연재앙의 현실

사회적 현실이 뉴스에 의해 언어기호로써 엮어져 구축된 것이라면 거기에 이야기 즉 스토리가 구성되어 따라오는 것은 필연적이다. 2011년 3월 일본 동북지방 후쿠시마(福島) 현의 태평양 연안지역에서 발생한 진도 8.9 규모의 대지진과 잇따른 엄청난 츠나미(津波) 피해가 아주 적절한 예에 속한다. 그 참혹한 자연재앙에 대한 우리의 이야깃거리는 신문 · 방송과 인터넷 보도를 통해 나라 안에 두루 퍼졌기에 모르는 사람이 거의 없을 정도이다. 그 재해 이야기는 다시 우리들의 일상대화나 미디어의 잇단 보도 분석을 통해 대충의 체계를 갖춘 줄거리로 엮어져 전파되었다. 자연재해에 대한 이야기는 인근 연안에 위치한 원자력발전소 파괴로 말미암은 방사능 피폭(被爆)이라는 끔찍한 사태까지 낳아 생선회를 즐기는 일본인들에게 방사능에 오염된 생선 공포증마저 심어주었다.

이런 자연재앙에 대한 우리의 앎이란 결국 무엇에 의해 얻어지는 것일까? 언어기호와 사진 또는 동영상 등을 통해 구성된 뉴스 보도이다. 이런 뉴스 보도가 있음으로 해서 대지진의 발생과 연관된 처참하고 무시무시한 자연재해와 핵발전소의 인위적 재앙 그리고 그것들에 대해 인간이 품는 공포 등은 비로소 사회적 현실로서 우리 앞에 현현(顯現)하는 것이다. 결국 언어기호와 비언어기호를 통해 구축된 자연재앙이 초래한 결과들을 우리는 사회적 현실로서 받아들이는 것이다. 다시 요약하자면 우리가 그 대지진과 츠나미 피해 그리고 그것으로 인한 죽음의 공포에 대해 갖는 지식(知識 knowledge)은 결과적으로 언어로 구성된 지식에 다름 아니다. 언어로 구성된 지식은 자연스레 이야기 즉 스토리를 생산하게 마련이다. 자신의 앎을 남에게 전달하는 과정은 다름 아닌 스토리의 전파 과정이기 때문이다. 이렇게 뉴스 보도가 전하는 지식＝앎을 가지고 사람들이 남들에게 전파하는 이야기가 바로 스토리텔링이자 내러티브다.

이상과 같은 관념적 추상적 설명만으로는 납득하기 어렵다고 여길지 모르는 독자가 있을 성싶어 나는 아예 후쿠시마현 지진과 츠나미 발생을 전하는 초기 발신 기사를 예로 들어보고자 한다. 먼저 기사의 출처를 명시한 워싱턴포스트(WP) 도쿄 특파원의 스트레이트를 인용하고 이어 뉴욕타임스(NYT) 도쿄 특파원의 기사를 덧붙여 종합 · 정리를 했다. 둘 다

온라인신문에서 옮긴 것임을 미리 밝혀둔다. 참고로 WP 기사의 발신지가 히로시마(廣島)로 된 것은 때마침 그 특파원이 그곳으로 출장 갔다가 지진 소식을 듣고 기사를 송고했기 때문이었을 것으로 짐작된다. 권위 있는 미국 신문의 경우 이런 식으로 발신지가 표기되는 경우가 적잖다. 사실 후쿠시마현 현지에서 기사를 송고하지 못할 바에는 도쿄 발신이든 히로시마 발신이든 큰 차이가 없다. 어차피 일본 미디어를 인용하든가 전화 통화로 입수한 목격자담을 인용하는 형식의 기사를 특파원이 작성하기 때문이다.

(히로시마 · 도쿄 발=WP · NYT의 Online News) 규모 8.9의 초대형 지진과 서너 차례의 강력한 여진이 (2011년 3월 11일) 금요일 오후 일본 동북지역을 잇따라 강타했다. 곧 이어 모든 것을 잡아 삼키는 엄청난 츠나미(津波)마저 엄습하여 진앙에 가까운 연안지역 일대를 완전 폐허로 만들었다.

교도(共同)통신에 따르면 지진 발생 약 7시간 뒤 사망자 수는 50명 이상인 것으로 집계되었다. 하지만 인명피해는 더 늘어날 것임에 틀림없다고 관계자들은 말했다.

일본 기상청은 이번 지진이 지난 백 년만의 가장 강력한 것이라고 밝혔다. (NYT보도에 따르면) 미연방 지질국은 8.9규모의 지진이 도쿄 동북쪽 약 2백30마일(1마일=1.6km) 지점, 17마일 깊이의 해저에서 발생했다고 말했다. 지진은 도쿄 표준시간으로 오후 2시 46분에 일어나 인구 밀집 지역인 혼슈(本州) 동북지방 해안일대를 사정없이 뒤흔들었다. 워낙 강력한 지진이어서 내진(耐震) 설계로 잘 건립된 도쿄 중심가의 빌딩들까지도 심하게 진동했을 정도이다.

TV방송의 츠나미 속보 화면은 거대한 검은 해수장벽들이 공포의 하얀 파도 거품을 물고 겹겹이 줄을 이어 해안지역으로 마구 달려들며 강타하는 무시무시한 모습을 보여주었다. 높이 20피트가 넘는 검은 츠나미 기둥과 해수벽들은 해안 주거지로 미친듯이 질주하며 자동차들을 물 속으로 쳐박아 넣고 선박과 건물들을 뒤집어 부숴버렸다. 종류를 분간하기도 어려운 수많은 파편 더미들을 싣고 겹겹이 내륙으로 치닫는 츠나미 홍수. 인간의 능력으로는 도저히 감당할 수 없는 검은 파도의 위력 앞에서 수십 톤짜리 중(重)트럭마저도 마치 장난감처럼 무력하게 뒤집혀지고 말았다.

화재로 불길이 솟구치는 건물들에서 공장으로, 논밭과 포장도로로 그리고 다리 위로 닥치는 대로 날뛰는 츠나미의 끔찍한 폭력 광경도 목격되었다. 가옥들은 마치 강물 위의 래프트처럼 파도에 떠밀려 아무 기력도 쓰지 못하고 둥둥 떠내려갔다. 일부 지역에서는 거대한 검은 파도장벽들이 부서진 파편 더미들을 연신 해안으로 밀어올리고는 잘 정돈된 농지들에 쏟아놓았다. 넓고 아름다운 농지는 삽시간에 무인지경의 황량한 쓰레기하치장이 되고 말았다.

NHK방송 헬기에서 생방송으로 내보낸 공중촬영 보도화면에 따르면 센다이(仙台) 지역에서는 정유공장에서 불기둥들이 하늘로 솟구치는가 하면 엄청난 홍수가 공항활주로를 덮쳐 일부를 삼켜버렸다. 간신히 살아남은 사람들은 공항 건물 옥상으로 올라가 구조를 애타게 호소하는 모습이 보였다. NHK 해설자는 정유공장에서 솟구치는 검은 불기둥들을 보고 '이건 지옥의 불'이라고 말했다.

지진 피해가 예상되는 태평양 연안 10여 개 국가들에는 츠나미 경보가 발령되었다. 미국에는 서부지역, 하와이, 알래스카가 경보지역에 포함되었다. 지진전문가들은 대만, 필리핀, 인도네시아의 연안지대도 츠나미 위협지역에 해당한다고 예측했다. CNN 보도에 따르면 국제적십자연맹(IFRC) · 적신월회(赤新月會)의 대변인은 일부 작은 태평양섬들 전체가 츠나미에 휩쓸릴 우려가 있다고 말했다.

도쿄에 거주하는 미국인 작가 겸 번역가인 맷 앨트(Matt Alt)는 "8년간이나 이곳에 살았는데 예전에는 전혀 경험해 본 적이 없는 큰 진동이었어요. 계속 롤링이 심해서 도저히 서 있을 수가 없었고 현기증이 날 지경이었다"고 NYT 기자에게 말했다.

간 나오토(管直人) 수상은 전국 방송을 통해 정부는 피해를 최소화하기 위해 가능한 모든 조치를 취하고 있다며 국제적인 지원을 호소했다.

한국과 러시아를 포함한 5~6개 국가는 지원을 약속하며 긴급구조대원을 대기시켜 놓았다.(WP · NYT 종합, 2011년 3월 11일, 금요일)

*이 기사는 지진과 츠나미 업습 초기의 것으로 나중에 밝혀진 후쿠시마 원자력발전소의 피해, 방사능 누출은 언급되지 않았다.

이 정도로 정리된 종합보도만을 보고도 이것이 하나의 참혹한 지진 · 츠나미 스토리이자 죽음과 공포의 현실임을 독자들은 여실히 직감했으리라. 뉴스 보도를 접한 신문 독자나 TV시청자들은 지진과 츠나미 발생으로 말미암은 현장의 자연재앙 자체보다는 글자와 화면으로 묘사된 재앙의 표상 또는 재현(表象. 再現 representation)을 통해 후쿠시마현 지진에 대한 이야기를 알고 그 자연재앙을 남들에게 전하게 된다.

이처럼 뉴스는 자연재앙의 현실 속에서 생겨나지만 역으로 재앙의 현실을 다시 만들어낸다. 뉴스가 현실을 만들 때 달리 말해서 현실을 구축할 때 거기에는 필연적으로 언어기호의 체계가 사용된다는 점을 우리는 주목해야 한다. 또 한 가지 유념해야 하는 사항은 자연재해의 현실이 뉴스 보도에 의해 구축되어 재현되었다고 해서 실제의 자연재해가 현전하지(present) 않거나 부재하는(absent) 것은 결코 아니다. 뉴스 보도는 사건을 직접 목격한 기자나 또는 TV카메라에 의해 자연재해가 던지는 사회적 의미와 인간들에게 미치는 영향력의 의미를 전할 따름이다. 이 점에서 '뉴스 보도에 의해 구축된 자연재해라는 현실은 실제의 자연재해 자체와는 다른 것이다'라고 보아야 한다. 실제의 자연재해가 글자와 영상을 통해 일단 걸러지고 재구성되어서 우리 앞에 제시되었기 때문이다.

이런 차이는 국회의사당 안에서 발생한 어떤 정치적 쟁점을 둘러싼 첨예한 여 · 야당 간의 격렬한 대립과 폭력 행사에 관한 뉴스 보도의 경우에도 적용된다. 뉴스로 보도된 의사당 안의 정치적 현실과 있는 그대로의 의사당 안 여·야 격돌 현상 자체와의 사이에는 차이의 틈새가 있게 마련이다. 때문에 정당 대변인들은 동일한 정치적 사태에 대해 딴판의 해석과 성명을 내놓으면서 때로는 미디어 보도가 '사실을 왜곡하여 편파보도를 했다' 라고 항의까지 하는 일이 발생한다.

뉴스 스토리의 서사 구조

신문이나 방송으로 보도된 유별난 돌발 사건·사태들을 보면 그것들은 앞의 제7강에 설명한 서사 구조를 닮았다. 구체적으로 말하면 평형-평형와해-평형회복의 3단계에서 제2단계인 평형의 와해에 해당한다는 뜻이다. 질서 있고 평화롭게 굴러가던 세상일이 갑자기 뒤틀어지면서 그 균형이 깨졌다는 의미에서 그러하다.

사고와 사건이 터진 때와 그러고 나서 이의 수습을 요구하는 단계에서 뉴스거리는 생겨난다. 역으로 말하면 거의 그대로 날마다 반복되는 일상 패턴에 따라 루틴(routine)하게 진행하는 일들은 뉴스 항목으로 선택되지 않는다. 뉴스로 선택되어 보도되는 사고·사건·사태들은 대부분 경찰이나 검찰의 개입이나 조사를 필요로 하는 단계에 들어선 것들이다. 이 단계에서 사건은 처리되고 수습된다. 이는 깨진 일상 질서의 회복 단계에 해당한다고 말할 수 있다. 다른 예를 살펴보면 서로 갈등과 긴장 관계를 드러내는 두 등장인물(two characters), 구체적으로는 야산(野山)을 관광지로 만들기 위한 지방자치단체의 개발파와 이를 적극 반대하는 환경파 간의 대립이 노골화하여 서로 충돌하는 사태가 발생했을 때 이 충돌사태가 기자들의 눈을 통해 뉴스 소비자(독자)들에게 전달되면, 책임 있는 행정당국은 조정역할에 나서 쌍방 간의 갈등이 원만한 해결을 보도록 노력하게 된다. 이 단계가 평형와해에서 회복의 단계로 이행하는 시기에 해당한다. 더욱 두드러진 사례로서, 서울외곽순환고속도로의 송추—의정부 구간에서 사패산 터널과 수락산 터널 공사를 둘러싼 불교계—환경단체와 시공회사—건설교통부(지금의 국토교통부) 간의 대립(1년 이상 대립이 계속되어 2003년 9월 현재 공사가 중단되었다가 정부의 중재 노력과 조계종 측의 양보로 2005년 봄부터 공사가 재개되어 고속도로가 완공되었음), 새만금 간척지 방조제 공사를 둘러싼 환경단체와 정부와의 대립은 둘 다 적어도 일 년 이상의 여러 해 동안 지속되었다가 해결을 본 '환경사건'이다. 최근의 예로는 제주도 서귀포시의 강정 마을 해안을 민 · 군복합미항(民軍複合美港)으로 건설하기로 한 정부(해군당국) · 제주도 당국의 합의와 결정에 반대하는 시민 · 환경단체 회원들이 일부 주민들과 합세하여 장기간 벌인 격렬한 시위 사태(2011~2012년)를 들 수 있다.

미디어 뉴스로 전달된 이런 사례들은 위기와 균형의 와해가 상당히 오랫동안 지속된 경우인데, 이런 대립 · 충돌 사건은 평형상태의 와해를 의미하므로 언제든지 신문과 TV에서 뉴스거리로서 각광을 받을 수밖에 없는 소재를 제공한다.

이렇게 고찰하면 뉴스거리로 선정되는 사고 · 사건 · 사태는 미디어에 보도되기 전에 이미 발생요인들이 누적된 것으로서 통상적 평형상태의 와해를 잉태하고 있었음을 반증하고 있다. 때문에 그것이 보도되는 시점에서 뉴스는 이미 그리고 언제나 독자(시청자)의 관심을 끌어잡는 내러티브로서의 성질을 보유한 것이다. 이 사실은 뉴스가 선정되는 규칙의 체계인 코드(code 規則)를 잠시 살펴보면 더욱 명확해진다.

뉴스 선정 코드

뉴스 스토리는 일반적으로 정상적인 틀과 상궤(常軌)를 벗어났거나 또는 통상적인 것과는 유별나게 다른, 아주 돌출적이며 비일상적이며 비정상적인 저명인의 행동이나 사고, 이례적인 사건 · 사태 등을 주로 소재로 삼는 것이 보통이다. 진부한 사례로서는 '개가 사람을 물면 뉴스가 안 되지만 사람이 개를 물면 뉴스가 된다' 라는 속언이 그러하다.

이렇게 뉴스거리로 등장하는 사고 · 사건 · 사태들은 제멋대로 난립되어 있다기보다는 일정한 기준과 속성에 따라 몇 갈래의 범주로 묶어 나눌 수가 있다. 많은 인명 피해를 초래한 대형 항공기추락 사고 · 대형 유조선의 좌초에 의한 다량의 서해안 기름유출 사고 · 연쇄추돌 교통사고, 미국 고등학교에서 일어난 무차별 총기난사 사건, 초대형 태풍의 발생 · 진행과 한반도 통과로 인한 엄청난 자연재해, 예측을 불허하는 대규모 지진 발생과 츠나미로 인한 참혹한 자연재앙과 천재지변, 남북 간 연평해전과 천안함 폭침사건과 같은 돌발적 분쟁이나 무력충돌 사건 등. 여기에다 독자와 시청자의 흥미를 유발하는 일이 있다면 그것도 독자의 관심을 끄는 뉴스로서 등장한다(연예 · 스포츠계 스타들의 결혼이나 스캔들에 관한 가십거리). 잠재적(潛在的 latent) 위기 사태가 차츰 누적되어가면서 그것의 효과가 현재적(顯在的 manifest) 위기로 폭발할 위협 단계의 사태(예컨대 오랜 경제 불황의 계속이 경제파탄의 임박을 예고한다거나 이상기후異相氣候의 지속으로 말미암아 남 · 북극 빙하가 녹아 흘러 해수면 상승의 위기가 닥친다는 것 등), 저명인사의 불륜 · 뇌물수수 스캔들이나 그들에 연관된 흥밋거리 이야기들과 같은 뉴스거리들이 여기에 속한다.

이와 같은 뉴스들은 기자들에 의해 아무렇게나 선택되어 보도되지 않는다. 뉴스의 선정은 일정한 규칙의 체계에 의거하여 이뤄진다. 전문용어로는 이를 뉴스의 선정 코드(selection code)라 부른다. 이는 뉴스거리의 취재 부문에 속하는 일이므로 여기서는 상세히 언급하지 않겠다. 다만 우리나라 미디어학계에서 흔히 사용되는 뉴스 선정의 코드로는 사고 · 사건 · 사태의 ①시의성(Timeliness) ②근접성(Proximity) ③인간적 흥미(Human Interest) ④결과로서 미친 영향(Consequences) ⑤자연적 인위적 재앙(Disaster) ⑥사고 · 사건 관련자의 저명성(Prominence) ⑦사건의 신기성(Novelty) ⑧사회적 갈등(Conflict) 등이 있다는 점을 일러두고자 한다.

이 밖에도 요한 갈퉁의 사회학적 실증연구에 의한 뉴스 코드가 있는데 열두 가지 항목만을 여기서 소개할 뿐 자세한 설명은 생략한다.

①사건 · 사태 빈도(Frequency)의 단기성 ②사고 · 사건 · 사태의 크기의 점에서 문턱넘기 또는 한계선(Threshold) ③명확성(Unambiguity) ④의미성(Meaningfulness) ⑥의외성(Unexpectedness) ⑦과거에 취급했던 사건 사고의 계속성(Continuity) ⑧지면구성(Composition) 또는 화면구성 ⑨선진국이나 중요 국가 언급(Reference to elite nations) ⑩저명인사 언급(Reference to elite persons) ⑪인물 언급(Reference to persons) ⑫천재지변 · 무차별 총기난사 · 무차별 성폭행 같은 부정적인 것에 대한 언급(Reference to something negative) (Johann Galtung & M. Ruge, 「Structuring and Selecting News」 in *The Manufacture of News: Social Problems, Deviance and the Mass Media* ed. by S. Cohen and J. Young 1973).

4. 서사 양식으로 쓰인 신문 · 방송 보도의 사례

(1) 예문1

(가)외교부 "타부처 통상교섭대표 임명, 헌법 흔드는 것"

인수위 "부처 이기주의, 조약체결은 대통령 고유권한-외교부에 위임됐을뿐"

통상기능 산자부 이전안……국회 입법 심의과정서 진통 예고

(서울=연합뉴스) 강병철 기자=새 정부의 정부조직개편안 중 쟁점인 외교통상부의 통상기능 이전 문제와 관련, 박근혜 대통령 당선인이 이전 방침을 재확인했음에도 외교부와 국회에서 반대 의견이 여전히 표출되고 있다. 이에 따라 새 정부의 정부조직개편안에 대한 국회의 입법화 과정에서 진통이 예상된다.

외교부는 4일 통상기능 이전과 관련된 '정부대표 및 특별사절 임명 및 권한에 대한 법률' 개정안에 대해 "헌법 골간을 흔드는 것"이라면서 법 개정에 반대했다.

외교부는 국회 외교통상통일위에 제출한 검토의견 자료에서 "헌법상 국가대표권 및 조약체결·비준은 대통령 고유권한"이라면서 "정부조직법은 외교부 장관을 통해 이 권한을 행사하도록 하고 있으며 정부대표·특별사절법으로 행사 방식을 규정하고 있다"고 밝혔다.

외교부는 "통상교섭에 대해 외교부 장관이 아닌 (신설되는) 산업통상자원부의 장관이 이 권한을 행사하도록 하는 개정안은 대통령의 외교에 관한 권한을 각기 교섭을 진행하는 장관에게 행사하도록 위임하는 논리"라면서 "이는 헌법에 규정된 대통령의 국가대표권, 조약체결권의 골간을 흔드는 것"이라고 주장했다.

또 외교부 장관이 아닌 다른 부처 장관이 통상교섭 대표를 임명하는 것은 국제법과 국제 관행에도 위배된다고 밝혔다.

이와 관련하여 외교부는 우리나라가 체결한 789개 양자조약을 조사한 결과 전부 조약체결 상대국의 국가원수나 외교부 장관(전체의 95% 이상)이 자국 정부대표에 교섭을 위임하는 전권위임장을 발급했다고 설명했다.

외교부는 통상기능을 산업통상자원부로 이전하는 정부조직법개정안에 대해서도 이른바 '4대 불가론'을 들고 반대의견을 거듭 제시했다.

김성환 외교부 장관과 박태호 통상교섭본부장은 국회 발언을 통해 각각 "외교부가 가장 적합한 부처", "통상교섭에 필요한 전문성은 협상에 대한 전문성"이라며 통상기능 이전에 공개 반대했다.

대통령직인수위 진영 부위원장은 새누리당 정책위의장을 전제, 삼청동 인수위 공동기자회견장에서 브리핑을 하고 "(외교부의 주장은) 하나의 궤변이며 부처 이기주의"라며 정면 비판했다.

진 부위원장은 헌법 66조와 76조를 근거로 "통상조약 체결은 헌법상 대통령의 권한이며, 이 권한은 '정부대표 및 특별사절 임명·권한법'에 의해 외교부 장관에게 위임된 것"이라며 "외교부 장관이 정부 대표가 되는 것은 헌법상 권한이 아니라 헌법상 대통령의 권한을 이 법에 의해 위임받은 것"이라고 말했다.

그는 김 장관의 발언에 대해서 "헌법 정신을 왜곡하고 헌법상 대통령 고유 권한인 통상교섭체결권을 마치 외교부 장관이 헌법상 가진 권한인 것처럼 왜곡해 헌법상 대통령의 권한을 침해하고 있다"고 지적했다.

그는 "정부조직법도 헌법에 근거해 법률로 만든 사항"이라면서 "외교부가 당연히 헌법상 권한을 가지고 있고, 이렇게 바꾸면 헌법을 흔드는 것처럼 얘기했다면 헌법에 어긋나는 궤변이자 부처 이기주의"라며 "유감을 표명한다"고 말했다.

이어 "(김 장관의 발언에서) 마치 모든 것을 외교부가 하는게 국제관행이라 돼 있고 통상조약에 대해 산업통상자원부 관할은 국제법에 어긋난다고 했는데 그런 국제관행, 그런 국제법은 없다"고 잘라말했다.

통상기능 이관과 관련해서도 "박 당선인은 의정활동 경험상 외교부보다는 산업통상자원부에서 하는 게 체결에서도 전문성이 있고, 통상조약 체결 후 수출증진 등 여러 사항을 해결하는데 있어 산업과 함께 있는게 훨씬 낫다고 판단해 개정안을 낸 것"이라고 부연했다.

진 부위원장은 박 당선인과의 사전 논의를 거쳐 입장발표를 한 게 아니라고 말했으나, 정부조직법개정안의 원안 통과를 희망하는 박 당선인의 의중이 실린 것으로 해석되고 있다.

그는 "김성환 장관에게 전화해 항의하거나 의견을 전달했는가"라는 기자들의 질문에 "그렇게 하지 않았지만 필요하면 해야 될 것"이라고 답해 조만간 공식 경로를 통한 인수위의 입장전달을 예고했다.

이날 열린 국회 외교통상통일위원회 회의에서 다수의 여야 외통위원들은 현 외교통상부를 유지하거나 통상교섭 기능을 수행하는 독립기구를 설치해야 한다는 견해를 제시했다.

야당인 민주통합당도 브리핑을 통해 산업 부처가 통상기능을 담당하는 조직개편에 반대한다는 입장을 밝혔다.

대통령직 인수위원회는 외교부의 통상기능을 산업통상자원부로 이관하는 내용의 정부조직개편안을 발표했다. 여당인 새누리당은 지난달(1월) 30일 이런 내용을 법제화하기 위해 정부조직법 및 정부대표 · 특별사절법개정안을 발의했다.(인터넷 연합뉴스, 2013년 2월 4일)

(나) 인수위—외교부, '헌법상 조약체결권' 엇갈린 해석

(서울=연합뉴스) 이준서 기자=대통령직인수위원회와 외교통상부가 4일 통상기능의 산업통상자원부 이관 문제를 놓고 정면충돌한 데에는 헌법상 조약체결권의 해석이 쟁점이 됐다.

외교부는 외교부 장관이 아닌 확대 개편되는 산업통상자원부 장관이 통상교섭 권한을 행사하는 것은 현행 헌법규정에 따라 짜여진 조약체결 시스템을 뒤흔든다는 입장을 표명하고 있지만, 인수위는 "하나의 궤변이며 부처 이기주의"라고 일축했다.

헌법은 대통령에 대해 우리나라를 대표하고 조약을 체결 · 비준하는 이른바 '국가대표권'(제66조 1항)과 '조약체결권'(제73조)을 부여하고 있다.

어느 부처의 장관이 조약체결권을 위임받는지에 대해선 헌법에 별도의 언급이 없다.

그러다보니 지금까지는 '정부조직법'에 따라 외교부 장관이 대통령의 권한을 위임받았으며, '정부대표 및 특별사절 임명 · 권한법'으로 세부적인 교섭권 사항을 뒷받침했다.

외교부는 이러한 현행 시스템이 헌법상 대통령의 국가대표권 및 조약체결권을 현실적으로 구현하는 뼈대가 되고 있다는 인식이다.

외교부는 이날 국회 외교통상통일위에 제출한 검토의견 자료에서 "통상교섭권을 산업통상자원부 장관이 대신 행사한다는 논리는 조세협정은 기획재정부 장관이, 범죄인인도 조약은 법무부 장관이 위임받으면서 결과적으로는 대통령의 외교권이 분할되는 것"이라고 말했다.

그러나 인수위 측은 외교부가 헌법을 자의적으로 해석하고 있다고 반박했다.

인수위는 현행 시스템에서 외교부 장관이 조약체결권을 실무적으로 행사한 것은 헌법상 권한이 아닌 정부조직법 등 개별 법률에 근거한 것이라는 입장이다.

엄밀하게 따질 경우 조약체결권은 헌법상 대통령에게만 부여된 고유권한인 만큼, 어느 장관이 해당 권한을 위임받는지는 헌법 체계와는 전혀 무관하다는 것이다.

진영 부위원장 겸 새누리당 정책위의장은 기자회견에서 "통상조약 체결은 헌법상 대통령의 권한이며, 이 권한은 정부대표 및 특별사절 임명 · 권한법'에 의해 외교부 장관에게 위임된 것"이라며 "외교부 장관이 정부 대표가 되는 것은 헌법상 권한이 아니라 헌법상 대통령의 권한을 이 법에 의해 위임받은 것"이라고 말했다.(인터넷 연합뉴스, 2013년 2월 4일)

예문1은 통상교섭 기능을 기존의 외교통상부에서 신설되는 산업통상자원부로 이관하는 문제를 둘러싼 (가) 스트레이트 기사와 (나) 그 해설이 서사 구조를 갖고 있음을 예시하기 위해 선택되었다. 대통령직인수위원회의 정부조직개편안 제시로 촉발된 외교통상부와 인수위 간의 갈등과 대립은 우선 시간의 연속 흐름에 따라 사건이 전개되었으며 거기에는 스토리가 있다. 뉴스보도문에서는 외통부 장관과 인수위 부위원장이라는 두 등장인물이 내러티브 구조의 갈등 주역을 맡고 있다. 게다가 앞으로 정부조직법개정안을 심의할 국회의 여 · 야 의원들까지 개입하는 양상을 보이고 있어 양쪽의 '싸움'은 점입가경(漸入佳境)이 될 수도 있다. 두 기사는 마치 두 팀이 싸우는 축구 경기를 보는 것과도 같다. 외통부에서 통상기능 이관을 지지하는 상임위원회 응원단까지 가세했으므로 게임은 더욱 흥미롭다. 이쯤의 예문 소개와 설명만을 보더라도 스트레이트 기사도 어김없이 서사 구조의 틀에서 벗어나지 않음을 이해할 수 있으리라고 본다.

다음 예문2의 사례는 화가 박수근과 소설가 박완서와의 관계를 내러티브 구조로 쓴 기획기사다. 2011년 유명(幽明)을 달리한 박완서의 작고 1주년을 계기로 마련된, 두 사람의 관계를 재조명한 이 기획특집의 내러티브는 무려 60여 년 전 두 사람의 우연한 만남에서 비롯된다. 책의 앞부분에서 소개한 둘의 관계를 되살펴 보면서 내러티브 구조를 분석하기 바란다. 어떤 내용의 생산품이었으며 그것은 소비자의 구미를 당길 만큼 흥미로운 일이었을까? 독자들이 과제물을 작성하듯 스토리의 구조를 정리해보면 어떨까.

(2) 예문2

박수근 그림이 박완서 구원했다

6 · 25가 맺어준 기묘한 조우……박수근과 박완서

지금부터 61년 전 이맘때, 서울대에 갓 입학한 여학생은 꿈과 자부심에 부풀어 있었다. 그러나 곧 터진 한국전쟁으로 학업은 고사하고 전쟁 통에 죽은 오빠 대신 가족을 먹여살려야 했다. 그녀는 간신히 미군 PX 초상화 가게에 취직했다. 지나가는 미군을 붙잡고 '돼먹지 않은 영어로' 가족이나 애인 초상화를 주문하라고 꾀는 일이었다. 그 일의 모멸감 때문에 그녀는 점점 성격이 황폐해지면서 가게 화가들에게 화풀이를 하곤 했다. 이때 한 순하고 과묵한 화가가 그녀의 마음을 어루만져 주었다. 두 사람은 곧 친구가 됐지만, 서로가 뒷날 한국 문단과 화단의 큰 별이 될 줄은 그때는 몰랐을 것이다. 소설가 박완서(朴婉緖, 1931~2011)와 화가 박수근(朴壽根, 1914~1965)의 이야기다. 올해(2011년) 초 타계한 박완서 작가는 바로 자신의 PX 경험담을 바탕으로 데뷔작 『나목裸木』(1970)을 썼다. 이 소설에 나오는 화가 옥희도는 박 화백을 모델로 한 것이다. 소설 마지막 부분에서 옥희도의 그림 「나무와 여인」이 등장하는데, 이것은 박 화백의 실제 작품(그림①)으로, 지난해에 열린 그의 45주기 회고전에 전시되기도 했다.

"보채지 않고 늠름하게, 여러 가지들이 빈틈없이 완전한 조화를 이룬 채 서 있는 나목, 그 옆을 지나는 춥디추운 김장철 여인들. 여인들의 눈앞엔 겨울이 있고, 나목에겐 아직 멀지만 봄에의 믿음이 있다." 이렇게 그림 속 나무를 묘사하며 박 작가는 옥희도가, 즉 그 모델이 된 박 화백이 나목과 같다고 했다. 전쟁의 비참한 시대, 미군에게 싸구려 초상화를 팔아 연명하면서도 담담한 의연함을 잃지 않던 모습에서 말이다.

그런데 박 작가의 PX 생활과 박 화백과의 만남은 소설 『나목』에서보다도 수필 '박수근'(1985)에서 한층 더 흥미롭게 묘사돼 있다. 허구가 가미되지 않은 사실이 지니는 날것 그대로의 생생함, 그리고 그것을 짧은 수필에 날렵하고 감칠맛 나고 박력 있게 풀어낸 박 작가의 더욱 원숙해진 글솜씨 때문이 아닌가 싶다.

박 작가는 당시 PX 초상화 가게에 박 화백을 포함한 대여섯 명의 "궁기가 절절 흐르는 중년 남자들"이 일하고 있었다고 묘사한다. 모두 간판 그리던 사람들이라고 가게 주인이 말하기에, 박 작가는 그런 줄 알았다고 한다. 그녀는 여기서 초상화 주문 끌어오는 일을 했다. 처음에는 수줍고 꽁한 성격에 말문이 열리지 않았으나 주문이 끊긴다는 화가들의 아우성에 (이때도 박 화백은 아우성에 동조하지 않았다고 한다) 마침내 미군에게 "뻔뻔스럽게 수작을 거는" 수준에 이르게 됐다. 그래서 그림 주문이 늘어나자 이번에는 화가들에게 '싹수없이 못되게 굴었다.'

"서울대 학생인 내가 미군들에게 갖은 아양을 다 떨고, 간판쟁이들을 우리나라에서 제일급의 예술가라고 터무니없는 거짓말까지 해가며 저희들의 일거리를 대주고 있는데, 그만한 생색쯤 못 낼게 뭔가 싶었다. 나는 그때 내가 더 이상 전락할 수 없을 만큼 밑바닥까지 전락했다고 생각하고 있었고 그 불행감에 정신없이 열중하고 있었다."

혹자는 박 작가가 전쟁의 쓴맛을 덜 봐서 학벌 타령을 했다고 생각할지도 모르겠다. 그러나 그녀와 가족들은 전쟁이 발발했을 때 피란을 가지 못하고 인민군과 국군이 번갈아 점령한 서울에 남아 있으면서 죽을 위기를 이미 몇 차례 겪었다. 인간의 존엄성이 짓밟히는 전쟁의 현장에서도 스스로를 포기할 수 없던 젊은 영혼은 순수한 긍지가 변질된 추한 우월감이라도 붙잡고 있어야 했으리라. 그 자괴감 섞인 우월감으로 더 불행해질망정.

그 불행에서 박 작가를 구해준 것이 박 화백이었다. 그는 어느 날 자신의 화집을 가져와 '망설이는 듯한 수줍은 미소'를 띠며 관전(官展)에서 입선한 그림을 그녀에게 보여주었다. 시골 여인이 절구질하는 그림이었는데, 박 화백은 전후에도 이 소재로 종종 그림을 그렸다(그림②).

그림① 나무와 여인(1956), 박수근(1914~1965) 작, 하드보드 유채 27×19.5㎝ 갤러리 현대 제공.

그림② 절구질하는 여인(1954), 박수근 작, 캔버스 유채, 130×97㎝, 갤러리 현대 제공

박 작가는 간판쟁이 중에 진짜 화가가 섞여 있는 것에 충격을 받았다. 그러나 박 화백은 왜 그림을 보여주는지 설명이 없었고, 그 뒤로도 여전히 조용한 태도로 일관했다. "그가 신분을 밝힌 것은 내가 죽자꾸나 하고 열중한 불행감으로부터 헤어나게 하려는 그다운 방법이었을지도 모른다는 생각을 하게 된 것은 한참 후의 일이다. 내 불행에만 몰입했던 눈을 들어 남의 불행을 바라볼

수 있게 되고 (중략) 그에 대한 연민이 그 불우한 시대를 함께 어렵게 사는 간판쟁이들, 동료 점원들에게까지 번지면서 메마를 대로 메말라 균열을 일으킨 내 심정을 축여 오는 듯했다."

이 에피소드는 박 작가의 자전소설 『그 산이 정말 거기 있었을까』(1995)에도 나오는데, 박 화백의 배려가 언 몸을 녹여주는 따뜻한 물 같다고 쓰여 있다. 화가의 성품이 자기 작품과 딴판인 경우도 많건만 박 화백은 자신의 그림을 그대로 닮았던 모양이다. 그의 그림은 색채 톤이 과묵하고, 그 오래된 화강암의 표면 같은, 또는 갯벌의 흙 같은, 또는 늙으신 어머니의 손등 같은 질감에

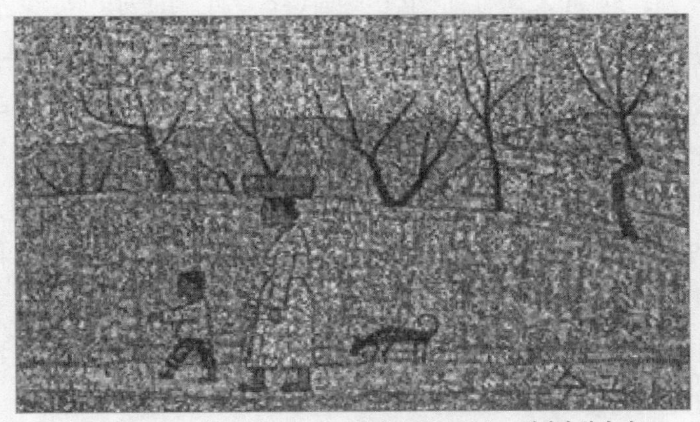

그림③ 귀로(1965), 박수근 작, 하드보드 유채, 20.5×36.5㎝, 갤러리 현대 제공

인고의 무게와 따스한 체온이 배어 있다(그림③).

그 후 두 사람은 박 작가가 결혼을 해 PX를 그만둘 때까지 1년가량 우정을 이어갔지만 『나목』에서처럼 연애 감정으로 발전하지는 않았다. 수필 끝부분에서 박 작가는 그녀의 눈에는 살벌하게만 보이던 겨울나무가 박 화백의 눈에 "어찌 그리 늠름하고도 숨쉬듯 정겹게 비쳤을까?" 신기하다고 했다. 그건 박 화백이 "나는 인간이 선함과 진실함을 그려야 한다는, 예술에 대한 대단히 평범한 견해를 가지고 있다"는 자신의 말을 실천했기 때문이리라.

타인과 자신을 포함한 인간의 가장 추하고 악한 면을 적나라하게 보는 전

쟁, 그러나 그 안에서 한 줄기 희망과 위안을 주는 것도 역시 인간이라는 아이러니를 박 작가의 이야기와 박 화백의 그림은 오늘날에도 절절히 말해주고 있다.(중앙일보, 2011년 6월 23일, 문소영 기자)

(3) TV 다큐 「환경스페셜」의 서사 구조

KBS는 「환경스페셜」 200회 기념 특별 프로로서 「위기의 바다」3부작을 2004년 11월 10일~24일(매주 수요일 밤 10시 방영)까지 방영했다. 11월24일 밤에는 제3부 「지중해 담치(외래종 홍합)의 침입」편을 내보냈다. 외래종 패류가 한국 연안에 침입, 정착함으로써 그때까지 안정 상태를 유지했던 한국 연안 생태계가 교란을 일으키며 파괴되기 시작했다. 외래종은 유럽과 미국으로부터 한국으로만 유입되는 것이 아니다. 한국에서 미국 연안에 유입되어 그곳의 생태계를 교란하기도 한다.

외래종 어패류는 원양을 왕래하는 대형화물선을 통해 이동한다. 예컨대 25만 톤급 화물선이 유럽에서 한국 화물을 싣기 위해 광양만이나 부산항에 입항할 경우 이 화물선은 유럽의 항구를 떠나기 전에 그곳에서 해수 10만 톤을 밸러스트* 탱크에 채워야 한다. 배의 흔들림이 없는 원거리 안전항행을 위해서이다.

*밸러스트(ballast)란 원양을 항해하는 배의 균형과 안정을 유지하기 위해 그 배 밑 칸에 채워 넣는 다량의 무거운 해수를 가리킨다. 옛날 제주도에서 전라도 강진으로 항행하는 제주 목선들은 제주산 조랑말을 육지로 옮기기 위해 웬만한 크기의 현무암 암괴들을 조랑말과 함께 배에 실었었다. 목선의 흔들림을 방지하고 안정과 균형을 유지하기 위해서다. 이 암괴들도 밸러스트다. 그 흔적들은 지금도 강진 지방에 흩어져 있는 제주섬의 현무암들에서 발견할 수 있다. 장흥 출신의 소설가 이청준은 1998년 가을에 제주시에서 제주국제협의회가 주최한 섬 주제 관련 세미나에서 '어렸을 적에 강진 포구 부근에 놓인 검은 현무암 바위들을 많이 보았다' 고 말한 적이 있다.

지중해 담치는 1950년대에 유럽—한국을 드나드는 화물선을 통해 들어온 것으로 추정된다. 이런 추정은 KBS의 「환경스페셜」 취재팀이 해양생물연구가들과 함께 유럽에서 한국 항구에 들어온 한 선박의 밸러스트 탱크에 약간의 해수 및 뻘과 함께 남아 있는 잔유물을 수거, 분석한 결과 확인되었다. 거기서는 게, 새우, 플랑크톤 등 유럽산 바다 생물들이 발견되었다.

이처럼 화물선의 밸러스트 탱크 안에 실려 이동하는 바다 생물 종의 수는 하루 약 3000종에 이르는 것으로 추정된다.

지중해 담치가 유럽에서 한국에 들어온 것처럼 미국 서부해안의 샌프란시스코 항에는 동아시아 조개(East Asian clams)들이 한국에서 유입되었다. 샌프란시스코 항으로 이민간 조개는 낙동강 하류에 서식하는 '계화도 조개'와 같은 것이다. 미국 연구자들에 따르면 '계화도 조개'는 1986년경에 샌프란시스코 항에 침입했다. '계화도 조개'는 식물성 플랑크톤을 다량으로 먹어치움으로써 생태계를 교란시켰다. '계화도 조개'가 먹는 식물성 플랑크톤은 마비성 패독(貝毒)을 함유하고 있어 이것들을 먹기 좋아하는 '계화도 조개'들은 자연히 마비성 독성을 지니게 된다. 이들 독성 조개는 철갑상어의 좋은 먹이감이다. 그러므로 미국에서 잡힌 철갑상어의 몸에서는 '계화도 조개'에 축적된 셀레늄 중금속이 많이 있는 것으로 발견되었다.

아무르불가사리의 침입: 이 불가사리는 홋카이도 근해가 원산지이다. 그러나 지금은 한국 근해는 물론이고 호주의 빅토리라 주 해안으로까지 이동, 정착했다. 한 번에 10만 개의 알을 낳아 번식력이 왕성한 아무르불가사리는 1994년 일본 선박들이 타스마니아 주에서 목재를 수입하기 위해 출입하면서 호주 해안에 침입한 것으로 알려져 있다.

「환경스페셜」의 구조

1단계: 외래종의 침입 이전에는 해안 생태계가 안정 상태를 유지하고 있었다.

2단계: 외래종의 침입, 정착으로 인해 생태계의 질서가 교란, 파괴되기 시작했다.

예를 들면, 다시마 양식장과 멍게 양식장의 파괴현상이 나타났다. 한 어민은 "다시마 양식장 어획량이 예전 같지 않다. 지중해 담치가 다시마 양식판에 같이 붙어 다시마의 성장을 방해하고 있다"고 말했다. 멍게 양식에서도 성장방해 현상이 나타나고 있다. 심한 경우 멍게의 집단폐사도 발생한다. 자연산 홍합도 지중해 담치와 진주 담치의 놀라운 성장 압력에 눌려 예전의 서식터에서 밀려나고 있다. 진주 담치는 패독성을 지니고 있어 이를 먹는 사람의 생명까지 위협한다.

3단계: 질서의 교란에 위기를 느낀 사람들은 생태계 질서의 안정을 회복하기 위한 조치들을 취하기 시작한다. 호주 정부는 아무르불가사리의 침입으로부터 생태계의 평형을 유지하기 위한 조치로서 밸러스트 워터를 싣고 호주로 들어오는 선박들로 하여금 영해 밖 20마일 해상에서 밸러스트 워터를 호주 근해의 해수로 교환하도록 명령하고 있다. 샌프란시스코 수산당국은 극동아시아산 조개류의 개체 수를 줄이기 위한 연구를 계속하고 있다. 미국 동부해안의 체사피크만 하류에서 아시아산 고동의 피해를 입고 있는 버지니아 주 수산당국은 그 고동을 채집해오는 어민들에게 금전으로 보상하는 제도를 취하고 있다.

「환경스페셜」 제3부 마지막 내레이션은 다음과 같이 끝을 맺는다. "오늘도 수많은 외항선박들이 드나들고 있다. 이 배들은 엄청난 양의 밸러스트 워터를 우리 바다로 토해낸다. 외래종을 실어오는 밸러스트 워터를 통제하지 않는다면 언제 우리 인간에게도 재앙의 위기가 닥칠지 모른다. 종의 바다는 지켜져야 한다."

「환경스페셜」의 구조에 나타난 이분법적 사고

토종/외래종

약자(土種)/강자(外來種)

선주자(先住者)/침입자(入者)

기존 질서의 유지(安定과 平和)/기존 질서의 파괴(攪亂과 싸움)
동양(한국)/서양(구미 국가)
내국/외국
안(inside)/밖(outside)
보호/배제 등.

이들 대립이항들 사이에는 하나의 경계선이 그어져 있다. 외래종이 경계선을 넘으면 '침입'으로 규정된다. 침입자는 박멸대상이 된다. KBS의 「환경스페셜」 '위기의 바다' 편은 이러한 이항대립의 내러티브 구조로 구성되어 있다. 이항대립의 구조로 짜인 「환경스페셜」을 보고 나면 시청자들은 오른쪽 계열의 외래종-침입자-강자-질서 파괴자-서양종-외국의 것-바깥 항(項)에다 부정적 가치를 부여하여 배척 대상으로 삼는다. 그렇게 되면 '위기의 우리 바다'를 구하기 위한 대책을 정부에 강력히 요구하게 마련이다.

(4) TV의 시트콤과 멜로드라마

3단계의 서사 구조를 이용하는 가장 포퓰러한 문화텍스트 중 하나는 TV시트콤(situation comedy)이다. KBS-1의 수요시리즈 농촌드라마 「대추나무 사랑 걸렸네」(오래전 MBC의 농촌드라마 「전원일기」와 유사한 이 프로는 종방되었음)는 매 편 하나의 사건이 주제로 선택되어 이야기를 전개했다. 2011년의 프로 개편으로 「대추나무 사랑 걸렸네」는 종영되고(아마도 소재 고갈과 출연진의 교체 필요성 때문인 듯) 대신 「산 너머 남촌에는」이 방영되기 시작했다. 이 프로는 2012년 봄부터는 일요일 방영으로 넘어갔다. 「산 너머 남촌에는」과 같은 주말 드라마는 매 편 새로 선정되는 색다른 주제를 중심으로 짜여진다.

예컨대 전혀 엉뚱한 외방인이나 또는 오랫동안 대처(大處; 큰 도시)로 나가 있어 잊힌 지 오랜 양복 차림의 한 사나이가 중절모를 쓴 채 평온한 이 시골마을로 찾아든다. 이익이 많이 남는 화장품 세트를 판매하면 돈을 벌 수 있다며 그는 마을 아낙네들을 꼬드기기 시작한다. 한 아주머니가 모아놓은 쌈짓돈을 털어 판매 보증금으로 덜렁 중절모 사내에게 갖다 바친다. 큰 돈을 벌 욕심으로 아주머니는 온 동네를 쑤시고 다니면서 화장품을 몇 세트 파는 데 성공한다. 처음엔 이익금이 꽤 들어왔다. 허나 화장품은 진짜로 보이는 짝퉁 가짜였다. 그럼에도 이 사실을 모르는 다른 몇 명의 아주머니는 돈벌이 욕심에 보증금을 내고 다른 마을로 화장품을 팔러다닌다. 화장품팔이에 돈벌이가 된다는 소문은 삽시간에 이 마을에서 저 마을로 번졌다. 또다시 여러 사람이 중절모 사내의 감언이설에 속아 넘어가 보증금을 몽땅 떼었다. 이로 인해 온 동네는 발칵 뒤집힌다. 사기꾼한테 당했다는 소문으로 마을은 시끄러워진다. 결국은 속도 잘 모르면서 돈벌이에 눈이 어두웠던 마을 아주머니들이 깊이 반성하는 데서 드라마의 대단원이 끝난다.

이런 시트콤 드라마는 처음의 평온상태가 깨지는 데서 얘기가 전개되기 시작한다. 그러다가 혼란스런 사태의 종반에 이르면 사건의 전말이 속 시원히 드러나 마침내 사건은 해결을 보고 마을은 다시 평상시의 상태로 되돌아간다는 내용으로 꾸며져 있다. 이런 농촌 드라마에서 매 주 다루는 소재는 매장(埋葬)과 화장(火葬) 문제, 문중 땅을 가로채려는 조카와 이를 지키려는 아저씨 간의 갈등, 돈벌이 일로 시내를 매일 드나드는 아무개 엄마의 헛 스캔들 소동 등이다. 드라마의 플롯은 모두 전형적인 서사(敍事)구조를 쏙 빼닮았다. 「대추나무 사랑 걸렸네」나 「산 너머 남촌에는」이 매 주 똑같은 패턴으로 진행됨에도 불구하고 시청자의 재미를 잃지 않은 까닭은 새롭게 발굴되는 소재에 있었다. 이 시트콤은 가정생활과 연관된 동네 이야기가 주요 흐름을 이루는 가운데 돌출사건이나 사태가 발생함으로써 온 동네에 떠들썩한 소동을 일으키지만 매 편의 전체적인 스토리는 마을이라는 공동체 테두리 안에서 해결되고 만다는 특징을 지니고 있다.

동일한 구조(패턴)의 반복은 다른 일일연속극과 주말드라마에서도 발견된다. 다만 소재와 그 소재에 대한 묘사 기법, PD나 감독의 연출 기법이 다를 뿐이다. 시트콤(TV series)과 연속극(serial)의 차이점은 시트콤은 매편이 독립적으로 자기완결(self-contained)적인 일화(逸話)로서 만들어진 데(매 편이 내러티브를 구조를 가짐) 비해 수십 회의 연속 멜로드라마는 시작에서부터 종결까지 하나의 줄거리에 여러 가지 사건들이 얽히며 전개된다는 점에 그 차이의 특징이 있다(시리즈 전체가 하나의 서사 구조를 이룬다). 그러므로 연속극은 첫 회(回)에서 최종 회까지가 하나의 스토리로서 일관된 균형-와해-균형회복의 3단계 서사 구조를 이룬다.

방금 설명한 드라마, 다큐물(예컨대 KBS의 「환경스페셜」과 「역사스페셜」) 외에 스포츠 프로와 퀴즈 프로(등장인물, 갈등 및 해결 면에서 서사 구조를 도입함), 많은 CM과 음악비디오도 미니내러티브(mini-narrative)의 형식을 취하고 있다. 심지어 정해진 시간에 정규적으로 내보내는 밤 8시 · 밤 9뉴스도 서사 구조를 갖고 있다. 골든아워로 불리는 시간대에 편성된 뉴스 프로는 그것을 구성하는 단일 사건 하나만이 서서 구조를 지닌 게 아니라 어떤 경우에는 프로 전체가 서사 구조로 엮어지는 경우가 있다. 예를 들면 2012년 11월 초에 보도된 첫 화요일(11월 6일)의 미국 대통령 선거에서의 현직 대통령 버락 오바마(Barack Obama) 민주당 후보와 이에 맞선 밋 롬니(Mitt Romney) 공화당 후보 사이의 치열한 박빙 승부에 관한 일련의 보도들과 때마침 앞서거니 뒤서거니 하며 열린 제18회 중국공산당 대표대회(11월 초순)에서의 당 총서기(실질적인 국가최고권력자. 이듬해 초의 인민대표자대회에서 국가주석으로 선출됨) 선출을 둘러싼 당내 갈등 즉 권력투쟁에 관한 일련의 보도들은 모두 서사 구조를 지니고 펼쳐졌다. 가장 최근의 두드러진 예로서는 2013년 2월 25일 박근혜 대통령의 취임식과 이와 관련된 일련의 보도프로들도 하나의 서사 구조를 띠고 있다.

단 음악만은 엄격한 의미에서의 서사 구조가 결여된 듯이 보인다. 그럼에도 그것마저도 멜로디의 흐름인 시간과 리듬을 구조화할 수 있다는 점에서 보면 서사성(敍事性)과의 유사성이 있다고 볼 수 있다. 특히 오페라와 베토벤의 제3, 5, 6, 9번 교향곡들은 모두 내러티브 구조를 갖고 있다.

제10강
보도문의 종류와 기사 쓰기

1. 보도문의 종류

스트레이트 기사

뉴스보도를 대표하는 기사는 스트레이트이다. 발생한 사건 · 사고 · 사태, 기자회견, 공식행사에서 대통령 · 장관 · 대기업 회장 등 주요 저명인사의 발언 및 연설, 정부가 발표한 담화문, 사회 · 환경 · 정치단체(NGO) 등의 성명문 등의 내용 중에서 일반대중에게 즉시 알릴 가치가 있다고 생각되는 주요 부분을 기자의 의견을 가감하지 않고 6하 원칙에 따라 작성한 글이 스트레이트 기사이다. 스트레이트 기사와 다른 기사와의 차이는 정보 내용의 핵심 사항을 해설이나 해석 없이 '곧 바로 있는 그대로 전달'하는 데 있다. 그래서 영어로 straight라고 불린다.

사회적 · 정치적 · 경제적 쟁점에 양 당사자가 연관되어 있을 경우 스트레이트 기사는 기자의 주관적 견해나 해석이 들어가서는 안 되며 찬 · 반양론의 균형을 이루어야 하며(balanced) 공평하고(impartial) '객관적'(objective)으로 쓰인 글이다. 이런 당위성은 기사작성의 윤리이자 규범이지 실제로 기사가 그렇게 작성되고 있다는 뜻은 아니다.

이런 규범 중 '객관성' 문제는 미디어 학자들 사이에 아직도 논란이 계속되고 있다. 객관성에 관한 지금까지의 가장 유력한 정의는 게이에 터크만(Gaye Tuckman)이 내린 '전략적 의식'(strategic ritual)이다(Gaye Tuckman, 「Objectivity as strategic ritual」 in *American Journal of Sociology* 77(4) pp.660~70 1972). 터크만의 정의를 알기 쉽게 요약하면 '전략적 보도문 쓰기로서 형식의 객관성 '을 유지한다는 것을 의미한다. 이를 지키기 위해서 기자들은 6하원칙을 준수하고 자신의 주관적 견해를 배제하지 않으면 안 된다.

실제로 취재기자가 현장에서 목격하거나 경험한 사건 · 사태는 전부 있는 그대로 제시되지(present) 않고 기자의 감각작용과 두뇌의 지각과정에서 부분적으로 엇비슷하게 걸러져서 표상되기(represent) 때문에 기사의 '객관성'과 '공평성'은 이미 언제나 허물어지고 만다는 견해가 미디어 연구자들에 의해 제기되고 있다. 요컨대 엄격한 의미에서의 '객관적 보도'란 불가능하다는 것이다. 그러므로 나라마다 언론인윤리 · 행동강령을 정해서 보도의 객관성과 공평성을 지키도록 윤리적 의무와 책임을 다하도록 강조하며 촉구하고 있다.

해설 · 분석기사

스트레이트 기사의 내용에 대해 그 배경이나 전후사정을 알림으로써 정보소비자(독자와 시청자)의 이해를 돕는 기사를 가리킨다. 일반인들이 잘 알지 못하는 정보의 의미를 전문가 또는 분석 논평가의 해설을 빌려 전달하는 형식을 취하는 경우가 많다. 취재기자의 주관적 견해를 반영하지 않는 것이 원칙이지만 기자 자신이 어떤 사건이나 쟁점(issue, problem)—

통일 · 외교 · 안보, 환경, 노동, 보건 · 건강, 여성 · 육아, 재정 · 금융 · 경제, 주택, 식 · 약품 등의 문제들—에 관해 꾸준히 관심을 갖고 추적하여 전문지식을 쌓은 경우에는 자기의 의견을 객관화하여 다시 말해서 '객관화의 형식'을 빌어 표시하는 사례가 많다. 예컨대 의학전문기자가 독감유행에 대해 자신의 전문지식을 활용하여 보도하는 경우가 여기에 해당한다. 객관화의 형식에는 '관계 전문가에 따르면' '전문분석가에 따르면' '이 분야 정보통에 따르면'이라는 문구를 사용하면서 실제로는 취재기자 자신의 견해를 포함시키는 사례도 포함된다.

사설 · 논(시)평 · 칼럼

사설 · 논(시)평 · 칼럼은 스트레이트 기사 · 해설과도 다른 장르의 글일뿐더러 그들 삼자(三者)들 끼리도 서로 다른 장르의 글이다. 특히 사설은 어떤 정치적 사회적 경제적 쟁점 등에 대한 언론기관의 입장과 견해를 공개적으로 밝히는 형식의 글이므로 논평, 칼럼과는 구분지어 논의해야 할 것이다. 여기서 셋을 함께 묶어 논의하는 까닭은 그 글들이 오피니언 페이지에 한데 모여 편집되며 글의 구성이 대체로 서로 엇비슷하기 때문이다. 이 중에서 칼럼은 다른 두 종류의 글과는 상당한 차이를 보이며 어떤 면에서는 자유분방한 형식 아래 쓰이는 글이라 말할 수 있다. 경향신문의 여적(餘滴), 동아일보의 횡설수설(橫說竪說), 조선일보의 만물상(萬物相), 중앙일보의 분수대(噴水臺)같은 일부 신문의 고정칼럼은 글의 구성과 형식이 정형화되어 있다. 아마도 오랜 역사와 전통을 지닌 고정칼럼의 글이어서 형식이 그렇게 굳혀진 게 아닌가 싶다.

논평과 시평 그리고 칼럼은 쓰는 작자의 의도와 견해가 뚜렷이 반영된 글이다. 특히 기자 칼럼의 경우는 스트레이트나 해설에서 털어놓지 못한 배경 내용이나 여분의 뒷얘기가 자유롭게 씌어 있어 읽는이로 하여금 시사문제의 이해에 한 몫을 한다. 사외(社外) 인사들 주로 대학교 전문분야의 교수들이 언론사 측의 의뢰로 분담하여 쓰는 시평은 논평 분야에 포함시켜 논의될 수 있다. 기고문은 언론사 측의 의뢰가 아니라 작자 개인이 자발적으로 써서 미디어에 게재되도록 요청하여 독자들 앞에 나타난 글이다. 작성 형식은 논평과 유사하다.

르포 · 기행, 인터뷰

르포 · 기행은 비슷한 범주의 글이고 인터뷰는 이와는 전혀 다른 장르의 글이다. 편의상 한데 묶어 놓았을 뿐 다른 뜻은 없다. 르포 · 기행과 인터뷰의 큰 차이는 전자는 작자의 견해와 감상이 글의 큰 줄기를 이루지만 인터뷰는 회견자(interviewer)가 회견상대(interviewee)의 견해를 최대한 그대로 반영하여 쓰는 점에 있다. 회견상대와 주제에 따라서 회견자는 자기의 소견을 살짝 집어넣기도 하고 회견의 분위기 등을 묘사하면서 아주 담담한 필치로 중립적 자세를 견지하려고 애쓴다. 등산전문가나 종교인을 인터뷰할 경우 글의 구성과 전개는 비교적 자유분방하게 이뤄지지만 민감한 정치쟁점 같은 주제인 경우에는 회견자가 자기 의견의 삽입을 삼가며 회견상대의 견해와 입장을 표출된 그대로 옮기려고 한다.

기획특집 기사

기획특집 기사는 영어로 feature라고 부른다. 편집자나 취재분야 책임자들(부국장 또는 부장) 간의 협의를 통해 그 당시의 시기적 상황에 비춰 정보소비자의 관심을 크게 끌만한 주제를 선택하여 신문지면을 할애하는 글이다. 방송매체에서는 시간을 특별히 배정하여 제작, 방영하는 특집프로가 여기에 해당한다. 북한군의 남침에 의한 6 · 25전쟁 종전 60주년(2013년) 특집방송이라든가, 4대강 개발관련 특집, DMZ생태계 특집, KBS의 환경스페셜 · 역사스페셜과 소비자 고발, MBC의 PD수첩 등이 이 장르에 포함된다. 이 중에서 환경 · 역사스페셜, 소비자 고발과 PD수

첩은 엄격한 의미에서 기획특집이라기보다는 특정주제에 대해 심층보도하는 상설프로로 보아도 무방하다. 2013년 봄 프로개편에서 KBS의 역사스페셜은 타이틀이 바뀌었다.

특집기사는 일반 사건 · 사태 보도와 마찬가지로 사실 전달에 치중하여 전문가의 견해를 토대로 구성되는 특징을 갖고 있다. 글의 형식은 전형적인 내러티브(narrative 敍事) 구조다. 지면의 한 쪽 전체 또는 3~5회에 걸쳐 장기연재를 기획하므로 집필 또는 방송보도에 임하는 기자는 다른 종류의 보도기사에 비해 작자로서의 자기의 특장(特長)을 충분히 발휘할 수 있는 보도 분야이다. 방송의 경우 KBS의 「누들 로드」와 「차마고도」는 오랫동안의 치밀한 계획과 사전조사, 많은 인적 자원의 효율적 투입 및 활용 그리고 장기간에 걸쳐 위험을 무릅쓴 촬영의 산고(産苦) 끝에 탄생한 전형적인 역작 프로다.

2. 보도문의 기본구조와 작성 요령

기본구조; 글머리(서론)-본문(본론)-맺음(결론)

보도기사의 구조는 기사의 종류에 따라 다소 다르다. 대체로 스트레이트 기사와 해설 · 분석 기사는 작자의 주장이나 견해를 밝혀서는 안 된다는 윤리적 규범과 제약을 받는 것이 글의 특징이다. 기사의 얼개는 글머리-본문-맺음의 구조를 갖추지만 논평처럼 작자의 견해를 최종적으로 밝히는 결론 부분은 없다. 그래서 결론(結論 conclusion) 대신에 맺음(closing)이란 용어를 사용했다.

이에 비해 칼럼 · 논평 · 사설은 서론(리드)-본론-결론이라는 분명한 구조를 갖는다. 또한 이런 논평류의 글은 리드=글머리에서 결론에 이르기까지 논리적 정연성과 일관성을 유지하는 것이 두드러진 특징이다. 이런 글은 본문 전개를 거쳐 도출되는 결론도 역시 명료하게 제시된다.

거듭 요약하면 스트레이트 보도문과 그와 연관된 해설 · 분석기사는 대체로 글머리(리드 lead)의 시작, 본문(本文 body)의 전개 및 맺음(結末 closing)이라는 구조를 갖는다.

칼럼 · 논평 · 사설은 ①도입부 ②제시부 ③논증부 ④결론부로 나눌 수 있다. 한시(漢詩)에서 준수되는 기승전결(起承轉結)의 정형(定型)과 흡사하다.

리드, 표제감을 제시하고 독자 · 시청자의 주목을 끌어야

보도문에서 독자의 눈과 귀를 맨 먼저 끄는 부분은 바로 기사의 제목과 글머리 즉 리드다. 뉴스 보도를 신문으로 읽거나 방송으로 보고 듣는 독자와 시청자는 첫 대목만을 읽거나 듣고도 그 보도기사가 무엇을 말하려는지를 대번에 알게 된다. 그래서 신문 · 방송기자들은 입수 정보 자료들 가운데서 핵심이 무엇이며 그걸 어떻게 언표(言表)할 것이냐에 무척 고민을 한다. 리드가 미디어 글쓰기에서 대단히 중요한 위치를 차지하는 이유는 여기에 있다.

보도기사의 리드는 무엇보다도 표제(表題 headline)감을 용이하게 찾을 수 있도록 작성되어야 한다. 리드에 따라서는 표제감을 담지 않는 것도 있다. 곧 소개하게 될 유보 · 기대형 리드나 피라미드형 리드의 경우에는 본문 속에 표젯거리가 들어 있다.

보도기사에 있어서 리드의 중요성과 작성 요령 등에 대해서는 다음의 제11강에서 다룰 것이므로 거기서 상세한 설명을 읽기 바란다.

보도기사의 6하 원칙

6하(六何) 원칙이란 누가(who), 언제(when), 어디서(where), 무엇을(what), 왜(why) 그리고 어떻게(how) 말했느냐 또는 행동했느냐를 기사에 적시해야 한다는 기사작성의 기본 원칙을 말한다. 유명정치인이나 연예계 스타의 기자회견에서 밝힌 내용을 6하 원칙에 따라 기술하는 것은 별로 어렵지 않다. 그들이 말한 대로의 내용과 행동한 대로의 모습을 메모로 적어놓았다가 나중에 기사화하면 되기 때문이다. 화재발생이나 자연재해 또는 교통사고 같은 사건 · 사고를 6하 원칙에 따라 기사화하는 것도 마찬가지로 별로 어렵지 않다. 자기가 본 대로 담당전문가 또는 책임자—여기서는 소방서책임자나 수사책임경찰관—가 전한 대로 쓰기만 하면 된다.

한데 그렇게 하더라도 6하 원칙 가운데 '왜 why'와 '어떻게 how'의 부분을 밝혀내 기사화하는 일은 결코 만만한 일이 아니다. 취재를 잘 했느냐 못 했느냐는 기자의 능력을 평가하는 기준은 두 물음의 답에 달려 있다고도 한다. 취재요령, 취재쟁점을 천착하는 날카로운 안목과 능력 그리고 지식, 폭 넓은 정보소스를 평소에 미리 확보하고 있어야만 취재기자는 '왜'와 '어떻게'를 밝혀내 특종(特種)의 영광을 누릴 수 있다.

중문 · 복문 피하기

보도문은 무엇보다도 쓰고자 하는 글의 내용이 사실(事實 fact)에 기초하여 간결 · 명료하게 그리고 논리적 정연성과 일관성을 갖춰 정확하게 작성되어야 한다. 이는 독자의 빠른 이해를 돕기 위해서다. 이 부분에 대해서는 나중에 설명하는 FAC〔S〕T 원칙을 참조하기 바란다.

하나의 문장은 하나의 의미 또는 하나의 생각을 담고 있어야 한다. 긴 중문(重文)이나 긴 복문(複文)의 형식을 가진 보도문의 문장은 하나의 의미와 하나의 생각만을 표현하기가 어렵다. 하나의 문장(단)에 둘 이상의 의미가 들어가면 독자에게 혼란을 일으키기 쉽다.

중문이란 '그 집의 딸은 미모인 데다 마음씨마저 착하고 부지런하며 동시에 학교 공부까지도 우등생 급에 속해 있어 선생님들과 동료 학생들로부터 부러움을 살만큼 나무랄 데 없는 양가의 규수라고 말할 수 있다.'

와 같은 글을 가리킨다. 부득이한 경우가 아니라면 예시된 위 글처럼 '~~하며 ~~이며 동시에 ~~하기까지 하다' '~하는 가운데' 식의 글쓰기는 피하는 게 바람직하다. '~~하고 ~~이며' '또한 ~~한 동시에 ~~하지만 그럼에도 불구하고 ~~하다' 식의 복잡한 구문은 몇 개로 나눠서 쓰는 게 좋다. 그렇게 나눠진 하나의 문장에는 하나의 생각이나 의미만을 담도록 평소에 훈련을 쌓도록 해야 한다.

복문은 주어와 목적어와 동사로 이뤄진 한 문장의 글 안에 주어와 목적어를 각기 수식하는 몇 개의 문장을 길게 붙여 넣음으로써 전체적으로 하나의 글 안에 여러 개의 문장들을 복합적으로 집어놓은 글을 가리킨다. 이런 복문의 글은 비유적으로 말하면 하나의 큰 인형 안에 여러 개의 작은 인형들이 겹겹이 들어 있는 러시아의 전통적인 마트료시카 인형과 같은 글이다. 예컨대 '어릴 적부터 고향 마을에서 신동으로 소문난 데다 집안일도 잘 거든다 하여 동네 어른들로부터도 효자라는 찬사를 들었던 정 아무개는 대학에 가서도 거의 전과목에 걸쳐 A+학점을 받고서 졸업한 후 미국 동부 아이비리그의 명문 하버드대학교로 유학하여 예정보다도 빨리 박사학위를 획득하는 한편 학계에서도 평판이 자자한 우수 논문을 발표하는 바람에 그는 금방 다른 명문 대학에서 교수직을 얻을 수가 있었다.' 와 같은 글이 복문에 해당한다. 실제로 이런 글이 나오기는 어렵겠지만 요컨대 영어의 관계대명사(which, that)가 한 문장 안에 많이 사용되는 보도 문장이 복잡한 복문이다. 이런 복문의 보도기사는 결코 잘 쓴 글이라 보기 어려우므로 불가피한 겨우 외에는 반드시 피해야 한다.

이런 식으로 갈피를 잡기 힘든 글은 우선 데스크나 편집자의 게이트키핑(gate-keeping) 과정에서 걸러지게 마련이지만 어쩌다 스크리닝(screening)의 관문을 빠져나와 독자 앞에 나타나는 수가 있으므로 기자 각자가 기사작성 단계에서 피하도록 평소에 훈련을 쌓아야 한다. 어떤 경우에든 보도문장은 될 수 있는 한 간결하며 명료하게 그리고 정확하게 쓰지 않으면 가독성(可讀性 readability)이 떨어진다. 재미도 없고 지루하게 느껴지는 글은 정보소비자를 위한 좋은 서비스가 되지 못한다. 소비자는 무엇보다도 질 좋고 값싼 상품을 원한다는 명제는 미디어 마케팅에도 그대로 통한다.

그렇다고 중문이나 복문은 어떠한 경우에도 쓰지 말라는 뜻은 아니다. 부득이 써야 할 경우에는 짧게 수식하여 이해를 돕는다. '시골구석에서 공부한 그가 서울의 명문대학교에 입학하자 소문은 삽시간에 마을 전체에 퍼졌다.'처럼 말이다. 중문도 그 점에서는 마찬가지다.

'벽돌쌓기식' 스토리텔링(block-building storytelling)

보도문은 한두 개의 문장으로 구성된 문단 또는 대문으로 나눠서 전체 기사가 구성된다. 이렇게 기사 전체의 스토리를 구성하는 문단이나 대문 또는 그 문단 안에 들어 있는 두세 문장들 중 하나의 문장을 블록(block)이라고도 부른다. 각 블록은 하나의 의미나 생각을 품고 있으며 내용의 중요도에 따라 순서대로 차곡차곡 쌓이듯 배열된다. 이를 보고 데스크나 편집자는 덜 중요하다고 여기는 블록은 과감히 빼내거나 다른 곳으로 옮기기도 한다. 또는 현장 취재기자가 덜 중요하다고 여겨서 뒤쪽에 배열한 블록을 빼내 앞으로 옮길 수도 있다. 이렇게 블록들은 편집자나 기자 자신이 빼거나 옮기기 쉽게 처리할 수 있도록 될 수 있는 한 짧게 쓰는 것이 좋은 요령이다. 말하자면 포터블 라디오나 지금의 스마트폰처럼 손쉽게 지니고 이동하기 편리하게 기사 작성에 있어서 문단의 블록, 문장의 블록들을 쌓으라는 뜻이다. 이런 블록쌓기식 기사를 '벽돌쌓기식 기사'라고 부른다.

'벽돌쌓기식 기사'의 장점과 이점은 문단의 순서를 서로 바꾸거나, 생략 또는 이동시키는 편집의 편리함에 있다. 뿐만 아니라 이처럼 차곡차곡 블록이 쌓이듯 쓰인 글은 독자들이 읽기에도 편리하다. 표제와 리드 그리고 본문을 읽어가다가 이제는 더 이상 읽을 필요를 느끼지 않는다면 거기서 멈춰도 된다. 아래 예문은 지난 2012년 9월 24일 새누리당 박근혜 대통령 후보의 기자회견 내용 일부를 간추려서 벽돌쌓기식 보도기사로 만들었다. 지면 부족 때문에 기사를 세 문단으로 줄이려 하는데 어느 블록들을 빼면 좋겠는가? 또 네 블록으로 처리하려면 어떻게 편집하면 좋을까?를 생각하기 바란다.

예문; 박 후보, 역사인식 확 바꿨다

㉮ 박근혜 후보의 역사인식(또는 과거사에 대한 견해)이 싹 달라졌다(또는 확 바뀌었다). '구국의 결단'에서 '헌법적 가치의 훼손'으로.

㉯ 박 후보는 (2012년 9월) 24일 기자회견을 갖고 "5 · 16과 유신, 인혁당 사건* 등은 헌법 가치가 훼손되고 대한민국의 정치발전을 지연시키는 결과를 가져왔다"고 밝혔다.

㉰ 지금까지 박 후보는 5 · 16이나 유신에 대한 평가를 할 때 당시의 공(功)과 과(過)를 함께 언급하곤 하면서 5 · 16에 대해서는 "구국의 결단"(2007년 한나라당 대선 경선 때), "불가피한 최선의 선택"(2012년 7월 한국신문 · 방송편집인협회 토론회 때)이라고 평가했다. 이와 아울러 그 문제에 대한 평가는 '역사의 판단'에 맡길 일이라고도 말해 왔다.

㉱ 이로 말미암아 지지율마저 하락세를 보이기 시작하자 박 후보는 추석 명절 연휴 동안 민심을 끌어 잡으려는 의도에서 서둘러서 추석 명절을 6일 앞두고 과거사에 대한 자신의 새로운 입장을 밝히는 기자회견을 가진 것으로 보인다.

㉲ 박 후보의 발언은 대선 운동 과정에서 계속 정치쟁점화 돼 그의 발목을 잡아온 '과거사 문제'(5 · 16 유신 평가와 인혁당 사건)에 대해 그의 입장이 대폭 변화(또는 전폭적으로 변화)했음을 의미한다.

㉳ 유신 시절에 일어난 인혁당 사건(*정확하게 말해서 인혁당재건위 사건 또는 제2차 인혁당 사건)에 대한 그의 언급은 지난 8월에 나왔다. 박 후보는 이 사건에 대해

'두 개의 대법원 판결'이 있다고 말해 대법원의 2007년 재심 판결에 의한 무죄 선고를 부정하는 동시에 법체계에 대한 무지를 드러낸 소치라는 야당과 여론의 질타를 받았다.

강의 노트⑨

인혁당 사건

박근혜 후보는 대선 기간인 2012년 8월에 인혁당 사건에 대해 '두 개의 대법원 판결이 있다'고 말해 정치적 파문을 일으켰다. 이에 따라 안철수 후보, 문재인 민주통합당 후보보다 앞서 있던 지지율도 하락하기 시작, 50%대에서 40%대로 급락했다. 박 후보의 기자회견은 문제의 심각성 때문에 대선 가도에 드리운 검은 구름을 걷어내려는 의도에서 마련된 것으로 보인다. 박근혜 후보의 '두 개의 대법원 판결이란 발언은 1974년 제2차 인혁당 사건 (또는 인혁당 재건위사건) 연루자들에 대한 대법원의 사형판결과 유족들의 재심 청구에 의한 2007년의 무죄 판결을 가리키는 것으로 보이는데 법규정상 재심 판결은 원심 판결에 우선하므로 박 후보의 발언은 우리나라의 법체계를 모를 뿐만 아니라 정치적으로도 '중대한 실언'을 한 것으로 지적돼 여론의 질타를 계속 받았다.

인혁당 사건이란? 인민혁명당(약칭 인혁당)이라는 대규모 지하조직에 의한 국가전복기도가 있었다고 중앙정보부가 1964년 발표한 사건이다. 2007년 1월 23일 서울중앙지법 형사합의23부는 재심 선고공판에서 사형이 집행되었던 8명에게 무죄를 선고하여 법적으로 명예를 회복시켰다.

1964년 8월 중앙정보부는 "인혁당은 대한민국을 전복하라는 북한의 노선에 따라 움직이는 반국가단체로서 각계각층의 인사들을 포섭, 당조직을 확장하려다가 발각되어 체포된 것"으로 발표했다. 1965년 1월 20일 선거공판에서 반공법 위반으로 도예종(都禮鍾), 양춘우(楊春遇)는 각각 징역 3년, 징역 2년을 선고받고 나머지 11명은 무죄를 선고받았다. 검찰은 이 판결에 불복, 항소했고, 그 해 6월 29일의 항소심 선고공판에서 재판부는 원심을 파기, 피고인 전원에게 유죄를 선고했으며 도예종·양춘우 외에도 박현채를 비롯한 6명에게 징역 1년, 나머지 사람들에게는 징역 1년에 집행유예 3년을 선고했다. 이것이 이른바 '제1차 인혁당 사건'의 개요이다.

1972년 10월 17일 유신(維新)이 선포되어 유신반대투쟁이 전국으로 확산되자, 중앙정보부는 투쟁을 주도하던 민청학련(전국민주청년학생연맹)의 배후로서 인혁당재건위를 지목, 1974년 4월 8일 인혁당의 재건을 포함한 국가보안법 위반 등의 혐의로 23명을 구속, 재판에 회부했다. 이것이 이른바 '제2차 인혁당 사건'이다. 이들 중 도예종·여정남·김용원·이수병·하재완·서도원·송상진·우홍선 등 8명은 사형을 선고받았고, 나머지 15명도 무기징역에서 징역 15년까지 중형을 선고받았다. 사형선고를 받은 8명은 대법원 확정판결이 내려진 지 불과 18시간 만인 1974년 4월 9일 전격적으로 형이 집행되었다. 이는 대표적인 인권침해 사건으로 지적되어 해외에도 알려졌다. 제네바 국제법학자협회는 1974년 4월 9일을 '사법사상 암흑의 날'로 선포했다.

이후 노무현 정권 하에서 2002년 9월 의문사진상규명위원회는 이 사건이 고문에 의해 조작된 것으로 발표했고 같은 해 12월 인혁당재건위사건의 유족들은 서울중앙지법에 재심을 청구했다. 2005년 12월 재심이 시작되었고 2007년 1월 23일 선고 공판에서 재판부는 사형선고를 받아 형이 집행된 도예종, 우홍선 등 8명에게 무죄를 선고했다. 이 판결로 적법하지 않은 수사와 재판에 의해 희생된 피고인들이 늦게나마 명예를 회복하였으며 사법부도 과거의 잘못을 바로잡게 되었다.

보도기사의 균형성, 공평성 및 객관성

미디어 보도문의 객관성은 언론인이나 미디어 보도가 달성해야 하는 '고귀한 윤리적 표준'임에 틀림없다. 하지만 엄격한 의미에서 실제로 객관적 보도를 실천하기란 말처럼 쉽지가 않다. 그것은 사실상 불가능하다. 보도문의 균형성(balanced reporting)과 공평성(impartiality)은 기자의 주의력 집중과 노력에 의해 상당할 정도로 달성될 수 있다. 그러나 '객관성'(objectivity)은 쉽게 해결될 성질의 문제가 아니다.

미디어론에서 언급하는 이른 바 '객관적 보도'(objective reporting)라는 것은 주의 깊게 관찰하면 '객관화된 형식'을 빌어 작성된 글을 가리킨다. 이를 경험적 조사에 의해 발견한 학자는 사회학자 터크만(Gaye Tuchman)이다. 그녀는 '객관화된 형식'을 '전략적 의식'(戰略的 儀式 strategic ritual, 1972)이라고 불렀다. 이 말은 글 구성의 외견상 '객관화의 형식'을 지킴으로써 객관성이라는 보도문의 전략적 표준을 달성하려고 노력한다는 함의를 지니고 있다. 객관성은 기자가 달성하기 힘든 문제임에 틀림없지만 그렇다고 포기해도 좋은 윤리적 규범은 아니다.

가능한 한 객관성을 달성하기 위해 언론인이 노력할 사항 가운데 몇 가지를 들면 ①기사 작성에 있어서 객관화된 형식(objectified form)을 취할 것 ②대립하는 쌍방의 견해를 모두 동일하게 보도하는 균형성을 지킬 것 ③어느 한 쪽 편만을 들지 않는 공평성을 유지할 것 ④객관성을 중립성(中立性 neutrality)과 혼동하여 사용하지 말 것 등이다. 중립성은 어느 쪽에도 편들지 않는다는 명분 아래 서로 대립하는 쌍방의 입장을 균등하게 소개하고 논평없이 보도하는 '오불관'(吾不關: 나는 관여하지 않는다는 뜻)의 무책임한 자세를 말한다. 얼핏 객관성과 비슷한 듯이 보이지만 중립성은 객관성과는 거리가 한 참 멀다.

균형잡힌 보도와 공평한 보도는 찬반양론이 첨예하게 대립하는 쟁점에 대해 취재기자가 쌍방의 의견과 입장을 한 쪽으로 치우침이 없이 대등하게 보도하는 기자의 보도윤리를 가리킨다. 예컨대 이명박 정부의 '4대강사업' 추진을 둘러싼 여 · 야및 환경단체와의 대립과 논란에 대해 취재기자는 찬성론자와 반대론자의 의견과 주장, 찬 · 반 근거를 균형 있고 공평하게 주관적 입장을 배제한 채 제시하면서 글을 써야 한다는 원칙이 '균형성', '공평성'의 원칙인 것이다.

3. 기사 쓰기의 FAC[S]T 원칙과 문단 나누기

좋은 글이란 어떤 형식, 어떤 종류의 것이든 간에 읽는이로 하여금 내용을 즐겁게 읽어 알고 공감을 일으키게 하는 데 그 주목적이 있다. 글읽는이가 아무런 공감이나 감동을 갖지 않는다면 그 글은 밋밋한 글, 재미없는 글, 관심을 끌지 못하는 글이 된다. 어떤 미국 사회학자의 조사연구에 따르면 기자는 독자가 이해하여 공감하기를 기대하기보다는 독자가 '놀람'(astonishment)을 느끼기를 바라면서 기사를 쓴다고도 한다(M. Schudson, *The Sociology of News* 2003, p.180). 우리가 알 수 있는 일이다. 2013년 7월 7일 아침 뉴스로 전해진 아시아나 여객기 보잉777기의 샌프란시스코 공항 착륙 중 활주로 동체충돌 사고 소식은 사람들을 깜짝 놀라게 했다. 중국인, 한국인, 미국인 등 3백여 명이 탑승하고 있었는데 중국인 어학연수생 2명만이 사망하고 나머지는 거의 대부분 중·경상을 입은 대형사고였다. 다른 사고나 사건·사태들도 뉴스특보로 TV화면에 뜰 때 우리를 놀라게 하는 것은 틀림없다. 그 점에서 기사보도에 있어서 독자·시청자의 놀람을 기대한다는 미국 사회학자의 연구결과는 납득할 만하다.

그럼에도 기사작성 원칙이 바뀌는 것은 아니다. 어쨌든 기사는 쉽게 씌어야 한다. 그래야 잘 읽힌다. 아무리 좋은 내용의 글이라 하더라도 독자들의 반응이 신통치 않거나 한두 줄 읽다가 책장을 덮어버리는 글이라면 그것은 낙제점을 받을 만하다.

그렇다면 독자들이 알아듣기 쉽고 이해하기 쉽게 글을 쓰는 요령은 무엇일까?

나는 'FAC(S)T 원칙'을 제시하고 싶다. 이 원칙은 실은 앞에서 이미 언급한 몇 개 사항을 다시 중복하여 언급하는 것들도 있으므로 기사작성 요령의 요약이라고 여겨도 된다.

F; Fact. 사실은 보도문의 생명이다. 미디어는 사실만을 전달해야 하며 사실만으로써 독자들을 이해시켜야 한다. 사실이 왜곡되면 미디어는 진실을 밝히지 못하며 그에 따라 신뢰성을 상실한다. 신뢰성을 잃은 미디어는 존립하기가 어렵다. 허위보도나 날조된 보도를 특종으로 내보냈다가 그 허위와 날조가 밝혀진 뒤 신문과 방송이 가차 없이 보도기자와 편집 책임자를 파면 또는 해임하는 신속한 조치를 취하는 것은 진실을 외면한 데 대한 미디어의 책임을 통감하고 독자들의 신뢰성을 계속 확보해 두려는 데 그 주목적이 있다.

사실과 진실은 반드시 언제나 동일하지 않다. 진실은 사실에 기초하여 드러나지만 사실들을 나열한다고 해서 진실이 그대로 드러나지는 않는다. 2013년 7월 7일 샌프란시스코 공항에 착륙하려다 너무 낮은 고도 때문에 활주로 방파제와 충돌한 아시아나 여객기 보잉777기의 사고에 대한 조사에서 조종사와 조종석에서 밝혀진 사실과 콘트롤 타워 관제사들과 관련된 사실, 블랙박스에서 확인된 사실들은 각기 단편적인 사실에 불과할 뿐 그것들 각각이 사고원인의 진실을 밝혀내지는 못한다. 사실들의 집합에 의거한 종합적인 판단이 행해지지 않으면 진실은 왜곡되거나 은폐될 수도 있다고 항공전문가들은 당시 말했다.

사실은 진실의 기초이자 전제가 되지만 진실은 흔히 사실의 장막 뒤에 숨겨지는 경우가 종종 있다. 사실 보도란 이름 아래 관련 당사자의 인격과 업무수행 능력에 대한 진실이 가려지는 경우를 우리는 국회인사청문회 기사에서 가끔 목격한다. 장관의 사임의사를 발표하는 기자회견장에서 '일신상의 이유'를 든 것도 그 자체는 사실의 표명으로 비칠지 모르지만 '일신상의 이유' 라는 사실 뒤에 숨겨진 진실 즉 대통령과의 정책적 의견차이에 의한 사임은 드러나지 않는다.

보도문의 영역에서 사실보도가 무엇보다도 중요한 원칙으로서 강조되어야 함은 당연한 일이지만 그것보다도 더 중요한 것은 기자는 사실 뒤에 숨겨졌을지도 모르는 진실과 진상을 밝혀내는 데 기자로서의 윤리적 책무를 다하지 않으면 안 된다.

A; Accuracy. 사실 보도와 더불어 두 번째로 중요한 원칙은 글의 내용과 문장의 정확성이다. 정확성은 사실 전달과 앞뒤 관계를 이룬다. 정확성의 준수는 6하 원칙이 틀림없이 기사에 명시되어야 한다는 기본적인 뜻일 뿐 아니라 올바른 맞춤법과 띄어쓰기까지도 포함한다. 글 속의 등장인물의 이름과 그가 한 말을 부정확하게 인용한다거나 장소, 시간 등이 틀린다면 그런 글은 정확성을 잃는다.

정확성의 문제는 사실 보도와 마찬가지로 근거가 제시되지 않거나 증거가 박약한 '딘순한 의혹 보도'에도 적용된다. 증거나 관련당사자의 확인이 제시되지 않은 대부분의 '뜬 소문'이나 '의혹'을 보도하는 행위는 사실에 불충실한 부정확한 보도임을 기자는 가슴 깊이 새겨둬야 한다.

C(S); Coherence & Consistency. 모든 뉴스보도가 논리적으로 제대로 연결되어 질서정연(整然)한 문장들을 갖춰야 하는 것은 아니다. 사고와 사건 보도에 있어 블록쌓기식 기사가 그런 예에 속한다. 그러나 해설 · 분석 기사나 논평 · 사설은 논리적 정연성 일관성과 통일성을 갖추지 않으면 안 된다. 그런 글은 독자가 내용을 이해하기가 쉬울 뿐더러 읽기에도 부담이 적을 것이다. 논리적 정연성과 통일성(coherence)을 지닌 글은 주제를 입증하거나 주제를 든든하게 뒷받침하는 글의 전개에 있어서도 일관성(consistency)을 유지하게 마련이다. 그러므로 논리적 정연성과 일관성은 함께 어깨동무를 하면서 행동하는 파트너가 된다.

S: Shared affection(共感 공감). 모든 보도문이 논리적 정연성과 일관성만을 가지고 독자들한테 접근하지는 않는다. 그것은 이해와 설득의 필요조건일 뿐이다. 상대방의 공감을 얻는 이지적(理智的) 논리전개보다는 감성적(感性的) 호소가 더 효력을 발휘할 수도 있다. 그 점에서 감성을 자극하거나 정감의 공유를 얻어내는 글은 읽는이의 마음을 사로잡는 충분조건이 된다.

T: Terse. 간결한 문장이 어느 경우에나 반드시 좋은 것이라고 단언하기는 어렵겠지만 대체로 문장은 간결, 간명해야 좋다. 간결하다는 것은 문장 하나하나의 길이가 우선 짧아야 한다. 동시에 하나의 문장이나 문단에는 하나의 생각이나 관념만이 담겨 있어야 한다, 짧은 문장을 쓴다고 해서 문맥을 벗어나서 산만하게 단어들을 나열하기만 해서는 의미생성이 제대로 이뤄지지 않는다. 부득이 길게 써야 할 경우에도 경쾌간결한 리듬에

기사의 내용을 실어야 짧은 리듬의 박동을 일으키면서 즐겁게 쉽게 읽히게 된다. 그러려면 중문(重文)과 복문(複文)의 사용을 의식적으로 자제해야 한다. 중문과 복문은 자칫 글을 장황하게 만들 수 있기 때문이다. 간단히 말하면 중문은 '그리고'(and), '그러나'(but), '따라서 또는 그러므로'(therefore), '~하면서, ~이면서' 등의 접속사로 이어지는 글이며 복문은 영어의 관계대명사인 which와 that 이하의 문장을 달고 다니는 글이다.

문단을 적절히 나눠 표시하기

FAC(S)T원칙과 관련하여 또 하나 강조하고 싶은 점은 문단(文段 paragraph)이나 단락(段落)을 적절하게 나눠 쓰는 일이다. 문단은 기사의 편집 기법에서는 패러그래프 또는 블록이라 부르기도 한다. 원칙적으로 한 문단은 하나의 문장으로 끝나는 게 바람직하다. 부득이한 경우 두세 문장으로 구성될 수는 있지만 그 이상은 삼가는 것이 좋다.

한 문장이나 한 문단은 거듭 말하거니와 하나의 관념이나 생각을 담아야 좋다. 한 문단 안에 포함된 문장들이 어떤 것은 교통신호에 대한 화제를 전개하다가 운전자의 나이와 신체조건이나 취미—예컨대 라디오 음악 방송을 즐겨 듣는다든가 하는 것—를 언급하는 내용을 섞어 넣게 되면 그 글은 논리적 정연성과 일관성을 잃게 된다. 더불어 간명성(簡明性)도 잃는다.

다음 예문1~3을 읽고 FAC(S)T 원칙이 어떻게 적용되었는지를 유심히 살펴보기로 하자.

예문1: 간결한 문체의 '박원순 방식'

박원순의 면모는 다각(多角)적이다. 소통의 달인이다. 콘텐트의 경쟁력을 갖춘 마당발이다. 그의 기부와 나눔 행사에는 사람들이 모인다. 이벤트에 파격과 신선감을 엮는 상상력과 재주가 있다. 참여연대부터 그의 시민운동 방식은 위력적이다.

그는 언어의 매력을 안다. 명분과 네이밍의 효과에 익숙하다. '아름다운가게' '희망제작소' '소셜디자이너(social designer)' '나눔 1%'—. 그가 건 간판들이다. 대중의 감성을 파고든다. 그는 다작의 글쟁이다. 눈썰미가 있다. 취재기자 못지않다. "인터뷰에서 역전의 노장"이라고 자부한다. 인터뷰는 글쓰기의 출발점이다.

박원순의 이미지는 유연하다. 이념 논쟁과 거리 먼 합리적 진보로 비춰졌다. 하지만 그의 좌파적 역사관은 치열하다. 그는 인권변호사 출신이다. 그의 저서들은 그런 면모를 실감나게 드러낸다. 『야만시대의 기록』(고문의 한국 현대사), 『국가보안법 연구』, 『역사가 이들을 무죄로 하리라』라는 책들이 그렇다.

그는 한국 현대사의 어두움을 추적한다. "지옥 같은 고문이 일상화된 시대", "중세 서양의 마녀 재판과 한국 현대사의 국가보안법 재판은 기가 막힐 정도로 닮았다." 그의 책에는 우리 현대사의 밝음은 외면한다. 대한민국의 성취와 감동은 제외돼 있다. 그의 저술공간엔 20세기 한국의 산업화 기적은 빈약하다. 대신 반감과 증오가 넘친다. 그는 "한국의 현대사는 독재와 권위주의, 분단과 전쟁, 외세와 투쟁, 빈곤과 소외로 점철돼왔다"고 주장한다. (중략)…….

박원순은 10 · 26 서울시장 보궐선거의 유력 후보자다(인용자: 실제로 보궐선거에서 그는 서울시장에 당선됐다). 그 자리는 상징성을 갖고 있다. 권한은 소통령이다. 공공리더십의 핵심적 가치는 역사관이다. 역사 인식은 시대정신의 바탕이다. 그게 맞아야 대중의 자발적 참여를 유도한다. 박원순식 '아름다운 세상의 조건'은 무엇인가. 세상의 현실정책은 역사관에 영향을 받는다. 그 속에 낡은 구두와 강남 월세아파트 논쟁도 있다. 그의 한국사 관찰은 인권 침해에 집중돼 있다. 그렇다면 굶주림과 공포의 북한 인권에 대한 그의 생각은 무엇인가. 상식적인 대목이다. 하지만 그는 이 부분을 흔쾌히 언급한 적이 없다.

시민단체의 돈줄 논란도 궁금하다. 그의 '아름다운재단'은 모은 돈을 다른 시민단체에 지원해왔다. 그들 단체 중 상당수가 반기업 · 반미 · 반정부 성향을 갖고 있다. 기부자들로부터 그에 대한 동의를 받았는지 궁금하다.

그는 시민운동의 대부다. 환경단체가 거세게 일으킨 도롱뇽 파문에 대한 그의 입장은 무엇인가. KTX 개통 후에도 천성산 습지의 도롱뇽은 살아있다. 도롱뇽의 건재는 환경운동의 무모함과 선정성을 폭로했다.

검증은 그에게 낯설지 않다. 과거 낙선운동 단체들은 정치인들의 약점을 파고들었다. 그것이 시민운동의 권리라고 했다. 이제 그가 검증의 대상이 됐다. 박원순의 진면목을 아는 것은 유권자의 알 권리다. 정치의 세상은 돌고 돈다.(중앙일보, 2011년 9월 28일, 박보균의 「세상탐사」)

〔긴 리드, 간결하게 고치기〕

다음 예문2와 3의 리드는 기사문장으로서는 너무 길다. 이를 간결하게 고치는 연습을 해본다면 간결한 리드의 기사 쓰기에 좋은 연습이 될 것이다.

예문2;

새누리당의 박근혜 대통령 후보는 추석을 며칠 앞둔 (2012년 9월) 24일 이미 예정된 기자회견을 서울 여의도 당사에서 갖고 "5 · 16과 유신, 인혁당 사건* 등은 헌법 가치가 훼손되고 대한민국의 정치발전을 지연시키는 결과를 가져왔다"고 말함으로써 최근 몇 달 동안 끊임없는 대선 쟁점이 되어온 이른바 '과거사' 문제에 대해 자신의 입장이 크게 바뀌졌음을 분명히 했다.

지금까지 박 후보는 5 · 16이나 유신에 대한 평가를 할 때 당시의 공(功)과 과(過)를 함께 언급하곤 하면서 그 과정에서 5 · 16에 대해서는 "구국의 결단"(2007년 한나라당 대선 경선 때), "불가피한 최선의 선택"(2012년 7월 한국신문 · 방송편집인협회 토론회 때)이라고 평가하는 한편 그 문제에 대한 평가는 '역사의 판단'에 맡길 일이라고 말해 왔다.

〔고쳐 쓴 간결한 리드〕

다음의 고쳐 쓴 리드와 일부 본문은 이미 앞에서 소개되었으나 예문2의 긴 리드와 기사가 어떻게 간결하게 재작성되었는지를 실제로 예시하기 위해 중복을 무릅쓰고 소개하는 것이다.

박근혜 후보의 역사인식이 싹 달라졌다. '구국의 결단'에서 '헌법적 가치의 훼손'으로.

박 후보는 (2012년 9월) 24일 기자회견을 갖고 "5 · 16과 유신, 인혁당 사건 등은 헌법 가치가 훼손되고 대한민국의 정치발전을 지연시키는 결과를 가져왔다"고 밝혔다. 이 발언은 대선 운동 과정에서 계속 정치쟁점화 돼 그의 발목을 잡아온 '과거사 문제'에 대해 그의 입장이 대폭 변화했음을 의미한다.

지금까지 그는 5 · 16이나 유신에 대한 평가를 할 때 당시의 공(功)과 과(過)를 함께 언급하곤 하면서 5 · 16에 대해서는 "구국의 결단", "불가피한 최선의 선택"이라고 평가했다. 이와 아울러 그 문제에 대한 평가는 '역사의 판단'에 맡길 일이라고도 말해 왔다.

유신 시절에 일어난 인혁당 사건(*정확하게 제2차 인혁당 사건)에 대한 그의 언급은 지난 8월에 나왔다. 박 후보는 이 사건에 대해 '두 개의 대법원 판결'이 있다고 말해 대법원의 2007년 재심 판결에 의한 무죄 선고를 부정하는 동시에 법체계에 대한 무지를 드러낸 소치라는 야당과 여론의 질타를 받았다.

이로 말미암아 지지율마저 하락세를 보이기 시작하자 박 후보는 추석 명절 연휴 동안 민심을 끌어 잡으려는 의도에서 서둘러서 추석명절을 6일 앞두고 과거사에 대한 자신의 새로운 입장을 밝히는 기자회견을 가진 것으로 보인다.

예문3; 〔원래의 긴 리드〕

유엔안전보장이사회는 7월 9일 미국, 영국, 프랑스, 중국, 러시아의 5개 상임이사국을 포함한 15개 이사국 대표가 참가한 가운데 열린 전체회의에서 공격의 주체를 북한이라고 명시하지 않는 채 천안함 폭침*을 규탄하는 의장성명을 만장일치로 채택했다.

〔고쳐 쓴 간결한 리드〕

유엔안전보장이사회는 7월 9일 전체회의에서 어뢰공격에 의한 천안함 침몰을 규탄하는 의장성명을 만장일치로 채택했다. 그러나 성명은 공격의 주체를 북한이라고 명시하지는 않았다.

안보리는 미국, 중국, 러시아, 영국, 프랑스의 5개 상임이사국과 10개 비상임이사국들로 구성되어 있다.

강의 노트⑩

천안함 폭침에 대한 유엔안보리 의장성명

유엔안전보장이사회는 2010년 7월 9일 천안함 침몰을 초래한 북한 잠수정의 공격을 규탄하는 의장성명을 만장일치로 채택했다. 다음은 안보리에서 채택된 의장성명 전문의 외교부 비공식 번역문이다.

1. 안보리는 2010년 6월 4일자 대한민국(한국) 주유엔대사 명의 안보리 의장앞 서한(S/2010/281) 및 2010년 6월 8일자 조선민주주의인민공화국(북한) 주유엔대사 명의 안보리 의장앞 서한(S/2010/294)에 유의한다(note).
2. 안보리는 2010년 3월 26일 한국 해군함정 천안함의 침몰과 이에 따른 비극적인 46명의 인명 손실을 초래한 공격(attack)을 개탄한다(deplore).
3. 안보리는 이러한 사건(incident)이 역내 및 역외 지역의 평화와 안전을 위태롭게 하는 것이라고 규정한다.
4. 안보리는 인명의 손실과 부상을 개탄하며(deplore), 희생자와 유족 그리고 한국 국민과 정부에 대해 깊은 위로와 애도를 표명하고, 유엔 헌장 및 여타 모든 국제법 관련규정에 따라 이 문제의 평화적 해결을 위하여, 이번 사건 책임자(those responsible for the incident)에 대해 적절하고 평화적인 조치를 취할 것을 촉구한다(call for).
5. 안보리는 북한에 천안함 침몰의 책임이 있다는 결론을 내린 한국 주도하에 5개국이 참여한 '민 · 군 합동조사단'의 조사결과에 비춰(in view of) 깊은 우려를 표명한다(express the Security Council's deep concern).

6. 안보리는 이번 사건과 관련이 없다고 하는 북한의 반응, 그리고 여타 관련국가들의 반응에 유의한다(take note of).

7. 이에 따라(therefore), 안보리는 천안함 침몰을 초래한 공격(attack)을 규탄한다(condemn).

8. 안보리는 앞으로 한국에 대해, 또는 역내에서 이러한 공격이나 적대 행위를 방지하는 것이 중요함을 강조한다(underscore).

9. 안보리는 한국이 자제를 발휘한 것을 환영하고, 한반도와 동북아 전체에서 평화와 안정을 유지하는 것이 중요함을 강조한다(stress).

10. 안보리는 한국 정전협정의 완전한 준수를 촉구하고, 분쟁을 회피하고 상황악화를 방지하기 위한 목적으로 적절한 경로를 통해 직접 대화와 협상을 가급적 조속히 재개하기 위해 평화적 수단으로 한반도의 현안들을 해결할 것을 권장한다.

11. 안보리는 모든 유엔 회원국들이 유엔 헌장의 목적과 원칙을 지지하는 것이 중요함을 재확인한다(중앙일보의 디지털뉴스 joins.com).

제11강

뉴스 리드의 종류와 작성 요령

1. 네 가지 형의 기사 리드

보도기사의 리드는 다음 네 가지로 분류될 수 있다. 과거에는 통상 역피라미드형 · 피라미드형 · 혼합형으로 3분해왔으나, 이런 옛분류법으로써는 독자의 취향 변화와 이에 부응하는 미디어 문장작법의 발빠른 대응을 반영하기 어렵기 때문에 이 책에서는 주제를 어떻게 제시하는가에 따라 네 가지로 나눴다.

(1) 역피라미드형(inverted pyramid lead)

(2) 테마제시형(thematic lead)

(3) 유보 · 기대형(suspended lead)

(4) 피라미드형(pyramid lead)

2. 역피라미드형 리드

쓰고자 하는 기사의 중요한 핵심내용을 글머리에 모두 넣는 형식의 기사 리드를 가리킨다. 앞의 제10강 예문2로 제시된 '천안함 사건에 대한 유엔안보리 의장 성명 채택'의 첫 스트레이트 기사가 역피라미드형이다.

역피라미드형은 한 사건의 발단과 원인에서부터 전개와 결말까지를 한데 모아 6하 원칙에 따라 쓰는 데 그 두드러진 특징이 있다. 마치 피라미드를 거꾸로 엎어놓은 듯한 모양의 구조를 갖췄다는 뜻에서 역피라미드형이라는 이름이 붙었다. 사건의 발생 · 원인→전개→맺음의 세 요소를 전부 리드에 포함한다고 해서 반드시 시간의 흐름 순서를 사건발생의 시작부터 따를 필요는 없다.

이런 리드는 과거에 주로 사건 기사에서 많이 사용되었으며 최근에도 사고 · 사건 기사에서 흔하게 사용되고 있다. 역사적 연원을 찾으면 뉴스통신사 특파원의 원거리 전신 송고에 그 원형이 있다.

다음 두 예문을 읽어 보면서 역피라미드형의 특징을 설명하기로 하자.

예문1;

(서울=연합뉴스) (1998년 11월) 10일 오후 5시 40분께 충북 청주지검 2층 구치감 10호 대기실에서 조사를 마치고 대기중이던 절도피의자 李봉의 씨(20 · 전과6범 · 청주시 흥덕구 봉명동 1577)가 감시 소홀을 틈타 수갑을 찬 채 도주했다.

검찰에 따르면 탈주한 李 씨는 지난 1일 특정범죄가중처벌법 위반(절도) 혐의로 청주 서부경찰서에 검거된 뒤 이날 8명의 다른 피의자들과 함께 검찰로 호송돼 조사를 받고 청주교도소에 수감되기 위해 혼자 대기중이었다.

당시 경찰 1명과 의경 8명이 李 씨의 호송을 맡았으며 탈주 순간에도 대기실 문앞에는 의경 3명이 배치돼 있었다.

키 1m65cm에 스포츠형 머리를 한 李 씨는 탈주할 때 체크 무늬 점퍼와 검정색 바지 차림에 맨발이었다.

검찰은 대기실 창문의 쇠창살이 벌려져 있는 점 등으로 미뤄 李 씨가 이 창문을 뜯고 달아난 것으로 보고 있다.

이 사건 기사는 누가(who; 절도피의자 이봉의 씨) 언제(when; 11월 10일 오후 5시 40분께) 어디서(where; 청주지검 구치감 대기실에서) 어떻게(how; 조사 후 대기중 감시 소홀을 틈타 수갑을 찬 채) 무엇을 했다(what; 탈주했다) 라는 6하 원칙의 다섯 가지 사항이 충족된 리드이다. 수감 중이던 피의자의 탈주이므로 왜(why) 항목은 도주자가 잡히기 전에 빨리 알아내기는 불가능하다. 그래서는 '왜'와 '어떻게'는 통상 탈주자가 체포된 후에 밝혀지기 마련이다.

전과 6범의 절도피의자가 검찰에서 조사를 받은 후 대기 중 도주했다는 기사라면 이런 형식의 리드 하나만 보고도 사건의 대강을 넉넉히 짐작할 수 있다. 편집자도 리드에서 얼마든지 제목을 고를 수 있다.

편집기술의 측면과 사건에 대한 독자의 빠른 파악의 측면이라는 양면에서 볼 때 역피라미드형 리드는 여러 가지 이점을 지니고 있다. 사건의 중요 내용을 압축하여 독자에게 설명하고 있어 바쁜 독자는 신문 표제와 리드만을 읽고도 피의자 도주 사건의 대강에 관한 정보를 얻을 수 있기 때문이다.

그러나 대부분의 역피라미드형 리드는 형식과 내용전개가 판 박힌 듯이 뉴스보도 때마다 일률적이어서 글의 매력이 떨어진다. 요즘 TV뉴스 시간에 전해지는 사고 · 사건 뉴스의 첫 보도를 한번 눈여겨 본 시청자라면 이러한 판 박힌 형식을 금방 알아차릴 것이다. 그럼에도 신문의 지면 제약과 방송보도의 할당시간 제한 때문에 여유 있게 멋을 부리며 보도기사를 잘 꾸며 쓸 여유가 없기에 역피라미드형 리드는 아직도 기자들 특히 방송리포터들이 즐겨 사용하는 편이다.

예문2; 〔원래의 긴 리드〕

(서울=연합뉴스) (1998년 9월) 18일 0시 40분께 서울 강남구 대치동 506 선경 아파트 뒤 일명 둑방길에서 영동4교에서 영동5교 쪽으로 달리던 서울 52거 3379호 뉴프린스 승용차(운전자 김종주金鍾珠 · 37, 서울 강남구 일원동 거주)가 검문중인 의경 이창화(李昶和 · 19)일경을 들이받은 뒤 이 일경을 승용차 앞부분에 매달고 그대로 도주했다.

운전자 김 씨는 경찰이 추격해오자 시속 1백30~1백40km 속도로 8.3km를 달아난 뒤 강남구 세곡동 대왕임시검문소에서 중앙분리대와 바리케이드, 검문차량을 차례로 들이받고 경찰에 검거됐다.

이 과정에서 이 일경이 차에서 굴러떨어졌으며 김 씨가 차를 몰고 그대로 달아나려는 바람에 앞바퀴에 깔려 숨졌다. (이하 3패러그래프 생략)

예문2의 기사는 역피라미드형 리드로 보이지만 여기에는 정보의 핵심 내용을 전부 담지 못한 흠을 지녔다. 빠진 주요 내용은 무엇일까?

검문 중이던 의경이 도주차량의 앞부분에 매달린 채 끌려가다 떨어져 죽었다는 사실이다. 이 기사 리드는 심야 강남 도심의 뒷길인 둑방길에서 뉴프린스 승용차 운전자가 검문에 불응한 채 도주했다는 점에만 초점을 맞췄을 뿐 의경이 차에서 떨어져 앞바퀴에 깔려 죽은 사실은 뒤로 미뤄 놓았다. 게다가 이 리드—우리나라 언론매체에서 대부분의 사건 기사는 이렇게 고정된 틀에 맞춰 멋없이 씌어진다—는 무미건조함의 흠을 벗어나기가 어렵다. 사실을 아주 정확하게 틀림없이(in an accurate and correct way) 기록하는 것이 기사의 긴요한 요건임에는 틀림없지만 그렇다고 이런 식으로 정보를 제공하는 것은 불성실서비스를 한다는 비판을 면할 수 없다.

〔고쳐 쓴 리드〕

(서울=연합뉴스) 강남구 대치동의 일명 뚝방길에서 (1998년 9월) 18일 심야에

한 승용차 운전자가 검문중이던 의경을 들이받은 뒤 그를 차 앞부분에 매단 채 도주하다 경찰에 붙잡혔다. 의경은 도주하던 차에서 떨어져 숨졌다.

운전자가 술을 마셨는지 여부는 아직 분명히 밝혀지지 않았다.

뉴프린스 승용차(서울 52거 3379호)의 소유주인 운전자 김종주(金鍾珠 · 37, 서울 강남구 일원동 거주)는 서울 강남구 대치동 506 선경아파트 뒤 둑방길에서 영동4교에서 영동5교 쪽으로 달리던 중 18일 0시 40분께 검문중인 의경 이창화(李昶和 19) 일경의 정차 요구를 거부함과 거의 동시에 그를 들이받고 도주했다. 의경은 달아나는 차를 저지하기 위해 트렁크 위해 올라탔다가 변을 당했다고 경찰 관계자가 밝혔다.

다른 경찰관이 즉시 추격에 나서자 도주운전자는 시속 1백30~1백40km의 고속으로 8.3km를 차를 몰고 내뺐으나 강남구 세곡동 대왕임시검문소에서 중앙분리대와 바리케이드, 검문차량을 차례로 들이받은 뒤에 경찰에 검거됐다.

이 과정에서 이 일경은 차에서 굴러 떨어졌으며 김 씨의 차 앞바퀴에 깔려 숨졌다. (이하 3패러그래프 생략)

3. 테마제시형 리드

테마제시형 리드는 역피라미드형 리드가 변형된 개량종이라고 말할 수 있다. 앞에서 이미 예문을 가지고 살핀 바와 같이 역피라미드형에 들어 있는 테마—주요한 핵심 정보—부분만을 뽑아 리드로 삼고 그밖에 어디서, 어떤 경위로 그런 테마가 언급되었는지 또는 발생했는지는 뒤로 미룬 것이 테마제시형 리드이다. 상대적으로 덜 중요하게 여기는 기사의 배경 부분은 뒤로 넘겨져 있다.

테마제시형은 역피라미드형에 비해 문장이 간결하다. 그럼에도 표제로 뽑을 수 있는 제목감이 기사의 글머리에 제시되기 때문에 편집자는 기사를 전부 읽지 않고도 주요 핵심을 얼른 파악하는 장점을 지니고 있다. 그래서 신문이나 방송의 최근 보도는 주로 테마제시형 리드를 많이 쓴다.

예문; 태안 바닷속에 묻혀 있던 고려시대 선박에서 꿀 담던 국보급 고려청자 발굴

충남 태안의 바닷속 갯벌 깊숙이 파묻혀 있던 고려시대 선박에서 꿀단지로 쓴 12~13세기 국보급 청자매병(青磁梅瓶)이 나왔다. 또 다른 청자매병 1점과 각종 도자기, 곡물, 목 · 죽제품, 철제 솥, 화물 종류와 수신자 등을 기록한 목간 등 총 148점의 발굴 유물 가운데 하나다. 청자매병이 바닷속에서 완형으로 발견된 것은 처음이며, 특히 용도를 알려주는 대나무 화물표(죽찰 · 竹札)가 함께 나왔다

▶ 꿀단지로 사용된 고려 청자매병

문화재청 국립해양문화재연구소(소장 성낙준)는 지난 (2010년) 5월부터 태안군 근흥면 마도 해역에서 진행 중인 고려 때 선박 '마도 2호선'(길이 12m, 너비 5m)의 수중발굴 성과를 (8월) 4일 공개했다.

매병 2점 중 음각매병에 딸린 대나무 화물표 앞면에는 '중방도장교오문부(重房都將校吳文富)'라고 적혀 있고, 뒷면에는 '택상정밀성준봉(宅上精蜜盛樽封)'이라고 썼다. "(개경의) 중방(고려시대 무신 정권의 최고 의결기관) 소속 도장교(정8품 이하 하급무관)인 오문부라는 사람 앞으로 올린 꿀단지(精蜜盛樽)"라는 의미다. 연구소는 "고려시대 매병의 이름이 '준(樽)' 또는 '성준(盛樽)'이었음이 최초로 확인됐으며, 술이나 물을 담는 그릇으로 알려진 매병이 꿀과 같은 귀한 식재료를 보관 · 운반하는 데 사용됐다는 사실을 알려주는 첫 사례"라고 설명했다. 음각(陰刻)매병은 어깨에 구름문양, 몸통에 연꽃문양을 정교하게 장식했다. 화물표가 아직 판독되지 않은 상감(象嵌)매병은 참외 모양처럼 몸통을 만들고 버드나무와 갈대, 대나무, 모란, 국화, 닥꽃(황촉규꽃) 등을 정교하게 새겨넣었다. 두 매병 높이는 모두 39㎝이다.

▶ 무신집권기 생활상 보여주는 타임캡슐

마도 2호선에서는 쌀과 콩, 알젓 등의 화물 종류와 수량 · 발신자 · 발송지가 적혀 있는 목간 30여 점이 나왔다. 지난해 인양된 마도 1호선과 같이 마도 2호선도 세곡운반선일 가능성이 크다는 증거다. 이 목간들을 중간 판독한 결과, "정 · 종 3품인 대경(大卿 · 하급관청의 장관 또는 대부경) 벼슬의 유씨(庾氏) 댁에 고부군의 토지에서 난 쌀을 올려 보낸다"는 내용이 확인됐다. 무송 유씨 중 고려 무신집권기에 대경을 역임한 인물로는 유자량(1150~1229)이 있다. 연구소는 "마도 2호선은 고창 · 정읍 · 영광 일대의 산물을 싣고 개경으로 가던 중에 침몰한 것으로 추정된다"고 말했다. 성낙준 국립해양문화재연구소장은 "마도 2호선은 무인집권기 고려 사회를 이해하는 타임캡슐"이라고 말했다.

▶ 태안 앞바다엔 난파선 수백 척

충남 태안 앞바다에 선박과 유물이 많이 묻혀 있는 이유는 뭘까. 연구소는 "이곳은 해저 지형이 복잡하고 조류가 빨라 배가 침몰되는 사고가 잦았다"고 했다. 한반도 최대의 곡창인 호남지역의 세곡을 서울까지 운반하는 데 가장 난코스가 태안 앞바다 일대였기 때문에 고려 인종 때부터 태안 인근 굴포에 운하 건설을 시도했으나 성공하지 못했다. 이건무 문화재청장은 "고려뿐 아니라 조선 때도 공물을 실어나르는 선박 수백 척이 깨지거나 침몰한 기록이 남아 있어 그야말로 수중문화재의 보고(寶庫)"라고 말했다.(조선일보, 허윤희 기자, 2010년 8월 5일자)

〔고쳐 쓴 간결한 리드와 본문〕

위 예문은 특집용으로 꾸몄기 때문에 본문 내용이 길 뿐만 아니라 기사의 리드도 간결하지 않다. 테마제시형 리드가 어떻게 쓰이는지를 실제로 보여주기 위해 다음과 같이 고쳐 써 보았다.

(고려 무신집권기의 것임을 참작하여) 깊은 서해 바다 밑 갯벌에서 팔백 몇십 년 동안 긴 잠을 자던 국보급 고려자기가 기지개를 켜며 우리 앞에 고운 자태를 드러냈다.

문화재청 국립해양문화재연구소(소장 성낙준)의 해저유물 발굴조사단은 충남 태안 앞바다 밑에서 지난 3개월 동안 건져 올린 해저발굴유물들을 (2010년 8월) 4일 공개했다. 유물 중에는 12~13세기에 꿀단지로 사용하던 국보급 청자매병(青磁梅甁)을 비롯하여 또 다른 청자매병 1점과 각종 도자기들, 곡물, 목 · 죽제품 등 총 148점이 포함돼 있다고 해양문화연구소는 밝혔다.

이 유물들은 전남지방에서 개경으로 세곡(稅穀) 등을 운반하던 선박으로 추정되는 침몰선에 실렸다가 갯벌 속에 가라앉은 것으로 보인다. 마도 2호선(길이 12m, 너비 5m)으로 명명된 침몰선에서는 철제 솥, 화물 종류와 수신자 등을 기록한 목간 등도 발견되었다.

태안 앞바다 밑 갯벌에서는 이전에도 고려자기들이 발굴되었으나 청자매병이 완형으로 발견되기는 이번이 처음이다. 특히 물건의 행선지와 용도를 알려주는 대나무 화물표(죽찰 · 竹札)가 함께 나와 중요한 역사 자료로 쓰일 가능성도 크다.

4. 유보 · 기대형 리드

무슨 말을 다음에 이어가려고 이런 말을 했을까? 하고 궁금증과 기대감을 유발시키며 또한 쓰고자 하는 주제를 글머리에서 밝히지 않고 뒤로 미뤘다는 점에서 뉴스보도문의 이런 리드를 유보 · 기대형이라 부른다. 요즘 미디어에서는 테마제시형과 더불어 유보 · 기대형 리드가 빈번히 쓰인다. 다음 예문2의 리드 "폭풍이 거세게 불면 불수록 낙원은 그만큼 점점 더 멀어져 간다는 걸 누가 생각했으랴." 이 무슨 뚱딴지같은 소린

가. 이 글머리는 한 단행본의 서문에 나오는 것이지만 이런 부류의 것은 신문 스트레이트 기사나 칼럼에서도 예사롭게 쓰인다.

유보 · 기대형 리드는 글머리의 내용이 워낙 엉뚱하거나 예상을 뒤엎으며 불쑥 튀어나온 듯한 형식의 글이기에 글 재간이 여간 뛰어나지 않고서는 쉽게 손대기가 어렵다. 자칫 리드를 잘못 잡았다가는 그 뒤를 순조롭게 이어가지 못해 고생하기 일쑤다. 게다가 이런 리드에서는 글의 감칠맛을 내야 하므로 그런 맛내기에 대해서도 작자는 많은 작문 수련을 해야 한다.

예문을 읽으면서 어떻게 하면 이런 형식의 글을 맛깔스럽게 잘 쓸 수 있을지를 곰곰이 생각해 보기 바란다.

예문1; 75년 만에 주인공 빠진 노벨평화상 시상식

감옥의 류샤오보를 대신하여 '빈 자리' 가 수상

주인공은 그 자리에 없었다. 현장 TV 카메라는 자꾸만 단상의 빈 의자에 앵글을 맞췄다. 단상 오른쪽 일곱 자리 중 두 번째 의자, 갈색 종려나무로 만든 파란색 등받이에 세 마리의 백학이 새겨진 평범한 의자였다.

10일 오후 1시(현지시각) 노르웨이 오슬로시청의 2010년 노벨평화상 시상식장. 중국의 반체제 작가 류샤오보(劉曉波 55세)에 대한 시상식은 노르웨이 국왕 하랄드 5세 내외와 토르비에른 야글란 노벨위원장이 나란히 입장하면서 시작됐다.

그러나 이날 시상식은 예년의 축제 분위기가 아니었다. 특히 노르웨이 음악가 에드바르드 그리그(Edward Grieg)의 곡 '솔베이그의 노래'를 소프라노 마리타 솔베르가 애잔한 고음으로 부르면서 장내 분위기는 더욱 숙연해졌다.

"그 겨울이 지나 봄은 가고, 봄은 또 가고. 그 여름이 가면 한 해가 간다, 세월이 간다. 그러나 나는 분명히 안다, 당신이 다시 올 것을, 당신이 다시 올 것을……." (후략) (조선일보, 2010. 12. 11. 1면 이항수 특파원)

스트레이트 기사도 이런 리드로 시작해도 좋다. 그 여실한 본보기를 위 예문에서 우리는 확인한다. 리드 다음에 이어지는 문단이 없었다면 리드가 무엇을 말하려 했는지를 우리는 전혀 모를 것이다. 이것이 유보 · 기대형 리드의 특징이자 전형이다.

게다가 이 기사는 읽는이들의 감성을 자극하고 있어 그들로 하여금 눈시울을 붉히게 한다. 10년 전만 해도 쓰기 힘든 문장 작법이다. 이를 보면서 시대의 흐름에 따라 기사 문장의 패션도 바뀐다는 변화의 진실을 새삼 실감한다.

예문2;

폭풍이 거세게 불면 불수록 낙원은 그만큼 점점 더 멀어져 간다는 걸 누가 생각했으랴.

1978~79년의 인도차이나 무장충돌은 12년 뒤에 다른 시대의 일처럼 보이게 되었지만 그 전쟁은 『상상의 공동체』의 원본 텍스트를 쓰게 된 직접적인 계기를 제공했다. 그 무렵 나는 사회주의국가들끼리의 전면전이 더 벌어지리라는 전망에 시달리곤 했다.(Benedict Anderson, *Imagined Communities* 〔상상의 공동체〕 개정판. 1991 서문에서)

현대의 고전이 되다시피 한 베네딕트 앤더슨(Benedict Anderson, 1936~)의 명저 『상상의 공동체』(*Imagined Communities*)의 제2판 서문은 불변의 실체가 없는 인간의 가상적 창조물이 실제로는 거센 폭풍의 위력을 발휘하여 '민족'들끼리 서로 증오하며 죽이는 처참한 살육전의 폐해를 비유적 표현으로 고발하고 있다.

민족(nation)과 민족주의(nationalism)라는 용어들은 애국심을 고취하여 국민의 힘을 결집시킴으로써 정권유지를 도모하려는 정치인들에게는 더 없이 매력적인 구호임에 틀림없다. 걸핏하면 '민족'을 내세우는 정치인들은 그것이 마치 실체가 있는 영원불변의 인간집단인 것처럼 분장한다. 남북경제협력의 필요성이나 국제정치 무대에서 남북협력과 공조가 필요하다고 여길 경우 북한지도부도 어김없이 '민족끼리'라는 말을 쓰며 남북공조와 협력의 필요성이 거부할 수 없는 '민족의 지상명령'인 듯이 강조한다.

사람들이 '국가와 민족'(nation)을 위해 헌신하며 기꺼이 자기를 희생하도록 만드는 그 힘은 무엇인가? 또한 민족과 국가의 이름으로 반대편 민족을 아주 증오하며 이른바 성전(聖戰)을 벌이며 살육(殺戮)하도록 만드는 그 마력은 무엇인가?

정치적 민족주의 운동에 관해 지금까지 많은 연구가 진행되어 왔지만 민족성(nationality)의 의식 즉 민족에 대한 개인적 문화적 귀속의식에 관한 연구는 그에 상응하는 주목을 받지 못했다. 이 점에 시선을 돌려 미국 코넬대학의 앤더슨 교수는 민족과 민족성을 '상상의 공동체'로서 파악하면서 그 상상의 산물이 어떻게 창조되어 지구전역으로 전파되어 갔는지는 규명했다. 그에 따르면 '민족성' 또는 '민족다움'(nation-ness)이나 '민족주의'(nationalism)는 인류가 생겨난 아득한 태고 적부터 존재해온 것이 아니라 사회가 발전한 어느 시기 유럽에서는 18세기 말엽 무렵 그 사회의 성원들에 의해 의식 속에 창조된 '특수한 종류의 문화적 인조물'(cultural artefact of a particular kind)이다. 그래서 앤더슨은 민족을 '상상의 공동체'라고 부른다.

민족주의가 무엇인지에 대해 알고 싶은 독자는 앤더슨의 유보 · 기대형 리드로 시작된 글머리를 유심히 읽어본 뒤 본문의 페이지를 펼쳐보기를 권하고 싶다.

예문3; "대리직급 준대도 변호사 지원자 넘쳐"

사시합격자 몸값 하락, 공채 출신보다 나이 많아

지난해 한 공기업이 변호사를 한 명 뽑았다. 제시한 조건은 평사원 직급에 연봉은 대졸 3년차 정도였다. 다른 대졸 신입사원과 똑같은 조건인데, 사법연수원 경력만 2년 인정해주겠다는 것이었다. 그런데도 10명이 넘게 지원했다.

10여 년 전에는 변호사가 기업에 가면 곧바로 부장급 간부가 될 수 있었지만, 최근엔 대리나 심지어는 사원으로 입사시키는 회사도 적지 않게 생겨나고 있다. 사법연수원 수료자가 매년 1000명씩 쏟아지자 변호사 '몸값'이 내려가면서 생겨난 현상이다.

SK그룹에선 사법연수원을 갓 수료한 변호사에게 대리 직급과 함께 대리 3년차 연봉을 준다. 이들 '대리 변호사'들은 다른 직원들과 똑같이 업무성과를 평가받고 다음해 연봉계약을 한다. 한 중견 제약업체는 연봉 5000만 원을 주는 대리로 변호사를 뽑았다. 변호사를 채용 중인 수도권의 한 중소기업은 직급·연봉도 제시하지 않은 채 "원하는 연봉을 적어내면 나중에 협의하자"는 식의 채용 조건을 제시했지만 지원자는 줄을 잇고 있다.(중략. 삼성·LG·현대차·포스코는 '변호사 신입사원' 과장 직급을 준다는 등의 사례가 소개되었음)

이외에도 변호사 몸값이 떨어졌다는 것을 보여주는 현상이 곳곳에서 벌어지고 있다. K씨는 법원행정고시와 사법시험에 모두 합격하고 사법연수원을 수료한 이후에 변호사 대신 법원에서 사무관으로 3년쯤 일했다.(조선일보, 2010년 8월 14일, 손진석 기자)

5. 피라미드형 리드

피라미드형 리드는 사건의 발생에서부터 결말에 이르기까지 시간의 흐름을 따라 진행된 사고·사건을 순서대로 서술하는 방식을 말한다. 논평이나 사설에서는 쟁점이 된 어떤 사안에 관해 논평하려 할 경우 먼저 글의 앞머리에 그 쟁점의 발생과 찬반 논쟁의 요지 등은 제시한 다음에 글의 본론으로 들어갔다가 마지막에 결론을 내리는 형식을 취한다. 기행문 · 르포에서도 이런 종류의 리드를 쓰는 사례를 흔히 볼 수 있다. 추상적 설명보다는 몇 건의 예문을 제시하여 살피기로 하자.

예문1; 약간은 수줍은 가을 우포늪을 소개합니다

철새와 나무 그리고 별 1억만 년 동안 품어줘서 고맙다 우포야

가을 초입, 경남 창녕 우포(牛浦)를 다녀왔다. 인간이라는 참을성 부족한 종(種)에게는 지금이 이 늪을 찾을 적기다. 지난여름, 습기로 가득한 염천(炎天)의 늪은 숨이 턱턱 막혔고, 유난히 가혹했던 올여름의 비는 텃새들의 둥지마저 휩쓸었다. 하지만 지금, 철 내내 숨죽였던 혹은 과잉으로 부풀었던 우포의 생명들은 최적의 조화를 찾아가고 있었다. 왕버들, 칡넝쿨 아래 수줍게 숨어 있던 반딧불이마저도. 때로 낮보다 밤이 더 아름다웠던 2010년 가을.

우포 여행

열 개의 문장으로 우포를 정리하면 이렇다.

인류가 살기도 전인 1억4000만 년 전에 자리를 잡은 우리나라의 가장 큰 자연 습지. 쉽게 말해 물에 젖은 땅, 늪이다. 여의도 3배 정도 땅덩이(8.54㎢)에 모두 4개의 크고 작은 늪이 모여 있는데, 큰 것부터 소벌(우포), 나무벌(목포), 모래벌(사지포), 쪽지벌로 부른다. 하루에도 몇 번씩 변신한다고 팔색조, 천의 얼굴을 가진 늪, 1500여 생명체가 사는 야생 동 · 식물의 천국 등의 영광스러운 별명을 갖고 있다.

지금에야 자손만대 길이길이 물려줘야 할 은총의 땅 대접을 받고 있지만, 수십 년 전만 해도 천덕꾸러기였다. 보릿고개 시절에는 늪 일부를 메워 논을 만들었고, 1978년에는 농어촌진흥공사도 개발 욕심을 냈으며, 1993년에는 생활쓰레기 매립장을 만들려는 시도까지 있었다. 1989년부터 늪에 들어와 보존운동을 벌이고 있는 이인식 우포늪따오기복원위원장은 "당시에는 늪에 냉장고가 둥둥 떠다닐 만큼 엉망이었다"고 했다. 이들의 노력으로 1997년에 환경부가 자연생태계 보전지역으로 지정했고, 물새 서식지로 국제적으로 중요한 습지임을 인정받아 1998년 람사르협약에 등록됐다. 일반인이 들어갈 수 없는 비무장지대 대왕산용늪을 제외하면, 한국 최초 등록이다. 여기까지는 공부 차원.

아홉 문장으로 추천하면 이렇다.

낮의 우포는 모두에게 익숙한 풍경. 하지만 밤의 우포에는 현실과 환상이 기묘하게 뒤엉킨 시간이 흐른다. 가로등 하나 없는 우포에는 밤이면 세 개의 별이 뜬다. 쏟아질 듯 빽빽한 하늘별, 네 개의 늪에 고스란히 내려앉은 물별, 그리고 1년 중 이맘때만 만날 수 있는 풀별, 반딧불이다. 소목 마을 주차장에서 걸어서 5분 거리, 우포가 희뿌옇게 내려다보이는 주매제방을 걸었다. 원시적인 둑길 양 옆으로 무성한 칡넝쿨을 조심스레 헤치면 어김없이 등장하는 앙증맞은 풀별. 시각을 제외한 오감(五感)은 무한대로 부풀어오르고, 심지어는 희미해진 시각마저 극한으로 상상력을 펼친다. 조금 전 미루나무 옆 늪가에서 튀어오른 놈은 가물치였을까, 붕어였을까, 아니면 이제는 많이 줄었다는 황소개구리였을까. 소쩍새가 밤의 고요를 종횡으로 가르는데, 유성 하나가 저 멀리 화왕산 쪽으로 꼬리를 그으며 떨어졌다.(조선일보 창녕=이수웅 기자, 2010년 9월 16일, 「주말 Magazine+2」, 밑줄은 인용자)

'가을 초입, 경남 창녕 우포(牛浦)를 다녀왔다' 라는 글머리는 얼핏 기대 · 유보형과 닮아 보인다. 차이는 첫 대목에서부터 우포늪에 관해 쓰려는 작자의 의도가 선명히 드러난 데 있다. 우포에 갔다 와서 그 자연경관을 소개할 터이니 독자들은 내 글을 한 번 읽어보고 다녀오기 바란다 라는 부탁이 리드 문단에 담겨 있다. '인간이라는 참을성 부족한 종(種)에게는 지금이 이 늪을 찾을 적기' 라는 해설까지 곁들이면서 말이다.

예문2: 기념비적인 스트레이트 기사

'여기는 평양…… 가랑비가 오고 있다'

닉슨 미국 대통령의 1972년 중국 방문으로 미 · 중 간의 관계정상화 움직임이 급진전하자 남북한 관계에도 변화가 일어났다. 한국의 이후락 중앙정보부장이 비밀리에 평양을 방문하여 김일성 주석과 면담한 뒤 '7 · 4남북공동성명'이 발표되었다. 6 · 25 남침전쟁 후 단절된 쌍방 간 교류의 물꼬를 텄다. 이에 따라 제1차 남북한적십자회담이 평양에서 열렸다. 다음 기사는 적십자회담을 취재하기 위해 남측 대표단을 수행하여 평양을 방문한 대한민국신문 · 통신공동취재단의 풀 기사 중 일부이다. 이 풀 기사는 평양의 공동취재단으로부터 전화송고된 것을 동양통신이 수신 배포하는 책임을 맡았기 때문에 동양통신을 거쳐 1972년 8월 29일 오후에 각 신문과 다른 2개 뉴스통신사(合同과 同和)에 배신(配信)되었다.

지금 읽어 보면 참으로 감격적인 기사 리드가 아닌가 하는 생각이 든다. 평양 도착 직후의 첫 인상을 전한 첫 보도의 리드치고는 별 것 아닌 듯 싶지만 잘 음미해 보면 얼마나 많은 의미를 함축하고 있는지를 알 수 있다.

(평양 1972. 8. 29—대한민국신문통신공동취대단) 여기는 평양, 가랑비가 내리고 있다. 分斷 27년 동안 딛지 못했던 이 땅을 겨우 네 시간 만에 디딘 것이다.

남북적십자회담에 참석키 위한 韓赤 대표단 일행은 29일 오전 10시 30분 板門店을 떠나 이날 오후 2시 25분 평양에 도착했다.

이 네 시간에 압축된 27년간의 斷絶을 가랑비가 부딪치는 車窓 밖으로 메우기에는 너무 벅찬 것만 같았다.

北行 車窓 밖으로 내어 흔드는 손결에 연변의 농부나 도시의 시민, 어린이들은 무관심하여 손에 젖은 비가 한결 차갑게 느껴지기도 했다.

물이 불어난 大同江 기슭을 달려 代表團 宿所인 文殊里 招待所에 짐을 푼 일행은 2시반께 각기 숙소에서 점심을 들고 여섯 시에 北赤中央委 議長 孫成弼을 예방, 『東國正韻』 影印本을 선물했다.

이어 쌍방의 대표단, 자문위원, 수행원, 기자단끼리 얼굴보기를 하는 北側 代表團長 金泰熙 초대의 만찬회가 있었고 밤 10시반부터는 韓赤 鄭炷年 대표와 北赤 한시열 대표 사이에 실무회담을 가졌다.

그리고 깊은 밤 안개비 속에 평양의 밤은 저물어 갔다.

이날 평양의 최고기온은 22도. 얇은 쉐타가 아쉬운 서늘한 밤이었다.

일행은 板門店에서 北赤이 마련한 간단한 다과회를 끝낸 뒤 대표단 · 자문위원은 소련제 차이카(러시아어로 갈매기란 뜻)로, 수행원과 기자단은 벤츠차에 分乘, 一路北行, 10시 50분에 開城, 11시 15분에 會川, 12시 25분 만홍리, 12시 30분 沙里院을 거쳐 東平壤 大同江驛 文殊里 초대소에 안착했다.(이하 생략)

이 기사의 리드는 엄격한 의미에서 피라미드형 리드는 아니다. 남한의 기자들이 공개적으로 그것도 취재기자단의 이름으로 27년 만에 찾아간 평양에 도착한 감동을 적은 리드이기 때문이다. 그래서 굳이 이름 붙이자면 테마형+피라미드형 리드라 불러야 하지 않을까 싶다. 하지만 이 기사를 피라미드형 기사—리드 하나가 아니라 기사 전체—로 뽑는 데 주저하지 않는 이유는 리드 다음에 이어지는 내용이 시간의 흐름 순서를 따라 전개되었기 때문이다

이 평양발 기사는 다음날 조간신문들에 '가랑비' 또는 '부슬비'로 비의 이름만을 달리했을 뿐 일제히 비슷한 표제를 붙여 1면 톱으로 실렸다. 당시 조간신문인 조선일보는 1972년 8월 30일자 지면에서 "여기는 평양……가랑비가 오고 있다"라는 머리띠 제목(banner headline) 아래 1면 전체를 평양발 기사에 할애했다. 부제는 다음과 같이 달았다.

韓赤 대표단 歷史的 첫 발

「文殊里 초대서」서 旅裝 풀고 一泊

南北赤本會談 오늘 開幕

그 무렵 동양통신의 정치부 차장대우로서 풀 기사 처리를 책임지고 있던 나의 기억을 더듬어 보면 위 풀 기사는 공동취재단의 평양 도착 직후 송고해온 제1신과 그날 저녁에 예정된 회담의 일정에 관한 제2신 기사를 합쳐 편집한 것으로 보인다.

어쨌든 평양발 제1신을 받아쓰기한 기자로부터 접수한 나는 신문 · 통신사 편집국으로 배신하는 기사의 가제목을 어떻게 달면 좋을지 고민했던 기억이 너무도 생생하다. 고민 끝에 내가 쓴 가제목은 '여기는 평양, 가랑비가 내린다'였다. 그날은 서울 날씨도 흐렸다. 그러므로 서울과 평양은 같은 하늘 아래서 같은 날씨를 겪고 있었던 것이다. 먼 장래에 남북이 하나로 통일될 날을 기대하며 열린 역사적인 첫 회담의 개최 장소인 평양에서 보내온 첫 소식은 날씨 얘기가 톱감이 되기에 충분했다. 그랬기에 8월 30일자 조간신문들의 톱 기사 제목들은 모두 이와 비슷한 헤드라인을 단 것으로 나는 기억한다.

'여기는 평양, 가랑비가 내리고 있다.'

아주 간단한 이 한 문장, 그것은 비록 날씨에 관한 소식에 불과하지만 남북관계의 모든 것을 응축하여 표현한 것이다. 공동취재단은 신문 · 통신사의 정치 · 사회부장들을 포함한 차장급 이상의 기자들로 구성되어 있었다. 책임집필자는 이들 고참기자들이 각자 분담하여 취재한 메모와 의견을 참고하여 이런 리드를 뽑고 기사를 전개해 나갔으리라고 여긴다. 기사문에도 반영되었듯이 '네 시간에 압축된 27년 간의 斷絶(단절)을 가랑비가 부딪치는 車窓(차창) 밖으로 메우기에는 너무 벅찬 것'이었음에 틀림없었으리라. '여기는 평양, 가랑비가 내리고 있다.'라는 말 말고 더 이상 무슨 소식을 첫 송고 기사로서 전할 수 있겠는가.

다음 〔참고기사〕는 역사적인 남북적십자 회담의 개최 배경이 상세히 설명되었기에 여기에 소개한다.

〔참고기사〕 분단 26년 만에 첫 남북 적십자회담 열리다

1971년 8월 20일 분단 후 처음으로 남과 북의 적십자 대표들이 한자리에 앉았다. 군사정전위원회는 자주 개최되었지만, 인도적인 문제를 해결하기 위해 남한과 북한만의 민간기관이 만난 것은 처음이었다. 그해 8월 12일 대한적십자사의 이산가족 상봉을 위한 회담 제의를 북한 적십자사가 수락하면서 적십자회담이 이루어졌다. 몇 차례의 예비회담을 거쳐 1972년 평양과 서울에서 (차례로) 1 · 2차 본회담이 개최되었고 여기에서 남북 이산가족과 친척들의 주소 및 생사 확인, 자유로운 방문, 상봉, 서신왕래, 그리고 자유의사에 의한 재결합 등 5개 항의 의제가 합의되었다.

시민들은 환호했지만, 어리둥절하기도 했다. 분단 이후 25년 만에 이산가족들이 만나고 전쟁이 아닌 남북 간 긴장완화의 기회가 온 것이다. 평화통일을 주장했던 조봉암이 형장의 이슬로 사라지고 남북 학생 회담을 주장했던 학생들 대부분이 구속되었던 시대로부터 10년밖에 되지 않았으며 불과 3년 전에 김신조 사건과 푸에블로호 사건이 있었기 때문이었다.

결국 적십자회담은 정치적인 문제로 1972년 말 이후 더 이상 정상적으로 진행되지 못했다. 남북 적십자회담과 (1972년) 7 · 4 공동성명이 남북 간의 화해가 아니라 남한에서 유신체제, 북한에서 사회주의헌법 개정으로 이어졌기 때문이다. 북한은 반공입법의 철폐를 회담의 전제조건으로 내세웠고, 결국 1973년 김일성의 동생인 김영주의 선언에 의해 적십자회담은 중단되었다.

어쩌면 1971년의 적십자회담은 그 출발에서부터 실패가 예견되었다고 할 수도 있다. 적십자 예비회담이 있은 직후 통일사회당의 김철이 반공법 위반으로 구속되었고, 김종필 국무총리는 제주에서 "남북대화에 흥분하는 것은 금물이며, 중단사태도 예상해야 한다"고 언급했다. 그리고 적십자회담 다음날에는 영화 '실미도'로 알려진 특수부대원들의 버스 탈취 사건이 발생하는 등 뒤숭숭한 상황이 계속되었다.

또 하나 중요한 사실은 남북 간의 접촉이 한반도 내 정책결정자들의 의지에 의해서만 이루어진 것이 아니라 데탕트라고 하는 외부 충격의 영향을 받았다는 점이다. 닉슨 행정부는 주한미군의 감축을 추진했는데, 이는 한반도에서의 긴장완화 없이는 어려운 것이었기 때문이었다. 그래서 미국은 남과 북에 접촉을 통한 화해를 요구했던 것이다.

이후 적십자회담은 계속 안팎으로의 사회적 · 정치적 상황에 따라 좌우되었다. 인도주의적 문제들은 정치적 목적으로부터 자유로워야 한다. 그러나 지금도 남과 북은 인도주의적 문제를 정치적 목적 아래 위치 짓고 있다. 그리고 아직도 죽기 전에 가족 · 친지 · 친우들을 만나고 고향을 방문하고 싶어 하는 수많은 사람이 마음을 졸이며 살아가고 있다.(중앙일보, 2010년 8월 20일, 박태균 서울대 국제대학원 교수의 시평 「그때 오늘」)

남북적십자회담 예비회담은 1971년 8월에 열렸으나 본회담이 실현되기까지는 거의 1년이 걸렸다. 남쪽 대표단의 평양 방문과 남북적십자 대표들이 예비회담을 가진 시기 사이에 1년의 간격이 생긴 것은 이 때문이다.

제12강
스트레이트와 해설 · 분석 기사

1. 먼저 주제를, 다음에 리드의 형식을

스트레이트 기사는 신문과 TV, 인터넷에서 주류를 형성하는 뉴스보도문이다. 신문 지면과 TV 주요뉴스 시간의 거의 전부 그리고 인터넷의 뉴스코너를 차지하는 것은 스트레이트이다. 독자와 시청자들의 취향에 따라 약간씩 다르기는 하지만 그들은 사실상 스트레이트 뉴스보도를 읽고 보려고 자기 시간을 할애한다. 21세기 초 젊은이들의 취향은 신문은 물론이고 TV 뉴스프로마저도 외면하고 주로 인터넷과 스마트폰이 제공하는 뉴스에 의존하는 경향이 커지고 있다. 그들이 의존하는 미디어의 종류는 달라졌지만 스트레이트가 미디어 보도에서 차지하는 비중과 위치는 여전히 크다. 이 강의에서 뉴스보도문의 작성 원칙에 대한 설명은 신문 · TV를 중심으로 펼치려 한다. 인터넷 보도는 그것에 준거하여 작성할 수 있기 때문이다.

사건 · 사고에 관해 간단하게 핵심만을 정리하여 기사화하라는 데스크의 주문이 있다면 역피라미드형으로 기사를 쓰는 것이 좋다. 한두 패러(문단 또는 단락) 길이의 기사 안에 사건 · 사고의 요지를 사실상 거의 다 담을 수 있기 때문이다.

그러나 기사의 길이를 좀 길게 쓰되 내용의 의미를 상세하게 소개하면서 간단하게나마 해석까지 덧붙여 하나의 흥미 있는 스토리를 만들라는 요청을 받는다면 테마제시형 리드나 유보 · 기대형 리드로 잡는 것이 좋다.

다음의 예문1은 2010년 중국의 반체제 운동가에게 수여된 노벨평화상 시상식이 주인공 없이 진행된 장면을 묘사한 기사이다. 2012년 10월 친정부적인 소설가 묘엔이 노벨문학상을 수상하게 되었다는 스웨덴 노벨위원회의 발표에 중국 정부와 미디어가 흥분하여 이 소식을 크게 부각시킨 데 비하면 반체제 인사 류샤오보의 평화상 수상 뉴스는 의도적으로 묵살한 징후가 역연하다.

다음의 예문1과 예문2는 기사의 형식과 내용을 서로 비교하기 위해 나란히 제시된 것이다. 둘의 차이는 무엇이며 어떤 형식이 적합한지를 생각해보기 바란다.

예문1; 감성적인 묘사 양식의 테마제시형 스트레이트

75년 만에 주인공 빠진 노벨평화상 시상식

류샤오보는 끝내 차디찬 감옥에서 나오지 못했다

주인공은 그 자리에 없었다. 현장 TV 카메라는 자꾸만 단상의 빈 의자에 앵글을 맞췄다. 단상 오른쪽 일곱 자리 중 두 번째 의자, 갈색 종려나무로 만든 파란색 등받이에 세 마리의 백학이 새겨진 평범한 의자였다.

10일 오후 1시(현지시각) 노르웨이 오슬로 시청의 2010년 노벨평화상 시상식장. 중국의 반체제 작가 류샤오보(劉曉波 · 55)에 대한 시상식은 노르웨이 국왕 하랄드 5세 내외와 토르비에른 야글란 노벨위원장이 나란히 입장하면서 시작됐다.

◆사진 설명(사진은 생략); 75년 만의 궐석 시상식. 빈 의자에 올린 노벨평화상……10일 노르웨이 오슬로 시청에서 노벨평화상 시상식이 거행됐다. 노르웨이 국왕 부부 등 1000여 명의 축하 귀빈들이 참석했다. 수상자인 중국 인권운동가 류샤오보와 그의 가족들은 불참했다. 단상에 놓인 의자 중 왼쪽에서 두 번째 빈 의자가 류샤오보의 자리. 빈 의자 위에는 알프레드 노벨의 얼굴이 새겨진 금메달과 증서가 놓여 있을 뿐이다.(AP=연합뉴스, 인용자, 사진은 생략되었음)

그러나 이날 시상식은 예년의 축제 분위기가 아니었다. 특히 노르웨이 음악가 에드바르드 그리그(Edward Grieg)의 곡 '솔베이그의 노래'를 소프라노 마리타 솔베르가 애잔한 고음으로 부르면서 장내 분위기는 더욱 숙연해졌다.

"그 겨울이 지나 봄은 가고, 봄은 또 가고. 그 여름이 가면 한 해가 간다, 세월이 간다. 그러나 나는 분명히 안다, 당신이 다시 올 것을, 당신이 다시 올 것을……."

이어 야글란 노벨위원장의 경과보고가 있었다. "비폭력적이고 평화로운 방법으로 중국의 인권 신장을 위해 노력해온 올해의 노벨평화상 수상자 류샤오보는 바로 그 이유 때문에 지금 이 순간에도 중국 동북지방의 차디찬 감옥에 갇혀 있다. 그러나 그의 구금과 시상식 불참 자체가 그에게 이 상을 주는 것이 적절했음을 입증한다. 그는 기본 인권을 주장했을 뿐이며, 아무런 잘못도 없다. 그는 반드시 풀려나야 한다……."

그 순간 노르웨이 국왕 부부, 낸시 펠로시 미국 하원 의장, 50여 명의 오슬로 주재 각국 대사와 국제기구 대표들, 홍콩과 미국 · 유럽에서 온 중국의 망명 반체제운동가 등 1000여 명이 기립해 류샤오보의 빈자리와 벽에 걸린 대형 사진을 향해 1분 넘게 박수를 보냈다. 류샤오보의 티엔안먼(天安門)사건 참가와 민주화운동 등 약력을 소개하는 중간에도 박수는 서너 차례 이어졌다.

예년 같으면 그 직후 알프레드 노벨의 얼굴이 새겨진 금메달과 증서, 1000만 크로네(약 140만 달러)의 상금을 수상자에게 전달했지만 이날은 생략됐다. 대신 경과보고를 마친 야글란 위원장은 류샤오보가 앉았어야 할 빈 의자에 증서를 내려놓았다.

이후 노르웨이 여배우 리브 울만(Ullmann)이 연단에 섰다. 그녀는 류샤오보가 작년 12월 징역 11년을 선고받았을 때 법정에서 했던 최후 진술 '나는 적(敵)이 없어요'와 그의 수필, 일기 등을 발췌해 낭독했다. 류샤오보의 희망대로 노르웨이 국립극단 소속 어린이합창단이 동요와 민요 세 곡을 부르는 것을 끝으로 시상식은 75분 만에 끝났다. 1935년 나치 정권의 방해로 수상자가 불참한 뒤 75년 만에 수상자나 가족이 불참한 '궐석(闕席) 시상식'은 그렇게 끝났다.

시상식이 끝난 직후 중국 외교부 장위(姜瑜) 대변인은 "노벨위원회는 정치극을 벌이고 있다"고 비난했다. 그녀는 "진실은 노벨위원회의 결정이 전 세계인 다수를 대변할 수 없다는 것을 분명히 보여준다. 일방적인 것과 거짓말은 설 땅이 없으며 냉전시대 사고는 인기가 없다"고 말했다.

그러나 류샤오보 국제법률지원팀의 어윈 코틀러 교수는 "류샤오보의 빈 의자는 불행하게도 중국에서 헌법상의 약속과 법치주의가 정치 논리에 뒷전으로 밀린 현실을 상징한다"고 꼬집었다.

버락 오바마 미국 대통령은 이날 백악관에서 성명을 통해 "류샤오보와 그의 부인이 시상식에 참석할 수 없었던 것을 유감으로 생각한다"며 "그는 나보다 더 노벨평화상을 받을 자격을 갖춘 인물"이라고 말했다. 오바마는 지난해 노벨평화상 수상자다.

류샤오보는 이날도 랴오닝(遼寧)성 진저우(錦州)교도소에 갇혀 있었다. 가택연금을 당하고 있는 그의 아내 류샤(劉霞)의 아파트 주변에는 이날도 정·사복 경찰 수십 명이 지켰다.

홍콩 빈과일보는 10일 "베이징 시내 음식점과 술집 주인들이 최근 지역 파출소에 불려가 '9~11일까지 6인 이상 단체 손님을 받지 말라'는 지시와 함께 '류샤오보의 수상을 축하하는 손님이 있으면 즉시 신고하라'는 지침을 받았다"고 보도했다.(조선일보, 2010. 12. 11. 1면, 이항수 특파원)

예문2; 통상적인 서술 양식의 역피라미드형 스트레이트

류샤오보 자리에 빈 의자 배치……수상자 불참 역대 두 번째

노벨위원회, 류 석방 촉구……오슬로 시내서 찬반 집회

2010년 노벨평화상 시상식이 10일 올해 수상자인 중국 반체제 인사 류샤오보(劉曉波)가 참석하지 못한 가운데 노르웨이 수도 오슬로 시청에서 거행됐다.

약 1시간 30분 동안 진행된 시상식에는 노르웨이 왕족, 낸시 펠로시 미국 하원의장을 비롯한 저명인사, 이병현 주(駐) 노르웨이 주재 한국 대사 등 각국 대사, 중국의 망명 반(反) 체제 운동가 등 모두 약 1천 명이 참석했다.

노르웨이 주재 65개국 대사 가운데는 중국, 러시아, 이란 등 최소한 15개국 대사가 류샤오보에 대한 노벨평화상 수상에 항의하는 차원에서 시상식에 불참한 것으로 파악됐다.

그러나 정작 주인공인 류샤오보는 물론 부인과 가족들까지 중국 당국에 의해 출국이 금지됨에 따라 시상식장에는 빈 의자만 상징적으로 배치됐다.

노벨평화상 시상식에 수상자가 불참하고 친지 등에 의한 대리수상마저 무산되기는 1935년 수상자인 독일의 언론인이자 평화주의자 카를 폰 오시츠키가 나치 정치범 수용소에 수감된 탓에 불참한 이래 이번이 역대 두 번째다.

수상자가 불참했으나 대리수상이 이뤄진 사례로는 미얀마의 아웅산 수치 여사(1991년), 폴란드 레흐 바웬사(1983년), 옛 소련 안드레이 사하로프(1975년) 등이 있었다.

노벨위원회의 토르뵤른 야글란 위원장은 시상식에서 연설을 통해 류사오보 구금은 중국 정치체제의 취약성을 보여주는 것이라면서 시상식에 류 부부는 물론 친지들도 참석하지 못한 사실만으로도 "이 상을 그에게 주는 게 필요했고, 적절했음을 입증한다"고 강조했다.

야글란 위원장은 류가 "중국 인권투쟁의 상징으로서 그의 견해가 장기적으로 중국에 도움이 될 것"이라면서 중국 정부에 석방을 촉구했다.

그는 "중국의 인권 운동가들은 국제 질서, 그리고 전 세계적 흐름의 수호자들"이라고 추켜세우고 "류샤오보와 중국에 행운을 빈다"고 말하면서 노벨평화상 증서를 빈 자리에 올려놓아 참석자들로부터 큰 박수를 이끌어냈다.

작년 수상자인 버락 오바마 미국 대통령은 별도 성명을 통해 류샤오보 부부가 행사에 참석하지 못한 것에 유감을 표시한 뒤 중국이 민주주의를 진전시키기 위해 더 많이 노력해야 할 것이라고 지적했다.

오바마 대통령은 또 "나보다 류샤오보가 노벨평화상을 받을 자격이 더 많은 인물"이라고 평가하면서 중국 당국에 그의 조속한 석방을 촉구했다.

시상식 행사 후에는 오슬로 시내에서 횃불 시가행진이 열리며 저녁에는 하랄드 노르웨이 국왕과 소냐 왕비가 주관하는 연회가 있을 예정이다.

전날에는 국제앰네스티(AI) 소속 100여 명이 "류에게 자유를", "중국의 자유" 등의 구호를 외치면서 노르웨이 주재 중국 대사관까지 시가행진을 벌인 뒤 류샤오보의 석방을 촉구하는 10만여 명 서명의 청원서를 대사관에 전달했다.

또 '중국의 애국주의적 민주화 운동을 지지하는 홍콩 연대(支聯會 지련회)'를 비롯한 10여 개 홍콩 민주단체들은 지난 5일 홍콩에서 류샤오보의 석방을 촉구하는 시위를 벌인 데 이어 이날 주 노르웨이 중국 대사관 앞에서 집회를 개최했다.

반면, 노르웨이—중국 협회 소속의 중국인 약 50명은 노벨평화상 시상식이 열리는 때에 노르웨이 의회 앞의 소공원에서 류샤오보의 노벨평화상 수상에 항의하는 집회를 가졌다.

이들은 "류샤오보는 범죄자", "류샤오보는 평화를 위해 한 게 없다", "노벨평화상은 정치적 도구"라는 문구가 쓰인 피켓을 들고 똑같은 구호를 외치면서 노벨위원회를 규탄했다.(이 기사는 조선일보 2010. 12. 11. 온라인 신문에서 다운받은 것임. 아마도 연합뉴스가 제공한 외신종합 기사를 이용한 듯하다.)

예문1의 노벨평화상 시상식 기사는 테마제시형 리드의 형식에 문학적 표현 형식을 곁들인 스트레이트이다. 예문1의 리드를 "2010년 노벨평화상 시상식이 10일 올해 수상자인 중국 반체제 인사 류샤오보(劉曉波)가 참석하지 못한 가운데 노르웨이 수도 오슬로 시청에서 거행됐다." 라는 예문2의 리드와 비교해 보라. 형식적인 차이는 물론이고 글 내용의 꾸밈 자체와 독자에게 전달되는 감성적인 호소력도 상당히 다르다는 것을 금방 느낄 수 있을 것이다. 예문2의 역피라미드형 기사는 한 문장으로 이뤄진 리드 안에 주요 핵심 사항인 '누가(who), 언제(when), 무엇(what)을 어디서(where)'를 주제로서 담아낸 데다(왜=why 부분은 뒤로 미뤘음), 부수적인 화제와 소주제의 질서 있는 하강식 전개와 설명이 이어져 있어 핵심 주제와 부수적 화제를 아는 데에는 효과적이다. 이에 비해 예문1 테마제시형 보도는 앞서 잠깐 언급했듯이 6하 원칙 중 중요 항목의 제시 요건을 아예 무치한 체 처음서부터 수상자의 불참이라는 사실을 "주인공은 그 자리에 없었다"라는 '빈 의자'의 상징성을 기사의 전면에 부각함으로써 정치적 함의를 분명히 드러내고 있다. 게다가 뉴스의 표현 방식이 묘사 양식에다 문학 스타일을 가미하고 있어 읽는이들로 하여금 쉽게 공감을 일으키게 한다.

엄격한 의미에서 예문1은 스트레이트 기사로 볼 수 없다는 주장을 펴는 미디어 학자가 있을지도 모른다. 그러나 시상식장에 대한 매우 인상적인 생생한 묘사로 시작된 이 기사가 스트레이트 리드의 요건을 갖추지 못했다며 반론을 제시할 수는 없을 것이다. 리드 부분이 시상식장에 대한 정서적인 상황 묘사로 되어 있어 종래의 스트레이트 형식을 깬 듯이 보이지만 그 뒤로 이어지는 문장들은 스트레이트의 6하 원칙을 충실히 지키고 있다. 그러므로 우리는 이런 형식의 기사도 스트레이트의 범주에 속한다고 자신 있게 말할 수 있다. 요즘의 TV와 인터넷 뉴스는 사실상 거의 전부 테마제시형 리드를 채택하고 있다. 특히 방송 뉴스 시간의 첫 부분에 보도하는 것일수록 테마제시가 두드러지게 나타난다.

예문1과 예문2를 비교해 보면 피라미드 형식이니 역피라미드 형식이니 테마제시형이니 하는 글머리 쓰기의 스타일은 시대적 상황의 요청과 미디어 기술의 변화에 적응하여 언론사들이 창조해낸 형식임을 알 수 있다. 시대가 변하면 그 변화에 알맞은 스타일의 글이 생겨나게 마련이다. 따지고 보면 역피라미드형 리드는 19세기 중 · 후반 뉴스통신사(news agency)의 텔레그래프(telegraph 電信) 송고 방식—될 수록 짧은 문장 안에 뉴스의 핵심을 모두 포함시키는 방식—에 기초를 두어 발전한 스타일이다. 인터넷 · 스마트폰 시대에 그런 방식의 기사 스타일이 지배하지 못하는 것은 어쩔 수 없는 변화의 추세이리라.

다음 예문3과 예문4는 야당인 민주당의 원내대변인 홍익표 의원이 2013년 7월 12일 자신의 '귀태'(鬼胎)발언에 대한 책임을 지고 사과함과 동시에 대변인직을 사퇴한다고 발표한 스트레이트 기사와 발언파문에 관련된 해설기사이다. 해설기사는 홍 대변인이 사퇴 발표를 하지 않으면 안 되었던 배경과 발언 자체가 몰아 온 정치적 파동과 이를 둘러싼 정국의 움직임 및 향후 전망을 기술한 것이다.

예문3; 스트레이트 기사

野 김한길 대표 유감 표명…… 홍익표 원내대변인 사퇴

민주당 홍익표 의원은 (2013년 7월) 12일 박정희 전 대통령을 '귀태(鬼胎 · 태어나지 않아야 할 사람)'라고 표현한 데 대해 공식 사과하고 원내대변인직에서 물러났다. 김한길 민주당 대표도 유감을 표명했다.

홍 의원은 이날 저녁 기자회견을 갖고 "일부 부적절한 발언에 대해 우선 사과의 말씀과 함께 책임감을 느끼고 원내대변인직을 사임하도록 하겠다"고 말했다. 이어 김관영 당(黨) 수석대변인은 김한길 대표의 말이라며 "어제 발언은 좀 더 신중했어야 한다는 점에서 유감스럽게 생각한다. 국정원 국정조사 등 모든 국회 일정이 정상화되길 바란다"고 전했다.

새누리당 윤상현 원내수석부대표는 홍 원내대변인의 사퇴에 대해 "우리가 요구한 것은 진정성 있는 사과와 국민 눈높이에 맞는 사과를 해달라는 것"이라며 "이를 충족했는지 판단 여부는 13일 당 지도부와 논의해 결정하겠다"고 말했다.

이에 앞서 새누리당은 '귀태' 발언에 대한 홍 의원의 사과 및 당직 사퇴, 김한길 대표의 사과 등을 요구하며 2007년 남북 정상회담 회의록 열람 등의 국회 일정을 거부했었다.(연합뉴스, 2013년 7월 13일, 김경화 기자)

이 스트레이트 기사는 '귀태' 발언이 겨냥한 상대를 박정희 전 대통령으로 국한했는데 이는 부정확한 표현이다. 홍 대변인은 7월 11일 기자회견에서 "박정희 전 대통령은 귀태(鬼胎)이고 그 장녀 박근혜 대통령은 유신공화국을 꿈꾸고 있다"고 말했다. '鬼胎'란 용어는 일본의 역사소설가 고(故) 시바 료타로(司馬遼太郎)가 만든 신조어로서 그는 쇼와(昭和)시대의 군국주의 일본을 '귀태' 즉 태어나지 말았어야 하는 존재'라고 불렀었다. 일본에서 출간된 강상중(姜尙中) 도쿄대학 교수(재일교포 2세) 등의 공저는 이 용어를 차용하여 기시 노부스케(岸信介) 전 일본 수상과 박정희 전 대통령의 만주국 시절 유사성을 거론하며 두 사람을 '귀태'라고 주장했다. 이 책에 따르면 두 사람이 각각 전후 일본과 한국에서 펼친 경제개발 정책이 만주국에서 먼저 등장했던 것이라 한다. 홍 대변인의 '귀태' 발언이 여기서 끝났더라도 '귀태' 발언의 파장은 결코 만만찮았겠지만 거기서 한걸음 더 나아간 것이 더 큰 탈이 되었다. 박 전 대통령이 일본제국의 만주육군사관학교를 졸업했고 그 당시 만주국 장관을 지낸 기시가 전후의 도쿄재판에서 전범 판결을 받고 복역 중 간신히 살아났다는 것은 벌써 알려진 사실이긴 하다. 하지만 이는 박 전 대통령의 공과를 한쪽 측면에서만 고찰한 흠이 있다. 더 큰 문제는 기시의 외손자로서 극우 노선을 걷는 2013년 당시의 아베 신조(安倍信三) 수상과 박근혜 대통령을 홍 대변인이 '귀태'의 아들과 딸이라고 지적하면서 박 대통령이 '유신공화국을 꿈꾸고 있는 것 같다' 라고 발언한 데 있다. 그 점에서 위 스트레이트는 정확성을 결여하고는 있으나 역피라미드형 기사의 형식은 갖췄다고 보기 때문에 인용한 것이다.

이 스트레이트만 가지고 '귀태' 발언을 보면 여당인 새누리당과 야당인 민주당 사이에 전개된 정국파동이 무엇이며 또한 어느 정도인지를 가늠하기 힘들다. 해설기사 또는 분석기사는 그런 독자의 궁금증을 풀기 위해 필요하다. 다음의 예문4는 그런 이유로 여기에 인용되었다. '귀태' 발언의 파동이 어느 정도였는지는 7월 13일 조간신문들이 일제히 그에 관한 정국분석 및 해설 기사를 1면 톱 내지는 주요기사로서 다룬 데서 엿볼 수 있다.

예문4; 앞 예문3의 스트레이트 기사에 대한 정국(政局)전망 해설

"大選 불복으로 비치면 역풍"…… 민주당, 서둘러 鎭火 나서

'鬼胎 파문'…… 오전엔 '개인 발언'으로 축소, 저녁엔 원내대변인 전격 사퇴

민주당이 홍익표 원내대변인의 '귀태(鬼胎)' 발언 다음 날인 12일 홍 대변인을 대변인직에서 물러나게 한 것은, 이 발언이 '대선 불복' 논란으로 비화하는 것을 조기 진화하기 위한 것으로 보인다. 홍 의원 발언이 누가 봐도 도가 지나쳤던 데다, 새누리당이 "민주당은 대선 불복 정당"이라며 논란을 키울 경우 국정원 국정조사 등이 묻힐 수 있다는 우려도 컸다.

◆민주, 역풍 맞을라 서둘러 진화

민주당은 전날만 해도 홍 의원이 개인적으로 '유감 표명'하는 정도로 넘기려 했다. 그러나 이날 청와대와 새누리당이 비판 수위를 높이며 '국회 일정 중단'을 선언하고 본격적으로 '대선 불복' 문제를 제기하자 분위기가 확 바뀌었다.

당 지도부는 이날 오전과 오후 잇따라 대책회의를 가졌고, 각계에 대응 방향을 문의하는 등 긴박하게 움직였다. 상황이 간단치 않다고 판단한 것이다. 결국 홍 의원이 부적절한 발언이었다고 공식 사과하고 원내대변인직에서 사퇴한 데 이어, 김한길 대표까지 "신중치 못했다"며 유감을 표명했다.

민병두 전략홍보본부장은 "국정원 국정조사 등이 지지부진하자 홍 의원이 홧김에 한 말이지 대선 불복과 연관 짓지 말라"고 했고, 김관영 대변인은 "김한길 대표도 그동안 수차례 '대선에 불복하겠다는 게 아니다'고 하지 않았느냐"고 했다.

민주당 핵심 인사는 "새누리당이 2003년 대선 재검표를 추진했다가 '대선 불복당'이란 비판을 받았다"며 "논란이 더 커지면 우리도 똑같은 역풍을 맞을 수 있다"고 했다. 지도부의 한 의원은 "홍 의원 발언의 진의가 무엇이든 간에 국가원수에게 '태어나지 않았어야 할 사람'이라고 한 것은 잘못됐다"며 "자칫 국정원 국정조사에까지 악영향을 줄 수 있다"고 했다.

◆일부에서는 "여당의 대선 반칙 사과받아야"

그러나 그간 민주당의 태도를 보면 홍 의원의 발언을 말실수로 치부하기 힘든 면이 적잖다. 돌발적 실수가 아니라 민주당의 친노 · 구주류(盧 舊主流) 쪽에 널리 퍼져 있는 '대선 불인정' 심리가 박근혜 대통령을 부정하는 방식으로 터져 나온 것이라는 얘기다.

최근 민주당의 전국 순회 장외 집회에선 '대선 무효' 주장과 함께 박 대통령에 대한 '탄핵' '하야' 등 거친 언사가 쏟아졌다. 대선 후보였던 문재인 의원까지 지난 9일 "국정원의 불법 대선 개입과 대화록 불법 유출로 지난번 대선이 대단히 불공정하게 치러진 점, 그 혜택을 박 대통령이 받았고 박 대통령 자신이 악용하기도 했던 점에 대해 일절 언급이 없어 걱정스럽다"고 했다.

지난 7일 광주 집회에선 임내현 의원이 "미국 닉슨 대통령은 도청 사건으로 하야 했는데 도청보다 심각한 선거 개입과 수사 은폐가 발생했는데도 조처가 없다면 선거 원천 무효 투쟁이 제기될 수 있다"고 했다. 우원식 최고위원은 지난달 26일 "국정원이 정상 외교 문서를 공개하는 과정에서 박 대통령이 사주 · 묵인 · 방조했다면 사초를 열람한 연산군과 무엇이 다르냐"고 했다.

그러나 이번 사태로 이런 정서가 쉽게 가시지는 않을 것으로 보인다. 당 핵심 관계자는 "대선 때 국정원의 선거개입 등이 드러난 만큼 이에 대한 정치적 책임을 청와대와 새누리당이 회피하려 해서는 안 된다"며 "새누리당이 진상 규명을 막으려 하는 게 본질"이라고 했다. 다른 관계자는 "새누리당과 국정원이 국정원 국정조사와 NLL 회의록 열람을 어떻게든 회피해 보려 하는 상황에서 우리 측에서 빌미를 만들어 준 것"이라며 "통탄스럽다"고 했다.(조선일보, 2013년 7월 13일, 배성규 기자의 해설기사. 밑줄은 인용자)

2. 뉴스의 문맥을 살피며 스토리텔링 구성하기

분명찮은 문맥, 의미를 흐린다

'당신이 그 상자를 옮길 수 있겠어요?'(Could you move that box?)

앞뒤 문맥을 모르고 불쑥 이런 말을 들었다고 하자. 여러분은 질문자의 의도가 무엇인지를 얼른 알아차릴 수 있을까?

우선 들리는 억양에 따라서는 이 말은 상대방에게 상자를 딴 데로 옮겨 달라는 간접적인 부탁일 수도 있다. 말하자면 '그 상자를 나 대신 당신이 옮겨 줄 수 없겠느냐?' 라는 뜻일 수 있다 라는 것이다.

이 문장은 또 '나'의 힘이 약함에 무게가 실린다면 내가 도저히 할 수 없는 일을 당신이라면 나를 대신해서 할 수 있지 않겠느냐는 뜻이 되어 상대방의 힘을 인정하는 물음이 될 수도 있다.

또한 이 말의 강조점이 '당신'의 힘에다 실린다면 문장의 뜻은 딴 방향으로 달라지고 만다. '당신'이라는 연약한 사람이 정말로 그 무거운 상자를 들어서 옮길 수 있겠는가? 라는 의문이 된다는 뜻이다. 이 경우 문장의 비중은 '당신'과 '그 상자'에 실린다.

이와 비슷한 사례는 2013년 7월 6일 아시아나 여객기의 샌프란시스코 공항 착륙충돌 사고의 전말을 전하는 가운데 일어났다. 사고 발생 당시의 사망자는 전체 탑승객 3백7명 중 여름철 어학연수를 위해 미국에 간 중국 고등학교 여학생 2명 뿐이었다(13일에는 중태자 중 역시 중국인 여학생 1명이 추가로 사망함). 인천에서 환승한 중국인 승객은 모두 141명, 한국인은 그 절반이 좀 넘는 77명이었고 나머지는 미국인, 캐나다인 등이었다. 우리나라의 한 지상파 유선TV방송 앵커는 이튿날엔가 사고 후속보도를 전하면서 불쑥 '사망자가 중국인이어서 다행이다' 라는 취지의 코멘트를 달았다. 중국 네티즌 사이에서는 중국인 멸시 발언이라고 난리가 났다. 국내 누리꾼 사이에서도 비판의 소리가 커졌다. 사태가 심각해지자 앵커는 물론 TV사장까지 즉각 나서서 공개사과를 했다. 중국인들 사이에서 혐한(嫌韓)·반한(反韓) 감정이 일어나 그해 6월 하순의 중국 방문에서 이례적으로 돈독하게 구축된 한·중 우호관계에 손상을 끼칠 것을 걱정했음인지 박근혜 대통령도 수석비서관 회의에서 문제의 앵커 발언을 '신중하지 못한 발언'이라고 비판했다.

'사망자가 중국인이어서 다행이다' 라는 말은 전후 문맥을 무시하고 문자 그대로만 해석하면 '중국인 멸시'로 들릴 수 있다. 그러나 '한국인이 사망자에 끼지 않아서 다행'이라는 의미가 문장 뒤의 문맥에 숨겨 있다면 크게 문제될 일은 아니 잖는가 라는 생각도 든다. 그러나 앵커의 발언을 들은 시청자들은 '사망자는 한국인이 아니라 중국인이어서 다행'이란 뜻으로 받아들였으며 그래서 국내 누리꾼들 사이에서 파문이 일었고 그 파문은 중국 누리꾼들에게까지 전파되고 말았다.

이는 언어학적 관계—즉 단어들 간의 '차이를 보여주는 관계들'(示差的關係 differential relations)의 시스템—에 의거해서만 의미의 생성을 설명할 수는 없음을 보여준다. 다시 말해서 문장의 의미는 발화내용의 구체적 사항(事項 또는 event)과 연관을 갖는 문맥(context)에 의지하여 설명할 수밖에 없음을 의미한다. 앞의 두 사례—상자 옮기기와 귀태 발언—는 의미 생성에 있어서 문맥을 중시해야 한다는 것을 일러주는 사례이다.

의미를 생성하는 언어들의 작용에 있어서 발화행위의 문맥을 중시하는 이론은 영국 옥스포드대학의 언어철학자 존 오스틴(John L. Austin, 1911~1960. 언어의 행위적 성격과 의식적 성격을 발견하여 설명한 학자로서 유명함)에 의해 발화행위(speech act) 이론으로서 전개되었다. 오스틴의 설명에 따르면 어떤 발화가 명령이나 약속 또는 요청이라는 커뮤니케이션 행위가 되는 것은 발화하는 순간의 화자(speaker)의 주관적 심리상태 때문이 아니라 문맥의 특징과 관계를 갖는 구체적 약속사항과 같은 규칙 때문이라고 한다. 구체적인 약속사항이란 예컨대 '나는 이것을 당신에게 되돌려 주겠다'라는 언명(言明 statement)이 그대로 약속이라는 행위의 의미를 생성하려면 나와 당신 사이에서 말없이 전제되는, 다시 말해서 이행되어야 하는 구체적인 일이나 사항 즉 어떤 events나 occurrence가 있어야 하고 그것이 이러이러하게 지켜져야 한다는 규칙이 있지 않으면 안 된다는 뜻이다. 이 규칙이 문맥의 특징과 연관을 갖는다.

차이적 관계(差異的 關係)의 시스템에 의한 의미생성 이론은 소쉬르의 구조언어학에서도 발견된다. 여기서는 의미생성에 있어서 문맥의 의의를 무시해서는 결코 안 된다는 점만을 강조하는 선에서 설명을 멈추려 한다. 이들에 대한 상세한 설명은 해당 서적들(소쉬르의 『일반언어학 강의』와 오스틴의 『언어와 행위』)을 참조하기 바란다.

이처럼 문맥이 뚜렷하지 않으면, 문법적으로 아무리 완전하여 결함이 없는 문장이라 하더라도 그것만으로는 글의 뜻이 명백히 드러나지 않는다. 왕왕 말하는이=화자와 듣는이=청자 사이에서 오해의 소동이 일어나곤 하는 시례는 바로 이 때문이다. 특히 정치인과 기자들 사이에서 그런 말썽은 자주 벌어진다. 기자의 보도 때문에 입장이 난처해진 발언당

사자인 정치인은 그 해명 방법으로서 "나의 본의가 잘못 전달되어 국민 여러분에게 심려를 끼쳐 드려서 죄송하게 생각한다" 라는 기자회견문이 낭독되는 일이 비일비재하다. 실제로 잘못 전달되는 수도 있지만 대부분의 경우에는 와전된 것으로 치부해버리는 편법을 쓰는 경우가 많다. 그럴 경우 낭패를 겪으며 책임을 지는 것은 기자가 된다. 그 기자는 남의 말뜻도 제대로 알아듣지 못하는 둔한 언론인의 불명예를 안게 되는데 아직까지 그런 필화사건으로 책임을 지고 사퇴한 기자의 예는 없다. 앞의 '귀태 발언'의 경우는 기자회견장에서 많은 기자들이 듣는 가운데 나온 것이어서 와전 운운의 구실이나 변명은 통하지 않는다.

우리는 글쓰기에 있어서 동일한 문장일지라도 작자가 빚어내는 글의 분위기와 앞뒤 문맥에 따라 그 의미가 얼마나 확연히 달라지는지를 직접 많이 목격했을 것이다. 그러므로 이 점에 유의하여 단어들을 골라 적절하게 엮는 솜씨를 잘 닦는 동시에 그 문맥을 읽는 사람이 분명히 알아차릴 수 있도록 제시하지 않으면 좋은 글을 쓰기가 어렵다는 사실도 염두에 둬야 할 것이다.

기사 문맥 구성의 실제 사례

다음 예문들을 읽으면서 뉴스보도의 스토리텔링이 어떤 문맥 속에서 어떻게 전개되고 있는지를 문단 별로 점검하면서 살펴보기로 하자. 영문 기사를 인용한 것은 우리나라 신문 · 방송 · 인터넷들에서는 이런 스타일의 기사를 거의 쓰기 않기 때문이다. 한반도의 분단상태와 통일문제에 대해 외국인 특히 이 영문 기사를 읽는 독자들은 잘 모른다. 그러기에 독자들의 이해를 돕기 위해 이런 식의 해설식 스트레이트 기사(interpretative reporting)가 필요한 것이다. 물론 이 기사의 문단 사이에 삽입된 해설(interpretation)은 필요최소한의 기초적인 것이므로 제대로 쓰인 해설식 보도와는 약간 차이가 있다.

예문1: South Korean Leader Has Reunification Plan

By Chico Harlan, Monday, August 16, 2010

TOKYO—Saying that "unification will happen," South Korean President Lee Myung-bak on Sunday proposed a three-step plan to unify the Korean Peninsula and a new tax to help his country absorb the enormous costs of integration.(이명박 한국 대통령은 일요일(8월 16일) "통일은 올 것"이라고 말하면서 3단계 한반도 통일방안과 막대한 통일비용을 마련하기 위한 통일세의 도입을 제의했다.)

㉮ Unification talk, even hypothetical, is a delicate subject on the peninsula, especially at a time that North Korea is dealing with the poor health of its leader, Kim Jong Il, and a rushed succession process for his son, Kim Jong Eun. Analysts said Lee's proposal will probably draw a sharp backlash from the North.(통일문제는 비록 가설적이기는 하지만 특히 북한 지도자 김정일의 건강이 좋지 않아 아들 김정은에게로의 권력계승이 서둘러 진행되고 있는 이 시점에서는 매우 미묘한 문제이다.)

Lee is the first South Korean president to propose a tax to help with the costs of unification, and his remarks reflect the growing sentiment among South Koreans that they must plan for a North Korean collapse. Though he offered no specifics about his ideas, Lee called preparations a "duty."(통일비용을 마련하기 위해 통일세의 도입을 제안한 것은 대통령으로서는 이 대통령이 처음이다. 그의 발언은 북한 붕괴에 대한 대비책을 강구해야 한다는 한국 국민들의 점증하는 생각을 반영한 것이다. 그는 자신의 구상에 대한 구체적인 언급은 하지 않고 다만 통일에 대비하는 것은 "의무"라고 말했다.)

㉯ If North Korea collapsed, South Korea would face a massive burden as refugees flood across the border, requiring hundreds of thousands of troops. The cost of unification, according to one study, would exceed $1 trillion.(만일 북한이 붕괴된다면 남한은 국경을 넘어오는 난민문제에 대처하기 위해 수십 만의 군대를 동원해야 하는 등 엄청난 부담에 직면하게 될 것이다. 한 연구결과에 따르면 통일비용은 1조 달러가 넘는다.)

㉰ Since the 1990s, the U.S. and South Korean governments have quietly discussed contingency plans for North Korea's collapse, but China — the North's closest ally — has refused to join in, reluctant to anger Kim.(1990년대 이후 한 · 미 양국 정부는 북한 붕괴에 대비한 비상대책을 조용히 논의해 왔다. 그러나 중국은 김정일의 분노를 살까봐 동참하기를 거부했다.)

Lee's plan, similar to proposals from previous South Korean leaders, calls for North Korea's denuclearization. If North Korea meets that demand — and years of international persuasion have not succeeded — Lee's plan calls for a "peace community," improved economic cooperation and then the establishment of a "national community."

"Inter-Korean relations demand a new paradigm," Lee said, according to South Korea's Yonhap news agency. "It is imperative that the two sides choose co-existence instead of confrontation, progress instead of stagnation. The two of us need to overcome the current state of division and proceed with the goal of peaceful reunification."

㉱ Relations between the two countries, which are still technically at war, have deteriorated during Lee's presidency, hitting a low point with the torpedo sinking of the Cheonan warship in March, in which

46 South Korean sailors died. An international investigation said North Korea was to blame, but Pyongyang has denied responsibility. After the sinking, Lee announced a series of hard-line measures against the North, including cutting off nearly all trade.

㉤ "Overall, I see a major contradiction in his proposal, proposing a unification tax while having burnt all the bridges with North Korea," said Moon Chung-in, a professor of political science at Yonsei University.(Washington Post Aug. 16, 2010. 밑줄은 인용자)

예문2; South Korean Leader Proposes a Tax to Finance Reunification

By CHOE SANG-HUN, August 15, 2010

SEOUL, South Korea — President Lee Myung-bak of South Korea proposed a special tax on Sunday to finance the enormous cost of reuniting with North Korea, as concerns have deepened here over the North's future after the eventual death of its ailing leader.(이명박 대통령은 일요일 북한 지도자의 건강악화로 인한 유고시 북한의 장래에 대한 한국민의 우려가 커지고 있는 가운데 엄청난 통일비용을 조달하기 위한 통일특별세의 도입을 제의했다.)

The proposal broached a delicate issue, and analysts said it could provoke an angry response from the North, which may see it as an aggressive move by the South.(통일세안은 미묘한 쟁점을 드러냈다. 시사분석가들은 통일세안이 북한의 격한 반응을 불러일으킬 수 있다고 본다. 북측은 그것을 남측의 공세조치로 간주할 수도 있기 때문이다.)

Although all previous South Korean leaders have advocated rejoining the North, Mr. Lee was the first to propose that the South start saving for the event with a unification tax.(종전의 역대 한국 지도자들이 북한과의 화합을

주창하기는 했지만 통일세안을 가지고 궁극적인 통일에 대비한 조치를 취할 것을 제의한 것은 이 대통령이 처음이다.)

㉮ Merging the South's economic powerhouse with the North's impoverished socialist system could impose huge costs on South Korea, analysts say. Those costs have been estimated at a few hundred billion dollars to $1 trillion, according to various South Korean and American research institutes, depending largely on how quickly the countries were integrated.(시사분석가들에 따르면 남측의 경제력과 북측의 빈곤한 사회주의체제를 합치려면 남측이 엄청난 규모의 비용을 감당하게 된다고 한다. 한국과 미국 연구기관들에 따르면 통일비용은 수천억 내지 1조 달러가 소용될 것으로 추산되고 있지만 그 비용은 남북통일이 얼마나 빨리 이뤄지느냐에 달렸다.)

"Reunification will definitely come," Mr. Lee said Sunday in a speech marking the 65th anniversary of the Koreans' liberation from 35 years of Japanese colonial rule. "I believe that the time has come to start discussing realistic policies to prepare for that day, such as a reunification tax."

㉯ Mr. Lee did not elaborate on what prompted his proposal. But it came as officials and analysts in Seoul contemplated the possibility that the North's leader, Kim Jong-il, could die before a successor gained firm control.

㉰ South Korean intelligence analysts said Mr. Kim suffered a stroke in 2008, and he has reportedly been preparing his youngest son, Kim Jong-un, who is believed to be in his late 20s, to be his heir. Unlike Mr. Kim, who had held important party and military posts for years before his own father, President Kim Il-sung, died in 1994, Kim Jong-un holds no known official title.

㉣ The North Korean government has recently begun indoctrinating its people with songs and lectures lionizing the son, according to South Korean intelligence officials. Still, the younger man's apparent lack of leadership experience has prompted analysts to speculate about potential instability if Mr. Kim dies suddenly, and the possibility that China might intervene militarily.

㉤ Analysts expected an angry North Korean response.

"North Korea will take a unification tax as the expression of a South Korean attempt to prepare for a sudden collapse of the North Korean government," said Kim Yong-hyun, an analyst at Dongguk University in Seoul.

㉥ Yang Moo-jin, a researcher at the University of North Korean Studies in Seoul, said, "President Lee should have first reinstalled South-North exchanges and laid the groundwork for the mood for unification before proposing a unification tax."

South Korea and the United States are to begin another set of joint military exercises on Monday, which the North has denounced as a rehearsal for an invasion. On Sunday, the North's military said it would "deal a merciless counterblow" to the United States and South Korea, the official Korean Central News Agency said, promising the most severe punishment "ever met in the world."

㉦ Inter-Korean relations have chilled to their lowest point in years under Mr. Lee, a conservative who opposed providing aid to the North while it was developing nuclear weapons.

㉧ Tensions rose after a South Korean warship was sunk in March and the South, accusing the North of torpedoing the ship, cut off most cross-border trade. Forty-six South Korean sailors were killed in the sinking.(New York Times Aug. 15, 2010. 밑줄은 인용자)

3. 동일 사건에 대한 미디어들의 다른 의미 생산

2011년 10월 3일 야권에서는 10월 26일 치르는 서울시장 보궐선거에 내놓을 단일후보 선출을 위한 '국민참여' 경선의 마지막 제3단계 투표가 실시되었다. 이 경선에는 민주당의 박영선 후보, 시민대표인 박원순 후보 그리고 민주노동당의 최규엽 후보가 참여했다. 결과는 박원순 후보의 승리였다. 한나라당 후보 나경원 최고위원과 맞설 야권의 단일후보로 박원순 후보가 결정된 데 대한 우리나라 4개 신문의 스트레이트 기사와 해설기사의 논조는 현저한 차이를 보였다. 이는 이른바 진보진영의 저명한 지도자 중 한 사람인 박원순 변호사를 보는 관점의 차이일 수 있다.

다음은 박원순 변호사의 야권단일후보 선정에 대한 한겨레, 경향신문, 조선일보 및 동아일보의 스트레이트 기사를 인용하여 비교한 것이다. 해설은 한겨레와 조선일보의 것만을 인용했다. 두 신문은 정치이념 면에서 좌우파의 대척점에 위치한다고 보기 때문이다. 주목할 것은 다른 신문과 달리 한겨레는 박원순 후보의 후보결정 수락연설의 전문까지 실었다는 사실이다. 인용된 기사들 중 밑줄 친 부분은 해당신문의 편집 · 보도 방향을 보여주는 구절이라고 보기에 강조선을 친 것이다. 네 신문의 스트레이트와 표제들은 동일한 사건에 대한 스토리텔링의 강조점이 상당한 차이를 보여주는 생생한 실례들이다.

이러한 보도 차이는 한 신문만을 읽는 독자는 그 신문의 논조에만 접근하기 때문에 거기에 영향을 입을 가능성이 크다는 것을 가리켜준다. 다시 말하자면 그 독자는 박원순 후보에 대한 일들을 자기가 읽은 신문의 창을 통해 이해하고 기억하게 된다는 뜻이다. 이는 뒤집어 말하면 박원순 후보에 대한 현실(reality: 박원순과 관련하여 실재하는 사실)은 신문 · 방송 · 인터넷이 구축한 바에 따라 독자와 시청자에게 투영되는 동시에 그들이 이를 받아들이게 된다는 것을 의미한다. 이미 앞 강의에서 간단히 논의한 내용을 마침 우리에게 직접적으로 관심이 큰 사건—서울시장 보궐선거 후보 결정—이 발생했기에 독자의 이해를 돕기 위해 또다시 '신문이 만드는 뉴스'와 '뉴스에 의해 구축되는 사회적 현실'의 실례를 살펴본 것이다.

여러분들은 우선 4개 신문별로 표제들을 주의 깊게 읽고 서로 비교하기 바란다. 그다음에 본문에 사용된 용어와 문장 그리고 문단(단락)의 배열을 비교해 보면 신문별로 차이가 있음을 발견할 것이다. 말하자면 이러한 용어, 문장과 문단의 구성에 따라 각 신문은 박원순 후보에 대한 호감도의 차이를 보이는 것이다. 요컨대 동일한 사건이라 해서 동일한 내용과 의미가 독자에게 동일하게 전해지는 것은 아님을 우리는 이 예문들에서 다시금 확인할 수 있다. 문제의 요체는 동일한 사건이 어떤 매개자에 의해 어떻게 해석되고 기술 · 묘사되느냐에 있다. 현실은 미디어에 의해 만들어지며 독자는 미디어가 구축한 그러한 현실의 모습을 보고 수용하는 것이다.

(가) 한겨레의 스트레이트 기사

박원순 야권후보 확정 '민심이 당심 눌렀다'

52.15% 득표율로 45.57% 얻은 박영선 앞서

"도시 외관이 아니라 삶을 바꾸는 시장될 것"

박원순 변호사가 야권의 서울시장 보선 단일후보로 선출됐다.

박원순 후보는 3일 서울 장충체육관에서 열린 서울시장 야권단일후보 선출

국민참여경선에서 민주당 박영선 후보를 제치고 야권단일후보로 확정됐다. 박원순 후보는 최종 득표율 52.15%로 45.57%를 얻은 박영선 후보를 6.58%포인트 차이로 눌렀다. 민주노동당 최규엽 후보는 2.28%를 얻었다.

박원순 후보는 선출 직후 가진 기자회견에서 "드디어 새로운 서울을 향한 새로운 변화가 시작되었다"며 "대한민국 최초의 야권통합경선에서 변화를 바라는 서울시민이 승리했다"고 말했다. 박 후보는 "이명박 대통령과 오세훈 전 시장의 서울 실정 10년을 끝낼 준비가 되셨습니까"라며 "우리는 10월 26일 옛 시대의 막차를 떠나보내고 새 시대의 첫차를 타고 떠날 것"이라고 말했다.

애초 당의 조직 표를 등에 업은 박영선 후보의 추격으로 무소속의 박원순 후보는 불안감을 감추지 못했으나 비교적 큰 차이로 서울시장 본선행 티켓을 거머쥐었다. 새로운 변화를 바라는 민심이 당의 지지를 앞지른 셈이다.

박원순 후보는 "(민주당과) 우리는 하나가 되었다"며 "김대중 대통령과 노무현 대통령과 함께 민주당이 써온 역사 위에 새로운 미래를 써 나갈 것"이라고 말했다. 그는 또 "아무것도 없는 제게 돈과 조직을 만들어주신 시민 여러분, 고맙습니다"라고 말했다. 박 후보는 민노당과 진보신당 그리고 시민사회에도 변함없는 지지를 호소했다.

경선 최종 득표율은 TV 토론 후 배심원 평가(30%), 시민여론조사(30%), 국민참여경선(40%)을 합산하는 방식으로 이뤄졌다. 박원순 후보와 박영선 후보는 △TV 토론 배심원 평가에서 각각 54.43%, 44.09% △시민여론조사에서 57.65%, 39.70% △국민참여경선에서 46.32%, 51.08%를 득표했다.

박원순 후보는 특히 이날 선출 뒤 기자회견에서 "안철수 원장님과의 약속 반드시 지키겠다"고 말해 그에 대한 각별한 마음을 표시했다. 이에 대한 기자들의 추가 질문에서 "안철수 원장과 구체적인 약속이나 협의가 있었던 건 아니지만, 5% 지지율 가진 저에게 50% 지지율을 양보하면서 주신 언약이, 약속이 있다고 생각한다. 그 점을 늘 가슴에 새기고 이 선거를 치를 것"이라고 말했다.(한겨레, 2011년 10월 4일, 디지털뉴스부, 김외현 기자)

한겨레에 실린 박원순 후보의 수락연설

서울시장 야권단일후보 박원순입니다.

서울시민 여러분, (중략)

저는 이제 우리가 한나라당을 이길 수 있다는 확신이 생겼습니다. 한나라당과 이명박 정부를 넘어 새로운 시대를 열 수 있다는 믿음을 갖게 되었습니다.

특별히 민주당원 여러분께도 말씀드립니다. 이제 우리는 하나가 되었습니다. 우리는 김대중 대통령과 노무현 대통령과 함께 민주당이 써온 역사 위에 새로운 미래를 써 나갈 것입니다.

우리는 이제 다시 새로운 꿈을 갖게 되었습니다.

새로운 서울, 새로운 대한민국을 우리가 만들 수 있다는 자신감을 회복했습니다.

그렇습니다. 새로운 미래는 고단한 현실을 바꿔 새로운 꿈으로 빚어내는 일입니다.

아무것도 없는 제게 돈과 조직을 만들어주신 시민 여러분, 고맙습니다.

박원순은 하나부터 열까지 보통시민이 만든 후보입니다. (중략)

민주노동당 최규엽 후보님 끝까지 함께 해 주셔서 감사합니다. 무엇으로 이 마음을 전할 수 있을지 모르겠습니다. 민주노동당과 함께 서민을 위하겠다는 약속, 반드시 지키겠습니다. 진보신당, 국민참여당, 한국진보연대, 혁신과 통합, 희망과 대안, 많은 시민사회단체에도 감사의 말씀드립니다. 그리고 안철수 원장님과의 약속 반드시 지키겠습니다.

이제 박원순은 변화를 바라는 서울시민을 대신해 선언합니다. 10월 6일 우리는 새로운 서울을 등록할 것입니다. '변화와 통합'의 이름을 등록할 것입니다. 박 원 순 석 자 안에 새겨진 여러분 모두의 이름을 등록할 것입니다.

희망의 시민 여러분, 우리는 10월 26일 옛 시대의 막차를 떠나보낼 것입니다. 우리는 10월 26일 새 시대의 첫차를 타고 떠날 것입니다. 낡은 시대는 역사의 뒷면으로 사라지고 있습니다. 그들이 정하고 그들이 지시하는 그들만의 리그는 다시 복귀하지 못할 것입니다. 우리는 낡은 시대를 거울삼아 새로운 역사를 다시 쓰고 있습니다. (중략)

사람들은 우리들의 승리를 새로운 시대를 예비하는 깃발이라고 부를 것입니다. 그러나 새로운 시대는 그냥 오지 않습니다. 새로운 생각, 가치, 방법은 수많은 장애물과 방해를 넘어 완성될 것입니다. 통합과 변화는 2011년 서울의 시대정신입니다.

이제까지의 서울시장의 일은 도시의 외관을 바꾸는 것이었습니다. 제가 만난 시민들의 공통된 요구는 '내 삶을 바꿔 달라'는 것이었습니다. 앞으로 서울시정 10년은 '사람을 위해 도시를 바꾸는 10년'이 될 것입니다.

앞으로 10년, '서울, 사람이 행복하다' 이것이 서울시와 서울 시장의 좌표가 될 것입니다. 우리가 만들 새로운 공동체가 스스로 모습을 드러내고 있습니다. 고단하고 지친 삶을 사는 서울시민들에게 달려가 친구가 되고 위로가 되는 첫 번째 시장이 되고 싶습니다. 감사합니다.(한겨레, 2011년 10월 4일)

[한겨레의 박원순 인물평]

추진력 강한 아이디어맨

늘 새로운 시민운동 개척

"워낙 성실하시고 일을 너무 열심히 하시는데, 시장이 되시면 서울시 공무원들 너무 괴롭히지 마세요."(웃음)

지난달 29일 열린 야권단일후보 경선 텔레비전 토론회에서 최규엽 민주노동당 후보가 박원순 시민후보에게 건넨 덕담이다. 실제 박 변호사와 함께 일해본 시민단체 간사들은 "겉으로 비치는 편한 외모와 여유로운 말투와 달리 그가 매우 치밀하고 집요하다"며 혀를 내두른다. 아이디어가 많고 기획력이 좋은 점도 박 변호사의 강점으로 꼽힌다. 한 시민단체 인사는 "때때로 외국에 머물며 그 나라의 좋은 제도와 시스템을 한국적인 상황에 맞게 적용하는 능력이 탁월한 것 같다"고 말했다. '시민운동'이라는 개념조차 모호했던 시기에 참여연대를 이끌며 한국의 시민운동을 안착시킬 수 있었던 것도 그의 집요한 추진력이 바탕이 됐다는 평가다.

박 후보는 시민운동에 몸담은 이후 자신이 벌인 일이 어느 정도 자리를 잡으면, 이를 떠나 새로운 일을 개척하는 일을 반복해왔다. 참여연대를 떠날 때도 구성원들의 강한 반대 때문에 새벽에 홀로 짐을 싸 사라졌고, 2000년 아름다운재단과 아름다운가게를 만들어서도 무서운 속도로 재단과 가게를 키워놓은 뒤 다시 희망제작소를 만들겠다고 떠났다. 이명박 정부가 들어선 뒤 자신이 이끌던 희망제작소 운영에 한때 어려움을 겪은 적도 있지만, 결국 이번에도 희망제작소를 떠나 서울시장 야권단일후보로 선출됨으로써 변신에 성공했다.

경남 창녕 출신인 박 후보는 이른바 '긴급조치 9호 세대'로, 경기고 졸업 뒤 서울대 법대 1학년 재학 때인 1975년 유신 반대 시위에 가담했다는 이유로 투옥돼 제적됐다. 이후 단국대 사학과를 졸업하고 1980년 22회 사법시험에 합격해 1년 동안 검사 생활을 했다. 이후 시민운동에 뛰어들기 전까지 인권변호사의 길을 걸으면서 권인숙 씨 성고문 사건, 『말』 보도지침 사건, 부산 미국문화원 점거사건, 서울대 우 조교 성희롱 사건 등의 변론을 맡았다. 1986년 설립한 역사문제연구소 초대 이사장을 지내기도 했다.(한겨레, 2011년 10월 4일. 석진환 기자)

(나) 경향신문의 스트레이트 기사

선거시민정치가 정당정치 이겼다…… 박원순, 서울시장 야권단일후보에

박원순 변호사(55)가 10 · 26 서울시장 보궐선거의 야권단일후보로 선출됐다. <u>시민정치가 정당정치의 벽을 넘은 것이다</u>.

박 변호사는 3일 서울 장충체육관에서 열린 야권통합후보 경선에서 최종 득표율 52.15%로, 45.57%를 얻은 민주당 박영선 의원(51)을 누르고 1위를 차지했다. 민주노동당 최규엽 새세상연구소장(58)은 2.28%였다.

박 변호사는 1~2일 실시돼 30%가 반영된 여론조사에서 57.65%를 얻어 박 의원(39.70%)을 크게 앞섰다. 지난달 30일 배심원단 평가에선 박 변호사가 54.43% 대 44.09%로 박 의원에게 이긴 바 있다.

박 변호사는 당초 열세가 예상됐던 국민참여 경선에서도 46.31%를 득표해 조직력에서 앞서는 박 의원(51.08%)에게 4.77%포인트 차로 따라붙었다.

현장투표 형식으로 진행된 참여경선에는 선거인단 3만2명 중 1만7891명(59.6%)이 참여했고, 20~30대 젊은층도 대거 투표장에 나와 '박원순 바람'을 뒷받침했다.

박 변호사의 승리에는 기존 정당정치에 대한 유권자들의 경고와 새로운 정치에 대한 변화 욕구가 담겨 있다는 분석이 나오고 있다. '바람 대 조직'의 경쟁에서 민심에서 앞선 박 변호사가 승리했기 때문이다.

박 변호사는 후보수락 연설에서 "변화를 바라는 서울시민이 승리했다"고 말했다. 박 변호사는 또 "이제 우리가 한나라당과 이명박 정부를 넘어 새로운 시대를 열 수 있다는 믿음을 갖게 됐다"며 "10월 26일 옛 시대의 막차를 떠나보내고 새 시대의 첫차를 타고 떠날 것"이라고 밝혔다. 박 변호사는 민주당을 향해 "우리는 하나가 됐다"고 말했다.

민주당, 민주노동당, 국민참여당 등 야당과 박 변호사 등 시민사회는 이날 공동 정책합의문을 채택하고 초·중생 친환경 전면 무상급식, 전시성 토건예산 삭감 및 보편적 복지예산 대폭 확대 등 10대 핵심 정책과제를 제시했다. 또 서울시를 시민참여형 민주정부로 공동 운영하고, 박 의원과 최 소장은 공동선거대책본부장을 맡기로 했다.

서울시장 선거는 박 변호사와 한나라당 후보인 나경원 최고위원(48)이 양강체제를 형성하며 선거전이 본격화할 것으로 보인다.(경향신문, 2011년 10월 4일, 안홍욱 기자)

㈐ 조선일보의 스트레이트 기사

박원순 야권단일후보 선출 "아무것도 없는 제게 돈과 조직 만들어 준 시민 고맙다"

박원순 52.15% 박영선 45.57% 최규엽 2.28%

박원순 후보가 10 · 26 서울시장 보궐선거 야권단일후보로 선출됐다.

박 후보는 3일 서울 장충체육관에서 열린 야권단일후보 선출 경선에서 52.15%의 득표율을 기록, 45.57%를 얻은 민주당 박영선 후보에게 약 7% 차이로 승리했다. 민주노동당 최규엽 후보는 2.28%를 득표했다.

서울시장 야권 단일후보 선출 국민참여 경선에서 민주당 박영선 후보를 누르고 단일후보가 된 시민사회 박원순 후보가 3일 오후 서울 장충체육관에서 손을 들어 인사하고 있다./ 연합뉴스

이날 박원순 후보는 후보수락 연설에서 "아무것도 없는 박원순에게 돈과 조직을 만들어 준 시민에게 참 고맙다"면서 "저는 보통 시민이 만든 후보"라고 말했다.

경선에서 패배한 박영선 후보에게 위로의 말도 했다. 그는 "박영선 후보가 따뜻한 마음을 보내 주신 것에 감사하다"면서 "민주당을 중심으로 더 크고 넓은 정치를 하겠다"고 말했다. 자신을 공개 지지한 안철수 교수에게도 "약속을 반드시 지키겠다"며 고마움을 표시했다.

박영선 후보는 당 차원의 지원과 이명박 정권 심판의 적임자임을 내세우는 전략으로 현장 투표에서는 승리했다. 하지만 합산결과에서 '정당 정치의 한계'를 내세운 박원순 후보를 끝내 극복하지 못했다.

야권단일후보는 9월 30일 실시된 '배심원단 대상 조사결과'(30%), 1~2일 실시된 일반 여론조사(30%), 3일의 참여 경선(40%) 결과를 합산해 결정됐다.

이에 따라 박 후보는 여권단일후보로 확정된 나경원 후보와 격돌하게 됐다. 박원순 후보 측의 송호창 대변인은 "이제는 지난 10년간 이명박, 오세훈 전 시장이 파탄 낸 서울 시정을 완전히 바꿔야 한다는 각오로 본선에 임할 것"이

라고 말했다.(조선일보, 2011년 10월 4일)

〔조선일보의 박 후보 연구〕

"미팅 있던 날, 시위 나갔다가 투옥…… 인생 달라져"

서울대 입학 석 달 만에 제적 — 시위 참가 후 4개월간 복역

복학 못하자 단국대 들어가 등기소장 거친 후 사시 합격

"매일 혁명하겠다" 결심 후 시민단체 참여연대 결성, 1인시위 · 낙선운동 주도

그의 정치색은? — "국보법 용공조작 도구" 주장

보수 인사와도 가깝고 대기업까지 인맥 걸쳐있어

재벌 모금 논란 — 대기업서 기부받은 돈 140억

모금과정 제대로 안밝혀져…… 재산 · 가족문제도 검증 안 돼

3일 야권(野圈)의 서울시장 단일후보로 확정된 박원순 변호사는 1956년 3월 경남 창녕 영산읍에서 6㎞가량 떨어진 농가에서 2남 5녀 중 차남이자 여섯째로 태어났다. 고입 재수, 병으로 고3 때 1년 휴학 등 우여곡절 끝에 서울대에 입학했으나 시위에 참가했다가 불과 3개월 만에 제적되고 투옥됐다. 이게 그의 인생을 바꿔놓았다.

◆투옥이 바꿔놓은 인생

그는 영산읍내에 있는 영산중을 졸업했다. 집안 형편은 부유하지도 가난하지도 않았다고 한다. 중3 수학여행 때 서울을 구경한 뒤 서울의 고등학교에 진학하겠다고 결심했다 한다. 하지만 경복고 시험을 봤다가 떨어졌다. 1년 재수 끝에 1971년 경기고에 들어갔다. 고3 때 결핵성 늑막염에 걸려 1년을 쉬었다. 그다음 해에 시험을 쳐 서울대 사회계열에 들어갔다. 3개월간 양말도 벗지 않고 입시 공부에 매달렸다고 한다.

그가 입학한 1975년은 서울대가 관악 캠퍼스로 이전한 첫해였다. 그해 5월

22일 긴급조치의 결정판인 긴조 9호 이후 첫 대규모 시위가 서울대에서 벌어졌다. 박원순 후보는 이 시위에 참여했다가 제적되고 4개월 동안 복역했다. 박 후보에 따르면 이날 저녁 이화여대생과 미팅이 예정돼 있었는데, 시위에 참여하지 않고 미팅에 갔더라면 인생이 달라졌을지도 몰랐다는 것이다.

감옥에서 나온 박 후보는 복학하려 했으나 뜻대로 되지 않았다. 이 시기에 제적됐던 사람들은 5년 뒤인 1980년에야 복학됐다. 박 후보는 다시 시험을 쳐 1976년 단국대 사학과에 입학했고, 사법시험 준비에 들어갔다고 한다. 박 후보는 1977~78년 고향인 창녕의 면사무소에서 6개월 방위로 병역을 마쳤다. 사할린에 징용됐다가 행방불명된 숙부 호적으로 1969년 입적됐기 때문에 방위로 근무했다고 한다.

그의 첫 사회 경력은 춘천지법 정선 등기소장이었다. 사법고시 준비가 길어지면서 1979년 법원 사무관 시험을 쳤다가 합격해 발령받은 자리였다. 정선에서 스물넷의 나이에 '영감' 소리를 들으며 사법고시(22회)를 준비해 1980년 합격했다.

◆조영래와 만남

박 후보는 사법연수원에서 경기고 선배 조영래를 만났다. 서울대를 수석 입학했던 조영래는 학생운동권의 전설이었다. 그가 뒤늦게 고시를 봐 연수원에 들어와 있었다. 박 후보는 인생에서 가장 큰 영향을 받은 사람으로 조영래를 꼽는다. 연수원 수료 뒤 박 후보는 대학 운동권 선배인 이호웅 전 의원의 권유로 검사를 지망했다가 1년 만에 그만뒀다.

이때부터 그는 조영래 변호사와 함께 망원동 수재(水災) 사건을 5년 만에 승소로 이끌고, 권인숙 성고문 사건 등 수많은 시국 사건을 맡는다. 또 임헌영, 정석종(故) 등 좌파 성향 역사학자들이 주축이 돼 만든 연구 단체인 '역사문제연구소' 설립에도 간여, 초대 이사장을 맡았다.

박 후보는 민주사회를 위한 변호사 모임(민변) 창립도 주도했다. 이돈명(故)

등 인권 변호 1세대 그룹과 조영래 · 박원순 등 2세대 그룹이 1986년 '정법회' 라는 단체를 만들었는데 이게 2년 뒤인 1988년 민변으로 확대된다.

박 후보는 1991년 영국으로 훌쩍 떠났다. 1987년 6월 김영삼과 김대중의 분열에 따른 좌절, 1990년 12월 조영래의 사망이 직접적 영향을 끼쳤다고 한다. 그다음 해에는 미국으로 건너가 1년간 머물렀다. 이때 그는 "매일 혁명을 하겠다"는 생각을 하고, 시민단체 결성을 결심했다고 한다. 돌아와서 만든 게 1994년 창립된 참여연대였다. 초기에 의기투합했던 사람은 한겨레신문 사장 출신의 김중배, 좌파 사회 · 역사학자 조희연(성공회대) · 김동춘(성공회대) 교수였다.

그는 참여연대 시절 '1인 시위'라는 새로운 시위 문화를 만들어냈다. 국세청 건물 앞에서 시위할 일이 있었는데 그 건물 안에 외국 공관이 입주해 있어서 시위가 불가능했다. 하지만 법률상 시위는 '2인 이상'이기 때문에 1인 시위는 합법이라고 봤다는 것이다. 일종의 '꼼수'였지만 이후 1인 시위는 대유행하게 된다. 그는 참여연대에서 예산 정보 공개 운동, 소액주주 운동 등에 치중하는 한편 2000년 총선 때는 낙천 · 낙선 운동을 주도했다. 이때 그는 "악법은 법이 아니다"고 했다.

그는 1998년 미국 아이젠하워재단 초청으로 미국에 두 달을 머물면서 헤리티지재단을 방문했다가 "모금은 예술이고 과학이다" 라는 말을 들었다 한다. 그는 기부 문화를 만드는 일을 하기로 하고 참여연대를 떠나 2000년 '아름다운재단'을 만들었다. 이후 그는 이명박 · 오세훈 서울시장과 공동사업을 벌이기도 했고, 대기업들과 가까이 지낸 것으로 알려져 있다. 때문에 좌에서 우, 서민에서 대기업까지 인맥이 걸쳐 있어 '마당발'이란 별명도 붙었다.

◆정치적 모호성과 재벌 모금 논란

그는 그간 기고문 등에서 국가보안법에 대해 "용공(容共) 조작의 도구"라고 했다. 민주주의에 대해서는 "사회주의와 공산주의를 받아들이는 것"이라고 했다. 대한민국 건국 시기에 대해 "친일 부역자들이 권력을 장악했다"고 했다.

박 후보는 2004년 총선 때 한나라당에서 비례대표 1번 제의를 받았으나 일언지하에 거절했다고 한다. 2010년 지방선거 때는 민주당으로부터 서울시장 후보 영입 제안을 받았으나 "영국으로 도망가버렸다."(민주당 한 의원) 2008년 총선 때는 여야를 가리지 않고 자기 생각에 맞는 사람을 지원하러 다녔다. 이 때문에 이번 야권후보 경선 과정에서 "진보 진영이 섭섭해하는 이유가 있다"(박영선 의원)는 얘기를 들었다.

재벌 모금 문제는 한나라당 나경원 후보와 벌일 본선에서도 큰 논란거리가 될 전망이다. 아름다운재단 재정 자료에 따르면 그가 아름다운재단을 하면서 2001년 이후 대기업으로부터 기부받은 돈이 140억원이 넘는다. 참여연대가 비판하면 대기업들이 돈을 갖다 준 것 아니냐는 의혹도 나오고 있다. 이 외에도 검증기간이 짧았던 탓에 가족 관계, 재산 관계를 비롯, 확인되지 않은 부분은 아직 많다.(조선일보, 2011년 10월 4일, 신정록 정치전문기자)

위 〔박 후보 연구〕라는 조선일보의 해설 기사는 거기에 달아놓은 제목들만 읽고도 그가 어떤 인물인지를 대충 짐작할 수 있다. 제목들은 원래 그 신문이 뽑은 것들 전부를 인용하지는 않았으며 두세 줄은 생략했지만 신문의 편집 의도는 이것들만으로도 충분히 드러나리라고 본다.

㈑ 동아일보의 스트레이트

야권단일후보 박원순, 1개월 된 시민후보에 제1야당 무릎 꿇다

3일 야권의 서울시장 보궐선거 단일후보로 무소속 박원순 변호사가 선출됐다.

이에 따라 10 · 26 서울시장 보궐선거는 '집권 여당의 최고위원 대 시민운동가 출신 정치 신인' '여성 대 남성'의 대결 구도로 치러지게 됐다.

여야 대진표가 확정됨에 따라 한나라당 박근혜 전 대표는 당 후보인 나경원 최고위원 지원에 나설 것으로 알려졌다. 한나라당 핵심 관계자는 "박 전 대표의 지원을 100% 확신한다"고 말했다. 박 전 대표가 나설 경우 박 변호사에게 서울시장 후보를 사실상 '양보'한 안철수 서울대 융합과학기술대학원장이 박 변호사를 지원할지도 주목된다.

박 변호사는 이날 서울 중구 장충체육관에서 열린 야권 통합 경선에서 최종 득표율 52.15%를 기록하며 45.57%를 얻은 민주당 박영선 의원을 제치고 서울시장 보선 본선행 티켓을 거머쥐었다. 지난달 6일 서울시장 출마의사를 밝힌 지 채 한 달도 되지 않아 범야권의 후보가 된 것이다. 민주노동당 최규엽 후보는 2.28%를 얻는 데 그쳤다.

박 변호사는 이날 현장에서 실시된 선거인단 투표(시민참여경선, 40% 반영)에서는 46.31%를 얻어 박 의원(51.08%)에게 뒤졌지만 앞서 이뤄진 TV토론 후 배심원 투표, 일반 여론조사에서 박 의원을 크게 앞섰다. 박 변호사는 TV토론 후 배심원 평가(지난달 30일, 30% 반영)와 일반 여론조사(1~2일, 30% 반영)에서 각각 54.43%, 57.65%의 지지율을 얻었다. 박 의원은 44.09%와 39.70%를 얻는 데 그쳤다. 박 변호사는 특히 일반 여론조사에서 17.95%포인트나 이겼고, 당초 조직력에서 열세란 전망과 달리 시민참여경선에서 4.77%포인트 뒤지는 데 그쳤다.

박 변호사는 경선 승리 후 가진 기자회견에서 "변화를 바라는 서울시민의 승리"라고 말했다. 민주당 입당 여부에 대해선 "야권 전체 의견을 모아가는 과정을 거쳐 얼마 남지 않은 후보 등록(6~7일) 때까지 최종 결정을 할 것"이라면서도 "그러나 저는 제도권 정치를 넘어서는 새로운 변화와 혁신에 대한 요구도 안고 있다"고 여전히 거리를 뒀다.

한편 야당과 박 변호사 측 캠프는 공동 정책 합의문과 공동선거대책위원회 구성 합의문을 채택했다. 박 변호사에게 패한 민주당 박 의원은 공동선거대책본부장을 맡기로 했다.(동아일보, 2011년 10월 4일, 조수진 기자)

강의 노트⑪

한명회는 '사팔뜨기' '칠삭동이' 인가?

뉴스는 현실 속에서 만들어지며 동시에 현실을 만든다. 이 진실에 대해서는 이미 앞 강의에서 설명했다. 이를 참고하면서 소설이 만든 한명회상(韓明澮像)을 읽기 바란다.

우리는 직접 경험을 통해 우리 앞의 현실을 아는 것이 아니라 미디어의 보도를 통해서 안다. 현대인들은 사람들 간의 직접 대면(face-to-gace)에 기초한 대인(對人)커뮤니케이션이 지배하는 처지문화(處地文化 situated culture)보다는 매스 미디어가 정보를 전달하며 지배하는 매개문화(媒介文化 mediated culture)에 젖어 살고 있다. 그들에게는 미디어의 보도 내용이 곧 현실이 된다.

책도 미디어의 한 종류이므로 책의 영향이 한 역사적 인물상을 어떻게 왜곡했는가를 안다면 현대의 인터넷 특히 사회적 네트워킹서비스(SNS), TV · 라디오와 영화 등 미디어의 영향력이 어느 정도 큰지를 쉽게 이해할 수 있을 것이다. 이 경우 영향력이란 미디어가 정보소비자들의 머리와 마음속에 심어놓은 현실의 모습을 일컫는다.

저명한 시나리오 작가 초당 신봉승(艸堂 辛奉承, 1933~)에 따르면 조선조 초기 수양대군(首陽大君)을 도와 조카인 단종을 몰아내고 그를 7대 임금 세조(世祖)로 옹립한 일등공신인 한명회(韓明澮)의 인간상은 원래 춘원 이광수(春園 李光洙, 1892~납북 후?)와 월탄 박종화(月灘 朴鍾和, 1901~1981)에 의해 구축되었다. 두 사람의 역사소설에서 한명회는 '사팔뜨기' '칠삭둥이 '에다 간교한 책신(策臣)으로 묘사되어 있다. 이후 우리 사극에서 한명회는 타기해야 마땅한 간신 모략가로 정형화되다시피 되었다. 수양대군과 한명회의 관계에 관한 역사드라마의 시나리오를 쓴 신봉승은 한명회에 관한 이러한 인물상을 부인했다. 한명회는 '사팔뜨기' 도 '칠삭둥이' 도 아니다. 그는 나중에 일인지하 만인지상(一人之下 萬人之上)의 지위인 영의정에까지 오른 뛰어난 지략가이자 정치가였다. 조선왕조실록 단종 편에는 한명회와 친한 권남(權擥, 1416~1465)의 말을 빌려 이렇게 적고 있다. 권남은 수양대군을 돕겠다는 뜻을 밝힌 한명회의 의사를 세조에게 전하며 이렇게 말한다.

한명회는 어려서부터 기개가 범상하지 않고, 포부도 작지 않으나, 명(命; 운명)이 맞지 않아 지위가 낮아서 사람들이 아는 자가 없습니다. 공(公)이 만일 발난(拔亂; 세상을 바로 잡음)할 뜻이 있으시면 이 사람이 아니면 할 수 없을 것입니다.(조선왕조실록 세조 편 인터넷판)

제13강
사설 · 논평 쓰기와 르포 · 기행문 · 인터뷰 쓰기

1. 사설과 고정칼럼의 예문과 분석

신문의 오피니언 페이지에 실리는 글 종류 가운데 작자의 주장이 가장 선명히 드러나는 글이 사설이다. 사설은 논설위원들 가운데 언론기관을 대표하는 주필이나 논설위원실장이 집필하여 언론사의 의견을 표명한다. TV나 인터넷 등 다른 미디어에서는 찾아볼 수 없는 장르의 글이다. 사설의 주제는 매우 다양하나 주로 그때그때 논란거리가 된 정치적, 경제적, 사회적, 문화적, 국제적 쟁점에 대해 언론기관의 의견을 표명하는 형식을 취하여 전개되는 특징을 지닌다.

사설; 조선일보의 견해

나라 · 국민 지키려면 '원치 않은 결단' 내릴 수 있다

북한이 3차 핵실험을 했다. 북한 조선중앙통신은 (2013년 2월) 12일 "3차 지하 핵실험을 성공적으로 진행했다"면서 "이번 핵실험은 이전보다 폭발력이 크면서 소형화 · 경량화된 원자탄을 사용하여 높은 수준에서 안전하고 완벽하게 이뤄졌다"고 발표했다.

정부는 오전 11시 57분 북의 함경북도 길주군 풍계리 인근에서 리히터 규모 4.9로 추정되는 인공지진을 감지했다고 밝혔다. 이번 핵실험은 2차 때에 비해 폭발력이 네 배가량 커져 TNT 6~7kt가량이 폭발할 때 위력과 같다.

북한은 오바마 미 대통령의 의회 국정연설 날짜(미국 현지 12일)에 맞춰 핵실험을 했다. 북한은 1차 · 2차 핵실험과 미사일 발사도 미국의 국경일 또는 주요 정치 일정에 맞춰 실시했다. 오로지 미국을 상대로 핵과 미사일 게임을 벌이고 있다는 점을 분명히 한 것이다.

오바마 미 행정부는 '핵 없는 세상'을 대외 정책의 최우선 과제로 삼고 있고 북핵(北核)을 결코 용납할 수 없다는 입장을 여러 차례 강조했다. 갓 출범한 중국의 시진핑 5세대 지도부는 대북(對北) 지원 중단 가능성까지 시사해가며 북에 핵실험을 하지 말라고 압박했다. 박근혜 대통령 당선인은 자신의 대북 구상인 한반도 프로세스는 "대화가 필요할 때는 유연하게 문제를 풀겠지만 북한의 도발에는 강하고 단호하게 대응하겠다는 것"이라고 했다. 북이 주변의 강력한 경고와 만류를 무릅쓰고 핵실험을 강행한 것은 핵(核)무장 노선을 돌이킬 수 없는 데까지 밀고 나가겠다는 전략적 선택의 결과라는 뜻이다.

북 외무성은 2011년 5월까지만 해도 "한반도 비핵화는 김일성 수령의 유지며 북조선이 나아가야 할 불변의 과정"이라고 하다가 지난달 "한반도 비핵화는 종말을 고했다. 앞으로 한반도 평화와 안전을 보장하기 위한 대화는 있어도 한반도 비핵화를 위한 대화는 없을 것"이라고 180도 입장을 바꿨다. 남과 북이 핵무기를 실험 · 제조 · 생산 · 접수 · 보유 · 저장 · 배치 · 사용하지 않기로 했던 한반도 비핵화 공동선언은 20여 년 만에 휴지 조각이 돼버렸다.

국제사회는 그동안 6자회담을 통해 북핵을 포기시키기 위해 북한에 체제 보장과 경제 지원이라는 대가를 지불한다는 해법에 매달려 왔다. 그러나 북은 작년 12월 대륙간탄도미사일(ICBM) 발사 성공에 이어 폭발력이 4배나 증가한 3차 핵실험까지 마쳐 스스로 핵보유국임을 주장할 수 있는 실질적 조건을 갖추게 됐다. 북처럼 폐쇄된 나라가 은폐된 장소에서 핵을 대량 생산할 수 있는 우라늄 농축 기술까지 갖추게 되면 그 나라의 핵 시설을 완벽하게 사찰한다는 것은 현실적으로 불가능하다. 북의 핵 보유 지위를 공식적으로 인정할 수는 없다 할지라도, 북의 핵 보유를 현실적인 안보 위협으로 간주하고 대비할 수밖에 없는 상황에 이른 것이다.

핵무장한 북과 핵이 없는 남 사이의 전력(戰力) 균형은 우리가 아무리 성능이 뛰어난 재래식 무기를 확충해 나간다 하더라도 북쪽으로 일방적으로 기울게 된다. 박근혜 당선인은 그 불균형을 메우기 위해 우리가 어떤 자위적인 조치를 취해야 할 것인가라는 숙제를 풀어야 한다. 비상한 상황인 만큼 대응도 비상할 수밖에 없다.

당장의 선택 대안(代案) 가운데 하나는 한반도 비핵화 선언이 북의 무효 선언으로 백지화돼버린 만큼 1991년 한반도 비핵화 선언을 전후해 철수시켰던 미국 전술핵을 재배치하는 것이다. 2011년 초 미 백악관의 게리 새모어 대량살상무기 정책조정관은 "한국이 전술핵 재배치를 공식 요구한다면 미국이 응하는 것은 당연하다"고 했었고, 작년 5월 미 하원 군사위원회는 행정부에 한반도 전술핵 재배치를 권고하는 국방수권법 수정안을 통과시켰다.

박 당선인이 이와 동시에 검토해야 할 것은 북이 핵보유국 지위를 주장하는 상황에서 2015년 우리가 미국으로부터 전시작전권을 이양받기로 한 일정을 그대로 추진할 것이냐는 점이다. 그러나 북이 직접 핵무기를 운용하게 된 시대에 미국의 핵우산에 국민과 국가의 운명을 맡기는 이런 방안들이 얼마만큼 실효가 있느냐는 의문이 들 수밖에 없다.

그래서 우리는 북핵에 대한 근본적인 질문들을 다시 하지 않을 수 없다. 첫째, 북한에 대한 체제 인정과 경제 원조를 통해 북을 핵무장 이전 상태로 되돌릴 수 있겠느냐는 것이다. 여태까지 북이 보여온 태도로 미뤄볼 때 이에 대한 답은 'NO'다. 북은 외부 세계가 제공하는 체제 보장 수단에 기대는 것보다는 자신이 핵을 직접 보유하는 것이 훨씬 안전하다는 판단을 내린 것으로 보인다.

둘째, 미국 또는 중국이 혼자 힘으로 북을 포기시킬 수 있느냐는 물음이다. 이것 역시 쉽지 않은 것으로 확인됐다. 미국은 북한을 움직일 수 있는 수단이 마땅치 않고, 중국은 미·중과 중·일 관계가 복잡하게 얽혀 있고 앞으로 어떻게 전개될지 모르는 상황에서 북한이라는 지정학적 방패를 쉽게 포기할 수 없는 상황이다.

(셋째) 아직 검증되지 않은 대안은 미국과 중국이 힘을 합친다면 북을 움직일 수 있겠느냐는 것이다. 만일 조금이라도 이런 가능성이 남아 있다면 우리의 전략적 선택은 미국과 중국을 그런 쪽으로 움직이도록 할 방법을 찾는 데로 모여야 한다. 한국과 한국 국민은 북핵을 머리에 이고 나라의 안보와 국민의 생사를 북한의 처분에 맡기는 것보다는 상당한 위험과 희생을 무릅쓰고라도 자신을 스스로 지키기 위해선 '원치 않은 결단'을 내릴 수도 있다는 사실을 미국과 중국이 절박하게 실감(實感)토록 만드는 것이다. 박 당선인은 이런 세 가지 질문을 스스로에게 던지며 북핵 문제를 풀어갈 각오를 해야 한다.(조선일보, 2013년 2월 13일 사설, 밑줄은 인용자)

이 사설의 주제는 북한의 '3차 핵실험'이며 이에 대해 우리나라는 어떻게 대응해야 하는가를 밝히고 있다. 사설의 형식은 주제가 먼저 제기된 경위를 리드에서 밝히는 데서 시작된다. 여기서는 북한의 3차 핵실험 사실을 조선중앙통신이 발표한 대로 인용하는 형식을 취했다. 이어 북핵 실험에 대한 우리 국방부의 확인, 미국 정부의 여태까지 자세와 일관된 입장을 소개한 다음 우리 정부가 대처해야 할 방안을 제시하고 있다. 대처방안은 마지막 밑줄 친 문자로 표시된 세 가지 물음을 제기함으로써 박근혜 대통령당선인(대통령 취임식은 2월 25일)이 "이런 세 가지 질문을 스스로에게 던지며 북핵 문제를 풀어갈 각오를 해야 한다"로 결론지었다.

조선일보 사설의 입장이 적절한 것이냐 아니냐는 따지지 않기로 하겠다. 여기서는 다만 사설의 주제와 형식만을 논하는 것으로 끝맺고자 한다.

고정논평; 북핵 위기와 지도자의 신념

북한이 박근혜 대통령 당선인의 취임식을 코앞에 두고 핵실험을 강행했다. 남북 사이 정치 · 군사적 신뢰가 쌓이고 비핵화가 진전되면 남북관계를 정상화하겠다는 박 당선인의 '한반도 신뢰프로세스'는 큰 난관에 봉착하게 됐다. 당분간 남북관계가 개선될 여지는 없어 보인다.

하지만 갈등 상황과 돌발 사태에서 리더십은 빛난다. 중요한 것은 공약집이 아니라 화해협력 의지를 관철하고자 하는 지도자의 일관된 신념이다. 박 당선인도 남북대화 재개에 전제조건을 달지 않겠다고 말한 바 있다. 긴 호흡으로 위기 상황을 돌파할 또 다른 전략을 준비해야 한다. 김영삼 정부는 임기 초반 '어느 동맹도 민족보다 나을 수 없다'는 취임사와 함께 리인모 씨 송환 등을 의욕적으로 추진했다. 하지만 정작 북핵 사태에 당면해서는 '핵을 가진 자와 악수할 수 없다'며 대북 강경 자세로 일관하고 경협마저 중단됐다. 김대중 정부는 달랐다. 관광객 억류사건이 발생하자 금강산 관광을 중단했지만 북한과 계속 협상했고 석방 이후 즉각 관광을 재개했다. 연평해전 역시 단호히 대처하면서도 그것을 이유로 남북관계를 중단시키지 않았다.

지금은 몇 가닥 낡은 유물로 남아 있는 3m 높이의 베를린 장벽을 얼마 전 짚어보면서 지도자의 신념과 통일 의지의 중요성을 피부로 느꼈다. 1989년 독일 통일을 주도한 헬무트 콜 총리는 통일 2년 전 신변 위험을 무릅쓰고 개인 자격으로 주말을 이용해 동독으로 2박3일간의 가족여행을 다녀오기도 했다. 통일 1년 뒤 헬무트 슈미트 총리는 "지금보다 통일 비용이 3배가 더 소요될지라도 우리는 통일을 포기할 수 없다"고 말했다. 그리고 독일 국민은 경제적 비용뿐만 아니라 정신적 고통도 참아야 한다고 말했다. 민족통일은 무슨 비용을 치르더라도 지켜야 할 가치가 있다고 전제한 것이다.

독일의 분단은 1 · 2차 세계대전의 죗값 성격이 짙다. 베를린 근교 포츠담에 모인 연합국 수뇌부는 독일을 분단국가로 유지할 때 3차 대전의 위험이 그만큼 감소한다고 생각했다. 통일은 연합국이 반기는 일이 아니었다. 특히 러시아는 동독을 포기할 수 없는 입장이었고 영국은 노골적으로 통일에 불만을 드러냈다. 그러나 독일은 변화하는 국제사회의 분위기를 읽고 그 틈새를 파고들면서 자신들의 입지를 강화했다. 연합국들의 반대를 무릅쓰고 주도적으로 통일을 실현해 뜻이 있는 곳에 길이 있다는 평범한 진리를 입증해냈다.

독일은 입으로만 통일을 말하지 않았다. 그 가운데서도 동독에 대한 서독의 사회간접자본 확충과 물류체계 구축은 새삼 눈여겨볼 만하다. 서독 정부는 분단 상황에서 동독으로 통하는 고속도로 4개와 국도 6개, 국경 통과 철도 8개, 내륙운하 2개, 항공로 3개를 건설했다. 건설비용은 모두 서독 정부가 부담하고 사후관리 비용까지 떠안았다. 물류체계 구축은 많은 시간과 비용이 들어가는 장기적인 국가재건사업이다. 수시로 돌발사태가 벌어져 동서독 긴장관계가 빚어졌지만, 통일기반을 다지는 노력을 치밀하고 일관되게 지속한 것이다.

올해는 한국전쟁 정전 60돌이 되는 해다. 휴전 60년이 되도록 평화협정으로 귀결되지 못하고 기술적 전쟁 상태가 지속되고 있는 경우는 한국전쟁이 유일하다. 박 당선인은 '궁즉변 변즉통'의 지혜를 발휘해야 하며, 역대 대통령 누구보다도 내부적으로 운신의 폭이 넓다. 제재와 압력을 가하면 북한은 핵개발의 필요성을 더욱 느끼게 될 것이다. 경제로 얻는 이익이 핵 개발로 얻는 이익보다 훨씬 크면 북핵 문제 해결도 가능해질 수 있다. 북한과 협력해 한반도 경제시대를 여는 것은 한국 경제 재도약에도 보증수표가 될 것이다.(한겨레, 2013년 2월 13일, 칼럼 〔아침햇발〕 정영무 논설위원 집필. 밑줄은 인용자)

고정칼럼은 신문마다 고유명을 갖고 있다. 경향의 '여적', 동아의 '횡설수설', 조선의 '만물상', 중앙의 '분수대', 한겨레는 '아침마당'을 갖고 있다. 그 내용은 박 당선인의 취임을 앞두고 발생한 북한의 3차 핵실험에 대한 우리 정부의 대응자세에 대해 논하고 있다. 작자의 견해는 '북한에 대한 제재보다는 북한과의 협력'을 강조하고 있다. 작자는 그 근거로서 김영삼 정부의 핵문제에 대한 강경자세와 경협 중단을 김대중 정부의 대북경협 지속과 비교함과 동시에 분단독일에서 서독이 동독에 대해 취한 경제협력 지원 조치를 열거했다. 여기서는 조선일보 사설의 입장과 한겨레 〔아침마당〕(사설은 아니나 한겨레의 입장을 밝혔음)입장이 두드러진 대조를 보인다는 점만을 지적해 두고자 한다.

2. 논평 · 칼럼(시평 등)의 예문과 분석

논평 또는 시평의 이름으로 오피니언 페이지에 게재되는 글들은 신문사가 필자를 선정하여 일정 기간 쓰도록 하는 시스템으로 운영되고 있다. 칼럼은 회사 소속기자나 데스크 또는 미리 정해진 외부인사의 기고로 채워진다. 일정 기간의 고정 필자로서 미리 정해지지 않고, 뜻밖의 쟁점이 터질 때 편집국이나 논설위원실로 들어오는 기고문은 별도의 시평 또는 칼럼으로 처리되고 있다.

요즘 흔히 사용되는 칼럼(column)은 영문의 특성 때문에 세로쓰기를 하는 신문지면에서 기둥처럼 생긴 한두세 난(欄)을 필자나 기고자에게 할애하여 자기 의견을 개진하게 한 데서 비롯된 글쓰기의 장르이다. 저명한 일부 작자들은 신디케이트(syndicate)란 이름의 일종의 조합을 결성하여 미국내의 각 신문들에 자기 명의의 시평이나 논평을 제공하고 있다. 우리나라의 칼럼은 신디케이트 칼럼과는 다르다.

논평의 예문1; 「당신들의 천국」

㉮ '개그맨보다 웃기는' 강의로 알려진 스타 목사가 있다. 해학이 넘치면서

도 의미가 있는 그의 강론은 많은 청중을 매혹한다. 그런 그가 불교 폄훼 발언으로 말썽이 일자, '교회 안에서 신도를 상대로 한 얘기'라며 비판을 일축했다.

불교계가 정권 차원의 종교편향을 규탄하는 가운데 터진 유명 성직자의 설화(舌禍)는 시민적 양식에서 나오는 우려에 귀를 닫는다는 점에서 징후적이다. 보수 대형 교회가 이끄는 한국기독교총연합회가 종교차별금지법 제정에 반대하고 나선 것도 비슷하다. 한기총은 '종교의 자유는 자신의 종교적 신념에 배치되는 다른 종교에 대해 합법적으로 비판하고 반대할 수 있는 자유를 포함한다'고 주장한다.

㈏-1 이런 태도는 비록 신앙의 표현이지만 종교 갈등에 불을 붙일 가능성이 있다. 종교분쟁으로 몸살을 앓아 온 다른 나라들과 달리 한국사회에서는 여러 종교가 평화 공존해 왔다. 사회적 관용과 통합지수가 높지 않은 우리 풍토에서 그나마 종교 영역이 예외에 가까웠던 것이다. 우리 사회의 큰 행운 가운데 하나였던 셈이다.

그러나 보수적 개신교의 급격한 팽창은 종교공존의 지형에 변화를 가져오고 있다. 한국사회 3대 종교인 개신교, 불교, 천주교 가운데 수적으로 불교신자가 제일 많지만 종교의례 참여도와 신앙적 열성의 표현에서 개신교는 불교를 압도한다. 또한 고학력 엘리트와 수도권 중심의 젊은 세대가 개신교에 대거 동참했다. 세계 50대 교회의 절반 정도가 한국에 있다는 사실만큼 개신교의 놀라운 외형적 발전을 웅변하는 것도 드물다.

배타적 종교집단 사회갈등 불러

㈏-2 인간이라면 누구나 삶의 의미에 대한 궁극적 관심을 갖는 법인데, 지금까지 개신교가 이에 잘 응답했다는 사실은 높이 평가해야 한다. 소명의식을 동반한 복음주의와 공세적 선교방식이 대성공을 가져온 것이다. 하지만 빛이 있으면 그림자도 있기 마련이다. 성공의 이면에는 성장 위주의 물량주의와 독

단성이라는 그늘이 자리하기 때문이다.

우리 역사에서 제도종교가 뿌리를 내릴 때 기복적 물질주의와 권력지향성이 침투하는 게 통례였다. 과거에 불교가 그랬던 것처럼 개신교도 예외는 아니었다. 한국현대사에서 다른 종교보다 사회적 영향력이 컸던 개신교의 종교권력화는 그 산물이다. 문제는 권력화한 종교가 다른 종교에 대한 배타성을 감추지 않을 때 사회적 갈등이 불가피하다는 점이다. 유혈과 폭력으로 가득 찬 종교분쟁의 역사를 논외로 하더라도 종교차별금지법 제정이 공론화하고 있는 지금의 형편이 생생한 증거가 아닐 수 없다.

㉯-3 불교계가 '장로 대통령'의 사과를 요구하면서 총궐기를 감행하는 사태는 개신교뿐 아니라 모든 종교인에게 심각한 문제다. 상황이 위중할수록 초심으로 돌아가야 하는 것은 이 때문이다. 각자가 종교의 뿌리와 목표에 대해 다시 물을 필요가 있는 것이다. 종교인은 신앙을 통해 내면을 점검하며 세파에 찌든 마음을 정화한다. 지금 보이는 이 세상이 다가 아니라는 걸 돌아보는 것이다.

다른 신앙의 진정성도 배려해야

㉰ 우리는 남이 이런 나의 신앙을 존중해 줄 것을 바란다. 여기에는 전제가 있다. 내가 자신의 믿음을 확신하는 것처럼, 다른 이의 삶의 방식이나 신앙의 진정성도 배려해야 한다는 원칙이다. 종교의 자유와 정교분리를 선포한 헌법 조항은 숱한 고난을 거쳐 인류가 도달한 집합적 지혜다. 그리고 나의 자유는 남의 자유를 침해하지 않는 한에서만 존중받을 가치가 있는 것이다.

특정한 종교의 신봉 여부를 떠나 인간은 삶의 의미에 대한 궁극적 관심을 공유한다. 그런 의미에서는 평생 절이나 성당을 가본 적이 없는 이들조차 어느 정도는 종교적이 될 수도 있다. 만약 종교가 인간의 고유한 이런 궁극적 관심을 가로막고, 평화가 아니라 갈등을 조장하며, 영혼이 아니라 물질을 강조한다면 그 종교성에 대한 회의가 생기는 것은 불가피하다. 한국 종교 전체가 총체적 위기를 고민해야 하는 것은 이런 맥락에서다.

해탈이나 구원을 설파하는 신앙인에게 중요한 것은 작은 일상의 실천이다. 진정한 믿음의 사람은 믿지 않는 자와 믿음이 다른 이들을 윽박지르는 대신 연민의 마음으로 껴안을 것이다. 참된 종교인이라면 미움과 분열 대신 사랑과 자비의 씨앗을 뿌릴 일이다. 언제나 그렇듯이 큰 것은 작은 것으로부터 비로소 시작된다. 각종 종교인들로 넘쳐나는 사회가 '당신들만의 천국'에 머무르는 건 예수와 부처도 원치 않을 것이다.(동아일보, 2008년 9월 10일, 〔동아광장〕, 윤평중 객원논설위원 · 한신대 교수 사회철학. 밑줄은 인용자)

이 글은 종교 갈등의 문제를 취급하고 있다. 이 논평이 나온 무렵 우리나라에서는 종교 갈등이 노골화하여 사회적 문제로서 지적되기에 이르렀다. 어제 오늘의 일은 아니었지만 잠복되었다가 기회를 만나면 '이때다 싶은 듯' 돌출하는 종교 갈등은 말하기처럼 쉽게 해결될 성질의 문제는 물론 아니다. 하지만 이 분야의 전문가라는 칭호를 받는 지식인이 '나 몰라라' 하고 외면하며 침묵을 지킬 일도 아니다. 그래서 작자는 '제도화된 종교의 정치권력화'가 초래하는 폐해가 무엇인지를 지적하면서 결론으로서 타신앙과의 화해 · 공존을 촉구하고 있다. 위 칼럼을 ㉮ ㉯-1, 2, 3 ㉰로 분류한 것은 내 나름대로 서론 전개 및 결론으로 나눠본 것이다. 서론에서는 문제의 발단 경위를, ㉯-1, 2, 3은 개신교와 불교의 정치적 목소리에 대한 부당성을 그리고 ㉰는 결론이다. 결론에서 작자는 이렇게 말한다. '참된 종교인이라면 미움과 분열 대신 사랑과 자비의 씨앗을 뿌릴 일'이다(밑줄은 인용자) 라고. 제도종교의 권력화가 이런 정도의 구호를 가지고 자기 개혁을 이룩할 수 있을까? 의문이 아닐 수 없지만 윤 교수의 견해로서 일단 인정해 두기로 하자.

이에 비하면 원로종교학자 정진홍 교수의 다음 글은 좀 더 귀담아 들을 만하다.

논평의 예문2; '부디 성불하시길, 부디 구원 받으시길'

㉮ 세상사는 일, 사뭇 쉽지 않다. 늘 맺히고 막힌다. 몸뚱이 건사하는 일도 그렇거니와 마음 가누기도 다르지 않다. 홀로살이에서도 그렇지만 더불어 사는 자리에 이르면 그 꼬임과 얽힘이 이루 말할 수 없다. 이래저래 사는 것은 온전하지 못할 뿐만 아니라 괴롭다.

이러한 맥락에서 보면 '종교'라는 것을 인간이 왜 일컫게 됐는지, 왜 그것이 우리 삶 속에 그리 깊고 넓게 자리 잡게 됐는지 짐작하기 어렵지 않다. 종교란 맺힌 것을 풀고, 닫힌 것을 열면서 삶을 삶답게 살고자 하는 염원이 이루어진다는 것을 승인하는 '삶의 한 모습'이라 할 수 있기 때문이다. 그러니까 종교는 무릇 '해답'이다. 그렇기에 종교란 그것의 현존 자체가 '인간에 대한 감동'을 불러일으킨다고 할 수도 있다. 얼마나 애처로운, 그러나 얼마나 고귀한 희구를 문화화한 것이 종교인가 하는 생각이 드는 것이다.

㉯ 그러나 '해답'인 종교가 '문제'가 되기도 한다. 그렇게 되면 삶은 출구를 잃는다. 인간의 상상력이 닫히고, 삶의 터전이 요동하며, 인간의 존엄과 인간에 대한 감동도 사라진다. 예를 들면 종교들이 '상식을 잃을 때'가 그렇다. 여럿이 사는데 자기 종교만이 옳다고 한다든지, 중첩된 정체성을 살면서 그에 상응하는 때와 장소를 가리지 못하고 분별없이 종교적인 발언을 한다든지, 타 종교를 폄하하거나 부정해야 자기 신앙의 돈독함이 드러난다고 여긴다든지 하는 경우가 그렇다. 그래서 빚어지는 종교 간의 갈등과 충돌은 당해 사회의 해체를 촉진하게 된다.

종교가 현존하는 실상을 보면 사태의 심각성을 더 잘 이해할 수 있다. 종교는 '영롱한 가르침'만으로 있지 않다. 그것은 하나의 제도이고 조직이다. 그것은 사회적 · 문화적 실체이고, 그것 자체로 '사회세력'이다. 그러므로 종교 간의 갈등은 현실적인 '힘의 충돌' 현상이다. 게다가 그 힘은 정치권력과의 유착을 피차 벗어날 수 없다. 종교들은 각기 엄청난 힘을 업고 '권력 갈등의 굉음'을 내면서 자기의 승리를 지향한다. 이렇게 되면 당해 사회에서 종교는 해답이기보다 문제 자체가 된다. 어느 종교도 이에서 자유롭지 않다.

엊그제 '범불교도대회'가 열렸다. 불교가 집권 세력의 '종교 차별'로 지적한 사항이나 정부에 요청한 해결 방안에 대해서는 다양한 의견이 있을 수 있다. 그러나 문제는 더 깊은 데 있다. 그런 사항들을 끝내 참지 못할 만큼 오랫동안 뜸들일 듯이 지속해온 '차별의 풍토'가 그것이다. 그리고 이 풍토의 바탕에는 누가 무어라 해도 기독교가 자리하고 있음을 부정할 수 없다.

다행히 지난 25일 '종교 간 화평을 염원하는 기독교 목회자들'은 '기독교가 먼저 반성하여 종교 간 화평을 이뤄내자!'는 성명을 발표한 바 있다. 보도에 따르면 한국기독교협의회 대표가 불교 집회에 참석하여 그 모임에 강한 연대를 보여주었다고도 한다. 이런 일들이 잦아지면 염려하는 풍토가 서서히 바뀔 수도 있을 것이다. 그렇기를 바란다.

㉰ 그러나 여전히 남는 문제가 있다. '문제가 되어버린 해답의 운명'이 그것이다. 개신교는 집권 권력에 의탁하여, 아니면 그 세력이 기독교에 기대어 자기를 과시했다고 의기양양할지 몰라도 그것은 자기를 배신한 '자학'을 범한 것과 다르지 않다. 언제 예수가 기독교가 정치와 그렇게 있어도 좋다고 가르친 적이 있는가? 하지만 이런 사태 속에서 불교도 그 행위의 구조는 자기가 질타하는 기독교와 다르지 않다. '오죽하면'이라고 하면서 궁여지책임을 강변한다 해도 이번 모임 자체가 스스로 '욕심'을 버리지 않은 자기 배신이기도 하다는 아픈 자의식 없이 내디디는 것이라면 그 '자학' 또한 심각하다.

역사는 종교가 생멸(生滅)하는 현상임을 증언한다. 우리가 오늘 겪는 '종교의 모습'이 자기 존립은커녕 사회 해체의 염려를 넘어 자기 소멸을 낳을 수도 있다는 사실을 종교들이 유념하면 좋겠다. 인간의 존귀함을 아끼고 기리려는

'소박한 마음'들은 가장 귀한 것이 가장 비참하게 서로 부수는 것을 보면서 아예 등을 돌릴 수도 있다. 피곤하기 때문이다. 부디 성불하시길, 부디 구원 받으시길. 그래서 이번 기회에 종교가 우리에게 문제 아닌 해답으로 다시 태어나길 진심으로 염원한다.(조선일보, 2008. 8. 29. 〔조선일보 시론〕. 정진홍 이화여대 석좌교수. 종교학)

㉮는 리드 부분에 해당한다. 전형적인 리드 형식에서는 약간 벗어나 있지만 정형(定型)으로부터의 변주라고 보면 된다. 작자는 왜 이런 변주를 만들어냈는가? 그것은 나와 남이 더불어 살 수밖에 없는 우리의 삶 자체가 '꼬임'과 '얽힘'으로 이뤄져 있음을 지적함으로써 거기서 종교의 필요성이 생긴다는 점을 알리기 위해서이다. 그래서 작자는 리드 부분에서 종교란 삶의 문제를 풀어주는 '해답'을 의미하는 것이라는 정의를 내리고 「'해답'이 되어야 하는 종교가 왜 '문제'로서 대두되고 있는가?」라는 물음을 던진다. ㉯에서는 글의 본론을 펼치고 있다. ㉰의 결론 부분은 자기종파에 집착하는 욕심, 자기 종파만이 옳고 다른 종파는 그르다는 '배타적 아집'(排 的 我執)에서 벗어나야 할 종교가 거기에 갇혀버리면 인간의 삶의 출구는 막혀버릴 뿐만 아니라 나아가서는 사회의 해체와 자기소멸의 필연적 운명을 맞이한다는 역사적 교훈을 되새기고 있다. '삶의 문제를 해결해 줘야 하는 종교가 문제 자체가 되어 세인의 눈총을 받는다면 그것만큼 역설적인 일이 어디에 또 있을까?'

일반 독자가 알아듣기 쉽게 쓰느라고 작자는 평이한 용어들을 구사하여 글을 썼는데 대학 강단에서 오랫동안 학생들을 가르친 경험의 축적에서 오는 성과인지 원로학자의 논리전개가 정연하고 글의 통일성을 잃지 않았다. 이 논평은 또한 논증 양식이 자칫 지닐 수도 있는 딱딱한 논리전개에서 벗어나 부드러운 필재로 감성 터치를 함으로써 우리의 공감을 이끌어낸다.

종교 갈등이라는 같은 주제를 두 학자가 어떻게 다루었는지. 둘을 비교하기 위해 일부러 두 학자의 글을 나란히 소개했다. 분석은 독자들의 몫으로 남겨두려 한다.

논평의 예문3; 안철수의 선동 바이러스

민주주의에서 선거는 어디까지나 선택이다. 정의(正義)나 진리 같은 절대적 존재가 아니다. 공동체가 다수(多數) 결정으로 승리자에게 필요한 권력을 주는 것뿐이다. 당선자는 부여받은 권력으로 공동체에 봉사한다. 그러고는 다음 선거에서 심판받는다.

이것이 선거의 계약이다. 공동체나 당선자나 이런 계약에 충실해야 한다. 당선자는 승리했다고 이런 계약을 무시하고 정의를 이룬 것처럼 흥분해서는 안 된다. 공동체도 당선자에게 찬사를 헌납하거나 면죄부를 주어선 안 된다. 당선자나 유권자나 투표 전에 있었던 것을 잊어서는 안 된다. 후보들이 공동체에 빚을 남겨놓은 경우는 특히 그러하다. (중략)

선거 결과에 잘못된 환상을 가지는 이들이 있다. 대표적으로 안철수 교수다. 그는 상식이 비(非)상식을 이긴 것이라고 했다. 과학자는 환상에서 가장 멀고 사실(fact)에 가장 가까워야 한다. 안 교수는 한국의 대표적 과학자다. 그리고 젊은이들의 멘토(mentor)이며 지지율로만 보면 박근혜급 지도자다. 그런 사람이 상식과 비상식을 제대로 구분하지 못하고 흑백의 파열음을 내고 있다.

박원순은 상식이고 나경원은 비상식인 게 아니다. 두 사람 모두 상식과 비상식이 섞여 있는 것이다. 나경원이 비상식이라면 그를 찍은 46%도 비상식인가. 두 배나 더 나경원을 찍은 50, 60대도 비상식인가. 젊은 세대는 상식이고 중견 · 원로는 비상식이라면 한국은 물구나무 사회인가. 박원순은 자신의 안보관이 투철하다고 했다. 그가 만든 참여연대의 운동가들은 천안함 폭침의 북한 소행을 믿을 수 없다며 유엔에 편지를 보냈다. 국제사회가 살인자를 규탄하려는데 정작 피해자들이 반대한 것이다. 안보관이 투철하다면 박원순은 그런 후배들을 말렸어야 한다. 그게 상식이다. 박원순은 이승만 건국정권을 친일파라고 매도했다. 그렇다면 최소한 도요타 자동차의 기부금만큼은 사양했어야 했다. 그게 상식이다.

출마 얘기가 한창일 때 안철수는 한겨레신문 인터뷰에서 "역사의 흐름을 거스르는 것은 현재의 집권세력"이라고 주장했다. 이명박 정권은 북한을 엄히 문책하면서 북한의 변화를 촉구하고 있다. 야당과 시민단체는 북한 어뢰가 나왔는데도 천안함 폭침을 부정하며 북한을 감싸고 있다. 누가 역사의 흐름을 거스르는가. 이명박 정권은 한 · 미 FTA로 일자리를 창출하려 한다. 야당과 시민단체는 극렬하게 반대하며 일자리를 막고 있다. 역사의 흐름을 거스르는 게 누구인가.

안 교수는 대통령 직속 미래기획위원회와 국가정보화 전략위원회 위원을 맡고 있다. 대통령의 역사관에 동의하지 않으면 맡기 힘든 자리다. 대통령을 '역사의 흐름을 거스르는 세력'이라고 비판하려면 먼저 대통령 직속에서 나와야 한다. 그게 상식이다. 국민 앞에 대놓고 '역사의 흐름' 운운하려면 깊은 역사 · 정치 지식과 사회과학적 경험이 필요하다. 안 교수는 "인문학은 알지만 정치는 잘 모른다"고 했다. 그렇다면 섣불리 역사를 재단(裁斷)하지 말아야 한다. 그게 상식이다.

정작 비상식에서 헤엄치고 있는 이는 안철수 자신이다. 그런데도 그는 엉뚱한 이들을 비상식이라고 몰아붙이며 사회를 흑백으로 나누려 한다. 이런 일은 과학자가 아니라 선동가가 하는 것이다. 그는 정치를 시작하면서 선동부터 배웠나. 안 교수는 선거 전에는 '이중성 바이러스'를 보여주었다. 선거 후에는 "상대방은 비상식"이라는 '선동 바이러스'에 감염되었다. 컴퓨터 바이러스 전문가가 자신의 바이러스는 고치질 못하고 있다.(중앙일보, 2011년 10월 31일, 김진 논설위원 · 정치전문기자)

인간은 대체로 이분법적 사고에 익숙해 있다. 흑과 백, 오른편과 왼편,

보수와 진보, 민주와 독재 등의 이분화된 논법으로 세상 사람들을 분류하고 비판하는 걸 보면 이분적 사고의 기본 구조가 아닐까 하는 생각마저 들 때가 있다. 그러나 세상일을 모두 이분법적으로만 보아서는 안 된다. 바다와 육지 사이에는 풍요한 갯벌이 존재하며, 종교인과 비종교인 사이에는 무종교인도 있게 마련이다. 삼원색인 빨강과 파랑 사이에 존재하는 보라색은 또 어떠한가. 갯벌, 무종교인과 보라색을 존재 가치가 없는 것으로 매도해도 좋다는 논법은 이 세상 어디에서도 찾아 볼 수 없다. 그 점에서 김진 기자의 '이분법적 논리에 의한 이분법적 논리 비판'은 한 번쯤 정성 들여 읽어볼 만하다. 다만 이분법 사고에 대한 그의 비판이 같은 이분법에 기초하고 있지 않은지에 유념하라는 뜻이다. 2011년 10월의 서울시장 보궐선거에서 무소속의 박원순 후보(선거 후 야당인 민주당에 가입)가 여당의 나경원 후보를 이긴 것은 '상식이 비상식을 이긴 것'이라고 주장한 안철수 씨를 김진 기자는 상식과 비상식의 구분이 무엇이냐를 따지는 데서 비평의 칼을 들이댄다. 결론은 컴퓨터 바이러스를 퇴치하는 전문가가 '비상식의 선동바이러스'에 걸려 비상식의 발언을 하고 있다는 것이다.

'비상식의 선동바이러스'는 상식/비상식, (과학자의) 냉철한 자세/(정치적) 선동의 이분법이 적용된 바이러스이다. 여러분은 어떻게 보는가?

칼럼의 예문; [조선일보의 만물상] 선교사 게일의 설날

개화기 한국에 왔던 선교사 중에서도 캐나다 출신 제임스 게일(한국 이름 기일 · 奇一)은 유난히 한국 문화를 사랑했다. 우리 어린아이들이 젓가락으로 콩자반을 먹으면서 한 알도 흘리지 않는 것을 보고 "저건 식사가 아니라 곡예"라고 감탄한 것도 게일이었다. 그는 서울의 길거리를 지나다 젊은이들이 어른을 모시는 걸 보고 "조선은 노인 천국이다. 다시 태어난다면 조선에서 노인으로 살고 싶다"고 했다.

게일이 한국의 설날에 대해 얘기한 게 있다. '아이들이 설레며 기다리고, 때

때옷을 입고 흥겹게 민속놀이를 하는 축제와 같은 날. 세뱃돈 같은 황홀한 선물이 기다리고 있는 날.' 게일은 우리 설날이 자기가 어렸을 때 맞았던 크리스마스와 같은 날이라고 했다.

당시 한국에 왔던 서양인들에게 한국은 단지 서양과는 다른 '신기함'의 대상인 경우가 많았다. 그러나 게일은 그런 '다름' 속에 담긴 한국 문화의 독자적 가치를 볼 줄 알았다. 그는 한국인들의 가난함과 낙후함을 안타까워하면서도 한국 문화 속에 흐르는 인간관계의 따스함과 생활의 지혜를 놓치지 않았다. 그가 한국에 와서 보니 포구에 묶여있는 배는 비록 낡았지만 그걸 부리는 뱃사람의 손놀림은 서양인의 솜씨를 뛰어넘었다. 양반들은 낡은 세계관에 머물러 있는 듯 보였지만 그들이 도달해 있는 정신세계는 높았다.

서양 선교사들 가운데 누구보다 지적이고 개방적이었던 게일은 김유신 장군과 세종대왕과 율곡 이이 선생을 존경한다고 했다. 그는 소설 '구운몽' 같은 한국의 고전을 영어로 번역했고 한국과 세계를 잇는 다리로 '한영사전'을 세 번이나 편찬했다. 서울 YMCA를 세우고 이승만의 미국 유학을 주선해 훗날 대한민국 초대 대통령으로 성장하는 데 힘을 보탠 것도 그였다. 게일이 담임했던 서울 연동교회가 그의 탄생 150주년을 맞아 대대적인 사업을 준비하고 있다고 한다. 17일 기념 예배와 함께 게일학술연구원을 개관하고 기념 논문집도 낼 계획이다.

게일은 선교사로서 기독교의 믿음과 가치를 뿌리기 위해 이 땅에 왔다. 그러나 그는 이 때문에 '한국의 크리스마스'인 설날 같은 명절이 빛을 잃게 될까 걱정했다. "현대 문명이라 불리는 무자비한 움직임 앞에서 이러한 축제의 날들은 해가 갈수록 퇴락해 갈 것이다." 게일은 "조선은 실로 동양의 희랍(고대 그리스)이라고 말하고 싶다"고도 했다. 게일의 발자취를 다시 돌아보면서 전통의 보존과 세계화 문제를 생각해본다.(조선일보, 2013년 2월 8일, 「만물상」, 김태익 논설위원)

논평(시평)과 개인 칼럼의 형식적 차이를 지적하자면 글의 형식과 전개 방식에 있다. 논평은 논증 양식을 따르기 때문에 글의 전개가 논리적 정연성과 일관성을 갖추고 있다. 이와 비교하여 칼럼은 대체로—반드시 그런 것은 아니지만—문단과 문단을 벽돌쌓기식으로 이어가는 특징을 보여준다. '게일의 설날'이란 칼럼을 보면 논리적 연관보다는 한국의 전통문화에 대한 이해가 깊었던 게일의 면모들을 또박 또박 부각함으로써 그의 한국예찬을 평가하고 있다.

논평이 반드시 논리적이고 이지적인 문장으로 일관할 필요는 없다. 앞에 소개한 정진홍 석좌교수의 글은 그에 대한 실례를 보여주므로 다시 한번 읽어 보면 어떨까 싶다.

3. 르포 · 기행문 · 인터뷰의 예문과 분석

인터뷰는 다른 종류의 글과 확연히 구별되는 장르라고 친다면 기행문과 르포는 사실 따로 떼어 고찰하기가 어려운 면이 있다. 실제로 글의 내용을 읽어보면 기행문이 르포 같고 르포가 기행문 같이 보인다. 그래서 제목에서 구별했듯 일단 따로 예문을 제시하여 살펴 보기로 했다.

(가) 르포 기사1

문명과 자연의 이중창

소설가 박태순은 국토기행「우리 산하를 다시 걷다. 3부 대청호의 치산치수와 산업문명」을 한 일간지에 연재했다. 거대한 대청댐은 1975년 3월에 시작된 거대한 토목공사가 1981년 6월에 끝남으로써 탄생한 인공호수이다. 그는 댐 완성 25년 만에 '문명화된 자연' '인공화된 자연'을 보고 '문명과 자연의 혼성이중창'을 환청처럼 들으며 문명과 자연의 소리를 다음과 같이 옮겨놓았다. 여기에 인용된 부분에서는 밑줄이 쳐진 구절들의 비유기법에 대해서만 눈길을 주기로 하면 어떨까 한다.

> 호반이 되어버린 강물은 반짝거리며 빛을 뿌리지만 잔물결조차 일지 않는다. 노랫소리가 들려오는 것 같은 환청이 나에게 일어난다. 그 노래는 문명과 자연의 혼성이중창이다. '소중한 물을 알뜰히 모아 호반이 되게 한 기술능력이라니, 참으로 대단한 거야.' 하고 문명이 노래한다. 자연이 받는다. '흘러야 하는 금강을 대청호에 매이게 하다니, 사람이 그러하듯 물도 움직여야 해요.'
> (경향신문, 2006. 7. 10. 르포에서. 밑줄은 인용자)

'빛을 뿌린다'는 마치 대청호 수면이 반짝거리는 모습이 새하얀 백설탕이나 순백의 소금을 뿌린 듯한 은유의 이미지를 살려냈다. 잔물결도 일지 않는 깊고 푸른 호수, 아니 그 강물은 빛을 쏟아낸다기보다는 빛을 뿌리고 있다고 볼 줄 아는 작가의 안목에는 그것이 인공인지 자연 그대로인지 도무지 분간이 가지 않았을 것이다. 분명히, 댐건설 공학이 만들어낸 대청호는 '문명화된 자연'이며 '인공화된 자연'이다. 청원군 문의면의 수몰지구 부근에 들러 대청호를 바라본 작가는 그것을 더더욱 모를 리가 없다. 알지만 작자는 자연을 변형시킨 문명의 손길을 일단 서로 구별해서 생각해본다. '문명과 자연의 혼성이중창'을 환청처럼 들으며 작가는 문명과 자연이 노래하며 화답하는 광경을 아주 그럴싸하게 묘사했다. 그 노래는 문명과 자연의 노래라기보다는 혼성이중창의 은유를 도입한 작자 자신의 모놀로그라고 보는 게 좋을 것이다.

이만한 은유기법을 구사하는 작자의 솜씨를 배운다면 우리는 자칫 밋밋한 사실 묘사에 그칠 우려가 있는 르포기사를 아주 감칠맛 나게 노래하는 산문으로 만들 수 있으리라.

르포 기사2

경술국치 100년 기획 – 망국의 뿌리를 찾아 ①

메이지 일본의 '한국병탄 프로젝트'

100년 전 일본은 두 개의 흐름으로 조선을 공략해 왔다. 하나는 공식 라인, 다른 하나는 비공식 라인이다. 공식 라인은 눈에 보인다. 정한론(征韓論)의 정신적 지주 요시다 쇼인의 두 제자 이토 히로부미와 야마가타 아리토모. 동지이자 라이벌인 두 사람은 공식 라인을 대변한다. 이토는 초대 총리를 포함해 총리를 네 번이나 지냈고, 일본군을 근대화한 야마가타는 이토에 이어 두 번의 총리를 지내며 조선 침략의 발판을 다졌다. 이들의 출신지는 일본 서부 야마구치현이다. 비공식 라인은 잘 드러나지 않는다. 일본 특유의 대륙낭인들이다. 그들은 정한론이 대두된 1873년부터 조선을 병합한 1910년까지 공식 라인에 앞서 궂은일을 마다하지 않았다. 서구로부터 일본의 독립과 동양평화를 지킨다는 명분을 내세웠다. 그 역사 속 현장을 찾아갔다.

16일 오후 일본 후쿠오카시 '겐요샤(玄洋社) 묘지'. 8월 중순의 뙤약볕이 강렬했다. 조금만 움직여도 옷소매 사이로 땀이 줄줄 흘렀다. 한 무리의 사람들이 묘지 앞에 향을 태우며 절을 하고 있었다.

"묘 주인이 꽤 높은 사무라이 가문인가 봅니다. 후손들이 아직도 참배를 하는 것을 보니……."

30년째 겐요샤를 연구해온 이시타키 도요미(60 · 후쿠오카인권문제연구소 이사)의 말이다. 겐요샤는 일본 학계에서 인기가 없다. 속칭 밥벌이가 안 되기 때문이다. 후쿠오카 인근 기타큐슈대학에서 외교사를 가르치는 김봉진 교수는 "겐요샤는 일본인도 잊고 싶어 하는, 과거 강력했던 우익의 상징물"이라고 했다.

겐요샤는 일본 근대 우익의 거두 도야마 미쓰루가 1881년 창설한 정치단체다. 묘지 복판에는 가장 큰 크기의 도야마 무덤이 자리 잡고 있다. "도야마는 제2차 세계대전 전만 해도 많은 일본인이 존경하던 인물이었는데 오늘날엔

거의 잊혀진 존재지요." 이시타키의 설명이다.

도야마는 평생 어떤 공식 직함도 갖지 않았다. 주요 정치활동의 막후에서 활약했다. 우치다 료헤이도 있다. 1905년 이토 히로부미가 초대 조선통감으로 부임할 때 개인 참모로 함께 온 민간인이다. 그 역시 아무런 직함이 없다. 그런 민간인이 어떻게 당대 최고의 실세 이토와 동행할 수 있을까. 우치다는 도야마의 후계자였다. 우치다는 일진회(대표적 친일단체)가 한·일 병합을 순종에게 건의하게 하는 막후 조정 역할을 했다. 흥미로운 게 있다. 도야마가 조선 개화파의 리더 김옥균, 중국 신해혁명을 이끈 쑨원 등 아시아의 개혁세력과 두루 인연을 맺었고, 또 그들을 지원했다는 점이다. 김옥균—도야마 사이에는 일종의 공감대가 있었다. 둘 다 서구식 개혁을 지향했다. 동시에 서양에 맞서 아시아를 지킨다는 범아시아주의를 주창했다. 하지만 당시 한국과 일본 사이엔 분명한 차이점이 있었다. 우리는 왕실에 대한 관념이 상대적으로 강했다. 근대적 국가관이 아직 형성되지 않았다.

일본의 지식인과 정치인은 1870년대에 이미 입만 열면 동양 평화를 들먹였다. 서세동점(西勢東漸)의 시대 상황에서 일본의 살길을 찾는 가운데 나온 방책이었다. 조선을 침략하는 정한론도 동양 평화를 명분으로 삼았다. 특히 겐요샤는 조선 병합 프로젝트를 물밑 지원한 대표적 민간단체였다. 지금도 후쿠오카 도심엔 겐요샤 건물터 표지석이 남아 있다. 겐요샤 출신 인물의 동상도 곳곳에 서 있다. 100년 전 일본의 한국 병탄이 제국주의 정권과 군부에 의해서만 자행된 것이 아니었음을 웅변한다. 관·군·민이 합심한 총체적 프로젝트였던 것이다. 그들의 성공과 결실이 우리에겐 망국이고 설움이다.

겐요샤는 조선 병합의 비공식 라인이었다. 흔히 '대륙 낭인'이라고 불린다. 대륙 낭인을 연구해온 한상일 국민대 명예교수는 "낭인이란 떠돌이 사무라이 집단을 가리키는 용어다. 나쁘게 보면 폭력집단일 수 있지만, 일본 입장에서 보면 국가를 위해 혼신을 다 바친 민간외교의 첨병이었다"고 설명했다.

일본의 한국 병합은 치밀했다. 외국의 시선을 의식, 조선인이 자발적으로 병합을 요청하는 모양새를 만들어냈다. 도야마와 우치다 같은 대륙 낭인이 그런 임무를 맡았다. 그들의 암행은 여전히 잘 보이지 않는다. 한국 병탄의 강제성·불법성을 은폐하는 요소로 지금도 작용하고 있다.(중앙일보, 후쿠오카=글·사진 배영대 기자, 2010년 8월 24일)

(나) 기행문의 예문1

이광수·정비석의 금강산 '구경'

독자들의 참고를 위해 우리 근대문학의 거봉 중 하나인 춘원 이광수(春園 李光洙, 1892~?)의 「금강산유기」 중 본격적인 금강산 구경이 시작되는 대목을 여기에 소개하고자 한다. 1930년대 초엽의 문장이지만 오늘날에 읽어도 전혀 빛바래지 않는 글솜씨가 돋보인다. 그의 기행문에서 한 가지 특이한 점은 지금 사람들은 으레 '등산을 한다'든가 '산을 오른다'란 표현을 즐겨 쓰는 데 반해 이광수는 금강산을 '구경'한다고 쓰고 있는 점이 특이하다. 산을 오르는 것이 아니고 어디까지나 '하얀 감발에 새 짚세기들을 꼭 조르고, 물병도 메고, 다래덩굴 지팡이를 들고' 나서서 구경할 따름이다.

여러 날째 계속 내리던 비도 그치고, 닦아놓은 듯한 푸른 하늘에 양털 같은 흰 구름 뭉텅이가 떠돈다. 오래간만에 보는 따뜻한 햇빛에 산꼭대기의 젖은 바윗돌이 은빛을 발하고 장경봉의 잣나무 숲에서는 말긋말긋한 안개가 피어오른다. 부지런한 구경꾼들이 벌써 두 패나 떠난 뒤에 우리 일행도 망군대(望軍臺)를 향해 떠났다.

오늘부터 금강산 구경의 첫날이다. 하얀 감발*에 새 짚세기들을 꼭 조르고, 물병도 메고, 다래덩굴 지팡이를 들고 나서니 몸의 가벼움이 천 리라도 갈듯하다.(이광수, 「금강산유기」)

*감발은 발감개, 짚세기는 짚신의 함경도 사투리.

이왕 산행기를 소개하는 김에 산행을 주제로 한 기행문 중 지금도 여전히 명문으로 꼽는 데 많은 사람들이 주저하지 않는, 소설가 정비석(鄭飛石, 1911~1991)의 「산정무한」의 첫머리를 여기에 옮기고자 한다.

> 산길 걷기에 알맞도록 간편히 차리고 떠난다는 옷치장이, 정작 푸른 하늘 아래 떨치고 나서니 멋은 제대로 들었다. 스타킹과 니커팬츠와 점퍼로 몸을 가뿐히 단속한 후, 등산모 젖혀 쓰고 바랑을 걸머지고 고개를 드니, 장차 우리의 발밑에 밟혀야 할 일만 이천 봉이 천 리로 트인 창공에 뚜렷이 솟아 보이는 듯하다.(정비석, 「산정무한」)

이 리드를 읽으면서 글은 역시 시대의 제약 속에서 탄생한 시대의 산물이라는 생각이 든다. 등산의류의 패션 전시장을 방불케 하는 산길을 주말이면 예사로 가는 지금 사람들이 '스타킹과 니커팬츠와 점퍼로……바랑을 걸머지고'와 같은 등산 장비 이야기를 자신의 산행기 머리에 썼다면 '이런 빤한 얘길 누구 들으라고 늘어놓는거야!' 하고 핀잔을 들을지 모른다. 그러나 1930년대 그러니까 정비석의 20대 시절에 우리나라에서 금강산 구경은 아무나 즐길 수 없는, 대단히 고귀한 '유람'이었다. 뿐만 아니라 그와 같은 등산복·등산모 차림에 바랑을 걸머진 모습은 대단히 희귀하게 보였을 것이다. 그러니까 정비석은 그런 등산복 차림에 대해 자랑삼아 글로 쓴 게 아닐까. 이광수의 「금강산유기」도 그렇거니와 정비석의 글 역시 시대상황을 보여주고 있어 당시 사람들의 생활풍경을 엿볼 수 있는 자료를 제공해 준다.

앞에서 박태순의 '자연과 문명의 이중창'은 리드만 읽고 말았다. 서운한 마음이 들어 그의 우리국토 여행의 두 번째 기획인 〔우리 산하를 다시 걷다 1]의 시작 편 '북한산 · 송악산 함께 바라보기'의 일부를 보자.

기행문의 예문2

길을 떠나면서–북한산 · 송악산 함께 바라보기

일몰의 임진강. 임진강에서 만난 북녘의 노을. '분단현장' 임진강과 DMZ는 이제 통일국토 1번지의 꿈을 키우고 있다.

서울 북녘을 북한산이 떠받치고 있어 저 하늘이 더 높아 보인다. 나는 국토공간을 이동하고 있는 중이다. 임진강으로 찾아가는 여러 길들이 달라져 있다. 다문다문 세워져 있던 방호벽들이 철거되고 군 검문소도 아니 보인다.

파주시 문산읍 임진각 광장에 당도하여 북쪽 산하를 바라보다가 문득 고개를 돌리는데 눈맛이 상큼하다. 북한산을 다른 이름으로 삼각산이라 부르는 까닭을 선명하게 일깨우게 된다. 백운대 인수봉 도봉의 영봉들이 서로 어깨를 겯고 일어나 덩실거리고 있으니, '춤사위 서울'의 온갖 몸짓들이 임진강 들녘에서 환히 보이는 듯하다.

참으로 숱하게 찾아오곤 했던 곳이다. '문청' 시절에 나는 이대 입구역이거나 가좌역에서 경의선 열차에 오르곤 했는데, 수색을 지나 능곡에 닿을 때쯤이면 벌써 한강 하류의 '들녘 풍경'에 가슴이 막막해지곤 했다. 불광동에서 출발하던 문산행 시외버스는 1972년 무렵부터 교통이 편리해졌다. 남북대화를 계기로 하여 4차선의 '통일로'가 개설되었기 때문이다. '자유로'는 그 20년 후인 1992년에 1차적으로 건설된다. 이 또한 당대 정권의 '북방정책'과 관련되었던 '사업'이다.

문산역이 임시종점이더니 임진강역이 새로 생기고 도라산역에 가볼 수도 있다. 박봉우 시인의 '휴전선'이란 시가 새겨진 비문을 들여다보노라니 소설가 이정환 등과 함께 지지리도 가난하게 살던 당대 문인들의 수색 샛강 강마을이 떠오른다.

나는 파주시 파평면 율곡리 화석정 쪽으로 이동한다. 북녘 개성의 송악산과 오관산을 보고 싶어서다. 다시 눌로리 쪽으로 옮겨 '김신조 루트'라 하던 야산의 날망으로 올라간다. 송악산 오관산만 아니라 천마산, 성거산, 화장산의 연봉들이 눈앞으로 달려온다. 남쪽의 삼각산과 북쪽의 송악산을 함께 보고 싶어 임진강 들녘을 찾아온 것이라면, 이곳 사람들은 무엇이라 할까. 그러함에도 부끄러워하지는 않기로 하는데 국토 산하가 들려주는 기다림과 그리움에 관한 이야기를 보고 듣고 있는 중이라 느끼는 까닭이다.

나는 '국토 상상력'이라는 타임머신을 타고 시대를 거스른다. 고려 태조 왕건, 조선 태조 이성계가 바로 지금 내가 서 있는 이 자리에서 국토 산하를 조망하고 있다는 '상상'이다. '창업의 대망'을 이룩하기 위해 수도를 어디에 어떻게 세울지 구상해보면서 말이다. 21세기의 벽두에 나는 임진강에서 서울 600년사의 삼각산과 고려 500년사의 송악산을 향하여 한 호흡으로 인사를 드린다. (중략)

국토는 항상 가장 구체적이다. 구체성의 패러다임, 이제부터는 모든 추상적인 담론들일랑 걷어내고 '어머니 국토'의 모음(母音)으로부터 새로운 '문화정부'를 세워나가야 한다. 이제 어머니 찾아 길을 나서는 어린아이 마음으로 국토를 찾고 또 찾고자 한다. 찾지 않으면 국토는 없다. (이하 생략) (경향신문, 2005년 10월 5일, 소설가 박태순의 「우리 산하를 다시 걷다 1」 '북한산 · 송악산 함께 바라보기')

기행문의 예문3

여름이 가는 소리, 담양 대숲

전남 담양군은 군락(群落)의 도시다. 담양읍 한가운데선 대나무와 메타세쿼이아와 푸조나무가 각기 모여 산다. 담양 남쪽엔 조선 선비들의 정자가 모여 있다.

군락의 도시, 담양을 지금 찾는 데엔 이유가 있다. 늦여름은 서로 다른 군락이 제가 가진 매력을 마음껏 발산하는 때다. 배롱나무가 아름답기로 소문난 명옥헌 원림(園林)에서 붉은 꽃은 늦여름의 햇빛 아래 팝콘처럼 터졌다. 대숲에서 그 빛은 극명한 음영을 이뤄 다른 계절엔 볼 수 없는 풍경을 연출한다. 그러하니 여름의 끝을 담양에서 맞이하는 건 어떨까. 숲길을 걷고, 정자에서 쉬며 여름과 이별하는 담양 기행(紀行). (중략)

◆꽃그늘 아래 쉬었다……명옥헌~식영정~소쇄원

배롱나무의 다른 이름은 목백일홍이다. 한 번 꽃을 틔우면 피고 지기를 세 번 반복하며 100일 동안 제 나무를 붉게 물들인다. 개화 시기는 한여름. 나무 밑동부터 피어올라 9월까지 온 가지가 붉다. 작은 꽃잎들이 꽃받침에서 힘차게 퍼져 나온다. 화사하지만 화려하기보다 정숙한 분위기다. 그 꽃과 주위 풍경이 어울려 자아내는 풍경은 담양 명옥헌에서 전성을 이룬다.

명옥헌(鳴玉軒)은 조선시대 오대경이 연못을 파고 정자를 세운 곳이다. 연못 주변에 배롱나무 붉은 꽃이 찬연하다. 멀리서 붉은 배롱나무는 가까이서 매끄러운 몸을 자랑한다. 배롱나무는 위로 쭉쭉 뻗는 대신 옆으로 팔을 길게 늘이며 자란다. 그 팔과 몸은 터럭 하나 없이 매끄러워 나신(裸身)을 보는 것 같다. 연못 따라 길을 거슬러 오르면 명옥헌이다. 사방이 온통 배롱나무다.

명옥헌이 배롱나무 쉼터라면, 식영정은 소나무의 쉼터다. 식영정을 비롯해 소쇄원과 환벽당은 서로 지척에 있다. 세 정자가 모인 담양군 남면 지곡리 일대의 산을 예로부터 성산(星山)이라 불렀고, 세 정자를 '성산동 삼승(三勝)'이라 일컬었다.

식영정(息影亭)은 언덕 높은 곳에서 광주호를 내려다보고, 뒤로는 절도 있는 모양새로 가지를 뻗은 소나무를 바라본다. 언덕을 오르자마자 마주치는 소나무는 거북이 등 닮은 나무껍질로 세월을 웅변한다. 나무가 드리우는 그늘은 '그림자도 쉬고 가는 정자'란 이름처럼 서늘한 바람을 식영정으로 몰고 온다.

그 그늘 아래 송강 정철은 성산별곡을 노래했다. 정철 · 임억령과 김성원 · 고경명 등 조선시대 호남가단을 일컬어 '식영정 사선(四仙)'이라 일컬었으니, 식영정은 담양 가사문학의 진원지이기도 하다.

정자를 찾는 발걸음은 소쇄원(瀟灑園)으로 이어진다. 소쇄원은 정치적 낙원을 상실한 이가 일군 자연 속 낙원이다.

1519년 기묘사화로 조광조가 능주로 유배됐다. 그의 문하생 양산보는 고향 담양으로 돌아왔다. 그해 겨울 조광조는 사약을 받았고 양산보는 55세로 생을 마칠 때까지 고향에 머무르며 소쇄원을 꾸몄다. 하여 그의 별칭이 처사공(處士公)이었다. 처사공이 만든 소쇄원은 틀 없이 자유로운 자연을 인간의 손으로 적절하게 빚어낸 한 편의 이야기다. 입구에 조성된 죽림에서 계곡을 끼고 여기저기 놓인 정자에 이르기까지, 눈과 귀가 모두 즐겁다. 여름 가는 소리가 그리 즐겁다.(조선일보, 〔Magazine+2〕 2010년 8월 26일, 김우성 기자)

'북한산. 송악산 함께 바라보기'도 그렇지만 담양 소쇄원 기행도 역시 자연풍광 묘사가 주류를 이룬다. 하지만 그것만이 기행문의 필수요건은 아니다. 사람 냄새가 섞여나는 글이었으면 오죽이나 좋을까 하는 생각을 해본다. 게다가 역사 지식을 덤으로 얻을 수 있다면 그것은 유익한 보너스임에 틀림없으리라.

(다) 인터뷰의 예문1

학계의 이분법적 편가르기

장하준의 경제이론에 대한 좌우파의 협공

화합하기 힘든 두 그룹. 국내 진보와 보수 경제학계를 두고 지식인들이 즐겨 하는 말이다. 세계관과 개인적 경험, 정책적 처방 등 어느 하나 닮은 점이 없어서다. 이런 두 진영이 최근 앞서거니 뒤서거니 한 경제학자를 향해 공격을 퍼부었다. 마치 좌우파 연합전선을 펴는 듯하다. 그 상대는 출판 4개월도 되지 않아 40만 권 가까이 팔려 나간 『그들이 말하

지 않는 23가지』의 지은이 장하준(48 · 사진) 영국 케임브리지대 교수다.

좌우 양쪽의 비판에 대해 몇몇 경제 전문가는 "해방 이후 처음 보는 일"이라고 말했다. 금융가인 여의도의 한 이코노미스트는 "국내 좌우파 경제학자들이 장하준을 잡기 위해 신성동맹을 맺은 듯"하다고 촌평하기도 했다. 왜? 무엇 때문에? 지식사회를 뜨겁게 달구고 있는 '장하준 논쟁'을 들여다본다.

◆좌우 연합 공격=첫 화살은 좌파 쪽에서 날아들었다. 지난달 말께 좌파 성향의 경제학자인 김기원 방송통신대 교수는 '창작과비평 주간논평'에 "장 교수가 서구 비주류 학계의 시각을 한국 사회에 마구잡이로 적용하고 있다"고 비판했다. 또 다른 좌파 성향 경제학자인 이병천 강원대 교수는 한 인터넷매체에 쓴 칼럼에서 "장 교수가 한국의 재벌을 잘못 인식하고 있다"는 요지로 비판했다.

대표적 우파 진영인 전국경제인연합회 산하 한국경제연구원(KERI · 한경연)은 이달 7일 '계획을 넘어 시장으로—그들이 말하지 않는 23가지에 대한 자유주의자의 견해'라는 '장하준 비판 보고서'를 내놓았다. 한경연의 송원근 금융재정연구실장은 "장 교수가 정부 주도의 암묵적 계획경제를 지지하는데, 시장을 제대로 이해하지 못한 탓"이라고 주장했다.

좌 · 우파가 한목소리로 공격한 대목도 있다. 양 진영은 "장 교수가 아프리카 빈곤 문제나 미국 자동차회사 GM의 파산 원인을 분석하면서 사실관계를 왜곡하거나 역사적 사실을 자의적으로 해석했다"고 지적했다.

◆장 교수 반박=좌우 연합 공격에 대해 장 교수가 중앙SUNDAY(2월 13일자 6~7면)와 단독 인터뷰에서 말문을 열었다. 영국에 있는 그는 11일 전화 인터뷰에서 "한국 군부독재가 남긴 고질병인 극단적 이분법으로 나를 재단하고 있다"며 "편가르기를 좋아하는 한국에선 내가 불편한 존재일 것"이라고 말했다.

"국내 진보 · 보수 진영은 내 말을 무리하게 확장해석하고 있다. 정부의 역할을 강조하면 '장하준이 사회주의 계획경제를 지지한다'고 공격하거나, 재벌의 긍정적인 면을 이야기하면 '장하준은 재벌체제 지지자다'고 비판한다. 자신들의 입맛대로 내 말을 극단적으로 늘려 해석하고 있다. 내 논리가 무슨 엿가락인가."

장 교수는 자기 정체성을 털어놓기도 했다. 그는 "너무 단순화한 것일 수 있지만 '정부 개입 vs 시장 자유'를 기준으로 보면 나는 정부의 역할을 강조하기 때문에 좌파"라며 "하지만 '급진적인 변화 vs 점진적 개혁'이란 잣대로 보면 나는 점진적 변화를 추구하니 우파고, '자본 편인가 vs 노동 편인가'를 기준으로 보면 나는 양쪽이 타협해야 한다고 생각하니 중도파"라고 선언했다.

◆"경제 전문가들, 대중과 대화에 실패"=최배근 건국대 경제학과 교수는 "장 교수가 대중이 이해하기 쉽도록 사실관계와 맥락을 아주 단순화해 책을 쓴 듯하다"며 "이 점을 감안하지 않고 대중적인 책을 학술논문 대하듯 비판하는 것은 지나치다"고 말했다. 그는 경제현상을 분석하고 해석하는 방법의 차이를 먼저 인정할 것도 주문했다. "경제를 분석하는 방법은 수십, 수백 가지"라며 "장 교수가 선택한 방법도 선진국에선 가치를 인정받고 있다"고 설명했다.

한 걸음 떨어져 있는 사회학자 송호근 서울대 교수는 "국내 경제 전문가들이 대중과의 대화에 실패하는 바람에 빚어진 현상"이라며 "경제학계는 좌우를 떠나 주기적으로 발생하는 경제위기에 상처를 입는 대중의 갈증을 풀어 주기 위해 노력해야 한다"고 말했다.(중앙일보, 2011년 2월 14일, 강남규 기자, 밑줄은 인용자)

장하준 인터뷰 기사는 그 형식이 좀 특이하다. 일반적인 인터뷰는 다음의 예문2의 샌델 교수 인터뷰처럼 일문일답식으로 전개되는 게 보통이다. 그런데 장하준 인터뷰는 '창작과비평 주간논평', 한 인터넷 매체에서의 비판, 한국경제연구원의 '장하준 비판 보고서' 등 좌우 양쪽의 장하준 비판을 소개한 뒤 중앙SUNDAY와의 전화 인터뷰 내용을 싣고 있다, 이런 식으로도 인터뷰 기사를 쓸 수 있겠구나 하는 생각에서 중앙일보의 기사를 인용했다.

인터뷰의 예문2

"정치에 만족 못 하는 한국인들, 정의에 갈증 느끼고 있다"

베스트셀러 『정의란 무엇인가』 저자 마이클 샌델 하버드대 교수

마이클 샌델 교수는 히마티온(옛 그리스인의 겉옷)만 두르면 딱 고대 철학자처럼 보일 것 같았다. 서양인치곤 호리호리한 체구에 목소리는 작고 조곤조곤했다. 그의 얼굴엔 평생에 걸친 사색과 명상의 흔적이 담담하게 배어 있었다. 그의 강의가 하버드대생들을 열광케 하는 건 아무래도 '지혜의 힘' 때문인 것 같았다. 인터뷰는 그의 숙소인 조선호텔에서 20일 오전에 이뤄졌다. 그는 사흘간의 살인적 일정에 파김치가 돼 있었지만 한국에서의 지적 탐험이 즐거운 듯했다.

— 하버드대에서 당신 강의는 매 학기 1000명 이상의 학생이 수강한다고 들었다. 우리가 정의에 대해 더 많이 논의할수록 정의로운 삶에 좀 더 가까워지는 것인가.

"그렇다고 생각한다. 하지만 정의를 공부하고, 그에 대한 책을 읽어도 모두 같은 결론에 도달하는 건 아니다. 나는 책에서 다양한 사례를 들었다. 독자들 스스로 생각하게 하기 위해서다. 정의를 말한 철학자들의 주장에 도전하게 하기 위해서다."

— 당신 책이 한국에서 30만 부 넘게 팔린 건 혹시 한국 사회가 정의롭지 않다는 방증이 아닐까. 사회가 부정의 하니까 정의를 더 갈망하는 게 아닌가.

"(웃으며) 나는 한국에서든 미국에서든 철학책이 베스트셀러가 될 것이라곤 꿈도 안 꿨다. 한국 사회가 부정의해 내 책이 많이 팔렸다는 생각은 안 한다. 하지만 한국인들에게 정의에 대한 갈증과 갈망이 있다는 건 분명해 보인다. 미국이든 한국이든 정치에 대한 불만과 좌절감이 존재한다. 또 시장의 영향력이 강력해지면서 보다 근본적인 도덕적 논쟁과 토론이 이뤄지지 않고 있다. 그에 대한 갈증을 반영하는 게 아닐까."

— 왜 유독 한국인들만 갈증이 큰가.

"그 대답은 여러분이 나한테 해 줘야 할 것 같다. 하지만 정의롭고 공정한 사회에 대한 의미 있는 토론을 하려는 열망이 많다는 건 좋은 것이다. 건강한 자극이다." (중략)

— 처음 강의를 시작했던 30년 전과 지금 학생들은 많이 다른가.

"개인적이고 시장 중심적인 생각이 더 강해졌다. 하버드대 학생들은 미국 평균보다는 진보적이다. 그래서 정확히 알긴 힘들지만 바뀐 건 사실이다."

— 당신은 정의가 공정하고(fair) 좋은 것(good)이라고 했다. 공정함은 소득과 권력, 기회의 공평한 분배와 관련 있다고도 했다. 그러나 분배가 잘된다고 좋은 사회는 아닌 것 같다. 분배를 강조한 공산주의는 좋은 사회가 아니었다. 그렇다면 정의에 있어서는 좋은 것(goodness)이 공정함(fairness)보다 우선하는가.

"좋은 지적이다. 사실 공산주의는 공정하지도 않았다. 또 공정한 사회가 좋은 사회와 일치하지 않을 수 있다는 점에 동의한다. 좋은 사회는 공정함과 배분의 문제를 뛰어넘어 일정한 가치와 도덕적 규범이 실행되는 사회다. 교육, 건강, 시민정신, 환경, 예술, 우리가 서로를 대할 때 더 나은 것을 지향하는 태도를 갖는 것 등이 좋은 삶의 특징이다. 나는 좋은 삶이 뭔지 모르면 정의로운 사회, 공정한 사회가 어떤 모양인지 알 수 없다고 말하고 싶다." (중략)

— 내가 궁금한 건 시간과 공간, 상황을 초월하는 보편적인(universal) 정의의 원칙이란 게 있느냐는 것이다.

"아주 일반적인 원칙 수준에서 답하자면 그렇다. 정의는 각자에게 마땅히 돌아갈 정당한 몫을 주는 것이다. 그게 정의의 원칙이다. 문제는 각자의 몫이 얼마만큼이냐 라는 것이다. 철학자들도 정의의 원칙에는 동의하지만 구체적인 부분에 들어가면 논쟁이 생긴다. 구체적인 상황, 시간과 공간에 따른 갭(gap)은 우리가 채워 가야 한다. 정의의 의미는 만들어 가는 것이다." (중략)

— 중국의 문화대혁명이나 나치의 유대인 학살은 민중의 이름으로, 다수의 이름으로 자행됐다. 민주주의는 쉽게 오도(misled)될 수 있다. 어떤 정치 시스

템이 최선인가.

"민주주의와 다수결주의(majoritarianism)를 구별해야 한다. 무조건 다수의 주장에 따르는 건 민주주의가 아니다. 그건 공포스러운 상황으로 이어질 수 있다. 민주주의는 시민들이 공동선과 정의에 대해 심사숙고하는 것이다. 선동정치가나 폭군을 지지하는 다수는 민주시민의 역할을 다하지 않는 것이다. 생각하고 논쟁하고 추론하고 숙고하지 않는 다수는 군중(mob)일 뿐이다. 그래서 교육과 정치적 리더십이 필요하다. 민주주의는 투표일 뿐이라고 생각하는 게 다수결주의인데 착각이다. 시민적 삶(civic life)과 대중적 심사숙고(public deliberation), 시민 교육(civic education)의 질에 모든 게 달려 있다."

▲마이클 샌델(57 교수) 1980년 27세의 나이에 하버드대 교수가 됐다. 전공은 정치철학. 그의 '정의' 강의는 20여 년 동안 이 학교 학생들 사이에서 최고의 명강의로 손꼽힌다. 그는 극장식 강의실을 가득 메운 1000여 명의 학생에게 실생활에서 부딪히는 여러 도덕적 딜레마를 소재로 강의한다. '열 사람을 살리기 위해 다섯 사람을 희생시켜야 한다면 그걸 실행하는 게 옳은가' '정부는 부자에게 세금을 부과해 가난한 사람을 도와야 하는가' 같이 쉽사리 대답하기 어려운 질문을 던진다. 강연 동영상을 웹사이트(justiceharvard.org)에서 무료로 제공하고, 강의 내용을 책으로 묶어 『정의란 무엇인가』를 펴냈다. 이 책은 국내 출간 석달 만에 30만 부 이상 팔렸다.

1975년 미국 브랜다이스대를 졸업하고, 영국 옥스퍼드대에서 박사 학위를 받았다. 82년 미국 자유주의 이론의 대가인 존 롤스의 『정의론』(1971년)을 비판한 『자유주의와 정의의 한계』로 세계적 명성을 얻었다.(중앙일보, 2010년 8월 21일, 김종혁 문화스포츠에디터, 박현영 기자)

마이클 샌델 하버드대 교수는 『정의한 무엇인가』란 베스트셀러로 우리나라에서도 유명한 학자이다. 이 인터뷰에서 여러 질문들에 어떤 답을 내놓고 있는지를 독자들은 주목하기 바란다. 정의란 "각자에게 마땅히 돌아갈 정당한 몫을 주는 것"이라는 정의(定義)와 "민주주의와 다수결주의(majoritarianism)를 구별해야 한다"면서 "무조건 다수의 주장에 따르는 건 민주주의가 아니다. 그건 공포스러운 상황으로 이어질 수 있다" 라는 샌델의 견해가 새겨둘 가치가 있는 구절로서 인상적이다. 매스 미디어가 보도하는 인터뷰는 이처럼 때로는 어떤 주요 쟁점에 대한 전문가의 소견을 듣고 우리의 상식을 넓일 수 있는 귀중한 기회를 얻는다는 점에서 유익하다.

PART 04
글쓰기의 인문학적 사고를 위하여

제14강
비유가 빚는 의미들의 향연
— 은유와 환유

1. 비유의 여러 가지

글을 짓는 작자들은 글의 내용을 감칠맛 나게 꾸미기 위해서 또는 글의 내용을 이해하기 쉽게 하기 위해서 비유의 옷을 입힌다. 그들은 '마음이 고프다' '승리가 고프다'처럼 이미 우리 귀에 익숙한 일상용 단어와 단어를 새롭게 연결함으로써, 뜻밖의 신선한 의미를 만들어낸다. 그것만으로는 속이 차지 않는 작자들은 더욱 세련된 비유기법을 구사하여 문장의 맛과 멋을 돋운다. 예컨대 "뿌연 안개가 등을 유리창에 문지르며 가을 아침을 깨운다"와 같이 가을 아침의 안개 낀 모습을 묘사하기도 하고, 이어령의 저 유명한 「잃어버린 고향을 찾아서」(『韓國과 韓國人[1]: 한국인의 정신적 고향』, 三省출판, 1968)와 같이 "우리는 한국인이 태어난 고향을 모른다. 누구나 어머니의 태내에서 태어났으면서도 그곳이 어떠한 곳인 줄을 모르는 것과 같다"는 비유를 쓰기도 한다. 악성(樂聖)의 칭호를 후대인이 붙여준 루트비히 폰 베토벤이 말한 음악에 대한 비유는 역시 와인에 곁들인 음악적인 취흥(醉興)을 돋우는 멋과 맛이 있다.

> 음악은 모든 지혜와 철학을 뛰어넘는 가장 높은 계시(啓示)이다. 음악은 새로운 창조행위에 영감을 불어넣는 와인이다. 나는 사람들을 위해 이 영광스런 와인을 만들어 그들의 혼을 적시는 주신(酒神) 바카스이다.

세 개의 인용된 문장들 가운데 첫째와 둘째는 음악이 '가장 높은 계시'이며 '영감을 불어넣는 와인'과 동일시된다는 비유이다. 셋째 문장은 '나' 즉 작곡가인 베토벤 자신은 '혼을 적시는 주신 바카스'라는 것이다. 여기서 베토벤과 바카스 사이에는 동일성이 성립된다. 로마의 주신 Bacchus와 그리스 신화의 Dyonisus는 같은 주신(酒神)인데 그리스어 Bakchos는 포도주의 신이라는 특정한 의미를 지니고 있다.

비유라 하면 셰익스피어의 희곡들과 불경과 성경 그리고 주역(周易 또는 易經) 등을 따를 고전이나 경전이 또 있을까. 그 경서들은 비유의 보고이다.

> 셰익스피어 희곡의 비유; "이제 <u>분별은 짐승한테로 가버리고</u> 인간은 이성을 잃어버렸단 말입니까?" (셰익스피어의 『줄리어스 시저』중 안토니우스의 연설 대목)

안토니우스의 연설 대목들 가운데 시저를 죽인 브루터스를 비난하며 토해내는 열변을 내 나름대로 종합하여 다음과 같이 엮어보았다.

> 로마 시민 여러분! 이제 <u>잠자는 이성을 흔들어 깨우십시오</u>. 저 <u>잔인한 인격의 하수인이 우리의 머리 위에서 반역의 승리를 구가하는 모습을 짓뭉개버리기</u> 위해 여러분은 <u>분노의 폭풍을 일으켜야 합니다</u>. 그것이 저 무자비한 브루터스의 칼날에 희생된 위대한 시저에게 보답하는 길입니다.

『맥베드』의 한 구절도 내가 평생 잊지 못하는 비유 중 하나로서 기억하고 있다. 왕의 총애를 받던 장군 맥베드가 왕을 죽이고 왕위를 찬탈하자 망명을 결심한 두 형제 중 동생이 말하는 비유는 죽음의 공포와 전율을 느끼게 한다.

사악한 운명(惡運)이 송곳 같은 구멍에 숨어 있다가 언제 뛰어나와 덤벼들지 모른다.(『맥베드』 중 망명 직전 둘째 왕자 도널베인의 말)

이 문장은 이렇게 바꿔 사용할 수도 있다. '송곳 같은 작은 구멍에서 언제 惡運의 비수가 튀어나와 눈 깜짝할 사이에 나의 심장을 찌를지 모른다.' '개미구멍이 든든한 뚝을 무너뜨린다' 라는 우리의 속담을 상기하게 하는 이 비유는 '송곳 같은 작은 구멍에서 언제 실수의 비수가 튀어나와 나의 운명을 찌를지 모른다.' 라고 고쳐 쓸 수도 있다.

다음은 불경과 성경에 쓰여 있는 비유의 구절들이다.

불경의 비유; 무엇을 웃고 무엇을 기뻐하는가. 세상은 끊임없이 불타고 있는데. 그대는 암흑에 둘러싸인 채 어찌하여 등불을 찾지 않는가?(법정 역, 『진리의 말씀』146)

뗏목은 강을 건너가기 위해서 있는 것이지 그걸 붙잡아 두기 위해 있는 게 아니다. 강을 건넜으면(피안으로 갔으면) 뗏목은 버려야 한다.(또는 불살라 버려야 한다고 해도 좋음) (이 경우의 뗏목은 法 즉 붓다의 가르침에 비유됨. 맛지마니까야〔MN＝중부경전〕 제22경)

소리에 놀라지 않는 사자 같이, 그물에 걸리지 않는 바람 같이, 흙탕물에 때묻지 않는 연꽃 같이 무소의 뿔처럼 혼자서 가라.(전재성 옮김, 『숫타니파타』, 양장확장판, 한국빠알리성전협회, 2013(초판 2002), 제1품 3경「무소의 뿔의 경」)

성경의 비유; 예수께서 또 말씀하여 이르시되 '나는 세상의 빛이니 나를 따르는 자는 어둠에 다니지 아니 하고 생명의 빛을 얻으리라.'(요한복음 8장 12절)

지금도 계시고 전에도 계셨으며 또 앞으로 오실 전능하신 하느님께서 '나는 알파요 오메가다' 라고 말씀하십니다.(요한 묵시록의 말씀)

너희는 지상(the earth)의 소금이다. 만일 소금이 제 맛을 잃는다면 무엇으로 다시 짜게 만들겠느냐? 아무 쓸모가 없으니 밖에 버려져 사람들에게 짓밟힐 따름이다. 너희는 세상(the world)의 빛이다. 산 위에 잡은 마을은 감춰질 수 없다. 등불은 켜서 함지 속이 아니라 등경(燈檠) 위에 놓는다. 그렇게 하여 집 안에 있는 모든 사람을 비춘다.(마르코 9;49~50, 루카 14;34~35. 마태 5;13)

비유의 예들은 우리 주변에 헤아릴 수 없이 많다. 어찌 보면 우리의 언어생활과 작자들의 글쓰기 자체가 비유로 가득찬 것으로도 볼 수 있다.

비유는 의미를 옮기는 수사기법 그렇다면 비유란 무엇이라고 정의할 수 있을까? 출가수행자의 행위와 '너희'의 의미를 비유로 묘사한 앞의 예를 참고하여 설명하기로 하자.

(가) 소리에 놀라지 않는 사자 같이, 그물에 걸리지 않는 바람 같이.
(나) 출가수행자는 모름지기 혼자서 해탈의 길로 나아가야 한다.
(나) 너희는 (가)세상의 소금이요 (가)세상의 빛이다.

비유(比喩 figure of speech)란 글이나 말을 듣는 사람—또는 독자—이 알기 쉽도록 또는 아름답게 글이나 문장을 꾸미는 것을 가리킨다. 이 경우 (가)는 비유어가 되며 (나)는 비유대상이 된다. 그 둘 사이에는 대비(對比 comparison)와 대조(對照 contrast)가 행해진다. 동시에 둘 사이에는 동일성(同一性 identity)이나 유사성(類似性 similarity)이 성립한다. 이러한 상호비교와 대조 과정에서 우리는 우리에게 친숙한 (가)를 가지고 (나)의 성질이나 속성—이를 개념이나 의미라고 말할 수도 있다—을 풀이하는 방식으로 비유가 이뤄짐을 알게 된다. 다시 말하면 소리에 놀라지 않는 사자나 지상의 소금 · 세상의 빛은 모두 우리에게 추가적인 설명이 필요 없이 잘 아는 '백수(百獸)의 왕'인 사자의 자태와 삶에 꼭 필요한 물질들이다. 이처럼 얼른 알기 어렵거나 기존의 낱말로써는 언표(言表)하여 남을 납득시키기 힘들다고 여길 경우 우리는 (가)의 뜻을 가지고 독자들에게 쉽게 깨쳐주는 수사기법을 사용한다. 이것이 다름 아닌 비유이다. 다시 정리하자면 비유란 쉬운 비유어(가)를 가지고 이해하기 어려운 비유대상(나)을 설명하는 수사기법인 것이다.

비유어는 알기 쉬운 것이어야 하므로 대체로 우리가 눈으로 보거나 소리로 들어서 얼른 보아 알아차릴 수 있는 구체적인 형상을 띄거나 이해하기 쉬운 내용을 담는 특징을 갖고 있다. 앞에 든 사례를 보면 소리와 사자, 바람과 그물, 세상의 소금과 빛처럼 비유어들은 대체로 구체적인 모습을 지니고 우리 앞에 제시된다. 우리가 보는 비유어의 구체적인 모습과 그 의미 또는 속성은 비유대상—위 예들에서는 출가수행자와 예수 그리스도가 가리키는 '너희'—의 의미나 속성으로 곧바로 전이(轉移 transference)하게 된다. 이 전이과정에서 비유어와 비유대상 사이에는 유사성(類似性)과 동일성(同一性)이 성립한다. 다시 말하면 이러한 속성이나 의미의 전이 즉 옮겨감을 통해서 (가)와 (나) 사이에는 유사성이 성립하며 때로는 그 유사성이 동일성으로 변하기도 한다. 동일성이란 '(나)너희는 (가)세상의 소금과 빛'처럼 (가)=(나)가 됨을 의미한다. 자기의 상대방을 손가락질하며 토(吐)

하는 욕들 예컨대 '이 돼지 같은 놈아!' 나 '이 우라질 놈, 육시랄 녀석, 염병할 놈!' 등은 모두 상대방과의 동일성을 비유언어—이 경우 돼지, 염병 등—에서 찾는 비유이다.

비유의 효용 비유는 이상과 같이 비유를 적용시키고자 하는 대상의 의미나 속성을 쉽게 알도록 할뿐더러 글의 멋과 맛, 미적 가치를 높이는 효용을 발휘한다. 앞에 인용한 셰익스피어의 비유—하나의 예를 들면, '이제 잠자는 이성을 흔들어 깨우십시오. 저 잔인한 인격의 하수인이 우리의 머리 위에서 반역의 승리를 구가하는 모습을 짓뭉개버리기 위해 여러분은 분노의 폭풍을 일으켜야 합니다.'—가 사용된 문장들을 보라. '이성을 발동시켜야 합니다. 저 잔인하고 야만스런 살인자의 오만을 제압하기 위해 여러분은 분노를 일으켜야 합니다' 와 비교해 보면 어느 쪽이 더 멋과 감칠맛이 있고 미적 가치를 지녔는가를 금방 알아차릴 것이다.

2. 은유와 환유란 무엇인가?

비유에는 은유(隱喩 metaphor)와 환유(換喩 metonymy) 두 가지가 있다. 세밀한 분류법에 따르면 이 둘 외에 직유(直喩 simile)와 제유(提喩 synechdoche)가 있지만 요즘의 문화연구자들은 전자를 은유에, 후자를 환유에 포함시켜 취급하는 게 보통이다. 이 책에서도 그들의 입장을 따르기로 한다.

은유는 사물 간의 유사성을 근거로 사건 · 사태(事件事態)의 의미를 유추하게 하는 비유를 말한다. 즉 한 사물의 속성이나 의미를 다른 사물에로 전이(轉移 transference)함으로써 전이받은 문장이나 글의 의미가 더욱 뚜렷이 생기게 하는 동시에 그 글의 미적 가치를 높이는 수사법이다. 엉뚱한 요구를 하는 것을 빗대어 '우물가에 가서 숭늉 달랜다' 라고 한다든가, 어떤 말을 해도 전혀 무슨 뜻인지 알아듣지 못하는 사람을 가키려 '쇠귀에 경 읽기' 라고 한다든가, 소설가 앞에서 글의 내용 구성이 어떻고 글쓰기는 이렇게 하는 것이라며 아는 체 하는 사람을 '공자 앞에서 문자 쓴다' 라고 빈정대는 사례들은 모두 은유에 속한다.

은유를 지칭하는 metaphor란 영어단어가 '넘어로' 라는 뜻의 라틴어 meta와 '가져가다' 라는 뜻의 pherein에서 연유된 내력을 안다면 은유의 뜻이 '의미의 전이' 임을 쉽게 알 수 있을 것이다.

환유는 사물 간의 인접성(隣接性 contiguity)을 근거로 부분이 전체를 대신하여 나타내는 비유을 말한다. '왕관이 군주를 대신' 하고, '청와대가 한국 대통령실을 대신' 하며, '아스팔트가 (고속 포장)도로를 대신' 하는 것처럼 환유는 작동한다. 왕관은 군주의 일부이면서 서로 인접해 있으며, 청와대나 아스팔트는 한국 대통령이나 고속포장도로의 일부이면서 서로 인접하여 전체를 대신한다. 이와 같이 환유적 비유법에서는 '꽃—꽃병' '빵—양식' '왕관—임금' '청와대—한국 대통령실' 이 지시하는 바와 같이 두 사물 간에는 인접관계가 성립되어 한 쪽의 속성의 일부 또는 부분적 이미지(像 · 相=모습)가 다른 쪽 사물의 전체 속성이나 전체 이미지로 옮겨감으로써 그 의미를 유추하게 한다.

청와대는 단지 한국 대통령이 거처하며 집무하는 곳에 지나지 않지만 그러한 인접관계로 말미암아 한국 대통령 자체나 대통령실을 대신하는 이름으로서 사용되곤 한다. 청와대는 그 단어의 공간적 의미와 그 안에 드나드는 사람들의 역할들을 자세히 살펴보면 환경미화원과 요리사, 미용사, 의사에서부터 경호원들과 비서들에 이르는 각종 부류의 많은 사람들이 기거하거나 또는 출퇴근하면서 일하는 곳이지만 대통령의 거처 겸 집무처라는 하나의 부분적 사실만에 의해 한국 대통령실 전체를 대신하는 환유적 특성을 보여준다.

환유의 영어 metonymy는 meta=change(변화 또는 바꿈)와 onomia=

name(이름)에 그 어원을 갖고 있다. 즉 이름을 바꾼다는 뜻이다. 여기서 알 수 있듯이 사물의 이름을 바꿔부름으로써 부분이 전체를 대신하는 수사법이다. 달리 말하자면 이름을 한 곳에서 다른 곳으로 전이시켜 둘 사이의 의미연관을 유추하게 하는 것이다.

일반적으로 말해서 은유는 초월적, 이상적(상상적 imaginative), 보편적 시니피앙—언어기호 즉 단어라고도 할 수 있음—을 생산하며 환유는 경험적, 현실적(실재적 realistic), 특수적 시니피앙을 생산한다고도 한다. 구체적으로 말해서 TV드라마와 소설은 환유를 주로 활용하며, 시는 은유를 주로 활용한다. 이는 개념상으로는 은유와 환유가 각기 자기 고유의 활동영역을 갖고 자기의 구실을 다하는 듯한 설명이지만 실제로는 둘은 서로 맞물려 사용된다. 예컨대 '저 돼지 같은 놈'이라는 비유에는 은유와 환유가 동시에 섞여서 사용되고 있다는 뜻이다. 구체적인 사례 분석은 나중에 자세히 살피기로 하겠다.

앞에서 잠시 언급했듯이 비유에는 은유와 환유 말고도 직유와 제유가 있다.

직유(直喩=simile)란 마치……와 같은, 영어로 like 또는 as if, as……as를 사용하여 한 언어기호의 시니피앙과 다른 시니피앙을 직접적으로 연결하는 수사법을 말한다. 아래 예로 든 비유들은 직유에 해당하는 것들이다. 이들을 보면 은유와의 차이를 발견하기 힘들다.

> 임금님 수랏상에 올랐던 이천 쌀(수랏상에 올랐을 만큼 우수한 품질의 쌀이란 뜻).
>
> 임금님 수랏상에 올랐던 서천 김, ○○민어, ○○과일.
>
> 백옥같이 하얀 살결(살결의 하얀 피부를 백옥에 직접 비유했음).
>
> 은쟁반에 옥 굴리는 듯한 목소리(고운 목소리를 은쟁반에 구르는 옥에 직접 비유함).
>
> 천사와 같은 착한 마음씨.
>
> 도둑놈 심보 같은 흑심을 품고.

돼지 같은 욕심쟁이 등. (이상 세 가지 비유들도 직접적인 비유임)

제유는 '함께 받아들인다' 라는 시넥도키(synechdoche)인데 그리스어에 어원을 두고 있다. 이 용어는 전체를 대신 표상하기 위해 일부분을 드러내거나 또는 일부를 대신하기 위해 전체를 내보이는 언어기호로서 사용된다. 대한민국의 축구 국가 대표팀을 표시하기 위해 유니폼의 어깨에 태극마크를 붙이는 것은 제유이다. 이것은 동시에 환유이기도 하다. 그러므로 제유는 왕왕 환유와 같은 것으로 취급된다.(비유에 관해서는 졸저 『꽃은 스스로 아름답다고 말하지 않는다』, 〔개미, 2008〕에 풍부한 사례와 상세한 설명이 실려 있으므로 이를 참조하기 바람)

3. 기업이 권력과 너무 가까우면 타죽는다

북한이 지하핵실험을 단행했다는 공식 발표가 2006년 10월 9일 오전에 나오자 한국, 일본, 중국, 미국은 물론이고 전 세계가 충격 속에 발칵 뒤집혔다. 미국은 당연히 도발행위라고 규탄했고 중국 외교부도 국제사회의 기대를 저버린 '파렴치한 행위'(flagrant and brazen act)라고 전례 없이 강경한 규탄성명을 냈다. 한국의 미디어들은 북한 핵실험이 초래한 영향이 어떨지에 관심의 초점을 모으고 다각도의 분석 기사를 게재했다. 핵실험 발표가 있은 지 이틀 뒤(10. 11) 동아일보는 DJ(김대중)정부 시절의 햇볕정책과 이를 계승한 노무현 대통령의 참여정부 아래서 대북사업에 적극 참여해온 현대그룹에 미칠 파장에 대해 전망 분석 기사를 실었다. 이 신문은 현대아산이 진행해온 개성공단사업과 금강산관광사업이 자칫 좌초할 위기에 처했다는 취지의 핵 파장 관련 기사에서 다음과 같은 결론을 내렸다.

기업이 권력과 너무 멀면 얼어 죽고 너무 가까우면 타죽는 것이 한국의 현실이다.

그 이유는 이렇다. 북한의 핵실험에 대한 유엔안전보장이사회의 결의에 따라 국제사회의 북한 제재가 본격화하면 한국 정부도 북한을 '징계'하는 것이 불가피하며 이때 가정 먼저 거론될 것이 개성공단사업과 금강산관광사업의 중단 여부일 것이라고 분석기사는 전망했다.

한국 정부가 유엔의 북한 '징계' 결의에 참여하기로 결정할 경우 그동안 대북사업에 막대한 투자를 한 사업의 중단으로 현대 측이 입게될 피해 규모는 막대하다. 현대는 '햇볕정책을 추진하던 DJ(김대중)정권과 유착하여 2000년 남북정상회담 직전 4억 5천만 달러를 (현금으로) 북한에 송금했고 그 이후 지금까지 대북사업에 쏟아 부은 돈이 이를 포함하여 1조 5천억 원에 이른다'고 동아일보는 보도했다.

신문은 기업과 정치권력 간의 관계를 불과의 원근관계에 비유한 것이다. 정치가 시장과 경제에 간섭하는 정도가 큰 나라일수록 기업이 정치권력과 거리를 너무 멀리 하면 이득을 챙기는 데 있어 불리한 입장에 놓일 수 있는 반면 기업이 정치권력과 너무 밀착하면 도리어 화를 자초할 수 있다는 교훈을 이 비유는 일깨운 것이라고 본다.

선술집서 홀로 술 마시는 실연 총각

영화, TV, 뮤직비디오 등에는 시각적 은유(visual metaphor)가 많이 쓰인다. 시각적 은유는 추상적인 것의 의미를 구체적인 형상으로써 표출하려 할 때 흔히 사용된다. 시각적 은유에는 시각적 기호가 사용된다. 예컨대 '실연한 여성/남성의 아픈 마음은 깊은 산속의 절을 찾아 홀로 법당안에 앉아 기도하는 여성(남성)의 모습'으로 기호화되어 표상된다. 실연의 주인공이 두발(頭髮)을 깎은 까까머리의 모습이라면 그 신체의 기호는 속세를 떠나 출가했음을 알리는 은유가 되어 의미를 빚어낸다. 요즘의 실연자는 인천국제공항에서 가방과 여권을 들고 홀로 뉴욕행이나 파리행 여객기를 타는 모습으로 기호화되거나 또는 머리카락을 흩날리며 외진 동해안의 어느 바닷가를 혼자 거니는 장면으로 표상되지만 말이다.

예전의 TV드라마나 영화에서는 스테레오타입처럼 사용되었으나 이제는 실연의 진부한 표현 즉 실연의 진부한 기호가 되어버린 것으로는 이런 선술집 장면이 있다. 드럼통 술판 앞에 혼자 앉아 소주를 연신 벌컥벌컥 들이키는 청년이 그런 기호에 해당한다. 이 청년의 못난 모습을 보다 못한 나이든 주모는 청년을 향해 핀잔을 준다. "이봐, 총각! 세상에 여자가 그 여자 하나밖에 없어? 그렇게 나약해 가지구 험한 세상살이 어떻게 하려구 그래. 정신 좀 차려!"

나는 여기서 실연한 청년의 가슴앓이를 표현하는 방법으로서 시각적 기호만을 언급했지만 이외에 청각적 기호도 사용된다는 점을 유의하기 바란다. 이 경우의 청각적 기호는 실연의 아픔을 묘사하는 슬픈 음악으로 표현된다. 영화나 드라마의 주제곡이 영상매체의 히트와 더불어 제작자에게 부가적 이익을 안겨주는 것은 청각적 기호의 상징가치 때문이다.

영화, 광고 등의 시각미디어에는 환유도 쓰인다. 시각미디어에서의 환유는 광고에 동원된 시니피앙들이 환유적으로 연결고리를 형성할 때 사용된다. 그 예를 보면 은유 못지않게 환유도 우리 주변에서 광범위하게 쓰이고 있음을 알게 된다. 환유적 연결고리를 광고에서 찾자면 '가보지 않은 길에는 미련이 남는다' 라는 구호 아래 외제승용차가 어느 바닷가 도로를 달리는 경우가 있다. 이 광고에는 등산길, 출셋길, 관광길 등 중 일부인 (가) '가보지 않은 길' 을 뽑아 (나)외제승용차가 그 길을 달리게 함으로써 (가)와 (나)사이에는 의미상의 연결고리가 환유적으로 만들어진다. 이 연결고리는 (가)의 환유적 의미가 직접적으로 (나)의 외제승용차에 옮겨짐으로써 생긴다. 이 광고에서 '이 외제승용차는 여러분의 자부심입니다' 라는 구절이 첨부된다면 외제승용차가 앞서 부여받은 환유적 의미 즉 '미련이 남는 길을 달리는 차'에는 '자부심을 느낄 수 있는 출셋길을 달리는 외제차' 라는 의미가 추가되는 것이다. 이 환유적 연결고리에 대해서는 곧 나오는 렉서스 광고 분석을 참조하기 바란다.

영상(그림)의 은유; 영모화(翎毛畵)와 노안도(蘆雁圖)

우리나라의 옛 그림들 중에는 10폭으로 된 영모화(翎毛畵) 병풍이 있다. 이 병풍화 중 한 폭의 그림에는 백로 한 마리가 연꽃과 연밥(蓮果) 아래 서 있는 모습이 그려져 있다. 어느 미술평론가이자 해설자는 이 한 폭의 그림에 일로연과도(一鷺蓮果圖)라는 제목을 달았다. 이 일로연과도는 한꺼번에 과거에 급제하기를 바라는 기원을 담은 은유적 의미의 그림이라고 그는 풀이했다. 그에 따르면 一鷺蓮果는 그 발음만을 따면 一路連科가 된다. 이렇게 만들어진 넉자성어는 한 번 나선 김에 과거의 소과(小科)와 대과(大科)에 잇따라 급제하라는 의미를 품고 있다.

10폭 영모도 병풍 속의 일로연과도는 말하자면 선비 집안에서 그 자제들이 과거길에 나서면 막힘없이 합격하기를 기원하는 소망을 담아서 표시하는 비유화인 것이다. 영모도에는 통상적으로 백로, 사슴, 매, 올빼미, 참새, 기러기, 말, 양 등이 등장한다. 미술해설자에 따르면 이 영모도는 문인화의 전형 가운데 하나라고 한다.

조선조 선비들이 늙어서 좋아했던 그림 중에는 노안도가 있다. 노안도란 갈대 숲(蘆; 갈대 로) 위를 기러기 떼(雁; 기러기 안)가 날아가는 모습을 그린 그림이다. 이 노(=로)안도의 발음이 노(늙을 老) 안(편안할 安)도와 같은 점에 착안하여 옛 조선조 사람들은 蘆雁圖를 老安圖로 언어기호의 이름 즉 시니피앙을 바꾸고 그 의미도 '늘그막에 평안한 삶을 산다'는 뜻으로 풀이했다.

이 '노안도'도 영모도의 '일로연과'와 마찬가지로 동일한 음성언어기호로서의 시니피앙이 본래 서로 다른 시니피에를 갖고 있음에도 그것이 완전히 무시된 채 전혀 새롭고 엉뚱한 의미로 전이하는 것을 보여준다. 이러한 비유도 발음상의 동일성—한글로 보면 글자 모양 즉 시니피앙마저도 동일함—을 따서 새로운 의미를 부여한 은유에 해당한다.

영모도의 은유는 문자를 통하여 표현하려면 장황해지고 번거로운 서술(敍述)이 되는 것을 피하여 소장자가 의도하는 의미를 아주 간략하게 압축하여 그리고 재미있게 발현할 수 있다는 데 그 목적과 이점이 있다.

다른 영상들도 마찬가지다. 우리는 TV화면을 매일 밤 즐겨 보는 동안 스크린에 온갖 은유적 장면들이 수없이 등장하는 것을 목격한다. 어떤 때는 의식적으로, 다른 때는 무의식적으로 우리는 영상장면들의 은유적 의미를 자연스레 체득하는 것이다. 물론 어떤 TV장면에서는 등장인물들 간의 대화나 몸짓이 비유적 표현이라는 걸 단번에 알아차릴 만큼 비유적 냄새를 짙게 풍기는 경우도 있기는 하다. 배우 · 탤런트들이 주고받는 말과 몸짓, 개그퍼슨들이 막무가내로 펼치는 말장난과 몸짓에 이르는 언어기호들(verbal signs)과 비언어기호들(non-verbal signs)은 거의 대부분 비유기법 특히 은유기법을 쓰고 있기 때문이다.

그런데 그 비언어기호들마저도 결국에는 언어에 의지하지 않으면 그 의미를 소통시킬 수 없다는 점을 우리는 간과해서는 안 된다. 라캉의 말처럼 꿈이 언어로 구조화되듯이 그림 등의 영상도 결국에는 언어로 구조화된다. 그림으로 구도가 잡힌 그림의 메시지는 언어에 의해 구조화되지 않으면 그 의미가 관람자나 시청자에게 제대로 전달되기 어렵다. 전시회의 난해한 그림에 대해 관객은—또는 시청자는—그저 보고 느끼기만 하면 된다고 미술평론가들은 말하지만 언어로 논의하는 길이 끊겨 버린 어의로절(語議路絶)의 영상이 평론가의 말대로 과연 정말로 이해될 수 있을까. 요컨대 영모도 병풍 속의 '백로 한 마리가 연꽃과 연밥 아래 서 있는 모습'을 지시하는 一露蓮果(일로연과)의 의미는 一路連科(일로연과)의 의미로 변환(變換)하는 효과를 화가는 미리 전제해 놓고 그런 그림을 그린 것이다. 그게 아니라면 당시의 양반가 선비들 사이에서는 그런 사자성어의 의미와 '백로+연과' 그림을 동일시하는 문화적 공감대가 관습적으로 합의되고 확립되어 있었던 것으로 봐야 할 것이다.

■ **일상어가 된 비유어들**

개판 상태 행동 따위가 사리에 어긋난 온당치 못하거나 무질서하고 난잡한 것을 속되게 이르는 말. 예;집안을 개판으로 어질러 놓았다.

난장(亂場)판 이는 과거를 보는 마당에서 선비들이 질서 없이 들끓어 뒤죽박죽이 된 곳을 본래 가리키는 말이었다. 예컨대 '여야 국회의원들이 서로 고함을 치고 삿대질을 하며 싸웠기 때문에 회의는 난장판이 되고 말았다.' 라고 말할 때의 난장판도 본래의 뜻과 같은 것이다.

'난장(亂場)을 치다' 는 본래 난장판에서 파생되어 '함부로 마구 떠들다' 라는 뜻을 갖게 되었다. '남의 일이라고 그렇게 함부로 난장을 치고 다니면 안 되지.' 라고 말하는 경우가 이에 해당한다.

'난장(亂杖) 맞을!' 의 난장은 亂場과 다르다. 조선시대에 형리가 신체의 부위를 가리지 않고 마구 때리고 치던 고문을 가리키는 말이 亂杖이다. 그래서 '난장을 맞다' 하면 '마구 얻어맞다' 의 뜻이 된다. 전하여 '난장을 맞을!' 하며 욕을 하면 '난장을 맞을 만하다' 의 뜻으로 몹시 못마땅하여 저주하는 말이 된다. 예를 들면,

'이런 난장을 칠 놈 (맞을 놈)이 있나, 어디 할 짓이 없어서 청상과부를 희롱해?'

'이런 난장 맞을! 날씨는 또 왜 이렇게 후덥지근한 거야.'

꼭짓점을 찍고 내려가다 '주가(株價)가 꼭짓점을 찍고 내려갈 시점에 이른 것 같다.' 라고 말할 때의 꼭짓점은 삼각형의 가장 높은 점을 가리킨다. 그러므로 주가가 최고 정점에 다다랐다 라는 뜻으로 이런 말이 사용

된다.

돌팔이 떠돌아다니며 지식이나 기술, 물건 따위를 팔며 사는 사람을 가리키는 낱말이다. 전의하여 제대로 갖춘 자격이나 실력이 없이 전문직 종사자 행세를 하는 사람을 속되게 부르는 말이 되었다. 돌팔이 무당, 돌팔이 선생, 돌팔이 의사 등.

살얼음판 얇게 살짝 언 얼음판을 가리킨는 말이다. 즉 薄氷(박빙)을 의미한다. '그는 살얼음판을 깨고 낚싯대를 드리웠다.' 하면 비유적 표현이 안 되지만 '그 집 분위기가 살얼음판이야.' 하면 상황이 매우 위태롭고 아슬아슬함을 가리킨다. '살얼음판을 걷는 듯하던 이삼 년의 살풍경한 세월은 어느덧 가고…….(최일남의 단편소설, 「거룩한 응달」에서)

요즘은 선거 또는 스포츠 기사나 리포트에서도 '박빙의 승부를 할 것으로 전망된다.' 라는 말이 쓰인다. 이 말은 승부를 가리는 표차나 점수차가 별로 나지 않는다는 뜻으로 사용된다.

아수라장(阿修羅場) 修羅場 '기념식장에 불이 나자 장내는 순식간에 아수라장으로 변했다.' '사람들은 모두 실성하여 길길이 날뛰며 울고 악을 써댔다. 그야말로 아수라장이었다.'(현기영의 장편소설, 『변방에 우짖는 새』에서). 아수라 또는 수라는 불교용어로 六道(육도 또는 六趣육취) 중 하나. 싸우기를 좋아하는 귀신으로 항상 제석천(帝釋天)과 싸움을 벌인다. 육도란 깨달음을 얻지 못한 중생이 죽어서 가는 여섯 군데를 가리키는 불교 용어이다. 지옥취, 아귀취, 축생취, 아수라취, 인간취, 천상취를 육도 또는 육취라고 부른다. 아수라장은 아수라가 사는 곳을 말한다.

도로아미타불 도로는 徒勞 또는 都盧임. '십년공부 도로아미타불이 되었다.' 라고 말할 때 그 뜻은 기대했던 대로 일이 이뤄지지 않고 헛수고로 끝났다 라는 뜻으로 흔히 쓰이는데 이것은 본디 뜻이 와전된 것이다. 이 경우는 '십년공부 이제는 徒勞가 되었다'로 쓴다. '노는 입에 염불하는' 자세로 수행을 해서는 십 년 공부를 해도 徒勞아미타불이 되기 십상이다.

그러나 都盧로 쓰면 뜻은 전혀 달라진다. 都盧는 선가의 용어다. 온통, 전부, 모두라는 뜻이다. 따라서 '都盧아미타불'은 '모두가 아미타불'이란 뜻이 되어 자기 자신이 바로 아미타불이 되고 만다. 딴 데서 찾는 것이 오히려 헛수고이므로 자기 자신을 되돌아보면 거기에 아미타불이 미소 짓고 있을 것이다. 이에 대해서는 『재미있는 화엄경』(반산 편저, 부다가야 간 p.355)을 참조할 것.

꽁무니 엉덩이를 중심으로 한 몸의 뒷부분. 사물의 맨 뒤나 맨 끝. 예컨대 '월급날이면 오빠는 쌀자루를 자랑스럽게 자전거 꽁무니에 싣고 왔다(박완서의 「그 많던 싱아는 누가 다 먹었을까」에서).

꽁무니를 따라다니다 이익을 바라고 부지런히 바싹 따라다니다. 예; '그는 여자 꽁무니를 따라다니는 바람둥이 같았다.'

꽁무니를 빼다 슬그머니 피하여 물러나다. 예; '내가 눈을 한번 치뜨니까 그는 꽁무니를 빼고 달아났다.'

꽁무니를 사리다 슬그머니 피하려 하거나 달아나려 하다. 예; '그는 자신의 차례가 되자 당황해서 꽁무니를 사렸다.'

'콩가루 집안'의 콩가루 '어떤 물건이 완전히 부서지다.' '유리잔이 떨어져 콩가루가 되다'처럼, 집안이나 어떤 조직이 망하게 된 상태를 지칭하는 말이다. '그 회사는 부도가 나서 콩가루가 되었다.'가 한 예에 속한다. '콩가루 집안'은 분란이 끊일 새 없이 일어나거나 가족들이 모두 제멋대로여서 엉망진창이 된 집안을 가리킨다. '대대로 청백리로 평판이 난 가문에, 어물전 망신은 꼴뚜기가 시킨다더니 이 부사 댁도 이제는 콩가루 집안이다'(박경리의 『토지』에서).

냄비근성 불 위에 얹으면 빠르게 확 달아올랐다가 금방 식어버리는 냄비의 성질에 비유하여 쓰는 말이다. 어떤 사회적 관심사가 쉽게 여론화되어서 찬방양론이 뜨겁게 들끓다가 얼마가 지나면 언제 그랬느냐는 듯이 잊히는 현상을 가리킨다.

■ **비유어로 쓰이는 속담들**

개천에서 용 난다

대학입학을 위한 고등학교 3학년생들의 수학능력시험 성적을 분석한 결과 특수목적고교(대원외고 등의 외국어고교)와 강남지역(8학군) 고교 학생들의 성적이 상위권을 석권했다는 보도가 나온 지 얼마 되지 않은 2009년 10월 중순 한 TV방송은 판사임용에 있어서 특목고와 강남지역 고교 출신들이 많았다고 전하면서 "이제 개천에서 용나기는 어렵게 됐다"고 보도했다. 이 말은 예전에는 가난한 집과 시골고교 출신자들 중에서 우수하고 훌륭한 인재들이 많이 배출되어서 '개천에서 용이 났는데' 지금은 교육환경이 달아졌음을 가리킨다. 이 경우 '개천에 용 난다'는 속담은 생활형편이 어려운 처지에서 자랐지만 훌륭한 인물이 되었다 라는 비유어가 된다.

꼴에 수캐라고 다리 들고 오줌 눈다

되지 못한 자가 나서서 젠체하고 수작한다 라는 뜻의 비유적 속담. 이 경우의 꼴은 사물의 모양새나 됨됨이 또는 그 모양새나 됨됨이를 얕잡아 부른 말이다.

꼴 베어 신을 삼겠다

은혜를 잊지 않고 갚겠다 라는 뜻. 이 경우 꼴은 말이나 소에게 먹이는 풀을 가리킴.

이밖에도 '소 잃고 외양간 고치기', '우물가에 가서 숭늉 달랜다', '공자 앞에서 문자 쓴다', '쇠귀에 경 읽기', '큰 나무 가지에 바람 잘 날 없다', '구슬이 서 말이라도 꿰야 보배', '모로 가도 서울만 가면 된다', '뿌리 없는 나무는 없다', '사공이 많으면 배가 산으로 간다', '짖는 개는 물지 않는다', '벼룩도 낯짝이 있다', '벼룩의 간을 내어 먹는다', '믿는 도끼에 제 발등 찍힌다', '못 먹는 감 찔러나 본다', '못된 송아지 엉덩이에 뿔이

난다', '남이야 전봇대로 이를 쑤기건 말건', '산이 높아야 골도 깊다', '산 입에 거미줄 치랴', '사위는 백 년 손님', '사촌이 땅을 샀나. 배를 왜 앓아?', '사돈네 남의 말 한다' 등.

4. 환유적 효과의 강력한 힘

소설, TV뉴스, 드라마, 영화에서의 환유

환유는 주로 소설에서 많이 쓰인다고 앞에서 언급한 바 있다. 2008년에 작고한 박경리의 다하(多河) 총체소설 『토지』가 좋은 예에 속한다, 『토지』는 경남 하동군 평사리의 최 참판 댁 3대의 이야기(부분)를 중심 줄기로 삼아 일제 강점기 다양한 우리나라 인간 군상의 삶의 한과 애환을 그려낸 장대한 허구의 내러티브(敍事)이다. 하지만 이 소설은 한국 근현대사(전체)를 대신하는 환유기법이 사용되어 있다. 그래서 소설을 읽는 독자는 『토지』를 통해 마치 일제의 한국 강점과 강탈을 중심으로 한 한국 근현대사의 파노라마를 보는 착각을 일으키게 한다. 실제로 2005년 하반에 방영된 SBS-TV의 주말연속 드라마 「토지」—드마라화는 이것뿐이 아니었음—는 그런 환유적 효과를 극대화하려고 노력한 흔적이 곳곳에서 감지되었다. 소설 속에 등장하는 주인공 한 사람의 인생역정이 같은 시대를 산 사람들의 인생 전체를 대변하는 효과를 내는 것은 환유기법의 위력 덕택이다. 그래서 유능한 소설가는 한 시대를 아주 리얼하게 또는 아주 상징적으로 잘 묘사했다는 평을 듣게 될 경우 문학비평계에서는 물론 소설시장의 독자들 사이에서도 '어두운 시대를 산 우리의 아픔을 대표하는' 주목받는 작가가 된다. 이 책에서는 소설의 예로서 『토지』만을 들었으나 다른 장편소설들 예컨대 최명희의 『혼魂불』, 조정래의 『태백산맥』과 『아리랑』, 김주영의 『객주客主』, 현기영의 『지상에 숟가락 하나』 등도 모두 환유기법을 사용하여 한 시대의 모습을 그린 작품들이다.

이런 이치를 적용하면 뉴스기사(보도)도 환유적이다. TV뉴스 시간에 보여주는 군대와 탱크들이 이동하는 장면은 환유적으로 전쟁이나 쿠데타의 이미지를 불러일으킬 수 있다. 전쟁이란, 외교 교섭에서부터 인도주의적 지원에 이르기까지 훨씬 더 많은 사건과 다양한 현상들이 벌어질 수 있는데 군대와 탱크라는 일부분을 가지고 TV뉴스는 전쟁의 전모를 환유적으로 대신한다. 2008년 4월 중순부터 7월 초순까지의 광우병파동 때 무려 71일간의 촛불시위를 부각시켜 집중보도한 KBS와 MBC 9시뉴스 프로도 환유적이다. 두 TV방송은 광우병의 위험성과 이에 대한 국민의 우려에 대해 마치 우리나라로 수입되는 미국산 쇠고기는 모두 광우병 위험성을 안고 있으며 이를 먹으면 우리 국민 모두가 그 병에 걸릴 것처럼 보도함으로써 촛불시위의 의미를 환유적으로 확대했다. 오직 한 시민의 말만을 인용하여 초등학교 점심급식에서 발생한 식중독 사건에 대한 시민의 보건당국에 대한 불만이 고조되어 있다고 보도하는 TV방송의 사례도 환유기법에 속한다. 한 사람의 반응이 시민 전체의 반응을 대표하기 때문이다. 2006년 7월 5일 새벽 3시 반경부터 그날 오후 5시까지 사이에 북한이 7기의 중장거리 미사일을 연해주 방향의 동해 쪽 공해상으로 발사한 중대사건에 대한 한국 국민의 전체 여론(국민 반응)도 한두 명의 시민이나 안보전문가 한두 명의 말이 인용됨으로써 환유적으로 대신하는 경우가 흔하다.

영화나 드라마에서 배우와 탤런트의 연기는 환유적으로 캐릭터의 속성을 대신한다. 검정 양복에 하얀 목도리를 한다든지, 턱수염에 구레나룻을 기르고 짧게 깎은 두발형에 소매 없는 샤스를 입은 근육질의 사나이(남성 탤런트)가 길을 걸어가며 눈을 부라리면 그는 틀림없이 조폭의 일원이거나 건달로 묘사된다. TV 범죄시리즈의 도시 배경, 좀 더 구체적으로 표현하면 인적이 끊긴 빌딩가의 으슥한 뒷골목은 범죄발생 장소를 환유기법으로 암시한다. 필름의 영상으로 찍힌 특정한 거리 장면은 일상적으로 언급되는, 사람과 자동차가 늘 왕래하는 그런 일반적인 교통로(거리)가 아니라 도시의 한 특정 부분으로서의 도로이며 그래서 그것은 그 특정 부분만의 의미를 가지고 도시생활 전체를 대변하는 환유가 되며 환유적 효과를 발휘한다. 특정 도로 장면은 때로는 유흥음식점들이 즐비한 뒷골목 환락가가 되기도 하고, 때로는 멋진 디자인의 값비싼 옷들을 파는 가게들이 즐비한 패션거리, 점심 때 월급쟁이 직장인들이 한꺼번에 몰렸다가 빠지는 먹자골목일 수도 있고, 때로는 어느 항구의 부둣가에 서 있는 창고건물들 옆은 조폭들의 활동본거지일 수도 있다.

정부 당국이나 기업의 경영자 측에 대한 강력한 항의의 표시로 어떤 시민단체나 노동조합 측의 간부 몇 명이 보도진의 카메라 앞에서 두발을 까까머리로 깎는 모습도 환유적으로 그들의 결연한 의지를 보여준 것이다. 한 달 동안의 출가체험을 하기 위해 월정사에 들어간 어느 40대 부인이 비구니처럼 긴 머리를 깎는 광경을 보여주는 TV장면도 단기출가 수련활동의 일부분만을 보여주었지만 그것은 출가수행의 전체과정을 대표적으로 표상하는 듯한 환유적 묘사가 된다. 더욱이 MBC-TV는 불자(佛子)들의 수행과 관련하여 2005년 제작한 다큐멘터리의 중요 장면으로서 이 부분을 더욱 부각함으로써 출가는 곧 머리깎기라는 환유기법의 효과를 선명하게 보여주었다.

적도 남쪽의 남태평양 섬나라를 보여주고자 하는 TV카메라는 으레 투명한 블루를 배경으로 하얀 모래해변에 야자나무가 늘어선 바닷가에 앵글을 맞추는 것이 통상적 묘사기법이며, 아프리카를 가리키려 할 경우에는 사자, 얼룩말, 코끼리 등의 야생동물이 먹이를 찾아 떼를 지어 이동하는 넓은 들판의 화면을 구성한다.

이상 살폈듯이 환유와 환유적 효과는 소설에서 뿐 아니라 TV뉴스와 다큐멘터리, 영화와 드라마, 기업 광고 등 아주 광범위한 분야에서 두루 채용되어 미디어 수용자(소비자, 시청자)들에게 알기 쉬운 시각적 의미를 제공한다. 의미제공은 직접적으로 지시하는 형식을 취하기 때문에 환유의 효과는 매우 크다.

특히 드라마에 등장하는 '캐릭터의 속성을 대신하는 이미지'는 광고기획자에 의해 상품광고에 흔히 환유기법의 소재로서 채택된다. MBC의 2004년 인기드라마 「대장금」의 히로인 이영애는 이 드라마의 성공으로 종전의 '산소 같은 여자'라는 청순한 미인의 이미지에 '깔끔한 궁중요리사'라는 이미지가 보태졌으며 이런 이미지를 필요로 하는 여러 광고에 출연함으로써 돈벌이 기회를 더 많이 얻었다. 드라마에서 표출된 이 여성 탤런트의 청순함이라는 속성—캐릭터의 부분—이 에어컨 또는 화장품 등의 소비제품에 환유적으로 전이(轉移)되어 이를 소비자가 받아들일 것으로 광고주는 기대한다. '피겨의 여왕'으로 세계 무대에 등극한 스포츠 스타 김연아는 빙판 위의 연기적 동작에 의해 구축된 그의 이미지가 상품의 깨끗함, 신선함, 서늘함과 연관되는 연상작용을 일으키는 환유적 효과를 광고주가 노린 나머지 비싼 값으로 냉장고와 화장품 광고 모델로 팔렸다.

가보지 않는 길에는 미련이 남는다

일본 도요타자동차회사가 한국 신문에 낸 렉서스(Lexus) 광고는 '길'의 은유와 환유를 사용하여 잠재고객을 창조하려 했다. 길은 인간이 다니는 보행로, 경운기가 다니는 시골 논 사이의 농로, 벌채꾼이 차를 몰고 다니는 임로(林路), 야생동물이 이 산에서 저 산으로 옮겨 다니는 생태로, 자동차가 쌩쌩 달리는 고속도로가 있는가 하면, 젊은이가 청운의 뜻을 품고 가는 희망의 길, 아줌마가 명품 드레스를 고르러 외제면세품(duty free shop)가게로 가는 쇼핑 길, 한창 잘 나가던 사업가가 자금난에 부딪쳐 쩔쩔매는 회사의 경영고빗길, 등산객이 산 정상으로 오르는 산길. 사법시험이나 행정시험 합격자들에게 보장된 출셋길 등도 있다. 여기에 이루 다 열거하기 어려울이 만큼 길의 종류는 매우 다양하다.

그 많은 길들 중에서 렉서스의 광고제작자가 찾아낸 길은 '가보지 않는 길' '미련이 남는 길'이다. 어디서 찾아내어 끌어온 길일까? '가보지 않는 길'은 여러 갈래다. 주등산길 옆으로 난 샛길, 출입금지 표지가 붙여진 길, 시간과 돈의 여력이 없어 찾아가 보지 못한 길, 고고학자가 답사해보지 못해 늘 애태우던 전인미답(前人未踏)의 길 등. 가보지 못한 길에는 으레 궁금증과 미련이 남게 마련이다.

아직 채워지지 않는 욕망의 끝자락이 우리의 발목을 붙잡아 그 길로 유인한다. 찾아가 보지 않은 길은 항상 미련을 남기고 욕망의 불씨를 키운다. 그렇다. 찾아가보자. 가서 직접 만나보자. 그 길이 어떻게 생겼는지, 직접 마주쳐 보지 않고는 나의 타는 목마름이 해갈되지 않는 갈증을 견디지 못한다.

렉서스 광고는 가을 들길에 핀 국화꽃을 연상시키는 꽃무늬 비가 렉서스 LS430모델 위로 쏟아져 내리는 풍경을 가지고 렉서스가 찾아가는 길의 이미지를 그렸다. 그리고는 이렇게 말한다.

> 렉서스가 LS430의 오너가 될 수 있는 특별한 기회를 마련하였습니다. 당신이 선택한 가치, 당신의 자부심이 됩니다.
>
> — 완벽함을 추구하는 렉서스(Lexus, The Pursuit of Perfection)

렉서스 광고는 가을철 풍경을 그린 광고답게 연인과 함께, 가족과 함께 찾아가 보고 싶은 '길'의 이미지를 렉서스의 브랜드 은유로 사용했다. 동시에 이 길의 이미지는 아주 묘한 작동과정(妙用)을 거쳐 격정의 욕망이 아니라 국향을 은은히 풍기는 욕망의 후각을 자극하면서 고속도로와 환유적으로 연결된다. 자기의 '가치'와 '자부심'으로 선택한 렉서스 오너의, 바꿔 말하면 렉서스 소비자의 욕망은 타자(者=the other)에게 자신을 과시하고 싶은 소비주체의 욕망, '자부심의 욕망'으로 이어진다. 자기의 가치와 자부심과 과시욕은 동일한 내용의 다른 시니피앙에 지나지 않는다. 욕망이 지향하는 타자는 자기 자신 안의 남일 수도 있고 자기 밖의 남일 수도 있다. 또는 자본주의체제의 교환가치가 생산해낸 스테이터스의 체계—베블렌(Thorstein Veblen, 1857~1929)의 과시소비에 의해 사회적 지위의 서열이 매겨지는 사회제도적 체계—일 수도 있다. 어느 것이든 욕망이 지향하는 타자는 고속도로 위에서 렉서스 소비자(주체)를 기다리고 있을 터이므로 그 구매자는 '자부심'을 가지고 힘차게 달린다. 시속 110km의 쾌속으로. 그리하여 '미련이 남는 길'은 환유적 연결고리에 의해 환유적 효과를 발생하면서 환술적(幻術的) 변환(變換)을 일으킨다. 결국 따지고 보면 소비자는 렉서스라는 금속제품의 효용을 샀다기보다는 렉서스의 교환가치와 시니피앙의 상징가치를 산 셈이다. 그가 산 것은 렉서스가 발산하는 상류층 지위의 자부심이란 시니피앙이다.

지금 몰고 있는 현대자동차의 에쿠우스를 버리고 렉서스를 샀다고 해서 인간의 욕망이 완전히 충족될 수 있을까? 온갖 기호들로 가득 채워진 라캉의 상징계(the Symbolic)에서 소비주체의 욕망이 질주하는 길에 미련과 아쉬움은 과연 전혀 남지 않을까? 여기서는 이 물음에 대한 답을 할 계제가 아니다. 그 답은 다른 데서 찾도록 권유하고 싶다(예컨대 졸저 『꽃은 스스로 아름답다고 말하지 않는다』, 개미출판, 2008. 제2장과 3장). 다만 렉서스가 달리는 길이 욕망의 길, 스테이터스의 길로 환유적으로 연결되면서 묘하게 소비를 자극하고 있다는 점만을 다시금 지적해두고자 한다.

한글학자 물불 이극로

한글사전 편찬 운동을 일제 강점기에 민족독립운동이라고 간주했던 이극로(李克魯, 1897~1982)의 호는 물불이었다. 이 호는 그의 별명에서 유래된 것이다. 1942년 9월 5일 사전 편찬원 정태진이 함경도 홍원경찰서에 잡혀가 고문에 못 이긴 끝에 허위자백한 내용이 빌미가 되어 그해 10월 1일부터 모두 27명이 투옥된 이른바 조선어학회사건으로 이극로는 6년 징역형을 선고받아 해방되던 해까지 옥살이를 하는 고초를 겪었다. 함께 투옥된 동지들 중에는 이윤재(옥사), 한징(옥사), 최현배, 이희승, 정인승 등이 있었다. 한글사전은 해방과 함께 함흥형무소에서 풀려난 이극로 최현배 이희승 등의 한글학자들에 의해 1947년 10월 9일 마침내 전6권 중 제1권이 간행되었다(완간은 1957년). 이희승의 회고에 따르면,

> 이극로의 물불 가리지 않는 무서운 추진력은 누구도 감복하지 않을 수 없었다. 그래서 물불이라는 별명이 그의 호가 되어버렸다.

'물불을 가리지 않는 성격'은 이극로의 성격 중 일부를 표상하는 말에 지나지 않는다는 점에서 그의 별명은 환유적이다. 이처럼 별명도 환유적 개념이지만 이극로의 예처럼 별명은 다시 호(號)가 됨으로써 자타가 함께 공식적으로 그를 지칭하거나 호칭하는 기호가 되어버린다. 그래서 물불은 이극로, 외솔은 최현배, 일석(一石)은 이희승을 환유적으로 치환(置換 또는 轉置 displacement)하는 호로서 한국 사회에서 기능하는 것이다.

별명이 그 당사자를 환유적으로 대신하는 사례로는 중고등학교 시절에 제자들이 선생님들에게 붙여 불렀던 별명을 들 수 있다. 걸핏하면 성질을 부리며 학생들을 호통치던 '핏대'선생, 눈과 얼굴 모습이 두꺼비를 닮은 '두꺼비'선생, 시골 색씨처럼 수줍고 말을 조용조용히 하던 '컨트리 걸'선생 등이 몇십 년이 지난 뒤에도 잊혀 지지 않고 반백 머리의 제자들

뇌리에 아련한 기억의 흔적으로 남는 것은 환유적인 별명이 지닌 강력한 지표적 효과(indexical effect) 탓이 아닐까 한다.

5. 이름이 말하는 세상

사인 · 인감 · 명함의 위력

자기의 성(姓)과 명(名)이 적힌 이름만이 이름표 구실을 하는 것은 아니다. 사회적 문화적으로는 명함, 사인(signature), 인감도 이름표의 역할을 수행한다. 그 점에서 이들 셋은 환유적으로 그 주인을 대신한다. 그중에서 사인과 인감은 일상생활에서 그 주인을 대신할 뿐 아니라 법률적으로도 주인을 치환하여 대리역할을 훌륭하게 수행한다. 동사무소(2007년 가을부터 주민센터로 개칭)에 등록된 인감과 은행에 등록된 사인은 모두다 같이 주인을 대신하여 재산권을 행사하는 주체가 된다.

'나'를 표상하는 방법 중에는 사인과 인감 외에도 명함, 주민등록증, 호적등본, 여권, 가족사진, 출신학교의 졸업앨범, 재직증명서 등 여러 가지가 있다. 이 가운데서 명함은 현대 사회생활에서 일상적으로 '나'를 대신하는 대표적인 환유적 시니피앙이 되어 있다. 오늘날의 사회 생활에서 특히 도시 생활에서 명함은 자기 자신을 표시하는 대표적인 수단으로서 사용되고 있다.

명함에는 주인의 이름, 직장과 직책, 전화번호 또는 주소가 적혀 있을 뿐이지만 사람들은 그것을 보고 그 주인이 어떤 사람인가를 용케도 분별해낸다. 그 사람의 행위와 능력에 의해서가 아니라 명함이란 이름표에 의해서 그 사람의 속성이 대충 판단된다. 명함은 소지자의 사회적 신분과 지위를 말해주는 신호이며 사회적으로 통용되는 이름표이다. 그러므로 명함 없는 사람, 아무 직장 없이 이름, 주소, 전화번호만 달랑 적어 놓은 명예퇴직자, '백수'(白手)의 명함이 지닌 가치가 어떤지는 받아보는 사람이 즉각 짐작할 것이다. 직장과 직책에 주어지는 사회적 의미가 그런 '백수'명함의 주인에게는 전혀 옮겨지지 않기 때문이다. '백수'명함은 그냥 아무개의 연락처는 어디라는 정도의 정보밖에 알려주지 않는다. 그 이상의 사회적 문화적 의미를 거기서는 읽을 수 없다.

이름과 연락처만 달랑 적어놓은 명함과 직장과 직책이 적힌 명함, 이 둘 중에서 정보가 더 풍부한 것은 뒤의 것이다. 왜냐 하면 그 명함 소지자의 사회적 지위와 소득의 정도, 직업의 종류 등과 같은 사회구조적 지수(指數)에 관한 정보를 상대적으로 더 많이 알려주기 때문이다. 명함 소지자에 관한 정보를 알려준다는 것은 명함이 그 소지자의 사회적 의미를 어렴풋이나마 알려준다는 뜻도 지닌다. 소지자에 관한 정보를 엇비슷하게 대충 알려준다는 점에서 명함은 소지자를 환유적으로 표상하는 지표기호(index sign)의 역할을 수행한다. 뇌물수뢰의 혐의를 받은 고급 공무원의 명함지갑에서 검사가 발견한 어느 대기업 대표이사의 명함 한 장은 그 공무원의 혐의를 굳히는 증거가 될 수도 있다는 사실에서 우리는 명함이 지닌 뛰어난 환유적 효과를 발견한다. 이 경우 검사가 입수한 명함은 환유적 증거물이 된다.

구극의 소립자 쿼크의 탄생

물질을 구성하는 가장 작은 입자의 이름이 태어난 경위를 들으면 '보이지는 않지만 틀림없이 존재하는 것'은 이름이 붙여져야만 존재자의 '있음'이 확인된다는 것을 알게 된다. 1960년대까지만 해도 물질을 구성하는 가장 작은 입자는 원자 속의 양자와 중성자라고 과학자들은 간주했었다. 그들은 더 이상의 극미세한 입자의 세계로 들어갈 엄두를 내지 못했다. 이 믿음은 1963년 물리학자 머레이 겔만(Murray Gell-Mann)에 의해 깨졌다. 그는 양자 · 중성자보다도 더 작은 구극의 소립자가 있음을 예언하면서 그것을 쿼크(quark)라고 명명했다. 1994년까지 발견된 쿼크의 수는 모두 여섯 개, 업 · 다운 · 스트레인지 · 참 · 바텀 · 탑(Up/Down/Strange/Charm/Bottom/Top)이다. 이 중 처음 세 개는 1960년대 후반에 발견되었다.

구극의 소립자는 어떤 경위로 쿼크란 이름을 얻었을까? 쿼크는 원래 의성어이다. 바닷새가 쿼억 쿼억 우는 소리를 언어의 달인이라 불리는 에이레 소설가 제임스 조이스(James Joyce, 1882~1941)가 말년에 쓴 소설 「피네간스 웨이크」(*Finnegans Wake*, 1939)에서 quark로 표기하여 탄생시킨 것이다. 소설의 한 구절 'Three quarks for Master Mark'로부터 겔만이 따온 쿼크가 20세기 후반에 소립자이론을 발전시킨 중요한 발판이 되었다. 겔만은 이 연구 성과를 인정받아 1969년 노벨물리학상을 수상했다. 눈에는 보이지 않지만 쿼억 쿼억 쿼억 우는 바닷새의 울음소리만 듣고도 모두 세 마리가 있음을 표현한 조이스, 그의 소설을 읽은 겔만은 바닷새의 울음소리에서 세 마리의 '있음'이라는 귀중한 정보를 얻었다. 이름은 곧 정보이다. 그래서 1960년대 후반에 처음 발견된 세 개의 소립자들은 조이스의 소설에 등장하는 세 마리 바닷새의 울음소리를 은유언어로 삼아 마침내 이 세상에 그 정체를 드러냈다.

그렇다면 구극의 소립자로 불리는 쿼크는 도대체 어느 정도로 작은 물질요소일까? 아주 작은 것의 크기를 알려면 현미경으로 확대하듯 그것의 크기를 확대하는 은유적 확대에 의존해야 한다. 어느 물리학자의 은유법을 차용해보자.

우리의 눈에 보이는 '큰 물질' 예컨대 한 변의 실제 길이가 1cm인 주사위가 있다고 하자. 원자의 크기를 직경 1cm 정도의 쇠구슬이라고 확대해서 가정하면 이 주사위의 크기는 지구 정도의 크기에 해당한다. 말하자면 원자의 크기는 그만큼 작은 것이다. 원자의 중앙에는 원자핵이 있고 그 주위를 전자가 돌고 있는데 이때 원자의 크기를 1cm 쇠구슬이

라고 가정하면 원자핵은 '바늘 끝'과 같은 크기가 된다. 원자핵은 몇십 개의 양자(陽子)와 몇백 개의 중성자(中性子)로 구성되어 있다. '바늘 끝'에 비유된 원자핵 그리고 그 가운데서도 더 작은 양자의 크기를 태양계의 크기로 다시 확대해보자. 이쯤 확대하게 될 때 겨우 쿼크의 크기가 우리의 감각 속에 모습을 나타낸다. 어느 정도의 크기냐 하면 직경 1cm 정도의 쇠구슬과 같은 쿼크가 태양계의 크기의 양자와 비교되는 것이다. 여기서 우리는 확대조작을 두 번 실시한 사실을 간과해서는 안 된다(米澤富美子, 『複雜さを科學する』, 岩波書店, 1995, pp.34~35).

이렇게 작은, 말하자면 미세함의 구극에 이른 소립자를 물리학자는 실험실에서 '관찰'할 수 있는 밝은 '눈'과 명석한 머리, 보통사람을 뛰어넘는 상상력과 창의력을 소유한 사람이다. 유능한 과학자가 실험실에서나 겨우 '관찰'할 수 있는 정도의 지극히 작은 소립자, 그 미세함의 극치에 이른 세계가 만일 이름을 얻지 않는다면 우리는 어떻게 그런 물질의 '있음'을 짐작이나 할 수 있겠는가. 이름은 허상이며 가명이긴 하지만 눈에 보이지 않는 실체의 정보를 우리에게 알려주는 효과적인 수단이 되기도 한다.

6. 은유와 환유의 동거

글 속의 비유에는 은유와 환유가 동거하는 경우가 많다. 은유 하나만으로나 환유 하나만으로 구성된 글도 있지만 은유와 환유가 동거함으로써 강력한 의미의 힘을 발휘하기도 한다.

'쉼터가 없는 삶의 항행(航行). 양안에는 배를 댈 기항지(寄港地)가 없다.' 이 은유를 자세히 들여다보라. '쉼터가 없는 삶의 항행(航行)'은 '기항지가 없는 항행' '머물 데 없이 종착지까지 가야 하는 나그넷길' '아무

곳에도 쉴 데가 없는 산길 여행'으로도 얼마든지 대신할 수 있다. 물론 이 비유적 표현들은 죽음의 종착지를 향해가는 '쉼터 없는 삶의 항행'과 다른 의미를 내포하고 있는 것은 사실이지만 형식적인 면에서만 살핀다면 비슷한 범렬(範列 paradigm)에 속하는 비유언어들이다. 삶의 진행과정을 표현하는 단어들은 이들 외에도 좀 있다. 그 좀 있는 것들이 말하자면 하나의 범렬을 구성한다. '삶의 항행'은 그 범열에서 선택된 일부에 지나지 않는다. 그 점에서 '쉼터가 없는 삶의 항행(航行)'은 인생이 가는 길 전체를 대신하는 일부분로서의 환유가 된다.

'저 녀석은 돼지야!'의 은유와 환유

이번에는 다른 비유를 예로 들어 고찰하기로 하자. 그 한 예로서는 '돼지 같은 놈,' '저 녀석은 돼지야!'가 있다. 여기서부터는 졸저『꽃은 스스로 아름답다고 말하지 않는다』(개미출판, 2008, pp.60~66)의 해당 부분에서 빌려다 일부를 고쳐썼다.

먼저 '돼지 같은 놈'이 어째서 은유가 되는가?

비유기호인 돼지는 음식을 게걸스럽게 먹는 탐욕스런 속성을 지닌 것으로 간주되는 동물 중 하나이다. 돼지의 이런 속성은 비교대상이 되는 '놈'에게로 그대로 직접적으로 전이—또는 투사—되므로 '돼지 같은 놈'은 은유가 되는 것이다.

다음에 '저 녀석은 돼지야!'가 어째서 환유인가?

위에 적시한 돼지의 속성(탐욕)은 돼지의 여러 속성들 중 하나에 불과하다. 그것은 돼지의 속성 전체가 아니다. 돼지는 실은 대단히 영리한 가축이며, 질병에 강하고 비교적 아무거나 잘 먹으므로 농촌에서는 아주 키우기 쉬운 동물인 동시에 매우 주요한 농가소득원 중 하나이다. 특히 2007년 정해(丁亥)의 돼지는 황금돼지라 불리듯 돈으로 상징된다. 일상생활에서도 돼지의 한자어 豚(돈)은 화폐를 의미하는 돈과 소리상의 등가성을 지니므로 돼지를 돈의 상징으로 불린다. '돼지 꿈 꾸고 복권을 샀다'고 말했을 때의 돼지가 바로 돈의 상징이다. 그럼에도 불구하고 '돼지 같은 놈'이라고 말할 경우 말하는 이나 듣는 이는 다 같이 돼지는 탐욕스런 동물이라는 부분적인 속성만을 뽑아서 언급한다. 거듭 말하거니와 탐욕은 돼지의 속성 중 일부에 불과할 뿐 속성 전체가 아니다. '돼지 같은 놈'은 그래서 환유가 되는 것이다.

여기서 우리는 돼지와 '놈,' 돼지와 '저 녀석'이 동일시되는 과정, 즉 양자 사이에 등가성이 성립되는 과정을 좀 더 자세히 분석할 필요가 있다. '놈' = '저 녀석'이 남에 대한 배려를 하거나 인정을 살피지 않고 제 욕심만을 챙기는 성격을 묘사하기 위해 화자(話者)가 가축의 범렬(範列 paradigm)에서 돼지를 탐욕스런 동물로 선정(selection, choice)한 점을 우리는 주목해야 한다. 게걸스럽게 먹이를 먹는 탐욕스런 동물은 돼지 외에도 많다. 강가에 사는 수달, 깊은 산에 사는 곰과 삵, 아프리카 들판의 사자와 하이에나, 이리와 늑대 등 야생의 포식자(捕食者)들은 어느 것이나 탐욕스럽지 않는 것이 없다.

그럼에도 우리는 왜 굳이 돼지를 꼽을까? 이 물음을 푸는 대답은 패러다임(範列, 进択系列)이란 것의 존재에 있다. 돼지는 우선 야생 포식자들과는 일단 구별되는 가축의 부류(범렬)에 속한다. 그러므로 우리는 돼지를 비유기호로 선정할 때 돼지를 소, 말, 양, 고양이, 개, 염소, 토끼 등 가축의 일원으로 본다. 그렇게 볼 때 돼지는 다른 가축들에 비해 탐욕스런 동물로 낙인찍히는 것이다. 가축이라는 패러다임 안에서 돼지는 탐욕스런 동물로서 비교우위를 차지한다는 뜻이다.

제15강
Text, Intertextuality 그리고 Context

1. 텍스트란?

텍스트란 여러 가지 기호들이 한데 엮여 만들어진 것(a combination of signs) 즉 직조물과 같은 것이다. 글의 경우 그것은 언어기호들로 엮어져서 의미를 담은 구조물이 된다. 그래서 텍스트라는 관념에는 으레 기호의 범열(範列 paradigm)에서 선택한 기호들(paradigmatic choice)과 그 기호들의 연사적 결합(連辭的 結合 syntagmatic combination)이란 생각이 따라다닌다. 간단히 말해서 텍스트는 언어를 포함한 갖가지 기호들이 한데 조합되어 어떤 의미를 만들어내는 기호들의 직조물을 가리킨다. 기호의 선택과 결합은 이 직조물의 생산 과정에서 필수적으로 거쳐야 하는 단계이다.

설명이 다소 추상적이므로 구체적인 예를 들어보자.

어떤 사람이 적절하다고 여기면서 머리에 떠오르는 단어들을 골라내어 그것들을 서로 엮어서 하나의 문장이나 문구 더 나아가서는 한편의 수필을 썼다고 가정하자. 이 경우 수필은 정해진 문법(grammar; 이를 기호론에선 code 즉 기호들의 결합체를 만드는 조직화된 규칙의 체계라 부름)에 따라 생산된 작품이 된다. 언어기호의 경우 텍스트는 수필, 시, 소설, 논문, 시평, 뉴스보도문 등의 작품이나 서적 · 신문 · 인터넷이 된다. 그중에서도 대표적인 문자텍스트는 불경(佛經)과 성경(聖經 the Bible)이다.

하지만 텍스트는 글로 된 작품이나 서적만을 지칭하지는 않는다. 텍스트는 오늘날 그 용어의 적용 범위가 아주 넓게 확대되어 가는 추세에 있다. 오히려 문자로 인쇄된 서적은 예전의 주류(主流)에서 지금은 방류(傍流)로 밀려난 형편에 이른 감이 없지 않다. 어떤 사람이 입고 있는 패션 의상, 아늑한 무드와 멋을 한껏 살린 레스토랑이나 조용한 만남의 장소로서 안성맞춤인 카페 또는 살롱에 꾸며진 인테리어 장식, 레스토랑에서 메뉴의 코스에 따라 순차적으로 서빙되는 요리, 사각형 액자 안에 들어 있는 한 폭의 그림, 시네마 홀에서 상영되는 한 편의 영화나 그 속의 한 장면, TV드라마의 전체나 그 속의 인상적인 한 장면, 저녁 8시 또는 9시에 방영되는 TV뉴스 프로, 세상 사람들의 눈길을 끄는 한 채의 아름다운 건축물이나 독특한 설계로 지어진 강가 언덕 위의 아름다운 전원주택 등도 넓은 의미에서 텍스트의 범주에 포함된다. 이처럼 텍스트는 현대 생활에서 사람들이 이르는 곳마다, 눈에 띄는 곳마다 지천으로 널려 있다고 보아도 무방하리만큼 그 범위와 종류가 확대되었다.

전통적인 의미에서 텍스트에는 글자들이 적히거나 각인된 필서(筆書 또는 筆寫本)들과 석간문이 포함되었다. 글씨가 쓰인 종이(紙面), 두루마리(書卷), 암각화(岩刻畵), 동굴이나 왕의 무덤 속에 남아 있는 벽화(壁畵), 비석문(碑石文) 등처럼. 이런 종류의 텍스트들은 동서양을 막론하고 두루 발견된다.

존 하틀리(John Hartley)에 따르면 현대사회에서는 세 가지의 두드러진 사태 발전이 한데 모여 텍스트란 개념이 포괄하는 범위를 엄청나게 확대시켰다. 세 가지의 사태 발전이란 다음과 같다.(John Hartley, *Communications, Cultural and Media Studies: the Key Concepts* 3rd ed. Routledge 2002)

①대중교육의 보급으로 과거 엘리트에 한정되었던 온갖 종류의 텍스트 해독력이 보편화했으며, 그에 따라 텍스트의 범위도 확대되었다.

②유럽대륙의 철학사조 특히 자크 데리다와 연관된 포스트구조주의와 미국에서의 탈구축(脫構築. 解體라로도 부름. deconstruction) 운동으로 인간은 세계를 텍스트화함으로써 무엇이든지 알아낼 수 있으며 따라서 텍스트를 '뛰어 너머의 밖'에는 아무것도 없다 라는 주장마저 대두되기에 이르렀다.

③현대의 시각—청각중심의 미디어는 언어적 텍스트성(verbal textuality)을 시각적, 청각적 연속(sequential)형식으로 확대시켰다. 그래서 우리는 이제 책을 사는 것만큼이나 쉽게 포터블 노트북인 갤럭시, 짧은 스토리를 담은 뮤직비디오, 노트북 겸용의 스마트폰을 살 수 있는 세상에 살게 된 것이다.

이처럼 텍스트의 종류가 엄청나게 늘어나자 과거 주권자인 군주와 성직자에게만 권력이 집중되었던 봉건귀족사회와 달리 주권이 민중에게 주어진 현대의 세속사회에서는 텍스트로서의 미디어는 민주주의, 주체성, 아이덴티티, 이데올로기, 담론, 판타지 등에 관해 상당히 깊은 의미를 품은 담지자(擔持者)로서 간주된다.

또한 철학적으로 보더라도 텍스트가 되는 증거(textual evidence)를, 단지 인간조건을 '표상하는 것'(representing)으로서만이 아니라 될 수 있는 한 현실 또는 실재성(reality)에 근접가능한 것으로서 진지하게 받아들일 만한 타당성이 제공되는 듯하다.

확실히 현대 사회는 혼잡스러울 만큼 텍스추얼하다. 그것은 다른 측면에서 보면 갖가지 미디어에 의존하는 오늘날의 우리들 세상살이 자체가 그만큼 텍스트를 둘러싼 문맥을 형성하고 있다는 증거이기도 하다. 읽고 보고 듣는 것만으로도 일상생활의 하루 활동은 넘쳐난다. 옛날에는 그런 것들이 영화관 가는 일처럼 아주 돋보였고 비교적 희귀했던 문화즐기기였다. 그러던 옛날 삶의 양식은 마음만 먹으면 언제 어디서나 어떠한 종류의 미디어에도 어렵잖게 접촉할 수 있도록 변해버렸다. 그런 상황의 오늘날에는 반면효과로서 미디어 텍스트에 의존하는 생활 자체를 비판적 안목으로 읽으려는 탈문맹적 해독(literacy)이 보편적인 요구로서 등장했다. 그에 따라 텍스트 연구, 텍스트 분석의 필요성도 대두되었다. 달리 말하자면 텍스트에 관한 연구는 날마다 시간마다 미디어를 읽고 보는 보통시민들이 늘 접하는 일상적인 미디어 바다(海)의 문맥에서 자기 성찰을 할 수 있는 하나의 수단이 되는 것이다. 이렇게 해서 현대의 텍스추얼한 상황이 곧 텍스트의 콘텍스트로서 작동하는 오늘날의 현실을 사는 우리로서는 텍스트 분석을 통해 자기의 삶을 되살펴보는 계기를 얻는 셈이다.

글쓰기에 있어서 이러한 텍스트 분석은 텍스트 만들기의 반면교사로서의 역할을 수행할 것이다.

텍스트 분석과 콘텍스트

이와 같이 텍스트 연구의 유형이 설정되자, 세상의 거의 모든 것들이 텍스트로서 우리 앞에 나타날 수 있다는 주장이 제기되었다. 즉 모든 것들이 텍스트 분석의 대상이 될 수 있다는 것이다. 이러한 분석 대상에는 일상의 생생한 사건들뿐만 아니라 미디어 텍스트에 표상되는 현실까지도 포함된다. 이렇게 보면 텍스트의 양이 실로 감당할 수 없을 만큼 엄청나게 많아진다. 그래서 텍스트연구 종사자들 중 일부 문화인류학자들 사이에서는 반론이 제기되었다. 그들의 주장은 텍스트 분석의 대상을 한정시키자는 것이다.

그러나 다른 한편에서 보면 인간이 만지고 행하는 거의 모든 것들이 의미를 만들어내는 오늘날의 상황에서 의미의 생산, 전달 및 해석과 연관되는 것들은 모두 무시할 수 없는 연구 대상으로서 다룰 수 있다는 논거가 고개를 쳐드는 것이다. 그러한 의미의 생산, 전달, 해석의 과정을 추적하기 위해 고고인류학자들이 관심을 갖는 대상들로서는 이집트의 파피루스나 명문석(銘文石), 암각화(岩刻畵) 뿐만 아니라 여러 가지 관습과 건축물들도 포함된다. 이것들은 현대의 미디어 연구자들이 미디어와 신체들을 고찰하는 작업과도 연관이 있다.

텍스트 분석은 문화—미디어 연구자들의 작업에 있어서 핵심을 이루는 특수하고 경험적이며 분석적인 연구방법이다. 텍스트 분석은 텍스트로부터 어떤 의미나 해독을 얻을 수 있는가를 알아내기 위해 텍스트의 내면적 특성과 콘텍스트에 있어서의 위치를 면밀히 점검한다.

그렇다고 해서 텍스트 분석은 텍스트에 대한 정확한 풀이를 즉 해석의 정답을 찾기 위한 수단이 아니다. 텍스트 분석은 텍스트의 내용에 대해 어떤 해석이 가능한지를 이해하는데 이용된다. 그래서 텍스트 분석은 의미가 어떻게 텍스트 안에 구축되었는가 뿐만 아니라 현실 속의 온갖 상징적 표상들이 내포하는 정치적 문화적 함의에 대해서도 관심을 갖는다(정치적 문화적 함의에 대한 관심은 비판적 문화연구자들에게 특히 강하다). 텍스트 분석의 목적들 가운데 하나가 텍스트에 의해 가능해진 의미들을 이해하는 데 있음을 주목한다면, 달리 말해서 텍스트 안에서 생산된 다양한 의미들을 이해하는데 있음을 주목한다면 텍스트가 해독자에게 받아들여지는—즉 수용되는—문맥을 먼저 고려하는 일은 필수적이다.

이 경우 문맥(context)은 인간이 텍스트를 읽는 공간을 중시했던 민족지학적(ethnographic) 의미의 그것과는 다르다. 텍스트 분석에서의 문맥은 좀 더 넓은 textuality(텍스트성)의 세계를 가리킨다. 그것은 예컨대 다른 미디어 텍스트의 주제를 언급하거나 논의하는 과정에서 환기된 담론(談論 특히 제도화된 言說. discourse)을 당연히 취급할 수 있을 뿐더러 동시에 어떤 장르의 관행과 관습, 한 배우의 상호텍스트성(intertextuality 텍스트間相關性=텍關性), 과거 · 현재 텍스트들 간의 상관성, 텍스트의 내러티브도 지칭하는 것으로 볼 수 있다. 요컨대 텍스트 분석이 텍스트의 의미를 찾아내기 위해 작동하는 대상은 텍스트 안팎에서의 의미의 상호작용이다.

음식에 대한 텍스트 분석을 예로 들어보자. 음식은 '단순한 영양공급의 대상'이 아니다. 음식은 또한 자연적으로나 내재적으로나 음식으로서 인정된 것도 아니다. 음식은 요컨대 문화적으로 규정되고(defined) 차이화되고(differentiate) 범주화되며(categorized) 또한 통일된다(united). 음식에 관한 민족별 관념이나 민족별 음식문화는 대상물을 차이화하고 분류한다. 따라서 먹을 수 있는 것(the edible)과 먹을 수 없는 것(the inedible), 단 것과 신 것, 싱거운 것과 짠 것, 보통의 것과 특수한 것, 과일과 야채, 밥과 반찬 같은 식으로 구별되고 범주화된다. 이렇게 각 음식은 다른 음식과의 관계 즉 여러 가지 음식 종류들이 서로 구별되는 관계의 측면에서 이해되는 동시에 의미를 지닌다. 따라서 소쉬르파 기호론자들은 음식의 의미를 음식의 구체적 대상 그 자체보다는 음식의 기호체계에 의해 좌우되는 것으로 이해하며 사회적 실천행위에서 차지하는 기호의 위치에 따라 음식의 의미가 달라지는 것으로 본다.

2. 상호텍스트성(Intertextuality)

먼저 용어에 관한 풀이부터 하기로 하자, intertextuality는 지금 상호텍스트성으로 번역하여 사용되고 있는데 이 역어는 달리 바꾸면 어떨까 한다. 텍스트상관성(相關性)이나 이를 줄여서 텍관성(關性)으로 말이다. 일본에서는 間텍스트성이란 역어를 사용하는데 이것도 일리 있는 용어이다. 인터텍스추얼리티가 남의 텍스트에서 한 아이디어나 구절을 차용하여 자기 텍스트에 사용하는 것을 가리키는 용어임을 이해한다면 텍스트 상관성=택관성이란 역어의 사용도 고려해 봄직하다.

다음의 만화를 보면서 우선 상호텍스트성이 무엇을 의미하는지에 대한 이해를 갖기로 하자.

〔김회룡 만평〕

김회룡(중앙일보 2011년 2월 23일자)

국정원 직원 3명이 서울 롯데호텔에 묵고 있던 인도네시아 무기구매 특사단의 방에 침입하여 방안에 놓인 노트북에 저장된 한국으로부터의 무기구매 정보를 빼내려다 실패한 사건이 2011년 2월 16일 발생했다.

김회룡 만평은 이 사건에다 KBS 2-TV의 인기개그 프로 「개그콘서트」(약칭 개콘)의 '달인 파트'를 결부시켜 국정원 요원의 외국 특사단 숙소 침입 사건을 비꼬고 있다. 만평자는 이 만평을 그릴 당시에 발생한 '숙소 침입 사건'을 비판하기 위해 김병만의 '달인 개그'를 끌어들인 것이다. 이렇게 해서 하나의 TV 텍스트를 구성하는 '달인 개그'는 만평자에 의해 차용되어 국정원 요원의 '숙소 침입 사건'을 풍자적으로 비꼬는 데 이용되었다.

그렇게 이용됨으로써 만평자에 의해 차용된 '달인 개그'와 '침입 사건' 사이에는 상호텍스트성의 성립된다. 국가정보원 즉 국정원의 요원은 그들의 구호 '음지에서 일하며 양지를 지향한다'가 시사하듯 언제나 남의 눈에 띄지 않게 잠복근무를 하거나 위장활동 등을 통해서 또는 공개적인 공식활동을 하되 정보요원임을 드러내지 않도록 '보이지 않는 얼굴'로 행동함으로써 필요한 정보를 수집하는 것을 업무의 특징으로 삼는 사람들이다. 언제나 남 모르게 또는 남의 눈에 드러나지 않게 활동해야 하는 것으로 기대되는 그런 국정원 요원이 외국인 그것도 한국에서 무기구매 협상을 벌이기 위해 입국하여 묵고 있는 호텔방에 침입했다가 들켰다면 그것은 '그림자처럼 움직이어야 하는 정보의 달인인 국정원 요원이 제 꼬리를 밟힌 셈'이다.

이처럼 '달인 개그'라는 TV프로의 텍스트를 빌려와 자기 만평의 주요 그림 기호(pictorial sign)로 사용함으로써 「김회룡 만평」은 국정원 요원의 호텔방 침입 사건의 의미를 색다르게 표출해내고 있다. '잠입의 달인이 꼬리를 잡혀 들키다니 내 같으면 절대로 그런 일 없을 거야.' '달인 개그'의 주인공 김병만은 그렇게 비꼬는 것 같다. 이렇게 보면 TV쇼 프로에서 흔히 목격하는 패러디(parody)도 인터텍스추얼리티의 소산이라고 볼 수 있다.

강의 노트⑫

Intertextuality(상호텍스트성 또는 텍스트간 상호관계성)

소설, 시, 영화, 역사다큐멘터리와 같은 text들은 자기완결적, 자율적(self-contained, autonomous) 실체가 아니고 다른 텍스트들의 내용을 일부 차용하여 생산된 것이다. 상호텍스트성은 이를 알리기 위한 신조어이다. 이 용어는 현대의 포스트모던 사상가이자 저명한 사회이론가 중 한 사람으로 주목 받는 줄리아 크리스테바(Julia Kristeva, 1941~)가 1966년에 처음 만들어 사용했다.

이후 문화연구자들 사이에 사용되기 시작했다. 문화연구에 있어서 영화, TV드라마, 소설, 사진 등의 분석에 유용하게 사용되는 Intertextuality는 텍스트가 그것에 대한 지속적인 해석과 재해석을 떠나서는 존재하지 않는다는 명제를 지닌 것으로서 이해할 수 있다. 이 말은 의미가 확정된 텍스트읽기(defined reading of a text)란 있을 수 없다는 뜻이다. 텍스트의 의미는 항상 변한다. 텍스트는 그것을 읽을 때마다 새로운 텍스트로 거듭나며 새 텍스트는 그 자체가 原텍스트의 해석을 가능케 하는 틀이 되는 것이다.

크리스테바 이후 이 용어는 여러 차례의 변형 과정을 거쳐 오늘날 문화연구(Cultural Studies)에 정착하게 되었는데 비평가 윌리엄 어윈(William Irwin)의 지적에 따르면 이 용어는 "크리스테바의 원래 의미에 충실한 사람들에서부터 단지 인용된 비유를 멋있게 언급하는 방식으로 사용하는 사람들에 이르기까지 사용자들의 수만큼이나 다양한 의미를 지니게 되었다." 어윈의 지적을 유념하면 앞서 설명한 나의 상호텍스트성에 대한 정의도 실은 하나의 풀이에 지나지 않는다.

불가리아 태생으로서 파리에서 공부한 크리스테바는 기호가 텍스트의 구조 안에서 어떻게 의미를 파생시키는가를 연구하는 과정에서 소쉬르의 구조주의 기호학과 바흐친(Mikhail Bakhtin)의 dialogism(각 텍스트—특히 소설—와 단어가 지닌 복합적 다원적 의미 즉 heteroglossia를 연구하는 분야)을 종합하는 시도로서 intertextuality라는 신조어를 처음 만들었다. 그녀의 경우 "intertextuality라는 관념은 상호주관성(intersubjectivity)이라는 관념을 대신한다." 사람들이 어떤 대상의 속성에 대해, 그 속성의 실재에 대해 서로 동의를 하고 그렇게 함으로써 그 속성이 외적 대상세계에 실재하는 것처럼 함께 인식하게 될 경우 그 속성은 상호주관적이라고 부른다. 그래서 이 용어는 주관적인 것과 객관적인 것 사이에서 중도적 근거의 길을 열어놓고 있다. 이 점에서 상호주관성은 현대 사회과학 연구에 있어서 유익한 도구로 사용되고 있다.

언어의 의미는 작자로부터 독자에게 직접 전이되지 않고 다른 텍스트들에 의해서 그 작자와 독자에게 주어진 '코드들'을 통해서 또는 '코드들'에 의해서 매개된다. 이런 사실을 우리가 알게 될 때 비로소 상호주관성을 인터텍스추얼리티라는 관념으로 대체하는 일이 일어난다. 예컨대 우리는 제임스 조이스의 『율리시즈(Ulysses)』를 읽을 때 우리는 그것을 근대문학의 하나의 실험으로서, 아니면 서사시(敍事詩) 전통에 대한 하나의 반응으로서 또는 어떤 다른 대화의 일부로서 또는 이런 모든 대화들의 일부로서 해독하게 된다. 이것이 다름 아닌 인터텍스추얼리티이다.

롤랑 바르트가 지적한 바와 같이 이처럼 인터텍스추얼한 문학관을 따르면 하나의 예술작품의 의미는 그 작품 자체 안에 존재하지 않고 독자 또는 관람자에게 있다는 관념이 뒷받침을 얻게 된다. 최근의 포스트구조주의에 대한 일부 이론을 보면 intertextuality는 상이한 텍스트들 간의 일련의 관계로서보다는 텍스트들 안에서의 의미생산으로서 재검토되고 있다. 그래서 포스트모던 이론가들 가운데는 상호텍스트성과 하이퍼텍스트성(hypertextuality) 간의 관계에 관해 얘기하려는 사람들도 일부 있다. 쉽게 말하자면 하이퍼텍스트가 웹(Web) 전체의 연결망이 될 수 있듯이 상호텍스트성도 각 텍스트들을 '인용문들의 모자이크'(Kristeva, 1966)와 더 큰 모자이크 텍스트의 일부로 만들고 있다.

우리 문학 작품들에서 상호텍스트성을 인정할 수 있는 사례로서는 김성한의 단편 「바비도」와 「오분간」, 김훈의 장편소설 『남한산성』, 이광수의 일련의 불교 관련 소설들—『유정』, 『무정』, 『원효대사』—을 들 수 있다. 이 소설들은 「바비도」의 경우처럼 영국 기독교 사회의 위선과 독선을 풍자한 내용을 담고 있거나 『남한산성』처럼 역사적 사실을 '허구적 실재'로 재구성한 내용을 취급하고 있다. 이광수의 소설들은 불교 경전의 가르침에 근거하여 창작된 작품들이다.

다른 사례로는 중국 문헌의 한두 구절을 인용하여 하나의 논평을 작성한 것을 들 수 있다. 2013년 5월 박근혜 대통령의 미국 방문 중에 발생한 청와대 대변인 윤○○의 주미대사관 인턴 직원에 대한 이른바 '성추행 사건'과 관련하여 조선일보의 고정칼럼 〔조용헌 살롱〕을 연재하던 작자는 「윤○○ 八字」에서 중국 문헌에 나오는 글귀를 적절히 차용하여 그 사건의 주인공을 다음과 같이 신랄하게 비판했다.

예문; 「윤○○의 八字」

생(生)이 있으면 사(死)가 있듯이, 영달(榮達)이 있으면 추락(墜落)도 있기 마련이다. 그렇다고 해서 영달과 추락이 동등한 무게는 아닌 것 같다. 인생에서 영달의 기쁨은 잠깐이고 곧 잊히지만 추락의 고통은 길고도 깊게 박힌다. 추락을 견디어 내면 내공이 쌓이지만 못 견디면 자살하는 수도 있다.

대개 영달에서 추락으로 이어지기까지는 슬로 템포로 시간이 걸린다. 그러나 윤○○ 전(前) 대변인 같은 경우에는 마치 널뛰는 것처럼 불과 몇 달 사이에 급격한 상승과 하락을 압축해서 보여주고 있다. 명과 암을 압축해서 보여주는 사건은 관람객들에게 많은 교훈을 준다. 곧바로 대조가 되기 때문이다. 여기서 얻는 교훈은 벼슬의 무상함이다. 차라리 벼슬 안 하고 '배고픈 논객' 생활을 계속했더라면 이런 추락과 망신은 없었을 것 아닌가!

특히 자기를 수신하고 되돌아보는 '위기지학(爲己之學)'의 공부를 적게 했던 사람이 비중 있는 공직에 나가는 것은 장작을 쥐고 불 속에 뛰어드는 것과 같이 위험한 일이다. 논객은 자기 주장을 강하게 펴는 상관(傷官)이 발달한 팔자라서 원래 관운이 약한 법이다. 관운은 그 자리에서 당장 하고 싶은 말이 목까지 쳐 올라와도 꾹 참고 뱃속에 담아두는 데서 온다. 논객과 벼슬은 상극이다. 벼슬을 하더라도 변두리 벼슬을 해야지. 가운데 벼슬이라니!

옛사람은 벼슬의 위험성을 이렇게 표현했다. '부침환해여구조(浮 宦海如鷗鳥)' '벼슬의 바다는 마치 물결치는 파도 위에 떠 있는 갈매기처럼 부침이 심하다.' 파도 위에 앉아 있는 갈매기를 보면 아슬아슬하다. '맹자'에는 '필관기란(必觀其瀾)'이라는 말이 있다. '흘러가는 물을 볼 때 반드시 그 굽이쳐서 휘어지는 대목을 보라'는 뜻이다. 평탄하게 흘러가는 대목은 볼거리가 없다. 급격하게 물살이 꺾일 때 한세상 사는 여러 가지 이치를 시사한다는 것이다.

또 하나 시사점은 말로 상대방에게 상처를 주는 과도한 구업(口業)을 안 지어야 하겠다는 다짐이다. 불가의 '천수경(千手經)'에 보면 앞부분에 '정구업진언(淨口業眞言)'이 나온다. 이제까지 자기가 지은 구업을 정화해 주는 주문을 경전의 앞부분에 배치하였다는 것은 의미심장하다. 많은 공부를 하게 해주는 팔자이다.(조선일보, 2013년 5월 13일, [조용헌 살롱]. 윤씨의 이름은 인용자가 감췄음)

신문 · TV의 사설 · 논평 · 시평 등에 적절하게 쓰이는 한자 성어(漢字成語) 및 고사성어(故事成語)들도 남의 텍스트의 일부를 빌려 쓴 사례에 속한다고 볼 수 있다. 수 십 가지의 고사성어들 중에서 몇 가지만을 추려서 소개하면 다음과 같다. 성어에 대한 설명은 여기서는 생략하므로 독자들은 사전 등에서 찾기 바란다.

인용된 고사성어들 중에는 진부한 성어들이 포함되긴 했지만 대부분은 적절히 사용하면 문장의 맛을 효과적으로 돋우는 수가 있으므로 외어두면 편리할 것이다. 진부한 구절이나 진부한 단어는 처음 생길 때부터 그렇게 태어난 것이 아니라 너무 닳도록 사용한 나머지 독자들이 식상하게 된 것들이다. 하지만 때로는 유효적절하게 쓰면 생동감 있고 맛깔스런 글을 만드는 데 도움이 된다.

흔히 빌려 쓰는 중국 고사성어들

管鮑之交(관포지교), 結者解之(결자해지), 結草報恩(결초보은), 傾國之色(경국지색), 矯角殺牛(교각살우), 巧言令色(교언영색), 苦肉之策(고육지책=苦肉之計 또는 苦肉策), 過猶不及(과유불급), 白衣從軍(백의종군), 別有天地(별유천지), 三顧草廬(삼고초려), 難攻不落(난공불락의 철옹성鐵甕城), 背水〔之〕陣(배수진), 四面楚歌(사면초가), 塞翁之馬(새옹지마), 羊頭狗肉(양두구육), 漁父之利(어부지리), 泣斬馬謖(읍참마속), 雪上加霜(설상가상), 聲東擊西(성동격서), 小貪大失(소탐대실), 焉敢生心(언감생심), 言語道斷(언어도단), 兎死狗烹(토사구팽사), 波瀾萬丈(파란만장), 破邪顯正(파사현정), 破竹之勢(파죽지세), 天衣無縫(천의무봉), 千載一遇(천재일우) 등.

도연명의 「무릉도원」과 소동파의 「적벽부」

이론상으로 볼 때는 상호텍스트성이란 개념은 포스트모던이즘과 긴밀하게 연관되어 있지만 그 개념 자체는 전혀 새로운 게 아니다. 신약성경의 일부 구절들은 구약에서 인용된 것들이며 예언서들과 같은 구약성경의 일부는 출애급기(Exodus)에 기술된 사건들을 언급한다. 까다로운 문헌비평가는 상호텍스트성을 이용하여 문제된 서적들의 정통 저자가 누구냐를 따지며 그 저서의 집필과정과 특수한 질서체계를 주창하지만 문학비평에서는 그와 달리 최종 형태의 텍스트를 '상호연결된 문학체계'로서 취급하는 공시적(共時的) 입장을 취한다. 그리스와 로마의 고전고대사와 신화를 중심으로 다른 텍스트들이 네트워크를 구축한 것과 마찬가지로, 이처럼 상호연관된 텍스트 체계(body 즉 몸)는 나중에 바이블의 말씀들을 묘사하는 서양 시가(詩歌)와 그림들로도 확대되었다. 그래서 불핀치(Bullfinch)의 1855년 작품 *The Age of Fable*은 저자 자신의 설명에 따르면 그러한 상호텍스트적 네트워크의 서론으로서 작용한다.

서로 다른 텍스트들이 서로 연관되어 하나의 네트워크를 형성하는 다른 역사적 사례로는 우리나라와 중국의 문학작품이나 그림에서도 발견된다. 고대중국 동진(東晋) 시대의 전원시인 도연명(淵明 陶潛, 365~427)의 유명한 장시 「도화원기」(桃花源記; 무릉의 어부가 복사꽃들이 흘러내려오는 길을 따라 강을 오르다 보니 나중에 속세를 떠난 산촌사람들이 평화롭게 사는 이상향을 찾았다는 이야기)는 후대인들에 의해 그림과 다른 문학작품의 소재로서 인터텍스추얼하게 활용되었다. 안평(安平)대군의 꿈을 그림으로 그린 안견(安堅)의 「몽유도원도」(夢遊桃園圖)도 그 내용을 보면 도연명의 도화원기와 맥을 같이 한다.

당송 팔대가의 한 사람인 동파 소식(東坡 蘇軾, 1036~1101)의 「적벽부」(赤壁賦)도 후대인들에 의해 즐겨 차용되는 텍스트 중 하나다. 동파의 대표적인 이 산문시는 조조(曹操)의 위(魏), 유비(劉備)의 촉(蜀), 손권(孫權)의 오(吳) 세 나라가 정립했던 삼국시대(AD 220~280)에 벌어진 촉—오 연맹군에 의한 위군 대패를 회상하며 쓴 글인데 후대인들은 동파 「적벽부」를 차용하여 자기 텍스트의 소재로 삼는 일이 많았다.

표절과 상호텍스트성의 차이

남의 텍스트의 어떤 구절이나 아이디어를 차용하여 자기 텍스트에 쓰기 때문에 인터텍스추얼리티는 때때로 표절(剽竊 plagiarism) 로서 간주되는 수도 있다. 표절자는 다른 텍스트에서 비유나 이미지 또는 운문을 무단 차용해왔다는 비난을 받을 것을 두려워하여 이를 숨기고 자기의 것으로 속인다. 따라서 실제로 상호텍스트성과 표절을 구별하기란 쉽지는 않다. 교수들의 학술 논문들에 표절이 있다고 하더라도 이를 가려내기란 어렵기 때문에 그 교수의 논문은 그의 창작연구로 치부되기 마련이다.

그럼에도 학문풍토의 개선과 작자의 창작의욕을 북돋우는 의미에서도 상호텍스트성과 표절은 엄격히 구분되지 않으면 안 된다. 표절은 자기 글에 차용된 남의 텍스트 구절이나 아이디어를 그 출처(出處 source 또는 attribution)를 분명히 밝히지 않고 마치 자기의 창작인 것처럼 위장하는 것을 가리킨다. 애당초부터 이를 숨길 의도 아래 자기 작품이나 학술논문을 쓰기 때문에 다른 사람이 그것을 발견, 지적하지 않는 한 그의 창작품으로 묻히는 수도 있다. 이에 비해 남의 텍스트에 의존했음을 솔직하게 인정하는 작품이나 연구논문은 그 근거로서 차용된 남의 탁월한 아이디어나 멋진 구절이 어떤 전거(典據)에 의거한 것인지를 각주(脚註)나 미주(尾註)에서 분명히 밝혀놓는다. 그러나 이를 주로서 밝히지 않는 작품들도 허다하다. 예컨대 도연명의 무릉도원(武陵桃源)이나 '동쪽 울타리에서 딴 노란 국화', 소동파의 적벽부(赤壁賦)처럼 누가 봐도 누구의 작품을 차용했음을 명백히 알 수 있는 내용을 담고 있으면 작자는 그걸 그대로 자기의 것으로 사용한다. 우리나라나 중국의 옛 시(詩) 작품에 그런 것들이 많다.

3. 문맥이 의미를 만든다

문맥이란 간단히 말하자면 하나의 단어나 문장 또는 글이 쓰이는 상황을 가리킨다. 따라서 문맥을 도외시한 단어와 문장의 구성은 있을 수 없다. 단어와 문장은 언제나 문맥을 전제로 하여 사용되며 의미를 생산한다. 오늘날 문맥은 언어학, 사회언어학, 담론분석, 기호론적 문화연구 등 언어와 연관된 학문연구 분야에서 폭넓게 사용되는 관념이다. 글쓰기에 있어서 문맥을 중시하는 까닭은 단어들이 서로 결합하여 하나 또는 그 이상의 문장을 만들 때 그것이 바로 글의 의미에 영향을 미치기 때문이다. 문맥에 대해서는 앞의 **「제12강—2 뉴스의 문맥을 살피며 스토리텔링 구성하기」**에서 간단히 언급한 바 있다. 이를 참조하면서 이 절을 읽기 바란다.

「제12강의 스트레이트 기사 쓰기」에서도 우리는 이런 기사 리드를 본 적이 있다.

"주인공은 자리에 없었다."

노벨평화상 수상자인 류사오보가 중국 정부 당국의 불허로 말미암아 시상식장에 나타나지 못했다는 사연을 서술하지 않았다면 우리는 이 문장이 무엇을 의미하는지 전혀 알 수 없다. 생전에 베스트셀러 작가이기도 했던 구법수행자 법정 스님의 수필 「텅 빈 충만」의 리드 "오늘 오후 큰 절에 우편물을 챙기러 내려갔다가 황선 스님이 거처하는 다향산방(茶香山房)에 들렀었다"와 수필문학의 대가인 피천득의 유명작품 「인연」의 리드 "지난 사월 춘천에 가려고 하다가 못 가고 말았다. 나는 성심여자대학에 가보고 싶었다"도 그다음에 이어지는 글들을 찬찬이 읽어보지 않으면 무슨 뜻을 말하려는 것인지를 알 수가 없다. 왜냐? 문맥이 드러나지 않기 때문이다.

이처럼 하나의 리드, 하나의 문장이 찬란한 생명의 빛을 발하려면 문맥이 있어야 한다. 문맥은 글의 의미를 살리는 구실을 하기 때문이다. 문맥이 뚜렷이 작용하지 않으면 글은 의미를 잃고 생명을 상실한다. 그 점에서 글쓰기에서 문맥을 살리는 일은 필수불가결한 요소이다.

실제로 사용된 단어와 작성된 문장에서 문맥이 어떤 영향을 미치는가를 직접 경험하면서 설명을 계속하기로 하겠다. 먼저 문맥은 언어적 관계에서 고찰할 수 있다. 다음에 문맥은 사회적 · 문화적 상황 그리고 역사적 상황에서 살필 수 있다.

언어적 문맥

언어적 문맥은 문장을 작성하기 위해 단어들을 골라 서로 결합할 때 이미 형성되기 시작한다. 말하자면 언어적 문맥은 문장을 작성하는 그 시각에 형성되는 것이다. 이런 에피소드를 살펴보자. 실제로 미국에서 있었던 일을 한 TV방송이 보도하자 그 내용을 여기에 옮겼을 뿐이다.

어느 날 길거리에 앉아 구걸하는 걸인이 판지(板紙) 조각에

"나는 눈 먼 사람입니다."(I am blind.)—ⓐ

란 호소문을 써 놓고 지나가는 행인들이 돈을 바구니에 떨어뜨려 주기를 기다리고 있었다. 몇 시간이 지나도 바구니에는 동전들이 별로 쌓이지 않았다.

시각장애자가 실망하고 있을 즈음 한 젊은 여성이 그 앞을 지나다 구걸판을 집어들었다. 그러고는 굵은 매직팬으로 이렇게 고쳐 써 주었다.

"화창한 날이군요. 저는 이런 날씨를 볼 수가 없답니다."(It's a beautiful day. I can't see it.)—ⓑ

그러자 얼마 안 지나서 시각장애자의 바구니에는 돈이 쌓이기 시작했다. 그 날의 구걸은 성공이었다. 놀라운 일이었다.

ⓐ와 ⓑ의 차이는 무엇일까? 그것은 문맥의 차이(差異)이다. 물론 ⓐ에도 문맥은 형성되어 있다. 그러나 그것은 내가 시각장애자임을 알리는 정보만을 고지한 상황일 뿐 그 시각장애자가 처한 다른 상황을 전혀 일러주지 않는다. ⓑ에는 새로운 상황에 관한 정보가 들어 있다. 그것은 시각장애자에게는 절실한 것이며 그를 보는 이로 하여금 당장 동정심을 촉발하기에 충분한 상황 정보이자 그의 가련한 처지에 대한 의미이다. '눈이 멀쩡한 당신들이 마음껏 즐길 수 있는 이 화창한 날에 눈이 먼 나는 그런 날씨를 즐기지 못해 참으로 답답합니다. 당신네들은 나의 이 심정을 이해하시겠습니까?' ⓑ의 호소문은 행인의 마음에 감동을 일으켜 시

각장애인을 위해 돈지갑을 열게 하는 효과를 발휘한 것이다.

문맥은 이처럼 문장의 상황을 조성함으로써 그 문장을 읽는 사람에게 의미를 생성(生成)한다. 이것이 커뮤니케이션에 있어서 문맥이 수행하는 기능이다. 언어기호든 비언어기호든 기호는 자기 밖의 어떤 대상을 대신하여 표상(表象 standing for=representing)하거나 다른 기호와 결합하여 무엇인가의 의미를 지시할 때 언제나 문맥적 기능의 영향을 받게 마련이다. 말하자면 문맥을 떠나서 기호의 지시적 기능은 제 구실을 충실히 수행하기 어렵다는 뜻이다.

이처럼 기호—이 책에서는 언어기호—는 완전한 진공상태에서 생산되지도 않으며 그런 공백 공간에서 일하지도 않는다. 앞서의 시각장애인의 구걸호소문의 예에서 보았듯 기호는 언제나 특정 문맥 안에서 형성되어 구체적 효과와 의미를 발생시킨다.

특정한 문맥 안에서 기호의 의미생산은 텍스트(text)와 문맥(context)의 관계에 대해서도 그대로 적용된다. 다시 한 번 더 시각장애인의 두 구걸판을 비교하면서 문맥의 의미를 살펴보기 바란다.

사회적 · 문화적 문맥; 험한 욕설도 밉지 않게 들리는 경우

문장의 의미는 사회적 문맥에 의해서도 규정된다. 사회언어학의 전통에서 있어서 사회적 문맥은 객관적인 사회적 변수들(objective social variables), 예컨대 계급, 성(gender), 인종 등과 같은 변수들의 측면에서 그 개념이 정의되었다. 그러나 최근에는 언어사용자의 텍스트나 이야기에 의해 해석되어 나타나는 사회적 아이덴티티(social identity)에 의해서도 그 개념이 정의된다.

이 경우 사회적 아이덴티티는 담론에 의해 구성(구축)되는 게 보통이다. 담론(談論 discourse)이란 가부장제의 가족제도, 법제화된 온갖 규범들의 체계, 교육제도 등 제도화된 언설(言說)의 체계를 가리킨다. 일반적으로 담론은 그 시대와 사회의 사상을 지배하면서 거기서 일탈하려는 행위에 대해 제재를 가하는 경향이 강하다. '말로 해서 못 알아듣는 녀석은 몽둥이찜질을 해서 가르쳐야 한다' 라는 야만적이고 폭력적인 언사라든가 '암탉이 울면 집안이 망한다' 라는 여성비하 · 천대 발언은 지금은 통용되지도 않고 용납되지도 않는 구시대의 유물로서 기억되는 특수한 지배담론이라 할 수 있다. 그런 담론이 지배하던 시절에 쓰인 언어 텍스트에는 그 담론의 영향이 각인된 흔적들이 역연히 남아 있다.

2009년 5월 노무현 전 대통령의 동네 산 바위에서의 투신자살 사건은 당시 부인 권양숙 여사가 남편의 재임 시 연관된 것으로 보도된 '한 기업가로부터의 불법적인 거액 달러 수령 의혹 사건'과 이에 관한 대검찰청 중앙수사부(중수부)의 노 전 대통령 철야조사라는 사회적 정치적 문맥을 젖혀놓고는 그 의미를 해석하기가 불가능하다. 노 전 대통령은 김해시 봉화 고향에서 특별버스 편으로 상경하여 대검 중수부에서 집중 수사를 받은 뒤 이튿날 오후에 고향집으로 귀가했다. 그런 일이 있은 지 얼마 안 지나서 '모든 책임을 내가 진다'는 취지의 유서를 남기고 노 전 대통령은 바위 아래로 몸을 던져 자살했다.

또 하나의 예는 2012년 11월 24일에 코레일(KORAIL) 전철 안에서 발생했던 일이다. 강원도 신탄리(新炭里)에서 6 · 25전쟁 때 끊긴 경원선이 사흘 앞서 백마고지 앞까지 연장되어 개통되었다는 소식을 듣고 몰려든 주로 노인들로 전철 안은 갈 때 올 때 모두 만원이었다. 종점인 백마고지 역은 신설 역사여서 미처 관광객들에게 서비스할 식당들은 물론 들어서 있지 않았고 아주 작은 역사의 사소한 공사마저도 채 마무리가 되지 않아 출입구 바닥 공사와 출입문 천장 부근에 알미늄판을 고정시키는 드릴 소리로 시끄러운 상태였다.

우리 부부는 컵라면과 떡볶이로 점심을 요기한 뒤 부랴부랴 백마고지

기념비를 휘익 둘러보고는 돌아와 오후 3시 52분발 상행 전철에 올랐다. 우리는 운 좋게 자리를 차지하고 앉았으나 종점인 동두천까지 가는 만원 전차 안은 입석 손님들의 지루한 '시간 죽이기' 잡담으로 소란스러웠다.

내 코앞에 선 한 키 큰 노인이 역과 주변 시설의 미비에 대단한 불평을 목청을 약간 높여 터뜨리기 시작했다. 처음에는 내가 맞장구를 치는 바람에 키 큰 노인은 더욱 신이 나서 불평의 도를 높였다. 본인이 실토한 바로는 임오(壬午)년 말띠생. 세는 나이로 72세이다. 노인의 신설 백마고지역에 대한 불평의 강도는 더욱 높아졌고 게다가 말투와 얘기 가닥의 전개로 보아 얼른 끝날 듯싶지도 않았다. 그런 낌새를 눈치 챈 나는 입을 다물어버리고 모자를 깊숙이 눌러 쓴 채 자는 척했다. 그러자 대화 상대를 잃은 그 노인의 얘기는 1953년 7월의 휴전을 앞두고 치열했던 백마고지 전투에 대한 전설적 회고담에서부터 급기야는 MB정부 당국의 무성의와 노인 푸대접 등에 이르기까지 지루하게 이어졌다. 바로 내 코앞에서 두서없이 떠드는 술 취한 목소리는 듣기에 몹시 역겨웠고 짜증스럽기까지 했다.

급기야 얘기의 화살이 딴 데로 날아갔다. 감기 탓인지 마스크로 입을 봉하고 모자를 눌러쓴 채 출입문 쪽 기둥에 기대선 중년 아주머니에게로 날아가 꽂혔다. 출입문 쪽 바닥에 앉은 그의 시어머니는 며느리를 향한 얘기가 쓸데없이 장황해지자 인격 모독에 가깝다고 느꼈던지 은근히 나무라면서 말했다. "점잖은 양반, 이제 그만 하시라요."

말리는 그 말에는 듣는 둥 마는 둥 노인의 언어 공세는 거칠어졌다. '우리가 보균자냐 마스크는 왜 했느냐. 그러고 왜 우릴 꼬나봐? 당신은 좀 특이한 사람이야. 특이하니까 내가 SBS 방송에 추천을 해서 돈을 벌게 해줘야겠어. 한 번 출연하면 천만 원은 거뜬히 벌수 있지.' 등의 뚱딴지 같은 말을 한참 쏟아냈다. 시어머니는 그만하라고 또 말렸고 마스크 아주머니는 여전히 묵묵부답인 채였다. 곁에서 듣기에도 민망한 노인의 쓸데없는 입방아가 아마도 10여 분은 족히 계속되었던 것 같다.

경원선 열차는 전곡에 도착했다. 마스크 아주머니가 내릴 차비를 하면서 마침내 목청을 올려 거칠게 말했다. "아저씨! 내리세요." 갑작스런 공세에 노인은 움찔 놀라는 기색을 보이며 말했다. "어! 왜 그래요?" 그러는 순간 플랫폼으로 내려선 마스크 아주머니에게서 카랑카랑한 욕설이 전차 안으로 날카롭게 달려들었다.

"야! 이 XX알놈아. 이리 내려와. 엇다 대고 함부로 말을 해! 술 취했으면 곱게 취해라. 남이야 목도리를 하건 마스크를 하건 말건 니 따위가 무슨 참견이야! 내려와 이 XX알놈아!" 기세 좋게 떠들던 노인의 기가 단박에 꺾였다. 전차 안은 잠시 조용해졌다. 통쾌하다는 의미일까. 저 편 쪽에서 다른 노인네가 입방아를 연상 찧던 그 70대 노인을 향해 점잖게 핀잔을 주는 나지막한 목소리가 들려왔다. 다른 사람들은 모두 그 노인네, 참 잘 당했다는 표정들이었다. 마스크 아주머니의 느닷없는 역습과 그로 인한 상황의 극적인 반전, 그것도 시어머니 앞에서 당당히 언성을 높이며 발사한 말 포격 세례는 우릴 깜짝 놀라게 했다. 헌데 그 'XX알놈'이 보통 때였으면 험한 욕설로 볼썽사납게 들렸을 터인데 이번에는 전혀 그렇지 않았다. 이상한 일이었다. 마스크 아주머니의 'XX알놈'에는 시골에서 으레 맡는 흙냄새 같은 것이, 아니 거름 냄새 같은 것이 묻어 있었다. 조금도 역겹다거나 심했다는 생각이 들지 않은 건 참으로 이상했다.

나는 새로 개통된 시골 관광전철 안에서 퍽 재미있는 구경거리를 목격했다는 정도의 느낌이 들 따름이었다. 아마도 술 취한 그 노인네가 조성한 상황, 상대의 인격을 무시한 쓸데없는 입방아 놀림이 마스크 여인의 험한 욕설을 중화시켜버렸거나 욕설의 의미를 정당한 공격으로 변질시킨 것이라고 나는 해석하고 싶다. 험한 욕설의 의미도 이렇게 용납되는 사회적 문맥이 있는가 보다.

마스크 아주머니의 경우는 그 얼마 전 전혀 격앙되지 않은 낮은 목소리로 TV인터뷰에서 "난 기자들을 짐승이라고 부릅니다. 짐승들과 술을 함께 할 때 너희들은 짐승이라고 나는 거침없이 말해요."라고 서슴지 않고 실토한, 노무현 정권에서 정무수석을 지낸 유인태 의원의 말(2012년 11월 중순 어느 TV방송 회견에서)도 그런 문맥적 효과 때문에 기자들에 대한 욕으로 들리지 않은 것이라고 나는 풀이한다. 이처럼 사회적으로 허용되거나 인정되는 상황 즉 사회적 문맥은 발화행위의 의미를 더욱 분명하게 강화하는 역할을 한다. 뿐만 아니라 때로는 메시지를 읽는이(해독자 reader)로 하여금 그것의 의미를 새롭게 창출하기도 한다. 험한 욕도, 용인될 수 없는 욕의 의미로서가 아니라 용납될 수 있는 욕으로 받아들여지거나 부드러운 농담의 의미로 약화시키는 것이다.

이와 같이 문맥의 의미창출이나 의미 전화(轉化)는 작자가 의도한 바와는 다른 방향에서 생겨날 수도 있지만 때로는 문맥상의 허용으로 말미암아 말과 글의 의미가 여태까지의 관습적인 것과는 다른 효과를 발생시킨다는 사실이 앞 사례들에서 분명히 드러나고 있다. 앞 예들을 통해 글쓰기에 있어서는 문맥을 활용하는 테크닉을 키우는 일이 대단히 중요하다는 점을 우리는 간과해서는 안 된다.

역사적 문맥

텍스트의 의미는 언어적 사회적 문맥에 의해서도 영향을 받지만 역사적 문맥에 의해서도 영향을 받는다.

이상은 언어적 텍스트의 문맥에 한정된 설명이지만 비언어적 텍스트로서 한 화가가 그린 「펜화 만대루 기행」은 그 역사적 문맥을 모르고서는 비언어적 기호들로 직조(織造)된 텍스트의 의미를 이해하는 데 어려움을 겪는다.

다음 그림에서 텍스트는 경북 안동에 있는 병산서원의 만대루(晩對樓) 펜화이다. 콘텍스트는 만대루 앞에 병풍처럼 둘러쳐 있는 병산(屛山; 병풍

屛)이다. 병산서원(屛山書院)의 병산은 앞산의 이름에서 따온 것. 김영택의 펜화 만대루에서는 병산만이 나타나 있으나 실제로는 산 앞을 낙동강의 지류가 흐르고 있다. 병산과 냇물, 주제의 양 편에 세워진 동재(東齋)와 서재(西齋; 그림에서는 추녀의 끝자락만 나와 있을 뿐 둘 다 생략되어 있음), 임진왜란 때 선조의 명신(名臣) 영의정 류성룡(柳成龍)의 학식과 덕목을 기려 추모하기 위해 세웠다는 서원 건립의 내력—서원 안의 존덕사(尊德祠)에 그의 위폐가 배향(配享)되어 있음—그리고 건축미술가들이 찬양하는 누각의 건축양식 등이 펜화의 주제인 만대루라는 텍스트의 의미를 풍부하게 생산하는 역사적 콘텍스트를 형성한다. 다음 글을 읽으면 텍스트인 만대루와 그것의 콘텍스트가 서로 어떻게 엮어져 의미를 직조하는가를 이해할 수 있을 것이다.

〔김영택 화백의 세계건축문화재 펜화 기행〕 안동 병산서원 만대루
400년 한결같은 모습, 늠름도 하여라

김영택 그림. 종이에 먹 펜, 41×58cm, 2011

저는 본래 그래픽 디자이너였습니다. 1993년 세계 정상의 디자이너 54명에게 수여하는 '디자인 앰배서더' 칭호를 한국 최초로 받았습니다. 다음해 디자인 비엔날레에 초대돼 파리에 가서 펜화를 만났습니다. 박물관에서 많은 건축문화재 펜화를 보며 '한국 건축문화재를 펜화에 담아 세계에 알리자'는 결심을 하고 나이 오십에 전업을 했습니다.

동양에서 수천 년간 붓으로 글과 그림을 그릴 때 유럽에서는 펜으로 글을 쓰고 기록화를 그렸습니다. 펜화는 인쇄술의 발달과 함께 꽃을 피웠습니다. 그러나 사진제판 기술이 발달하면서 기록화를 그리는 화가가 없어졌습니다. 그래서 제가 한국이나 일본뿐 아니라 본고장인 유럽에서도 드문 기록화를 그리는 작가가 되었습니다.

한국 건축가들이 좋아하는 건물로 병산서원(屛山書院) 만대루(晩對樓)를 손꼽습니다. 강변에 병풍같이 둘러선 병산과 만대루의 어울림에 누구나 반하게 마련입니다. 그러나 좌우에 지은 동재와 서재에 가려 제 모습을 볼 수 없기에 과감하게 밀어냈습니다. 서원 앞에 심은 은행나무와 전나무를 삭제하고 소나무를 배치해 옛 모습으로 만들었습니다. 사진으로 불가능한 새로운 기능의 기록화로 재탄생한 것입니다.

병산서원은 풍산읍내에 있던 풍악서당을 1572년 유성룡 선생이 병산으로 옮겨지은 것입니다. 만대루를 그리면서 기와의 단일 색상이 몹시 눈에 거슬렸습니다. 건물은 400살이 넘은 할아버지인데 지붕은 10살짜리 어린이인 꼴입니다. 단가마에서 구운 재래식 기와의 자연스러운 모습으로 고쳐 그렸습니다. 우리도 일본처럼 재래식 기와로 문화재의 참모습을 보여줬으면 좋겠습니다.(중앙일보, 2011년 2월10일, 「김영택 화백의 펜화 기행」)

제16강

지젝의 모순어법과 동양의 대대(對待) 사상

1. 인수봉, 오르지 않고 오른다

'사랑의 시인' 정호승의 시선집을 읽다가 「인수봉」이란 시제에서 눈길이 멎는다. 아침저녁 집에서 나갈 때 들어올 때마다 해등로 너머 저편 하늘 아래서 늘 나를 반기는 '하늘 찌르는 삼각고봉'*(三角高峯貫太靑) 중 하나가 인수봉이기 때문이다.

바라보지 않아도 바라보고
기다리지 않아도 기다리고
올라가지 않아도 올라가
만나지 않아도 만나고
내려가지 않아도 내려가고
무너지지 않아도 무너져

슬프지 아니하랴

슬프지 아니하랴

사람들은 사랑할 때

사랑을 모른다

사랑이 다 끝난 뒤에야 문득

인수봉을 바라본다.

(정호승 시선집, 『너를 사랑해서 미안하다』, 랜덤하우스중앙, 2005)

*三角高峯貫太靑은 매월당 김시습(梅月堂 金時習)이 어릴 적에 지은 「삼각산」의 첫 련임.

"기다리지 않아도 기다리고/올라가지 않아도 올라가고/내려가지 않아도 내려가고……."가 무슨 뜻인지를 처음에는 몰랐다. '기다리지 않음'이 어째서 '기다림'이 되고 '올라가지 않음'이 어째서 '올라감'과 같은지? 모순 · 대립되는 두 말이 양립하는 까닭을 헤아리지 못했다. 마지막 구절 "사람들은 사랑할 때/사랑을 모른다/사랑이 다 끝난 뒤에야 문득/인수봉을 바라본다"를 읽고 나서야 비로소 '아 하!' 했다. '인수봉'이 삼각산의 높은 세 봉우리를 구성하는 '자연 인수봉'인 동시에 '사랑의 대상'이었던 것임을 그 적에야 알아차렸다. 사랑할 때는 사랑을 모른다. 마찬가지로 '인수봉이 사랑'이라면 얼마든지 기다림을 모른 채 기다리고, 올라감을 모른 채 올라갈 수 있으리라. 한 시인의 관념에서만 가능한 일이 아니라 시를 읽으며 사랑하는 사람들의 마음에서도 '만나지 않아도 만나는 일'이 가능하지 아니하랴.

'기다리지 않음'과 '기다림', '만나지 않음과 만남'은 분명히 양립할 수 없는 것, 다시 말해서 모순어구이다. 서로 대립되는 모순어구가 어떻게 동시에 양립할 수 있을까. 양립되지 않을 듯싶던 두 낱말이 서로 사이좋게 어깨동무를 하고 일찍이 우리 앞에 나타난 사례를 나는 유치환의 「깃발」에서 보았다. "이것은 소리 없는 아우성/저 푸른 해원(海原)을 향하야 흔드는/영원한 노스탈쟈의 손수건/순정은 물결같이 바람에 나부끼고…….”
‘깃발’이 ‘소리 없는 아우성’이라니? 둘 사이에 동일성이 성립하는 이치는 문자만을 보아서는 이해하지 못한다. 그런 사람은 깃발이 바람에 펄럭이는 모습을 눈여겨봐야 하리라. 펄럭이는 그 모습이 바로 ‘소리 없이 아우성을 치는 모습’임을 감지하리라. 이것이 모순어구가 창출해내는 뜻밖의 의미이다.

‘올라가지 않아도 올라가서/만나지 않아도 만나는’ 일이나 ‘이것은 소리 없는 아우성’을 우리는 모순어법(矛盾語法 oxymoron)이라 부른다. 정호승의 「인수봉」과 유치환의 「깃발」에서 우리는 두 시인이 다 함께 모순 · 대립되는 두 낱말을 결합함으로써 새로운 시적 이미지와 의미를 생산해내는 뛰어난 솜씨에 절로 감탄을 터뜨린다.

헤라클레이토스; 같은 강물에 들어가는 동시에 들어가지 않는다

모순어법은 기원전 5~6세기 경 그리스의 한 철인에 의해서도 사용되었다. 그것은 여러 요인들을 배려한 끝에 나온 깊은 사색의 소산이었다.

> 우리는 같은 강물에 들어가는 동시에 또한 들어가지 않는다.
> 우리는 있는 동시에 또한 없다.

고고한 은둔 철학자 헤라클레이토스(Herakleitos, BC 540~480)가 제시한 이 아포리즘(aphorism)의 명제는 모순어법이다. 이런 명제가 도대체 성립될 수 있을까? 우리의 상식적이고 타성적인 견해로는 도저히 성립될 수 없을 것이다. 하지만 깊은 사색의 과정을 거친 철학자나 고매한 선승의 안목에서는 얼마든지 이치에 닿는 말이다. ‘사랑할 때 사랑을 모르듯’ 세상만물을 모조리 경계지어 구별해 보는 방식에 익숙한 우리의 구태의연한 사고방식으로는 도저히 납득하기 힘들 것이다.

헤라클레이토스의 말을 곱씹어보며 머리를 다시 맑게 하려면 모든 사물이 변하는 이치, 그런 만물유전(萬物流轉)의 이치 안에서는 경계와 구별이 실은 찰라의 인식에 지나지 않는다. 시간의 흐름과 공간의 변화에서 만물을 보면 '있는 것이 동시에 없는 것'이 되고, '우리는 같은 강물에 들어가는 동시에 또한 들어가지 않는다'라는 명제의 의미가 성립한다. '있는 것'이 놓여 진 시간과 공간, 쉴 새 없이 흐르는 강물의 이동에 따른 시간과 공간(장소와 위치)의 변화라는 관점에서 살핀다면 헤라클레이토스의 번뜩이는 총명은 금방 빛을 발산한다. 어떤 사람이 일단 들어간 강물은 입수(入水)하는 찰라에 동일한 강물이 아니므로 두 번 들어갈 수가 없지 않은가.

2. 일상생활에 흔한 모순어법들

모순어법은 동양의 노자(老子)와 장자(莊子)에게서도 어렵잖게 발견된다. 노장사상은 모순어법의 사용 자체로 구성된 철학이라고도 말할 수 있다. "세상 사람들은 모두 아름다운 것(美)이 아름다운 것인 줄로 알지만 (반면에는 반드시) 보기 흉한 것(惡)이 있다. 모든 사람이 착한 것(善)을 착한 것으로 알지만 (그 반면에는 반드시) 착하지 않는 것(不善)이 있다. 그러므로 있음과 없음은 서로를 낳고(有無相生), 어려움과 쉬움은 서로를 이룬다(難易相成)."(노자의 『도덕경』, 제2장)라고 가르친 노자의 말씀이라든가 '쓸모없음 속에 쓸모가 있음'(不用之用불용지용;『장자』, 소요편)을 가르친 장자의 말씀은 모두 모순어법으로서 삶과 우주의 진리를 일러주고 있다.

비단 2천 5백 년 전 옛 사람의 지혜로부터만 우리는 모순어법으로 표현된 진리의 말씀을 듣는 게 아니다. 현대를 살고 있는 우리의 일상생활에서도 얼마든지 모순되는 말들이 엮어내는 풍요로운 의미의 창출을 경험하고 있다. 얼른 머리에 떠오르는 몇 가지 예만 들어보아도 이러하다.

텅 빈 충만(법정 스님의 수상집에서)

살아 있는 망자(the living dead; 김일성의 유훈 통치나 이미 이 세상에서 죽은 사람임에도 환영으로 출현하여 산 사람의 사고와 행동을 지배하는 유령)

산송장(the deathly life; 통상적 사고능력을 잃었을 뿐 아니라 스스로 전혀 움직이지 못하는 식물인간)

'나는 未冷屍이다.' ('나는 살아 있는 시체나 다름없다.' 라는 뜻. 한규설 대감이 불법·강제적인 한일합병 조약이 체결된 지 19년 후인 1929년 그의 집으로 찾아간 한 잡지사 기자에게 한 말. 그는 을사오조약 당시 어전(御殿)회의 결과를 묻는 이등박문(伊藤博文)의 질문에 '우리 대신들은 모두 반대요' 라고 말한 것으로 유명한 인물로서 일본 정부가 내리는 작위의 수령도 거부했다. KTV 한일합병 100주년 특별강연에서 한시준 단국대 역사학과 교수의 말)

고독한 군중(The Lonely Crowd, 미국 사회학자 데이빗 리즈만의 저서명)

살아 있는 화석, 눈 뜬 봉사(장님), **공개된 비밀, 웃어도 웃는 게 아니다, 사는 게 사는 게 아니다.**

죽는 것이 사는 것이고 사는 것이 죽는 것(장자의 方死方生 方生方死)

번뇌즉해탈(煩惱卽解脫; 붓다의 가르침), **'버리는 것이 얻는 것,' '지는 것이 이기는 것'.**

봇짐 주며 하룻밤 더 묵으란다(봇짐을 주는 것은 가라는 뜻이므로 묵는다와 대립된다)

잔인한 친절(cruel kindness)

천천히 서둘러라(make haste slowly)

열병(熱病)**에 오한**(惡寒 cold fever; 감기로 고열이 나는데도 추워서 몸이 몹시 떨리는 증세인데 더울 熱과 추울 寒은 서로 대립되는 말이므로 모순어법이라고 본다).

We are commonly unique.(우리는 같으면서[함께 공유하면서] 독특하다.)

스웨덴의 아카펠라 혼성 5인조 보컬 그룹인 The Real Group이 불러 세계적으로 유명해진 곡 가운데 「Commonly unique」가 있다. 'Early morning having breakfast, Taking a shower, washing dishes'(이른 아침 식사를 하고/샤워를 하고 설거지를 하고…….)로 시작되는 이

노래는 'We are commonly unique' 란 후렴구가 반복된다. 'commonly unique' 란 공통적인 것 즉 같으면서 특이하다 라는 뜻으로 옮길 수 있겠다. 다시 말해서 '같으면서 다르다' 라고 뜻이다. 한자 성어로는 화이부동(和而不同)이라고도 볼 수 있다.

역설어법과의 차이

'찬란한 슬픔', '아름다운 패자', '안 먹어도 배부르다', '미운 놈에게 떡 하나 더 준다', '식은 땀' (cold sweat; 공포와 놀람으로 인해 나는 땀이므로 식다와 덥지 않은 땀은 모순이 아님) 등은 모순어법과 동일한 것이라고 보기는 어렵다. 이것들은 역설어법이다. 찬란함과 슬픔, 아름다움과 패배에서 보듯 두 낱말이 서로 배척하지 않고 양립할 수 있다는 특징을 보여주므로 이것들은 역설어법이라 부른다. 이에 반해 모순어법은 '사는 것이 죽는 것이고 죽는 것이 사는 것' 처럼 서로 동시에 양립할 수 없고 서로 동시에 배척하는 두 낱말로 구성되는 문장이나 구절이다. 그러므로 모순어법(oxymoron)과 역설어법(paradox)은 구별해서 봐야 좋을 것이다.

모순어법은 형식논리에서는 회피해야 하는 모순과 대립 자체를 오히려 역이용하여 의미를 만들어내기 때문에 모순율과는 구별 짓는 게 옳다. 모순율은 동일한 시간과 공간에 있어서는 '이것은 흑색이면서 동시에 백색이다' 라는 명제(命題)*는 성립할 수 없다는 형식논리의 원칙을 말한다. 즉 서로 모순되는 것끼리는 같은 시간 같은 장소에서 양립할 수 없다는 것을 규정한 논리 원칙이다. 모순어법은 '텅 빈 충만' 처럼 '빈 것' 과 '충만한 것' 은 형식논리의 관점에서 보면 서로 모순 · 대립되지만 양립할 수 있음을 허용한다. 그렇게 함으로써 모순어법은 새로운 의미를 창출하는 수사기법으로서 활용된다. 모순율과 모순어법은 모순을 토대로 삼아 생긴 용어라는 점에서는 기본적으로 동일한 바탕 위에 서 있지만 그 쓰임새는 다르다.

이처럼 모순어법은 모순율과 약간 다른 방식으로 사용됨에도 불구하고, 일상생활의 문맥에서는 그리고 현상세계에 대한 인식논리에서는 얼마든지 그 뜻이 통하는 묘한 수사적 특성을 지니고 있다. 그래서 모순어법은 풍성한 의미를 생성한다.

따라서 우리의 글쓰기나 말하기(구어화법)에 있어서는 그런 표현기법을 다시 한 번 세심하게 고찰할 필요가 있다.

모순율이란?

모순어법의 개념을 정확히 이해하기 위해 우리는 아리스토텔레스가 정의한 모순율의 개념을 이번 참에 확실히 알아둬야 하겠다. 그에 따르면 모순율(矛盾律 the principle of contradiction)은 "같은 것(the same) 즉 동일한 것(the identical)은 같은 때에 같은 사물에 그리고 같은 관점에 속해 있으면서 또한 동시에 속하지 않는 일은 있을 수 없다"라는 판단에 기초하여 정의된다.

다시 풀이하자면, 모순율이란 어떤 사람이 ①같은 상황에서(장소를 포함하여) ②같은 시각에 ③같은 관점에서 '사과를 좋아한다' 라고 말하는 동시에 '사과를 싫어한다' 라고 말할 수는 없음을 가리키는 논리전개의 형식적 원칙이다. 모순율에 대한 앞의 설명 가운데서 우리가 명심해야 할 부분은, 모순율이 같은 상황(문맥이나 장소 등), 같은 시각, 같은 관점에 있어서만 성립한다는 사실이다. 이를 뒤집으면, 상황이 달라지고 시간이 달라지고 관점이 달라지면 동일한 의견이나 견해일지라도 그것은 얼마든지 달라질 수 있다는 뜻이 된다. 앞서 예로 든 사례 중에서 헤라클레이토스의 '우리는 같은 강물에 들어가는 동시에 또한 들어가지 않는다.' 라는 명제나 노자의 '아름다운 것 안에는 반드시 보기 흉함이 있다' 라는 경구는 사물이 변한다는 이치 즉 만물유전의 이치를 전제로 하여 성립되는 것이다.

강의 노트⑬

명칭, 판단, 명제

제16강의 내용에 대한 독자들의 질서정연한 이해를 돕기 위해 몇 가지 논리학 술어(術語 또는 用語 term)들에 관해 간단히 설명해 둘 필요가 있다. 이 술어들의 뜻을 잘 기억해 두면 여러분이 글을 쓰기 시작할 때 다시 말해서 여러 단어(요소)들을 선택하여 그것들을 엮음으로써 글을 구성하기 시작할 때 큰 도움이 되리라고 생각한다. 먼저 설명할 기본적인 논리학 술어들은 명칭, 판단, 그리고 명제가 있다. 이와 아울러 동일률, 배중률, 모순율에 관한 풀이는 제4강에 나오는 〔강의 노트⑦〕사고의 형식논리적 법칙을 참조하기 바란다.

명칭(名稱 또는 名辭 term); 명칭은 개념을 언어로 나타낸 것. 명칭은 개념의 기호이며 개념 그 자체와는 다르지만 실제로는 흔히 개념과 동일시된다. 왜냐하면 개념 역시 언어로 표현할 필요가 있기 때문이다. 논리학에서 term은 명사(名辭)로 번역되어 사용되기도 하지만 나는 국어문법의 이름씨(품사品詞) 즉 명사(名詞)와의 혼동을 피하기 위해 명칭이란 용어를 사용하고자 한다.

명칭은 대상이나 사물들을 구별지어 '이건 이러하고 저건 저러하다' 라는 식으로 그 의미를 대비하여 표출하려면 꼭 필요하다. 우리의 말하기와 글쓰기는 바로 이 명칭에서 비롯된다고도 말할 수 있다.

판단(判斷 judgement); 판단은 개념과 병행하는 사고의 근본 형식이다. 판단을 언어로 나타낸 것이 명제이지만 그 둘은 실제로는 거의 같은 뜻으로 사용되기도 한다. 판단은 통상 몇 개의 개념 또는 표상들 간의 관계를 긍정하거나 또는 부정하는 작용으로서 정의된다. 판단은 개념을 전제로 하지만 개념은 또한 판단을 통해서 만들어 지는 것이므로 둘은 서로 의지하는 상의(相依)관계에 있다.

예컨대 '쉽게 얻은 돈은 쉽게 사라진다' 라는 언명(言明 statement)은 힘 안 들여 번 돈과 힘들여 번 돈의 차이를 기술하는 판단에 해당한다. 이 경우 우리가 주의해야 할 것은 판단은 부정 또는 긍정의 형식으로 표현되지만 그것이 반드시 참 또는 거짓을 나타내지는 않는다는 사실이다.

명제(命題 proposition); 명제란 언어로서 판단을 표현한 문장을 가리킨다. 문법학에서 말하는 문장은 소망, 질문, 명령, 감탄 등을 나타낸 것이지만 논리학에서의 명제는 일정한 주장을 언명하는 것이므로 참과 거짓을 문제 삼을 수 있는 것에 한정된다. 명제는 개체를 주어로 삼아 술어(述語 서술어)를 여기에 귀속시키는 것 즉 주어+술어 또는 주어+목적어(보어)+술어를 기본형으로 삼는다. 그밖에도 다른 방식으로 구성된 것들과 수식(數式) 등으로 확장된 것들도 있다.

예컨대 '천재는 일 퍼센트의 영감과 구십구 퍼센트의 땀으로 만들어진다.' '아는 것이 힘이다.' 등은 명제이다

3. 지젝의 헤겔읽기; 모순되므로 거기에 진리가 있다

혁신적인 헤겔해독법

모순어법에 대해 얘기하면서 지젝이라는 유럽 철학사상가를 언급하는 데는 그만한 까닭이 있다. 슬로베니아(전 유고슬라비아연방의 일부) 출신의 슬라보예 지젝(Slavoj Zizek, 1949~)은 헤겔변증법을 새로운 각도에서 조명하면서 모순 속에서 진리를 찾아내는 방법을 제시한 학자이자 사상가이기 때문이다. 말하자면 지젝은 일단은 헤겔변증법 위에 서서 자신의 사상을 전개하되 헤겔이 놓친 사고의 틈새에서 모순의 발견적 가치를 찾아낸 것이다. 영국의 저명한 문학비평이론가 테리 이글턴(Terry Eagleton, 1943~)으로부터 "지난 수십 년 동안 유럽에서 나타난 정신분석가, 문화이론가 중 무서울 만큼 가장 총명한 해석자이자 이론가"라는 평판을 듣는 그 사람, 지젝에 의해 '모순적 판단'은 지금 새로운 문화이론으로서 주목을 끌고 있다.

변증법, 부정의 부정을 거듭하는 배척 원리

지젝의 '모순적 판단의 발견적 가치(heuristic value)'가 동양의 대대(對待)사상과 어떤 유사성을 갖는가는 이 강의의 뒷부분에서 고찰하겠지만 그에 앞서 우리는 지젝 방식으로 풀이된 헤겔의 변증법에 대한 지식을 얼마쯤 갖춰야 한다.

헤겔은 참(眞)과 거짓(僞)의 대립이 절대적인 것이 아니라 유동적인 것임을 간파(看破)했다는 점에서 사물의 인식과 관련하여 인류 역사에서 획기적 공헌을 한 철학자였다. 그는 모든 것은 정지하지 않고 항상 움직인다(流動 運動)고 보는 기본적 사고방식을 지니고 있었고 이를 토대로 자신의 변증법적 철학을 전개했다. 변증법적 사유방식에 철저한 헤겔에게는 진리 그것마저도 고정불변의 외투를 벗어던진다. 다른 것들과 마찬가지로 진리라는 것도 유동하며 움직이는 것이다. 진리＝참의 반대명사(反對名辭)인 거짓도 영원히 거짓인 채로 마냥 머무르지는 않는다. '아름다운 그림 한 폭이 벽에 걸려 있다' 라는 언명(言明 statement)에서 '아름다운 그림'의 미적가치는 그것을 보는 주체의 관점과 시야(viewpoint and perspective)에 따라 달라지는 주관적 가치일 뿐이다. 언젠가 다른 장소에서는 그 그림의 아름다움은 부정되기도 한다.

이 대목에서 우리가 주목해야 할 일은 헤겔 자신은 어디까지나 사물의 '유동화'(流動化)란 용어를 사용했지 '상대화'(相對化)란 말은 쓰지 않았다는 점이다. 이는 그가 위치의 다름이라는 상대적 관점에서 사물의 변화를 고찰했다기보다는 사물의 유동성과 움직임이라는 시각(視覺)에서 사물의 변화를 고찰했음을 의미한다. 헤겔이 상대화란 용어를 선호하지 않은 중요한 이유 중 하나는 그의 철학이 상대주의를 지향하지 않고 현상 너머에 실재하는 영원불변의 본질 즉 절대정신(Absolutgeist)을 추구한 절대주의 철학이었기 때문이기도 하다. 달리 말해서 헤겔의 변증법은 변화와 부정을 토대로 하여 절대정신을 지향하는 운동 원리이다.

유동성과 부정의 관점에서 사물의 변화와 움직임을 관찰했다는 점에서 헤겔은 이전의 철학자들과 확연히 차별화되는 위치에 자리매김된다. 헤겔 이전의 철학자들은 대체로 참은 어디까지나 참이고 거짓도 어디까지나 거짓이지 그것들이 참이 되었다가 거짓이 되었다가 하는 일은 결코 있을 수 없다고 생각했다. 그러나 헤겔은 참이라고 여겨졌던 것이 모순의 발견을 통해 거짓으로 판명되는 과정에서 부정에 부정을 거듭하는 사물의 변전(變轉)이 마침내 aufheben(止揚지양)되어 합일(合一)되는 사물의 통합원리를 파악했다는 점에서 유럽철학사에서 우뚝 솟는 위치를 차지했다. 이것이 테제(定立정립 These)/안티테제(反立반립 Anti-These)의 대립관계가 지양되어 새로운 진테제(綜合종합 Synthese)를 낳는, 유명한 정 · 반 · 합(定反合)의 변증법 원리이다.

정반합 3단계 전개 방식

안티테제에 의해 테제가 부정되고, 다시 안티테제가 부정되어 진테제가 성립되는 과정을 뒤집어보면 거기에는 이항대립의 테제들이 서로 배척적 · 배타적으로 작용한 끝에 새로운 진테제를 얻는다는 변증법의 특징이 발견된다.

지젝은 모순 · 대립되는 두 테제의 양립불가 사태를 새로운 시각에서 고찰함으로써 모순 · 대립 자체의 틈새로부터 참(眞)을 발견하는 데 유용한 단서를 잡아냈다. 말하자면 지젝은 헤겔변증법의 모순의 틈새에서 발견적 가치를 새롭게 찾아낸 것이다. '모순되므로 거기에 진리가 있다' 라는 지젝의 놀라운 명제는 헤겔변증법에서 그가 찾아낸 빛나는 철학적 · 사상적 성과이다. 그의 이런 참신한 안목을 영화를 예로 들어 살펴보기로 하자.

ⓐ '모든 영화는 좋은 영화다.' 라는 판단*을 누군가가 언명했다고 하자. 이렇게 언표(言表)된 판단을 테제(定立)라고 부른다. 테제란 그것이 참인지 거짓인지를 논증받기 위해 제시된 주제 또는 주장이라고도 말할 수 있다. 이 테제를 중심으로 문답하는 과정에서 우리는 두 번째의 테제로서 ⓑ '일부 영화는 나쁜 것들도 있다.' 라는 새 판단을 얻는다. 새로운 판단은 앞서의 테제에 도전하며 대립하므로 안티테제(反定立)라고 부른다. ⓐ와 ⓑ두 테제를 나란히 놓고 보면 둘은 분명히 서로 모순 · 대립하는 것, 양립하지 않는 것, 서로 상대를 배척할 수밖에 없는 것임을 대번에 알 수 있다. '모든 영화는 좋은 영화이다.' 라고 판단하면서 어떻게 그 모든 것 안에 포함되는 일부 영화를 나쁘다고 말할 수 있겠는가. 좋은 영화도 있고 나쁜 영화도 있다 라고 말한다면 그것은 맞는 말이다. 그게 맞다면 ⓐ는 부정되어 새로운 명제*로서 태어나야 마땅하다. 모든 좋은 영화들 속에 나쁜 영화가 들어 있다면 ⓐ와 ⓑ중 어느 하나는 분명히 틀린 명

제, 거짓명제로 낙인찍힐 수밖에 없다. 그래서 ⓐ와 ⓑ의 두 테제는 서로 충돌을 일으키는 가운데 자기 명제가 진실이라고 우기며 싸우는 과정을 거친다. 그런 투쟁이 마침내 둘을 종합, 수정한 새 명제가 부상한다. 그 결과로서 ⓒ'대부분의 영화는 좋다.' 라는 종합판단 즉 진테제(綜合)를 우리가 얻는다. ⓒ라는 새로운 종합판단은 ⓑ테제에 의해 ⓐ가 부정됨으로써 우리가 얻는 새로운 명제(命題)이다. 이상이 진리를 찾아내는 헤겔변증법의 '정반합 3단계' 전개 방식이다.

모순 속에서 발견된 틈새의 가치; 모순되므로 진리가 있다

우리는 지젝의 헤겔읽기가 어떻게 '모순 속에서 진리를 발견'하는 방법으로 발전했는가에 대해서 좀 더 자세히 고찰해야 하겠다.

지젝은 모순 · 대립되는 이항테제들이 존립하는 사태를 헤겔처럼 전적으로 부정하여 배격하지 않는다. 그는 그 모순을 그대로 껴안음으로써 그 안에서 진리를 찾고자 한다. 지젝의 이러한 방법론적 입장은 '어떤 것의 진리는 다른 곳에 있다' 라든가 '어떤 것의 동일성은 그 어떤 것의 밖 즉 다른 데에 있다' 라는 다른 명제들과도 맥이 상통하는 일관된 자세이다. 이런 철학적 연구 자세로 말미암아 그는 결국 **'모순되므로 거기에 진리가 있다'** 라는 명제를 얻게 되었다.

그렇다면 '모순되므로 진리가 있다' 라는 지젝의 사유방법은 헤겔의 그것과 무엇이 다른가? 앞에서 예로 든 두 가지 명제를 약간 변형시켜 다음과 같이 정리한 뒤 우리의 논의를 진행하기로 하자.

ⓐ모든 영화는 좋은 영화다.

ⓑ「타이타닉Titanic」은 나쁜 영화다('일부 영화는 나쁜 것들도 있다'의 변형).

위에서 ⓐ와 ⓑ는 확연히 모순 · 대립된다. 여기까지는 헤겔의 사유방법과 지젝의 그것은 같다. 둘이 갈라지는 분수령은 이 지점서부터 생긴다. 헤겔의 입장은 최근에 상영된 「타이타닉」이란 영화의 평판이 나쁘기 때문에 ⓑ테제를 진리로 받아들이게 되었으며 그에 따라 처음의 ⓐ테제를 부정하고 ⓒ'대부분의 영화는 좋다.' 라는 새로운 종합명제를 찾은 것으로 요약된다. 이것이 헤겔변증법의 정해(正解)이며 모순을 지양하기 위해 흔히 사용되는 '바른 논법'으로 지적되어 왔다.

그러나 지젝의 모순 해독법은 이와는 다르다. 주요 차이는 헤겔변증법이 부정에 부정을 거듭하면서 부정된 것을 배제해버리는 데 반해 지젝의 모순 해독법은 모순 자체를 배척하지 않고 그대로 용인하고 수용하는 데 그 현저한 특징이 있다. 즉 지젝은 기성의 이항대립 테제들을 어느 하나도 부정하지 않고 모순된 내용을 지닌 채로 그대로 인정하여 그 모순의 발견적 가치를 찾아내는 것이다. 헤겔이 종합판단으로서 얻은 ⓒ'대부분의 영화는 좋다.' 라는 진테제가 지젝의 경우에는 「타이타닉」이라는 나쁜 영화가 있기 때문에 다시 말해서 그 영화가 생겨남으로 말미암아—불교의 상대사상(相待思想)의 용어로 표현하면 나쁜 영화 「타이타닉」에 연기(緣起)하여—그것과 대조하여 모든 영화는 좋은 영화가 된다' 라는 뜻밖의 결론으로서 탄생한다. 말하자면 '나쁜 영화는 좋은 영화가 나타나기 위한 조건이 된다.' 얼마나 기상천외한 발상인가? 지금까지 우리가 파악한 형식논리의 원칙에서 보면 이런 판단은 어불성설(語不成說), 뭐가 뭔지 도무지 종잡을 수 없는 명제의 탄생으로 비칠지 모른다. 한데 지젝의 사유법을 숙고해 보라. 그 수수께끼 같은 판단의 정체가 풀릴 것이다.

4. 모순은 모든 동일성의 조건

지젝은 헤겔의 변증법적 사유 속에 어떤 틈새가 벌어진 것을 보았길래 거기서 발견적 가치를 얻은 것일까? 이 물음은 지젝 특유의 모순적 사유법(oxymoronic style of thinking)이 어떤 철학적 토대 위에 성립된 것인지를 아는 길이기도 하다.

영화에 관한 앞서의 판단들을 다시 정리해서 우리의 논의를 진행시켜 보자. '모든 영화는 좋은 영화이다.' 라는 헤겔의 ⓐ테제는 「타이타닉」같은 나쁜 영화—이 평가는 지젝이 내린 것임—가 상영되었기 때문에 부정된다. 다시 말해서 헤겔의 경우 '모든 영화는 좋은 영화이다.' 라는 명제는 그 '모든 영화' 안에 「타이타닉」을 이미 포함시켰기 때문에 틀린 명제로 낙착된다. 따라서 ⓐ테제는 자체 속에 이미 모순을 내재하고 있어서 진리가 될 수 없다는 결론이 도출된다. 그러나 지젝은 바로 이 내재적 모순에 착안하여 혁신적인 헤겔읽기를 기도했다.

지젝은 혁신적 헤겔읽기의 실천과정에서 '모순은 모든 동일성의 조건이다'(contradiction is a condition of every identity) 라는 유명한 명제를 세우게 된다. 이 명제가 바로 지젝의 새로운 헤겔읽기에 있어서 발견적 가치를 지닌 핵심적 위치를 차지한다. 지젝의 명제는 앞서 우리가 모순 속에서 진리를 찾는 방법을 설명하는 가운데 제시한 '어떤 것의 동일성은 그 어떤 것의 밖 즉 다른 데에 있다' 라는 명제와도 통한다. 이는 '밝은 낮은 어두운 밤이 있음으로 해서 낮이 된다' 라는 이치와도 같다.

지젝의 명제를 영화 「타이타닉」이야기에 적용하면, '「타이타닉」과 같은 나쁜 영화가 있음으로 말미암아 모든 영화는 좋은 영화가 된다.' 라는 지젝식 판단이 도출된다. 즉 나쁜 것이 있음으로 말미암아 즉 나쁜 것에 緣(연)하여 좋은 것이 '좋은 것'으로서의 지위(posotion)를 획득하게 된다는 뜻이다. 다른 각도에서 말하자면 '좋은 영화' 라고 일컬어지는 것들은 자기들 동류(同類)들끼리만 모여 있다면 '좋은 영화' 라는 지위가 주어지지 않는다. 학교에서의 우등생은 열등생의 존재로 말미암아 비로소 우등생이란 평가를 얻듯 영화도 나쁜 영화의 존재로 인해 좋은 품질이 돋보이게 되는 것이다.

지젝은 우리의 현실세계에 있어서 이러한 대립적 요소들의 공존현상,

모순되는 사물들의 양립현상에 주목하여 다른 사상가들과 뚜렷이 차별되는 사유법을 구사하고 있다. 그래서 지젝은 '모든 좋은 영화'라는 전체 안에 나쁜 영화 한편(부분)이 끼어든 틈새를 보았으며 이 '나쁜 영화 하나'를 '좋은 영화들 전체'로부터 배제하지 않았다. 배제하지 않음으로써 좋은 것(영화)이 좋은 것으로서의 지위 즉 '좋은 영화'라는 동일성(identity)의 지위를 확보하는 조건을 지젝은 발견한 것이다. 이것이 바로 '모순은 모든 동일성의 조건이다' 라는 지젝 명제에 대한 풀이가 된다. 빛을 발산하는 등불의 동일성은 어두운 밤이라는 조건에 의해서 비로소 성립된다.

지젝의 새로운 헤겔읽기가 우리들 상식인이 이해하기에는 좀 이상야릇하고 어려운 듯이 보이는 철학적 사유법이란 지적은 이상과 같은 설명법에서 나온다. 역으로 지젝이 '무서울 만큼 총명한' 철학자라는 이글턴의 평가를 받는 이유도 바로 그 점에 있다.

지젝 철학의 요체는 간단히 말해서 '모순되므로 거기서 진리'를 찾아내는 '모순어법적 사유방식'(oxymoronic style of thinking)에 있다. 지젝 입문서를 쓴 토니 마이어즈(Tony Myers)가 지적한 바와 같이 지젝의 헤겔읽기에 있어서 재래식의 전통적 변증법은 하나의 명제가 다른 명제에 의해 부정되고 배척됨으로써 종합판단으로서의 '새로운 참 명제'를 낳을 뿐, '모순 · 대립하는 것들의 화해나 상호모순의 상태를 그대로 수용하는 종합판단을 낳지 못한다.' 하지만 지젝의 모순수용적 변증법—이런 용어가 적절한지는 모르겠지만—은 '모순은 모든 동일성을 위한 내면적 조건'(contradiction is an internal condition for every identity)임을 그대로 시인하는 데서 두드러진 특징을 발휘한다. 이것은 어떤 사물에 대한 우리의 생각은 언제나 어긋남(discrepancy)에 의해 와해되며 그래서 이러한 어긋남은 우리의 생각이 우선 존재하기 위한 필요조건이 된다는 것을 의미한다. 지젝의 사고방식에서 보면 모순은 절대로 배척되어야 할 애물단지가 아니라 사물이 자기 동일성을 유지하며 존재하기 위한 필요조건으로서 그대로 껴안아야 할 단지 차이일 따름이다(Tony Myers, *Slavoj Zizek*, Routledge 2003, pp.16~17).

5. 모순 · 대립을 수용하는 동양의 대대(對待)사상

체스와 바둑의 차이

서양의 변증법적 사고와 동양의 대대항적 사고의 차이를 이해하려면 서양의 체스 놀이와 동양의 바둑 놀이의 차이를 살펴보는 것이 유익할 것이다.

남부의 그리스계와 북부의 터키계로 분할된 동지중해의 섬 키프로스를 찾은 한국의 KBS 기자는 먼저 남부에 들렀다. 거기서 바둑을 두는 노인들을 만났다. 동양의 바둑 놀이가 거기까지 도입되어 동호인 클럽이 형성되어 즐길 정도로 보급되어 있다니 문화의 전파엔 경계도 없고 입국비자도 필요치 않는가 보다. 지리상의 경계와 정치적 경계를 훌쩍 뛰어넘어 헬레니즘문화에 동양의 바둑문화가 접목되어 있는 걸 보고 기자는 놀랐다. 기자는 한 노인과 바둑 한 판을 두면서 그에게 물었다. 서양에는 체스라는 장기 놀이도 있는데 어째서 동양의 바둑을 즐기는가? 돌아온 대답 은 뜻밖에도 동 · 서양인의 사유방식의 차이를 선명하게 부각시키는 설명이었다.

'체스에서는 플레이어가 상대를 반드시 죽이고 파괴해야만 이기게 된다. 또한 체스에는 엄격한 계급 질서가 형성되어 있다. 사회공동체와는 관계가 없다. 왕이나 여왕, 기사, 병사의 순으로 상하질서가 확립된 것이 체스 왕국이다. 체스 왕국은 평등한 공동체가 아니다.

그러나 바둑에는 그런 차별적인 계급 왕국이 없다. 바둑은 상대자를 파괴하지 않고 자기의 영역을 만들면서 게임을 한다. 바둑 한 알 한 알은 제각기 모두 평등하며 자기의 위치에서 자기 역할을 수행한다. 그런 과정에서 게임의 승부는 자기의 '뭔가'(인용자; 바둑의 집을 가리킨 듯)를 창조하여 상대를 제압함으로써 승부를 가른다. 그래서 우리는 바둑 놀이를 좋아한다.'

대략 이런 취지의 설명이었다. 그리스계 키프로스인의 동·서양의 바둑·장기 놀이 설명에는 모순·대립(對立)하는 것들의 변증법적 해결방식과 대대(對待)하는 것들의 상호포용적·상호의존적 해결방식의 차이가 드러난다. 변증법은 서양의 체스 놀이와 같고 동양의 대대법은 바둑 놀이와 흡사하다. 두 놀이의 이런 차이를 이해한다면 변증법과 대대법의 다름도 어떠한 것인가를 터득할 수 있으리라.

부정과 배척을 거듭하는 변증법적 사유

헤겔변증법에 있어서 모순은 모든 존재자(萬物)의 운동과 실존의 기초를 형성하며, 모순의 원리가 세계의 운동을 통제하는 절대진리를 밝혀낸다고 헤겔 신봉자들은 믿는다. 그러나 그들의 견해와 달리 헤겔변증법은 헤겔 자신이 밝힌 바와 같이 모든 존재자를 구별하여 대조하고 차별하는 토대 위에 구축된 철저한 부정과 배척의 논리이다. 헤겔은 이렇게 말했다.

> 모든 것이 구별되는 장면에서 각각의 극(極)은 그 구별을 위해 존재하고 있다. 그것은 또한 그 자신을 위해 존재하는 것이 아니라 존재하지 않는 것과의 대조(對照)관계에 있어서만 존재한다.(G. W. F. Hegel, *Encyclopedia of Philosophy* trans. by Gustav Emil Müller N.Y. Philosophical Library p.118)

'검은 뱃속'과 '하얀 뱃속'을 서로 모순·대립되는 두 극을 예로 들어보자. 헤겔에 따르면 모든 존재자들이 존재하는 현상적 양태 다시 말하면

'검은 뱃속'과 '하얀 뱃속'이 존재하는 양태는 서로 다른 것과 구별되고 대조되는 모습으로 나타난다는 것이다. 그래서 헤겔의 경우 '검은 뱃속'의 사람이라고 규정된 사람은 '하얀 뱃속'의 사람들과 대조되면서 그들로부터 아예 배척당하고 만다. '하얀 뱃속'이라는 같음(동일 the identical)으로 분류되는 사람의 속내를 속속들이 들여다보면 실은 '검은 뱃속'이 한 구석에 자리 잡고 있음을 알게 됨에도 불구하고 헤겔변증법에서는 같음 안에 내재하는 다름(차이 the different)이란 요소가 애당초부터 상정되지 않는다. '검은 뱃속'은 오직 검은 뱃속으로만 그리고 '하얀 뱃속'은 하얀 뱃속으로만 실체화되면서 다른 것과 구별되고 차이화된다는 뜻이다. 그런 현상적 양태에는 다른 것들은 오직 동일부류의 자기 동일성(self-identity)을 찾기 위해서만 필요로 할 뿐더러 자기동일성의 강화를 위해서는 낯선 타자(　者 the other)로 낙인 찍혀 배척당하기 일쑤이다.

분별(分別)되고 차별(差別)되는 상이한 모든 존재자들이 극과 극의 상호대조 · 대립관계에 있어서만 그 존재가치를 지닌다는 헤겔의 관찰. 그것은 겉모양으로는 노자(老子) 『도덕경』의 제2장과 비슷한 듯이 보인다. 하지만 찬찬히 그 속내를 뜯어보면 노자와 헤겔의 사상은 판이하다.

> 세상 사람들은 모두 아름다운 것이 아름다운 것인 줄로 알지만 (반면에는 반드시) 보기 흉한 것이 있다. 모든 사람이 착한 것을 착한 것으로 알지만 (그 반면에는 반드시) 착하지 않는 것이 있다.
>
> 그러므로 유와 무는 서로를 낳고(有無相生), 어려움과 쉬움은 서로를 이루며(難易相成), 긴 것과 짧은 것은 서로 비교되며(長短相較), 높음과 낮음은 서로 바뀌며(高低相傾), 음조와 소리는 서로 조화를 이루며(音聲相和), 앞과 뒤는 서로 따른다(前後相隨).(『도덕경』, 제2장)

아름다움과 보기 흉함, 착함과 착하지 않음, 있음과 없음, 어려움과 쉬움, 긴 것과 짧은 것, 높음과 낮음, 앞과 뒤 등은 서로 대극에 위치하는 이항대립의 관계에 있긴 하다(나는 편의상 이항대립이란 서구철학 용어를 사용하지만 나중에 이를 이항대대 또는 대대이항으로 바꾸겠다). 한데 헤겔변증법과 노자 대대법과의 표면적 유사성은 여기까지만 유효할 뿐이다. 이후 걸핏하면 헤겔변증법에서 금과옥조처럼 언급되는 다른 특징 즉 차이가 나는 다른 타자들(different others)에 대한 부정과 배척이라는 특징은 노자의 대대사상과 선명한 대조와 현저한 차이를 보인다. 노자와의 차이를 알기 위해 변증법에 대한 헤겔 자신의 설명을 다시 들어보자.

> 모든 변증법적 부정은 별개의, 다른, 반대되는 모순을 갖는 참다운 대립물과 관계를 갖는다. 이와 같이 부정은 그것이 배척하는 것의 위치를 잡아 준다. (Hegel, *Encyclopedia of Philosophy*)

'부정이 배척하는 것의 위치를 잡아 준다.' 이 구절은 대립하는 이항(二項)이 의존하면서 용인하지(相依相容 상의상용) 않고—쉽게 말해서 상반되는 엄지손가락과 다른 네 손가락들과의 공존관계와는 달리—한 쪽이 다른 쪽을 제압하여 내쫓아버린다 라는 뜻이다. 그래야만 모순·대립되는 것들이 부정된 뒤 종합을 이룬다. 그렇게 함으로써 새로운 진리에 도달하게 된다. 모순·대립되는 것들이 이처럼 부정에 부정을 거듭하고, 배척에 배척을 거듭하면서 궁극적으로는 참(眞理)이라고 믿게 되는 전체로서의 절대이념 다시 말해서 세계를 지배하는 절대정신(der absolut Weltgeist)에 도달한다는 점에 대해서는 이미 앞 절에서 설명한 바 있다. 요컨대 헤겔변증법은 모순·대립되는 것들을 용납하지 않을뿐더러 그냥 놔두지도 않는다. 넓은 강물이 들판을 감아 돌며 풍부한 농업용수를 제공하는 것처럼 다시 말해서 물과 땅의 관계처럼 반대되는 것을 받아들이지 않는다. 모순의 원리에 정면으로 맞서는 적에 대해서는 가차 없이 그것을 처치해버리지 않으면 안 되는 특성을 헤겔변증법은 지니고 있다.

바로 여기서 헤겔변증법은 노장(老莊; 노자와 장자) 사상을 포함한 동양의 대대(對待)사상과 현저한 차이를 보인다.

'구체적 절대화에 대한 사유' 그리고 '폭력적 계층질서'

무르티(T. R. V Murti)의 지적을 빌리면 헤겔변증법의 움직임은 "거의 내용이 없는 낮은 차원의 개념에서부터 큰 내용을 가진 높은 차원의 개념으로 통과하는 것"에 지나지 않는다.(張鍾元 著 上野造道 譯, 『老子の思想』, 講談社學術文庫, 1987, p.57. 이 책은 張의 영문 원저를 日譯한 것임)

무르티가 말하는 '거의 내용이 없는 낮은 차원의 개념'이란 아주 높은 차원의 절대진리를 찾아가는 도정에서 거치는 개별 명제들을 가리킨다. 예컨대 앞 절(節)에서 소개한 '모든 영화는 좋은 영화이다.' 라는 명제가 부정되어 '대부분의 영화는 좋다.'라는 새로운 참 명제를 얻기 이전에 정립되는 명제들을 가리킨다. 무르티의 전문적인 용어를 원용하면 헤겔변증법은 내용이 거의 없는 '순수존재에 대한 사고'에서 시작하여 '모든 것들을 포괄적으로 통일'하는 구체적 절대에 대한 사유에 도달한다는 사변적 논증을 가리킨다.

여기서 우리는 헤겔변증법이 하나의 뚜렷하고 구체적인 목표를 지향하고 있음을 발견한다. 즉 '모든 것들을 포괄적으로 통일'하여 얻는 '구체적 절대'가 그 변증법의 최종목표이다. 헤겔이 추구하는 '구체적 절대'는 바로 절대정신을 가리킨다. 절대정신은 시대마다에서 존재해온 각각의 부분적 정신을 통합하는 전체로서의 절대정신을 뜻한다. 그래서 헤겔은 인간의 역사는 절대정신의 실현을 위한 발전과정이라고까지 말했다. 이어 헤겔은 그 자신이 살았던 프러시아가 바로 그러한 절대정신이 구현되어 완성된 정치적 실체라고 간주하기에 이르렀다.

데리다는 변증법에 내포된 모순 · 대립항들이 통일되는 과정의 성질을 가리켜 '폭력적 계층질서'에 의한 해결이라고 규정했다. '폭력적 계층질서'란 변증법의 요소들로서 배치된 모순 · 대립항들의 질서가 어느 한쪽이 다른 한쪽을 지배하면서 배척하도록 짜여 있는 질서를 말한다. 그러한 계층질서에서는 대립하는 양쪽 사이의 대등한 절충이나 타협이 결코 용납되지 않는다. 한쪽이 다른 한쪽에 의해 부정되고 배척되지 않으면 모순이 해소되지 않는다. 데리다는 다음과 같이 말했다.

> 전통적으로 (서구; 인용자) 철학이 사용하는 이항대립에는 서로 마주하는 이항들끼리의 평화공존이 아니라 폭력적인 계층질서(violent hierarchy)가 존재한다. 그 두 항들 중 하나가 (가치적 논리적이라는 이유 등으로) 다른 쪽보다 높은 위치에 있고 그것을 지배한다. 이 대립을 탈구축하는 것은 무엇보다도 먼저 어떤 계기에 이 계층질서를 뒤집어엎는다는 것을 뜻한다.(Derrida, *Position* trans. by Alan Bass p.41)

데리다의 '탈구축(해체)의 일반전략'에 대한 설명을 읽노라면 우리는 서로 대립하는 이항들 중 어느 하나는 특권적인 지위를 차지하여 다른 것을 열등한 것으로 만들어버리는 것을 보게 된다. 서양인이 일상적으로나 학문적으로 또는 의도적이나 비의도적으로 사용하는 대립이항들 예컨대 남/여, 신/인간, 성스러운 것(聖)/속된 것(俗), 정신(魂)/육체, 문화/자연, 문명/야만, 위/아래, 현전/부재(presence/absence), 목소리와 글쓰기(voice/writing), 이성/감성 등을 보라. 서구사상에 있어서 남자 · 정신 · 신과 같은 제1항은 언제나 그에 맞서는 제2항을 종속적 위치에 자리매김하여 지배해왔다. 이러한 이항대립에 있어서는 언제나 대립항들 사이에 차별적 대우가 행해져 왔다.

데리다의 '탈구축의 일반전략'은 이러한 이항대립의 지배—종속 · 특권—평범 관계를 타파함으로써 서구형이상학이 지금까지 철칙처럼 여겨

온 사고의 패러다임을 부수고 새로운 패러다임을 확립하려는 기도를 품고 있다. 요컨대 탈구축은 서구 형이상학에서 특권적 지위를 향유해온 온갖 것들—예컨대 남성우위, 가부장제, 이성중심, 현전의 우위 사상—의 절대성과 그 조작된 근거를 붕괴시키는 전략적 사유의 방법이라 할 수 있다.

우리의 글쓰기에 있어서 데리다의 이러한 '탈구축'적 사유방식은 기성관념이나 고정관념, 전통이란 이름 아래 우리의 의식을 지배해온 타성적, 관행적 사유방식의 틀에 대한 냉철한 비판적 성찰을 요구한다. 뒤집어 말하면 통념(通念 conventional wisdom)으로 통하는 사고의 위력이 얼마나 허약한 토대 위에 구축된 허망한 것인지를 일깨워준다.

모순의 동일화 · 상의상관에 의거한 대대사상

서구에 이항대립의 배타적 사고방식이 있다면 동양에는 상호포용적이며 상의상관적인 대대(相依相關的 對待)사상이 있다. 대대사상은 학자에 따라서는 쌍대(雙對)사상으로도 불린다. 또한 불교사상에서는 이를 상대(相待; 서로 기다리며 의존한다는 뜻. 연기[緣起]와 사실상 동의어) 사상이라고 일컫는다. 앞의 상의상관이 '서로 의존하며 관계를 맺는다'는 뜻을 가지므로 이 말은 相待와 비슷한 것이라 볼 수 있다. 이처럼 이항대립의 사상과 이항대대의 그것은 용어상으로는 일견 비슷한 듯 하지만 실은 질적으로 판이한 것임을 여기서 다시금 확인할 수 있다.

대립(對立)과 대대(對待)는 서로 반대되는 상대편을 어떻게 보느냐에 따라 구별된다. 글자의 뜻풀이만을 보더라도 대립과 대대는 서로 다른 것임을 짐작할 수 있을 것이다. 대립은 자기와 다른(相異한) 상대편을 꼿꼿이 마주 서서 노려보면서 한 판 붙어보자는 이미지를 풍기는 데 반해 대대는 상대편을 바라보며 기다린다는 뜻을 함의한다. 그래서 대대는 불교에서 가르치는 相待(상대)와 맥을 함께하는 것이다. 대립 사상에 대해서는 앞에서 비교적 자세히 설명한 바 있으므로 이 정도의 설명에서 멈출까 한다.

대대사상은 자기와 상이한 상대자 즉 타자를 없애 버리려고 하지 않는다. 오히려 자기와 다른 것이 있음으로 해서 자기의 동일성과 존재가치가 드러난다고 본다. 때문에 상이한 반대자의 존재를 용인하는 것이다. 한자의 사자성어로 말하면 화이부동(和而不同), 같으면서 같지 않는 것이 대대사상의 요체라고 말할 수 있다. 또한 대대사상에서는 한쪽이 다른 쪽과 서로 의존(相依)하는 동시에 서로 관계(相關)를 맺는다. 이에 대해서는 곧 나오게 될 불교의 연기의 이치에 대한 설명에서 부언하기로 하겠다.

이제부터는 대대사상을 몇 가지 부류로 나눠 간략히 살펴보기로 하자.

주역 · 노자의 대대사상

'변화의 책'

적어도 2천7백 년 전에 성립된 것으로 전해지는 주역(周易) 또는 역경(易經)이라는 중국 고전은 두 가지 다른 성격의 내용을 담고 있다. 하나는 점술서로서의 주역이며 다른 하나는 우주 만물의 운동원리(哲理)를 밝힌 철학사상서로서의 주역이다. 내용이 다른 듯이 보이는 것은 주역을 어떻게 이용하느냐에 달려 있다. 사람의 운명이나 앞으로의 길흉을 점치는 책으로 이용하면 점술서가 되며 세상살이의 이치를 일러주는 책으로 이용하면 철학사상서가 된다는 뜻이다. 우리나라에서 점술인들이 역술가(易術家) 또는 역술철학자로 자칭하는 것은 주역의 그러한 성격에 기인한다. 점술서든 철학사상서이든 주역은 음(陰)과 양(陽)이라는 두 가지 기호(—, --)들의 조합을 토대로 만들어진 64괘(卦)×6효(爻)=384효 갈래의 상징적 의미 표현을 가지고 천변만화(千變萬化)하는 삶의 이치를 인간에게 일러준다. 주역은 이들 음 · 양의 두 기호들을 가장 기본적인 구성요소로 삼아 인간사의 길흉을 예언하는 동시에 인간의 세상살이를 돕는 기본적인 사고원리를 가르쳐주는 경전이다. 주역이 가르치는 기본적인 사고원리는 '변화의 원리'이다. 그래서 주역은 '변화의 책'(the Book of Change)이라 불린다.

이런 성격을 지닌 주역은 무엇보다도 먼저 음과 양의 대립이항이 어떻게 화합과 양립을 이루는가부터 설명한다.

주역을 설명하면서 표현의 편의상 음과 양의 '對立'(opposition)이라고 언표(言表)하기는 했지만 실은 '대립'이라기보다는 '對待'이며 '相待'라고 불러야 맞다. 서양의 변증법 사상이 19세기 말엽에 일본을 거쳐 우리 땅에 유입되어 일부 한국 철학자들에 의해 학습되었기 때문에 '대립'이란 용어가 '대대'보다 우리에게는 친숙한 단어로서 이미 자리를 잡았다. 그 바람에 '대대'는 생소한 말이 되고 말았다. '相待'는 더더욱 낯선 용어로 비친다. 그렇기는 하지만 동양의 대대사상을 이해하기 위해 이제부터는 대대라는 말을 좀 더 친근하게 맞아 스킨십을 할 필요가 있다.

주역의 괘효에 나오는 구체적인 내용을 살피면서 대대항이 무엇인지를 다시 한 번 음미하기로 하자.

음양이 갈마드니 이것이 도(道)

주역의 계사전(繫辭傳)에는 다음과 같은 유명한 구절이 있다. 계사전은 64괘(卦)에 수반하는 전체 384효 항목들의 상징적 의미가 모두 언표(言表)된 다음에 덧붙여진 총괄적 해설편이다. 공자가 썼다는 설도 전해지므로 이를 유념하여 읽기 바란다.

> 음양이 갈마드는 것을 도라 한다.(一陰一陽之謂道)
>
> 이를 이은 것이 선이요, 이를 이룬 것이 성이다(繼之者善也 成之者性也. 『주역』, 계사전繫辭傳)

음양이 갈마든다고 함은 음과 양이 서로 번갈아가며 모습과 운동의 성질을 바꾼다는 뜻이다. 그 점에서 음과 양의 대대이항은 서로 배척하지 않고 언제나 상관상용상의(相關相容相依)하며 공존상생한다. 한 번은 음이었다가 한 번은 양이 되는 「일음일양」의 이치. 그것은 엄마와 아들의 위치에 비견할 수도 있다. 어린 아들에 대해 엄마는 양이고 아들은 음이 된다. 그러나 아들이 장성하여 결혼한 뒤 자식까지 두게 되면 엄마와 아들과의 음양관계는 뒤바뀐다. 아들의 도움을 받아야 하는 엄마는 음이 되고 아들은 양이 되는 것이다.

일음일양의 이치는 물극필반(物極必反)과도 같다. 물극필반이란 세상의 모든 사물은 극에 달하면 반드시 반전(反轉)한다는 뜻이다. 경제적 · 사회적으로 출세한 어떤 기업가의 경우 융성의 상승 기류가 정점에 이른 뒤에는 곧 이어 쇠퇴의 하강 길로 내려오게 마련이다. 우리가 흔히 쓰는 속언(俗諺)인 '세상을 호통 치던 권세의 위풍당당함도 10년을 넘기지 못해 바람 앞의 등불 같은 신세가 되며, 아름다운 꽃도 열흘을 못 넘겨 시들고 만다' 라는 경구도 물극필반의 진리에 견줄 수 있다. 이는 세상에서 생겨난 모든 것은 영원하지 않음을 의미한다. 만물유전(萬物流轉; 세상의 모든 것은 강물 흐르듯이 변한다는 뜻)인 것이다.

주역의 다음 구절은 사물의 상대적 성질을 말하고 있다.

언제까지나 평탄하기만 하고 험준한 비탈로 변하지 않는 곳이 없으며(无平不陂무평불피)

언제까지나 앞으로 가기만 하고 돌아오지 않는 것은 없으니(无往不復무왕불복)

고난 속에서도 정도를 지키면 화를 면할 수 있다.(艱貞无咎간정무구)

지나치게 걱정하지 말고 성실과 신의를 지키면(勿恤其孚물휼기부)

절로 봉록을 누리는 행복이 있을 것이다(于食有福우식유복) (『주역』, 제11태괘泰卦의 구삼효九三爻).

자세한 풀이를 덧붙이지 않아도 얼른 이해할 수 있는 「泰卦九三爻(태괘구삼효)」내용이다. 유명한 경구로서 널리 인용되는 '무평불피 무왕불복'은 사물이 진전하다가는 반드시 반전 · 변화하는 이치를 비유적으로 표현하고 있다. 행운이 불행으로 다가올 경우에는 어떻게 할 것인가? 주역이 주역다운 까닭은 바로 여기에 있다. 주역은 불행이 막무가내로 닥친다고 말하지 않는다. '이러이러하게 곧은 마음으로 성실하게 세상살이를 하면 잘 될 것이다' 라는 예보의 경종을 울린다. 그것이 세 번째 행 이하의 구절들이다. '고난 속에서도 정도를 지키면 화를 면할 수 있다(艱貞无咎). 걱정하지 말라. 먹을 것도 생기고 행복해 질 것이니.' '변화의 이치'를 알려준다고 해서 '변화의 책'이라 불리는 주역은 인간에게 언제나 기대와 희망을 안겨 준다.

빈 곳에 중심이 있다

노자는 텅 빈 곳을 아무 쓸모가 없는 것으로 보지 않았다. 오히려 비어 있기 때문에 그 빈 공간이 아주 유용하다고 말한다. '텅 빈 중심'은 무(無)를 지시한다. '그 빈 구멍이 수레로 쓰임 '은 유(有)를 가리킨다. 노자는 이 비유를 가지고 무에서 유가 생기는 이치를 밝힌다, 무가 유용한 이치를 노자는 바퀴통뿐 아니라 그릇, 창문을 낸 집에까지 적용한다.

> 서른 개의 바퀴살이 하나의 바퀴통으로 모여 있되
> 그 중심에 빈 구멍이 있으므로 수레로 쓰인다.
> 찰흙을 이겨 그릇을 만듦에 그 가운데에 빈 곳이 있어서 그릇으로 이용되며
> 창문을 내어 집을 짓는데 그 속에 빈 공간이 있으므로 집으로 사용된다.
> 그러므로 有는 無를 이용해야 이롭게 쓰인다.
> (임채우 옮김, 『도덕경』, 한길사, 2005, 제11장 「서른 개 바퀴살이 하나로 모여」)

왕필은 그의 『주역약례(周易略例)』에서 빈 곳에 중심이 있고 거기서 유

용함이 생기는 이치를 '以寡統衆(이과통중)' '以簡御繁(이간어번)'이란 두 구절로 풀었다. 이과통중은 '적은 것을 가지고 많은 것을 통제한다'는 뜻이며 이간어번은 '간단한 것을 가지고 복잡한 것을 제어한다'는 뜻이다. 寡(적음)와 衆(많음), 簡(간단함)과 繁(복잡함)은 서로 대대하는 이항들이다. 그것들은 서로의 존재에 의지하고 서로 도우며 유용성을 발휘한다. 그러므로 이 '대대이항'은 상의상자(相依相資; 서로 의존하며 서로 돕는다는 뜻)하는 관계를 형성한다.

도덕경에는 또 이런 구절이 있다.

> 굽히면 온전해지고(曲則全)/구부리면 곧아지고(枉則直)/패이면 채워지고(窪則盈)/낡으면 새로워지고(幣則新)/적으면 얻게 되고(少則得)/많으면 미혹된다.(多則惑) (『도덕경』, 제22장, 「굽히면 온전해지고 구부리면 곧아지고」)

굽은 것이 마냥 굽은 채로만 있지는 않다. 굽은 것은 곧아지기 위한 조건이 된다. 그러므로 굽은 것과 곧은 것은 절대적으로 굽음과 곧음의 성질로서만 존재하는 것이 아니라 상대에게 의존하며 도움을 줌으로써 그 유용한 가치를 발휘한다. 굽은 것과 곧은 것, 팬 곳과 채워지는 곳, 낡은 것과 새 것, 적은 것과 무엇을 얻는 것, 많은 것과 미혹되는 것. 이들 대대이항들 사이의 관계도 曲則全의 이치와 마찬가지로 자기 절대성을 갖지 않고 다른 것과 상의상관하는 관계를 맺고 있음을 우리는 삶의 교훈으로 삼아야 하지 않을까.

6. 불교의 연기＝공＝중도＝상대(相待)사상

사상으로서의 불교를 서구철학의 부정 용어로 정리하자면 비(非)절대주의, 비(非)실체론 · 비본질론, 반(反)형이상학이라고 규정할 수 있을 것이다. 이를 긍정용어로 뒤집으면 불교사상은 상대주의, 현상론적 관계론, 경험적 실증주의라고 지적할 수 있다. 이런 특징을 지닌 불교사상 특히 역사적 실존인물인 고따마 붓다의 직접설법으로 엮어진 원시불전의 사상과 초기 대승경전 · 논서(반야경 계열과 나가르주나[龍樹]의 『중론』)의 사상에서는 다음 다섯 가지의 키워드들이 확고한 위치를 차지하고 있다. 즉 ①연기(緣起), ②제행무상(諸行無常)의 무상, ③제법무아(諸法無我)의 무아, ④중도(中道) ⑤공(空)이다. 불교사상은 사실상 이 다섯 가지 키워드의 의미를 터득한다면 그 핵심을 거의 이해하게 된다.

연기의 상호의존 · 상호관계성

불교사상의 핵심은 연기이다. 연기는 또한 구법수행자인 고따마가 수행 과정에서 처음으로 깨친 모든 존재자의 형성 · 존재 방식에 관한 이치이기도 하다. 연기를 토대로 불교사상의 모든 가르침이 전개되므로 연기를 맨 먼저 풀이하는 것이 순서이겠지만 편의상 일반인의 불교에 대한 상식이 으레 무상(無常) 및 무아(無我)에 쏠리는 경향이 있기에 먼저 살펴보고자 한다.

제행무상은 세상에서 생겨난 모든 것들 또는 형성된 모든 것들은 영원히 존재하는 것이 없음을 가리킨다. 즉 존재하는 것의 비영원성, 생겨난 모든 것들은 언젠가는 변하게 마련임을 뜻한다. 제법무아는 존재하는 모든 것들은 고유의 실체와 불변의 본성이 없다는 것을 의미한다.

고유의 실체와 불변의 본성이 없다면 모든 생명체와 사물은 어떤 근거와 토대 위에 존재하게 될까? 고유의 실체나 불변의 본성이 없다 라고 말하는 것은 생명체와 사물이 자기 고유의 독자적인 힘으로 존립하는 능력, 남(　者)에게 전혀 의존하지 않고 존재하는 능력 즉 자성(自性)을 갖지 않는다는 뜻이다. 자성이 없음을 우리는 무자성(無自性)이라고 일컫는다.

무자성의 존재자가 존재하는 방식을 불교사상에서는 연기를 가지고 설명한다. 연기는 세상에 존재하는 모든 것들이 무자성이므로 언제나 남(타자)에게 의존하지 않으면 생겨나거나 형성될 수 없다 라는 생성 · 존재의 이치를 일러주는 불교 가르침의 근간을 이루는 핵심용어이다. 불교사상이 절대주의와 실체론 · 본질론에 입각하지 않고 현상론과 상대적 관계론 위에서 성립했다 라고 말하는 것은 연기에 대한 고따마 붓다의 가르침 때문이다.

고따마의 직접설법에 따르면 연기는 "이것이 있으므로 저것이 있다. 이것이 생기므로 저것이 생긴다. 이것이 소멸하므로 저것이 소멸한다. 이것이 없으므로 저것이 없다."(중부경전=MN 79-7, 115-11. 연기 설법은 이 두 군데 뿐만 아니라 다른 경전의 여러 곳에서도 두루 나타난다) 라는 명제들에 의해 정의된다. 이 정의를 자세히 읽어보면 사물이 생기고 사라지는 전체 과정에는 사물들 서로 간에 상호의존성과 상호관계성이 있음을 알 수 있다. 오늘날 많은 영역자들이 연기를 dependently arising(의존하여 일어남) 또는 dependent origination(의존적 생기生起)라는 말로 옮기는 것은 연기의 이런 상호의존성과 상호관계성을 부각하기 위해서이다.

고따마 붓다는 설법에 나서기 전에 자기 스스로가 깨친 연기의 이치가 '갈애와 집착에 얽매인 보통사람들이 이해하기에는 난해하다' 라고 말한 적이 있다. 그러나 설법을 진행하면서 쉬운 비유를 가지고 그를 따르는 제자들을 이해시키기 시작했다. 그 비유가 유명한 「갈대 묶음단들」의 비유이다.

> 갈대의 묶음단들이 서로 기대어 서 있듯 명색(名色: 현상세계의 심적 · 물질적 덩어리로 구성된 모든 개체적 존재)을 조건으로 하여 의식이 생겨난다……모든 고뇌의 덩어리도 또한 그러하다……벗들이여. 갈대의 묶음단 중 하나를 빼내버리면 다른 묶음단은 쓰러지고 만다. 명색의 절멸……고뇌의 사라짐도 그러하

다.(SN II-12-67 pp.608~609/전재성 역주본, 『쌍윳따니까야』, II-12).

이러한 연기적 생기(生起;일어남)와 소멸(消滅;사라짐)은 비단 현상세계의 심적·물질적인 것과 의식, 고뇌에만 국한하지 않는다. 무지(無知=無明)를 비롯하여 인간의 무엇인가를 형성하는 의지, 무엇인가를 가지려는 목타는 소유의 욕망(渴愛), 명예·권력·부에 대한 끈질긴 집착 그리고 생로병사(生老病死)와 슬픔·걱정 근심·통탄·번뇌(悲憂嘆惱)에도 적용된다. 이런 일들은 모두 자기 자신에 의해서만 생기는 것이 아니다. 이것들은 다른 것들에 의존하여 생기며 다른 것들에 의존하여 사라진다. 비유하자면, 햇빛과 물에 의해 풀의 싹이 돋아나지만 햇빛과 물이 사라지면 풀도 덩달아 사라지게(죽게) 마련이다. 고따마 붓다는 괴로움이 생기는 원인과 없어지는 길도 이러한 연기법에 의거하여 설했다(苦集滅道고집멸도의 네 가지 성스런 길). 더 자세한 설명은 '종교로서의 불교'를 소개하는 과업이 되기에 여기서는 생략하겠다.

양극단을 버리는 중도(中道)의 실천 사상

고따마 붓다가 설한 가르침 중 연기 다음으로 중요한 키워드는 중도(中道)이다. 일부 초기경전 역자(譯者)들은 '중간의 길'이라는 절충타협식의 이미지를 주지 않기 위해 중도 대신 중용(中庸)이란 용어를 쓰기도 한다. 어느 역어를 택하든 그 말은 양 극단의 중간 길이 아니라 '중심이 되는 바른 길=中正'이란 뜻을 간직하고 있음을 나는 분명히 해두고 싶다.

초기경전에서 중도가 처음 등장하는 것은 득도(得)한 고따마 붓다가 '처음으로 진리의 수레바퀴를 굴린' 이른바 초전법륜(初轉法輪)의 설법에서이다. 이 설법은 바라나시의 녹야원(綠野園)에서, 예전에 함께 수행했던 다섯 도반들을 상대로 행해졌다.

수행승들이여. 집 없는 곳으로 나온 출가자가 따라서는 안 되는 두 극단(兩邊양변)이 있다. 무엇이 두 극단인가? 하나는 감각적 쾌락에서 감각적 행복을 추구하는 것이니 이것은 저열하고 비속하고, 어리석은 범부가 가는 길이며 천박하고 무익한 것이다. 다른 하나는 자기를 괴롭히는 고행을 추구하는 것이니 이것은 고통스럽고 천박하며 무익한 것이다. 여래는 양극단 중 어느 쪽으로도 기울어짐 없이 중도를 깨쳤다. 중도는 봄과 앎을 가져오며 평온과 곧바로 앎(明智), 깨침, 열반으로 인도한다.(SN V-421. Bodhi SN V-56-11「초전법륜의 경」/. 전재성 역본,『쌍윳따니까야』, V-56) *SN: 쌍윳따니까야의 약어. 漢譯은 相應部經典이라 함.

고따마 붓다는 출가수행자가 취해서는 안 되는 양극단을 ①감각적 쾌락(즐거움)에 대한 욕망과 ②자신의 육체를 스스로 극도로 학대하는 고행이라고 못박았다. 그의 중도 설법은 자세히 분석해 보면 자신의 경험에 의거하고 있다. 그는 출가를 결심하기 전에 왕자로서의 궁정 생활에서 어느 누구에게 못지않게 감각적 쾌락의 극치를 유감없이 맛보았다. 출가 후 수행과정에서는 가슴뼈와 갈비뼈가 앙상하게 드러날 정도로 자신을 극도로 괴롭히는 고행을 감행했다. 따라서 그가 양극단을 버리라고 말한 것은 양극단적 수행 방식이 아무런 이익을 가져 오지 않을뿐더러 그것들이 비속·천박하고 어리석은 행위라는 실천적 체험에서 우러나온 판단 때문이었다. 욕망을 채우려는 쾌락 일변도의 삶과 일반 사람들의 상상을 초월하는 극도의 자기 학대는 그 어느 것도 삶의 번뇌를 극복하여 해탈(解脫)·열반(涅槃)에 도달하는 데 아무런 도움도 안 된다. 이 진실을 그는 수행경험과 실천을 통해 터득했기에 종국에는 양극단을 버린 것이다. 대신 그는 중도를 택했다.

중도의 철학적 측면

데이비드 깔루빠하나에 따르면 고따마 붓다의 중도론은 서로 떼어놓을 수 없는 두 가지 측면을 안고 있다. 하나는 방금 설명한 실천적 측면이며 다른 하나는 철학적 측면이다. 다음에 인용하는 유명한 「깟짜야나경」은 인도 철학의 상반되는 두 절대론에 대해 고따마 붓다가 통렬한 비판을 가하며 양극단을 타파하는 내용을 설한다. 두 절대론은 초기 우파니샤드가 강조한 영원한 존재(atthita[有]) 이론과 유물론자의 허무적 비존재(natthita[無]) 이론을 가리킨다.

깟짜야나여. 이 세상(사람들)은 대체로 존재(有)와 비존재(無)라는 두 가지 관념에 의존한다. 그러나 세계의 기원(발생)을 있는 그대로 바른 지혜를 가지고 여실하게 보는 사람에게는 세계에 관해 無란 관념이 없다. 세계의 소멸을 있는 그대로 바른 지혜를 가지고 여실하게 보는 사람에게는 세계에 관해 有라는 관념이 없다(생기지 않는다). 깟짜야나여. 이 세계는 대체로 (도그마(dogma=독단론)에 대한) 얽매임, 취착(取着 또는 執着 clinging), 습벽(習癖 adherence)에 (사슬처럼) 묶여 있다. 그러나 올바른 견해를 가진 사람은 (그러한 도그마에 대한) 얽매임과 취착, 마음의 (잘못된) 확신과 집착, 습벽 및 잠재적 번뇌를 통해서 거기에 붙들리어 얽매이지 않게 되며 취착하지 않게 된다. 그 사람은 '이것이 나의 자아(atman)다' 라는 입장을 취하지 않는다. 그는 '생겨나고 있는 苦가 다만 생겨날 따름이며 소멸하고 있는 苦가 다만 소멸할 따름이다' 라는 것을 의심하지 않으며 당혹해 하지 않는다. 이에 관한 그의 앎은 다른 사람들에게 의존하지 않는다. 깟짜야나여. 이렇게 해서 올바른 견해가 있는 법이다.

'모든 것이 존재한다' 라고 생각하는 것은 하나의 극단이다. '모든 것은 존재하지 않는다' 라고 생각하는 것은 제2의 극단이다. 여래는 양극단의 어느 쪽으로도 기울어짐이 없이 중도로써 다르마를 가르친다.(SN II-17/Bodhi SN II-12-15 「Kaccāyana」/전재성 역본, 『쌍윳따니까야』, SN-II-16, 「깟짜야나의 경=가전연경」/中村元 역, 「깟짜야나경」, 『原始佛典』, 「經典のことば」, pp.60~61/浪花宣明 譯, 『相應部經典 第2卷』, 『原始經典II』, 春秋社, 2012, p.151을 참조했음)

인용문에서 우리가 주목해야 할 것은 '모든 것이 존재한다'거나 '모든 것은 존재하지 않는다'라는 존재와 비존재 자체에 대해 고따마 붓다가 비판하는 게 아니라 '존재한다고 믿는 관념' '존재하지 않는다고 믿는 관념' 자체에 대한 극단적인 집착을 경계하며 논박하고 있다는 점이다. '존재한다는 관념'은 존재(有)의 관념을 실체화함과 동시에 존재의 입증되지 않는 영원성에 대한 절대적 확신을 일으키는 요인이다. 그것은 '내세(來世)가 있다' 라는 허황한 영원주의로 치닫는 성향을 굳히게 한다. 반면 비존재(無)에 대한 관념은 존재의 불연속성과 단멸(斷滅)을 믿는 허무주의를 배양한다. 비존재에 대한 관념은 우리에게 '내세가 없다' 라는 절대적 생각을 심어놓으므로 이는 허무주의가 된다.

이상의 설명을 요약하면, 존재/비존재에 대한 절대적 관념의 양극단을 배격하는 고따마 붓다의 입장은 철두철미하게 경험적 실증주의에 입각해 있다. 따라서 그가 강조한 중도는 고정불변의 일방적 절대주의적 견해에서 탈피하여 사물 상호 간의 맥락에 따라 모든 구성요소들의 상의상관성(相依相關性; 서로 의존하며 관계를 맺음)을 신봉하는 연기와 직결되어 있음을 우리는 발견한다. 실제로 고따마 붓다는 득도 후 45년 동안의 설법 여행에서 경험의 영역을 벗어나는 형이상학적 문제—앞의 존재의 영원성(永遠性)이냐? 비존재의 단멸성(斷滅性)이냐?를 따지는 부질없는 논의—에 대해서는 무기(無記; 답을 하지 않음 또는 설명을 하지 않음)로 일관했다. 대신 경험의 영역에 속하는 문제들 다시 말해서 감각적 지각에 의해 파악할 수 있는 문제나 초감각적 지각에 의해 알 수 있는 문제들에 대해서는 친절하게 자세히 설법하는 모습을 원시경전의 곳곳에서 확인할 수가 있다. 우리가 그를 경험적 실증주의자라고 부르는 이유는 여기에 있다.

나가르주나의 공＝상대(相待) 사상

스리랑카 출신의 탁월한 불교철학자 중 한 사람인 데이비드 깔루빠하나에 따르면 앞에 인용한 「깟짜야나경」에 대한 가장 훌륭한 주석서로는 나가르주나(Nagarjuna 龍樹용수)의 『중론』이 꼽힌다. 나가르주나는 일부 불교학자의 주장처럼 대승불교의 입장에서 공관(空觀; 모든 존재를 공한 것으로 보는 관점) 사상을 제창한 것으로 알려지고 있으나 실은 초기불교의 경전(원시경전)에 나온 고따마 붓다의 연기 · 중도에 대한 설법을 가장 충실하게 따르며 바르게 해석하여 체계화한 공관학자라는 게 깔루빠하나의 견해이다(박인성 옮김, 『나가르주나』, 장경각, 1994, pp.31~42. David Kalupahana, *Nagarjuna—The Philosophy of the Middle Way* SUNY Press 1986).

고따마 붓다는 생전의 설법에서 공(空)이란 말을 사용해서 공관사상을 설한 적이 없다. 그럼에도 고따마의 연기 · 중도 설법에는 공사상이 깊숙이 자리 잡아 굳건한 토대를 구축하고 있다. 연기 · 중도는 말할 것도 없고 무상이니 무아니 하는 용어들도 따지고 보면 실은 공관사상을 펼치고 있는 셈이다. 이를 알기 위해 우리는 연기 · 중도 · 공이란 용어를 직접 사용하여 고따마 붓다의 교설을 체계화한 나가르주나의 논증법(論證法)을 주의 깊게 살펴보기로 하자.

먼저 우리는 붓다의 위 설법에서 색다른 연기설법을 눈여겨봐야 하겠다. 연기는 공과 중도로 직결되는 시발점이기 때문이다. 연기설법은 밑줄 친 부분인 '생겨나고 있는 괴로움(苦)이 다만 생겨날 따름이며 소멸하고 있는 괴로움이 다만 소멸할 따름이다' 라는 구절이다. 이 구절은 내가 조사한 바로는 우리말 번역을 비롯하여 영역과 일역 모두가 제각기 조금씩 상이한 문장으로 옮겨 놓았기 때문에 신중하게 음미하지 않으면 혼란에 빠질 우려가 있다. 위 인용문은 일어역과 보디 스님(Bhikkhu Bodhi)의 영역 "What arises is only suffering arising"을 참조하여 내가 옮긴 것이다. 이렇게 옮긴 이유는 고따마 붓다가 양극단의 배격을 설하면서 괴로움의 생김과 사라짐에 대한 연기적 견해도 이 경(經)에서 아울러 밝히려 했음을 분명히 해놓기 위해서이다. 다시 말하면, 연기의 이치에 따라서

'생겨날 만한 괴로움이 다만 생겨나고 있는 것일 뿐이며 사라질 만한 괴로움이 다만 사라지고 있는 것일 뿐이다' 라는 취지로 옮긴 것임을 독자들에게 상기시켜 주고 싶어서이다. 나가르주나는 그의 『중론』에서 "연기하지 않고 생긴 괴로움이 어떻게 존재할까?" 라는 물음을 던지고 이에 대해서 다음과 같이 답한다. "「무상(無常; 영원하지 않고 단멸하는 것)인 것은 고(苦)이다」라고 설해지는데 그것(무상인 것)은 자성(自性; 고유의 실체)으로서 존재하는 것이 아니다 라고.(三枝充悳 역주, 『中論(下)』, 第三文明社, 1998〔수정증보판〕, 제24품-22 p.655)." 나가르주나의 이 명제는 연기에 의하지 않고 생기고 사라지는 존재란 이 세상에 전혀 있을 수 없음을 간명하게 표현한 것이다. 「깟짜야나경」에 나온 고따마 붓다의 괴로움에 대한 설법 대목도 연기에 의하지 않고 그것이 생기고 사라질 수 없음을 밝힌 것이다.

이제부터 우리는 연기와 중도—양극단을 버림—가 서로 어떻게 연결되며 그 둘은 또 어떻게 공이 되는지를 살펴야 할 차례에 있다. 나가르주나는 단정적으로 말한다.

> 무릇 연기(緣起)하는 것, 그것을 우리는 공성(空性)이라고 설한다. 그것은 상대(相待)의 가설(假說; 서로 의존하여 상정된 것)이며 그것은 즉 중도이다.(三枝充悳 역주, 앞의 책, 제24품-18, p.651. 그의 『中論』은 산스크리트어의 일역과 한역이 대조되어 있음)

『중론』 제24품—18의 내용을 도식화하면 「연기 = 공성(공) = 서로 의존하여 상정된 가설(假說) = 중도」가 된다. 여기에 앞에서 이미 설명한 바 있는 무아와 무자성을 첨가하면,

무아 = 연기 = 무자성 = 공성 = 서로 의존하여 상정된 가설(假說 = 假名가명) = 중도

가 된다. 이 등식(等式)에서 우리가 좀 더 상세히 규명(糾明)할 용어들은 '공

성'과 '서로 의존하여 상정된 가설(假說)'이다. 나머지는 앞에서 이미 풀이했다. '서로 의존하여 상정된 가설(假說)'은 사이구사(三枝忠悳)의 산스크리트어 역문에는 '상대(相待)의 가설(假說)'이라는 문구로 사용되어 있다. 구마라집의 한역본은 '가명(假名)'이라고만 표기되어 있어 '상대의 가설'이 '가명'을 대신하고 있음을 보여준다.

도대체 相待란 무엇을 뜻하는 말일까? 상대의 의미가 풀리면 가설이나 가명의 뜻도 저절로 해명되게 마련이리라. 중국의 산스크리트어 한역본들을 보면 '相待'는 '상의(相依)'를 대신하는 말로 나와 있다. 다른 예들을 더 찾아보면 相待를 대신하는 용어로서 상인대(相因待), 인대(因待), 상인(相因)도 등장한다(中村元 지음, 남수영 옮김, 『용수의 중관사상』, 여래, 2010, p.167). 이로 미뤄 보면 다른 한자 용어들과 마찬가지로 相待는 '서로 의존한다'란 뜻을 가지는데 이는 연기의 의미를 다른 말로 풀어놓은 것에 지나지 않는다. 여기에 구마라집의 '가명'까지를 염두에 둔다면 '상대의 가설'은 '서로 의존하는 것들의 임시로 설정된 가명'이 된다. 바로 이 구절이 나가르주나가 앞의 인용문에서 주창한 공(공성)의 풀이에 해당한다. 단정적으로 말해서 공이란 '서로 의존하는 것들의 임시로 설정된 가명'에 다름 아니다. 空이란 공간에 아무것도 없음(무점유無占有)이 아니다. 그것은 고유의 실체나 본성을 지니지 않은 존재자들이 서로 의존하며 서로 관계를 맺어 연기하는 생성 · 존립의 양태가 임시로 설정된 가명에 의해 언표됨으로써 실은 '텅 비어 있음'을 드러낸 것이다.

나는 동양의 대대(對待)사상을 불교사상에서 찾는 작업을 진행하던 중 相待, 相因待 등의 용어를 발견하고는 내심 적이 놀라고 있다. 기다릴 대(待) 자가 이렇게 깊은 철학적 의미를 간직하고 있다니! 내친 김에 『한한(漢韓)중사전』(두산동아, 이가원 · 임창순 감수)에서 待의 의미를 찾아보았다. 그 결과 待는 '기다리다' 외에 '돕다' '지탱하다'란 뜻까지 품고 있지 않은

가. 결국 相待란 '서로 기다리며 의존(相依)할 뿐 아니라 서로 도우며(相資) 지탱한다(相持)' 라는 깊은 의미까지 함축하고 있는 말이다. 이쯤의 글자 뜻풀이만 보더라도 '상대의 가설＝가명' 이 홀로 서지 못하고 반드시 남에게 의존하고 남의 도움을 받아 지탱하지 않으면 안 되는, 연기의 바뀌진 임시 이름 다시 말하면 '텅 빈 이름' 임이 분명해진다. 이런 '상대의 가설' 과 '가명' 이야말로 자기 동일성과 고유성을 지니지 않은 공(空性) 자체가 아니겠는가. 이렇게 보면 가명은 앞에서 설명한 무자성(無自性)과도 일맥 상통하며 공과도 같은 궤를 달린다. 한마디로 '무자성의 가설＝가명' 은 '텅 빈 이름' 즉 空한 것에 다름 아니다.

관념적인 설명을 알기 쉽게 전하기 위해 하나의 비유를 들고자 한다. 어떤 사람이 '여기에 우아한 목련꽃이 있다' 라고 말했다고 하자. '우아한 목련꽃' 이란 말은 그것이 지시하는 대상 즉 '실재하는 실물 목련꽃' 과 직결되는 필연적 관계를 갖고 있을까? 보통사람들은 갖는다고 여기겠지만 필연적 관계(必然的 關係 necessary relations)를 갖지 않는다. 다만 자의적 관계(恣意的 關係 arbitrary relations)만을 가질 따름이다. 목련꽃을 보는 사람의 입장과 관점에 따라 '우아한 꽃' 이 될 수도 있고 '소복 입은 여인을 연상시키는 한(恨)의 꽃' 이 될 수도 있다는 말이다. 목련꽃을 묘사하는 이런 문구들이 모두 '임시로 설정된 가명＝텅 빈 이름' 을 우리에게 가르쳐 주고 있다. 이러한 판단은 내가 아니라 기호학 창시자인 소쉬르가 내린 결론이다. 이 대목에서 눈밝은 독자는 이 책의 앞에서 이미 설명한 〔강의노트③ 언어기호〕를 찾아 다시 읽어보는 게 좋을 것이다.

이와 아울러 우리는 앞의 등식에서 제시된 '서로 의존하여 상정된 가설(假說)' 이란 구절에서 '상정된 가설 즉 가명' 이 무엇에 의해 '想定' 되는 것인지에 대해 분명히 해둘 필요를 느낀다. 앞서 '텅 빈 이름' 을 가지고 간단히 언급한 바와 같이 '상정' 은 관찰자가 언어를 가지고 자기 생각을 임시로 설정(設定)하는 것을 가리킨다. 여기서 우리는 연기 · 무자성 · 중도를 풀이하는 과정에 언어가 불가피하게 개입하는 것을 인정하지 않으면 안 된다. '상대의 가설(相待 假說)=가명(假名)' 자체가 이미 '언어에 의한 임시 설정'이란 의미를 내포하고 있지 않는가. 그 언어기호들을 자세히 음미해보면 고유의 실체와 본성을 지니지 않은 존재 자체가 '텅 빈 이름'에 의해서 공의 성질과 의미를 여실히 드러내고 있는 것이다.

이와 같이 연기 · 무자성 · 중도에 대한 설명에 언어가 불가피하게 개입하는 사태를 염두에 두면서 우리는「'우아한 목련꽃'이 실제의 지시대상(referent or external object)과 다만 자의적 관계를 가질 따름이다」라는 언명에 대해 좀 더 자세히 고찰하기로 하자. 이 언명은 노자『도덕경』구절에서 이미 살폈듯 '아름다운 꽃'은 '보기 흉한 꽃'이 있음으로 말미암아 다시 말해서 '보기 흉한 꽃'에 연생(緣生=緣起)하여 비로소 '아름다운 꽃'으로 탄생하는 것이다. 이는 '아름다운 꽃'에는 '보기 흉한 꽃'의 도움과 그것에 대한 의존 없이(상의상자相依相資가 없이)는 독자적인 의미를 발산할 수 있는 '고유의 실체 · 불변의 본성=자성(自性)'이 없다 라는 뜻이다. '아름다운 꽃'의 의미가 홀로 설 수 없어 '보기 흉한 꽃' 즉 타자(　者)의 도움을 받아야만 한다는 것은 타자와의 다름이 있음을 의미한다. 타자의 도움을 받는다는 것은 바꿔 말하면 타자와의 구별(distinction)과 차이(difference)에 의거해서 도움을 받는다는 뜻인데 그렇게 되면 '아름다운 꽃'의 의미는 독자성이 없는 무자성의 '공성'을 갖게 되고 만다. 요컨대 '아름다운 꽃'으로 태어난 그 꽃은 다만 '상대의 가설' 또는 '임시로 설정된 텅 빈 이름'에 의해서만 간신히 지탱되는 相待의 이름에 지나지 않는다. '아름다운 꽃'은 '고유의 본성 · 불변의 실체'을 갖지 않기 때문에 그 속내를 들여다보면 참으로 空하다

무자성인 채의 '우아한 목련꽃', 그것은 아무리 '아름답고 고아(高雅)한 자태'를 뽐내며 피어 있더라도 단 며칠 동안의 호사일 뿐 시간의 흐름과 날씨 상황의 변화에 따라 결국에는 '보기 흉한 꽃'으로 바뀔 수밖에 없는 운명에 놓여 있다. 여러분은 3월 봄철의 어느 날 정원에 화사하게 핀 백목

련 · 자목련의 '우아한 자태'에 탄성을 질렀을지 모른다. 그로부터 며칠 뒤 땅바닥에 떨어져 지저분하게 널브러진 목련꽃잎들의 아주 보기 흉한 시체(屍體)들을 보면서 흔적도 없이 사라진 목련의 '우아함'이 얼마나 공허한 것인지를 느꼈으리라. 무자성의 공이 무엇인지는 '보기 흉한 꽃잎 시체로 변한 우아한 목련꽃'이 웅변적인 비유로 가르쳐 준다. 그래서 연기로 생긴 것은 무자성이며 무자성인 것은 '서로 의지하여 임시로 설정된 가명'이며 그 가명은 空한 것이라는 비고유성(非固有性)이 성립된다.

이상의 간략한 고찰이 불교사상이 우리에게 가르쳐주는 세상에 존재하는 사물의 비본질성과 상대성, 상의상자상관(相依相資相關)의 공성에 관한 대략적인 풀이이다. '상대성'이란 이 언어기호, 그것은 한자로 相對性이라 표기해도 좋고 相待性 또는 相生이라 표기해도 좋지 않을까. 어차피 절대성을 부정하고 '나' 밖의 '남=타자'를 인정하며 더불어 사는 말이니까.

김승옥 『무진기행』, 맑은창, 2010(사상계 발표 1964)

김영랑 「모란이 피기까지는」, 『김영랑 시집』, 깊은샘, 2007

김예나 「강물은 어디서나 흐른다」, 소설집 『어둠아 바람아』, 문학사상, 1999

김용범 「대학로의 '별' 책방」, 『아름다운 인연』, 개미출판, 2008년 7 · 8월호

김용범 『꽃은 스스로 아름답다고 말하지 않는다』, 개미출판, 2008

김용범 『김용범의 看茶錄』, 개미출판, 2011

김용옥 『노자와 21세기(1)』, 통나무, 1999

김진 「박정희 대통령의 최장수 비서실장 김정렴」, 중앙일보, 2011년 9월 26일

김훈 『남한산성』, 학고재, 2007

김형국 『人文學을 찾아서』, 열화당, 2013

깔루빠하나 지음, 박인성 옮김, 『나가르주나』, 장경각, 1994/David Kalupahana, *Nagarjuna — The Philosophy of the Middle Way* SUNY Press, 1986

깔루빠하나 지음 · 김종욱 옮김, 『불교철학의 역사』, 운주사, 2009(원저 1996)

남구만 「동창이 밝았느냐 노고지리 우짖는다」

류시화 엮음, 『하이쿠 시 모음집; 한 줄도 너무 길다』, 이레, 2000

박보균 「박원순 방식」, 중앙일보, 2011년 9월 28일

박완서 「양구 방문기」, 조선일보, 2002년 5월 10일

박이문 『노장사상』, 문학과지성사, 2004(재판[1980])

박태균 「그때 오늘」, 중앙일보, 2010년 8월 20일

박태순 국토기행 「우리 산하를 다시 걷다. 3부 대청호의 치산치수와 산업문명」, 경향신문, 2006년 7월 10일

법정 「무소유」, 『무소유』, 범우사, 1976

법정 「텅 빈 충만」, 『텅 빈 충만』, 샘터, 1989

소식(蘇軾) 지음, 성상구 옮김, 『동파역전東坡易傳』, 청계, 2004

신경숙 「부석사」, 『제25회 이상문학상 수상작품집 부석사』, 문학사상, 2001년

쑨 잉웨이 · 양이밍 지음, 박삼수 옮김, 『주역』, 현암사, 2007

안동림 역주, 『莊子』, 개정판 현암사, 1998

연합뉴스 편, 『기사작성 길잡이』, 연합뉴스, 1998

유옥희 옮김, 『마츠오 바쇼의 하이쿠』, 민음사, 1998

윤승준 「'침묵의 봄' 경고는 계속된다」, 중앙일보, 2012년 10월 6일

윤평중 「당신들의 천국」, 동아일보, 2006년 9월 10일 칼럼

이은주 '박수근의 나목 그림 풀이', 조선일보, 2011년 2월 18일

이어령 『흙속에 저 바람 속에—이것이 한국이다』, 현암사, 1967

이어령 『韓國과 韓國人(1)』, 三省출판, 1968

이재술 「It's the men, stupid. 소니의 몰락」, 중앙일보, 2011년 6월 24일

이태준 『문장강화』, 창작과비평사, 1988

이효석 『메밀꽃 필 무렵』, 범우사, 사르비아 총서-321, 1986년 2판

이희승 편저, 『국어대사전』, 민중서림, 1982년, 수정증보판

임채우 역주, 『도덕경』, 한길사, 2005

임채우 옮김, 『왕필의 노자주』, 한길사, 2005

장지연 「是日也放聲大哭시일야방성대곡」, 皇城新聞(황성신문), 1905년 11월 20일

장하준 『나쁜 사마리아인들』, 부키, 2007

전재성 역주, 『숫타니파타』, 양장확장판, 한국빠알리성전협회, 2013(초판 2002)

전재성 역주, 『법구경 담마파다』, 한국빠알리성전협회, 2008

정 목 「행복 노트」, 조선일보, 2013년 1월 5일

정영무 〔아침 햇발〕, 한겨레, 고정칼럼, 2013년 2월 13일

정일근 「은현리에서 보내는 가을편지」, 2006년 10월 3일

정지용 「향수」, 『지용 詩選』, 을유문화사, 2006(초판 1946)

정진홍 「부디 성불하시길, 부디 구원 받으시길」, 조선일보, 2008년 8월 29일 시론

정태명 「스티브 잡스의 융복합 사고」, 조선일보, 2011년 10월 8일
정호승 『너를 사랑해서 미안하다』, 랜덤하우스중앙, 2005
조선일보 사설, 「나라 · 국민 지키려면 '원치 않은 결단' 내릴 수 있다」, (2013년 2월 13일
조용헌 「윤창중의 八字」, 조선일보, 2013년 5월 13일, 〔조용헌 살롱〕
조우석 「떠난 이윤기 제대로 보는 법」, 중앙일보, 2010년 9월 3일
천운영 '동인문학상 후보자의 글', 조선일보, 2007년 9월 29일
최인호 「엿가락의 기도」, 천주교 『서울주보』, 2012년 1월 22일, '말씀의 이삭'
최준택 「김진-김근식 논쟁에 대한 소회」, 중앙일보, 2012년 1월 21일
컬러(Culler, Jonathan) 지음, 이종인 옮김, 『소쉬르』, 시공사, 1998/川本茂雄 譯, 『ソシュール』, 岩波現代文庫, 2002
피천득 『수필』, 출판범우, 2009
함민복 「긍정적인 밥」, 시집 『모든 경계에는 꽃이 핀다』, 창비, 1996
함민복 「섬이 하나면 섬은 섬이 될 수 없다」, 시집 『말랑말랑한 힘』, 문학세계, 2005
함민복 『미안한 마음』, 대상, 2012
헤르만 헤세 지음, 전영애 옮김, 『데미안』, 민음사, 1997
황순원 단편소설 「학」, 황순원 외 지음, 『소나기(외)』, 소담출판사, 1995

石田英敬 著, 『記號の知/メデイヤの知』, 東京大學出版會, 2003
Jacques Derrida, 『デリダ, 脫構築を語る』, Sydney Seminar 記錄, 2005
三枝充悳 譯註, 『中論(上 · 中 · 下)』, 第三文明社, 1998〔수정증보판〕
末木文美士 著, 『思想としての佛教入門』, トランスビュー, 2009
野矢茂樹 著, 『Wittgenstein 論理哲學論考を讀む』, ちくま學藝文庫, 2006
Feynman, R. P. 著 · 大貫昌子 譯, 『科學は不確かだ!』, 岩波現代文庫, 2007
深田祐介 著, 『日本商人事情』, 新潮社, 1979
中村元 外編, 『佛教辭典 第2版』, 岩波書店, 2002
中村元 譯, 「經典のことば」, 『原始佛典』, 筑摩書房, 1974

中村元 著, 『ナーガールジュナ』, 講談社, 1989.(남수영 옮김, 『용수의 중관사상』, 여래, 2010.)
浪花宣明 譯, 『原始經典II』의 『相應部經典 第2卷』, 春秋社, 2012
諸橋轍次 著, 『老子の講義』, 新裝版 大修館書店, 1989(1978)
張鍾元 著, 上野造道 譯, 『老子の思想』, 講談社學術文庫, 1987

Anderson, Benedict, *Imagined Communities* 〔상상의 공동체〕 개정판 Verso., 1991
Austin, John, *How to Do Thing with Words* 2nd ed. Harvard Univ. Press 1975(초판 1955)/坂本百大 譯, 『言語と行爲』, 大修館書店, 1978
Berger, Peter & Luckman, Thomas, *The Social Construction of Reality* Anchor Books 1967
Bhikkhu Ñāṇamoli & Bhikkhu Bodhi 역주본, *The Middle Length Discourses of the Buddha* 2nd ed.(Majjima Nikāya=MN 중부경전) Wisdom/전재성 역주본, 『맛지마 니까야』, 개정판, 한국빠알리성전협회, 2009(2002)
Bhikkhu Bodhi 역주본, *The Connected Discourses of the Buddha* (Samyutta Nikkāya=SN 상응부경전) Wisdom 2000/전재성 역주본, 『쌍윳다니까야』, 개정증보판, 한국빠알리성전협회, 2007
Chih-hsu Ou-i, *The Buddhist Iching* trans. by Thomas Cleary Shambhala 1987
Culler, Jonathan, *On Deconstruction Theory And Criticism after Structuralism* 25th Anniv. Ed. 2007/富山太佳夫 · 折島正司 譯, 『ディコンストラクション 上 · 下』, 岩波現代文庫, 2009
Derrida, Jacques, *Dissemination* trans. Barbara Johnson Continuum 1981(불어판 1972)
Derrida, Jacques, *Margins of Philosophy* Trans. by Alan Bass Univ. of Chicago Press 1982(불어판 1972)
Derrida, Jacques, *Position* trans. by Alan Bass 1981
Derrida, Jacques & Roudinesco, Elisbeth, *De Quoi Demain....Daialogue* 2001/

藤本一勇・金澤忠信 譯,『來たるべき世界のために』, 岩波書店, 2003
Edgar, Andrew & Sedgwick, Peter ed., *Cultural Theory; The Key Concepts* Routledge 2002
Feldstein, Richard, Fink, Buce & Jaanus Marie ed., *Reading Seminar XI Lacan's Four Fundamental Concepts of Psychoanalysis State* Univ. of New York, Albany 1996
Fink, Bruce, *Lacan to the Letter* The Regents of Univ. of Minnesota 2004/김서영 옮김,『에크리 읽기; 문자 그대로의 라캉』, 도서출판b, 2007
Fiske, John, *Television Culture* Routledge 1987
Fiske, John, *Introduction to Communication Studies* 2nd ed. Routledge 1990/강태완 · 김선남 옮김,『커뮤니케이션이란 무엇인가』, 커뮤니케이션북스, 2001
Galtung, Johann & Ruge, M.,「Structuring and Selecting News」, in *The Manufacture of News: Social Problems, Deviance and the Mass Media* ed. by S. Cohen and J. Young 1973
Hartley, John, *Understanding News* Methuen & Co. 1982
Hartley, John, *Communication, Cultural and Media Studies; The Key Concepts* 3rd ed. Routledge 2002/박명진 편역,『비판커뮤니케이션과 문화 이론』, 나남, 1989
Hegel, G. W. F., *Encyclopedia of Philosophy* rans. by Gustav Emil Müller N.Y. Philosophical Library
Jenkins, Richard, *Social Identity* 2nd ed. Routledge 2004
Lechte, John & Margaroni, Maria, *Julia Kristeva; Live Theory* Continuum 2004
Lyotard, Jean-Freancois, *The Postmodern Condition* Univ. of Minnesota Press 1984(불어판 1979)
Monk, Ray, *How to Read Wittgenstein* Norton 2005
Myers, Tony, *Slavoj Zizek* Routledge 2003

Norris, Christopher, *Jacques Derrida* Harper-Collins 1999/이종인 옮김, 『시공사』, 1996
Rabate, Jean-Michel, *Lacan Cambridge* Univ. Press 2003
Raynolds, Jack & Roffe Jonathan ed., *Understanding Derrida* Continuum 2004
Saussure, Ferdinand de, *Course in General Linguistics* McGraw-Hill 1966
Schudson, Michael, *The Sociology of News* Norton 2003
Smith, Hedrick, *Who Stole the American Dream* Random House 2012
Stocker, Barry, *Derrida on Deconstruction* Routledge 2006
Twaites, T., Davis, L., & Mules, W., *Introducing Cultural and Media Studies; A Semiotic Approach* Palgrave 2002
Tolson, Andrew, *Mediations; Text and Discourses in Media Studies* Arnold 1996
Tuckman, Gaye, 「Objectivity as strategic ritual; an Examination of Newsmen's Notions of Creativity」, in *American Journal of Sociology* 77(4) pp.660~70, 1972
Tuckman, Gaye, *Making News; A Study in the Construction of Reality* Free Press 1978
Wittgenstein, Ludwig, *Tractatus Logico-Philosophicus* Routledge 1961/이영철 옮김, 『논리 · 철학 논고』, 수정번역본, 천지, 2000(초판 1991)
Zizek, Slavoj, *How to Read Lacan* Norton 1999
Pavilion Records, 1988년판 *Marian Anderson* CD재킷의 해설
구약성경; 사무엘 상
신약성경; 요한복음, 요한묵시록, 마르코복음
『조선왕조실록』, 「단종 편」, 인테넷판
KBS-1 TV 「환경스페셜」, 「3일」 및 「아침마당」 등
인터넷 연합뉴스, 경향신문, 동아일보, 조선일보, 중앙일보, 한겨레
Online NYT & Washington Post

창조적 **파괴**의 **힘**

1쇄 발행일 | 2013년 10월 30일

지은이 | 김용범
펴낸이 | 정화숙
펴낸곳 | 개미

출판등록 | 제313 – 2001 – 61호 1992. 2. 18
주소 | (121 – 736) 서울시 마포구 마포동 136 – 1 한신빌딩 B-109호
전화 | (02)704 – 2546, 704 – 2235
팩스 | (02)714 – 2365
E-mail | lily12140@hanmail.net

ISBN 978 – 89 – 94459 – 31 – 8 03800

값 23,000원